廢都

賈平凹

作者聲明

情節全然虛構，請勿對號入座；

唯有心靈真實，任人笑罵評說。

序

盛世裡，讀《廢都》

王德威

一九七二年，十九歲的賈平凹（一九五二—）第一次來到西安。這座古城比不上沿海都市的風華，但是對年輕的賈平凹而言，即使是雨天城裡人撐的各色雨傘都讓他驚奇，何況隨處可見的古蹟文物。賈平凹出身陝西南部丹鳳縣棣花鄉，這裡是先秦商州故地，山水雖美，但因地形閉塞，一直維持傳統農作形式。賈平凹的父親任中學教師，是地方上的知識分子，但生活在這樣環境裡的人誰不上山下地？賈平凹始終認為「我是農民」[1]。

這位來到西安城裡的「農民」身量矮小，張口一嘴鄉音，並不能習慣城裡的生活。但就像半個世紀以前由湘西到北京的「鄉下人」沈從文一樣，賈平凹終將以一篇篇書寫故鄉的作品，建立起他在城裡的地位。這又是一則鄉土作家的典型故事了：因為離鄉背井，作家反而能超越在地經驗，將家鄉的一切幻化成有悲有喜的文字，一遣自己和（城市）讀者「想像的鄉愁」[2]。

一九八三年，賈平凹憑《商州初錄》系列小說帶來創作事業的突破。他運用散文形式串聯商州人

1 有關賈平凹的家族背景和早年的生活經驗，見《我是農民》（北京：中國社會，二〇〇六）。

2 「想像的鄉愁」（imaginary nostalgia）的定義和討論，見拙作 David Der-wei Wang，*Fictional Realism in 20th Century China: Mao Dun, Lao She, Shen Congwen* (New York: Columbia University Press, 1992)，第七章。

事風景，輕描淡寫，反而寄託無限深情。以後數年，他又以傳統話本風格敘述鄉野傳奇，像《人極》（一九八六）、《白朗》（一九八九）、《五魁》（一九九一）等，務以絢麗奇詭為能事。這正是尋根文學的年代，賈平凹自然趁勢成為西北鄉土的代言人。一九八七年推出的首部長篇《商州》，算是對這段時期創作心得的總結。

但賈平凹此時的作品尚不能樹立個人特色。他的敘事一方面透露沈從文、廢名等的抒情視野，一方面也承襲了陝西前輩作家如柳青等的民間講唱風格。而他對變遷中的城鄉關係念茲在茲，以致不乏說教氣息。長篇《浮躁》（一九八八）就是一個例子；雖然曾經得到好評，其實可以歸為張煒《古船》一類的大型鄉村歷史演義。

賈平凹的蛻變始於一九九三年的《廢都》。這部小說是賈平凹第一次以西安為背景的作品。來到西安二十年了，作家要用什麼樣的文字打造這座城市的身世？就在創作《廢都》的同時，賈平凹寫下了散文〈西安這座城〉。西安位處關中平原，八水環繞，曾是十三個王朝的帝都。相對於漢唐盛世，今天的西安只能成為廢都。即使如此，這座城市魅力無窮，不只可見於各代文物遺址，也可見於饒有古風的日常生活。西安的人質樸大方，悲喜分明，活脫是來自秦磚漢瓦的造像，甚至一草一木也都有它的看頭。西安城宜古宜今，「永遠是中國文化魂魄的所在地了」[3]。

然而懷著這樣的西安印象，賈平凹寫出的《廢都》卻要讓讀者吃驚。小說裡的西京固然曾是塊風水寶地，時至今日早已是五方雜處、怪力亂神的所在。在這座灰暗鬱悶的廢都裡，楊貴妃墳上的土滋長出花妖，青天白日裡出現了四個太陽。異象蔓延，西京人卻也見怪不怪，而一群好色男女正在陷入無窮盡的迷魂陣中。故事主人翁莊之蝶是西京文化名人，周旋五個女人之間，又捲入數樁沒頭沒腦的官司。他的墮落不知伊于胡底，最後身敗名裂，逃離西京時昏死在火車站裡。其時「古都文化節」正在展開。

莊之蝶的風流情史只是《廢都》的主幹，由此延伸的所謂西京四大名人、還有莊的妻子、情婦等各自發展出故事支線，著實可觀。《金瓶梅》的影響在在可見，《紅樓夢》、《儒林外史》的印記也不難發現。這本小說引起空前震撼的主因是它的色情描寫。賈平凹寫偷情縱慾，對一個標榜禁欲無欲的社會已是甘冒不韙之舉。而他又套用傳統「潔本」豔情小說的修辭，每在緊要關頭代以「……（此處作者有刪節）」字樣，如此欲蓋彌彰，調侃了讀者，也調侃了他們身處的閱讀環境。

果然《廢都》一出，全民趨之若鶩，學界及官方則必撻之伐之禁之而後快。兩種歇斯底里的反應，撞擊出超過一千萬冊（正版加盜版）的印量，適足以顯示一種「欲望」消費與壓抑的兩端，以及欲望流竄、炒作、變形的必然[4]。賈平凹玩弄前現代的情色修辭學，卻招引出後現代的眾聲喧譁，應是始料未及；他也在半推半就的情況下引領了中國世紀末風潮。

有關《廢都》的各種批評曾經蔚為大觀[5]，西安的形象彷彿也連帶受到波及。但小說創作者從來不必是道德君子，更不必是都市計畫家。巴爾札克（Honoré de Balzac）的巴黎，狄更斯（Charles Dickens）的倫敦，杜思妥耶夫斯基（Dostoyevsky Fyodor）的聖彼得堡，卡夫卡（Franz Kafka）的布

---

3 賈平凹，〈西安這座城〉，頁一〇九。

4 有關《廢都》盜版的現象，見穆濤，〈履歷〉，《當代作家評論》二〇〇五年第五期（二〇〇五年九月），頁二七。

5 見江心編，《廢都之謎》（台北：風雲時代，一九九四）；郜元寶、張冉冉編，《賈平凹研究資料》（天津：天津人民，二〇〇五）專章討論，頁一八〇—二六〇；韋建國、李繼凱、暢廣元，《陝西當代作家與世界文學》（北京：中國社會科學，二〇〇四），第一章。更細膩的討論見 Yiyan Wang, *Narrating China: Jia Pingwa and His Fictional World* (London; New York,: Routledge, 2006)，第三至五章。

拉格，喬伊斯（James Joyce）的都柏林，甚至老舍的北京都不以樣板市容取勝，而不妨看作是不同的「廢都」投影。如此，西安可以成為賈平凹巨大的心靈舞台，供他擺弄各色人物，演出有關城市的故事。

這就讓我們再思《廢都》的廢。賈平凹自謂西安今非昔比，失去了政治、經濟、文化的中心位置，沉浸在「歷史的古意，表現的是一種東方的神祕，囫圇圇是一個舊的文物」，「由此產生一種自卑性的自尊、一種無奈性的放達和一種尷尬性的焦慮」[6]。據此就有關《廢都》國族的、文化的、性別意義的討論，已經多有所見。但這些議論多半仍在小說明白的象徵體系裡打轉，正反意見其實都墮入賈平凹所稱自卑和自尊、放達和焦慮的循環，因此不能開出新意。

我曾在他處論及九〇年代的中文文學，不論域內域外，呈現兩種走勢：一為廢墟意識，一為狎邪風潮[7]。前者由人文建構的崩散，見證歷史流變的殘暴，後者則誇張情天欲海的變貌，慨嘆或耽溺色身的誘惑。兩種徵候看似互不相屬，卻點出世紀末文明及身體意識的兩端。在台灣，朱天文的〈世紀末的華麗〉（一九九〇）和李昂的《迷園》（一九九〇）首開其端，而朱的《荒人手記》（一九九四）「航向色情烏托邦」的同志傳奇更做出精采演繹。政治解嚴，文化解構，身體解禁；世紀末的台北韶華盛極，反而讓居住其中的子民有了大廢不起的姿態。之後的朱天心的《古都》（一九九七）、吳繼文的《天河撩亂》（一九九八）、舞鶴的《餘生》（一九九八）、駱以軍的《月球姓氏》（二〇〇一），都延續這一命題，做出各自表述。在香港，施叔青以《香港三部曲》（一九九二—一九九七）寫盡殖民地的一晌繁華，黃碧雲則以〈失城〉（一九九五）的意象，凸顯大限之前東方之珠無邊的恐怖和荒涼。

是在這樣的語境裡，《廢都》在中國的出現才更令人深思。它其實不是偶發現象：蘇童的《我的帝王生涯》（一九九〇）就是個有關前朝廢帝的狂想曲，而王安憶的《長恨歌》（一九九六）以上海興衰為背景，也講了個廢都式的故事。但沒有人比賈平凹更無所顧忌。歷經半個世紀的革命啟蒙，新中國政經一體、務實致「用」，力求人人成為歷史機器的螺絲釘。賈平凹反其道而行，提出「廢」學，自然引人側目。

多年以前賈平凹就分析自己的性格為「黏液質＋抑鬱質」[8]。因為性格和環境使然，他每每自慚形穢，退縮到封閉的世界，久而久之，發展了一套獨特的人生看法。這套看法不妨就是「廢」學的根柢。賈平凹的「廢」指的是百無一用的廢，絕聖棄智的廢，自暴自棄的廢，也是踵事增華的廢。以無用對有用，這和我們所熟悉的中國現代性願景——從主體的確立到家國的建設——恰恰相反。那氾濫在字裡行間的色情描寫不過是最初的端倪；而在後天安門事件歷史情境下，它的顛覆力量更呼之欲出。賈平凹在千夫所指之下，仍然堅稱《廢都》是本「唯一能安妥我破碎了的靈魂」的書[9]，可見用心之深。

相對於此時台港文學裡的飲食男女，《廢都》顯得粗糙無文，因此曾經引來不夠頹廢之譏。的確，朱天文筆下的台北情色遊戲玩得如此老到，以致為「色即是空」做了新解，而施叔青寫香港的錦衣玉食、吃盡穿絕，竟能發展出密碼般的奧義。《廢都》既然定位在改革開放的初期，賈平凹所能描寫的食

6 賈平凹，〈答《出版縱橫》雜誌記者問〉，引自汪政，〈論賈平凹〉，收入郜元寶、張冉冉編，《賈平凹研究資料》，頁三五五。
7 王德威，〈驚起卻回頭——評吳繼文《天河撩亂》〉，《眾聲喧譁以後：點評當代中文小說》（台北：麥田，二〇〇一），頁一〇八。
8 賈平凹，〈性格心理調查表〉，引自費秉勛，〈賈平凹性格心理分析〉，收入江心編，《廢都之謎》，頁九九。
9 賈平凹，《廢都》（台北：風雲時代，一九九四），頁五三六。

衣住行自然不可能高明。但頹廢的定義沒有專利。如果彼時台港的頹廢文學寫出文明熟極而爛的奇觀，賈平凹則致力創造一系列百廢待興的怪譚。前者充滿饜足無度的疲倦，後者則流露飢不擇食的醜態——兩者都代表了文明實踐的反挫。西京裡的男女就是偷情也偷得磕磕碰碰，他們吃的穿的毫無章法可言。評者因戲言，「頹廢是頹廢，可是土頹土頹」[10]。

我卻以為這才真正觸及了《廢都》之廢的要害。改革開放後都市重又興起，雜沓苟且的亂象也隨之而來。這到底是新時期的弊病，還是革命三十年的後遺症？西京現象可以視為當代中國具體而微的現象。但賈平凹的眼光要遠大於此；他會說西京之廢，非自今始。千年以前當漢唐帝國式微時，它的傾頹已經開始。西京的居民坐擁最豐富的文化遺產，卻在某個接榫點上錯過了歷史的因緣際會，成為內陸的黃土文明傳統的遺民。正因為西京如今連頹廢也失去了傳承，成為「土頹土頹」的，它所顯現的歷史的悵惘，還有它承受的時間的斷裂，才更令人怵目驚心。

《廢都》寫得像仿古小說，廢都裡的人事了無新意，甚至他們的聲色也寒涼得很。古城根飄來壎聲喪曲，一切都是鬼影幢幢。而一個從陝南鄉村來的作家要在這座城裡生活二十年，經歷了自己生命的波折幻滅，才多少體會了廢都之廢，已經滲入了人生的肌理。「前不見古人，後不見來者。」但就算是再悲涼的嘆息，恐怕也注定要被周遭的喧譁迅速湮沒。

二十一世紀的中國「正在崛起」，形勢一片大好，盛世儼然來臨。在建國六十年的喧囂與聲色中重讀《廢都》，不能不讓我們驚覺早在十七年以前，賈平凹就已經作出發人深省的觀察。他不愧是西京的子民，理解盛世的繁華——包括最世故的頹廢——轉眼就可能成空。天命消長，世道滄桑，他筆下的西京就在這樣「囫圇圇」的狀態下體現它的現代經驗。從西京看中國的過去與未來，又是如之何？賈平凹是頹廢的，也是警醒的。在這個意義下，《廢都》是後社會主義中國具有預言與寓言意義的第一本作品。

10 扎西多，〈正襟危坐說《廢都》〉，收入江心編，《廢都之謎》，頁一一。

目次

一千九百八十年間，西京城裡出了樁異事，兩個關係是死死的朋友，一日活得潑煩，去了唐貴妃楊玉環的墓地憑弔，見許多遊人都抓了一包墳丘的土攜在懷裡，甚感疑惑，詢問了，才知貴妃是絕代佳人，這土拿回去撒入花盆，花就十分鮮艷。這二人遂也刨了許多，用衣包回，裝在一隻裝藏了多年的黑陶盆裡，只待有了好的花籽來種。沒想，數天之後，盆裡兀自生出綠芽，月內長大，竟蓬蓬勃勃了一叢。但這草木特別，無人能識得品類。抱了去城中孕璜寺的老花工請教，花工也是不識。恰有智祥大師經過，又請教大師，大師還是搖頭。其中一人卻說：「常聞大師能卜卦預測，不妨占這花將來能開幾枝？」大師命另一人取一個字來，那人適持花工的剪刀在手，隨口說出個「耳」字。大師說：「花是奇花，當開四枝，但其景不久，必為爾所殘也。」後花開果然如數，但形狀類似牡丹，又類似玫瑰。且一枝蕊為紅色，一枝蕊為黃色，一枝蕊為白色，一枝蕊為紫色，極盡嬌美。一時消息傳開，每日欣賞者不絕，莫不嘆為觀止。兩個朋友自然得意，尤其一個更是珍惜，供養案頭，親自澆水施肥，殷勤務弄。不料某日醉酒，夜半醒來忽覺得該去澆灌，竟誤把廚房爐子上的熱水壺提去，結果花被澆死。此人悔恨不已，索性也摔了陶盆，生病睡倒一月不起。

此事雖異，畢竟為一盆花而已，知道之人還並不廣大，過後也便罷了。沒想到了夏天，西京城卻又發生了一樁更大的人人都經歷的異事。是這古曆六月初七的晌午，先是太陽還紅堂堂地照著，太陽的好處是太陽照著而人卻忘記了還有太陽在照著，所以這個城裡的人誰也沒有往天上去看。街面的形勢依舊是往日形勢。有級別坐臥車的坐著臥車。沒級別的，但有的是錢，便不願擠那公共車了，抖著票子去搭出租車。偏偏有了什麼重要的人物親臨到這裡，數輛的警車護衛開道，尖銳的警笛就長聲兒價地吼，所有的臥車、出租車、公共車只得靠邊慢行，擾亂了自行車長河的節奏。只有徒步的人只管徒步，你踩著我的影子，我踩著他的影子，影子是不痛不癢的。突然，影子的顏色由深而淺，愈淺愈短，一瞬間全然消失。人沒有了陰影拖著，似乎人不是人，用手在屁股後摸摸，摸得一臉的疑惑。有人就偶爾往天上一瞅，立即歡呼：「天上有四個太陽了！」人們全舉了頭往天上看，天上果然出現了四個太陽。四個太陽大小一般，分不清了新舊雌雄，是聚在一起的，組成個丁字形。過去的經驗裡，天上是有過月虧和日蝕的，但同時有四個太陽卻沒有遇過，以為是眼睛看錯了；再往天上看，那太陽就不再發紅，是白的，白得像電焊光一樣的白。白得還像什麼？什麼就也看不見了。完全的黑暗人是看不見了什麼的，完全的光明人竟也是看不見了什麼嗎？大小的車輛再不敢發動了，只鳴喇叭，人卻胡撲亂踏，恍惚裡甚或就感覺身已不在街上了，是在看電影吧？放映機突然發生故障，銀幕上的圖像消失了，而音響還在進行著。一個人這麼感覺了，所有的人差不多也都這麼感覺了，於是寂靜下來，竟靜得死氣沉沉，唯有城牆頭上有人吹動的壎音還最後要再吹一聲，但沒有吹起，是力氣用完，像風撞在牆角，拐了一下，消失了。人們似乎看不起吹壎的人，笑了一下，猛地驚醒身處的現實，同時被寂靜所恐懼，哇哇驚叫，各處便瘋倒了許多。

這樣的怪異持續了近半個小時，天上的太陽又恢復成了一個。待人們的眼睛逐漸看見地上有了自己的影子，皆面面相覷，隨之倒為人的狼狽有了羞愧，就慌不擇路地四散。一時又是人亂如蟻，卻不見了指揮交通的警察。安全島上，悠然獨坐的竟是一個老頭。老頭囚首垢面，卻有一雙極長的眉眼，冷冷地看著人的忙忙。這眼神使大家有些受不得，終就憤怒了，遂喊警察呢？警察在哪兒？姓蘇的警察就一邊跑一邊戴頭上的硬殼帽子，罵著老叫化子：「Pi！」「Pi！」是西京城裡罵「滾」的最粗俗的土話。老頭聽了，拿手指在安全島上寫，寫出來卻是一個極文雅的上古詞：避。就慢慢地笑了。隨著笑起來的是一大片，因為老頭走下安全島的時候，暴露了身上的衣服原是孕璜寺香客敬奉的錦旗所製。前心印著「有求」兩字，那雙腿叉開，褲襠處是粗糙的大針腳一直到了後腰，屁股蛋上左邊就是個「必」，右邊就是個「應」。老頭並不知恥，卻出口成章，說出了一段謠兒來。

這謠兒後來流傳全城，其辭是：

一類人是公僕，高高在上享清福。二類人作「官倒」，投機倒把有人保。三類人搞承包，吃喝嫖賭全報銷。四類人來租賃，坐在家裡拿利潤。五類人大蓋帽，吃了原告吃被告。六類人手術刀，腰裡揣滿紅紙包。七類人當演員，扭扭屁股就賺錢。八類人搞宣傳，隔三岔五解個饞。九類人為教員，山珍海味認不全。十類人主人翁，老老實實學雷鋒。

此謠兒流傳開來後，有人分析老頭並不是個乞丐，或者說他起碼是個教師，因為只有教師才能編出這樣的謠辭，且謠辭中對前幾類人都橫加指責，唯獨為教師一類人喊苦叫屈。但到底老頭是什麼人，無人再作追究。這一年裡，恰是西京城裡新任了一位市長，這市長原籍上海，夫人卻是西京土著。十數春秋，西京的每任市長都有心在這座古城建功立業，但卻差不多全是幾經折騰，起色甚微，便鐵打的營盤流水的官去了。新的市長雖不悅意在岳父門前任職，苦於身在仕途，全然由不得自己，到任後就犯難該從何處舉綱張目。夫人屬於賢內助，便召集了許多親朋好友為其夫顧問參謀，就有了一個年輕人叫黃德復的，說出了一段建議來：西京是十二朝古都，文化積澱深厚是資本也是負擔，各層幹部和群眾思維趨於保守，故長期以來經濟發展比沿海省市遠遠落後，若如前幾任的市長那樣面面俱抓，常因企業老化，城建欠帳太多，用盡十分力，往往只有三分效果，且當今任職總是三年或五載就得調動，長遠規畫難以完成便又人事更新；與其這樣，倒不如抓別人不抓之業，如發展文化和旅遊，短期內倒有政績出現。市長大受啟發，不恥下問，竟邀這年輕人談了三天三夜，又將其調離原來任職的學校來市府作了身邊祕書。一時間，上京索要撥款，在下四處集資，幹了一宗千古不朽之宏業，即修復了西京城牆，疏通了城河，沿城河邊建成極富地方特色的娛樂場。又改建了三條大街：一條為仿唐建築街，專售書畫、瓷器；一條為仿宋建築街，專營全市乃至全省民間小吃；一條仿明、清建築街，集中了所有民間工藝品、土特產。但是，城市文化旅遊業的大力發展，使城市的流動人員驟然增多，就出現了許多治安方面的弊病，一時西京城被外地人稱作賊城、菸城、暗娼城。市民也開始滋生另一種的不滿情緒。當那位囚首垢面的老頭又在街頭說他的謠兒，身後總是廝跟了一幫閒漢，嚷道：「來一段，再來一段！」老頭就說了兩句：

說你行，你就行，不行也行。說不行，就不行，行也不行。

閒漢們聽了，一齊鼓掌。老頭並沒說這謠兒所指何人，閒漢們卻對號入座，將這謠兒傳得風快，自然黃德復不久也聽到了，便給公安局撥了電話，說老頭散布市長的謠言，應予制止。公安局收留了老頭，一查，原是一位十多年上訪痞子。為何是上訪痞子？因是此人十多年前任民辦教師，轉公辦教師時受到上司陷害未能轉成，就上訪省府，仍未能成功，於是長住西京，隔三間五去省府門口提意見，遞狀書，靜坐耍賴，慢慢地欲進沒有門路，欲退又無台階，精神變態，後來也索性不再上訪，亦不返鄉，就在街頭流浪起來。公安局收審了十天，查無大罪，又放出來，用車一氣拉出城三百里地放下。沒想這老頭幾天後又出現在街頭，卻拉動了一輛破架子車，沿街穿巷收拾破爛了。一幫閒漢自然擁他，唆使再說謠兒，老頭卻吝嗇了口舌，只吼很高很長的「破爛嘍——承包破爛——嘍！」這肉聲每日早晚在街巷吼叫，常也有人在城牆頭上吹壎，一個如狼嚎，一個嗚咽如鬼，兩廂呼應，鐘樓鼓樓上的成百上千隻鳥類就聒噪一片了。

這日，老頭拉著沒有輪胎的鐵殼輪架子車，游轉了半天未收到破爛，立於孕璜寺牆外的土場上貪看了幾個氣功大師教人導引吐納之術，又見一簇一簇人集在矮牆下卜卦算命，就趔近去，也要一位卦師推自己的流年運氣。圍著的人就說：「老頭，這裡不測小命，大師是峨眉山的高人，搞天下大事預測！」自將他推搡老遠。老頭無故受了奚落，便把一張臉漲得通紅。正好天上落雨，噼噼啪啪如銅錢砸下，地上立即一片塵霧，轉眼又水汪汪一片，無數水泡彼此明滅。眾人皆走散了，老頭說聲「及時雨」，丟下車子不顧，也跑到孕璜寺山門的旗杆下躲雨，因為待得無聊，也或是喉嚨發癢，於嘩嘩的雨聲裡又高聲念說了一段謠兒。

沒想到山門裡正枯坐了孕璜寺的智祥大師，偏偏把這謠兒聽在耳裡。孕璜寺山門內有一奇石，平日毫無色彩，凡遇陰雨，石上就清晰顯出一條龍的紋路來，惟妙惟肖。智祥大師瞧見下雨，便來山門處查看龍石，聽得外邊唱說：「……闊了當官的，發了擺攤的，窮了靠邊的……」若有所思，忽嘎喇喇一聲巨響，似炸雷就在山門瓦脊上滾動。仰頭看去，西邊天上，卻七條彩虹交錯射在半空，聯想那日天上出現四個太陽，知道西京又要有了異樣之事。果然第二日收聽廣播，距西京二百里的法門寺，發現了釋迦牟尼的舍利子。佛骨在西京出現，天下為之震驚，智祥大師這夜裡靜坐禪房忽有覺悟，自言道如今世上狼蟲虎豹少，是狼蟲虎豹都化變了人而上世，所以醜惡之人多了。同時西京城裡近年來雲集了那麼多的氣功師、特異功能者，莫非是上天派了這種人來拯救人類？孕璜寺自有強盛功法，與其這麼多的一般功法的氣功師、特異人紛紛出山，何不自己也盡一份功德呢？於是張貼海報，廣而告之，就在寺內開辦了初級練功學習班，攬收學員，傳授通天貫地圓智功法。

學功班舉辦了三期，期期都有個學員叫孟雲房的。孟雲房是文史館研究員，卻對任何事都好來勁兒。七年前滿城正興一種紅茶菌能治病強身，他就在家培育，弄得屋裡盡是盛茶菌的瓶兒罐兒，且要拿出許多送街坊四鄰，如此就認識了一個茶友，以致這茶友做了老婆。此後，夫婦倆又開始甩手，說是甩手療法勝過紅茶菌的，這當然只半年時間，社會上又興吃醋蛋，又興喝雞血，他們都一一做了。不想喝雞血卻喝出毛病，老婆的下身陰毛脫落，尋了許多醫院治療不癒，偶爾聽說隔壁的鄰人有祖傳的祕方，老婆便去求治，果然新毛生出。鄰人年紀比孟雲房長一歲，以前也在一起搓過麻將，此後出門撞著，點頭作禮，鄰人哧啦一笑。孟雲房就買了很重的禮品回來對老婆說：「人家治了你的病，你應該去謝謝才是。」老婆送禮過去，興高采烈回到家，孟雲房卻將寫好的離婚書放在桌上讓她簽字，說這下好了，咱們離婚吧，老婆是我的老婆，穿衣見父，脫衣見夫，我老婆的東西怎麼讓外人看到呢?!離了婚半年，新娶了婦人叫夏捷，也就隨夏氏另擇了新居。新居的平房正好與孕璜寺一牆之隔，隔牆不高，新婚後的孟雲房平時沒事，就常腦袋趴在牆頭，聽那邊清器作樂，看那僧人走動。自參加學功後，每日聞得授功的銅鑼一敲，便手腳如猴，逾牆而過。一次就被智祥大師撞見，忙要逃避，大師就說：「咱們是老相識了嘛！」孟雲房忙點頭稱是，卻說：「大師這麼好的記性，還記得我呀？」大師說：「怎麼能不記得，你們那異花是死了？」孟雲房說：「是死了，大師測字實在靈驗！」大師又問：「你那個朋友呢？病好了嗎？」孟雲房說：「病是早好了。大師竟也知道他是病過？真是神人！」大師說：「哪裡！要是神人，那時我就該留下他這個名人來好生談談哩！」孟雲房就忙說：「改日我一定領他來拜會大師！」

一期學功班下來，孟雲房迷上了氣功，且四處張揚身上有了氣感。每有熟人聚會，他總是盤腳作用功態，動輒給別人發功，又反覆問有沒有感覺？感覺是沒有的。復念咒語，念得滿嘴白沫，一頭汗水，還是不行。眾人就浪笑了。夏捷說：「他真有氣了的，昨晚我肚子脹，他一發功，果然肚裡嘎咕咕響，一會我就跑了廁所。他現在酒肉不沾，菸不吸，蔥也不吃哩！」孟雲房說：「真的。」眾人說：「噢，跟了和尚就當和尚了，那戒色了嗎？如果晚上不和嫂子睡，那就真是戒了！」夏捷也就笑了說：「我也等著他戒哩！」卻拿眼乜斜過來，孟雲房臉就紅了。

夏捷的話，只有夏捷和孟雲房知道。原來學功期間，孟雲房認識了寺裡的小尼慧明。慧明年方三八，三年前從佛學院畢業到孕璜寺，兩人交談過數次。孟雲房甚是佩服她的佛學知識，他也是看過《五燈會元》和《金剛經》的，又善發揮，倒惹得慧明常有難事來請教。於是許多中午時分，慧明在矮牆那邊喊孟老師，兩人就趴了牆頭嘀嘀咕咕長長的話。一天晚上，月光清幽，夏捷從外邊回來，見孟雲房又趴在牆頭與小尼姑說話，因為趴得久了，蚊子叮那一雙光腿，一隻腳就抬起來不停地在另一條腿上搓。牆這邊說：「慧明，這篇論文寫得好多了，可你也得悠著些勁兒呢。」牆那邊說：「我不累的。人累是心累，清靜地寫這份論文，我只覺得愉悅的。」牆這邊說：「是如蓮的喜悅嗎？」一牆之隔，兩個世界，我倒羨慕你們……」牆那邊就嘻嘻笑，說：「你什麼都可以當，是不能當和尚的，你在外邊尋清靜尋不到，真到了清靜處，怕你又受不得清靜。」牆這邊說：「是嗎？」那邊又說：「前幾日對你說過的事，一定得口嚴著。」這邊說：「這我曉得，心繫一處，守口如瓶嘛！」那邊說：「孟老師真好，那我還寫了一份狀書，要託你送到市長手裡。」這邊的就竭力探了身子，伸了手去接，說：「你站在石頭上，我就接著了。哎喲，腳崴了嗎？」那邊說：「沒有的。」牆頭上一沓紙冒上來，孟雲房抓到了，同時這邊踏著的一根木條斷裂，噗咚一聲，人出溜下來，下巴正撞在牆頭瓦上，一頁瓦遂落地而碎。夏捷看了一場好戲，說：「嘿嘿，孟雲房，你可要小心的，《西廂記》我才看了一摺哪！」也不顧孟雲房傷著沒有，搭了凳子往牆那頭看，小尼姑已幽靈一般從花叢裡跑遠了。

此時，夏捷當著眾人面暗示孟雲房，孟雲房臉紅了，卻說：「你不要說了吧，這也是作佛事，功德無量的。」眾人更是不得其解，就嚷道該吃晌午飯了吧，說：「嫂夫人不要急，只要你出力，不會要你出錢的！」便各人掏了五元，自然是趙京五腳勤提了籃子上街打酒買菜。

西京東四百里地的潼關，這些年出了一幫浪子閒漢，他們總是不滿意這個不滿意那個，浮躁得像一群綠頭的蒼蠅。其中一個叫周敏的角兒，眼見得身邊想做官的找到了晉升的階梯，想發財的已經把十幾萬金存在了銀行，他仍是找不到自己要找的東西。日近黃昏，百無聊賴，在家悶讀罷幾頁書，便去咖啡廳消費。消費了一通，再去逛舞場。舞場裡就結識了一個美艷女子。以後夜夜都去，見那女子也場場必至。周敏就突發奇想：這女子或許能給我寄託！舞散後，提出送女子回家，女子推辭一番卻並不堅決，他就大了膽子，用自行車馱到一個僻背巷口。女子跳下來告別，說你走吧，卻是不走。他就上去親了一口，女子便嗚地哭了，說：「我恨你！」周敏說：「我太激動，我再不了。」女子說：「我恨這個時候才見你，三年前你在哪兒?!」周敏一把擁了她再在車後架上，一陣風騎到城外河灘，車子一倒，兩個人也倒在沙窩裡做了一團。這時女子說：「我有丈夫哩，孩子都兩歲了。」周敏吃了一驚，但已無法自制，說：「我不管，我只要你，你嫁給我吧！」女子叫唐宛兒，從此不忘了周敏。回家提出離婚，丈夫不同意，剝光了衣服地打。這邊一打，舞場上的周敏見不上，布置了小兄弟在宛兒家的前後察看動靜。消息返回，周敏就在那丈夫前腳出門，後腳進去，帶宛兒出來藏於一處密室。潼關縣城也就那麼般大，每隻蒼蠅都有出處，何況一個活人？第四天裡，周敏來見宛兒，宛兒只說，她剛才瞧見丈夫的一個朋友了，鬼鬼祟祟的，一定是派來查訪的。周敏聽了，也覺得自己早已不宜於待在這小地方，當下包一輛出租車開往西京城裡，租賃一所房子住下了。

初到西京，兩人如魚得水，粗略購置了一些家具和生活用品，先逛了華清池、大雁塔，又進了幾次唐華賓館、天馬樂園。這婦人是好風光的尤物，喜歡賓館的豪華和漂亮的時候，又喜歡讀書，有奇奇妙妙的思想。兩人路過城中的報話大樓，巨大的鐘錶正轟鳴著樂曲報時，宛兒便說：「人若要死，從鐘錶上跳下來，那死也死得壯觀吧！」周敏說：「我要死，我才不跳的，拿一根繩子就吊死在鐘錶上，即能在樂曲中死去，死去又能讓全城人都看得見！」宛兒說聲好，竟撲在周敏的懷裡撒嬌，說她那個丈夫以前和她吵架，她開了音箱放小夜曲，為的是有這種輕音樂，雙方的情緒就會漸漸平和，丈夫卻一腳把音箱踢翻了。周敏說：「他不懂。」婦人說：「他只是有勁，是頭驢子！」

一月後，兩個人瘋勁漸漸疲軟，所帶錢財也所剩無幾，周敏才知道女人對於男人不過如此。誠然唐宛兒美艷，而西京這麼大的城市，也不能實現他的願望，得到他想要得到的東西，在這裡，新電影、新衣服、新裝飾品，一樣也不缺，仍沒有新的思想和新的主題。每天早上，腐蝕在城牆頭的陽光仍是那樣的陽光，花壇裡開放的仍是那樣的花。儘管婦女的威風已超過了丈夫，一年也仍只有一天「三八」節。雖然有八十歲的老翁娶親做了新郎，他還是個老翁。陷入了苦悶的周敏，不能把這些說破於唐宛兒，唯有一早一晚去牆頭上吹壎。吹過了一陣壎，日子還是要過的，便出來尋掙錢的營生。發現了居家不遠處有個清虛庵，庵裡正翻修幾間廂房，遂在那裡謀到一份小工，幸虧做工當日發款，也就每日能買一尾草魚、半斤新嫩蘑菇回去給婦人清燉來吃。

周敏面目清新，在一幫民工中間顯得出眾，包工頭就讓他兼管出外採買材料，買材料又受尼姑審驗，少不得就認識了慧明師父。幾經交談，知道慧明師父前不久才從孕璜寺而來，因為年輕，又有學問，雖不是庵裡當家，卻處處露面，自作主張，眾尼姑倒服她。周敏見慧明人物俊美，有心接近，有事沒事也常去過問。一日，拿了一書在讀，一抬頭見慧明在紫藤架下向他招手，忙丟下書本近去。慧明說：「你好出眾，讀的什麼書?!」周敏說：「《西廂記》，這普陀寺裡……」卻不說了。慧明說：「你覺得清虛庵不比普陀寺好嗎？」周敏扭頭看下四周，正要說出什麼來，慧明一張粉臉輕笑了一下，倒十分莊重起來，卻說：「你一來，我就看出你不是個下苦的小工，果然喜歡讀書。若是看看熱鬧倒也罷了，若要看出個門道來，知道書裡更深一層的意思，倒可去見一個人的。」周敏說：「這當然好。就不知那是什麼人，肯不肯見我，還得師父引薦的。」慧明說：「憑你這張甜嘴，西京城裡誰也是會見上的。」當下就寫了街巷門、所見人姓名，又書一小函。周敏歡天喜地便要去，慧明說：「等等，我這裡還另有一信函，你帶給他吧。」

周敏帶了信函，依所示的街巷尋去，便在孕璜寺左牆後找著了孟雲房。孟雲房甚是熱情，讓座，沏茶，問了許多情況，如讀過什麼書？寫過什麼文章？西京城裡還認識何人？周敏口齒利爽，一一答上，孟雲房就讓他進了書房長說短聊，好是熱乎。夜裡回來，周敏說知唐宛兒，唐宛兒說：「西京自古居之不易，咱們在這裡舉目無親，能見到孟研究員，也是天大的幸運，你不要受慧明引薦去一次就作罷，應該多去才是。」周敏依了婦人話，隔三間五便去一次。先去時常以慧明為旗號，後來再去又不免帶一尾魚一捆菜的。夏捷也好感他，常當著孟雲房的面說他穿戴齊整，批點丈夫的骯髒。一月有餘，已是常客，周敏開始拿了新寫的短文求正。孟雲房好為人師，自然從中國古典美學講到西方現代藝術，說得周敏點頭不迭，決心要在老師的指導下好好寫寫文章．便叫苦做小工出力不說，更是沒有時間，孟老師在城裡是文化名流，一定認識人多，能否介紹到某個報刊編輯部去幹些雜務。一是有時間看書作文，二是即使沒時間，但接觸的都是文化人，單那氣氛也會使自己提高快些。孟雲房說句「潼關多鍾秀，人自有靈氣」，獨自微笑。周敏不知他的意思，便聲明老師若有為難就罷了，現在尋個事幹是不容易，何況報刊編輯部那是什麼人待的！孟雲房就笑：「我就估摸你不是平地臥的角兒！不是吹牛，全城所有報刊編輯部我都熟悉．現在雖然家家人員飽和，可我說句話也不是潑出的水。話又說回來，要在西京文藝圈裡混事，得了解文藝圈的現狀，你了解多少？」周敏說：「我哪裡了解，出門一片黑的。」孟雲房：「西京城裡有一大批閒人的，閒人卻分兩類。一類是社會閒人，或許有地位，或許沒地位，或許有職業，或許沒職業，都是一幫有力氣、有精力、有能耐的，講究愛管管事的仗義之徒。他們搞販運，當說客，吃喝嫖賭，只是不抽大菸。坑蒙騙拐，只是不偷盜財物。起事又滅事。西京的服裝潮流、飲食潮流由他們領導，西京的經驗發展靠他們刺激，那些紅道由他們周旋，黑道也受他們控制。這其中的代表人物，也是暗中的領袖，有四個，人稱四大惡少。這類人待你好了，好得割身上的肉給你來吃，說是不好，立馬三刻就翻臉不認了人的。這個圈子你不要沾惹。怎麼說這些人？你聽聽他們的語言即可知一二：他們錢不叫錢，叫『把兒』，說好哥兒不叫好哥兒叫『鋼哥兒』，找女人叫『打洞』，漂亮女人叫『炸彈』……」孟雲房還要說下雨，周敏謙虛的臉上竟笑了一下。孟雲房說：「你不相信嗎？」周敏說：「信的。」心裡卻想起自己在潼關縣城的作為．知道大城市有大城市的閒人，小縣城有小縣城的閒人，等量級不同，但起碼語言是相通的。就又說一句：「現在社會．你能在家想像個什麼，就有可能在現實中發生什麼，你說的我都信！」孟雲房說，「這些人就不提了，我要給你說的是另一類閒人：文化閒人。西京城裡，提起四大惡少，無人不曉；提起四大名人，更是老少皆知的。要在西京文藝界沾邊，你就得認識這四大名人。四大名人的第一名是畫家汪希眠，今年四十五歲，原是個玉器廠的刻工，業餘繪畫，數年間畫名大噪，原本西京國畫院要調他去的，他卻去了大雁塔，被聘為那裡的專職畫家。洋人來西京必去大雁塔，他就出售畫作，尤其是冊頁，一個小小冊頁就數百十元，他是一天能畫四五冊頁的。賣出的畫大雁塔管理所得五成，他得五成，這就比一般畫家有錢得多。更出奇的是，他學什麼像什麼，所有名家之作都可仿製，上至石濤、八大山人，下至張大千、齊白石。前二年石魯的畫價上升，他畫得數幅，連石魯的家屬也辨不來真偽。他是有錢，又好女人，公開說作畫時沒有美人在旁磨墨展紙，激情就沒有了。去年夏天，邀一夥朋友去城南五台山野遊，我也去了。他是什麼氣派，雇了四個出租車，一個車全是女的！他的那個小情人在澗潭游泳，把一枚金戒指丟了，眾人都急起來，下潭去摸，他說：『丟了就丟了。』聽這口氣，一萬二千元的戒指好像是身上搓下的垢甲蛋兒！當下從口袋掏了一把錢給那女的，嗨，一沓票子這般厚的。再一位，你在西京大街小巷走走，看看所有的招牌題字，你就知道龔靖元的大名了。民國時期，所有的字號是于右任所題，于右任也沒龔靖元如今紅盛！他同汪希眠一樣總有趕不走的一堆女人，但他沒有汪希眠癡情，逢場做戲，好就好，好過就忘了，所以好多女人都自稱是龔氏情人，龔靖元卻說不出具體名姓。他的字現在難求，一般人求字他是不蓋章的，不蓋章等於白搭。要蓋章都要他夫人蓋，那就當面交款：一張條幅一千五，一個牌匾三千元。錢全被夫人管看，龔靖元零花錢是沒有的，但他愛打麻將，一夜常輸千兒八百，沒有錢就寫字來頂。他賭博是出了名的，公安局抓了三次，每次抓進去，為人家寫上一中午的字，就又放出來了。全城的高檔賓館沒有不掛龔靖元的字，所以他到任何賓館，要吃就吃，要住就住，賓館經理接他如接佛一般。市裡烹飪協會考廚師，考官首先問：龔靖元吃過你的菜嗎？若回答吃過，這廚師第一關就過了；若說沒吃過，說明你壓根兒還差等級。另一個名人就是西部樂團的團長阮知非了。他原是秦腔演員，從父輩那裡學有幾手『吹火』、『甩稍子』、『耍獠牙』的絕活。秦腔沒落，劇場蕭條，他辭了職組織民辦歌舞團，演員全是合同聘用，正經劇團不敢用的人他用，不敢唱的歌他唱，不敢穿的服裝他穿，所以前五年之間走遍大江南北，場場爆滿，錢飄雪花一般往回收。這些年流行軟舞不大如前，樂團人馬分為兩撥，一撥由城市轉入鄉下，一撥在西京城裡開辦四家歌舞廳，門票高達三十元，可人瘋一般往裡進。這三位名人都是與社會閒人有來往的，只是合時則合，分時則分，主要的內靠官僚，外靠洋人。唯有第四個名人活得清清靜靜，他的夫人雖也雇人在碑林博物館那條街上開著個太白書店，他卻是不大缺錢又不大愛錢的主兒，只在家寫他的文章圖受活。，但世上的事兒就是這麼蹊蹺，你愈不要著什麼，什麼卻就盡是你的。這四個名人中間就數他檔次高，成就大，聲播最遠。這就是你們潼關的同鄉了。」周敏聽孟雲房口若懸河講下來，聽得一愣一愣的，待說到「你們潼關同鄉」，就說：「莫不是作家莊之蝶?!」孟雲房說：「對了，要不我說『潼關多鍾秀，人自有靈氣』。我是看到你愛寫文章就想到莊之蝶了。他是你們那兒的驕傲，想必你是認識的。」周敏說：「名字是早知道，有一年他去潼關作文學報告，我知道後趕去，報告會已經結束了。潼關喜愛文學的年輕人如此多，原因也就是他的影響。我見過他的照片，沒見過人的。」孟雲房說：「四大名人之中，要我最佩服的是莊之蝶，與我最要好的也是莊之蝶。他是西京城文壇上數一數二的頂尖人物，你若要去報刊編輯部做事，我當然可以幫你，但我跑十趟八趟，倒沒他的一句話來得頂用。他常來這裡吃茶吃酒，你不妨星期三或星期六下午來，說不定就會碰上，我來提說，聽聽他的意見，看哪個報刊更合適。」

周敏自此一連幾個星期，每星期三和星期六下午就來孟雲房房家，穿得整整齊齊，頭上也噴了髮膠，梳得一絲不亂的。可孟家雖坐了一幫作家、編劇和畫家、演員，卻未見到莊之蝶。周敏一時未能去報刊編輯部做事，因為生計，又不能耽誤了清虛庵做小工掙錢，心也慢慢灰下來。

此日，慧明又讓周敏捎一個口信兒到孟雲房家裡。兩人吃春茶，自然又說起莊之蝶來。孟雲房才告訴周敏，莊之蝶原來不在城裡許多時間了，他也是上午見了太白書店的洪江才知道的，便不免怨怪莊之蝶：近一年來聲名愈來愈大，心情反倒愈來愈壞，脾性兒也古怪了，出外這麼長時間竟連他也不打個招呼！周敏聽了，勾下頭去，輕輕地嘆息了。孟雲房卻拿出一封短信，問周敏是否能親自去文化廳找一個人去，若找著這個人，別的報刊編輯部去不得，但《西京雜誌》編輯部或許不成問題。周敏展信讀了，原來是孟雲房以莊之蝶之名寫給一個叫景雪蔭的。周敏不知景雪蔭是男是女，是什麼領導，問孟雲房，孟雲房卻一臉詭笑，避而不答。

周敏半信半疑，揣了短信往文化廳去。天向晚時，又來見孟雲房。孟雲房正剝了上衣，穿著寬大花褲衩在書房寫作，口裡應著，身子不動。周敏等不及，大肆喊：「孟老師，是我，周敏。」一陣踢踏聲，門抽開扣子，周敏推門而入，「噗咚」一聲跪在孟雲房的面前。孟雲房甚是吃驚，卻也明白幾分，問道：「事情成了？」周敏臉色漲得通紅，卻回頭叫道，「都拿進來！」接踵一個粗腳女子，拎著一個大的旅行袋子往外掏，櫃蓋上就是一筒碧螺春茶、兩瓶維C果汁粉、一包筍絲、一包寧夏枸杞、一包香菇。孟雲房叫道：「小周，你這是怎麼啦？給我送禮嗎？」周敏說：「這算什麼禮，大熱天的，寫作又這麼累，想給你買些什麼，你戒葷了，又無法買的。孟老師，多虧你的條兒，事情十有八九要成了哩！」孟雲房說：「我說尋景雪蔭一尋就準，她是廳裡人，以前在編輯部也幹過，誰不看她的面子呢？」已經在內屋睡下的夏捷隔簾說道：「小周呀，你可是講究實際的人呀！你孟老師寫了個條兒，你就孝敬你的孟老師了？」周敏笑著說：「師母已經睡了嗎？我哪裡就敢忘了你，剛才路過藍田玉店，我進去看了，裡邊有菊花玉鐲的，已經付錢人家了，可擺著的三副，副副都有暗傷，我讓他們快些進貨來，三日後去取的，只怕師母看不上。」婦人說：「我看你是掙一個花兩個的浪子！」周敏就還在笑，孟雲房已經把維C果汁粉瓶蓋擰開，給自己沖一杯，給周敏沖一杯，還要給夏捷沖一杯送進去。周敏說他不喝的，這杯給師母吧。孟雲房說：「拿進我的家門，就算是我的了，現在是我招待你呀！」端了一杯進內屋去。周敏坐下來抿了一口，門簾處一動，送貨的女子在向他示意。周敏出去，在院子裡悄聲說：「你怎麼還不走？沒你的事了。」女子說：「錢呢？」周敏說：「錢不是全付了你嗎？」女子說：「你付的是東西錢，我送這麼遠也不能白送呀！」周敏說：「送牙長一截路也要錢？」給了一角。女子說不行的，你是打發叫化子嗎？叫化子開個口，也沒有給一角錢的。周敏就把口袋反翻出來讓看沒一個子兒了，女子罵罵咧咧地走了。周敏回到屋裏，笑看說：「那姓景的好高貴氣質，一見面，我倒被她震住，差點不敢拿出條兒來，手心都是汗。她先領我去了編輯部找主編，又去把廳長也找來，主編就說三天後聽消息吧。她倒這般能耐的！」孟雲房說：「這你就不知道了。景雲蔭雖在廳裡是一個處長，可文化廳裡除了廳長，上下哪個敢小覷了她？說出來你冷牙打顫，如今省上管文化的副書記是她爹的當年部下，宣傳部長也曾是她爹的祕書。老頭子現在調離了陝西，在山西那邊還當著官，雖人不在了陝西，老虎離山，餘威仍在嘛！」周敏聽了，說：「這我知道了，景雪蔭莫非就是莊老師當年的相好？」孟雲房說：「你怎麼知道？」周敏說，「潼關出了莊之蝶，潼關就流傳著他的軼聞趣事，以前我還以為是人衍生的事，沒想倒真是這樣！她一見到信就說了，莊之蝶好大架子，一個條兒來，人也不見面了！」孟雲房說，「你怎麼說？」周敏說：「我說，之蝶老師說了，他現在正寫一個長篇小說，過一段日子就來看你的。她還說看什麼，已經老了，不好看了！」周敏說完，笑了笑，卻說：「孟老師，事情這般順當，倒讓我擔心。之蝶老師以後要怪咱們的。」孟雲房說：「正是這樣，我才趕寫一篇他的作品的評論文章的。」周敏千謝萬謝，直說到自鳴鐘敲過十二點方離去。

唐宛兒一整天沒有見到周敏的面，知道是在外邊為工作奔波，將中午做了的麻食又溫了一遍，就熱水洗了身子，漱了口，換一身噴過香水的時興褲頭和奶罩，專等著男人回來慰勞他。但周敏一時未回，就歪在床上讀起書來。夜深聽得門外腳步響，身子就軟溜下來，把書遮在臉上裝睡著了。周敏敲門，門卻自開，原來並未插關，進來看床燈亮著，婦人悄然無聲，輕輕揭了書本，人睡得好熟，就站著看了一會睡態，不覺湊下來吻那嘴唇，婦人卻一張口將伸進的舌頭咬住，倒嚇了周敏一跳。

周敏說：「你沒有睡呀！脫得這麼赤條條的，也不關門！」婦人說：「我盼著來個強姦犯哩！」周敏說：「快別說混話，一天沒回來就受不了？」婦人說：「你也知道一天沒回來呀！」周敏就說了怎麼去見孟雲房，孟雲房如何寫條兒又見景雪蔭，事情十有八九要成了。婦人高興起來，赤身就去端了溫熱的麻食，看著男人吃光，碗丟在桌上，也不洗刷，倒舀了水讓周敏洗，就滅燈上床戲耍。（此處作者有刪節）婦人問：「景雪蔭長得什麼樣兒，這般有福的，倒能與莊之蝶好？」周敏說：「長得是沒有你白，臉上也有許多皺紋了，腳不好看。但氣勢足，口氣大，似乎正經八百，又似乎滿不在乎的樣子，喜歡與男人說笑的。」婦人把男人的頭推到一邊，嫌他口裡菸味大，說：「哪有女人不喜歡男人的！」周敏說：「我聽孟雲房說了，她是個男人評價很高、女人卻癟嘴的人，她沒有同性朋友。」婦人說：「我猜得出了，這號女人在男人窩裡受寵慣了，她也就以為真的了不得了。如果是一般人，最易變態，是個討厭婆子。她出身高貴，教養好些，她會誘男人團團團了轉，卻不肯給你一點東西，這叫狼多不吃娃，愈危險的地方愈安全。」周敏說：「你這鬼狐子，什麼都知道，可潼關縣城畢竟不是西京城。她若是那樣，莊之蝶一個條兒就那麼出力?!」婦人說：「要說我不明白，也在這裡。可我敢說，這號女人是惹不得的，別人只能為了她，她是不能讓別人損了她的。既然人家肯這麼幫忙，你就多去孟雲房那兒，免得以後莊之蝶知道借了他的名分兒生氣，也好讓孟雲房頂著。」周敏就說起給夏捷買玉鐲的事，說他想好了，把婦人戴的菊花玉鐲給她，只給一隻。婦人沉默了半日不言語，周敏就不敢多說，爬上去又親那一段身子，婦人掀開了，說：「這是你給我買的，現在你又送她，姓夏的是大城市的時髦女人，樣子自然好，只怕她日後也是你的了。」周敏說：「你盡胡說，她穿著時興，可一端兒個黃臉婆，一個玉鐲子值幾個錢？能在編輯部尋個事兒幹，或許往後會尋訪到我所要的東西，咱們又可在西京長長久久生活下去，哪頭重哪頭輕，你能掂著的。若不願意，我明日重買一個是了。」婦人說：「好吧。」當下褪了一隻鐲子在床頭，背過身睡去了。

三日後，周敏帶了玉鐲送與了夏捷。孟雲房不在家，兩人就說起編輯部的事，周敏心裡多少有些忐忑。夏捷說：「不看僧面看佛面，景雪蔭會盡心的。」周敏記起唐宛兒的話，也笑了問道：「莊老師與她到底是怎麼個關係呢？卻是終沒結婚！」夏捷說：「之蝶現在是大作家了，可當年哪裡就比得了你？愛情這東西說不來，做夫妻的不一定就有愛情，有愛情的倒不一定就做了夫妻。」便講了莊之蝶過去的瓜瓜葛葛，使周敏聽得心怦怦然跳，連聲嘆息。夜裡回去，就將這些故事又渲染了講給唐宛兒，婦人興趣盎然，要求講了一宗還要講一宗，苦得周敏只好瞎編排，說：「咱們在一塊××，你倒讓我只說他們的事，你是要作了那景雪蔭嗎？」唐宛兒說：「我倒幻覺你是莊之蝶哩！」噎得周敏全無興趣，赤著腿立在那裡多時，就把褲子穿上了。

後來，編輯部果然通知周敏去打雜，好似旱六月落了白雨。周敏帶了許多禮品一一給編輯部的人見面送了。每日早去晚歸，跑印刷，送稿件，拖地，提水，博得上下滿意。他又是聰明之極的人，抽空閱讀來稿，也能看出個子丑寅卯。待到一日拿了自寫的一篇稿子讓主編鐘唯賢看，驚得鍾主編大叫：「你也能寫東西?!」文章雖最後未能發表，卻知道了他的才幹。周敏就從此來勁，早晚沒去城牆頭上吹動壎聲，買了莊之蝶許多書讀，又有心打問莊之蝶的事，回來說與唐宛兒喜歡。唐宛兒在家擀麵，一邊用勁擀動，晃得兩個肥奶鼓鼓湧湧，一邊說：「你真要能寫，何不就寫寫莊之蝶？潼關流傳他那麼多事，你又知道了他在西京的情況，寫了如果能在《西京雜誌》上發表，雜誌靠寫名人提高發行量，你寫名人說不定也會出名。再說，寫了他，替他擴大影響，他回來知道是借他的名分去的編輯部，他若高興也感激你，就是不高興，也沒什麼太難堪你。」周敏聽了，直嚷道高見，當下奪了擀麵杖，說要「幸福」女人，女人手也不洗，兩人就去臥屋快活一氣。

周敏果然寫成三萬字的文章，他雖未見過莊之蝶，卻儼然是莊之媒的親朋密友，敘述他的生活經歷創作道路，以及在生活與創作中所結識的幾多女性。自然，寫得內容最豐富的，用辭最華麗、最有細節描寫的是同景雪蔭的交往。景雪蔭的名字隱了，只用代號。鍾主編看後，頗感興趣，決定當月採用。眼看著出刊日期將至，周敏每日去孟雲房家打問莊之蝶回來了沒有，沒想孟雲房近日正陪了智祥大師去了法門寺看佛骨，夏捷卻說莊之蝶已回到城裡，昨兒晚還來了電話，就寫了莊之蝶的住址，讓他不妨先去見見。

周敏心急，搭了出租車逕直去北大街文聯大院。車行至一半，卻叫停下，步行前往，要鎮定緊張的情緒。到了大門口，見有許多人在那裡，不禁又緊張起來，就遠遠蹲在一邊只向這邊張望。門是鐵門，並不大的，有一婦女牽了一頭花背奶牛，一邊與旁邊的人說話，一邊拿了瓷杯在牛肚下擠奶。院子裡就有一人趿了鞋出來，個頭不高，頭髮長亂，穿一件黑汗衫，前心後背都印著黃色拼音字母。奶牛突然長叫了一聲。眾人就說：「牛在叫你哩！」一片哄笑。那人說：「牛叫我是怕你們把奶吃完了，是我建議牽著牛來賣奶的，可頭口奶總是讓你們吃了！」婦女說：「一月光景不見先生了，這牛一路上也牽不動的，奶也下得少。今日進城，牠是哪裡也不肯停，直往了這裡，我尋思怪了：莫非是先生回來了？果然先生就回來了！人怎麼整整瘦了一圈的?!」那人說：「沒有奶喝能不瘦？」婦人說：「肚子卻大了！」那人笑笑，拍拍肚子，就趴到牛肚下邊，口接了奶頭用手擠著吮起來。這邊瞧著的周敏倒覺得好笑：文聯大院住的這幫文人，果然出怪，現場擠鮮奶不燒生喝也夠奇了，哪有直接對了奶頭就吮的，就又聽旁邊人還是論說那人的肚子大小，說：「肚子當然大了的，你問先生在哪兒去了？」婦女說：「哪兒去吃山珍海味了？街上的民謠說『八類人搞宣傳，隔三岔五解個饞』，先生又開什麼會了？」旁人說：「你瞧瞧先生的衫子，上面的拼音是什麼？前心寫的是『漢斯啤酒』，後背寫的是『啤酒漢斯』，肚子能不大嗎？！」只聽噗地一聲，在牛肚下吮奶的人就笑噴了，白花花的奶汁濺了一臉一脖，也就不再吮，付過錢，又說笑幾句，趿著鞋噗噗沓沓返回去了。婦女清點著錢，叫嚷多付了，要退的，旁人說：「他那一吮，或許吮得多哩，再說別人是擠了賣，他是親自去吮，這價錢自然高的。」婦女說：「前日南街一個年輕人買奶，說某某某是吮著買奶，他也要吮，結果是吮不出來，反叫牛尿了一頭臊水！」旁人說：「這還好，他要搞錯了，不準兒噙了牛的別的什麼也吮了！」一陣爆笑，婦人拿拳頭打那貧嘴，牽了牛走去，買了奶的也各自散了。周敏見那婦女牽牛走去，買奶的也各自散了，站起來抖抖精神走過去，正好門房的老太太出來關鐵門，拿眼光就直直盯他。偏巧有騎自行車的極快地將車停在門前，老太太擋住問：「你幹什麼？」那人說：「我找王安！他是作曲家，在後樓住著的。」老太太說：「你是哪裡的？」來人說：「查戶口嗎？」老太太躁了：「查戶口怎麼著！國有國法，家有家規，文聯的大門就是我看守的，這是我的責任！」來人說：「好，好，我是雁塔文化館的，姓劉，叫……」老太太說：「我不管你叫什麼，我叫叫他。」就在門房裡對著一個麥克風，噗噗地吹，回頭問：「有聲沒？」周敏說：「有聲。」老太太說：「王安老師，下來接客！王安老師，下來接客！」喊了三遍，滿院轟響，老太太探頭說：「人不在，改日來吧！」就問周敏幹什麼？周敏要說見見莊之蝶，但突然決定不見了，想，這老婆子這般叫喊，活脫脫是舊時妓院的老鴇嘛，如果真讓莊之蝶下來接客，自己怎麼介紹自己，又是站在門口，一句兩句能說得清嗎？就返回孟雲房家，恰好孟雲房才回來，要領了他再去，他心下還是緊張，說還是等雜誌出來，讓莊之蝶看了文章，話就好說了。

待回去說與唐宛兒，唐宛兒就罵道：「你還講究要尋找新的世界的呢！你才是個呆頭！莊之蝶已經回到城裡，你不急著去見，要待他先去了景雪蔭那兒，露出了事情的原本發火嗎？」周敏悔得直拍腦袋。唐宛兒說：「那這樣吧，咱託人家的福貴，何不辦了酒席請他來家？」周敏說：「那人家肯來的？」唐宛兒說：「讓孟老師去請，先說原委，再說寫了文章的事。如果事情順當，他就會來的；如果不來，到編輯部的事就算結束了，也用不著再去人家那兒受難堪。」周敏忙去說動孟雲房，孟雲房去和莊之蝶說了，回覆同意吃請，喜得一對男女如沒腳蟹一般連日籌辦酒菜，日子定在這月十三日。

十三日一早，周敏起了床就在廚房忙活。因為臨時居住，灶具不全，特意又去近處飯館租借了三個碗、十個盤子、五個小碟、一副蒸籠、一口砂鍋。回來見女人掃除了屋裡屋外，放了買來的幾本莊之蝶的小說、散文選集在桌上，直喊來西京時帶的那張潼關地圖放哪兒了？周敏說：「忙處加楔，尋那幹啥？」女人說：「貼在牆上嘛！」周敏想了想，說一句「鬼狐子！」在女人屁股上擰了一把。女人哎喲一聲，撒了嬌就撩裙子讓看一塊青，然後就宣布她什麼也不幹了，她要打扮呀！周敏開始剖魚，一會兒女人跑出來讓瞧大紅連衣裙好不，一會兒又換了一件黑色短裙。那襯衣、鞋子、項鏈、襪子，也一件一件試。周敏說：「你是衣服架子，要飯的衣服穿著都好看哩！莊老師是作家，正經人物，又是初次見面，還是穿樸素些好。」女人就在沙發上的一堆衣服裡挑了一件黃色套裙穿了，於鏡前搽脂抹粉，畫眼影，塗口紅。這時候，孟雲房夫婦來了，提一罐桂花稠酒，又一包杏子。周敏說：「誰讓帶東西，這不是反著來嗎？」夏捷戳了周敏的額，說：「這酒是我給宛兒拿的。你莊老師最愛吃杏子，我怕你們不知道他的嗜好。宛兒呢，讓我瞧瞧這個妹妹，什麼美人胚子?!」唐宛兒忙迎出來，說：「你瞧吧，瞧了就不願認這個妹妹了！」周敏說：「怎麼是妹妹，稱師母才是！」夏捷說：「我才不要那個名分！果然稀罕人才！」兩個女人見面，嘰嘰喳喳說了許多女人的話，無非是你這衣服好看，你這麼年輕，用的哪一種化妝品？使過豐乳器嗎？唐宛兒就說：「周敏呀，你張羅吧，我要陪夏姐玩棋子呀！」拿了棋子棋盤拉夏捷上到二樓的亭子裡。房東前三日闔家去外旅遊了，樓上的三間房鎖著，那平台上修個木頭亭子，裡邊安放著一張石桌四個鼓形石椅，兩人一邊說話下棋玩兒，一邊瞭眼兒看樓下的大街。周敏已端了茶水、糖果、西瓜、桃子上來。夏捷說：「小周，今日就看你給我們吃什麼山珍海味？」周敏說：「今天可得委屈你了，一是沒什麼好東西，二是我也不會做，聊表個心意的。」夏捷說：「我也不圖在你這兒耍排場，等你以後發達了，只要不忘了我就是。」便對樓下孟雲房喊：「喂，你今日得上灶呀，別也充老師，盤腳搭手喝清茶！」孟雲房說：「在家我做飯，出門在外也得做飯？今日我怎麼啦，莊之蝶出場，我就成鬼孫子啦！」話雖說著，卻也去水池洗手。兩個女人乜斜了眼，只顧在樓亭上哧哧笑。

原定十點莊之蝶到，已經十點過十分了，門前還是清靜。孟雲房切好了肉絲，炸畢了丸子，泡了黃花木耳，將魚過了油鍋，鱉也清燉在砂鍋裡，說：「街巷門牌說得好好的，他總不至於尋不著吧？我去前邊路口看看。」就走到街上。路口處行人並不多，站了一會兒，卻拐進一條小巷，匆匆往清虛庵裡去了。

清虛庵此日沒有修建，山門掩著，推開進去，一個老尼姑問找誰，孟雲房說找慧明師父，老尼姑就領了去後邊的大殿。大殿裡涼颼颼的，身上的汗立即就退了，卻因才從太陽下進來，什麼也看不清。立了一時，方見殿角安有一床，撐一頂尼龍蚊帳，正睡著一個人在那裡。孟雲房覺得不妥，便往出走。帳裡的人醒了，叫了一聲「孟老師！」孟雲房回過頭來，床上坐的正是慧明，衣領未扣，臉色紅潤，自比平日清俊許多。慧明說著，分掛了帳簾，卻並未穿鞋下來，依然偎在床上：「來這邊坐吧，今日是路過這裡嗎？」孟雲房嚥了一口唾沫，說：「是有人請吃飯。」慧明說：「我知道你是待一會兒就走的。」扭頭對老尼姑說：「你幹你的事去吧。」老尼姑就笑了一下，拉了殿門出去。

半個時辰，孟雲房出了清虛庵，小跑往十字路口來，一抬頭卻見路邊停了一輛木蘭牌摩托車，覺得眼熟，瞅了瞅，摩托車的右把掉了一塊漆，後座上用繩子縛著一塊碩大無比的磚。就左右看去，果然在路邊的一家舊書攤前，站著莊之蝶。走過去，莊之蝶也看見了他，說：「老孟，你快來看看，這裡有笑話哩！」孟雲房見是一本舊書，卻是《莊之蝶作品選》，扉頁上有莊之蝶的親筆簽名：「高文行先生惠正」，下邊是×年×月×日，「莊之蝶」三字上還加了印章。當下替莊之蝶尷尬起來，罵道：「這號東西，要賣人送的書也該撕了扉頁才是，莊之蝶的書也不至於這麼不值錢呀！」莊之蝶問：「你記得這高文行是誰？」孟雲房想不起來，莊之蝶說：「是趙京五的一個朋友。那日見了我，說是我的崇拜者，硬要我送他一本書的。」就按價又買了，當場再在簽名處寫道：「再贈高文行先生惠正。×年×月×日於舊書攤。」孟雲房說：「這書你給我，這才有保存的價值了。」莊之蝶說：「我還得給他寄去才是。」孟雲房說：「這你讓他上吊了！」兩人過來推摩托車，孟雲房說周敏在家等得快要瘋了，怎麼才到？莊之蝶說他路過東城牆根，那裡堆了好多爛磚石，就在裡邊翻了翻，翻出這塊城磚，是塊漢磚的，哪兒還能找著這麼完整的?!就說：「這兒離清虛庵近，你沒去那兒？」孟雲房臉紅了一下，說：「我到那裡幹什麼？快走吧。」莊之蝶讓他先回，自個去郵局寄了贈書。

孟雲房回來說莊之蝶馬上就來，自去廚房炒菜，慌得唐宛兒從樓亭上下來，悄悄問周敏，瞧她的頭髮光不光？周敏說兩邊總有散髮撲撒下來，要記著往耳後夾。女人就要周敏隨時提醒。周敏說，我咳嗽為號。女人就又上得樓亭與夏捷走棋。這當兒門外有馬達聲響。孟雲房在廚房喊：「來了！」同周敏就跑出門口。唐宛兒看時，一輛「木蘭」門前停了，跳下一個又瘦又矮的人來，上身是一件鐵紅砂洗布短衫，下身穿一條灰白色長褲，沒穿襪子，一雙灰涼軟鞋。一時有些吃驚：這是莊之蝶嗎？聲名天搖地動的，怎麼一點不高大，竟騎的是女式「木蘭」車？更出奇的是一下車，並沒有掏了梳子梳頭，反倒雙手把頭髮故意弄亂起來。就聽得門口孟雲房在介紹周敏。他客氣地握了一下周敏的手，並且說小伙子好精神，頭上焗過油喲！又四顧了，問怎麼住在這裡，怪清靜的呀！進得院裡，直嚷道有院子好，院子裡這棵梨樹好，牆頭上這架葡萄好。「我住在那樓房上像個鳥兒，沒地氣的！」唐宛兒覺得這名人怪隨和有趣，心裡就少了幾分緊張。等到周敏在下邊喊她，急急下了樓來，不想一低頭，別在頭上的那隻雲南象骨髮卡掉下去，不偏不倚掉在莊之蝶的腳前碎了。

莊之蝶和孟雲房說話，聽見周敏叫唐宛兒下來見老師，先是並不在意，冷不丁髮卡掉在腳下碎了，一抬頭，樓梯上兩個女人都「呀」了一聲，一個長髮就嘩地散下一堆，忙舉手去攏，立時一邊走下來一邊在後腦處盤，人到院子，髮也盤好了。

眼前的兩個女人，夏捷四十餘歲，穿一件大紅連衣裙，光腿，腿肚兒肥凸，臉上雖然脂粉特重，感覺不乾淨。唐宛兒二十五六年紀吧，一身淡黃套裙緊緊裹了身子，攏得該胖的地方胖，該瘦的地方瘦。臉不是瓜子形，漂白中見亮，兩條細眉彎彎，活活生動。最是那細長脖頸，嫩膩如玉，戴一條項鏈，顯出很高的兩個美人骨來。莊之蝶心下想，孟雲房說周敏領了一個女的，丟家棄產來的西京，就思謀這是個什麼尤物，果然是個人精，西京城裡也是少見的了！

唐宛兒見莊之蝶看著她微笑，說聲：「我好丟人喲！」卻仰了臉面，大大方方伸手來握，說：「莊老師你好，今日能請老師到我們家真是造化，剛才還以為你不肯來呢！」莊之蝶說：「哪裡不去，也不能不去見鄉黨啊！」唐宛兒說：「莊老師怎麼還是一口潼關話？」莊之蝶說：「那我說什麼？」唐宛兒說：「什麼人來西京十天半月的，回去就變腔了，我還以為你是一口普通話了！」莊之蝶說：「毛主席都不說普通話，我也是不說的！」大家就笑起來。周敏說：「都進屋說話吧，院子裡怪熱的。」進得屋內，周敏自然沏茶敬菸，反覆說地方窄狹，讓老師委屈了。夏捷說：「小周，不要說那麼多客氣話了。你和你孟老師只管去拾掇飯，我來替你招呼就是。」孟雲房和周敏就去了廚房，唐宛兒還是立在那裡，往旋轉的電風扇上噴淋茉莉香水。夏捷說：「之蝶，來，坐到嫂子這邊，你一走這麼長日子，想得人天天打問你！」莊之蝶笑著說：「蒙嫂子還有這份心！近日忙什麼了，編排出好的舞蹈了？」夏捷說：「就為這事要求你的！市長指示我們拿出一台節目的，可排出幾個來又覺得不行，愁得頭髮一掉一把的。」莊之蝶說：「你現在有孟哥，還來叫我？」夏捷說：「他不行，雲苦霧罩的，開口是中國古典舞蹈如何，西洋現代舞蹈又如何，動不動就自己導演起來，人家演員都煩他了。你來看看，我相信你的感覺。」莊之蝶說：「是些什麼內容？」夏捷說：「一個是『打酸棗』，一個是『鬥嘴兒』，一個是『挑水』，寫的是一對男女由井台上相見而鍾情，再是結了婚逗趣兒，後是有了身孕要吃酸的。」莊之蝶說：「構思不錯嘛！」夏捷說：「是不錯吧？就是舞蹈語彙不多。」莊之蝶說：「你看過潼關陳存才的花鼓戲《掛畫》嗎？」唐宛兒說：「陳老藝人的戲我看過，六十歲的人了，穿那麼小個鞋，能一下子跳到椅背上，絕的是抓一個紙蛋兒，空中一撂，竟用腳尖一腳踢中！解放前他就演紅了，潼關人說，寧看存才《掛畫》，不坐民國天下。」夏捷說：「戲劇是戲劇，舞蹈是舞蹈，那不是一回事的。」唐宛兒臉紅了一層，便窩在沙發裡不動，似聽非聽地迷糊著。莊之蝶說：「你可以吸收那跳椅子的形式，比如井台挑水，能不能讓演員雙腳跳在桶沿上？」夏捷想了想，說道：「對，對，為了表現她的興奮，也是要顯誇她的一雙新鞋，讓她一腳踩一隻桶沿，挑擔還在肩上，那麼雙腳換著一步一步走。」就喊唐宛兒尋出一張紙來，她要讓莊老師幫設計設計的。唐宛兒見一時插不上話，又給兩人添了水，便走到院子裡去。

莊之蝶在屋裡談了一會，借故上廁所，也到了院子。唐宛兒在葡萄架下，斑斑駁駁的光影披了一身，正無聊發怔，見莊之蝶出來，立即就笑了。莊之蝶說：「聽你口音，是潼關東鄉人？」唐宛兒說：「老師耳尖，你去過東鄉一帶？」莊之蝶說：「那裡最好吃的是豆絲炒肉。」唐宛兒說：「這就好了，我說老師來了我做一道豆絲炒肉的，周敏倒取笑我，說一般人吃不慣的。」莊之蝶說：「那就太好了！」拿眼看女人，女人低了眼簾。莊之蝶兀自說這葡萄是什麼種類，這時節了還青著，就跳了一下，要摘一顆下來，但沒有摘著。唐宛兒吃吃發笑。莊之蝶問笑什麼？女人說：「他們說你愛吃酸，我不信，一個大男人家的怎麼愛的吃酸，又不是犯懷的。果然老師愛的！」就站到一個凳子上去摘葡萄，藤蔓還高，一條腿便蹺起，一條腿努力了腿尖，身彎如弓，右臂的袖子就溜下來，露出白生生一段赤臂，莊之蝶分明看見了臂彎處有一顆痣的。周敏端了菜從廚房出來，見了說：「你怎麼讓老師吃青葡萄，牙酸壞了怎麼吃菜的？」莊之蝶也笑笑，趕忙才去了廁所。

回來洗了手，桌上已擺好了三個涼菜，又開啟了幾瓶罐頭，莊之蝶自然坐了上席。夏捷喝自帶的桂花稠酒，孟雲房只享用杏仁果露，周敏就捧滿盅白酒敬道：「莊老師，您是西京名人，更是咱潼關人的驕傲，學生蒙您關照到了編輯部，這恩德終生不敢忘的。今日我要說的，是為了去編輯部，其中有些做法不妥，假借了您的名分為條兒，還望老師諒解。至於寫您的那篇文章，我才學著寫的，讓您見笑了。」莊之蝶說：「事情已經辦成了，就不必那麼說了。那篇文章我也沒看，現在寫這樣文章的人多，雖說是宣傳我，可也是人家的文章。以前有人寫了讓我看，我看了主張不發表，可人家最後還是發表了，寫文章的人都有發表慾嘛，所以後來這類文章我都不看。」周敏說：「老師這麼大度，真是意想不到，那就受學生一敬，滿喝了吧！」莊之蝶接過仰脖喝了，說：「孟哥你真的戒了？」孟雲房說：「當然戒了。」莊之蝶說：「這何必呢！咱們學習佛呀道呀的，主要是從哲學美學方面去借鑒些東西罷了，別降格到民間老太太那樣的燒香磕頭。其實寺廟裡的那些和尚、尼姑也是一種職業。」孟雲房說：「這你就不懂了，不在局中，不知局情。練氣功不戒酒肉蔥蒜，氣感就不上身；有了功能，吃酒肉蔥蒜又不舒服。」莊之蝶說：「修煉修煉，世上真正的高人都是修出來的，只有徒子徒孫才整日練的。」唐宛兒哧哧發笑，眾人看她時，卻抿了抿嘴，擰頭看窗外的那株梨樹，梨樹舉著滿枝綠葉，彎曲蒼老的身子上有一個洞。莊之蝶看見唐宛兒神情很美，問道：「你要說什麼的？」唐宛兒說：「你們說學問的，我聽個熱鬧。」孟雲房說：「什麼學問?!我們常抬槓慣了，我現在愈來愈和他想不到一塊了。」莊之蝶說：「我是覺得你愛走極端。說戒酒就戒了，這意志我做不到。可滴酒就不沾了?這可是真正的『五糧液』哩！」孟雲房說：「是『茅台』也不喝的！」夏捷已經自個喝了一碗稠酒，又喊周敏倒了一碗，說：「之蝶你才說對了，他一生就是吃了走極端的虧！你來西京時，他已出了名的，可這些年了，你一片煌輝燦爛了，他還是他。現在文章也寫得少了，整日價參佛呀，練功呀，不吃這不吃那，也害得我寡湯寡水的肚裡沒有了油！」周敏說：「這就叫孟老師沒口福。世上那些個體戶做生意的，福而不貴；孟老師貴而不福。」孟雲房說：「這話是對的，你莊老師福貴雙全，活到這個份上，要啥有啥地風光！」莊之蝶聽了，定睛看從窗櫺裡射進來照在菜盤上的光柱，光柱裡有活活的物浮動，臉上就是一絲苦笑，說：「是什麼都有了，可我需要破缺。」孟雲房吃了一驚，問道：「你說什麼？」莊之蝶又重複了一遍：「破缺。」孟雲房說：「我現在也難吃摸透你了。說實話，你能去啤酒廠那麼長的時間我沒有想到，近日在報紙上寫的那些文章似乎觀念也大不同了以前。」莊之蝶說：「我也吃驚過我自己，是順應了社會，還是在墮落了？」孟雲房說：「這我不能結論，怕就像我怎麼迷上氣功要戒酒戒肉一樣吧，一切都是生命的自然流動，如水加熱後必然會出現對稱破缺的自組織現象。」兩個人這麼說著，周敏和唐宛兒就聽得似懂非懂，雖然還在笑著，笑得僵硬。夏捷就嘖嘖地咂著口舌，說：「孟雲房同志，今日是被人請了來吃酒的，不是開學術會，你們別販賣那些名詞了！」莊之蝶就揮揮手，說：「不說了不說了，咱們喝酒吧。」端起杯自個就喝了。

喝來喝去，只有莊之蝶和周敏喝，氣氛不得上來，周敏就提議能否和莊老師過幾拳熱鬧熱鬧。莊之蝶一再推辭，周敏仍不停地糾纏，唐宛兒一直笑吟吟看著，見雙方都在堅持，就說：「周敏你別把你那一幫閒人的法兒待莊老師。莊老師，我也敬你一杯了！」莊之蝶趕忙站起，端了酒杯。婦人說：「結識了莊老師，我們才在西京待住了，以後你還要收了周敏這個學生，讓他跟你學著寫文章。」莊之蝶說：「周敏現在是編輯部的人，日後我投稿子還得求他。」婦人說：「那我先喝了！」一杯飲盡，臉色緋紅。莊之蝶遂也喝淨杯子。婦人又是一連三杯。周敏咳嗽了一下，婦人伸手將鬢邊散下的頭髮夾在耳後，那臉越發地鮮美動人了。莊之蝶也乘興喝下三杯，將剛才的冷清滌盡，倒抓了酒瓶在手，不服唐宛兒的海量。

眾人嘻嘻哈哈熱鬧了一番，孟雲房又去炒了三個葷菜、三個素菜，再端上松子煎魚、火爆腰花、一盤田雞肉、一砂鍋清燉甲魚。夏捷直叫甲魚好，說看誰能吃到針骨誰就有福。在外國，針骨當牙籤，一個五美元的。動手把肉分開，每人面前的小碟夾了一份。唐宛兒著筷翻動自己碟裡的，發現一塊裡卻有針骨，就說：「我在潼關吃黃河裡的鱉吃得多的，倒嫌有泥腥氣，莊老師你身子重要，這一份給你吧！」不容分說倒在莊之蝶的碟裡。莊之蝶知婦人牽掛自己，便也夾了一塊回給她說：「這是好東西，你不能不吃。」唐宛兒看時，夾過來的竟是鱉頭，黑長猙獰，很是嚇了一跳，斜眼看莊之蝶；莊之蝶故作平靜，婦人就將鱉頭夾起在口裡噙咂有聲，待莊之蝶投目過來，耳臉登時羞紅。夏捷已經瞧著，要說一句笑話來，莊之蝶便搶先道：「哎呀，我吃出針骨了！」夏捷就說：「之蝶就是命好。去年大年初一我在餃子裡包了一分錢，誰也沒吃到。他來了，讓他吃，他不吃，說你嚐一個吧，夾一個給他吃了，沒想那一個裡就有著錢。」唐宛兒嚥下了鱉頭，羞紅方褪，卻不敢去瞧夏捷的眼睛，說是她去炒個豆絲肉片的，起身倒往廚房去。

莊之蝶又喝了許多酒，不覺頭沉起來，聽得廚房裡叮叮咣咣一片響，說：「一聞到味，我就坐不住了，讓我看看怎麼個炒法？」夏捷說：「那有什麼看的，你要愛吃，以後讓唐宛兒到你家給你做。你老實坐著，吃我這杯敬酒，借花獻佛，權當我讓你看我的舞蹈的謝意了。」莊之蝶笑著又吃了一杯，拿眼就瞥了門外，堂屋門口正對了廚房，廚房沒有掩門，唐宛兒在那裡忙活。

唐宛兒在廚房切了肉片，點了煤氣，火嘭嘭在響，就生出許多念頭。只將一面小鏡子放在灶前的案板上，鏡子正好映出坐在正位的莊之蝶，就想：若論形狀，作家是不夠帥的，可也怪，接觸了短短時間，倒覺得這人可愛了，且長相也愈看愈耐看。以前在潼關縣城，只知道周敏聰明能幹，會寫文章，原來西京畢竟是西京，周敏在他面前只顯得是個小小的聰明罷了！這麼想著，油就煎了，慌不迭要放豆絲，卻放了一塊未切的薑，薑上有生水，嚓，油花亂濺，一滴就迸出來，只覺得臉上針扎一般，哎喲一聲就蹲下了。

堂屋裡聽見婦人驚叫，周敏就跑過來，掰開女人手，臉已燒出一個明水泡兒，婦人急拿了鏡子照，眼淚就流出來。眾人忙問怎麼啦，周敏說：「沒甚事的，臉上濺了一點油。」扶婦人到臥室去塗獾油。孟雲房說：「現在這女人，除了生娃娃，啥也不會了。」夏捷說：「你別這麼說，我連娃娃也沒給你生的！」大家又笑起來，自然孟雲房又去了廚房。

臥室裡，唐宛兒悄聲說：「真倒楣，讓我怎麼去見人！」周敏說：「沒啥，莊老師不是那種講究的人。我見了他吃了一驚，我給你說的趴在牛肚子下吮奶的那人吧，你道是誰，正是他哩！」女人說：「他不講究可不比你我的不講究，你我不講究是邋遢，他不講究就是瀟灑哩！」

周敏出來又陪吃喝，自把那雞肉撕開，把雞頭夾在莊之蝶碟裡，莊之蝶也夾了一隻雞腿給夏捷，又夾了一隻雞翅在碟裡要周敏給唐宛兒。周敏就說：「宛兒，你快出來，莊老師給你夾了菜的。」婦人走出來，不好意思捂了臉，說：「真對不起。」夏捷說：「怎麼對不起？」，婦人說：「爛臉給大家，不尊重人哩。」莊之蝶心下就說：這婦人好會風情的。孟雲房笑道：「你臉細皮嫩肉的，這麼爛一點，也是一種對稱破缺嘛。」婦人就坐下，那臉一直沒褪紅，一碰著莊之蝶的目光就羞怯怯地笑。莊之蝶帶些酒，心就慌起來，推說去廁所走出去。一進廁所關了門，那塵根已經勃起，卻沒有尿，閉了眼睛大聲喘氣，腦子裡幻想了許多圖像，兀自流出一些異物來，方清醒了些。復來入席吃菜，情緒反倒消沉了。

到了下午四時，酒席撤去，莊之蝶起身告辭，周敏如何婉留，言說去阮知非那兒有要事的，周敏就送了客人到十字路口。回來見唐宛兒還倚在門口，叫了一聲，婦人竟沒有反應，說聲「你發什麼呆兒？」看那臉上燙傷已明泡消癟，結著一個小痂。唐宛兒回過神兒來，忙噘了嘴說：「今日我沒丟人吧？」周敏說：「沒有的，你今日比任何時候都顯得漂亮！」說著親婦人一口。婦人讓他親著，沒有動，卻說：「他們都挺高興的，什麼都好，遺憾的是莊老師的夫人沒有來。」周敏說：「聽孟老師說，她近日住在娘家，她娘有病的。」婦人說：「夏姐兒說他夫人一表人才。」周敏說：「都這麼說的。莊之蝶會娶一個醜老婆嗎？」唐宛兒長嘆著一口氣，回坐在床上呆著個臉兒。

這天晚上，莊之蝶並沒有回文聯大院的家去，阮知非邀他同市裡的領導審看了新排的一台節目，幫著改寫了所有節目的串台詞兒，一幫演員就鬧著和他玩兒牌取樂。一直到了深夜，莊之蝶要回去，阮知非卻又強扯了去他家喝酒。阮知非是新裝飾了房間，也有心要給莊之蝶顯派兒，莊之蝶偏是不作理會，只悶著頭兒貪酒，心想以前還以為阮知非是浪子班頭，戲子領袖，辦一個樂團有那麼多俊妞兒圍著，卻原來這幫演員一個個如青皮柿子並未發開，顏色上倒差唐宛兒也遠了。心下暗想了白天酒席上的諸多細節，不免有些小得意，酒便喝得猛了。也知道阮知非的老婆這晚並沒在家。這對夫婦是一個擔柴賣，一個買柴燒，平日誰也不干涉誰的私事，只規定禮拜六的晚上必須在一起的。所以也就脫了上衣，一邊喝一邊海空天闊地窮聊，直到都昏昏沉沉了，方擠在阮知非單獨的臥室床上呼呼睡去。翌日醒來，已是日照窗台，倒驚嘆阮知非的屋子確實裝飾得豪華，阮知非也便得風揚了碌礡，說他用的壁紙是法國進口的，門窗的茶色玻璃是意大利出產，單是上海的名牌五合膠板，買了三十七張還不甚寬裕的。又領了莊之蝶去看了洗澡間的浴盆，再看廚房的液化氣灶具，又看了兩間小屋的高低組合櫃。只有靠大廳那間門反鎖著，阮知非說：「這是你嫂夫人的房間，她那兒掛的是正經日本貨吊燈，你看看稀罕吧！」掏出鑰匙擰開鎖，莊之蝶吃了一驚，那一張碩大的席夢思軟床上，並枕睡著了兩個人：一個是阮夫人，一個是位男人，男人的嘴角流著涎水，不認得的。莊之蝶腦子登時嗡地一聲，迷惑如夢，卻聽見阮知非還在介紹：「這是我老婆，……她什麼時候回來的，咱睡熟了竟沒轉見門響？」莊之蝶不知道回答些什麼，不說話又覺得不圓場了阮知非，愈是想把話說好，愈是說岔了嘴，竟說道：「那個呢？」阮知非說：「那是我吧。」一說完拉閉了屋門，牽莊之蝶又回到他的臥室，竟嘩啦打開一個壁櫃門，裡邊是五層格架，一盡是各式各樣大小不一的女式皮鞋。「我喜歡鞋子。」他說：「這每一雙鞋子都有一個美麗的故事。」莊之蝶弄不明白他在說什麼，看看阮知非眼角白白的眼屎，說：「你擦擦眼角。」恍惚間想，如果這是為一些女人買的，為什麼又沒送去？或許送一又買一，在這兒當作另一種的檔案嗎?!阮知非卻取了一雙給莊之蝶，說：「這一隻是前日西大街商場朱經理送我的，它沒編號，沒故事的，我轉送弟妹吧，你一定要收下。」

莊之蝶帶了皮鞋，匆匆離開了阮知非家，摩託已經騎過廣濟街十字口了，方記得身上有一張稿費通知單，掉頭又返回鐘樓郵局領取。錢並不多，二百餘元。出來見街上行人驟多，看看錶已是下班時間，手裡提了鞋盒兒晃晃蕩蕩去停車處，倒覺得自己怎麼就接受了這雙皮鞋，幹了件沒趣的事兒，兀自笑笑，忽然心有所動，遂到電話亭裡撥通了景雪蔭家的電話。電話裡傳來一個男人的聲音，直問：「誰呀？誰呀？」莊之蝶知道這是景雪蔭的丈夫，咯噔放了電話。又給景雪蔭的單位撥，一詢問，才知景雪蔭去父母那兒探親去了，人還沒有回來。便拍了拍鞋盒兒，快快地走出電話亭，百無聊賴地在旁邊的報欄下看報。一個青年就一晃一晃雀步近來，悄聲說：「要眼鏡嗎？」衣服一亮，背心的前胸處掛了一副圓形硬腿鏡。說：「不瞞你說，這是小弟偷來的，真正的石頭鏡，商店裡明碼兒標價八百元的，小弟要錢花，急於出手，你給三百元，拾個便宜吧。」莊之蝶抬頭看看天上，太陽白花花的，眼睛就眯著笑，在身上掏，掏出來了，不是錢是一張名片，說：「小弟，不瞞你說，哥哥也是幹這生意的。交個朋友吧，這是我的名片。」那人接過名片看了，啪地倒行了個敬禮，說：「原來是莊老師，實在榮幸！我聽過你一次報告的，但你胖了，有了小肚子了，我認不出你來了！」莊之蝶說：「你也喜歡寫作？」那人說：「從小就夢想當作家，市報上去年還發過我一首小詩的。」莊之蝶說：「西京了不得，天上落一顆隕石，砸死十個人，有七個就是文學愛好者了！」那人羞慚走開，一邊走還一邊回頭看他。莊之蝶覺得好笑好氣，就鑽進一家雜貨店去，將那三百元稿費看得很賤了，買了一套景德鎮的瓷盤瓷碟，一個炒勺，一個蜂窩煤爐子，還有一套茶具，當下寫了唐宛兒家的地址，囑店家妥善送運，自個卻騎了「木蘭」逕直往雙仁府街的岳母家來。

五十五年前，城北遠郊的渭河岸上有過一位姓牛的奇人，能「仰觀象於玄表，俯察式於群形」，神出鬼沒。那時楊虎城才結束了關中道上的刀客行徑，拉竿子在西京城裡作了赳赳武臬，就請他當幕僚。這奇人只有一顆野心，不願在城中居住，依然在鄉裡築三間茅屋，置一畝薄田，過懶散自在日子。但凡楊司令有了什麼重大事情，方肯進城一次。不久，河南軍閥劉鎮華圍攻西京，整整八十天未能攻破，就採用了日本人的計謀，從外打地道。城裡的人都知道了敵方在打地道，卻不知地道將在哪兒出口，日夜在地裡埋下土甕，盛了水，看水的動靜，各處都惶惶不可終日。奇人來了，長袍馬褂的打扮，在各街各巷走了一遍，歇下來，坐在教場門的一塊石頭上吸水菸，吸了十二哨子，說：「就在這兒挑泥鑿池，置一個湖吧。」楊虎城半信半疑，但還是引全城的水積蓄在那兒。結果地道出口正打在湖底，某一日湖心陷落，水從城外溢出，劉鎮華只好潰退了。楊虎城感念此人，賞了雙仁府街一條巷讓他居住，此人卻還是回到渭河岸上，巷子就由兒子住下。因為這地方正是西京城四大甜水井中最大一口井的所在，兒子便開設了雙仁府水局，每日車拉驢馱，專供甜水了。這一段歷史，莊之蝶最樂意排說，惹動得家有來客，總要夫人牛月清拿出那張她祖父的照片來看，拿出水局的骨片水牌來看，看罷了，還要走到雙仁府街巷上，指點當年牛家獨居這條巷子的情景。牛月清就訓斥過莊之蝶：「你這麼四處張揚，是嘲笑我牛家後世的敗落嗎？我娘就是沒生下個兒來，若是有兒，也不至於現在只守住那幾間平房的！」莊之蝶總要涎了臉說：「我哪裡是嘲笑了？牛家就是敗落，不也是還有我這上門的女婿?!」牛月清這時候就喊娘：「娘，娘，你聽見了嗎？你女婿這口氣是說他是名人，給牛家爭了臉面了！你說說，他現在的名分兒有沒有我爹我爺爺那時的名分兒大？」

雙仁府的小院裡還住著老太太，她是死活不願到文聯大院的樓上，苦得莊之蝶和牛月清兩邊扯動。莊之蝶每一次一進這邊的街巷口，就油然浮閃出昔日的歷史，要立於已經封蓋的那口井台上，久久地注視井台青石上繩索磨滑出的如鋸齒一樣的渠槽兒，想像當年街巷裡的氣象，便就尋思牛月清訓斥他的話是對的。

日在當頂，熱氣正毒，莊之蝶騎著「木蘭」一拐進巷道，轟地一股燥氣上身，汗水立時把眼睛都迷了。偏一隻游狗，當道臥著，吐著一條長舌喘氣。莊之蝶躲閃不及，「木蘭」就往牆邊靠，車沒有倒下，左手的小拇指卻蹭去了一塊皮。進了小院門口，趙京五正在屋裡同牛月清說話，聽見摩托車響就跑出來，說：「總算把你等回來了！」幫著先把車後的城牆磚抱了進屋。牛月清尖聲叫道：「快別把這破爛玩意兒往家搬！」莊之蝶說：「你仔細看看，這是漢磚哩！」牛月清說：「你在文聯那邊屋裡擺得人都走不進去，還要在這邊擺！一塊城牆磚說是漢朝的，屋裡的蒼蠅也該是唐代的了！」莊之蝶看看趙京五，一臉難堪，卻說道：「這句話有藝術性。你那藝術細胞只有在發火時最活躍。」讓趙京五把磚又放到「木蘭」後座上縛好，招呼進屋坐了。

這是幾間入深挺大的舊屋，柱子和兩邊隔牆的板面都是上好的紅松木料，雖浮雕的人蟲花鳥駁脫了許多，畢竟能看出當年的繁華。左邊的隔牆後間，八十歲的老太太睡在那裡，聽見莊之蝶的聲就喊叫著讓過去。老太太五十歲上歿了丈夫，六十三歲上神志就糊塗起來。前年睡倒了半個月，只說要過去了，但又活了過來，從此盡說活活死死的人話鬼語，做瘋瘋顛顛的怪異行為。年前冬月，突然逼了莊之蝶要給她買一副棺材，要柏木的，油心兒的柏木。莊之蝶說你這麼硬朗的身子還要活二十年的，現在買了棺材幹啥，況且城裡人不准土葬的。老太太卻說我不管的，我就要的，我看看我的棺材我就知道還有個我哩。不吃不喝，進行要挾。莊之蝶沒法，只好託人去終南山裡購得一副。老太太卻就把床拆了，被褥放在棺材裡去睡。牛月清和娘鬧，認為這樣讓外人看了多難看，以為兒女虐待老人。莊之蝶便對牛月清說，娘多半患了自戀症，她喜歡怎麼辦就怎麼辦吧。奇怪的是她以棺材為床後，每每出門，臉上就要戴一個紙做的面具，氣得牛月清不讓她多出門上街。莊之蝶卻喜歡逗她，說她有特異功能，如果自己能這樣，不用學外國的魔幻主義小說，照直感寫出來自然而然就是魔幻小說的。老太太喊叫他，他就走過去。那房間裡窗子緊關，窗簾嚴閉，莊之蝶忽地沁出一身汗來。老太太說：「這熱什麼呢！我年輕的時候天才叫熱的，六月六就炸了紅日頭，家家掛了絲綢被褥曬。老年人的壽衣也曬，你爺爺卻夾了傘從村巷裡走，一句話不說的，村裡人趕緊收拾衣服，緊收拾慢收拾，雨就嘩嘩啦啦下來了！現今天不熱了，你覺得熱是心熱，你蘸口唾沫塗在奶頭上就不熱的。」莊之蝶笑著沒有說話，老太太手指頭蘸了唾沫塗在他的奶頭上，也頓覺兩股涼氣直鑽心中，打了一個激靈兒。老太太說：「之蝶呀，剛才你爹回來了，就坐在你坐的那地方，給我說他潑煩，說他的新來的鄰居不是好鄰居，小兩口整天價吵，孩子也頑皮，常過來偷吃他的饃饃。你給你爹點一炷香吧。」屋裡一張案桌上放著岳父遺像，香爐裡香灰滿溢。莊之蝶點了香，抬頭見牆角上一個蜘蛛舊網，塵落得粗如繩索，拿了枴杖去挑。老太太說：「不敢動的，那是你爹來了喜歡待的地方！」莊之蝶還要問，老太太就說：「他來了，香一點著他就來了。你死鬼剛才在哪裡著，這般快就來了？」莊之蝶扭頭四下看看，什麼也看不見，香燃著，煙長如絲，直直衝上屋頂。老太太又說老頭子在開水牌匣子，罵道：「家裡傳下來的古董就這些水局的牌子，你還要拿走嗎？上次市長也來家專門看過的，人家再來看拿什麼看的？」當枕頭一直枕在頭下的小匣子，老太太就壓在了屁股下。莊之蝶只覺得好笑，還要說什麼，牛月清在外屋喊：「你淨跟娘在那裡說什麼鬼話呀！你說完你走了，唬得我還敢進屋嗎？」莊之蝶走出來，說：「娘說的事情也怪，怕是一種心靈感應吧！六月十九日是爹的生日，雖說十多年都不過了的，今年這生日別忘了買一刀麻紙給爹燒燒。」就問趙京五有什麼事，趙京五說：「論說起來也沒什麼大事，想讓你去我家那兒看看。我家是舊式四合院，市長決策在我們那兒修建一座體育館，一大片房子就得全拆，你要再不去看，便再也看不到了。」莊之蝶說：「總說要去，總是抽不開身子。可我還要提醒你，你說要送我幾件古董的。」趙京五笑道：「沒問題，隨便從床下取個什麼，也比得你那塊城牆磚。今日午飯嫂子就不必做了，我做東，咱們去吃葫蘆頭去。我還有一宗大事要說給你的。」牛月清說：「大熱天的葫蘆頭怎麼吃，臭烘烘的，我才不去的。」莊之蝶說：「這你就不懂，葫蘆頭是西京小吃第一碗，雖說是豬大腸泡饃，調料不同味道就不同了。你以前吃過東門口『福來順』的，那當然差了，正宗的在南院門的『春生發』，傳說祖上是得了孫思邈的真藥方子，吃起來就不一般。你經年便秘，那是腸子上有病，吃什麼補什麼，該去吃的。」牛月清說：「吃什麼補什麼，那京五就吃不得了！」莊之蝶：「京五怎麼啦？」牛月清說：「京五剛才給我說冤枉，他看中唐坊街一個女子，又不好意思向人家說破，見天去街口等候那女子去上班、下班。相思了一月，三天前去街口聽見噼噼啪啪燃鞭炮，近去瞧熱鬧，才知道那女子結婚了，新郎不是他！京五什麼都行，就是不會戀愛，有二兩豬腦子哩，還要再去吃豬腸子？」莊之蝶說：「京五失戀了？吃什麼補什麼，那就吃女人！」趙京五哈哈笑起來，說他準備獨身主義呀，起身拉莊之蝶就要走。牛月清說：「先不要走的，把我的事辦完了，你們走三天三夜我也不管的。」莊之蝶問：「又什麼事啦？」牛月清說：「今早我去朱雀百貨大樓給娘買了個撓手，娘老說身上有虱，哪兒有虱，人老了皮膚發癢。買回來，誰知隔壁王嫂也孝敬了娘一把撓手，王嫂的倒比我買的做工好，我想把買的退了回去，只是擔心退不了，你們出出主意怎麼個退法？」莊之蝶說：「一個撓手值幾個錢，費這心思。」牛月清說：「你好大方，你是龔靖元嘛！」趙京五說：「嫂子過日子仔細！」牛月清說：「男人再能掙錢，婆娘不會過日子，也是白搭。何況他耙耙沒齒，我匣匣還敢沒底？京五，我想去了商店當然先說好話，誇這撓手材料好，做工也好，我是實心實意買了的，可誰想到孩子他爹也給老人買了，而且又都是你們的貨！你想想，一個老人撓癢癢，能用了兩個撓手嗎？都是吃工資的人，一分錢也是不易的，多買一個放在那裡，這不是浪費嗎？所以希望能退掉一個。如果人家堅持不退，那就講理兒了，說買賣要公平，如今共產黨員都有退黨的自由，買個貨也不能退嗎？現在的售貨員都年輕，誰吃這一套，要變了臉兒吵怎麼辦？那咱也變臉，吵！你說說，吵起來用書面語言還是用粗話？」莊之蝶說：「讓我聽聽你的書面罵語？」牛月清說：「你們強詞奪理，混蛋，小王八羔子，操你娘的！」莊之蝶說：「你說粗話說順了，書面語言說著說著就滑了，操你娘應該說操你母親的，這就文明了！」氣得牛月清說：「京五你瞧瞧，你莊老師就是這號男人，從來不為我遮風擋雨！」趙京五說：「莊老師在外邊可是年輕人崇拜的偶像哩！」牛月清說：「我嫁的是丈夫不是偶像。硬是外邊的人寵慣壞了他，那些年輕人哪裡知道莊老師有腳氣，有齲齒，睡覺咬牙，吃飯放屁，上廁所一蹲不看完一張報紙不出來！」趙京五只是笑，說：「我給你出主意，如果變了臉還不頂用，你就尋他們領導，領導不見，就給市長撥專線電話。」牛月清說：「就這麼看，我立馬就去，你們等著我回來再走！」

老太太聽見牛月清要出門，卻一定要牛月清化了妝走。牛月清不喜歡在臉上搽這樣塗那樣，就不理娘，兀自走了。老太太在臥屋裡嘟囔不休：讓戴面具不戴，連妝也不化，人的真面目怎麼能讓外人看了？

牛月清一走，莊之蝶說：「我在外邊前呼後擁的，回到家裡就這麼過日子！」趙京五說：「嫂子這不錯了，她文化淺些，可賢慧卻比誰都強。」莊之蝶說：「她是脾氣壞起來，石頭都頭疼。對你好了，就像拿個燒餅，你已經吃飽了，還得硬往你嘴裡塞。」就讓趙京五在這兒坐著，他先騎車把城牆磚送到文聯那邊的房裡去。

剛返回來，一杯茶還未喝淨，牛月清就進了門，提了一包剛出籠的肉包子，喊叫娘快先吃著，一臉紅光光的，說：「你們猜猜，結果怎麼樣？」趙京五說：「這麼快回來，人家還是不退？」牛月清說：「退了！」趙京五說：「嫂子行，出門在外到底要強硬呢！」牛月清說：「哪裡就強硬了，我一去站在櫃台，人家售貨員問買什麼，我支支吾吾說不清，人家就笑了，問是退貨嗎？我立即說退的。人家接過去付了款，完了！」趙京五吃了一驚：「完了？」牛月清說：「可不就完了！這麼的容易，我倒沒意思起來了。」三個人都不言語起來。莊之蝶說：「咱們常常把複雜的事情想得過於簡單，但也常常把簡單的事情想得太複雜了。」牛月清撇了嘴道：「作家這陣給我上課了！」

老太太吃包子，還嫌味淡，便取了碗在她的臥室裡舀甕裡的醋。甕很大，揭了布鑲蓋兒，滿屋中都是味。趙京五說：「什麼香，這麼濃的？」牛月清說：「娘，你攪醋甕了？」釀醋是每日都要用一根淨棍兒攪的。老太太說：「不用攪了，熟了。」趙京五說：「你們家自己做醋？」牛月清說：「你莊老師有怪毛病，街上的熏醋不吃，只吃白醋，我釀了一大甕的。味兒真是純的，給你盛一塑料桶吧！」趙京五說：「我沒莊老師挑剔，什麼都吃的。如果醃有泡菜，我改日來嚐嚐。」牛月清說：「那你尋著地方了，我們家醃有泡菜、鹹菜、糖蒜、辣子，只要你喜歡吃！」當下便尋了塑料袋兒，竟各類給裝了，讓趙京五走時帶上。

莊之蝶說了幾句他們家有鄉下人口味的話，突然記起鞋子的事，就從提兜取出來給牛月清。牛月清說：「給我買的？」莊之蝶沒有說是阮知非送的，她噁心阮知非，罵是「流氓」。就說是昨日在孟雲房家，夏捷送的。牛月清見是一雙細高跟的黑色牛皮尖腳鞋，叫道：「天神，這麼高的跟兒，這哪裡是鞋，是刑具嘛！」莊之蝶說：「我最討厭你這麼說話，如果是刑具，滿街女人都是犯人了！」牛月清就一邊脫了舊鞋來試，一邊說：「你總希望我時髦，穿上這鞋，我可什麼也不幹了，你能伺候我嗎？」穿進去，前邊就凸鼓起來，一立身直喊疼。牛月清的腳肉多，且寬，總是穿平底鞋，莊之蝶為此常嘆息，說女人腳最重要，腳不好，該十分彩的三分就沒有了。牛月清當下臉上不悅起來，說：「我要穿高跟，只能穿北京產的，上海產的穿不成。」莊之蝶只好將鞋收起，說那就還給人家好了，免得落一場人情。就和趙京五出門走了，裝鞋的兜兒掛在摩托車上。

一出街口，趙京五見莊之蝶情緒好起來，說起南郊十里鋪有一農民企業家，姓黃的，人極能行，辦了一個農藥廠，已經有三次尋到他，說是一定要莊之蝶為他的藥廠寫點文章，文章可長可短，怎麼寫都可以，只要能見報紙。莊之蝶就笑道：「你又拿他什麼錢了，你偷了牛讓我拔樁?!」趙京五說：「我怎麼敢？不瞞你說，這廠長是我姨家的族裡親戚，姨以前給我談說，我推託了，這廠長又三番五次上門求我，我就尋你了。我也想，為什麼不寫呢？這號文章又不是創作，少打一圈麻將不就成了？稿酬我敲定了，給五千元的！」莊之蝶說：「那我署個筆名。」趙京五說：「這不行，人家就要你的三個字的名」。莊之蝶說：「我的名就值五千元？」趙京五說：「你總清高！現在的世事你清高就清貧吧，五千元也不是小數，你寫一個長篇大不了也是這個數。」莊之蝶說：「讓我考慮考慮。」趙京五說：「人家說好今日也來我家的，你拿定主意，錢的事你不要提，我要他先交錢再寫稿，現在這些個體戶暴發了，有的是錢。」

說話間，兩人到了趙京五家。一個爆玉米花的小販在門前支攤子生火爐，煙霧騰騰的，趙京五近去踢了火爐，罵了：「哪裡沒個地方，在門口熏獾呢?!」小販手臉烏黑，翻了白眼要還手，撲了幾撲，還是嚥了口唾沫把火爐提到一邊去了。莊之蝶等煙散開，看看門牌，是四府街三十七號。門樓確是十分講究，上邊有滾道瓦槽，琉璃獸脊，兩邊高起的樓壁頭磚刻了山水人物，只是門框上的一塊擋板掉了；雙扇大門黑漆剝落，泡釘少了六個，而門墩特大，青石鑿成，各浮雕一對麒麟；旁邊的磚牆上嵌著鐵環，下邊臥一長條紫色長石。趙京五見莊之蝶看得仔細，說這鐵環是拴馬的，紫色長石就是上馬石，舊時大戶人家騎馬上街，鞍韉上鈴鐺叮咚，馬蹄聲嗒嗒有致，倒比如今官僚坐小車威風的。莊之蝶很欣賞門墩上的雕飾，說西京城裡什麼風物都被人挖掘整理了，就是門墩上浮雕無人注意，他要拓些拓片出來，完全可以出版一本很有價值的書的。進了大門，迎面一堵照壁，又是磚雕的鄭燮的獨竿竹，兩邊有聯，一邊是「蒼竹一竿風雨」，一邊是「長年直寫青雲」。莊之蝶拍手叫道：「我還未見過鄭燮的獨竿竹哩，你何不早拓些片呢！」趙京五說：「現在要拆房子了，我準備把這完全揭下來。你要喜歡，你就保存吧。」莊之蝶說：「這兩句詩當然好，但畢竟嵌在照壁上不宜，未免有蕭條之感。」入得院來，總共三進程，每一進程皆有廳房廊舍，裝有八扇透花格窗，但亂七八糟的居住戶就分割了庭院空地，這裡搭一個棚子，那裡苫一間矮房，家家門口放置一個污水桶，一個垃圾筐，堵得通道曲里拐彎。莊之蝶和趙京五絆絆磕磕往裡去，出出進進的人都只穿了褲頭，一邊炒菜的，或者支了小桌在門口搓麻將的，扭過頭來看稀罕。到了後進程的庭院，更是擁擠不堪，一株香椿樹下有三間廈房，一支木棍撐了木窗，門口吊著竹簾，趙京五說：「這是我住的。」進了屋，光線極暗，好一會兒才看清白灰搪的牆皮差不多全鼓起來。窗下是一張老式紅木方桌，桌後是床，床上堆滿了各類書刊，床下卻鋪了厚厚的一層石灰。莊之蝶知道那是為了隔潮的。趙京五招呼在兩隻矮椅上坐了，莊之蝶才發現矮椅精美絕倫，一時嘆為觀止，說：「我在西京這麼長時間了，真正進四合院還是第一回。以前人總是說四合院怎麼舒服，其實全成了大雜院。這要住一家人是什麼味道？」趙京五說：「這本來就只住我們一家，五〇年，城市的貧民住進來，住進來了就再不能出去了；且人口愈來愈多，把院子就全破壞了。」莊之蝶說：「是你們一家的，以前倒沒聽你說過，能有這麼個莊宅，上輩人是有錢大戶了？」趙京五說：「說出來倒讓你嚇一跳的，豈止是有錢人家！你知道清朝時八國聯軍攻北京吧，慈禧太后西逃西京那是誰保駕的？那是我老爺爺。老爺爺做刑部尚書，是名震朝野的大法家，這一條街全是趙家的。八國聯軍攻到了京城，他是朝裡五個主戰人物的領袖，且暗中支持過義和團。朝廷對抗不了洋人，慈禧西逃，李鴻章留京與鬼子簽了辛丑條約，洋人就提出要嚴懲主戰派，點名要交出我老爺爺，由他們絞死。慈禧無奈，在西京下了聖旨，西京市民在鐘樓下六萬人集會反對，聲言若交出我老爺爺，慈禧就不能呆在西京。慈禧一方面迫於民情，一方面也不忍將自己的大臣交給洋人，就下了一旨『賜死』。我老爺爺便吞黃金，吞後未死，又讓人用紙蘸濕了糊口鼻而亡。死時五十歲。從那以後，趙家一群女人，為了生計，一條街的房就慢慢賣掉，只剩下這一座院落。你瞧瞧，現在留給我這後代的只有這兩個矮椅了。」莊之蝶說：「嚯，你原來還有這般顯赫的家世，半年前市長組織人編寫《西京五千年》，我負責文學藝術那一章，書成後，看到有一節寫了清朝的一個刑部尚書是西京人，知道這段故事，想不到竟是你的祖上，要是大清王朝不倒，你老爺爺壽終正寢，現在見你倒難了！」趙京五笑了：「那西京的四大惡少，就不是現在的這般崽子了！」莊之蝶站起來，隔了竹簾看見對門石階上有紅衣女子一邊搖搖籃的嬰兒一邊讀書，說：「世事滄桑，當年的豪華莊院如今成了這個樣子，而且很快就一切都沒有了！我老家潼關，歷史上是關中第一大關，演動了多少壯烈故事，十年前縣城遷了地方，那舊城淪成廢墟。前不久，我回去看了，坐在那廢城的樓上感嘆了半日，回來寫了一篇散文登在市報上，不知你讀到沒有？」趙京五說：「讀過了，所以我才讓你來這裡看看，說不定以後還能寫點什麼。」竹簾外的紅衣女換了個姿勢坐了，臉面正對了這邊，但沒有抬頭，還在讀書，便顯出睫毛黑長，鼻梁直溜。莊之蝶順嘴說句：「這姑娘孌俊的。」趙京五問：「說誰？」探頭看了，說：「是對門人家的保母，陝北來的。陝北那鬼地方，什麼都不長，就長女人！」莊之蝶說：「我一直想請個保母，總沒合適的，勞務市場介紹的不放心。這姑娘怎麼樣？能不能讓她在他們村也給我找一個。」趙京五說：「這姑娘口齒流利，行為大方，若給你家當保母，保準會應酬客人的。但院子裡人背地說，主人不在，她就給嬰兒吃安眠藥片，孩子一睡就一上午。這話我不信，多是鄰里的小保母看著她秀氣，跟的主兒家又富裕，是嫉妒罷了。」莊之蝶說：「那就真胡說了，做姑娘的會有這種人？」兩人重新坐下，趙京五就關了門，開始打開一個木箱，取出他收集到的古玩給莊之蝶看，無非是些古書畫、陶瓷、青銅器、錢幣、碑帖拓片、雕刻件，莊之蝶倒喜歡起那十一方硯台了。趙京五最得意的也正是這些硯台，它不僅是端硯、兆硯、徽硯、泥硯，且所產年代古久，每一硯上都刻有使硯人的名姓。

他一方方拿起來讓莊之蝶辨石色，觀活眼，用手撫摩來感覺了，又敲了聲在耳邊聽。然後講此硯初主為誰，二主為誰，歷史上任過幾品官銜，所傳世的書畫又如何有名，熱羨得莊之蝶連聲驚道：「你這都是怎麼收集的？」趙京五說：「那幾方是收集得早了，有些是和人交換的，這一方花了三千元買的。」莊之蝶說：「三千元，不便宜喲！」趙京五說：「還不便宜？現在把這方拿出去賣，兩萬元我還不讓的。月前去蓮湖區博物館，因市上建了大博物館，各區的文物都要上交，區博物館就把所收藏的一些小件東西未入註冊登記，想處理了為職工搞福利。我去見了這硯，愛得不行，要買，他們說一萬元，還了半天價，畢竟熟人好辦事，三千元就拿走了。」莊之蝶半信半疑，又拿過硯來細細察看，果然分量比一般硯重了幾倍，用牙咬了咬，放在耳邊有金屬的細音，而硯的背面一行小字，分明寫著「文徵明玩賞」。莊之蝶罵道：「京五，你懂這行，再有這等好事，要忘了我可不行，你的什麼事我也不管了！」趙京五說：「你不急嘛！最近有人給我透風，說是龔靖元的兒子龔小乙手裡有一方好硯，他是吸大菸的，說是單等他爹出國訪問後就出手，等我去看了，如果是真貨，弄了來我一定先滿足你。我說過要送你東西的，這兩件怎麼樣？」莊之蝶看時，是兩枚古幣，又翻來覆去了半日，嘿嘿笑道：「京五，你個鬼頭，騙別人倒好，竟來唬我，這孝建四銖珍貴是珍貴，卻是漢五銖錢脫胎換形來的，這枚『靖康元寶』也是普通宋幣製的！」趙京五尷尬地說聲：「我是試你的眼力的，還真是行家裡手！那我送你一塊真傢伙，這可是稀罕物的。」便取了一個紅絲絨小包，打開了，是兩枚銅鏡。趙京五比較著，要揀出一枚給了莊之蝶。莊之蝶認得一枚是雙鶴銜綬鴛鴦銘帶紋銅鏡，一枚是千秋天馬銜枝鸞鳳銘帶紋銅鏡，心下喜之不盡，一伸手全拿了過來，說：「這活該是一對鏡兒，要送就送個雙數。你收集的硯台多，趕明兒我也送你一塊，你湊你的百硯好了！」心下自喜。趙京五卻一時為難了，說：「我送了你，但你得向汪希眠給我求一幅畫的。」莊之蝶說：「那還不容易嗎？改日我領你去他家，要什麼畫什麼，他還得拿酒肉招待的！」當下拿了鏡到窗前觀看。

這時節有人敲門，趙京五問：「誰？」並未回答，忙示眼色，莊之蝶立即將鏡揣人懷中，趙京五自個也關了木箱上鎖放好，上邊堆一些破舊書報，問：「誰呀？」回答：「是我。」趙京五拉開門就叫道：「是黃廠長？！你怎麼現在才來，莊老師已經在這裡等你了半天，一塊去吃飯的，我們的肚子早都餓得咕咕響了！」莊之蝶看時，此人又粗又矮，一臉黑黃胖肉，卻穿一件雪白襯衣，繫著領帶，手裡拎了一個大包。站起遂與之握手。黃廠長握了手久不放下，說：「莊先生的大名如雷貫耳，今天總算見到了！我來時說去見莊先生呀，我那老婆還笑我說夢話。這手我就不洗了，回去和她握握，叫她也榮耀榮耀！」莊之蝶說：「喔，那我這手成了毛主席的手了？！」三人都蔺蔺大笑。黃廠長說：「莊先生真會說笑話，真是人愈大愈平易！」莊之蝶說：「我算什麼大！弄文學的只不過浪個虛名，你才是財大氣粗！」黃廠長還在握著莊之蝶的手，握得汗漬漬的，說：「莊先生，話可不能這樣說，我看過你的一些報導，咱都是鄉下窮苦人出身，過去錢把我害苦了，現在錢是多了，但錢多頂得住你的大名？我可能比你年長，說一句不客氣的話，以後有什麼手頭緊張，你給哥哥說一聲，有我的就有你的。咱那藥廠生意正好，一〇一農藥市面上很緊俏，你幾時能賞臉兒去看看，我們隨時恭候哩！」趙京五說：「事情我對莊老師說了，咱也不必繞圈子，都是忙人，莊老師從來不寫這類文章的，這回破了大例。你安排個時間，哪日去廠裡先看看，然後是五千元你交給我，見報是沒問題的。話可說清，只能是五千字！」黃廠長這才鬆開了手，給莊之蝶鞠了一躬，不迭聲地說：「多謝了，多謝了！」莊之蝶說：「那幾時去呢？」黃廠長說：「今下午怎樣？」莊之蝶說：「那不行的。大後天下午吧！」黃廠長說：「行，大後天我來接你好了。京五，莊先生這麼看得起我，我太高興了，咱們出去吃飯吧，你說上哪個飯莊？」趙京五說：「今日我做東，我們商量了去吃葫蘆頭的。」黃廠長說：「吃葫蘆頭太那個了吧！」莊之蝶說：「吃葫蘆頭方便，這兒離『春生發』又近的。」黃廠長說那就依你，掏了包兒裡一瓶西鳳酒，三瓶咖啡，兩包蓼花麻糖，一條「三五」牌香菸，讓趙京五收下。趙京五不好意思，說：「見一面分一半，莊老師你把香菸拿了吧。」莊之蝶拒不要，說洋菸太爆抽不慣的。黃廠長就說了：「京五你不讓了，莊先生愛抽國產菸，改日我買三條五條『紅塔山』送去。這點小禮品再推讓，我臉上就擱不住了。」趙京五收了禮品，卻仰面對莊之蝶笑，笑了說：「肚子是飢了，可你難得來我這兒一趟，能不留個筆墨嗎？只寫一幅，耽擱不了些許時間的。」莊之蝶就說：「你是個笑面虎，你一笑，我就知道又要有事了！可你什麼沒有，倒要我的字？」趙京五說：「名人字畫嘛，我也要保存幾張的。」

立時桌子安好，展了宣紙，莊之蝶提了筆卻沒詞兒，歪著腦袋問：「寫些什麼？」趙京五說：「隨你的便吧，把你近期感悟的事寫上最好，日後真成了驚天動地人物，研究你，我就有第一手材料了！」莊之蝶略有沉吟，揮毫寫了：蝶來風有致，人去月無聊。趙京五看了，說：「這是什麼意思？上句有個『蝶』字，這是暗指了你，下句有個『月』字，莫非又暗示了牛月清嫂子？『有致』、『無聊』能想出，『來』與『去』我就弄不明白了！」莊之蝶也不搭理，又提筆在旁寫下一行小字：「趙京五索字，遂錄古人詩句。知之為知之，不知為不知。吾一字雖不值千金，但三百年後也必是文物，一字可賣八百元吧！如此算來，趙京五若有後代，已得我上萬元了！不寫了，不寫了，莊之蝶就此擲筆。」趙京五一字字念完，樂得撫掌大笑：「這最好，這最好，真的值上萬元的！」

黃廠長在一旁看得眼饞起來，說：「莊先生也賞我一幅吧，我會裱得好好地掛在中堂的！」不待莊之蝶應允，就過來添墨汁，沒想用力過大，墨倒了一手，就跑到院中水池裡去洗。莊之蝶悄聲說：「他這一洗，將我的『榮耀』洗沒了！」兩人就哧哧笑。趙京五說：「給他寫一幅吧，有錢的暴發戶喜歡個風雅的。」莊之蝶說：「噢，現在是只要一當了官，什麼都是內行了。咱們的市長原是學土壤學的大學生，當了市長，工業會上他講工業，商業會上他講商業，文聯會上他又講文學藝術創作，你還得一字一字去記！這些暴發戶一有了錢，也是什麼都有了！」趙京五說：「他就是再有錢，還不是要附你的風雅嗎？」莊之蝶即寫了：「百鬼猙獰上帝無言；星有芒角見月暗淡。」趙京五正要說「妙」，竹簾一挑，一個聲音先進來：「哪個是作家莊之蝶？」莊之蝶看時，門裡跳進來的是對門的小保母。

原來黃廠長在水池裡洗手，小保母問幹什麼呀，弄得一手的墨？黃廠長說作家莊之蝶寫字的，小保母看的正是莊之蝶的書，在嬰兒口中塞了奶嘴兒就跑過來了。莊之蝶從沒遇到過誰這麼當面直喊，連個老師也不稱呼，但不知怎麼卻喜歡了她的率真，便看著那一張俏臉兒說：「我是莊之蝶。」小保母瞧了瞧，卻說：「你騙我，你哪裡會是莊之蝶？」黃廠長倒吃了一驚，拿眼看趙京五。趙京五問：「你說莊之蝶是什麼樣子？」小保母說：「他起碼比你要高，這麼高的！」用手比畫著。莊之蝶說：「哎呀，這物價天天長，個頭就是不長，要當莊之蝶也當不成了！」小保母才認真起來，又仔仔細細打量一番，臉就通紅，但立即說：「實在對不起，冒犯你了！」莊之蝶說：「你在對門那家當保母？」小保母說：「是個小保母，您該笑話我了！」莊之蝶說：「哪裡敢笑話？剛才我還對京五說：這姑娘一邊看孩子還一邊讀書，在保母中不多見的！」小保母說：「您不賤看我，那您就該贈我一幅字了！」莊之蝶說：「憑你這種口氣，我敢不嗎？叫什麼名字？」小保母說：「柳月。」莊之蝶愣了愣，喃喃起來：「又是一個月？」遂寫了一聯古詩：「野曠天低樹，江清月近人。」

趙京五在旁說：「柳月，你好福氣的，我攤的筆墨紙硯，倒讓你撿了便宜！莊老師給你寫了字，你得介紹一個你村裡的姑娘來給莊老師家當保母。」柳月說：「莊老師是什麼人家，我們那兒的人粗腳笨手的，可沒有能入得眼的！」莊之蝶說：「看一個就知道一群，你一定會找一個好的。」柳月想了想，說：「那就只有我了！」趙京五怎麼也沒有想到她說出這般話來，忙給柳月使眼兒。莊之蝶卻合掌叫道：「我就等看你說這話的！」得意得柳月哇的一聲，嘲笑了趙京五：「你還給我丟眼色的，怎麼著，我一證實他是莊老師，我就感覺我要當他家保母了！」趙京五說：「這不行的，你和對門那家訂的有合同，你走了，他們知道是我介紹了去別的人家，不知該怎麼罵我了?!」柳月說：「我當他家童養媳？」莊之蝶卻平靜了臉，說：「這樣吧，等你同那家合同期滿，你就讓京五找我吧。」

三人吃飯來到街上，莊之蝶說柳月壓根不像是鄉裡來人，可乖呢。趙京五說：「誰能想到她出落得這般快的。初來時，穿一身粗布衣裳，見人就低了眉眼，不肯說話。有一天，那家人上了班，她開了櫃子，把女主人的衣服一件一件穿了在大立鏡前照，正好被隔壁的人看見，說了句『你像陳沖』，她說是嗎？卻嗚嗚地哭。誰也不曉得她為什麼哭！頭一個月發了保母費，主人說，你給你爹寄些吧，黃土圪嶗上的日子苦焦；她沒有，全買了衣服。人是衣裳馬是鞍，她一下子光彩了，滿院子的人都說像陳沖，自此一日比一日活泛，整個兒性格都變了。」莊之蝶提說柳月，是覺得這姑娘性格可愛，無意間露嘴兒一句，卻引得趙京五說了一堆，見趙京五又說出：「你真的要她去你家嗎？可別雇了個保母卻請了個小姐！」就不願多搭理，自個兒往前走了。走過一條小巷，看見近旁誰家的院子，枝枝杈杈繁密了一棵柿樹，一片泛黃的葉子被風忽地吹來，不偏不倚貼在他的右眼窩上，便突然說：「京五，從這條巷拐過去是不是清虛庵？」趙京五說：「是的。」莊之蝶說：「我新識了一個朋友就在那附近，何不喊了也一塊去吃葫蘆頭熱鬧！」趙京五說：「你是說尼姑慧明吧？」莊之蝶說：「人家是佛門人，去吃豬大腸?!」趙京五說：「得罪了。既然是你的朋友，叫來我也認識認識。」莊之蝶說：「我速去速來。」發動了「木蘭」，嗖地一聲騎著去了。

車一在門前響，低矮的院牆上就冒出一個油光水亮的頭來，喊：「莊老師！」莊之蝶看時，正是唐宛兒，吟吟對他笑哩。牆頭上罩滿了爬壁藤，莊之蝶尋思這女人怎麼這樣巧地就發現了他，油頭粉臉卻在一片綠中不見了，遂聽牆內一連三聲：「你稍等一下，我來開院門！」

原來婦人正上廁所，蹲在那裡看牆根被水浸蝕斑駁的痕跡，看出裡邊許許多多人的形狀來，不知怎麼就想起莊之蝶，兀自將臉也羞紅了。偏這時聽見摩托車聲，慌亂中站起來一看，恰恰就是莊之蝶，急拉起了溜脫在腳脖處的米黃色褲裙，顫和和跑出來。

莊之蝶從門縫往裡瞧，婦人一連跑一邊繫褲帶，卻並沒有跑來開院門，倒進堂屋，正看著了豐滿的微微後翹的臀部的扭動，心裡就嗖地一陣麻酥。

唐宛兒在屋裡當鏡又整了整頭髮，用一塊海綿蘸了胭脂敷在顴骨處，塗了唇膏，跑出來把門打開，便長久地倚在門扇上給客人慈眉善眼了。莊之蝶看著那一對眼睛，看出了裡邊有小小的人兒，明白那小人兒是自己，立即說：「周敏呢，周敏不在家？」婦人道：「他說今日要去印刷廠，一早就走了的。莊老師你進來呀，這麼大日頭的也不戴了帽子！」莊之蝶一時有些迷糊，弄不清周敏不在對於自己是一種失望還是一種希望，便提了兜兒走進來。落了座，婦人沏茶取菸，把風扇打開了，說：「莊老師，我們怎麼感激你哩，你這麼大名氣的人，別人要見也見不上的，我們倒受你太多的恩惠。」莊之蝶說：「受我什麼恩惠？」婦人說：「你送來那麼多餐具，甭說我們現在用不完，就是將來正式成家過日子，用也用不完的。」莊之蝶這才記起讓雜貨店送餐具的事，就笑了：「那有幾個錢，只花了一篇小文章的稿費。」

婦人把凳子搬在莊之蝶面前，也坐下了，絞了腿，說：「一篇小文章就買到那麼多東西？周敏說：發稿酬算字數，標點符號也算字的。那你寫一本書，光標點符號就要值多少錢的！」莊之蝶噗地笑了：「如果只有標點符號，就沒有人付稿費了！」婦人也就身子抖動，笑得放出聲來，但立即，她提了提脖前墜下的圓領衫兒，因為在笑時圓領衫兒擁過來，已經露出很大很白一塊胸口了。偏這一提，倒使莊之蝶心裡咯噔一下，以後眼光一到那裡就滑過去了。婦人說：「莊老師，我要問你一個問題，你寫的作品中，人物都有模特嗎？」莊之蝶說：「這怎麼說呢？好多是我推想的。」婦人說：「你怎麼能想到那麼細？我對周敏說了，莊老師是個感情豐富細膩的人，有這樣一個丈夫，他的妻子真幸福。」莊之蝶說：「她說她下一輩如果還轉世，再也不給作家當老婆！」婦人似乎甚是吃驚，悶了一時，低了眉眼說：「那她是身在福中不知福了，她哪裡嚐過給粗俗男人作妻子的苦處！」竟噗嗒掉下一顆淚來。莊之蝶立即想到她的身世。莊之蝶沒有見過她的那個丈夫的，但莊之蝶現在能想像出那是一個什麼樣的男人了。於是安慰道：「你是有福的，就你這長相，也不是薄命人。過去的事過去了，現在不是很好嗎？」婦人說：「這算什麼日子？西京雖好，可哪裡是我長居的地方？莊老師你還會看相，就再給我看看。」婦人將一隻白生生的小手伸過來，放在莊之蝶的膝蓋上了。莊之蝶握過手來，心裡是異樣的感覺，胡亂說過一氣，就講相書上關於女人貴賤的特徵，如何額平圓者貴凹凸者賤，鼻聳直者貴陷者賤，發光潤者貴枯澀者賤，腳跗高者貴扁薄者賤。婦人聽了，一一對照，洋洋自得起來。只是不明白腳怎麼個算是跗高，莊之蝶動手按她的腳踝下的方位，手要按到了，卻停住，空裡指了一下，婦人卻脫了鞋，將腳竟能扳上來，幾乎要挨著那臉了。莊之蝶驚訝她腿功這麼柔韌，看那腳時，見小巧玲瓏，跗高得幾乎和小腿沒有過渡，腳心便十分空虛，能放下一枚杏子，而嫩得如一節一節筍尖的趾頭，大腳趾老長，後邊依次短下來，小腳趾還一張一合地動。莊之蝶從未見過這麼美的腳，差不多要長嘯了！看看婦人重新穿好襪子和鞋，問：「你穿多大的鞋？」婦人說：「三十五號碼的。我這麼大的個，腳太小，有些失比例了。」莊之蝶一個閃笑，站起來說：「這就活該是你的鞋了！」從兜裡取了那雙皮鞋給婦人。婦人說：「這麼漂亮的！多少錢？」莊之蝶說：「你要付錢嗎？算了，送了你了！」婦人看看莊之蝶，莊之蝶說：「穿上吧！」婦人卻沒有再說謝話，穿了新鞋，一雙舊鞋嗖地一聲丟在床下去了。

莊之蝶返回飯館的時候，情緒非常地好。趙京五和黃廠長見他這麼久才來，又沒叫來那個朋友，倒有些掃興，叫嚷肚子餓扁了，問莊之蝶不覺得飢嗎？莊之蝶說他只想喝酒。

一頓飯，三人都喝得多了。先是上半瓶白酒下肚，還甜言蜜語著；下半瓶喝下便相互豪言壯語，再買了半斤，就胡言亂語起來，又買了半斤喝過，無言無語了。在飯館直坐到了後晌。後來莊之蝶要走，趙京五說：「我得送你。」莊之蝶擺擺手，搖搖晃晃騎了「木蘭」，一路走著，一路卻能分辨街上商店門口廣告牌上的錯別字。一進雙仁府小院，入門就睡下到天黑，牛月清把飯做好了才起來。起來又獨獨坐了一回，說肚子不飢，也不吃飯，要騎車回文聯那邊住屋去過夜。牛月清說：「今晚不消過去了，就住在這邊吧。」莊之蝶支支吾吾的，說晚上還要寫寫文章的，牛月清就說：「你要過去，我晚上可不過去的。」莊之蝶明白她的意思，心想我躲清靜才過去呢，臉面上卻做一副苦態，嘆口氣出門走了。

巷口街頭，日色蒼茫。鼓樓上一片鳥噪，樓下的門洞邊，幾家賣餛飩和烤羊肉串的小販張燈支灶，一群孩子就圍了絞棉花糖的老頭瞎起鬨。莊之蝶才去瞧棉花糖是怎麼個絞法兒，把一勺白糖能搖絞出棉花一樣的絲來，一抬頭卻見門洞那邊走來了賣牛奶的劉嫂和她的牛。在供應了定點的牛奶後，劉嫂和牛直歇到天涼起來才往城外走。一見面牛就長哞起來，驚得孩子們一哄散了。劉嫂說：「莊先生好幾天又不見買奶吃了，是沒住在文聯嗎？」莊之蝶說：「明日在的，我等你了。」走過去拍著牛的背，一邊和劉嫂說些牛奶的產量和價格，劉嫂就抱怨每斤飼料又長了一角，可奶價還是提不上來，這麼大熱的天，真不夠進城跑一天的辛苦錢。說話間，奶牛站在那裡四蹄不動，扭轉了頭這邊看看，那邊看看，舌頭在嘴裡攪動著，尾巴慢慢地甩過來，又慢慢地甩過去。莊之蝶就說：「你要想開點，若不出來跑跑，不是一分錢掙不來，照樣要買菜買糧嗎？哎呀，你瞧這牛，它倒不急不躁，像個哲學家的！」

莊之蝶這話當然是隨便說的，沒想這牛卻一字一字聽在耳裡。人說狗通人性，貓通人性，其實牛更通人性。一年前莊之蝶在郊區採訪住在劉嫂家，這女人先是務菜，菜務不好，賣菜時又不會在秤桿上做手腳，光景自然就害恓惶。莊之蝶一日出主意：「城裡供應的奶常常摻水，群眾意見頗大，但用奶的人家多，奶場又想賺錢，水還是照樣摻，訂奶戶一邊罵娘也還一邊要訂的。那麼，何不養頭奶牛，能把牛牽上去城裡現擠現賣，即便是價高些也受人歡迎，收入一定要勝過務菜了。」劉嫂聽了，因此在終南山裡購得了此牛，牛是依了莊之蝶的建議來到西京城裡，莊之蝶又是每次趴下身子去用口吮吃，牛對莊之蝶就感激起來，每每見到他便哞叫致意，自聽了他又說「牛像個哲學家」，從此真的有了人的思維，以哲學家的目光來看這個城市了，只是不會說人的語言，所以人卻不知曉。

這一日，清早售完奶後，劉嫂牽了牛在城牆根歇涼，正是周敏在城牆頭上吹動了塤，聲音沉緩悠長，嗚嗚如夜風臨窗，古墓鬼哭，人和牛都聽得有些森寒，卻又喜歡著聽，塤聲卻住了，仰頭看著剪紙一般的吹塤人慢慢移走遠去，感覺裡要發一些感慨，卻沒有詞兒抒出，垂頭打盹兒睡著。牛啃了一肚子草，也臥下來反芻，一反芻竟有了思想了：

當我在終南山的時候，就知道有了人的歷史，便就有了牛的歷史。或者說，人其實是牛變的呢，還是牛是人變的？但人不這麼認為，人說他們是猴子變的。人怎麼會是猴子變的呢？那屁股和臉一樣發紅發厚的傢伙，人竟說牠是祖先。人完全是為了永遠地奴役我們，又要心安理得，就說了謊。如果這是樁冤案，無法澄清，那我們就不妨這麼認為：牛和人的祖先都是猴子；猴子進化了兩種，一種會說話，一種不會說話，說話是人的思維的表現，而牛的思維則變成了反芻。如此而已。啊哈，在混沌蒼茫的天地裡，牛是跳蚤一樣小得幾乎沒有存在的必要嗎？不，牛是龐然大物，有高大的身軀，有健壯的四蹄，有堅硬鋒利的戰鬥之角，但在一切野獸都向著人進攻的世界裡，獨獨牛站在了人的一邊，與人合作，供其指揮，這完全是血緣親近心靈相通。可是，人，把牛當那雞一樣、豬一樣徹底為自己服務。雞與豬，人還得去飼養著方能吃他們的蛋，吃他們的肉，而牛要給人耕種，給人推磨，給人載運，以致發展到擠出奶水！人啊人，之所以戰勝了牛，是人有了忘義之心和製造了鞭子。

這頭奶牛為自己的種族的屈辱而不平了，鼻孔裡開始噴兩股粗氣，一呼一吸，竟使面前的塵土地上衝開了兩個小土窩。但牠仰頭注視了一片空白的天空，終於平和下來，而一聲長笑了。牛的長笑就是振發一種「哞」。牠長笑的原因是：在這個世界上，一切動物中除牛之外都是猙獰，無言的只有上帝和牛。牛正是受人的奴役，牛才區別於別的野獸而隨人進入了文明的社會。好得很，社會的文明畢竟會要使人機關算盡，聰明反被聰明誤，走向毀滅，那麼，取代人而將要主宰這個社會的是誰呢？是牛，只能是牛！這並不是虛妄的譫語，人的生活史上不就是常常發生家奴反主的故事嗎？況且，牛的種族實際上已有率先以人的面目進入人類者，君不見人群裡為什麼有那麼多的愛穿牛皮做的大衣、茄克和鞋。這些穿皮衣皮鞋的人，都是牛的特務，他們在混入人類後自然依戀牛的種族或是提醒自己的責任，才在身子的某一部位用牛的東西來偷偷暗示和標榜！而自己——這頭牛洋洋得意了，實在是天降大任吧，竟是第一個赤裸裸地以牛的身分來到人的最繁華的城市裡了，試問在哪個城市有牛能堂而皇之地行走於大街?!

這牛思想到這兒，於是萬分地感謝莊之蝶了。是莊之蝶首先建議了一個女人從山野僻地買牠而來，又牽了牠進城現擠現賣奶汁，更是說下一句「牛像個哲學家」，一字千金，擲地有聲，使牠一下子醒悟了自己神聖的使命。啊！我是哲學家，我真的是哲學家，我要好好來觀察這人的城市，思考這城市中人的生活，在人與牛的過渡世紀裡，作一個偉大的牛的先知先覺吧！

六月十九日黃昏，莊之蝶買了燒紙過雙仁府來。牛月清從街上叫了一個小爐匠在院門口，正把家傳的兩支銀簪，熔化了重新打製一枚戒指。莊之蝶近處看了看，小爐匠臉色白淨，細眼薄嘴，一邊自誇著家傳的技藝，一邊腳踩動風包，手持了石油氣槍，在一塊木頭上燒化簪子，立時簪子稀軟成珠。莊之蝶從未見過這景緻，以為牛月清要做耳環的，說你把簪子用了，娘犯起心慌病來要煮銀簪水喝，你就不停地從耳朵上往下取嗎？牛月清說：「我才不戴耳環，汪希眠手上戴三枚戒指，你一枚也沒有，出門在外別人笑你吝嗇，也得罵我當老婆的刻苦了你！」莊之蝶聽了咕噥一句：「胡折騰！」進院去屋，與娘說話。

戒指製好，牛月清歡天喜地拿了回來，直嚷道莊之蝶戴了試試，莊之蝶卻忙著用人民幣拍印燒紙：紙一沓一沓鋪在地上，錢幣一反一正按在上邊用手拍。牛月清嘲笑莊之蝶太認真，燒紙是寄託哀思的一種方式，用得著那麼費勁？老太太伸手擰女兒的嘴，還要求莊之蝶一定把紙按實在土地上，要不亡人帶了這錢過河，錢就變成鐵錢了。牛月清又說，即使變鐵錢，那是對古時的銀元和銅板而言，現在用紙幣拍印，紙錢變了鐵錢倒好哩！老太太再罵牛月清，親自把拍印後的燒紙分成六份，一一讓莊之蝶在上面寫亡人名姓。自然是岳父的錢最多，依次是老太太的父母、舅舅、姐姐，還有一個牛月清的乾娘。惹得牛月清再笑娘的負擔重，要照顧這麼多人的，一面把戒指套在莊之蝶的指頭上，戒指碩大，莊之蝶坐在沙發上，就作出很闊的架勢，二郎腿挑著鞋搖著，手指篤篤地在沙發扶手上敲，說身上的衫子過時了，得換一件的。牛月清說：「我早給你買了一件大紅T恤衫，還怕你不穿的。我們單位老黃，六十二歲了，就穿了這樣的衫子，人年輕了十歲的！」莊之蝶又說：「那這褲子就不配了，如今街上興港式老闆褲，我得要一件的。有了老闆褲，鞋也要換的，還有這褲帶，這襪子……」牛月清說：「得了得了，換到最後你得去美容換臉皮了，說不準兒還要換班子換了我去?!」莊之蝶說：「去年你用一支簪鑲補了一顆牙，從此是金口玉言，在家裡你說什麼就是什麼。現在你讓我戴戒指，那只好這麼換嘛！」笑了笑，卸了戒指放在桌上，埋怨牛月清隨流俗走，要把他打扮成什麼形象了！牛月清就不悅起來，說：「這麼說我是舔屁股把仔蛋咬了？我興興地打扮你你不依，往後你也別干涉我頭髮怎麼梳，衣服怎麼穿！」老太太見兩人又鬥花嘴，自不理睬，卻突然叫苦起來，說給老頭子的錢面值都是壹佰元，沒有零花票子，在冥國裡買什麼能方便嗎？莊之蝶便去取了一沓稿紙，分別拍印了拾元的、五元的、一元的面票，一家人起身去巷口馬路邊焚燒。

外邊全然黑了，馬路上人少車稀，百米外的路燈桿上一顆燈泡半明半暗。紙一燃起來，三個人的影子就在馬路兩邊的牆上忽大忽小，跳跌如鬼，紙灰碎屑繽紛紛起落。莊之蝶和牛月清先是並不覺得什麼，跪在那裡嫌火太炙，身子往後退，老太太卻開始念叨個個亡人的名字，召喚他們來收錢，叮嚀把錢裝好，不要濫花銷，也不必過分節省，如果花銷完了就來告訴她，莊之蝶和牛月清就覺得森煞，瞧見一股小風在火堆邊旋了一會兒，就立即用紙去壓住。這時候，西邊天上忽然一片紅光，三人都抬頭去看。老太太便說：「餓鬼在那裡打架哩，這都是誰家的餓鬼？他媽的，你們後人不給你們錢，倒搶我家老頭子的?!」牛月清毛骨悚然，說：「娘，你胡說什麼呀！那怕是一家工廠在安裝什麼機器用電焊吧，什麼鬼打架不打架的！」老太太還是仰望夜空，口裡念叨不停，後來長出一口氣，說老頭子，到底身手捷快，硬是沒讓被搶了錢去，就問：「月清，街那邊十號院裡可有懷了孕的女人？」牛月清說：「那院子盡住些商州來的炭客，這些人來城裡發了，拖家帶口都來住，是有一個女人肚子挺大的。」莊之蝶說：「這些人把老婆接來，沒有一個不生娃娃的，都是計畫外的二胎三胎。日子愈窮，娃娃愈多，娃娃愈多，日子愈窮，不知道他們怎麼想的？」牛月清說：「前天中午我去醫院，在門診室正遇著十號院那女人，她說她懷孕了，讓醫生檢查胎位正不正。醫生讓她解了懷，拿聽診器往她肚子上放，那肚皮黑乎乎地髒，醫生拿酒精棉球去擦，一擦一道白印子，說：『你來這裡，也該把肚皮洗一洗！』那女人紅了臉，悶了半晌說：『我男人是炭客嘛！』」說罷就笑，莊之蝶也笑了。老太太就說：「一個鬼去投胎了，那孩子就要出世了！」一語未落，果然聽得遠處有嬰兒的啼哭聲，遂聽見有人在馬路上噔噔噔速跑，接著是拍一家門板，大叫：「根勝，根勝，我老婆生了！你快起來幫我去東羊街買三個鍋盔一罐黃酒，她這陣害肚子飢，吆頭牛進去都能吃掉的！」莊之蝶和牛月清面面相覷，疑惑娘竟能說準，往夜空中看看，越發害怕起來。胡亂燒完紙，起身就要回去。街巷那邊的一棵梧桐樹後卻閃出一個人來，在那裡叫道：「牛嫂，牛嫂！」老太太問：「誰個？」那人說：「是我。」迎著火光走近，莊之蝶認得是右首巷裡的王婆婆，哼了一聲兀自回家去了。

原來，這王婆婆早年是聚春園的妓女，二十五歲上遇著胡宗南的一位祕書，收攏了才做起安分夫妻，曾生過一個兒子。兒子長成牆高的小伙子，騎摩託卻撞在電桿上死了。不幾年，那祕書也過了世，她寡寡地獨自過活，日子很是狼狽。前二年，以家裡的房子寬展，開辦了私人託兒所。因與老太太認識得早，家又離得近，常過來串門聊天。莊之碟見她說話沒準兒，眉眼飛揚，行為又鬼鬼祟祟，便不喜歡她來，曾說過她辦託兒所會把孩子帶壞的話，惹得老大太不高興，牛月清也指責他帶了偏見看人的。王婆婆自然是莊之蝶在時來的少，莊之蝶不在時來的多。半年前王婆婆和老太太聊天兒，說到莊之蝶和牛月清這麼大的歲數了怎麼不生養孩子，老太太就傷了心，說他們結婚後的第二年懷上了，但偏說孩子來得太早，就人工流產了；後來又懷上了，又說事業上有個名堂了再要孩子，又墮胎了；如今什麼都有了，要懷孩子卻懷不上了！王婆婆說她有個祕方的，不但能讓懷上，而且還一定能讓懷上個男孩。老太太好不喜歡，說知了牛月清，牛月清淚水吧嗒地告訴娘，她何嘗不想懷上孩子，但不知怎麼懷不上，這幾年莊之蝶倒愈來愈不行的，說來也怪，他是不用時逞英豪，該用時就無能，已經看過許多醫生都沒效果，準備著這一輩子就再不要孩子了。老太太苦愁了許多日子，才想出個主意來，讓北郊的乾表姐來代生，然後抱過來撫養，這樣畢竟是親戚，總比抱養外人的孩子要好。偏巧乾表姐懷了孕，老太太去說知了心思，乾表姐喜歡得一口應允，老太太卻一定要生男孩子才抱養的，逼了表姐去醫院做B超檢查。一查竟是女孩，只好做了流產術。老太太便領了乾表姐去拜訪王婆婆，王婆婆就教導了：月信三天後，就抓緊行房要懷上孕，然後開始吃她的藥，一天早晚吃一小勺，不要嫌苦，吃後下身出少量的血也不必驚慌。就把自製的一瓶黑稠如漿的藥交給乾表姐。老太太當然感激不盡，當場要付藥錢。王婆婆說不用急的，生下男孩子了付我不遲，只是說此藥中最值錢的是沉香，要進口的純沉香，這服藥是別人買了藥配的，先就應急了牛嫂，但得買了沉香再給人家配呀。於是牛月清就四處尋購沉香。莊之蝶得知，很不樂意，為此拌過幾回嘴。這陣，王婆婆見莊之蝶走了，得意忘形地頭也晃手也搖，說：「牛嫂，你聽著十號院那嬰兒叫喚嗎？那炭客的老婆生了三個女孩，吃我的藥就把男孩子生下來了！這幾天我就坐在他家，單等著她生，炭客說：『王婆婆，要是生下個女娃你就不好走了！』我說：『要不是男娃，我退你的藥錢！要是這男孩生下來，就是吃我這藥生下的第二十二個了！』怎麼著，果然就是個男孩！」牛月清也高興起來，說：「王婆婆，我是信你的，沉香我買回來了。」王婆婆說：「是嗎？生下孩子可別忘了我！」牛月清讓王婆婆到家去吃飯喝茶，王婆婆說改日去吧。牛月清早忘記了害怕，一個人從黑巷道路回來取沉香。莊之蝶問：「王婆婆又說生孩子的事？」牛月清說：「那祕方真靈，炭客那孩子就是吃了她的祕方的！」莊之蝶瞧見她拿了沉香，問是多少錢買的，牛月清說五百元錢，惱得莊之蝶一梗脖子到廚房去吃稀飯，吃了一碗，就鑽到蚊帳裡睡去了。

牛月清和老太太回來，情緒滿高，吃罷飯了便端了水盆到臥室來洗，一邊洗一邊給莊之蝶說王婆婆的祕方是胡宗南那個祕書傳給她的。那祕書活著的時候隻字不吐，要倒頭了，可憐王婆婆後半生無依無靠，就給了她這個吃飯的祕方。莊之蝶沒有吭聲。牛月清洗畢了，在身上噴香水，換了淨水要莊之蝶也來洗。莊之蝶說他沒興頭。牛月清揭了蚊帳，扒了他的衣服，說，「你沒興頭，我還有興頭哩！王婆婆又給了一些藥，咱也吃著試試，我真要能懷上，就不去抱養乾表姐的孩子，若是咱還不行，乾表姐養下來暗中過繼給咱，一是咱們後邊有人，也培養一個作家出來，二是孩子長大，親上加親，不會愛心背叛了咱們。」莊之蝶說：「你那乾表姐兩口，我倒見不得，哪一次來不是哭窮著要這樣索那樣，他們這麼積極著懷了孩子又打掉又懷上，我看出來的，全是想謀咱們這份家產的！」當下被牛月清逗弄起來，用水洗起下身，雙雙鑽進蚊帳，把燈就熄了。莊之蝶知道自己耐力弱，就百般撫摸夫人……（此處作者有刪節）牛月清說：「說不定咱也能成的，你多說話呀，說些故事，要真人真事的。」莊之蝶說：「哪兒有那麼多的真故事給你說！能成就成，不成拉倒，大人物都是前無古人後無來者的。」牛月清說，「你是名人，可西京城裡汪希眠名氣比你還大，人家怎麼就三個兒子？聽說還有個私生子的，已經五歲了。」莊之蝶說：「你要不尋事，說不定我也會有私生子的！」牛月清沒言傳，忽然莊之蝶激動起來，說他要那個了，牛月清只直叫「甭急甭急」，莊之蝶已不動了，氣得牛月清一把掀了他下來，罵道：「你心裡整天還五花六花彈棉花的，憑這本事，還想去私生子呀！」莊之蝶登時喪了志氣。牛月清還不行，偏要他用手滿足她，過了一個時辰，兩人方背對背睡下，一夜無話。

翌日，牛月清噙了淚要莊之蝶一塊兒同她去乾表姐家送藥。莊之蝶不去。牛月清恨了恨聲，灰不沓沓自個去了。莊之蝶在家坐了一回，也坐得不是個滋味兒，便往郊區一〇一藥廠，採寫黃廠長的報告文學。採訪很簡單，聽黃廠長作了一番自我介紹，又看了一下簡易的加工坊，莊之蝶一個晚上就寫好了文章。在去報社交稿時，卻心中衝動，謀算著趁機要去見見唐宛兒了。

已經走到了清虛庵前的十字路口，莊之蝶畢竟有些緊張起來，他不知道周敏在不在家，即使不在家，婦人又會對自己怎麼樣呢？阮知非那夜的經驗之談使他百般鼓足著勇敢，但當年對待景雪蔭的實踐又一次使他膽怯了。何況，他想起了在牛月清面前的無能表現，懊喪看自己愈來愈不像個男人了，而又覺得自己一想到唐宛兒就衝動，不明白與這婦人是一種什麼緣分啊?!這麼思前想後，腦子就十分地混亂，徘徊復徘徊，終於踅進近旁的一家小酒館裡，要了一瓶啤酒，一碟熏腸，獨自坐喝。這是一間只有二十平米大小的地方，四壁青磚，並不搪抹，那面粗白木櫃台依次排了酒罈，壓著紅布包裹的罈蓋。櫃台上的牆上，出奇地掛有一架老式木犁，呈現出一派鄉間古樸的風格。莊之蝶喜歡這個地方，使他浮躁之氣安靜下來，思緒悠悠地墜入少時在潼關的一幕幕生活來。酒館裡來的人並不多，先是幾個在門外擺了雜貨攤的小販，一邊盯著貨攤一邊和店主扯閒，一小盅酒成半晌地品，品不完。後來有一漢子就踏進來，立於櫃台前並不言語，店主立即用列子打滿了酒盛在小杯裡，漢子端了仰脖倒在口裡，手在兜子裡掏錢，眼睛一眨一眨盯了店主，說：「你摻水了?!」店主說：「你要砸了我這酒館嗎？砸了這酒館可沒一天三次伺候你的人了！」漢子笑了笑，走出去。酒館裡又清靜下來，只有莊之蝶和牆角坐著的一個老頭是顧客。老頭雞皮鶴首，目光卻精神，喝的是白酒，就的是一碟鹽水黃豆，用大拇指和中指食指捏酒碗的姿勢和力量，莊之蝶知道老頭是個用筆的人。莊之蝶在類似這樣的小酒館裡，常常會遇到一些認識的老教授或文史館那些滿腹經綸的學者，他們衣著樸素，形容平易。酗酒的年輕閒漢們總是鄙視他們，以為是某一個退休的工人，退居二線的機關中層幹部，搶占他們的凳子，排隊買小菜時用身子把他們擠在一邊。莊之蝶認不得這一位老者，心裡卻想：這怕又是一個天地貫通了的人物。他不停地看老者吃酒，希望他能抬起頭朝自己這裡來看，但又害怕老者看見自己，因為這些成了人精的人物，會立即看出你的腸腸肚肚，你在他面前全然會是一個玻璃人的。老者卻目不旁視，手捏一顆豆子丟在口裡了，嚼了一會兒端起酒碗吱地呷一下，自得其樂。頓時莊之蝶感到自己活得太累，太窩囊，甚至很卑鄙了。這時就聽見遠處有極美的樂響傳來，愈來愈大，酒館的店主跑到門口去看。他也過去看，原來是巷中一家舉行接骨灰典禮，亡人的骨灰從火葬場運到巷口，響器班導引了數十個孝子賢孫，接了骨灰盒，焚紙鳴竹，然後掉頭返回，樂響又起。莊之蝶參觀過許多葬禮場面，但今天的樂響十分令他感動，拉得是那麼深沉舒緩，聲聲入耳，隨著血液流遍周身關關節節，又驅散了關關節節裡疲倦煩悶之氣而變成呵的一個長吁。他問店主：「這吹奏的是一支什麼曲子？」店主說：「這是從秦腔哭音慢板的曲牌中改編的哀樂。」他說：「這曲子真好！」店主驚著眼睛說：「你這人怪了，哀樂有好聽的？就是好聽，也不能像聽流行歌曲一樣在家裡放呀?!」莊之蝶沒再多說，回坐到他的酒桌。酒桌那頭已新坐了一個戴了白色眼鏡的年輕人，一邊叫喊來一瓶啤酒，一盤炒豬肝，一邊從口袋掏出一本雜誌來讀。年輕人讀得特別投入，時不時就獨自地發一個輕笑。如今能這麼容易墜入境界的讀書人實在太少了，莊之蝶遂想：天下的文章都是作家編造出來的，卻讓這些讀者喜怒哀樂。牛月清知道他寫文章的過程，所以她總看不上他的文章，卻在看別人寫的書時流過滿面的淚水。年輕人突然口舌咂動起來，發出很響的聲音，莊之蝶猜想這一定是看到書裡的人物在吃什麼好東西吧。這時候，那捧著雜誌的兩隻手，一隻就抓住了面前的筷子，竟直直戳過來，在莊之蝶盤中夾起了三片熏腸，準確無誤地塞在了雜誌後的口裡。一會兒，筷子又過來，再夾了兩片吃了去。莊之蝶覺得好笑也好氣，拿筷子在桌面梆梆敲。讀書人驚醒了，放下雜誌看他，噢地一聲，低頭就將口中的熏腸吐在地上，說：「對不起，對不起，我吃錯了！」莊之蝶笑起來，說：「什麼文章把你讀成這般樣了？」年輕人說：「你不知道，這是寫莊之蝶的事。莊之蝶，你知道嗎？他是個作家。我以前只讀他寫的書，原來他也和咱們普通人一樣！」莊之蝶說：「是嗎？上面怎麼寫的？」讀書人說：「他小時候，是個很蠢很笨的孩子，在小學，只覺得老師是世上最偉大的人，有一次去廁所小便，看見老師也在小便，就大惑不解，說：『老師也尿呀！』好像老師就是不屙不尿的人。老師當然瞪了他一眼，沒有說話。他還在看著，竟又說：『老師也搖呀?!』結果老師說他道德意識不好，又告知家長，父親就揍了他一頓……」莊之蝶說：「這簡直是胡說！」讀書人說：「胡說？這文章上寫的呀，你以為偉大人物從小就偉大嗎？」莊之蝶說：「讓我瞧瞧。」拿過雜誌，竟是新出刊的《西京雜誌》，文章題目是《莊之蝶的故事》，作者署名周敏。這就是周敏寫的那篇文章嗎？莊之蝶急急瀏覽了一下，文中全記載了一些道聽途說，且極盡渲染，倒也生動有趣，便尋思道：讓我也看看我是什麼樣兒？於是又讀到了這個莊之蝶如何慷慨又吝嗇，能把一頭羊囫圇圇送了別人，卻回家後又反去索要牽羊的那節麻繩，說送的是羊沒有送繩；如何智慧又愚蠢，讀李清照的「昨夜雨疏風驟。濃睡不消殘酒。試問捲簾人——卻道『海棠依舊』。知否，知否？應是綠肥紅瘦！」便認定是李清照寫新婚之夜的情事，但卻看不懂列車運行時刻表；如何給人快活又讓人難堪，能教人識蒼蠅公母的方法，是看蒼蠅落在什麼地方，落在鏡子上的就是母蒼蠅，母蒼蠅也愛美；但公共場所被人不停地拉著合影了，便苦喪了臉說他前世是馬變的，這馬不是戰馬也不是馱運的馬，是旅遊點上披了彩帶供人騎了照像的馬，竟傷心落淚。莊之蝶再往下看，便到了莊之蝶的戀愛故事，竟出現了莊之蝶當年還有一個雜誌社工作時如何同本單位的一位女性情投意合，如漆如膠，又如何陰差陽錯未能最後成為夫妻。莊之蝶的眉頭就皺起來了：前邊的故事怎麼離奇荒唐那並不傷大雅，這戀愛之事牽涉了他人豈敢戲言？女性雖未提名道姓，但事情框架全是與景雪蔭發生過的事情，卻那時與景雪蔭篤好，現在也後悔，雖內心如火而數年裡未敢動過她一根頭髮，甚至正常的握手也沒有。如今寫成這般樣子，似乎什麼事情都已發生過了，那麼，雙方皆有家室兒女，景雪蔭的丈夫讀到此文怎麼感想？牛月清讀後怎麼感想？每一宗事似乎都有影子，又全然不是現在所寫的樣子，周敏是從哪兒得到的材料呢？莊之蝶更不安的是，如果景雪蔭讀了此文，她會怎麼看待我，認為這些隱祕之事必是我莊之蝶提供，是為了炫耀自己，要以風流韻事來提高自己知名度嗎？如果她的丈夫追問這一切，景雪蔭又會怎麼樣呢？莊之蝶愁苦起來了，放下雜誌，再沒心緒要見唐宛兒，急急就往《西京雜誌》編輯部去了。

十二年前，當景雪蔭剛從大學畢業分配到文化廳的時候，莊之蝶已是《西京雜誌》的編輯了。一張新的辦公桌放在了他的辦公桌的對面，以會議室改作的作品編輯室就塞滿了五個人。作品組組長鍾唯賢，卻唯一能領導的只有莊之蝶。一名老編輯是同鍾一塊進文化廳的，都是大學生，自然不服鍾的指揮；一名是比莊之蝶早來二年的李洪文，機敏精靈，能言善辯，曾經為鍾當作品組長出過力，鍾卻認定了他是小人，君子易處，小人難交，對自己有過恩惠的小人更難交，處處也就讓他；另一位姓韋是個寡婦，正與嚴副廳長談戀愛，鍾是不好領導的；而景雪蔭呢，廳長早年正是景父的部下，一來就不叫廳長叫叔叔。鍾唯賢的一個兵就只是莊之蝶。夏收時派莊之蝶去郊區支援農民夏收；地震時命莊之蝶去參加街道辦事處組織的救災隊；早晨上班提開水，晚上下班關門窗。五年的時間裡，莊之蝶在這裡度過了他的青春歲月，雖然為他們對他的輕視、欺辱而痛哭過，咒罵過，但他自離開了這裡，卻覺得那是一段極有意義的日子，尤其令他終生難忘的景雪蔭，現在回想起來，那簡直是他人生長途上的一袋乾糧，永遠咀嚼不完的。十二年過去了，廳長還是廳長，雜誌還是雜誌。那個韋寡婦已早作了嚴副廳長的夫人，調任了另一個部門成為處長。景雪蔭也棄文從政，提升為廳裡的中層領導。而鍾唯賢，永遠也沒出息的老頭，他既不信李洪文，又離不得李洪文，經過一番努力，終於擊敗了承包了三年雜誌、在經濟上一塌糊塗的上一個編輯部班子，他出任了新的主編。莊之蝶趕到那座熟悉的大樓上，自然是不停地與碰著的熟人打招呼，一推開還是那間會議廳改作的編輯室，所有的編輯都在裡邊，每個人都拿了一條褲衩在抖著看。猛然門被推開，收拾不及，見是莊之蝶，李洪文就叫起來了：「哎呀，來得早不如來得巧，這一件就給你了吧！」莊之蝶說：「這是幹什麼呀，一人一塊遮羞布！」一個面孔陌生的人就走過來和莊之蝶握手，說：「莊老師你好，我是王鶴年，寫小說的，你給我們廠的產品提提意見吧！」李洪文說：「刊物整頓之後，業餘作者都給刊物拉廣告的，鶴年小說寫得不錯，他們廠是街道辦的小廠，他拉不來廣告，就送大家一些他們的產品。這是防性病褲衩哩，有性病治性病，沒性病防性病。」莊之蝶說：「這倒適合於你，我只需要的是壯陽褲衩。」說得大家都笑了。鍾主編笑得臉縮成一團，形如核桃，直卸了眼鏡擦眼淚，說：「之蝶，你過來，我這裡給你攢著好菸的。」就拉開抽屜，取出了一個紙盒，裡邊滿滿地裝了香菸。十多年前，莊之蝶開始抽菸的時候，就特意給鍾唯賢做了個大紙盒，因為業餘作者來送稿，首先是要敬編輯一支好菸的，鍾唯賢不抽菸，常是謝絕。莊之蝶就叮嚀不必謝絕，他可以代為消費的。後來的編輯叫苟大海的便說：「老鍾真是迂腐，莊之蝶現在還抽那種菸嗎？今日當著莊之蝶的面，以後這菸我就代他接管了！」說著把菸盒拿過去，將菸全倒進自己抽屜，順手把自己的椅子給莊之蝶坐了。

莊之蝶坐下來，相互寒暄了許多，自然就談起了新出版的雜誌，編輯室人人激動。從內容的質量到封面的設計，以及這一期的廣告宣傳，無一不充滿了自信，尤其談到周敏寫的那篇文章，誇耀郵局門口已張貼了海報，特意介紹這篇文章，編輯部已經決定再加印一部分雜誌，且要對周敏提高稿酬。李洪文說：「大作家，我已經說過了，曹雪芹寫了一部《紅樓夢》，一部《紅樓夢》養活了幾代人吃不完。現在你莊之蝶，也活到供人吃你了！周敏這篇文章是不長，可以說只吃到了你的腳趾甲；幾時我也要寫寫的，你說給我什麼吃？」莊之蝶說：「我什麼也不讓你吃！」李洪文說：「那好吧，某一日我寫一篇了，會署個女人的名字，看你讓不讓？你一定說：讓你吃口條吧！」莊之蝶就笑了：「讓你吃痔瘡！」周敏一直不說話，只忙著給莊之蝶沏茶倒水，過來說：「莊老師，這是我發表的第一篇文章，你要多多提意見的。」莊之蝶就平靜了臉面，正經對鍾唯賢他們說明他正是為這篇文章而來的，有個問題放心不下。鍾唯賢也立即緊張起來，問道：「什麼問題？」莊之蝶說：「別的都可以，就是寫我與阿×的關係，渲染得太過分了，會不會出現副作用呢？」鍾唯賢說：「這我也考慮了，我問過周敏，材料是哪兒得到的，周敏說材料不會失實的。」莊之蝶說：「事情都有影子，但一具體寫，味兒就變了，雖沒有署真名，可環境、人物形象又太具體，你知道我和景雪蔭相好是相好，真還沒有發展到談戀愛的。」李洪文說：「這有什麼，通篇都在塑造了一個高尚的女性，談戀愛又怎麼啦？婚前和誰談戀愛都是正常的，何況你現在是大名人，能和這樣的名人談戀愛也是一個女人的榮光，她景雪蔭盼不得全世界人都知道她和你有那麼一段美麗的艷史。」莊之蝶說：「洪文你別胡說，我雖然相信景雪蔭不是那號人，但咱們畢竟是在中國，要看現實。她現在有家庭，又有領導地位，不出事就好，出了事對誰都不利的。」鍾唯賢問：「那你的主意呢？」莊之蝶說：「編輯部極快派人去給景雪蔭送一份雜誌，說明情況，把可能出現的矛盾處理在萌芽時期。」周敏說：「我去尋過了，她還沒有回來。」莊之蝶再強調：「一等回來，立即就去！」李洪文說：「你放心，這事由我們辦好了。今日中午不要走了，周敏得了稿費，今日要請你的客，讓我們都沾沾光嘛！」周敏說：「沒問題，大麥市街老賈家的灌腸包子，吃多少我買多少。」莊之蝶說：「李洪文還是老毛病，從來都是叫嚷別人請他吃，沒聽說過要請人吃的。」李洪文說：「這沒辦法，老婆管看錢呀！如果你護著周敏不請客，你就請請大家。」苟大海說：「咱們玩玩麻將吧，誰贏了誰請客。」莊之蝶問鍾唯賢：「這行嗎？」鍾唯賢說：「你們又不玩錢的，你們玩吧，我還有個事，我就不陪你了！」莊之蝶笑了笑，和鍾唯賢握手告別，送他出門了，李洪文立即關上門，說：「我們的領導怎麼樣？瞧那話多有水平，他不反對咱們玩，但若出了事，他什麼責任也沒有的，這就叫會當領導！」荀大海說：「他要會當領導，也不是幹了一輩子還是個主編，連個處級幹部都不是。」莊之蝶說：「他一輩子膽小怕事。」辦公桌就橫過來，李洪文從桌斗取了麻將，周敏又給各人面前放下茶杯、菸灰缸。莊之蝶對周敏說：「這裡人多，你就不要玩了，能幫我去一趟市報社嗎？」周敏問：「什麼事？」莊之蝶說：「這裡有一份寫企業家的稿子，你直接送給報社文藝部張主任，讓他愈早愈好地登出來。」周敏高興地去了。

莊之蝶、李洪文、荀大海和另一個年輕的編輯小方開始打點執風，結果莊之蝶坐東，李洪文坐西，荀大海坐北，小方坐南。李洪文卻要和荀大海換位子，說莊之蝶有錢，今日一定要他出水，而荀大海牌藝不高，看不住下家的。莊之蝶說：「不是荀大海看不住我，是你屬木命，北方位屬水。」李洪文說：「你也懂這個？」莊之蝶說：「我懂得你！」李洪文倒臉紅起來，說：「我說過的，今日就要贏你，你帶了多少錢？」莊之蝶脫下鞋來，鞋殼裡平鋪了二十元錢。荀大海說：「莊老師真逗，錢怎麼裝在那兒？」莊之蝶說：「以前我還在文化廳的時候，錢欺負過我，現在我就把它踩在腳下！」李洪文說：「那麼兩張，頂得住我一個自扣嗎？」莊之蝶說：「這別擔心，你贏了我借款付你。可你也要知道，我最善於白手奪刀。」開場第一圈，莊之蝶果然自扣了一莊，平和了一莊，氣得李洪文直罵牌是舔溝子[1]，不抽菸的人偏要抽莊之蝶一枝菸，說要沾沾紅人的光，一枝菸未抽完，倒嗆得鼻涕眼淚地直咳嗽。

說到菸，小方就問起莊之蝶在文化廳工作時是不是老抽鍾唯賢的菸，這樣從抽鍾唯賢的菸自然說到鍾唯賢，莊之蝶問：「老鍾現在日子怎麼樣？他老婆還來單位不？」荀大海說：「老鍾夠苦命，二十年右派，偏偏又娶了個惡婆子，前一個月初三那惡婆子又來了，當著眾人的面竟能把他的臉抓出血來。」莊之蝶說：「他有什麼辦法：我還在文化廳時，他們就分居著，老婆一來，他就慌了。大家都勸他離了婚算了，可那婆子就是不離。沒想他也真能湊合，現在了還是這樣！」李洪文打出一張牌，莊之蝶要吃了，李洪文又後悔說打錯了，收回去重新打了一張牌，說：「我倒有個機密。你們誰也不能傳出去！」小方說：「李老師一天到黑總有機密！」莊之蝶說：「李洪文有特務的才能，當年嚴副廳長和韋寡婦談戀愛，他是第一個發現的，他能藏在廁所四個小時，觀察廁所對門的韋寡婦房裡，嚴副廳長是幾時幾分進去的，幾時幾分拉滅燈的。」李洪文說：「後來怎麼樣，他們不是結婚了嗎？」莊之蝶說：「正是人家要結婚，你那監視有什麼價值？」李洪文說：「這他們倒感謝我的，我公開了機密，才促成了他們一場好事。」莊之蝶說：「好、好！老鍾有什麼機密？」李洪文說：「老鍾靠什麼能活下來？他是有他的精神支柱的！年輕時他喜歡他的一個女同學，大學畢業後，不久他就成了右派，後來又聽說那位女同學也成了右派。他在右派期間找不下個對象，經人介紹和現在這個郊區的老婆結了婚。前幾年，偶爾得知他的那個女同學還活著，在安徽的一個縣中教書，況且已經離了婚，獨身過活，就整日嘮叨這女同學如何地好。他給人家去了四封信，不知怎麼總不見回信。或許這女同學早不在了人世，或許壓根兒就不在安徽的那個中學，一切都是誤傳。可老鍾中了邪似的，每天都在收發室信欄裡看有沒有他的信。」小方說：「他剛才出去，一定又去收發室了吧。」李洪文說：「我知道他幹什麼去了——職稱又開始評定，還不是為他那個編審的名分兒給評審會的人說情去了！真窩囊，前年該評職稱了，武坤當了主編，把老頭丟在一邊；這次又要評了，卻說老鍾才當了主編，資歷還欠些。和！」李洪文說著就推倒了牌。這一和是莊上和，又接連和了三次，李洪文話就越發多，不斷地總結和牌的經驗，又訓斥苟大海不會下牌，怎麼就讓莊之蝶又碰吃了個八萬，再是反覆提醒刀下見菜，誰也不許欠帳。小方說：「李老師是輸了嘴嘛臉吊

1 溝子，從音。陝西方言，即屁股。

的，贏了就成了話老婆！」李洪文說：「我現在成你們共同的敵人了，都嫉妒開了。贏牌也不見得是好事的，牌場上得意，情場上失意。嗨，對不起了，又一個槓。」從後邊揭了一張，再打出一張。「飯稠了又有豆兒，可惜不是槓上開花。之蝶呀，說一句你不愛聽的話，老鍾沒評上編審，是吃了武坤的虧，可景雪蔭偏偏和武坤打得火熱，這你得說說她了。」莊之蝶自和了一炸一平外還再沒有和牌，已經借了苟大海三張票子，眼裡盯著牌，腦子裡卻盡是鍾唯賢可憐巴巴的樣子，他想像不來幾十年裡老鍾是怎樣活過來的？聽李洪文讓他勸說景雪蔭，就苦笑了：「這是人家的自由，我憑什麼說人家？老鍾這麼大年紀還天天盼女同學的信。」李洪文說：「還有機密的！你去過他房子嗎？他房子裡放了許多補陽藥，他是和老婆分居了十幾年，從不在一塊同床共枕，也未見他和別人有什麼瓜葛，我想他現在突然吃這補陽藥，一定是女同學給了他希望，盼望聯繫上能在晚年結婚，好好享受一下人的日子哩！」李洪文說著，突然大叫：「扣了！」梆地一聲，手中的牌在桌上一砸，偏巧牌竟砸斷，一半從窗口飛出去。眾人看時，他要扣的牌是夾張兩餅，手是獨捏了一個成了一餅的半塊牌。苟大海首先說：「哪裡扣了？夾張的要兩餅，你扣的是一餅！」李洪文說：「你沒看見牌斷了嗎？」小方也說：「那我們不管，你手裡是一餅，夾的是要兩餅，不算自扣了！」李洪文就到窗口去看飛去的那個餅，自然難以尋著，要大家付錢，苟大海、小方硬是不付，李洪文便生氣了。莊之蝶說：「不算這個自扣，你李洪文也是三歸一了，你要他們脫褲子當襖還債嗎？」李洪文說：「你們這些人賴帳，那我就不請客了，權當把錢發給你們自個去吃飯吧！」莊之蝶說：「不讓你請客，我請了！」又借了苟大海五十元錢，讓小方叫老鍾也一塊去吃飯。小方去了，但老鍾人不在宿舍。四個人於是到大麥市街吃了灌腸包子，又到茶館喝了幾壺茶，天黑下來方才散了回家。

莊之蝶在路上想，今日輸得這麼慘，李洪文說牌場上得意，情場上失意。自己牌場上這麼臭，莫非情場上有了好事？立在那裡發了一會呆，後悔沒有去找唐宛兒。心動著現在去吧，又覺得天色太晚，恐怕周敏也已在家，遂怏怏回雙仁府來。

雙仁府巷口，黑黝黝蹲著一個人，見莊之蝶過來，突然站起來吆喝：「破爛——承包破爛——嘍！」莊之蝶看清是那個說謠兒的老頭，就笑看說：「天這般黑了，你老還收什麼破爛？」一個嗝胃裡竄上一股酒氣。老頭並不理睬，拉了鐵軲轆架子車一邊順著大街走，一邊倒獨說獨謠，竟又是一段謠兒：

革命的小酒天天醉，喝壞了黨風喝傷了胃，喝得老婆背靠背，老婆告到紀檢委員會，書記說：該喝的不喝也不對。

莊之蝶推開門，屋裡燈明著，夫人和洪江坐在沙發上一邊點錢一邊用計算器算帳。莊之蝶瞧見沙發上一沓一沓大小不一的錢票，說：「嗨，這一月大賺了嘛！」牛月清說：「賺什麼了？進了一批金庸的武俠書，先還賣得可以，沒想到那一條街上，嘩嘩啦啦一下子又開了五家書店，又全賣的金庸的書，南山猴——一個磕頭都磕頭，貨就壓下了。這些錢算來算去，勉強付那兩個姑娘的工資和稅務所的稅金，前幾天洪江買了三個書櫃，現在還是空缺哩！你一天到黑只是浪跑，也不去過問一下，洪江說湖南天籟出版社新出了一本書，叫什麼來著？」洪江說：「是《查太萊婦人》。」牛月清說：「這《查太萊婦人》正紅火哩，可進不來貨，你不是認識天籟出版社的總編嗎？他們總是來信約你的稿，你就明日拍個電報，讓他們也給咱發一批書來嘛！」莊之蝶說：「這還不容易，洪江你明日就以我的名義去個電報。」洪江說：「我就要你這句話，要不，你又該說我借你的名兒在外胡來了。」莊之蝶說：「只能是這份電報以我的名，也不要說書店就是我開辦的。」洪江說：「你就是太小心，真要以你的名字作了這書店字號，什麼好書都能進得來的。」莊之蝶說：「我是作家，作家靠作品，外界知道我辦書店，會有什麼想法?!」洪江說：「現在什麼時候了，文人做生意正當得很哩，名也是財富，你不用就浪費了，光靠寫文章發什麼財，一部中篇小說抵不住龔靖元一個字的。」牛月清說：「洪江還有一件事要和你商量，洪江你說說。」洪江說：「開了這一年書店，我也摸了行情，寫書的不如賣書的，賣書的又不如編書的。現在許多書店都在自己編書，或者掏錢買出版社一個書號，或者乾脆偷著印，全編的是色情兇殺一類的小冊子，連校對都不搞，一印幾十幾百萬冊，發海了！朱雀門街的小順子，什麼雞巴玩意兒，大字不識的，卻雇人用剪刀和膠水集中社會上各類小冊子中的色情段落，編了那麼一本，賺了十五萬，現在出入都是出租小車，見天去唐城飯店吃一頓生猛海鮮。」莊之蝶說：「這些我知道，咱不能這樣幹。」洪江說：「我知道你要這麼說。現在有一件事，我和師母商量了，一個書商拿來印好的一本武俠書，署名是劉德寫的，賣不動，想便宜一半賣給咱。我想了，咱接過來，換一個封面，署上全庸大名，一定會賺許多錢的。」莊之蝶說：「這怎麼就能賺許多錢?」洪江說：「金庸的書賣得快，這書當然寫得不如金庸，咱署名全庸，用草字寫，猛地一看也是金庸了，若要查起來，我寫的是全庸啊！這事你由我辦好了，只是得籌十萬元，這你和師母要想辦法。」牛月清說：「只要你老師同意，錢我籌。今日汪希眠送了帖子來，說是明日要給他娘過七十大壽，盼望咱一家人去，你要明日去就去，不去，我去向他借八萬，咱再取了存摺，十萬元湊夠了。」莊之蝶說：「老太太七十大壽了?我還以為那是六十出頭的人！這是要去的，可這是去向人家賀壽，怎麼開口借錢?」說了一回，一時意見不攏，牛月清就打發洪江先回書店去了，低頭問：「你今晚還過文聯那邊去嗎?」莊之蝶說：「天這麼晚了，過去又得讓人開大門。」牛月清說：「要是早，你就又過去了?咱這是什麼夫妻?!」莊之蝶沒有言語，上床先自去睡了，牛月清也隨後來睡，兩人誰也不接觸誰，就聽到城牆頭的壎聲如訴如泣。莊之蝶說：「這是誰在吹壎?」牛月清也說了一句：「這是誰在吹壎？」說畢了，又歸於寂靜。莊之蝶說這句話時是心裡這麼想著，原不想說出聲來卻說出了聲。沒料牛月清也說了一句，他現在就希望牛月清趕快地瞌睡。但是，女人卻在被窩裡窸窸窣窣動起來，並且碰了一下他，要把他的手拉過去。莊之蝶擔心會這樣，果然真就這樣來了，他厭惡地背了身去，裝作全然地不理會。這麼靜躺了一會，又覺得對不起女人，轉過身來，要行使自己的責任。女人卻說：「你身子不好，給我摸摸，講些故事來聽。」莊之蝶自然是講已經多少次重複過的故事。女人不行，要求講真故事，莊之蝶說：「哪裡有真實的？」女人說：「就講你發生過的。」莊之蝶說：「我有什麼？家裡的豬都餓得吭吭，哪有耀的糠?!」女人說：「我倒懷疑你怎麼就不行了？八成是在外邊全給了別人！」莊之蝶說：「你管得那麼嚴，我敢接觸誰？」女人說：「沒人？那景雪蔭不是相好了這麼多年嗎？」莊之蝶說：「這我起咒，人家一根頭髮都沒動過。」女人說：「你好可憐，我以後給你介紹一個，你說，你看上誰了？」莊之蝶說：「誰也看不上。」女人說：「我不知道你的秉性？你只是沒個賊膽罷了。剛才說汪希眠給他娘過壽，你一口應允了要去的，瞧你那眼神，你多高興，我知道你看上了汪希眠的老婆了！」莊之蝶說：「看上也是白看上。」女人不言語了。莊之蝶以為她已睡著，沒想牛月清卻說：「汪希眠老婆愛打扮，那麼些年紀了倒收拾得是姑娘一般。」莊之蝶說：「人家能收拾嘛！」牛月清說：「收拾著給誰看呀？我聽龔靖元老婆說，她年輕時花著哩！當年是商場售貨員，和一個男人下班後還在櫃台內幹，口裡大呼小叫地喊，別人聽見了往商場裡一看，她兩條腿舉得高高的。別人就打門，他們竟什麼也聽不見，一直等來人砸門進來了，還要把事情幹完了才分開！」女人說著，突然手在莊之蝶的下邊摸去，一柄塵根竟挺了起來，便拉男人上去……（作者此處作者有刪節）不覺叫了一聲，身子縮成一團。莊之蝶說：「原來你也沒能耐的？」女人說：「我沒說你，你倒彈嫌了我。你總說你不行，一說起汪希眠老婆，你就興成那樣了?!我哪裡比得上你好勁頭，你是老爺的命，衣來伸手，飯來張口，這兩處的家，什麼事我不操心？」莊之蝶說：「快別胡說！你才多大年紀，周敏那媳婦雖比你小六七歲，可她受的什麼苦，臉上卻沒一條皺紋的。」牛月清就惱了，說：「一個汪希眠老婆你還不夠，還要提說唐宛兒，她受什麼苦的？聽夏捷來說，她是同周敏私奔出來的？」莊之蝶說：「嗯。」女人說：「能私奔出來，在家肯定是什麼活兒也不幹的姑奶奶身子！說女人賤也就賤在這裡，男人對她愈是含在口裡捧在手裡，她愈是溫飽了思淫，要生外心的。」莊之蝶說：「夏捷幾時來的？」女人說：「半後晌來的，來了給我帶了一隻菊花玉石鐲兒，說是唐宛兒讓她捎給我的，說那日請客我沒能去，心裡過不去。」莊之蝶說：「你瞧瞧，人家對你這麼好的，你倒背後還說人家不是。玉鐲兒呢？讓我瞧瞧什麼成色？」女人說：「我這麼胖的胳膊，根本戴不進去，裝在箱子裡了。我哪兒是說了人家的不是？我是嫌你在外見著一個女的了，就回來拿人家的長處比我的短。別說人比人比死人，如果這個家我百事不操，我也不會這麼些皺紋！」莊之蝶趕緊不再提唐宛兒，說：「你也是辛苦，趕幾時請一個保母來，前幾日趙京五說他幫咱物色一個的，到時候你就也不幹，動口不動手地當清閒主兒。」牛月清氣消下來，說：「那你看吧。我也會保養得細皮嫩肉哩。」兩人說了一陣話，女人偎在丈夫的懷裡貓一般睡了，莊之蝶卻沒有睡意，待女人發了鼾聲，悄悄坐起來，從枕下取了一本雜誌來看，看了幾頁又看不下去，吸著菸指望城牆頭上的壎聲吹動。但這一晚沒有壎聲，連收破爛的老頭的吆喝也沒聽著。

翌日，牛月清去老關廟商場的糕點坊定購壽糕，又特意讓師傅用奶油澆製了恭賀汪老太太七十大壽的字樣，又買了一丈好幾的蘇州細綢、一瓶雙溝老窖、一包臘汁羊肉、二斤紅糖、半斤龍井回來。莊之蝶卻不想去。牛月清說：「這可是你不去呀，汪希眠的老婆要問起我怎麼說？」莊之蝶說：「今日那裡一定人多，亂七八糟的，我也懶得去見他們說話。汪希眠問起，就說市長約我去開個會，實在走不開身。」牛月清說：「人家要你去，是讓你給汪家壯臉的，汪希眠見你不去生氣了，我向人家提出借錢，若慷慨就罷了，若有個難色，我怎麼受得了？你是真的不去，還是嫌我去了丟顯你，那我就不去了。」莊之蝶說：「你這女人就是事多！我寫幅字你帶上，老太太一定會高興的。」說畢展紙寫了「夕陽無限好，人間重晚情」。督促女人去了。

牛月清一走，莊之蝶就思謀著去周敏家，琢磨該拿什麼送唐宛兒。在臥房的櫃裡翻了好大一會，只是些點心、糖果一類，就到老太太房裡，於壁櫥裡要找出一塊花色絲綢來。老太太卻要給他說話，嘮叨你爹天麻麻亮就來說潑煩了，她問大清早的生哪裡的氣，你爹說了：「我管不住他們，你們也不來管他們！」莊之蝶問：「他們是誰？」老太太說：「我也問他們是誰。我們的女婿這麼大的人物，和市長都平起平坐吃飯的，誰敢來欺負了你？你爹說，還不是隔壁新的小兩口，一天到晚地吵嘴打架，苦得他睡也睡不穩，吃也吃不香。我想了，你爹不會說謊的，你今日既然不去作客吃宴席，就一定要去你爹那兒看看，真有那煩人的隔壁，你用桃楔釘在那裡！」老太太說罷就去院裡用刀在一株桃樹上削桃節兒。莊之蝶又氣又笑，忙扶她回來，削了三四節桃木棍，答應去看看的。

原來安妥下老太太抽身就能走開，不想牛月清的乾表姐從郊區來了，給老太太帶一包小米。老太太好生喜歡，笑著笑著就哭起來，說這閨女不記著她，問她爹在幹什麼，一年半載也不來看看，現在鄉裡富了，就忘了老姊妹，老姊妹並不向他借錢用嘛。乾表姐忙解釋他家承包了村裡的磚瓦窰，老爹雖幹不了體力活，但老爹是有名的火工，火色全由他把握的，實在抽不開身。老太太就說：「現在抽不開身了，當年怎麼三天五天來一趟，吃了喝了，走時還要帶一口袋粗糧回去，那就有空了?!」說得乾表姐臉一陣紅一陣白。莊之蝶就圓場說娘老了，腦子不清楚，整天價胡說。乾表姐說：「我哪兒就怪老人的？

她說的也是實情，當年我們家孩子多，日子恓惶，全憑老姑家周濟的。」就對老太太說：「老姑，你罵我爹罵得好，我爹也覺得好久沒來看你了。再過十天，鄉裡過廟會，有大戲哩，這回我爹特意讓我接了你去的。」老太太說：「城裡有易俗社，三義社，尚友社，你妹夫看戲從不買票的，我倒去鄉裡看戲？」乾表姐說：「戲園子裡看戲和土場上看戲不一樣的，再說鄉裡富了，我爹說接了你去好好伺候伺候你。」老太太說：「這我就得去了！可你只請我，怎不也請了你老姑父？」乾表姐臉色煞白起來，直拿眼睛看莊之蝶。莊之蝶說：「她就這樣，一會兒說人話，一會說鬼話。」乾表姐說：「請的，請我老姑父的。」老太太就說：「之蝶，這就好了，你和你表姐去你爹墳上看看去，懲治了那隔壁，你爹才肯去的。」莊之蝶無奈，只好說讓乾表姐吃些東西再去，乾表姐說她不飢的，卻還是把莊之蝶拿出的糕點、水果各樣吃了些，就問，家裡這冰箱值多少錢，錄放機多少錢，還有那組合櫃、床頭櫃、櫃上的那盞台燈，眼饞得了得。兩人要出門時，老太太卻突然要乾表姐留下說句話兒，讓莊之蝶先出去。莊之蝶在院中等了好一會兒，乾表姐一臉通紅地出來了，莊之蝶問：「我娘又說什麼了？」乾表姐說：「她是問月清妹妹捎去的藥吃了沒有，有了身子了沒有，叮嚀要你姐夫不得喝酒……我倒真恐慌，有心讓孩子來你們這裡享福，又擔心這孩子不聰明，辱沒了你們。」莊之蝶一時不知說些什麼，胡亂地支吾了一通，把話支開，就又說老太太陰陽難分的趣事。乾表姐說：「老太太年歲大了，少不得說話沒三沒四的。可人一老，陰間陽間就通了，說話也不敢全認為是胡言亂語，我們村也常有這等事。」莊之蝶苦笑了，說：「沒想表姐和我娘一樣的！」

兩人騎了「木蘭」出了北城門，一直往漢城遺址西邊的一個土溝畔去。天極熱，摩托車停在路口，滿身臭汗地踏過一片土坷垃地，一到溝蚌的地塄邊，遠遠就看見了豎起的一面石碑。乾表姐哇地一聲先哭起來了。莊之蝶說：「姐，你怎麼哭了？」乾表姐說：「不哭，老姑父生氣不說，周圍的鬼魂倒笑話老姑父了。」就又哭了三聲，方停下來，令莊之媒吃驚的是，就在爹的舊墳左邊，果然有了一個新墳丘，上邊的茅草還未生起，花圈的白紙被雨水零散地溻在泥土裡，一時心想：「這一定是爹所說的新來的隔壁了。」胸口怦怦緊跳。乾表姐已跪在那裡焚紙錢，嘰嘰咕咕念說不已。莊之蝶走上了溝畔，去打問一個挖土的鄉民，問那新墳裡是什麼人？鄉民說是一個月前，薛家有姓薛的小兩口帶了孩子進城去，在三岔路口被一輛卡車一起軋死，一家人就合了一個墓在那裡埋了。莊之蝶嚇得臉色寡白，知道老太太所說的話不假，忙到那新墳周圍釘了桃木楔，扯著乾表姐扭頭就走。

從墳上回來，老太太便被乾表姐接了去郊區。莊之蝶看看天已不早，估摸牛月清也該在汪希眠家吃了午飯回來，就胡亂吃了些東西。回想起在墳上的情景，再不敢認定老太太是胡言亂語，便盡力搜索平日她曾說過的荒誕言語，記錄在了一個小本上反覆琢磨。其時，天突然轉陰，風颳得窗子嚼嚼啪啪價響，似有落大雨的樣子，莊之蝶趕忙關了窗子，又到院子裡收取了晾著的衣服、被褥。等了一個時辰，雨卻沒有落下一滴來，而天上洶湧了烏雲，瞬息變化著千奇百怪的圖像。莊之蝶臨窗獨坐，看了許久，忽見烏雲愈聚愈多，末了全然是一個似人非人而披髮奔跑的形象，尤其那兩隻赤腳碩大無比，幾乎能分辨出那蹺起的五個腳趾，以及腳趾上的簸箕紋和斗紋。他覺得有趣，要把這形象記下來，一時尋不到合適字眼，便照了圖像來畫，卻冷不丁感到了恐懼。回頭看了看老太太的房間，越發驚駭不安，鎖了門就往文聯大院這邊來。

牛月清下午沒有回來，晚上也沒有回來。夜裡十點左右，一個人來捎信，說夫人讓告訴莊之蝶：「汪老太太硬是留下她不讓走，陪著在那邊玩麻將的，她就也請汪老太太和汪希眠的老婆明日到咱家作客，她們是應允了。」莊之蝶說：「這麼說，是讓我明日一早就上街買菜嗎？」來人說：「阿姨就是這個意思。」遂交給了他一個買菜的單子。莊之蝶看時，單子上寫著：豬肉二斤，排骨一斤，鯉魚一條，王八一個，魷魚半斤，海參半斤，蓮菜三斤，韭黃二斤，豆莢一斤，豇豆一斤，西紅柚二斤，茄子二斤，鮮磨菇二斤，桂花稠酒三斤，雪碧七桶，豆腐三斤，朝鮮小菜各半斤，羊肉二斤，臘牛肉一斤，變蛋五個，燒雞一隻，烤鴨一隻，熟豬肝、毛肚、熏腸成品各半斤。另，從雙仁府娘那邊帶過去五糧液一瓶，啤酒十瓶，花生米一包，香菇木耳各一包，糯米一碗，紅棗一袋，粉絲一把。再買碗豆罐頭一瓶，竹筍罐頭一瓶，櫻桃罐頭一瓶，香腸一斤，黃瓜二斤，髮菜一兩，蓮子三兩。莊之蝶說：「這麼麻煩的，真不如上飯店去包一桌兩桌了！」來人說：「阿姨就估摸你會說這話的，她讓我叮嚀你，這是汪希眠夫人要來的，飯店就是吃山喝海，沒有家裡做著吃有氣氛，且能說些話的。」莊之蝶在心裡說：「她真的以為我看上汪希眠的老婆了?!」打發來人走後，想想既然在家這麼招待，真不如趁機也請了孟雲房兩口、周敏兩口來快活快活，一來讓牛月清看看自己並無意於汪希眠的老婆，二來也讓唐宛兒來家看看。主意拿定，連夜就給趙京五找了電話，讓他明日一早來幫他去炭市街副食市場買了這一攬子菜蔬。

清晨起得很早，莊之蝶騎車就去了蘆蕩巷副字八號周敏家。唐宛兒已經起來化了妝，在鏡前收拾頭髮。周敏蹲在葡萄藤下滿口白沫地刷牙，見莊之蝶進了院子，喜歡得如念了佛。婦人聽見了，雙手在頭上忙著迎出來，臉倒紅了一下，問過一聲卻走到一邊還繼續盤髮髻。周敏說：「頭還沒收拾停當？怎麼不給莊老師倒茶的？」婦人方自然了，忙不迭地就去沏茶；茶水太燙，雙手倒換著捧過來，一放下杯子吸吸溜溜甩手地叫，又不好意思，就給莊之蝶綻個笑。莊之蝶說：「厲害嗎？」婦人說：「不疼的。」手指卻吮在口裡。

婦人一夜睡得滿足，起來又精心打扮了，更顯得臉龐白淨滋潤，穿一件粉紅色圓領無袖緊身小衫，下邊一個超短窄裙，直箍得腰身亭亭，腿端長如錐。莊之蝶說：「今日要出門嗎？」婦人說：「不到哪兒去呀！」莊之蝶說：「那打扮得這麼精神？」婦人說：「我有什麼衣服呀，只是化了妝。我每天在家也是這樣，化化妝，自己也精神，就是來了人，見人也是對別人的尊重嘛！莊老師該笑話我們的俗氣了?!」莊之蝶說：「哪裡能笑話，這才像女人哩。這衣服夠帥的嘛！」莊之蝶說著，心裡咯噔一下，婦人腳上穿著的正是那日他送的皮鞋。婦人也看了出來，就大聲說：「莊老師，這一身衣服都是五年前的舊衣服了，只有這鞋是新的，你瞧，我這雙鞋好嗎？」莊之蝶心放下來，知道婦人這麼說，一是給周敏聽的，二是給他暗示：她並沒有說出送鞋的事來。莊之蝶也就說：「不錯的。其實衣服鞋襪不存在好與不好，就看誰穿的。」周敏從院子裡摘了一串葡萄，回來說：「她就是衣服架子！鞋這麼多的，偏就又買了這雙，有了新的就又不下腳了！」莊之蝶心中大悅。婦人為什麼沒有告訴周敏鞋的來源，且當了周敏的面謊說得自自然然，那麼，她是對自己有那一層意思了嗎？就說：「周敏，今日我這麼早來找你，是請你們中午到我那兒吃頓飯的，你們有天大的事也得放下，是非去不可的了！請的還有畫家汪希眠的母親和夫人，再就是孟雲房夫婦。我在這裡不能多待，還要去通知老孟，通知了上街急著採買的。」婦人說：「請我們呀，這受得了呀？」莊之蝶說：「我上次不也來吃請過嗎？」婦人說：「這實在過意不去了，我們巴不得去認認門的，也該是見見師母了。可請那麼多人，我們是什麼嘴臉，給你丟人了！」莊之蝶說：「已經是朋友了，就別說兩樣話。宛兒，是你託夏捷把一隻玉鐲兒給我的那口子了？」婦人說：「怎麼，師母不肯賞我的臉兒嗎？」莊之蝶說：「她哪裡是不肯收，只是覺得連面兒都沒見的，倒白收的什麼禮?!」唐宛兒說：「喲，什麼值錢的東西！周敏念及孟老師給我們介紹了你，給夏姐兒送了一個鐲兒，我尋思給夏姐兒一個了，也一定要送師母一個的，就託她送了去的。」莊之蝶就從懷裡掏出一個布包兒，說：「你師母讓我回送一件東西的，倒不知你們喜歡不喜歡的？」婦人便先拿了過去：一邊綻，一邊說：「師母有這般心意，送個土疙瘩來我也喜歡！」綻開了，卻是一枚古銅鏡兒，呀地就叫了：「周敏，你快來看的！」周敏也便看了，說：「莊老師，這你讓我為難了，這可是沒價兒的稀罕物！」莊之蝶說：「什麼價不價的，玩玩嘛！」婦人卻已拿著照自己，說以前聽人說過銅鏡，倒想銅鏡怎麼個照呀，誰知竟和玻璃一樣光亮的，就把桌上擺著的一個畫盤取掉，把銅鏡放在那支架上，又是照個不停。周敏說：「瞧你臭美！」婦人說：「我是想這銅鏡兒該是古時哪個女人的，她怎麼個對鏡貼花黃的？」說罷了，卻嘛了嘴，說：「周敏，以前我收攏的那幾個瓦當，你全不把它當事兒，這兒塞一個，那兒塞一個的，把一個還給我摔破了，這鏡兒可是我的寶貝，放在這裡你不能動啊！」周敏說：「我哪裡不曉得輕重貴賤？」看著莊之蝶，倒有些不好意思。婦人就說：「周敏，那你就替莊老師跑跑腿，去通知孟老師，回來了買些禮品，說不定今日是莊老師的生日還是師母的生日哩。」莊之蝶說：「誰的生日都不是，吃飯事小，主要是朋友聚聚。」周敏便隨著要走，莊之蝶也要走，周敏說：「有我去通知，你就不急了，讓唐宛兒去街上買些甑糕和豆腐腦回來，你一定沒吃早點的。」莊之蝶也就坐下來，說那便歇口氣再走吧。

周敏一走，唐宛兒便把院門關了，回來卻說：「莊老師，我給你買甑糕去吧。」莊之蝶一時竟不自然起來，站起了，又坐下，說：「我早上不習慣吃東西，你要吃就給你買吧。」婦人笑著說：「你不吃，我也不吃了。」拿一對毛眼盯著莊之蝶。莊之蝶渾身燥熱了，鼻梁上沁了汗珠，卻也勇敢地看了婦人。婦人就坐在他的對面，凳子很小，一隻腿伸在後邊，一隻腿斜著軟軟下來，腳尖點著地，鞋就半穿半脫露出半個腳後跟，平衡著凳子。莊之蝶就又一次注視著那一雙小巧精美的皮鞋。婦人說：「這鞋子真合腳，穿上走路人也精神哩！」莊之蝶手伸出來，卻在半空畫了一半圓，手又託住了自己的下巴，有些坐不住了。婦人停了半會，頭低下去，將腳收了，說：「莊老師。」莊之蝶說：「嗯。」抬起頭來，婦人也抬了頭看他，兩人又一時沒了話。莊之蝶吃了一驚，說：「不要叫我老師。」婦人說：「那我叫你什麼？」莊之蝶說：「直呼名字吧，叫老師就生分了。」婦人說句：「那怎麼叫出口？」站起來，茫然無措，便又去桌上撫弄了銅鏡兒，說：「聽孟老師說，你愛好收集古董的，倒捨得把這麼好的一枚銅鏡送我們？」莊之蝶說：「只要你覺得它好，我也就高興了！你姓唐，這也是唐開元年間的東西，你保存著更合適哩。你剛才只看那鏡面光亮，還沒細看那背面飾紋吧？」婦人就把銅鏡翻了來看，才看清鏡背的紐下飾一鴛鴦立於荷花上：紐兩側再各飾一口銜綬帶、足踏蓮花的鴛鴦；紐上方是一對展翅仙鶴，垂頭又口銜綬帶同心結。而櫛齒紋凸起的窄稜處有銘帶紋一周，文為：「昭仁昞德，益壽延年，至理貞壹，鑒優長全，窺妝起態，辨皂坤妍，開花散影，淨月澄圓。」婦人看了，眼裡充溢光彩，說：「這鏡叫什麼名兒？」莊之蝶說：「雙鶴銜綬鴛鴦銘帶紋銅鏡。」婦人說：「那師母怎肯把這鏡送我？」莊之蝶一時語噎，說不出話來。婦人卻臉粉紅，額頭上有了細細的汗珠沁出，倒說：「你熱吧？」自個起身用木棍撐窗子扇。窗子是老式窗子，下半截固定，上半截可以推開。木棍撐了幾次撐不穩，踮了腳雙手往上舉，婦人的腰身就拉細拉長，明明白白顯出上身短衫下的一截裸露的後腰。莊之蝶忙過去幫她，把棍兒剛撐好，不想當的一聲棍兒又掉下來，推開的窗扇砰地闔起，女人嚇得一個小叫，莊之蝶才一扶了她要倒下的身子，那身子卻下邊安了軸兒似的倒在了莊之蝶的懷裡。莊之蝶一反腕兒摟了，兩隻口不容分說地黏合在一起，長長久久地只有鼻子喘動粗氣。

……莊之蝶空出口來，喃喃地說：「唐宛兒，我終於抱了你了，我太喜歡你了，真的，唐宛兒。」婦人說：「我也是，我也是。」竟撲撲簌簌掉下淚來。莊之蝶瞧著她哭，越發心裡愛憐不已，用手替她擦了，又用口去吻那淚眼，婦人就咻咻笑起來，掙扎了不讓吻，兩隻口就又碰在一起，一切力氣都用在了吸吮，不知不覺間，四隻手同時在對方的身上搓動。莊之蝶的手就蛇一樣地下去了，裙子太緊，手急得只在裙腰上抓，婦人就把裙扣在後邊解了，於是那手就鑽進去，摸到了濕淋淋的一片……（此處作者有刪節）莊之蝶說：「那天送給你鞋，我真想摸了你的腳的。」婦人說：「我看得出來，真希望你來摸，可你手卻停住了。」莊之蝶說：「那你為什麼不表示呢？」女人說：「我不敢的。」莊之蝶說：「我也是沒出息的，自見了你就心上愛你，覺得有緣分的，可你是我接待的第一個女人，心裡又怯，只是想，只要你有一分的表示，我就有十分的勇敢的。」女人說：「你是名人，我以為你看不上我哩。」莊之蝶把軟得如一根麵條的婦人放在了床上，開始把短裙剝去，連筒絲襪就一下子脫到了膝蓋彎。莊之蝶的感覺裡，那是幼時在潼關的黃河畔剝春柳的嫩皮兒，是廚房裡剝一根老蔥，白生生的肉腿就赤裸在面前。婦人要脫下鞋去，徹底褪掉襪子，莊之蝶說他最愛這樣穿著高跟鞋，便把兩條腿舉起來，立於床邊行起好事。婦人沾著動著就大呼小叫，這是莊之蝶從未經歷過的，頓時男人的征服慾大起，竟數百下沒有早洩，連自己都吃驚了。唐宛兒早滿臉潤紅，烏髮紛亂，卻坐起來說：「我給你變個姿勢吧！」下床來爬在床沿。莊之蝶仍未早洩，眼盯著那屁股左側的一顆藍痣，沒有言語，只是氣喘不止。婦人歇下來，乾脆把鞋子絲襪全然脫去……（此處作者有刪節）莊之蝶醉眼看婦人如蟲一樣躍動，嘴唇抽搐，雙目翻白，猛地一聲驚叫……

莊之蝶穿好了衣服，婦人卻還窩在那裡如死了一般，他把她放平了，坐在床對面的沙發上吸菸，一眼一眼欣賞那玉人睡態。婦人睜眼看看他，似乎有些羞，無聲地笑一下，還是沒有力氣爬起來，莊之蝶就想起唐詩裡關於描寫貴妃出浴後無力的詩句，體會那不是在寫出浴，完全是描述了行房事後的情景了。婦人說：「你真行的！」莊之蝶說：「我行嗎？」婦人說：「我真還沒有這麼舒服過的，你玩女人玩得真好！」莊之蝶好不自豪，卻認真地說：「除過牛月清，你可是我第一個接觸的女人，今天簡直有些奇怪了，我從沒有這麼能行過。真的，我和牛月清在一塊總是早洩。我只說我完了，不是男人家了呢。」唐宛兒說：「男人家沒有不行的，要不行，那都是女人家的事。」莊之蝶聽了，忍不住又撲過去，他抱住了婦人，突然頭埋在她的懷裡哭了，說道：「我謝謝你，唐宛兒，今生今世我是不會忘記你了！」婦人把莊之蝶扶起來，輕聲地叫了：「莊哥。」莊之蝶說：「嗯。」婦人說：「我還是叫你老師的好。」莊之蝶說：「是你笑我太可憐了？」婦人道：「一直叫你老師，突然不叫就不好了。人面前我叫你老師，人後了就叫你莊哥吧！」兩人摟了親了一回，婦人開始穿衣，收拾頭髮，重新畫眼線，塗口紅，說：「莊哥，我現在是你的人了，你今日請汪希眠的老婆，那一定是天仙一般的人物，我去真不會丟臉兒吧？」莊之蝶說：「讓你去，你就知道你的自信心了！」婦人說：「但我怕的。」莊之蝶說：「怕什麼？」婦人說：「師母能歡迎我嗎？」莊之蝶說：「這就看你怎麼個應酬法了。」婦人說：「我相信我會應酬了的，但心裡總是虛。還有，這一身衣服該讓她笑話了。」莊之蝶說：「這衣服也漂亮的，現在是來不及了，要不我給你錢，你去買一身高檔時裝穿了。」婦人說：「我不花你的錢，我只要你在這裡看看我穿哪一件的好。」就打開櫃子，把所有衣服一件一件穿了試，莊之蝶倒心急起來，待選定了一條黑色連衣裙，就抱著又親了一回，匆匆出門先回去了。

回到家來，趙京五已買了全部食品，因為進不了門，整堆兒放在門口，人卻不見了。莊之蝶開門正收拾著，牛月清和汪希眠的老婆就來了。瞧見莊之蝶蹲在廚房剖魚，汪希眠老婆就叫起來：「哎喲，我享的什麼福呀，這麼大的作家給我下廚房剖魚！」牛月清就說：「好了，你別作樣子了！嫂子，我這家裡比不得你家，你委屈了挑塊乾淨地方坐，讓之蝶陪你說話，我該在廚房忙活了！」莊之蝶說：「希眠呢？他怎麼還不到？是和老太太搭的出租車？」牛月清說：「希眠今天去北京，票幾天前就買好了的，他是不得來的。老太太昨兒晚還說得好好的要來，今早起來頭卻暈，怕是昨兒高與，玩了半宿的麻將，就累著了。她說她實在不能來的，有什麼好吃的，末了給她捎一點過去，權當她也是來過了。」莊之蝶說：「這太遺憾了，老太太還從未來過我這兒的。」汪希眠老婆說：「她不來也好，遲遲早早的我也落得自由，老人家在場，咱們說話倒不隨便哩！」牛月清就笑著說：「今日嫂子一人，在我這兒怎麼自在怎麼來！」就脫了高跟鞋，穿了圍裙，把莊之蝶和汪希眠老婆推到書房去坐。

莊之蝶安頓汪希眠老婆在書房坐了，問道：「人怎麼瘦了？」那老婆就摸著臉，說是瘦了，瘦得失了形沒個樣子了。莊之蝶說瘦是瘦了，人卻越發清秀，是不是減肥要苗條的？那老婆就說：「人老珠黃了還減什麼肥？年初到現在，整日裡打不起精神，動不動就害冷，感冒，吃了許多藥也不濟事。月前有老中醫看了，說我這病是一鍋燒不開的水，吃什麼藥也沒用的，是月子裡害的病症兒，就得懷個娃娃，懷娃娃使全身功能來一次大調整方能好的。可我現在懷什麼娃娃？就是要懷，也懷不上了！」莊之蝶說：「人常說，五十九努一努，六十朝上還生一炕，你才多大年紀？如果真要生個娃娃，我負責給你弄出個指標來！」汪希眠老婆說：「你比我們年輕，要生娃娃你怎不生一個呢？」這老婆是無心說起，莊之蝶卻臉紅起來，正巧牛月清從廚房去對門屋裡取花椒調料，聽見了這邊說的話，就一挑了簾子出來，說：「嫂子這話說著了，我們已決定要養個娃娃的，以前之蝶總是忙事業，怕有個娃娃分心。如今看來沒個娃娃，兩個大人在家裡冷清無事的。我勸他，文章寫到什麼時候才是個夠，論名兒也浪得差不多了！」汪希眠老婆忙說：「就是就是。」莊之蝶卻一時瓷在那裡，只是皮笑肉不笑。牛月清剜了他一眼，說：「之蝶你這呆子，只顧說話，也不拿了水果讓嫂子吃?!」莊之蝶忙取了水果給汪希眠老婆了，才記得去給趙京五接電話，問他怎麼又回去了，趕快來幫著做飯呀！

這時候，院子裡的喇叭嗡兒嗡兒吹響了三下，一個聲音在喊：「莊之蝶下來接客！莊之蝶下來接客！」汪希眠老婆說：「這是誰在叫呀？」莊之蝶說：「討厭得很，門房那韋老婆子負責倒負責，就是太死板，這麼叫我下去接客，我倒像個妓女了！」樂得汪希眠老婆一臉細紋。莊之蝶要出門下去，廚房裡牛月清就喚了：「今日家有貴客，別的來人都拒絕了，讓老婆子就說你不在家。」莊之蝶說：「我還請了老孟和周敏他們。」牛月清沉吟了一下，說：「你倒會計畫。這也好，都熱鬧熱鬧。」卻悄聲說道：「孟雲房那張嘴雲苫霧罩的，他要在場，什麼話也說不成，借錢的事怎麼提？」莊之蝶說：「你這會給她說吧。」牛月清說：「遇難堪事你就龜頭縮了?!」莊之蝶一笑還是走了。牛月清便提了開水壺來書房給汪希眠老婆茶碗續水，說說笑笑著道出借錢的事。汪希眠老婆倒爽快。當即就答應了。倏忽樓道一陣腳步響，就聽得孟雲房乾戳戳的嗓子在嚷：「汪嫂子在哪裡？」牛月清和汪希眠老婆就住了話頭，迎出來。孟雲房已到了門口，張口叫道：「一年沒見了，只說你顯老了，你竟比夏捷年輕面嫩，你讓我們還活人不？我現在知道了，汪希眠創造力那麼旺盛，原來源泉不老嘛！」汪希眠老婆說：「你這個老鴉嘴，不作踐我就沒話說了，你要看上我，你和希眠換一換！」孟雲房就對夏捷說：「我願意，你一定比我更願意，希眠一張畫賣千百元，比跟著我享福的！」夏捷瞪了孟雲房一眼，也笑了說：「汪希眠不會看上我，你給嫂子當個伙夫還是可以的。」汪希眠老婆過來擰夏捷的嘴，兩人就亂作一團，親熱得如孩子。孟雲房坐下喝茶，拿眼睛還在瞅那老婆，說：「嫂子，我說你年輕你還不信，之蝶你也瞧瞧她頭上的火焰多高！」汪希眠老婆嚇了一跳：「頭上有焰？」孟雲房說：「什麼動物頭上都有焰的，焰的大小明暗表示著生命力的長短強弱。」莊之蝶說：「你不知道老孟現在學氣功？」汪希眠老婆說：「聽說過，果然神神道道的。」孟雲房說：「什麼是神神道道？我已經弄通了《梅花易數》、《大六壬》、《奇門遁甲》、《皇極經世索隱》也是讀過了三遍，出外做過三次《易經》報告了。現在正攻《邵子神數》，這是一本天書，弄通了，你前世是什麼脫變，死後又變何物，現生父母為誰，幾時生你，娶妻何氏，生男還是生女，全清清楚楚……」莊之蝶說：「按你這麼說，什麼都是有定數的，那就用不著奮鬥了。」孟雲房說：「定數是當然有定數，但也不是說人活在世上不用奮鬥。我琢磨了，正是在定數之內強調奮鬥才能使生命得到充分的圓滿的。《邵子神數》海內外流傳的原本極少，而解開這本書的鑰匙原也有一本書的，現在可以說絕跡，其中有六位數字我總算掏騰開了兩個數字。這你不要笑，孕磺寺的智祥大師他也沒辦法，如今研究這本書的人瘋了一般……」牛月清就過來說：「雲房，你別在這裡海闊天空，你今日任務還是當廚師！」孟雲房說：「瞧瞧，這就是我的定數，將來當了國家主席了，也是要給政治局的人做飯的。」就去了廚房。汪希眠老婆見孟雲房走了，便對莊之蝶說：「之蝶，那件事你怎麼不給我說？」莊之蝶說：「什麼事？」汪希眠老婆說：「還有什麼事?!昨兒在我家要是說了，現成的東西就拿來了！」莊之蝶說：「這都是月清胡成精。蒙你關照了。」夏捷聽不懂，問：「什麼事呀，鬼鬼祟祟的！」莊之蝶沒言語，汪希眠老婆說：「之蝶，這事可不能給她說吧，明日蓮湖公園東興橋頭第三根欄杆下見，不見不散。」莊之蝶也說：「暗號照舊。」夏捷就噘了嘴說：「好狗男女，我向月清告密去！」說過了，心裡卻不悅起來，知道他們故意說趣話岔開真實事情，把她當了外人，就問周敏兩口怎麼不來，家裡有沒有五子棋，唐宛兒來了，這次非贏了不可。語未落，有人敲門，這女人就一邊去開門一邊罵：「小騷精你架子大，做老師師母的都來了，你們悠哉游哉才到，敢是在家又日搗了一回才出門的？」門一開，門口卻站著趙京五，身後一個提了大包裹的小美人臉都紅了，當下捂嘴過來叫莊之蝶。莊之蝶出來，倒也驚訝了。小美人說：「莊老師，我來報到呀！」莊之蝶一時措手不及，呆在那裡。趙京五說：「柳月剛才找我，說辭了那家要過來。我說改日吧，今日莊老師家請客的。可柳月一聽更樂了，說這不正需要我了嗎？我想想也對，就領她來了！」

莊之蝶就一手拎了大包裹，一手引了柳月到廚房來見牛月清。說：「月清，你瞧誰來了？前幾日我對你說過找個保母的，偏今日京五就領來了！」牛月清看時就笑了：「今日是怎麼啦，咱們家要開美人會議了！」一句話說得柳月輕鬆了許多，叫了聲：「師母，往後你多指教了！」一雙眼就水汪汪地滴溜兒，看自己新的主婦中等身體，稍有些胖，留有時興的短髮型，卻用一個廉價的塑料髮箍在那裡箍著，方圓大臉，鼻子直溜，一雙眼大得無角，只是臉上隱隱約約有些褐斑點子。牛月清問：「叫什麼名字？」柳月說：「柳月。」牛月清說：「我叫月清，你叫柳月，這麼巧的一個月字！」柳月說：「這就活該我進你家門的。」牛月清就喜歡了：「這真是緣分！柳月，你現在看到了，我們家就是這般樣子，要說勞累不怎麼勞累，只是來客多，能眼裡有水，會接待個人就是了。不進這個門是外人，進了這個門就是一家子，你莊老師整日價在外忙事業，咱們姐妹兩個就過活了！」柳月說：「大姐這般說話，我柳月是跌到福窩了。只是我鄉裡出身，人粗心也粗，只怕接人待物出差錯，別人罵我倒可，影響了你們聲譽事卻大。你權當是我的親姐姐，或者說是我家大人，多要指教，做得不到你就說，罵也行，打也行的！」一席話說得牛月清越發高興，柳月就一支髮卡把頭髮往後攏個馬尾，綰了袖子去洗菜。牛月清一把攔了，說：「快不要動手，才來乍到，汗都沒退，誰要你忙活?!」柳月說：「好姐姐，我比不得來的客人，之所以趕著今日來，就是知道人多，需要幹活的，要不我憑什麼來熱鬧?!」牛月清說：「那也歇歇氣呀！」莊之蝶就領了柳月認識這些常來的客人，又參觀房子。柳月瞧著客席挺大的，正面牆上是主人手書的「上帝無言」四字，用黑邊玻璃框裝掛著，覺得這話在哪兒看過，想了想是讀過的莊之蝶的書上的話，原話是「百鬼猙獰，上帝無言」，現在省略了前四字，一是更適於掛在客廳，二是又耐人嚼味，心裡就覺得作家到底不同凡響。靠門裡牆上立了四頁鳳翔雕花屏風，屏風前是一張港式橢圓形黑木椅，兩邊各有兩把高靠背黑木椅。「上帝無言」字牌下邊，擺有一排意大利真皮轉角沙發。南邊有一個黑色的四層音響櫃，旁邊是一個玻璃鋼矮架，上邊是電視機，下邊是錄放機。電視機用一塊淺色淡花紗巾苫了，旁邊站著一個黑色凸肚的耀州瓷瓶，插偌大的一束塑料花，熱熱鬧鬧，只襯得黑與白的牆壁和家具莊重典雅。柳月感嘆，有知識的人家畢竟趣味高，哪裡會像照管孩子的那家滿屋子花花綠綠的俗氣。

客廳往南是兩個房間，一個是主人的臥室，地上鋪有米黃色全毛地毯，兩張單人席夢思軟床，各自床邊一個床頭矮櫃。靠正牆是一面壁的古銅色組合櫃，臨窗又是一排低櫃。玫瑰色的真絲絨窗簾拖地，空調器就在窗台。恰兩張床的中間牆上是一巨幅結婚禮服照，而門後卻有一個精緻的玻璃鏡框，裝著一張美人魚的彩畫。柳月感興趣的是夫婦的臥室怎麼是兩張小床，一雙眼睛就疑惑地看著莊之蝶。莊之蝶知道她的意思，說：「這床能分能合的。」柳月窘得滿臉通紅。莊之蝶介紹了，夏捷一把拉了柳月到書房，直盯盯看著，說：「這哪裡是保母，來了個公主嘛！」問：「你是哪裡人？」柳月說：「陝北人。」汪希眠老婆說：「我知道，那裡有兩句話：『清澗的石板瓦窰堡的炭，米脂的婆姨綏德的漢』，你一定是米脂人！」柳月點了頭說：「汪家大姐真有知識！」汪希眠老婆說：「有知識的是你家主人哩，你瞧瞧人家這書房！」柳月扭頭看起來，這間房子並不大，除了窗子和門外，凡是有牆的地方都是頂了天花板高的書架。上兩層擺滿了高高低低粗粗細細的古董。柳月只認得西漢的瓦罐，東漢的陶糧倉、陶灶、陶繭壺，唐代的三彩馬、彩俑。別的只看看是古瓶古碗佛頭銅盤，不知哪代古物。下七層全是書，沒有玻璃暗扣扇門，書也一本未包裝皮子，花花綠綠反倒好看。每一層書架板突出四寸空地，又一件一件擺了各類瓦當、石斧、各色奇形怪狀石頭、木雕、泥塑、面塑、竹編、玉器、皮影、剪紙、核桃木刻就的十二生肖玩物，還有一雙草鞋。窗簾嚴拉，窗前是特大的一張書桌，桌中間有尊主人的銅頭雕像，兩邊高高堆起書籍紙張。靠門邊的書架下是一方桌，上邊堆滿了筆墨紙硯，桌下是一隻青花大瓷缸，裡邊插實了長短書畫卷軸。屋子中間，也即那沙發前面，卻是一張民間小炕桌，木料尚好，工藝考究，桌上是一塊粗糙的城磚，磚上是一隻厚重的青銅大香爐。爐旁立一尊唐代侍女，雲髻高聳，面容紅潤，風目娥眉，體態豐滿，穿紅窄短衫，淡紫披巾，雙手交於腹前，一張俊臉上欲笑未笑，未笑含笑。柳月一看見這唐侍女就樂了，說：「她好像在動哩！」莊之蝶立即興奮了，說：「柳月的感覺這麼好，立即就看出來了！」便點了一炷香在香爐，爐孔裡升起一股細煙上長，一直到了屋頂如白雲翻飛，說：「現在再看看。」眾人都叫道：「愈看她愈是飄飄然向你來了哩！」夏捷就說：「這真是緣分，你們看看這唐侍女像不像柳月？眉眼簡直是照著柳月捏的！」柳月看了，也覺得酷像，說了句：「是我照著人家生的吧！」說罷倒羞起來，歪在門框上不語了。莊之蝶說：「柳月，平日你和你大姐在家，得空就可以來書房看看書的。」夏捷說：「喲，你這書房是皇帝的金鑾殿，凡人不得進來，今日我也是沾了汪嫂的光方坐了這半天，柳月一來倒給這麼大的優待了！」莊之蝶臉也紅了，說：「柳月從此是我家人嘛！」夏捷越發抓住不放，說：「喲喲，說得好親熱的，你家人了?!」走過去，附在莊之蝶耳邊悄聲說：「請的是保母，可不是小妾，你別犯錯誤啊！」莊之蝶大窘，面赤如炭。柳月並沒有聽見他們耳語了什麼，卻明白一定與自己有關而羞了主人，就說：「讓我看書，我是學不會個作家的。每日進來打掃衛生，我吸吸這裡空氣也就夠了！」門外卻有人在說：「打掃衛生可不敢打死了蚊子，蚊子是吸過莊老師的血，蚊子也是知識蚊子，讓我們來了叮叮我們，也知識知識！」

眾人回頭看去，書房門口站著的是一位美艷少婦，少婦身後是周敏，笑容可掬的，提了一包禮品。莊之蝶霍地站起來，站起來卻沒了話。少婦是極快地目掠了他一下，嘿嘿嘿地笑說：「莊老師，我們來遲了，你不給我們介紹介紹嗎？」莊之蝶立即活泛開來，接過周敏的禮品，擁他們進得書房，一一介紹了。輪到說這是大畫家汪希眠的夫人，那老婆就說：「要介紹就介紹我，我可不沾汪希眠的光。」伸了手和唐宛兒先握了，說：「天下倒有這麼白淨的人，我要是男人，捨了命都要去搶了你的！」一句話卻說得唐宛兒噎了氣，臉上頓時灰了光彩，直到莊之蝶讓她與柳月認識了，才緩過勁來，但再不正眼兒看汪希眠老婆，只和柳月說個不停，甚至拉了柳月的手捏來捏去，還從頭上拔一支紅髮卡別在柳月頭上，說：「我怎麼見你這般親的，總覺得在哪兒見過了面的！小妹妹，你可要記著我，別以後我來拜見莊老師了，你就是不開門！」柳月說，「你是莊老師的鄉黨、朋友，我要不開門，你就向莊老師告狀，這張臉也就全讓你掐了！」夏捷一直不言語，末了說：「小騷精，話說完了沒有？我一直等著你下棋哩！」唐宛兒說：「急死你，我還得去見見師母的。」柳月就說：「我也該去廚房了，我領你去。」去了廚房，柳月說：「大姐，來了客人啦，你快去歇了說話，我給孟老師做下手。」周敏忙把唐宛兒介紹給牛月清，牛月清急忙拍打身上灰，一抬頭見面前立著一位鮮活人兒，兀自發了個怔。柳月俊是俊，眉眼兒挑不出未放妥的地方；這唐宛兒眼睛深小，額頭也窄些，卻皮肉如漂過一樣，無形裡透出一種亮來。牛月清瞧著那鬢髮後梳，髮根密集，還以為是假貼了的，待看清是天生就的美鬢，就大聲地說道：「是唐宛兒呀，咱雖是頭次見面，可你的名字我差不多耳朵要聽得生繭子！總說讓你莊老師引我去看看你，卻總走不脫身。跟了他這名人，他一天到黑忙，我也忙，卻也不知道忙些什麼！可話說回來，咱是沒腳的蟹，不為人家忙著服務又能幹什麼？常言說，女人憑得男子漢，吃人家飯，跟人家轉嘛！」孟雲房說：「這話沒說完，吃人家飯，跟人家轉，晚上摸人家××蛋！」牛月清說：「你這張屎嘴，甭說唐宛兒叫你老師，人家也是多大點的嫩女子，不怕失了你架子！」孟雲房說：「初認識時稱老師，你以為咱真就是老師？三天五天熟了，狗皮襪子有什麼反正！之蝶沒出名的時候，也不恭敬叫過我老師？現在怎麼著，前年叫老孟，去年叫雲房，現在是下廚房的伙夫了！你說唐宛兒是嫩女人，唐宛兒什麼沒經過？前個月我去華山腳下的華陰縣去講《易經》，長途車一路不停，好容易司機停了車，一車人都擁下去解手，一個小伙子一下車門口就尿，後邊下來母女兩人，老太太忙攔了女兒，就說啦，你這人太不像話，尿尿好賴避著人呀！小伙說，大媽呀，你這般年紀了，我在你面前還不是個娃娃嗎？沒有啥的。那姑娘卻撇了嘴，說，你還是娃娃，你騙誰的？瞧你那東西成了啥顏色了，你當我是外行哩?!」牛月清抄起掃麵笤帚就在孟雲房頭上打，拉了唐宛兒出了廚房，說：「甭理他，他愈說愈得能的！」兩人在沙發上坐下了，牛月清便謝呈了送她玉鐲兒的事，忽想著莊之蝶曾說過唐宛兒臉上沒一根皺紋的，看了看，果然沒有。就問平日用的什麼面奶，搽的什麼油脂，說：「你見過汪大嫂子嗎？她告訴我白天用黃瓜切成片兒，一頁一頁貼在臉上十五分鐘，讓皮膚吸收那汁水兒，夜裡睡前拿蛋清兒塗臉，蛋清兒一乾，把臉皮就綳緊了，這樣就少皺紋的。」唐宛兒說：「我倒不用這些！有那麼多黃瓜和雞蛋我還要吃的，那是有錢有閒的人家用的法兒，我胡亂地用些化妝品罷了！」牛月清說：「我現在知道了，你是天生的麗質，我怎麼也比不得的了，況且這家裡裡外外都是我操持忙亂，沒心性也沒個時間清閒坐在那兒拾掇腳臉！」唐宛兒便提高了聲音說：「師母真是賢慧人！你口口聲聲為莊老師活著的，其實外邊誰不知道有了你這賢內助才有了莊老師的成就。出門在外，人們說這就是莊之蝶的夫人，這就是對你的尊重和獎賞嘛！」

唐宛兒的話自然傳到書房，汪希眠老婆一字一句聽在耳裡，臉上就不好看起來，低聲問夏捷：「這小腸肚蹄子，倒揶開我了，我可沒得罪了她呀！」夏捷笑笑，附在耳邊說了周敏和唐宛兒私奔的事，汪希眠老婆叫了苦：「天呀，我剛才說那話且可真是無意的，她就這麼給我記仇了？這麼心狠的人，跑了就跑了，男人不說了，孩子畢竟是心頭肉也不要了?!」

如此亂糟糟說了許多話，自鳴鐘敲過十四下，牛月清就拉開廳室的飯桌，孟雲房擺上了八涼八熱，四葷四素，各類水酒飲料，招呼眾人擦臉淨手都入席了。孟雲房不吃酒不動葷，聲明他一人在廚房忙活，末了炒些素菜自個享用，就不坐席。眾人說聲：「那就辛苦您了！」遂吆喝舉杯。莊之蝶先碰了汪希眠老婆的杯，再碰夏捷的杯，依次是周敏、唐宛兒、趙京五，最後是柳月。柳月說：「和我也碰呀？我是該敬你的！」莊之蝶說：「酒席上不分年齡大小，資歷高下。」柳月說：「那也輪不到我，你和大姐碰了，我再碰！」牛月清說：「我們兩個還真沒碰過杯喝酒的。」眾人便說：「今日你們就碰碰，來個交杯酒！」牛月清說：「來就來吧，老夫老妻了，來一個給大家湊湊興！」竟用拿杯的手套了莊之蝶的胳膊，眾人又是一聲兒笑。唐宛兒笑著，卻沒有聲，拿眼兒看柳月，怪她多言多嘴落好兒。柳月正笑得開心，拿眼也看了唐宛兒，唐宛兒卻並沒對應，別轉了頭去，看一隻從窗台花盆上起飛的蒼蠅。那蒼蠅就飛過來落在了莊之蝶的耳朵梢上，莊之蝶一手舉了酒杯，一條胳膊又被牛月清套了，動彈不得，頭搖了搖，蒼蠅並不飛走。唐宛兒在心裡說：若是天意，蒼蠅能從他耳朵上落到我頭上的。果然蒼蠅就飛過來，停在唐宛兒的髮頂上了，這婦人會心而笑，絲紋不動，周敏卻看見了，吹了一口氣來，蒼蠅就在桌上飛來飛去的，唐宛兒惱得拿眼剜他。這一切夏捷看見了，說：「瞧著人家老夫妻要喝交杯酒，這小兩口也忍不住了！」唐宛兒就笑嗔道：「快別節外生枝，讓老師師母喝呀！」便動手去搧已經停在豬蹄盤沿上的蒼蠅，這麼一搧，蒼蠅竟直直掉在了牛月清的酒杯裡。

當牛月清套了莊之蝶的胳膊要喝交杯酒，唐宛兒眉宇間閃過一道陰影，心裡酸酸地不是味道，尋思牛月清年紀大是大了，五官卻沒一件不是標準的，活該是有福之相，遠近人說莊夫人美貌，也是名不虛傳。但是，唐宛兒總覺得這夫人的每一個都標準的五官，配在那張臉上，卻多少有些呆板，如全是名貴的食物不一定炒在一起味道就好。於是又想，我除了皮膚白外，眼睛是沒有她大的，鼻子沒有她的直溜，嘴也略大了些，可我搭配起來，整體的感覺卻要比她好的。這當兒，蒼蠅落在酒杯裡，眾人都一時愣住，不言語了，她心裡一陣慶幸，臉上卻笑著說：「師母，要喝喝大杯的，換了我這杯吧！」便將自己的酒杯遞給了牛月清，交換了牛月清那杯。悄聲潑在桌下。莊之蝶和牛月清交杯喝了，牛月清倒感激唐宛兒，親自拿了酒瓶，重新給唐宛兒倒滿了酒，說：「唐宛兒，這裡都是熟人，我也用不著招呼，你和柳月初來乍到，不要拘束，作了假，我就不高興了！」唐宛兒說：「在你這裡我作什麼假？我借花獻佛，敬師母一杯，上次你沒去我家，過幾日我還要請你去我那兒再喝的。」兩人又喝了一杯。牛月清不能喝酒，兩杯下肚臉就燒得厲害，要去內屋照鏡子，唐宛兒說：「紅了多好看的，比塗胭脂倒勻哩！」

三巡酒喝罷，只有周敏、趙京五和莊之蝶還能喝，婦道人就全不行了。莊之蝶說：「今日就是來喝酒的，你們都不喝這不行，咱們行個酒令才是，還是按以往的規矩，輪流說成語吧！」柳月說：「我真是開了眼了！」唐宛兒說：「開什麼眼了？」柳月說：「沒來之前，我就想這知識分子家是怎麼個生活法？來了以後瞧你們什麼話都說，和常人一樣嘛，可一上酒桌就又不一樣了！以往我見過的酒席上不是划拳就是打老虎槓子，哪裡有過說成語的，這成語怎麼個說法？」莊之蝶說：「其實簡單，一個人說句成語，下邊的人以成語的最後一字作為新成語的首字，或者同音字也行。以此類推，誰說不上來罰誰的酒。」柳月說：「那我就去換了孟老師來！」牛月清說：「柳月，你年輕人哪個不高中畢業，還對不出來？要說對不上來的，只有我哩！」孟雲房在廚房接了話茬兒說道：「常言說，要得會，給師傅睡。你能對不上來？」牛月清就又罵孟雲房。莊之蝶便宣布開始，起首一個成語是：嘉賓滿堂。下邊是趙京五，說：堂而皇之。下邊是周敏，說：之乎者也。下邊是柳月，說：葉公好龍。下邊是夏捷，說：龍行雨施。下邊是汪希眠老婆，說：時不待我。夏捷說：「這不成的，施與時並不同音，何況這成語是自造的！」莊之蝶說：「可以的，可以的。」下邊是唐宛兒，似乎難住了，眼睛直瞅了莊之蝶作思考狀，突然說：我行我素。莊之蝶說：「好！」下邊是牛月清，說：「素，素，素什麼呀，素花布。」眾人就笑起來，說：「素花布不行的，請喝酒！」牛月清把一杯酒喝了。開始由她起頭，說：「現在倒想起來了，素不相識，就再說素不相識。」莊之蝶說：識時度勢。趙京五說：勢不兩立。周敏說：立之不起。柳月說：起死回生。夏捷說：生不逢時。汪希眠老婆說：拾金不昧。唐宛兒說：妹妹哥哥。莊之蝶嚇了一跳，唐宛兒就笑了，眾人都笑，唐宛兒急又改說：眉開眼笑。莊之蝶又說「好！」牛月清說：笑了就好。眾人說：「這不行，不是成語，你再喝一杯，重開始。」牛月清說：「我說我不行的，這瓶酒全讓我喝了。唐宛兒坐在我上邊，她盡說些我難對的，我要錯開。」柳月說：「大姐，你坐在我下邊，我不會為難你的，讓唐宛兒為難莊老師吧。」牛月清真的起身坐到柳月的下邊，說：「還是從我開始。福如東海。」夏捷說：海闊天空。汪希眠老婆說：空谷簫聲。唐宛兒說：聲名狼藉。莊之蝶說：積重難返。趙京五說：反覆無常。周敏說：長鞭未及。柳月說：岌岌可危。牛月清想了想，又是想不出來，端起杯子又喝了。眾人都說女主人厚道，可這酒席是招待大家的，主人卻只是自己喝。牛月清也就笑，笑著笑著，身子卻軟起來，雙手抓了桌沿，但雙腿還是往桌下溜。莊之蝶說：「醉了，醉了。」一句未落，果然已溜在桌下。幾個人忙過來要讓喝醋或讓喝茶，莊之蝶說：「扶上床睡一覺就過去了。今日主人家帶頭先醉了，下來誰輪都不得耍奸。夏捷嫂子，輪到你該說了！」

孟雲房在廚房吃完了自炒的素菜，出來說：「你們今日怎麼啦？酒令盡說些晦氣的成語。這樣吧，每人各掃門前雪，都端起來碰杯一起喝乾，我給大家上熱菜米飯呀！」眾人立起，將酒杯一盡喝乾，個個都是面如桃花，唯周敏蒼白。孟雲房就端熱菜，擺得滿滿一桌。吃到飽時，上來了桂元團魚湯，眾勺全伸進去，莊之蝶說：「今日酒席上，月清最差，她自然是該要喝醉的，大家評評，誰卻對得最好，就賞她喝第一口鮮湯！」夏捷說：「你要讓唐宛兒先喝，我們是不反對的，偏要使這心眼！」唐宛兒說：「我說的哪有夏姐的好，夏姐是編導。一肚子的成語的。」孟雲房說：「噢，原來是一肚子成語，我總嫌她小腹凸了出來，還讓她每日早起鍛鍊哩！」夏捷就走過去擰了孟雲房的耳朵，罵道：「好呀，你原來嫌我胖了，老實說，看上哪個蜂腰女人了？」孟雲房耳朵被扯著，卻還在夾著菜吃，說：「我這夫人，就是打著罵著親愛我哩！」唐宛兒說：「讓我瞧瞧，你們幾個男的，誰的耳朵大些！」就拿眼睛瞅莊之蝶，眾人只是會心地笑。莊之蝶裝著不理會，第一勺桂元團魚湯並未舀給唐宛兒，卻給了汪希眠老婆。汪希眠老婆喝罷了湯，便用香帕擦嘴，說她吃好了。她一放碗，唐宛兒、夏捷也放了碗。柳月就站起來給每人遞了瓜子兒碟兒，自個收拾碗筷去廚房洗滌去了。莊之蝶讓大家隨便幹什麼，願休息的到書房對面的那個房間床上去躺，要看書的去書房看書。汪希眠老婆要了一杯開水喝了些藥片兒，說她喝酒多了，去倒一會。夏捷嚷著要和唐宛兒下棋，硬拉了周敏去作裁判。莊之蝶和孟雲房在客廳坐了，孟雲房說：「之蝶，還有一事要問你的。上次慧明師父的那個材料你交給了德復，德復很快讓市長批了，現在清虛庵要回來了所占的房產，正在擴大重建，慧明也就成了那裡掌事的。她好不感念你，要求了幾次，請你去庵裡喝茶哩！」莊之蝶說：「這黃德復還夠意思的。要去庵裡，能讓德復去去也好。」孟雲房說：「這盼不得的，只怕他不肯。」莊之蝶說：「我要邀他，他也多少要給面子的。」孟雲房說：「他要能去，還有一件大事就十有八九了！清虛庵東北角那塊地方，原本也是這次一併收回的，但那裡蓋了一幢五層樓，住的都是雜戶人家。市長的意思，這幢樓就不要讓清虛庵收回，因為居民再無法安排住處。慧明師父也同意了，只是五樓上一個三居室的單元房一直沒住人，慧明師父想要把房子給她們，作為庵裡來的非佛界的客人臨時住所，市長是有些不大願意。我思謀了，如果這單元房間市長能給了清虛庵，而清虛庵又能讓給咱們，平日誰要搞創作圖清靜去住十天半月，還能規定個日子在那裡聚會研討，這不就成了個文藝家沙龍場所？」莊之蝶聽了，臉上生動起來，說：「這真是最好不過的事！我給德復說去，估計問題不大吧。」又壓低了聲音說，「可你得保密！除過搞文藝的人外，對誰也不能說。記住，我老婆也不要說，要不我在那裡寫作，家裡來了人，她會讓人又去找了我的。」孟雲房說：「這我明白。」莊之蝶說：「還有一事，我倒要求你，你真的能卜封了？」孟雲房就張狂了：「『奇門遁』我不敢說有把握，一般地納甲裝卦我卻要拍腔了！」莊之蝶說：「你咋呼這麼大聲幹啥？你真能卜，給我卜一卦。」孟雲房小了聲說：「什麼事，你倒也讓我卜卦了？」莊之蝶說：「這事你先別問，到時沒事就不給你說，真有了事少不得你幫忙。」孟雲房卻說這需要蓍草，卜卦最靈驗的是要用蓍草，他託人從河南弄來了一把蓍草，只是放在家裡的。莊之蝶說：「這你本事不中找藉口了?!」孟雲房說，「那好吧，就以火柴梗兒代替蓍草。」當下從火柴盒裡取出四十九根來，讓莊之蝶雙手合十捂了。然後又讓他隨意分作兩堆，自個就移動這個，移動那個，攏集一起，取出單數在一旁，把剩餘的又讓莊之蝶隨意分兩堆。如此六遍，口裡念叨陰、陽、老陰、少陽不絕，半晌了，抬頭看看莊之蝶，說：「什麼事，還這麼複雜？」莊之蝶說：「你是卦師，你還不知道是什麼事嗎？」孟雲房說：「以你這幾年的勢頭，是紅得尿血的人，怎麼這是個『困』卦?!你報個生辰年月吧！」莊之蝶一一報了，孟雲房說：「你是水命，這還罷了。此事若要問的是物事，物為木，木在口內是困；若要問人事，人在口內為囚。」莊之蝶臉色白了，說：「當然是人事。」孟雲房說：「人事雖是囚字，有牢獄或管制之災，而可貴的是你為水命，囚有水則為泅，即你能浮游得救。但是，即便是能浮游，恐怕游得好得救，游不好就難說了。」莊之蝶說：「你盡是胡說。」一起身去給孟雲房茶碗續水，心裡卻慌慌的。

夏捷和唐宛兒下了三盤棋，唐宛兒都輸了；輸了又不服，拉住夏捷還要下，臥室裡就啊地一聲驚叫。莊之蝶續了水正把壺往煤爐上放，聽見叫聲，壺沒有放好，嘩地水落在爐膛將煤火全然澆滅，水氣和灰霧就騰浮了一廚房。他已顧不得撿那空壺，跑進臥室，牛月清已滿頭大汗仄坐在地毯上，床上的涼蓆也溜下來，一個角兒在牛月清身下壓折了。眾人都跑進來，問怎麼啦?牛月清仍是驚魂未定說：「我做了個噩夢。」聽說是夢，大家鬆下氣來就笑了，說：「你是給我們收魂了，吃了你一頓飯真不夠你嚇的！」牛月清也不好意思地爬起來，先對了穿衣鏡理攏頭髮，說：「夢真嚇死我了！」孟雲房說：「什麼夢？日本鬼子進村啦？」牛月清說：「這一醒來我倒忘了。」眾人就又笑。牛月清搖了搖頭，認真地說：「我多少記些了。好像我和之蝶正坐了汽車，突然車裡冒煙，有人喊：車上有炸藥要爆炸了！人都往下跳，我和之蝶就跳下來跑，之蝶跑得快，我讓他等我，他不等，我跑到一個山崖上了，沒事了，他卻來對我說：咱倆命大哩。我不理他，關鍵時候你就自顧自了?!」汪希眠老婆和夏捷就看莊之蝶，莊之蝶說：「看我什麼，好像我真的那樣幹了?!」大家又一陣笑，牛月清就又說：「我說著就拿手去推他，沒想這一推，之蝶就從崖上掉下去了……」夏捷便說：「好了好了，那誰也不吃虧了，他沒有帶著你跑，你也把他推下崖了。我看你是做主人的先醉了，醒來不好意思，就編一個謊兒調節尷尬場面的吧。」牛月清說：「我都嚇死了，你還取笑！誰是醉了？有能耐咱再喝一圈兒！」莊之蝶說：「你那能耐大家都領教過了，我提議難得這麼多人聚一起，咱照相留個紀念吧！」唐宛兒首先響應，待趙京五第一個給莊之蝶和牛月清拍過合影，就立於兩人背後，偏要把一顆腦袋擔在牛月清的肩上，說：「給我們也來一張，就這麼照！」接著相互組合，一卷膠卷咔咔咔立時照完。周敏看了一會熱鬧，心裡發急，對莊之蝶和牛月清說他才到雜誌社，不敢多耽誤的，便到雜誌社去了。

因為喝得有些多，下午又沒能按時上班，周敏一路趕得急，臉是越發燒燙。半路上先買喝了一瓶酸梅冷飲，心身覺得清朗了許多。一進文化廳大門，便見院子裡有人湊了一堆議論什麼。周敏初來文化廳，又是臨時招聘，一心要在此改邪歸正，立穩陣腳，重新生活，所以手腳勤快，口齒甜美，對誰都以禮相待。聽見那堆人裡有人說：「說曹操，曹操就到，就是這小伙兒！」當下笑了一下，要走。一個人走近來說：「周敏，你行的！」周敏說：「什麼行的，請你多關照啊！」那人說：「你這麼客氣，真是也學了莊之蝶的一手了！莊之蝶總是對人說他沒寫什麼，可幾天不見，一部小說就出來了。你愈是誇他寫得好，他愈說是胡寫的。可說實話，莊之蝶寫得好是好，還真沒一部作品讓文化廳的人爭讀爭議。你這一篇，是爆炸性哩！」周敏說：「你們都看了？」那人說：「文化廳沒人不看了的，鍋爐房那老史頭不識字，遠讓人讀著給他聽的。景雪蔭今早一下飛機，聽說連家也沒回，那小丈夫就拉她來找廳長，大哭大鬧的好是兇火！她鬧什麼的？別瞧平日一本正經的，原來也勾引過人家作家！可為什麼不嫁了莊之蝶？是那時認為莊之蝶配不上她吧，現在後悔了，經人說破又惱羞成怒了？她能認得什麼人，真金子都丟了，只會仕途上往上爬，這是她父母的遺傳！」周敏不待他說完，就旋風般地向樓上跑去，一推雜誌社門，除了鍾唯賢，編輯部的人都在，正在叫罵不休。周敏問：「真的出事啦？」李洪文還在發他的脾氣：「姓景的要是這樣，咱們就不去，她是中層領導，看能把咱們怎樣？」苟大海說：「她老子是高幹，子女也不能這樣欺負人嘛。聽聽廣大群眾的反應，咱們辦雜誌是為社會辦的，不是為她個人辦的！」周敏知道景雪蔭一定是來編輯部鬧過，事情已無法和平處理了，就說：「她啥時回來的？莊老師讓咱們注意她回來的時間，一回來就先拿了雜誌去說明情況，你們沒人去嗎？」李洪文說：「昨天下午成批的雜誌一運來，武坤如獲至寶先拿了一本，連夜去找景的丈夫，不知煽了一夜什麼陰風，那丈夫今早來找廳長。等景雪蔭一下飛機，兩口又來鬧。那小子口口聲聲他是景雪蔭的丈夫，別人不在乎這事他在乎！哼，武坤和他老婆都幹了什麼？他倒為這篇文章充男子漢！」周敏坐在那裡身子發軟，中午吃下去的好酒好菜往上泛，心想，怕鬼有鬼，繩從細處斷了，這不僅給莊之蝶惹了事，自己一個臨時招聘人員還能在雜誌社幹下去嗎？就問李洪文：「鍾老師呢？」李洪文說：「廳長來電話叫去了。」

過了一會，鍾唯賢回來，一見周敏，說：「你來了？」周敏說：「鍾老師我對不起咱編輯部了！」李洪文說：「這是什麼話？不是你對不起誰的事，出了事，咱不要先檢討，一切要對作者負責，對雜誌負責。再者，這事直接影響到莊之蝶的聲譽，他是名作家，以後還想向人家要稿不要?!」鍾唯賢卸下眼鏡，凸鼓的眼球布滿血絲，用手揉了揉，並沒有揉去眼角的白屎，又把眼鏡戴上了，說：「這我知道。可現在事情鬧大了，景中午來廳裡鬧了一場，我也堅持不承認犯了什麼錯，她立馬三刻去省府見主管文化的瞿副省長了，瞿副省長讓宣傳部長處理，部長竟讓她捎了一封信給廳長，上有三條處理指示：一是作者和編輯部必須承認寫莊與景的戀愛情節是無中生有，造謠誹謗，嚴重侵犯景的名譽權，應向景雪蔭當面賠禮道歉，並在全廳機關大會上予以澄清。二是雜誌社停業整頓，收回這期雜誌，並在下期雜誌上刊登聲明，廣告此文嚴重失實，不得轉載。三是扣發作者稿費，取消本季度獎金。」李洪文就火了：「這是什麼領導？他調查了沒有就指示？廳裡也便認了?!」鍾唯賢說：「廳裡就是有看法，誰申辯去？」苟大海說：「他們怕丟官，咱雜誌社去！老鍾，你要說話，你怕幹不了這個主編嗎？這主編算個×官兒，處級也不到，大不了一個鄉長！」鍾唯真說：「都不要發火，冷靜下來好好琢磨琢磨。周敏，你實話告訴我，文裡所寫的都真實？」周敏說，「當然是真實的。」李洪文說：「婚前談戀愛是法律允許的，再說談戀愛是兩人的事，我不敢說周敏寫的真實，可誰又能說寫的不是真實？景雪蔭現在矢口否認，讓她拿出否認的證據來，文中說她送莊之蝶了一個古陶罐，古陶罐我在莊之碟的書房見過的，她也要賴了?!」鍾唯賢說：「給我一枝菸。」苟大海在口袋裡捏，捏了半天捏出一枝來，遞給鍾唯賢。鍾唯賢是不抽菸的，猛吸了一口，嗆得連聲咳嗽，說：「我再往上反映，爭取讓領導收回三條指示。大家出去誰說什麼也不要接話，全當沒什麼。但要求這幾天都按時上班，一有事情大家好商量。」說完往自己新搬進的獨個辦公室去，但出門時，頭卻在門框上碰了，打一個趔趄，又撞翻了牆角痰盂，髒水流了一地。他罵道：「人晦氣了，放屁都砸腳後跟！」

李洪文笑了一聲，說句：「老鍾你好走啊！」把門關了，說：「莊之蝶在寫作上是個天才，在對待婦人上十足的呆子。景雪蔭能這麼鬧，可能是兩人沒什麼瓜葛，或者是景雪蔭那時想讓莊之蝶強暴了她，莊之蝶卻沒有，這一恨十數年窩在肚裡，現又白落個名兒，就一股腦發氣了！」苟大海說：「強暴這詞兒好。怎麼不強暴她就發恨？」李洪文說：「你沒結過婚你不懂。」苟大海說：「我談過的戀愛不比你少的。」李洪文說：「你談一個吹一個，你也不總結怎麼總是吹？戀愛中你不強暴她，她就不認為你是個男子漢，懂了沒？」苟大海說：「周敏，你有經驗，你說。」周敏自個想心思，點了點頭。李洪文說：「莊之蝶要是當年把景雪蔭強暴了，就是後來不結婚，你看她現在還鬧不鬧？」正說得好，門被敲響，李洪文禁了言，過去把門開了，進來的還是鍾唯賢。鍾唯賢說：「我想起來了，有一點特別要注意的，就是這幾天在機關碰上了景雪蔭，都不得惡聲敗氣，即使她故意給你難堪，咱都要忍，小不忍事情會愈來愈糟。」李洪文說：「你當過右派，我可沒那個好傳統。」鍾唯賢說：「啥事我都依了你，這事你得聽我的！」說完便又走了。苟大海說：「洪文你真殘酷，鍾老頭可憐得成了什麼樣兒，你還故意要逗他！」李洪文說：「周敏，我看這事你得多出頭，或者讓莊之蝶出面，鍾老頭是壞不了事也成不了事的，他窩囊一輩子了，膽子也小得芝麻大，只怕將來靠山山倒，靠水水流。」說得周敏六神無主，再要討李洪文的主意，李洪文卻坐在那裡取了一瓶生髮水往禿頂上擦，問苟大海是否發覺有了新髮出來？苟大海說：「有三根毛吧。」窗外就噼噼啪啪一陣鞭炮響。

鍾唯賢就又跑過來，問：「哪裡放鞭炮？」李洪文、苟大海、周敏就都往涼台上去，鍾唯賢說：「讓大海一人去看看，都擁在那裡目標太大，現在是全文化廳的人都拿眼睛看咱哩！」苟大海在涼台看了，回來說：「是三樓西邊第二個窗口放的，見我往下瞧，幾個人手舉了一張紙，上面寫了『向雜誌社致敬！』」鍾唯賢臉就黑下來，說：「這些人是平日看不慣景雪蔭，曾提意見說景雪蔭憑什麼提為中層領導，可廳裡沒有理睬，借此出氣的。」就讓苟大海下去制止制止，免得火上加油，忙中添亂。李洪文卻說他去，去了一會兒變臉失色又回來，說是不好了，武坤拉了局長去看放鞭炮，叫囂文化廳成什麼樣子了，把他們上屆雜誌社的編委會撤了，這一屆的新班子就這樣促進廳裡的安定團結了?!氣得鍾唯賢終於罵了一句：「雜誌社就是查封了，他武坤休想再翻上來，娘的×！給我一枝菸。」苟大海卻沒有菸給他了，到門後撿菸蒂，菸蒂全泡在髒水裡。

牛月清去汪希眠家取現款，只怕大額票子拿著危險，叫柳月廝跟了，兩人又都換了舊衣。牛月清提一個菜籃子，下邊是錢，上邊堆一些白菜葉子，柳月並不平排行走，退後了三步，不即不離，手裡握著一個石片，握得汗都濕津津的了。這麼一路步行走過東大街，到了鐘樓郵局門口，那裡掛著一個廣告招牌，上書了「最新《西京雜誌》出刊，首家披露名作家莊之蝶的艷情祕史。」牛月清看了，冷不丁怔住，就蹴在那裡，將菜籃放在兩腿之內，急聲喊柳月進去買了一本，就在那裡看起來，登時呼呼喘氣，嘴臉烏青。柳月不知上面寫了些什麼，也不敢多嘴。一路回來，莊之蝶並不在家，牛月清兀自上床就睡了，慌得柳月不知做什麼飯好，去問過一聲，牛月清說：「隨便！」隨便是什麼飯？柳月只好做了自己拿手的煎餅，炒一盤洋芋絲，熬半鍋紅棗大米稀粥。做好了，看看天色轉暗，獨自在客廳坐了，又甚覺無聊，剛到院門口來透透空氣，莊之蝶推了「木蘭」走進來。

莊之蝶是把照好的膠卷交一家沖洗部沖洗，因為需要兩個小時，便在街邊看四個老太太碼花花牌。老太太都是戴了硬腿眼鏡，一邊出牌，一邊同斜對街的一家女人說話。女人骨架粗大，凸顴骨，嘴卻突出如喙，正在門前的一張蓆上晾柿餅。莊之蝶心想，這女人晾的柿餅，沒有甜味，只有臭味了。一個老太太瞧見莊之蝶看那女子，眨巴了眼睛說：「你是瞧著她窩囊嗎？她可是有錢的主兒，平日閒了碼牌，錢就塞在奶罩裡，一掏一把的！」莊之蝶說：「她是幹啥的，那麼多錢？」老太太說：「終南山裡的，賃了這門面做柿餅生意，整日用生石粉沾在柿餅上充白霜哩。」莊之蝶說：「這好缺德，吃了不是要鬧肚子嗎?!」老太太說：「這誰管哩！你要問問她嗎？」便高聲向斜對門說，「馬香香，這同志和你說話的！」醜女人就立定那裡，看看走過來的莊之蝶，問：「買柿餅嗎？」莊之蝶說：「你這柿餅霜這麼白的，不會是生石粉吧！」醜女人說：「你是哪裡的？」莊之蝶說：「文聯作協的。」醜女人說：「噢，做鞋的，瞧你們做鞋的才做假，我腳上這鞋買來一星期就前頭張嘴了！」莊之蝶說：「哪裡是做鞋的，寫文章的，你知道報社嗎？和報社差不多的。」醜女人立即端了晾曬的柿餅，轉身進屋，把門關了。碼牌的老太太就全笑開來，一個說：「什麼不是假的？你信自個的牙能咬自己的耳朵嗎？」莊之蝶說：「如果有梯子，我信的。」老太太說：「你也會說趣話，我咬了讓你瞧瞧。」嘴一咧，白花花一排牙齒，忽地舌尖一頂，那一盤假牙卻在了手中，便把假牙閤在了耳朵上。莊之蝶恍然大悟，樂得哈哈大笑。老太太說：「現在興美容術的，眉毛可以是假的，鼻子可以是假的，聽說還有假奶，假屁股。滿街的姑娘走來走去，你真不知道是假的真的！」老太太幽默風趣，莊之蝶就多坐了一會，看看錶，時間已過了兩個多小時，便告辭了去沖洗部。剛一離開，老太太就說：「這人說不定也是假的哩！」莊之蝶聽了，不覺也疑惑了，想起同唐宛兒的事，恍惚如夢，一時倒真不知了自己是不是莊之蝶？如果是，往日那膽怯的他怎麼竟作了這般膽兒包天的事來？如果不是，那自己又是誰呢?!這麼在太陽下立定了吸紙菸，第一回發現吐出的煙霧照在地上的影子不是黑灰而是暗紅。猛一扭頭，卻更是見一個人忽地身子拉長數尺跳到牆根去，嚇得一個哆嗦，渾身都起了雞皮疙瘩。再定睛看時，原來是自己正站在了一家商店門前，那商店的玻璃門被人一推，是自己的影子經陽光下的玻璃反照在那邊的陰牆上。莊之蝶神不怕鬼不怕的，倒被自己的影子嚇得半死，忙四下看看，並沒人注意到他的狼狽，就去沖洗部領取照片。但等他先看他與牛月清、唐宛兒的合照時，卻不禁又吃了一驚，合照的客席的背景，一桌一椅，甚至連屏風上的玉雕畫兒都清清楚楚，人卻似有似無。尤其牛月清和唐宛兒根本看不見身子，是一個肩膀上的兩個虛幻了的頭顱。再把別的照片取出看，所有人都是如此。莊之蝶駭然不已，詢問沖洗部的人這是怎麼回事？人家竟訓斥了他，說照出這樣的底片讓他們沖洗，不是成心要敗壞他們的名譽嗎?!莊之蝶再不敢多說，過來啟動「木蘭」，竟怎麼也啟動不了，只好推著，迷迷糊糊往家走來。

在文聯大院的門口，柳月一見莊之蝶就問到哪兒去了。莊之蝶說了去沖洗照片，柳月就要看她的形容，說她從來照相要虧本的。趙京五也提醒過她：以後戀愛一定要讓男的親自看她本人，不能僅憑照片。莊之蝶見她這麼迫切要看照片，就不願把照片拿出來，謊說還未沖洗出來，搪塞過去。柳月喪了興頭，卻壓低聲音，就說了大姐買了雜誌，如何生氣，如何獨自睡了。莊之蝶頓時更覺手腳無力，將那照片之事拋卻一邊，上得樓來就拿了雜誌去書房又看了一遍，出來給柳月笑笑，輕聲說：「叫她吃飯。」柳月說：「我不敢的。」莊之蝶低頭想了想，進臥室去了。

牛月清裹了毛巾被仄睡那裡，一把蒲扇擋在臉上，莊之蝶搖了搖，說：「怎麼現在睡了？快起來吃飯呀！」牛月清閉了眼不理。莊之蝶又扳了一下，牛月清如木頭一樣就仰了身，眼睛卻仍緊閉睡著。柳月就捂了嘴兒在臥室門口偷笑。莊之蝶說：「月清，月清，你裝什麼磕睡？」牛月清還是不動不吭，一個姿勢兒睡著。莊之蝶就故意用手在她的口鼻前試試，牛月清忽地坐了起來，莊之蝶就笑了，說：「我試著沒熱氣的，還以為你過去了！」牛月清說：「你巴不得我一口氣上不來死掉哩！」莊之蝶說：「柳月，你看看外邊天氣，怎麼天晴晴的就颳風下雨了？」牛月清說：「涼台上晾有床單哩。」柳月噗地笑出了聲，一閃身鑽到廚房裡去。牛月清這才知道了莊之蝶的話意，不覺也一個短笑，遂變臉罵道：「你好贏人，一堆屎不臭，還要操棍兒攪攪！你以為你以前的事光榮嗎？是要以名人的風流韻事來證明你活得瀟灑嗎？」莊之蝶說：「你是看了周敏寫的那文章？上邊盡是胡說的。我和景雪蔭的事你不清楚？」牛月清說：「那你讓他就那麼寫？」莊之蝶說：「我哪裡知道他寫這些！你也清楚這類文章我從來不看，只說他初來乍到，要在文壇上站住腳，也不妨把我作了素材發他的文章。若知道是這般寫，我也早扣壓了！」牛月清說：「他初來乍到，卻如何知道那些事？」莊之蝶說：「可能是雲房他們胡編過聞傳吧。」牛月清說：「那也一定是你在外向他們吹噓，人家是高幹子女，說說和景雪蔭的事，好抬高你的身價嘛！」莊之蝶說：「我現在用得著靠她抬高身價？」牛月清說：「那我清楚了，你是和姓景的舊情未斷才這麼說一說搞精神享受哩！」說得越發氣了，眼淚也嘩嘩的。柳月在廚房聽見他們吵起來，忙跑過來勸解，說：「大姐，你不用生氣，生什麼氣呢！莊老師是名人，名人少不了這種事體，那又有啥的？」莊之蝶說：「柳月，你這一說，我倒真有此事了！」牛月清也笑了，拉了柳月在懷裡，說：「柳月才來，該笑話我們也吵鬧的。」柳月說：「牙常咬了舌頭，誰家不吵的？我看孩子的那家，男的在外邊有相好的，別人說知了那女的，女的說我才不管的，他終是掙了錢裝在我家的櫃子裡而沒裝到別的地方去嘛！」牛月清就又笑看擰柳月的嘴。柳月說：「好了，這下沒氣了，咱吃飯吧！」牛月清說：「我倒沒啥的，只是壞了你莊老師的名聲。可話說回來，我知道你莊老師還不是那種人，他是有賊心兒沒賊膽，也是沒個賊力氣。別人說他怎麼怎麼我是不信，恨只恨他在外面一高興了愛排說，只圖心裡受活，不計帶來的影響。」說罷就又掉下一顆淚子。柳月聽了，倒覺得新奇，還要說什麼，有人敲門，牛月清忙揩了眼淚，一邊暗示莊之蝶到書房避了，一邊大肆問：「誰？」門外說：「我。周敏。」門開了，牛月清笑道：「下班沒回去？來得牙口怪齊的，一塊吃飯吧！」

周敏說他下班早，回家已經吃過飯了，原本是一早晚去城牆頭上溜躂的，一拐腳先到這裡來了。莊之蝶也從書房出來與周敏見面，他高興周敏來的是時候，就讓周敏吃一塊煎餅，周敏還是不吃，莊之蝶就在錄放機上裝了磁帶，讓他先欣賞著音樂吧，便和牛月清、柳月圍了桌子吃飯。磁帶放的是《梁山伯與祝英台》，周敏就說：「莊老師喜歡民樂？」莊之蝶吃著煎餅點頭，突然說：「我這兒有一盤帶子，錄得不清晰，但你聽聽，味兒真好哩！」重新換了磁帶，一種沉緩的幽幽之音便如水一樣漫開來。周敏急問：「這是壎樂，你在哪兒錄的？」莊之蝶就得意了：「你注意過沒有，一早一晚城牆頭上總有人在吹壎，我曾經一夜偷偷在遠處錄了，錄得不甚清晰，可你閉上眼慢慢體會這意境，就會覺得猶如置身於洪荒之中，有一群怨鬼嗚咽，有一點磷火在閃；你步入了黑黝黝的古松林中，聽見了一顆露珠沿著枝條慢慢滑動，後來欲掉不掉，突然就墜下去碎了，你感到了一種恐懼，一種神祕，又抑不住地湧動出要探個究竟的熱情，你愈走愈遠，愈走愈深，你看到了一疙瘩一疙瘩湧起的瘴氣，又看到了陽光透過樹枝和瘴氣乍長乍短的芒刺，但是，你卻怎麼也尋不著了返回的路線……」莊之蝶說著，已不能自已，把飯碗也放下了，柳月叫道，「莊老師是朗誦抒情詩嘛！」莊之蝶卻看見周敏垂下頭去，就說：「周敏你不感覺是這樣嗎？」周敏說：「莊老師，這壎是我吹的。」莊之蝶啊了一聲，嘴張著不能闔上。牛月清和柳月也停止了吃飯。周敏說：「我是瞎吹的，只是解解悶罷了，沒想你卻聽到了。你若真喜歡，改日我正經錄一盤給你送過來。但我不明白，你現在是名人，要什麼有什麼的，心想事成倒喜歡聽這壎聲？」說畢，從挎包裡掏出一個黑色的小陶罐兒似的東西，說這就是壎。莊之蝶知道什麼是壎聲，卻並未見過壎的模樣，當下拿過看了，稀罕得了得，問這是哪兒買的，說他曾去樂器店問過有沒有壎，那售貨員竟不知道壎是什麼。周敏說這是上古時的樂器，現在絕少有人使用了，他在潼關時聽一個民間老藝人吹過，跟著學過一段時間。到西京後在清虛庵挖土方，挖出這個小陶罐兒，誰也不認得是什麼，他就收藏了，才到城牆頭上練習著吹，吹得並沒個名堂的。兩人一時說得熱起來，莊之蝶就說：「不知怎麼我聽了對味兒，我還買了一盤磁帶，你聽聽味兒更濃哩！」就換了另一盤帶，放出來竟是哀樂。牛月清過來噔地把機子關了，說：「見過誰家欣賞的是哀樂?!」莊之蝶說：「你好好聽聽，聽進去了你也就喜歡了。」牛月清說：「我永遠也不會喜歡！你這麼一放，別人還以為咱家死了人了！」莊之蝶只好苦笑了笑，關了錄放機，坐下來吃飯。柳月說：「莊老師也怕老婆？」莊之蝶說：「我哪裡怕老婆？只是老婆不怕我罷了。」牛月清故意不理他的趣話，莊之蝶兀自說句：「這粥熬得好哩！」喝完一碗粥，放了筷子，問周敏還有什麼事，要是沒事，晚上到孟雲房家聊天去。

周敏倒一時臉上難堪起來，支吾了半會，說：「我倒有一件事向你說的，你先吃飯吧。」莊之蝶說：「我吃好了，你說吧！」周敏說：「我只說知恩報恩，為老師寫篇文章宣傳宣傳，沒想倒惹出事來。景雪蔭她是回來了，鬧得很厲害，廳裡領導可能也會來找你查證事實呀。我先來通個信兒，聽聽你們意見的。」牛月清說：「我和你莊老師已經看過那篇文章了。」周敏一下子慌了手腳，說道：「師母也看過了?!」牛月清說：「沒事不要尋事，出了事也不必怕事。這事要鬧該是我鬧的，她景雪蔭鬧的什麼？文章雖不是莊之蝶寫的，可不看僧面看佛面，過去的一場感情一點不珍惜，說翻臉就翻臉了?!」莊之蝶不接牛月清的話，只黑了臉，詳細問了廳裡和雜誌社的情況，嘆道：「我一再叮嚀等人家一回來就先去解釋，你們偏偏不在意麼！現在出了這事，她的對立面肯定說三道四，幸災樂禍，再加上武坤趁機煽風點火，借她丈夫又給她施加壓力，人都有個自尊心的，她不鬧一下，別人還以為她是默認了。既然鬧開了，可能就不會提起來又悄沒聲地放下，她是從來沒吃過虧的人，要強慣了，碌碡拽在半坡，是退不下來。」牛月清說：「現在姓景的全然翻了臉，你還只是從她的角度考慮？周敏寫這文章雜誌能刊出來，主觀上哪個不是對你好？你這麼一說，一顆石頭撞得三個鈴響，讓多少人喪氣哩！」莊之蝶聽了，心裡倒窩了火，忍了忍，說：「那我怎麼辦？」周敏說，「廳裡若有人來問你情況，你只需咬定所寫的都是真事，甚至你可以說……這話師母怕不愛聽的。」牛月清說：「你往透裡說。」周敏說：「你可以說和她都那個了，寫得還不夠的。戀愛中有那種事是常事，你說有，她說沒有，到哪兒尋證人去？一潭水攪混了，誰說得清白？」莊之蝶立即站起來，臉色都變了：「你怎麼能想出這種主意?!咱說話不要說講責任，起碼得有個良心啊！」牛月清也說：「周敏，這話可不敢說。你莊老師是有社會地位的，比不得你我。這麼說出去，外界一股風，你莊老師不成了西京城裡的痞子閒漢角色？我出門又對人怎麼說的?!」周敏聽了，臉色泛紅，當下拿手打了自己一個嘴巴，說他是昏了頭了，動出這麼個混帳念頭，也是他沒經過世事，一聽到省上領導的指示便害怕了，就反覆求老師、師母能原諒他。莊之蝶氣得抓了茶杯去喝，茶杯已經搭在嘴邊，才發覺杯裡並沒了水，放下杯子，就把臉別到一邊去。牛月清過來給莊之蝶添了茶水，又給周敏的茶杯續了水，說：「周敏，你何必又要這樣呢？你莊老師怎麼能不理解你？就不要再說原諒不原諒的話了，說得多了，倒讓人覺得不美！」周敏就變得老實憨厚起來，說：「我也是在你們面前氣強，才這麼說的。那怎麼處理呀？」莊之蝶說：「我有什麼辦法？但有一條，戀愛我是不能承認的。」牛月清說：「事情是已經過去了的事，我原本是不願多說的，至於你和姓景的戀愛過沒戀愛過，在我認識你之前我管不了那麼多，可咱們都已經訂婚了，你和姓景的還絲絲縷縷地糾纏著，我不是瞎子，全看在眼裡，勸過你不要與她來往，你總是不借傷害了我而去袒護她，我以為她是多高尚，對你多有感情，沒想她能崖裡井裡撳你了！」莊之蝶說：「你少說兩句行不？你一攙和這事就更眉眼了！」牛月清說：「你是以為我吃醋嗎？我倒可憐了你哩！」見氣氛不對，柳月忙勸，周敏也只管怨恨自己不好，牛月清才說：「這些我也忍了，可事情到了這一步，你竟對景雪蔭不恨不氣，這讓我失望。你不承認是戀愛，那你與她的關係怎麼說？」莊之蝶說：「是同志，是朋友。」牛月清說：「那文章中寫的幾宗事怎麼不是同雜誌社別的人所發生的？」莊之蝶說：「是比一般同志、朋友更友好嘛。」牛月清說：「這些全依了你。可你面對現實了沒有？如今文章上寫的調兒是戀愛的調兒，你若堅持不承認戀愛，那就只有雜誌社和周敏吃不了兜著！但這麼一來，社會上又會怎麼看待你？說莊之蝶為了一個女人，竟能把支持他宣傳他的一批朋友置於死地了！」莊之蝶說：「你這是迫我就範嘛！」牛月清說：「別人說那是爛銅，你要硬說是金子，你實在還丟心不下那個姓景的，你就以你的主意辦吧！」便對周敏說：「周敏，你給鍾唯賢他們說，這是你們要宣傳莊之蝶的，那活該是自作自受；你也收拾了行李，明日再去清虛庵當你的小工吧！」站起身竟到臥室睡去了。

莊之蝶哭喪著臉在客廳踱來踱去，周敏就木呆在那裡，坐也不是，站也不是。柳月瞧著難受，從冰櫃裡取了一盤梅李讓周敏吃，周敏不吃，兩人推來讓去的。莊之蝶過去撿一顆給了周敏，一顆自己倒吃起來，說：「這樣辦吧，你只咬定所寫之事都是有事實根據的，也可以說是我提供的，但我提供時並未點明是與景雪蔭發生過的事，我只提供了在我以往生活中所接觸過的許多女性的情況。現在文章中寫到的內容可能有景雪蔭的事，也可能全然沒有，雖然你寫的是紀實文學，但按照文學寫作的規律，是把與我交往過的許多女性中的事集中、概括、歸納到這一個阿×符號式的形象上來的。這樣行吧？依這樣的理由對付任何方面的責難，你就可以是什麼事也沒有的了。」周敏沉吟了半天，方說：「那就這麼辦吧。」告辭出門走了。

牛月清聽見門響，知道周敏走了，在臥室的床上叫：「之蝶，你來！」莊之蝶推開房門，見夫人倚在床上正用了洗面奶脂擦洗臉上的油垢，就說：「你好行喲，當著周敏的面，你不說他的過錯，竟那麼說話，你讓周敏怎麼看我，以為我要犧牲了他和雜誌社的人？」牛月清說：「我不那麼說，你能最後有這麼個主意嗎？」莊之蝶說：「你知道周敏的根根底底嗎？我畢竟與他才認識，他借了我的名去雜誌社我就心裡不痛快，現在又惹起這麼多是是非非，你倒偏向了他！這以後我見了景雪蔭怎麼說話？」牛月清說：「你還想著和她好呀?!」莊之蝶恨了一聲，把房門拉閉了，坐到客廳裡吸菸，這當兒就隱隱約約聽見了壎聲。直聽到那壎聲終了，讓已經在沙發上坐著打盹的柳月也回到那間空屋睡了，仍還呆在客廳，又將那盤哀樂磁帶裝進錄放機裡低聲開動，就拉滅了燈，身心靜靜地浸淫於連自己也說不清的境界中去了。

連日裡，周敏早出晚歸，都在雜誌社守著，回到家來也不逗唐宛兒玩耍取樂。婦人是靜不下的身子，嘮叨幾次說多久時間了也沒有去「喜來登」歌舞廳了，周敏只是今日推到明日，明日推到後日。婦人又提說碑林博物館左旁的那條街上，莊老師家開辦了一個書店，也該去看看，一來瞧有什麼好讀的書，二來也好顯得關心老師的事。周敏不耐煩地說：「我哪有你這閒心思，要去你去好了。」不是攜了壎器往城牆頭上去吹，就是扳倒頭就睡。婦人也慪氣兒，日夜誰不理誰。白天周敏上班走了，其實婦人並沒獨自去逛街瘋去，只是在家精心打扮，脂粉搽得噴香，眉毛扯得細勻，支了耳朵聽院門鐵環扣動，想著是莊之蝶來了。那日初次事成，婦人喜得是一張窗紙終於捅破，想這身子已是莊之蝶的了，禁不住熱潮湧臉，渾身亢奮，望著院門口來來往往的人，對著他們冷漠地瞧一下這院中的梨樹和梨樹下的她，她憤怒裡就有了冷酷的笑：等著吧，哪一日知道我是莊之蝶的什麼人了，看你們怎麼來奉承我，我就須臊得你們臉面沒處放的！可是，這麼多天日，莊之蝶並沒有來，便自己給自己發氣，將梳光的頭揉亂了去，將塗得血紅的口唇在鏡子上哈一個紅圈，又在門扇上哈一個紅圈。這一個晚上，月光如水，周敏又去了城牆頭上吹動壎音，唐宛兒掩了院門，在浴盆裡洗澡。後來赤身披了睡衣坐在梨樹下的涼床上，坐了許久，十分寂寞，想莊之蝶你怎地不再來了呢？如同世上別的男人一樣，那一日僅是突然的衝動，過後就一盡忘卻，只是要獲得多占有了一個女人的數字的回憶嗎？或者，莊之蝶是一位作家，他要在我這裡僅僅是為了寫作而體驗一種感受嗎？這麼思來想去，就回味那一日的情景，卻又全然否定了去。莊之蝶不會是那樣的，他第一次見到她那種眼神，他膽膽怯怯接近她的舉動，以及那後來發瘋發狂的行為，婦人自信著莊之蝶是真了心地愛著她的。在以往的經驗裡，婦人第一個男人是個工人，那是他強行著把她壓倒在床上，壓倒了，她也從此嫁了他。婚後的日子，她是他的地，他是她的犁，他願意什麼時候來耕地她就得讓他耕，黑燈瞎火地爬上來，她是連感覺都還沒來得及感覺，他卻事情畢了。和周敏在一起，當然有著與第一個男人沒有的快活，但周敏畢竟是小縣城的角兒，哪裡又比得了西京城裡的大名人。尤其莊之蝶先是羞羞怯怯的樣子，而一旦入港，又那麼百般的撫愛和柔情，繁多的花樣和手段，她才知道了什麼是城鄉差別，什麼是有知識和沒知識的差別，什麼是真正的男人和女人了！唐宛兒這麼想著，手早在下面摸搓開來，一時不能自已，喚聲「莊哥！」便顫舌呻吟，嬌語呢喃，於涼床上翻騰躍動了如條蟲子。（此處作者有刪節）待涼床咯咯吱吱一寸寸挪移靠著了梨樹，一時裡瞇眼看起枝椏上空的月亮，不覺幻想了那是莊之蝶的臉面，就吐閃著舌頭，要把一雙腿往莊之蝶身上去搭，於是也就蹬在了樹幹上。一挺一挺身子，梨樹就嘩嘩把月亮搖亂，直到最後猛地蹬去，安靜了，三片四片梨樹葉子卻就畫著斜圈兒一飄一飄下來，蓋在婦人身上。婦人消耗了身心，並沒有起來，仍是躺在那裡，只是身子軟得如剔了骨頭一般，還在發著呆。吹完壎的周敏回來了，說：「你還沒有睡呀？」婦人把身上的樹葉拂了去，挪挪睡衣，蓋住了那條白腿，說：「沒睡的。」躺著未起。周敏無聊地看了一下院子上空的月亮，說了一句：「今晚月色真好。」婦人也說：「好。」卻想：莊之蝶這會兒幹什麼呢？是在書房裡讀書，還是已經睡了？心裡就默默說道：莊哥，讓我暫時地離開你，我得和另一個靈魂在這屋檐下了。別關上你的門麼，風會仍然向你吹去的，也許你會突然驚醒，似乎聽見了有悄悄的聲響吧，可別動呀，我的莊之蝶，還是閉上你的眼睛，我們的交談就開始了哩。周敏在廚房裡洗完了臉，看見唐宛兒還躺在那兒發呆，就說：「你怎麼還不去睡呢？」唐宛兒恨恨地說：「討厭！話這麼多的，你睡你的去嘛！」卻趿了拖鞋去開院門。周敏說：「你要出去？這麼晚了！」唐宛兒說：「我睡不著的，去十字路口買杯冰淇淋。」周敏說：「你要穿那睡衣出去嗎？」素白的睡衣一閃，婦人卻已經走到街巷去了。

唐宛兒並沒有去冷飲店裡買了冰淇淋吃，而在那店裡借用人家的電話在撥了。接電話的是柳月。柳月問是誰，唐宛兒說你聽不出是我的聲嗎？就問莊老師可好，師母可好？柳月在那邊喜歡地說：「是唐宛兒姐姐呀，這麼晚了有什麼緊事？」唐宛兒說：「我哪有什麼緊事，只是問問家裡有什麼出力氣的活兒沒有，譬如拉煤呀，買米麵呀，換液化氣罐呀，周敏是有力氣的！」便聽見柳月喊牛月清，牛月清問誰的電話？柳月說了是唐宛兒的，詢問家裡有沒有出力的活兒讓他們幹的。牛月清就過來接了話機，說：「唐宛兒有心，真謝了你的，你怎麼不來家轉轉呀？」唐宛兒說：「我哪是不想去的，只是莊老師寫作忙，怎麼好去打擾呢？」牛月清就說：「你莊老師不在家，去開市人大會議了，恐怕十天左右的，你來玩啊！」唐宛兒說，「一定的，一定的。」心裡便輕鬆了，輕鬆了就想，如果會議期間去找他不是更方便嗎？放下電話，卻後悔忘了問莊之蝶在哪裡開會？

第二天晚上，周敏回來得早，吃罷晚飯就趴在桌上寫起什麼。唐宛兒近去要看，周敏卻用手捂了，唐宛兒一撇嘴就走開，把電視機搬到臥室裡去看。原本是消磨一陣時間就睡去，沒想電視裡正好是市人大會議的專題報導，莊之蝶就出現在螢屏上邊，體體面面端坐於大會主席台上，一時倒作想自己若成了莊之蝶的夫人該是多好，那消息傳到潼關城裡，今晚潼關縣城的人看到了電視裡的莊之蝶，必然就談論了她，那麼知道她的人立即要改變了對她的非議，羨慕得不知又該說些什麼話了！那個沒了老婆的工人，他還有什麼可說的呢？他之所以和周敏鬧個不休，是因為周敏比他的地位名聲高不出多少；而真的是莊之蝶的夫人了，他只能是自慚形穢，自動離婚的。如此之想，又忍耐不住，自個兒手在下邊又窸窸窣窣動彈，不覺流些許東西出來。方畢，周敏收拾了筆紙進來，兩人自然又沒了話，各自熄燈睡覺。婦人有個毛病，喜歡脫得赤條條地睡覺，且要貓一樣地蜷了雙腿偎在男人懷裡才能睡著。先前是周敏提出這樣睡覺太累，各人睡各人的被筒好，她死不同意，現在卻主動鋪好了兩個被筒。唐宛兒睡到迷迷糊糊將入夢境，卻一下子驚了，原來是周敏從那個被筒鑽了過來，她立即就打開他的手，說：「我睏了！」受了打擊的周敏就停止動作，賭氣回到自己被筒，卻睡不下，坐起來唉聲嘆氣。唐宛兒只是不理。周敏就拉了燈，將枕邊的一本書摔在地上，後來竟哽哽咽咽哭起來了。唐宛兒越發反感，說：「神經病，半夜三更哭什麼？」周敏說：「我好心煩，你不是安慰我，倒也跟我慪氣。常言說，家是避風港，可我這破船爛舟回到港來卻又是風吹浪打。」唐宛兒說：「咱這算什麼家?!女人憑的男子漢，我把一份安安穩穩的日子丟了，孩子、名譽、工作全丟了，跟著你出來，可出來了就這麼流浪，過了今日不知明日怎麼過，前頭路一滿黑著，這還是個家嗎？何況每日旁人下眼瞧看，那天汪希眠老婆當眾奚落著我，也不見你放一個響屁兒出來！我不安慰你？這些天來，你哪日不是早出晚歸，撇了我一個人整天整天說不得一句話的，誰又來念惜了我?!」周敏說：「正是替你著想，我一個人把天大的難處自個頂了，你倒怨我。」唐宛兒說：「什麼大不了的事，現在是文化人了，好不自在的。」周敏就把那篇文章惹了是非的事如此這般地敘了一遍，說：「要是在潼關縣城，我會叫哥兒兄弟去揍那姓景的一頓出氣，可這裡的文化圈內不興這套手段。能到雜誌社去，咱是多虧了莊老師的幫助，可出了事情，他卻沒兩肋插刀的勁兒了。他現在要堅持不是談戀愛，想兩頭落好；而姓景的卻不是省油的燈，若再給他施加壓力，莊老師怕要說所寫的都不真實。那麼，成我的事是他，將來敗我事的也許還是他。」唐宛兒聽了，倒緊張起來，下床倒了一杯水給周敏，瞧他也真的比往日瘦了。周敏就抱她在懷裡，她卻又反感起來，心下閃動：這倒也好，他真在西京文壇上無法立腳混下去，她就更有了機會和莊之蝶在一處。便掙脫身子回躺在自己被窩，說：「你也不要錯怪了莊老師，他怕也有他的難處。」周敏說：「盼他不會出賣了我。可我也作想了，得給我留個後路。」唐宛兒說：「留什麼後路？」周敏說：「目前就依了他說的，只承識寫的都是實情，但不是實指一人，是綜合概括的。若是莊老師站在了景的一邊，說我寫的不真實，我就得要說材料全是他提供的，有採訪本為證，我只是以記錄照實寫罷了。」唐宛兒說：「你哪裡採訪過他？還不盡是道聽途說。」周敏說：「這我有辦法。」唐宛兒沒有說話，把燈拉了睡在被窩裡心裡撲騰撲騰地跳。

翌日清早，周敏起來急急又去了雜誌社。唐宛兒趕忙打開電視機，她知道昨晚的新聞隔日早晨還要再播一次，果然又有了莊之蝶的鏡頭出來，用心記住了會議在南門外古都飯店召開，便光頭整臉收拾一番，去了古都飯店。飯店的大門口果然掛滿了各種彩旗，從樓頂直垂下來一條巨大紅綢標語，上面書寫了「熱烈慶賀市××屆人民代表大會在我店隆重召開！」但大門卻關著，有四五個佩戴了治安袖章的人守在旁邊的小門處，不許非會議人員進去。隔著鐵柵欄，院子裡停放了一溜小車，剛剛吃畢午飯在院中散步的代表，一邊用牙簽剔牙，一邊去門房邊的小屋裡憑票領取香菸。柵欄外卻湧著一群人，亂糟糟地嚷什麼。唐宛兒喜歡看熱鬧，往前擠了擠，腳上的高跟皮鞋就被誰的腳踩髒了，才一臉不高與地掏了手紙去揩，便見緊靠柵欄處是三個頭髮黏膩的婦女和一個粗糙男人，男人雙手高舉了一張白紙，上面寫著：「請人民代表為我伸冤」，下邊密密麻麻的小字，大略寫了冤情。三個婦女撲通通就跪下去，喊：「我們要見市長！我們要見市長！」聲淚俱下。幾位戴治安袖章的人過來拉，婦女抓了柵欄不鬆手，那衣服就擁起來，露出黑兮兮的肚皮和乾癟的奶頭，說：「市長為什麼不見我們？當官的不為民作主，不如回家給老婆抱娃去！你要再拉，我一頭撞死在這裡！」戴袖章的人就不拉了，說句：「那你就胡鬧吧，看你能鬧出什麼來?!」站到一邊抽菸去。唐宛兒立在旁邊看了一會，見瞧熱鬧的人愈來愈多，許多男人不看那婦女倒看她，知道自己與這三個婦人在一處，醜的越發醜，美的更美了，偏不害羞，將臉面平靜，目往高處視，隨後就擺柳腰兒向小門進去。守門人似乎不擋她，她已經走進三步了，卻又被喊住，問：「同志，你的代表證？」唐宛兒說：「我不是代表，我找莊之蝶的！」那人說：「實在抱歉，大會制度是不能讓一個非會議人員進去的，你要找莊之蝶，我讓人叫他出來見你。」就對院中一人說見了莊之蝶告訴他門口有人找，果然不一會兒莊之蝶就出來了，喜歡地說：「啊，你怎麼來啦？」唐宛兒說：「快讓我進去，我有話對你說的。」莊之蝶便給門衛說了，領了唐宛兒到院中，卻說：「你太艷乍，我先上去。七〇三房間，記住，不要走錯了。」頭也不回進樓去了。唐宛兒隨後到了七〇三房間，莊之蝶一下子關了門，就把婦人抱起來。婦人乖覺，任他抱了，且雙腿交合在他腰際，隻手攀了他脖頸，竟如安坐在莊之蝶的雙手上。婦人說：「瞧你剛才那個小心樣子，現在就這麼瘋了！」莊之蝶只是嘿嘿笑，說：「我好不想你，昨兒晚上還夢到了你，你猜怎麼著，我揹你上山，揹了一夜。」婦人說：「那真不怕累死了你！」莊之蝶就把婦人放在床上，揉著如揉一團軟麵。婦人笑得咯兒咯兒喘，突然說：「不敢動的，一動下邊都流水兒了。」莊之蝶一時性起，一邊噙著泛上來的口水，一邊要剝婦人的衣裙。婦人站起卻自己把衣裙脫了，說走路出了汗，味兒不好，她要沖個澡的。莊之蝶就去裡間浴池裡放水，讓她去洗，自個平靜下心在床邊也脫了衣服等待。一等等不來，兀自推了浴室門，見婦人一頭長髮披散，一條白生生身子立於浴盆，一手拿了噴頭，一手揣那豐乳，便撲過去。婦人頓時酥軟，丟了噴頭……（此處作者有刪節）婦人的頭枕在盆沿，長髮一直撒在地上，任莊之蝶在仰直的脖子上咬下四個紅牙印兒，方說：「別讓頭髮沾了水。」莊之蝶才爬起來，關了噴頭，將她平平的端出來放在床上。床頭是一面小桌，桌上面的牆上嵌有一面巨鏡，婦人就在鏡裡看了一會兒，笑著說：「你瞧瞧你自己，哪兒像個作家？」莊之蝶說：「作家應該是什麼樣兒？」婦人說：「應該文文雅雅吧。」莊之蝶說：「那好嘛。」就把婦人雙腿舉起，去看那一處穴位，羞得婦人忙說：「不，不的。」卻再無力說話，早有一股東西湧出。隨後就拉了被子墊在頭下，只在鏡裡看看。直到婦人口裡喊叫起來，莊之蝶忙上來用舌頭堵住，兩人都只有吭吭喘氣。

……婦人聽說她那裡竟有一顆痣的，對著鏡尋著看了，心想莊之蝶太是愛她。潼關的那個工人沒有發現，周敏也沒有發現，連她自己也沒發現，就說：「有痣好不好？」莊之蝶說：「可能好吧，我這裡也有痣的。」看時，果然也有一顆。婦人說：「這就好了，以後走到天盡頭我們誰也找得著誰了！」說畢，卻問：「門關好了沒，中午不會有人來吧？」莊之蝶說：「你現在才記起門來了！我一個人的房間，沒人的。」婦人就讓莊之蝶抱她在懷，說：「咱一來就幹這事，熱勁倒比年輕時還熱！其實我大著膽兒到會上來，是要對你說一件事的。是周敏的文章給你惹禍了？」莊之蝶說：「你知道了？我叮嚀過他，不要告訴你，怕你操心又起不了作用，他怎麼就告訴你了?!」唐宛兒把周敏介紹的情況說了一遍，問是不是這樣？莊之蝶點了頭，唐宛兒說：「我雖和周敏在一起生活，但現在什麼都是你的了，你要防著他哩！」莊之蝶說：「他怎麼啦？知道咱的事了？」唐宛兒說了周敏的第二手準備，莊之蝶沉默起來，坐在那裡冷笑了兩聲。唐宛兒說：「你生氣了？你要懲治他嗎？我來給你說這事，只是要你防著他，卻不要你懲治他的。周敏是聰明，有時聰明得就心賊了，可他還不至於是什麼壞人。」莊之蝶說：「這些我知道。」唐宛兒卻突然臉面抽搐，兩股清淚流下來。莊之蝶忙問怎麼啦？唐宛兒說：「不知是咱們的緣分，還是我和周敏的姻緣盡了，自見了你，一滿地害相思，十七十八的時候也沒這麼害過，整日價慌得什麼事兒也捉不到手裡去做。什麼是同床異夢，我實實在在是體會到了！」莊之蝶說：「我何嘗又不是這樣？不敢哭的，這個時候哭，對身子倒不好的。聽話著，嗯！」拿手去擦婦人淚，疼愛得像待著一個孩子。婦人說：「我聽話，我不哭的。可我還要給你說的，我不說就要憋死我了！我愈是大著膽兒跟你往來，心裡愈是害怕，害怕這樣下去，日子該怎麼個過呀?!我要嫁你，真的，我要嫁了你！」婦人說著，不等莊之蝶反應，就又說：「我想嫁給你，做長長久久的夫妻，我雖不是有什麼本事的人，又沒個社會地位，甚至連個西京城裡的戶口都沒有，恐怕也比不了牛月清伺候你伺候得那麼周到，但我敢說我會讓你活得快樂，永遠會讓你快樂！因為我看得出來，我也感覺到了，你和一般人不一樣，你是作家，你需要不停地尋找什麼刺激，來激活你的藝術靈感。而一般人，也包括牛月清在內，她們可以管你吃好穿好，卻難以不停地調整自己給你新鮮。你是個認真的人，這我一見到你就這麼認為，但你為什麼陰鬱，即使笑著那陰鬱我也看得出來，以至於又為什麼能和我走到這一步呢？我猜想這其中有許多原因，但起碼暴露了一點，就是你平日的一種性的壓抑。我相信我並不是多壞的女人，成心要勾引你，壞你的家庭，也不是企圖享有你的家業和聲譽，那這是什麼原因呢？或許別人會說你是喜新厭舊的男人，我更是水性楊花的浪蕩女人了。不是的，人都有追求美好的天性，作為一個搞創作的人，喜新厭舊是一種創造慾的表現！可這些，自然難被一般女人所理解，因此上牛月清也說她下輩子再不給作家當老婆了。在這一點上，我自信我比她們強，我知道、我也會來調整了我來適應你，使你常看常新。適應了你也並不是沒有了我，卻反倒使我也活得有滋有味。反過來說，就是我為我活得有滋有味了，你也就常看常新不會厭煩。女人的作用是來貢獻美的，貢獻出來，也便使你更有強烈的力量去發展你的天才……我這麼想的時候，我就很激動，很激動，但激動了卻又想，這可能嗎？要是不遇著你，我也不覺得我有這個自信，是你給了我一點太陽我才燦爛的，是不是想入非非，便不知天高地厚了？我也提醒我自己，你是有家有室的人，老婆又漂亮賢慧，更要命的是你名聲大，你已不是你個人的莊之蝶，你是社會的莊之蝶，稍有風吹草動就滿城風雨，你是敢冒這個險嗎？能受得了折騰嗎？如果真把一切都折騰壞了，我既是愛你卻不把你害了?!所以，我你那一場事後，我心裡說，風流一次就風流一次算了，以後見面只說話兒，再也不敢往深處陷了，但我無法控制我……。莊哥，我說這些，你不要恥笑，你讓我說出來，事情能不能成，你肯不肯要我嫁你，這我不管，我只要當著你的面說出來，說出來我心裡就好受多了！」婦人說完，就趴在那裡不動了。莊之蝶不防顧她說了這席話來，更覺這婦人可愛，一下子把她抱在懷裡，臉對臉地看著，倒自己心裡難受，一顆淚先禁不住地滾下來。他說：「宛兒，我怎麼敢恥笑你？謝你也謝不及的。你有這麼個心思，我這幾天也惶惶不可終日呢！十多年前，我初到這個城裡，一看到那座金碧輝煌的鐘樓，我就發了誓要在這裡活出個名堂來。苦苦巴巴奮鬥得出人頭地了，誰知道現在卻活得這麼不輕鬆！我常常想，這麼大個西京城，於我又有什麼關係呢？這裡的什麼真正是屬於我的？只有莊之蝶這三個字吧。可名字是我的，用的最多的卻是別人！出門在外，是有人在崇拜我，在恭維我，我真不明白我到底做了些什麼讓人這樣？是不是人們弄錯了？難道就是因為我寫的那些文章嗎？那算是些什麼玩意兒?!我清楚我是成了名並沒有成功的，我要寫我滿意的文章，但我一時又寫不出來，所以我感到羞愧，羞愧了別人遠以為我在謙虛。我謙虛什麼呀？這種痛苦在折磨著我，可這種痛苦又能去對誰說，說了又有誰能理解呢？孟雲房是我最好的朋友，而我和他在這些地方說不攏，他總罵我是瘦豬吭吭，肥豬也吭吭。牛月清是我的老婆，她確實是賢慧的老婆，在別人看來，有她這樣的老婆是該唸佛了，可我無法去給她說這些。我心裡苦悶，在家自然言語不多，她又以為我怎麼啦，總是拿家裡的煩事嘟嘟囔囔。也是我不好，就和她吵鬧，愈吵鬧相互愈少溝通。你想想，這樣我還能寫出好作品嗎？什麼感覺都沒有了，心裡卻又焦急，怨天尤人，終日浮浮躁躁，火火氣氣的，我真懷疑我要江郎才盡了，我要完了。一年多來，就連身體也垮下來，神經衰弱得厲害，連性功能都幾乎要喪失了！就在這個時候認識了你，我可以如實地對你說，我接觸過的女人也並不少，但我僅僅是認識著罷了。我周圍的一些人津津樂道杯水主義，我向來看不起他們這樣做，也想像不來沒有感情的投入怎麼就幹那事，如果死貓爛狗地見著就吃，吃過便走，真不如自個兒去手淫了！見了你，我不知道怎麼就怦然心動，也不知道哪兒就生出了這麼大的膽兒來！我覺得你好，你身上有一股我說不清的魅力，這就像聲之有韻一樣，就像火之有焰一樣，你是真正有女人味的女人。更令我感激的是，你接受了我的愛，我們在一起，我重新感覺到我又是個男人了，心裡有了湧動不已的激情，我覺得我並沒有完，將有好的文章叫我寫出來！但我又是多麼哀嘆我們認識得太晚了，那些年你怎麼就不來西京呢？而我怎麼也在潼關沒有碰上你呢?!我是想到了我們結婚的事，甚至設想到過結婚後的情景。可現實怎樣呢？我雖然恨我為聲名所累，卻又不得不考慮到名聲。

如果立即提出離婚，社會必然要掀起軒然大波，領導怎麼看？親戚朋友怎麼看？牛月清又會怎樣？這就不可能像一般人那樣十天八天一月兩月叫事情過去……。宛兒，我說這些，你要諒解我，我並不想說甜言蜜語來哄你，我只能把一切想法告訴你，但我的感覺裡，我們是會成功的，我要你記住一句話：你等著我，遲遲早早我要娶了你的！只要你信我。」婦人在懷裡點著頭，說：「我信的，我等著你！」莊之蝶就吻了婦人，說：「那你給我笑笑。」婦人果然就笑了。兩人重新抱在一起滾在床上，莊之蝶就又爬上去，婦人說：「你還行嗎？」莊之蝶說：「我行的，我真行哩！」……（此處作者有刪節）這時，就聽得樓道裡有人招呼：「開會了！開會時間到了！」便舉過手腕，瞧著手錶時針分針已轉到下午兩時過五分，低聲說：「不敢啦！」兩人趕忙穿好衣服。莊之蝶說：「下午大會發言，我還是第一個哩。」唐宛兒說：「誰能想到一會兒你在台上莊莊重重發言，這會兒卻在幹這事！今日晚上看電視，你在電視裡出現，多少人看了，準在說：瞧，那就是我崇拜的偶像莊之蝶！我卻要想，我可知道他那褲子裡的東西是特號的哩！」莊之蝶就咬了她一下脖子，說：「我先走啦，你過會兒樓道沒人再出去。」出門就走了。唐宛兒梳頭描眉，重塗了口紅，又整理了床鋪，直到聽見樓道毫無動靜時，樹葉一般飄出房門。

會又開了三天，三天裡唐宛兒來過兩次，又約定了還要再來，喜得莊之蝶精神亢奮，心裡也不多想了那文章引起的煩惱。這天晚飯，餐席的桌子上碰著了黃德復，倒吃了一驚！黃德復整個兒瘦了一圈，原本白淨的臉乾黃如蠟，眼眶發黑，問是得了什麼病嗎？德復說：「睏的。」莊之蝶就把要清虛庵那套單元樓房作文藝沙龍的請求讓他通融市長，給予關照。德復口裡應允了，卻直說不要太急，現在市長要辦的事多如牛毛，樣樣都重要，一時是沒個時間來料理這等小事的。莊之蝶說：「這能費了市長多少時間的，還需要寫書面報告，開辦公會議研究嗎？你兩三句話一說就完了，人大的會議，市長不正好能趁機休息嗎？」德復說：「你們這文人，該怎麼說呢，你以為這種會議，領導就能休息嗎？」就拉了莊之蝶到一邊，悄聲說，開人代會比打一場戰爭還緊張的。會議前，他和祕書長每天晚上開車去郊縣和市內各區政府了解情況，找人談話，該講明的就講明，該暗示的就暗示，他是囫圇圇五個晚上沒得睡覺。會議期間，更是複雜得了得，原定的人事安排，是要換掉人大主任，但有人私下串聯，偏偏還要選他，說不定最後那日選舉，他真要選票多當選了，事情就糟了。而市長的連任問題是不大，但如果票數雖過半或是過半不多，那不也是給市長難看嗎？黃德復說：「這些情況你知道？」莊之蝶說：「我哪裡知道？整個合議莊重熱烈，裡邊還有這麼多根根蔓蔓的事！」黃德復說：「你們文人不懂得政治也好。可你想想，現在你要我立馬三刻給市長說房子的事，市長心緒好了事情或許好辦；他正煩著，一個隨便的理由都能先否定了你，以後再也說不得了。這事我見機行事，你放心，我不會壓著不辦的。」一席話，的確是肺腑之言，卻聽得莊之蝶目瞪口呆，也不再提說這事。再見到市長或黃德復滿面笑容地在樓廳裡與代表們握手寒暄，也不近去招呼，遠遠離開，到自個房間去看書。

也就在這日下午，大會主席團通知小組討論，服務員就送來了大會期間給代表訂的三份報紙。發言的繼續發言，未發言的就翻開報紙。莊之蝶先讀了省報第三面的文藝版，又看市報，幾乎一二面全是有關大會的各類報導，覺得沒甚意思，就去讀第三份叫《周末》的報紙，一下子被一條消息吸引。消息的標題是：市府大院上班拖拉，半小時後來人過半。內容竟是本報記者於×月×日上班時突然在市府門口作調查：上班後十分鐘來了多少人，二十分鐘後來了多少人，半小時後來了多少人。局長遲到的有幾位，副市長遲到的有幾位。立時會上議論紛紛，話題由討論市長的政府工作報告變成了對此報導的爭論。莊之蝶聽了聽，無非是亂哄哄地發牢騷話，覺得索然無味，就回到房間給家裡撥電話，詢問有沒有要緊事。接電話的是柳月，直問「誰呀？誰呀？」莊之蝶正要說話，電話裡卻傳來嘻鬧聲。他想聽聽嘻鬧的是誰，便不說話，柳月在那邊說：「神經病！」咔地把聽筒放下了。莊之蝶再撥，柳月不問青紅皂白，吼道：「錯了，這是火葬場！」電話又按了。氣得莊之蝶又一次接了電話，一等那裡拿了聽筒就罵道：「柳月，你在家就這樣接電話嗎?!」柳月聽清了聲音，忙說：「莊老師，怎麼是你呀？這幾天你不在，每日幾十個電話尋你的，我說你不在的，過會兒電話又來，大姐就讓我接了說號碼錯了，倒沒想到竟誤了你的電話。」莊之蝶還在發火：「誰在那裡和你說話？」柳月說：「是洪江。他是才來尋你的，你要給他說話嗎？」電話裡就有了洪江的聲音，先是支吾不清，後來說到書店的事，立即說那一部書稿已印出兩天了，發散到各地零售點，銷路十分地好。洪江咕咕嘟嘟說了半天，莊之蝶沒吭聲，洪江就說：「莊老師，你聽著了嗎？」莊之蝶說：「嗯。」洪江說：「這一次是撈住了，我大概計算了一下，咱們投資十萬，能純收入三萬的！照眼下的行情看，我想過十天半月咱再印一萬，所以想是否招待一下郵局發行科那個姓賈的？此人不敢得罪的，除了正經發行渠道外，他手裡有個黑道發行聯絡圖哩，如果你覺得這主意行，你是否能出面見見他，明天，還是後天？」莊之蝶說：「我沒空，你給你師母說吧。」就把電話放了，拉展床鋪，一直睡到吃晚飯的時辰。

吃罷飯，去院門外看了看，沒有發現唐宛兒來。大會安排晚上去易俗社看秦腔的，許多代表已三三五五結夥一邊散步一邊往劇院去了，有人喊莊之蝶一塊走，莊之蝶說他得回家一趟，外地來了客人的，推辭了。待看戲的都去看戲了，回到房間等候約好的唐宛兒，卻想該拿什麼吃的招待婦人，便才去商店買了一盒口香糖回來，黃德復卻敲門進來，說：「市長找你呢！」莊之蝶說：「市長找我？」當下虛掩了門，兩人卻到對面樓二層的一個套間。推門進去，市長正歪在長沙發上吸菸。一見莊之蝶，市長起身說：「大作家來了，這些天都在會上，你怎麼不來見我？」莊之蝶說：「你太忙，不敢打擾麼。」市長說：「別人不見，你來能不見嗎？德復給我談了你們的請求，要支持嘛！有人說我是只抓文化，不抓政治經濟，該當文化部長而不是市長。嘿，落了這麼個名兒，我倒真要為知識分子辦些實事。清虛庵那套單元房，就給了你們吧，以後搞什麼活動，如果覺得我還可以當個聽眾，別忘了通知我哦！」莊之蝶從沙發上跳起來，說：「真謝謝市長了！市長抓文化，這是抓住了西京的特點。文化搭台，經濟唱戲，這怎麼僅僅是文化的事呢？別的行業中我了解不多，在文藝界，你的政績可以說是有口皆碑！」市長說：「德復，你把鑰匙交給之蝶吧。」黃德復果然從口袋掏出了房證和鑰匙，說：「市長心倒比我細，說你們去辦理房證，又得到處尋人，作家的時間耽擱不起，今中午特意讓我去辦理了。」莊之蝶接過鑰匙，真不知說些什麼好。市長又說：「你們文藝界以後還有什麼事就來直接找我吧！聽說西京城裡有四大名人，我倒只認識你莊之蝶和阮知非。德復呀，你揀一個星期天，把他們四大名人召集在一塊，我請他們吃頓飯，交交朋友！」黃德復說：「這太好了，周恩來總理一生就喜交文藝界朋友，他說過，一個政治家沒有幾個文藝家朋友就成不了什麼大政治家。」市長說：「這些人都是市寶嘛！古話說，鐵打的衙門流水的官。我這市長，今日當了今日是市長，明日不當了我什麼也不是。你們卻不同了，有了好的作品，千古留名的！」莊之蝶笑著說：「市長也太謙虛了，幹我們文藝這一行畢竟是虛東西。上個月我去六府街口，見那裡修有一座水房，牆上紅漆寫了六個大字：『吃水不忘市長！』我就感觸極深，真正千古留名的都是給百姓辦了實惠事情的。現在杭州的白堤、蘇堤，甘肅的左公柳就是明證。」市長哈哈笑了，說：「六府街口那兒一直沒有通自來水，尤其是夏天，居民盆盆罐罐要到三里外的別的街巷去提水，群眾意見很大。我知道這情況後，把城建局、自來水公司的領導叫來，讓他們說說是怎麼回事，當然他們有許多實際困難。我就發火了，不管你說一千道一萬，西京這麼大個現代城市竟然還有一塊沒水吃?!必須十天之內水要到那裡，如果第十一天我去那裡發現還沒有水，誰的責任我就撤誰的職！水果然第九天就通了。那日幾千人在那裡敲鑼打鼓，鳴放鞭炮，還做了匾要送到市政府來。我知道了，趕緊讓德復去制止。我心裡在想，老百姓太好了，只要你真正為他們辦一點事，他們會永遠忘不了的！」莊之蝶說：「哎呀，這麼好的題材，我們文聯應該組織一些人去寫寫！」市長說：「這你們不要寫，它牽涉到個人的事。這裡倒有一篇文章，是下邊一些同志寫的，送到我這兒讓我過目，我看了覺得還不錯的。據說省報準備刊發，但什麼時候發，就說不準了，聽他們說，現在風氣不好，連黨報刊發文章也得有熟人，真是豈有此理！」市長說著，就取一沓稿件給莊之蝶，說：「你看看。」莊之蝶收了，市長便說：「這樣吧，德復你和大作家到你的房間去看吧，我再過三分鐘還要去市委開個會的。之蝶，改日我去你房間聊吧，你住七〇三房間？」莊之蝶說：「你要有空，你打電話我下來就是了。」

兩人又到了隔壁房間，黃德復關了門，說：「你先看看稿件。」莊之蝶看了，文章的題目是：市長親自抓，改革作先鋒。副題是：西京市府大院的新風氣。內容幾乎是從另一個角度來針鋒相對了《周末》報的批評。黃德復說：「今日《周末》上的文章你看到了吧，那是有人在搞政治陰謀。這樣的文章原本是該發在市報上的，但偏偏發表在《周末》，他們的目的很明確，就是選舉前詆毀市府工作。這篇文章影響極深，經查，就是那個人大主任手下人寫的。上午我們趕出這份稿子，決定省市兩家黨報同時發出，市報當然無誤，只是省市兩報常鬧彆扭，一向不大好好配合，而省報是省上的，咱市上卻無權管得了人家。你在省報那兒認識人多，這你得出面，一定要他們保證明日刊出來，又必須在頭版頭條。你覺得要給什麼人打招呼，由你決定，花錢的事你不要管，哪怕咱幾萬元買下他們版面來也行。」莊之蝶說：「熟人是多，可明日刊出，這來得及嗎？」黃德復說：「後天就要選舉，只能明日刊出來，這就看你的本事了！今晚車已經派好，我陪了你去。」莊之蝶說：「那好吧，現在尋主編已來不及，編排室主任是我的朋友的哥哥，讓他抽下別的稿子，把這篇塞進去。」便寫了一些人的名字，要求給人家買些禮品什麼的。黃德復即刻委託了人出去採買電飯鍋、烤箱、電子遊戲機一類東西去，說：「今晚可是稿子不發咱就不回來啊！」莊之蝶卻面有難色了。黃德復問：「你晚上有事？」莊之蝶說：「倒也沒什麼事，這樣吧，你在這兒等我，我去我的房間取個包兒。」黃德復說：

「我跟你去，你是名人，找你的人多，說不定一去又碰了什麼人纏住了身。」莊之蝶心裡叫苦不迭，只好說：「那就不去了。」

這一夜裡，莊之蝶果然沒能回來。他和黃德復去找他的朋友，朋友偏巧出遠門不在，只好直接去找編排室主任，送了禮品，談了要求，稿件就編了上去。但誰也沒想到，這晚值班的一位副總編在看報樣時說了一句：「這稿子是誰寫的，怎麼內容和《周末》報的文章正好相反？到底西京市府的情況如何，咱要慎重著好。」主任就不敢作主了，來他的宿舍見莊之蝶和黃德復。他們就又去找副總編說明情況，副總編說：「一個是市府大祕書，一個是作家名人，我當然信服你們，上稿子是沒問題的，但不一定就上明日的這一期，後天一定發排怎麼樣？」黃德復說：「這不行呀，讓抽下來的稿件後天發不一樣嗎？」副總編說：「這你不知道，此稿已壓了三天，人家是贊助了報社一個徵文活動，廠長來鬧了幾次。」黃德復說：「一個小廠的報導有一個市府的報導重要嗎？」就正說反說，硬纏軟磨，最後達成協議，給報社一萬元，稿件總算排了上去。莊之蝶見事情已畢，心急唐宛兒不知去找他等候了多長時間，就催黃德復回飯店。黃德復卻要等著報紙最後一次打出校樣，親自校對了再走。兩人在主任房間打了一會兒盹，校樣出來，黃德復又嫌標題太小，主任就叫苦，說工人不耐煩了。黃德復出去在夜市買了幾條香菸，一人一條分發給車間工人，又買了一隻雞一瓶酒，來和副總編、主任喝。主任一杯酒下肚，話就多起來，直誇黃德復工作態度如此負責認真，這樣的年輕人實在是不多見了，激動起來，竟提出他要寫一則編者按，說寫便寫，乘醉寫得文筆流暢，觀點分明，又抽下一則短消息，排進去，樂得黃德復又送自己名片，又留主任的電話，一再說明有什麼事就來找他。這麼折騰到半夜，等到拿到了一沓新報，莊之蝶已睏得抬不起頭了，迷迷糊糊被黃德復拉扯到車裡欲往飯店去，天幾乎要大亮了。

車駛過清虛庵前的路口，莊之蝶突然清醒過來，說已到了這裡，何不去看看那套單元樓房。黃德復就陪他上了那樓的五層，打開房門，三室一廳，因為在樓頂，十分安靜。黃德復就保證今日中午，他出面讓古都飯店運來幾個舊沙發和一張桌一把椅一張床來，甚至再讓送一套被褥。文藝家都窮，恐怕誰也不能自費買這些東西供大家享用的。莊之蝶又說了一番感激話，就聽見樓下有人起了鬨：「再來一段，再來一段！」不知什麼賣藝人在近旁擺了攤子。兩人下得樓來，卻見是那收破爛的老頭被一夥年輕人圍著，正說出了一段謠來：

十七十八披頭散髮。二十七八抱養娃娃。三十七八等待提拔。四十七八混混奔奔。五十七八退休回家。六十七八養魚務花。七十七八振興華夏。

黃德復就皺了眉頭，叫道：「嗨，老頭！你在這兒胡說什麼？」老頭扭頭看了，說：「我沒說什麼，我說什麼了！」黃德復說：「你要再胡說，我就叫公安局把你再趕出城去！」老頭立即把草帽按在頭上，拉了鐵軲轆架子車就走，沙啞的聲又叫喊了：「破爛——承包破爛——嘍！」莊之蝶此時還在二樓的樓梯上，正要給下邊的黃德復說話，一腳踩空，骨碌碌就跌滾下來，把腳崴了。

在醫院裡住了三天，敷上藥膏，莊之蝶是可以單腿蹦著活動了，就回來住在了雙仁府這邊的平房裡。岳母去郊區過廟會，這日，託人捎來口信，說是還要住一段時間，待天涼了再回來。牛月清留來人吃了飯，就打點了一個包袱，裝了娘的幾件換洗衣服，又把她的和莊之蝶的一些舊衣舊褲襪子鞋帽的收攏了一包，說：「之蝶，這些舊衣服怕你也不穿了，讓乾表姐他們拿去吧，鄉下也不多講究的。」莊之蝶說：「你隨便吧。」臉色並不悅。牛月清送了來人出門，順手又拿了桌上一包菸讓帶了路上吸，回來說：「讓拿些舊衣服的，你臉色就那麼不好看，當著外人要讓我下不了台的?!」莊之蝶說：「是誰給誰下不了台？你給你的親戚送東西什麼時候是事先和我商量的？總是當了人的面才對我說一聲半句的，我不同意了又能怎麼著！」牛月清說：「是我只給我的親戚東西嗎？你說話可要有良心，你潼關的老家不是這個來就是那個來，旅遊呀，看病呀，做生意呀，打官司呀，誰來不住在這裡吃在這裡，哪個我沒以禮相待？你那老舅和姨表女婿，開口借錢就是二千三千的，我給了整數還再多給了零頭，我也知道那是包子打狗一去不還的，可我說過一個字的不嗎？現在西京的年輕人找對象為啥女的不找鄉下男的，就是嫌婚後這種麻煩多……」莊之蝶擺了手說：「你不要說了好不好？我這幾天可心煩的！」掙扎著從沙發上起來，拄了楞杖就到臥室去了。莊之蝶生氣一走，牛月清氣也消了，想了想，喊柳月沖杯酸梅湯來，努嘴兒讓送到臥室去。柳月端了酸梅湯要去，她卻又奪了自己送進去，柳月就在臥室門口看著說：「大姐，你這何苦的！」牛月清說：「你是說我賤吧？女人嘛，就是再跑，前頭遇著的還不是男人？」柳月說：「你這麼就越發慣出莊老師毛病了，他才不肯喝的！」莊之蝶偏把酸梅湯喝了，說：「我是聽你還說了一句精彩的話才喝的。」牛月清說：「我說什麼話了？」莊之蝶就喪氣得又不言語了，柳月說：「我知道了，你說女人就是再跑，前頭遇著的還是男人，莊老師就喜歡你說些能上了書的話，往後你要罵他，就用成語來罵，他就再也不惱了！」

送奶的劉嫂牽了牛每日去文聯大院，十多天裡竟又沒見到莊之蝶，經打問是開了一個會，現在又崴了腳住在雙仁府。再進城就特意繞兩條大街來這邊送奶，來時還帶了一個大南瓜，說是跌打損傷了，用南瓜瓤兒敷著就會好的。牛月清很感念她的善心，要付錢給她，她硬不要。院門口正有賣豆腐的小車推過，就要買一籃子送了她，劉嫂擋了說：「我是不吃你們城裡豆腐的，吃了就反胃。」莊之蝶說：「劉嫂吃豆腐過敏？」劉嫂說：「城裡的豆腐是石膏水點的，本來就沒鄉裡漿水點了的好吃，我又聽人說，現在那些賣豆腐的個體戶，點豆腐的石膏都是從骨科醫院後牆外撿的病人用過的石膏。」莊之蝶哈哈大笑，說：「這麼說，我這腳上的石膏將來還捨不得撂的！」牛月清說：「劉嫂你說這話，是變著法兒不肯收我的禮哩，可我和老莊怎麼個謝你哩？」劉嫂說：「哎喲喲，我有什麼要謝的？一個莊戶人家能結識你們也是造化。大前日進城，東大街戒嚴了，警報車嗚兒嗚兒地響，說是北京來了個什麼大官兒，大官兒的轎車不開過去，誰也不能橫穿了馬路的。我牽牛往過走，一個麻臉警察就訓開了：人都不能過，牛還要過?!我說，同志，這是要給莊之蝶送鮮奶的。那麻子警察說：莊之蝶，是作家莊之蝶嗎？我說，當然是作家莊之蝶；那麻子警察卻啪地給我行個禮，說：請你通行，你告訴莊先生，我姓蘇，是他的崇拜者！我牽了牛就走過去，我那時的臉面有盆盆大哩！你瞧瞧，這榮耀是送我千兒八百能抵得了？」柳月就說：「真有這事？」劉嫂說：「我哪裡敢瞎編了！」柳月就看著莊之蝶笑，眉毛挑了挑說：「我倒也記起一宗事了，你住院第二天，洪江來了電話，說有四個街道工廠都想請你做了他們顧問，並不要你出什麼力，只是給廠裡寫個產品介紹呀，工作彙報呀的，每月固定給你一千元的。」莊之蝶說：「洪江愛拉扯，上廁所小個便也能結識個便友的。不知在外面以我的名義又成什麼精了，我去當什麼顧問?!」柳月說：「我也這麼說的。他說文化人這陣也吃香的，過去土匪聚眾都搶個師爺的，街道工廠要賺大錢也明白這個理兒了。」突然伸手在莊之蝶背上猛地一拍，掉下一個拍死的牛虻，說：「這麼多人牛虻不叮，偏偏叮你！」莊之蝶說：「這牛虻怕不是個文學愛好者就是哪個工廠的廠長嘛！」說得牛月清、柳月和劉嫂全笑了。

說了一會話，看看天色不早，莊之蝶還是硬了腿兒附在牛的肚子下用口吮奶。柳月瞧著有意思，嚷著她也要噙了牛的奶頭吮，才趴下身去，牛就四蹄亂蹬，那一條毛尾像刷子一樣掃得她臉疼。急一躲避，胳膊上的一件玉石鐲兒掉在地上就碎了，當下哭喪了臉，說這玉鐲兒是那家女主人賞她的一個月的工錢，拾了半塊磚頭就砸在牛背上。莊之蝶忙把她唬住，說：「我早瞧見了，那是藍田次等玉，值不得幾個錢的！你大姐有一個鐲兒，是菊花玉鐲，她胳膊太粗，也戴不上，我讓她送你！」柳月臉上綻了笑意，說：「這牛也太沒禮性，你吃奶牠就不動的，莫非前世你們還有什麼緣分?!」莊之蝶說：「這真說不定，牠讓你壞了一個玉鐲兒，也怕是前世你欠過牠的一筆小債！」

這話說著無意，柳月有心，聽了卻一天裡悶悶不樂，恍恍惚惚倒覺得自己生前與這牛真有什麼宿怨。晚上吃罷飯，自個便到城牆根去，剜了一大籃嫩白蒿、螞蚱菜、苦芨條，說是明日一早牛再來了餵了吃。牛月清說：「柳月心這麼好的，咱姐妹活該要在一處。我就見不得人可憐，誰家死了人，孝子一放哭聲我眼淚就出來了。門前有了討飯的，家裡沒有現成吃的，也要去飯館買了蒸饃給他。去年初夏，天下著雨，三個終南山裡來的麥客尋不到活，蜷在巷頭屋檐下避雨，我就讓他們來家住了一夜。你莊老師一提起這些事就笑我，說我是窮命。」柳月說：「大姐還算窮命呀，有幾個像你這般有福的呢！連那賣奶的劉嫂也說，你家女主人銀盆大臉，鼻端目亮，是個娘娘相哩！」牛月清說：「他是說我骨子裡是窮命。」柳月說：「這麼說也是的。以前沒到你們家，真想像不出你們吃什麼山珍海味的，來了以後，你們竟喜歡吃家常飯，平日菜也不要炒，也不要切，白水煮在鍋裡，就是我們鄉下人也不這麼吃的。」牛月清說：「這樣營養好哩，別人都知道你莊老師愛吃玉米麵糊糊煮洋芋的，哪裡卻曉得每頓我要在他碗裡撒些高麗參末兒！」柳月說：「可你總是不該缺錢花呀，穿的怎麼也不見得就時興，化妝品也還沒我以前的那家媳婦的多！」牛月清就笑了：「你莊老師就這麼嘮叨我，你也這般說呀，其是我邋遢得不像樣了？」柳月說：「這倒不是，但像你這年齡正是收拾打扮的時候，你又不是沒有基礎，一分收拾，十分人才就出來了！」牛月清說：「我不喜歡今日把頭髮梳成這樣，明日把頭髮又梳成那樣，臉上抹得像戲台上的演員。你莊老師說我是一成不變。我對他說了，我變什麼？我早犧牲了我的事業，一心當個好家屬罷了，如果我打扮得妖精一樣，我也像街上那些時興女人，整日去逛商場，浪公園，上賓館喝咖啡，進舞場跳迪斯科，你也不能一天在家安生寫作了！」柳月一時語塞，停了一會兒，卻說：「大姐，莊老師寫的那些小說你也讀嗎？」牛月清說：「我知道他都是編造的，讀過幾部，倒覺得人不到裡邊去。」柳月說：「我是全讀了的，他最善於寫女人。」牛月清說：「人都說他寫女人寫得好，女人都是菩薩一樣。年前北京一個女編輯來約稿，她也這麼說，認為你莊老師是個女權主義者。我也不懂的，什麼女權不女權主義。」柳月說：「我倒不這樣看，他把女人心理寫得很細。你上邊說的那些話，我似乎也在哪一部書裡讀到過的。我認為莊老師之所以那麼寫女人都是菩薩一樣的美麗、善良，又把男人都寫得表面憨實，內心又極豐富，卻又不敢越雷池一步，表現了他是個性壓抑者。」牛月清說：「你莊老師性壓抑？」說過了就笑了一下，點著柳月的額頭說：「該怎麼給你說呢？你這個死女子，沒有結婚，連戀愛也沒戀愛，你知道什麼是性壓抑了?!不說這些了，柳月，你把剜來的草淋些水兒放到廁所房裡陰著去，大熱天的在院子裡曬蔫了，明日牛也吃著不新鮮。」柳月去把青草淋了水放好，過來說：「大姐，說到牛，我心裡倒慌慌的。我們村發生過一宗事，好生奇怪的。是張來子爹在世的時候，光景不錯，借給了張來子舅舅八十元，來子他爹一次挖土方，崖塌下來被砸死了，來子去向他舅舅討帳，他舅舅卻矢口否認。兩人好是一頓吵，他舅舅就發咒了，說要是他賴帳死了變牛的，張來子聽他這麼說也就不要帳了。這一年三月天，張來子家的牛生牛犢子，牛犢子剛生來，門口就來人報喪，說是他舅舅死了，來子就知道這牛犢是他舅舅脫變的，倒一陣傷心。以後精心餵養牛長大，也不讓牛耕地拉磨。有一天拉了牛去河畔飲水，路口遇著一個擔瓦罐的鄰村人，牛就不走了。來子說：舅呀舅呀，你怎麼不走了呢？那人覺得奇怪，怎麼把牛叫舅舅？來子說了原委，那人才知道他舅舅死了。那人是認識來子舅舅的，倒落了幾顆眼淚。沒想牛卻後蹄一踢，踢翻了瓦罐擔子，瓦罐就全破碎了。來子忙問這瓦罐值多少錢，那人說四十元的。來子要賠，那人卻說：來子，不必賠了，你舅舅生前我是借過他四十元的，他這是向我要帳的呢！大姐，這奶牛壞了我的玉鐲兒，莫非我真的就欠了牠帳的?!」牛月清說：「就是欠帳，這不是也還了嗎？你莊老師也說過了，我的菊花玉鐲放著也是白放，你就戴著吧。」當下取了戴在柳月手腕上。也活該是柳月的，玉鐲兒不大不小戴了正合適。柳月就以後常綰了袖子，偏露出那節白胳膊兒。

一日早晨，柳月扶了莊之蝶在院門口吃了牛奶，又餵了奶牛的青草，牛月清就上班去了。莊之蝶在院門口一邊同劉嫂說話，一邊看著奶牛吃草，柳月就先回了家。閒著沒事，便坐在書房裡取了一本書來讀。自莊之蝶住到這邊來，特意讓從文聯大院那邊搬了許多書過來，柳月搬書時什麼文物古董都沒拿，卻同時將那唐侍女泥塑帶過來，就擺在書房的小桌上。也是有了她生前欠了牛的債的想法後，便也常記起初來時眾人說這侍女酷像她，她也就覺得這或許又是什麼緣分兒的，於是每日來書房看上一陣。這麼讀了一會兒書，不覺就入迷了，待到莊之蝶進來坐在桌前寫東西，她趕忙就要去廳室。莊之蝶說：「不礙事的，你讀你的書，我寫我的文章。」柳月就坐下來又讀。但怎麼也讀不下去了，她感覺到這種氣氛真好：一個在那裡寫作，一個在這裡讀書，不禁就羞起來，抬頭看看那小桌上的唐侍女，欲笑未笑、未笑先羞的樣子，倒也覺得神情可人。這麼自己欣賞著自己，坐著的便羨慕了站著的，默默說：我陪著他只能這麼讀一會兒書，你卻是他一進書房就陪著了！噘了嘴巴，給那侍女一個嗔笑。待到莊之蝶說：「柳月，你倆在說什麼話？」柳月就不好意思起來，說：「我們沒說話呀！」莊之蝶說：「我聽得出的，你們用眼睛說話哩！」柳月臉緋紅如桃花了，說：「老師不好好寫文章，倒偷聽別人的事！」莊之蝶說：「自你來後，大家都說這唐侍女像你的，這唐侍女好像真的附了人魂似的，我一到書房看書寫作，就覺得她在那裡看我，今日又坐了個活唐侍女，我能入得了文章中去嗎？」柳月說：「我真的像這唐侍女？」莊之蝶說：「她比你，只是少了眉心的痣。」柳月就拿手去摸眉心的痣，卻摸不出來，便說：「這痣不好吧？」莊之蝶說：「這是美人痣。」柳月嘎地一笑，忙聳肩把口收了，眼睛撲撲地閃，說道：「那我胳膊上還有一顆呢！」莊之蝶不覺就想起了唐宛兒身上的那兩顆痣來，一時神情恍惚。柳月說著將袖子往上綰，她穿的是薄紗寬袖，一綰竟綰到肩膀，一條完整的肉長藕就白生生亮在莊之蝶面前，且又揚起來，讓看肘後的痣，莊之蝶也就看到了胳肢窩裡有一叢錦繡的毛，他於是接收了這支白藕，說聲：「柳月你這胳膊真美！」貼了臉去，滿嘴口水地吻了一下。窗外正起了一群孩子的歡呼聲，巷道裡一隻風箏扶搖而起了。

牛在看見柳月抱了嫩草給牠的時候，牛是感激地向柳月行了注目禮的。在牛意識裡，這小女人似乎是認識的，甚至這雙仁府，也是隱隱約約有幾分熟悉。牠仔細地回憶了幾個夜晚，才回憶起在牠另一世的做牛的生涯裡，是這雙仁府甜水局一十三個運水牛馱中的一個，而這小女人則是當初水局裡的一隻貓了。是有過那麼一日，十三頭牛分別去送水，差不多共是送出去了五十二桶水，收回了一百零四張水牌子，但這隻貓卻在牛的主人坐下吃菸打盹的時候叼走了兩個水牌去城牆根玩耍丟掉了，結果牛和牠的主人受了罰。後來呢，牠的前世被賣掉在了終南山裡，轉世了仍然是牛，就在山裡；貓卻因為貪食，被別人以一條草魚勾引離開了水局，剝皮做了冬日取暖的圍脖，來世竟在陝北的鄉下為人了。牛的反芻是一種思索，這思索又與人的思索不同，牠是能時空逆溯，可以若明若暗地重現很早以前的圖像。這種牛與人的差異，使牛知道的事體比人多得多，所以牛並不需要讀書。人是生下來除了會吃會喝之外都在愚昧，上那麼多的學校待到有思想了，人卻快要死了。新的人又開始新的愚昧，又開始上學去啟蒙，因此人總長不高大。牛實在想把過去的事情說給人，可惜牛不會說人話，所以當人常常忘卻了過去的事情，等一切都發生了，翻看那些線裝的誌書，不免浩嘆一句「歷史怎麼有驚人的相似」，牛就在心裡嘲笑人的可憐了。

現在，牠吃完了嫩草，被劉嫂牽著離開了雙仁府沿街巷走去，毛尾就搖來搖去搧趕著叮牠的牛虻，不知不覺地又有牠的心思了。在這一來世裡，牠是終南山深處的一頭牲口，牠雖然來到這個古都為時不短，但對於這都市的一切依然陌生。城市是什麼呢？城市是一堆水泥嘛！這個城市的人到處都在怨恨人太多了，說天愈來愈小，地面愈來愈窄，但是人卻都要逃離鄉村來到這個城市，而又沒有一個願意丟棄城籍從城牆的四個門洞裡走出去。人就是這樣的賤性嗎？創造了城市又把自己限制在城市。山有山鬼，水有水魅，城市又是有著什麼魔魂呢？使人從一村一寨的誰也知道誰家老爺的小名，誰也認得土場上的一隻小雞是誰家飼養的和睦親愛的地方，偏來到這一家一個單元，進門就關門，一下子變得誰都不理了誰的城裡呢？街巷裡這麼多人，你呼出的氣我吸進去，我呼出的氣你吸進去，公共汽車上是人擠了人，影劇院裡更是人靠了人，但都大眼瞪小眼地不認識。如同是一堆沙子，抓起來是一把，放開了粒粒分散，用水愈攪和反倒愈散得開！從有海有河的地方來偏要游泳公園中的人造湖，從有山有石的地方來偏要攀登公園裡的假山。可笑的是，在這個用四堵高大的城牆圍起來的到處組合著正方形、圓形、梯形的水泥建築中，差不多的人都害了心臟病、腸胃病、肺病、肝炎、神經官能症。他們無時不在注意衛生，戴了口罩，製造了肥皂洗手洗腳，研製了藥物針劑，用牙刷刷牙，用避孕套套住陰莖。他們似乎也在思考：這到底是怎麼啦？不停地研究，不停地開會，結論就是人應該減少人，於是沒有不談起來主張一個重型的炸彈來炸死除了自己和自己親人以外的人。

牛就覺得發笑了。牛的發笑是一種接連的打噴嚏，牠每日都會有這麼一連串的噴嚏的。但牛又在想了，牛在想的時候也是顛來倒去地掂量，牠偶爾冒上來的念頭是自己不理解人，不理解擁擠著人的這個城市，是不是自己不是人也沒有註冊於這個城市戶籍的緣故？自己畢竟是一頭牲口，血液裡流動的是一種野性，有著能消化草料的大的胃口，和並不需要衣飾的龐大的身軀？但是，牛堅信的是當這個世界在混沌的時候，地球上生存的都是野獸，人也是野獸的一種。那時天地相應，一切動物也同天地相應，人與所有的動物是平等的；而現在人與蒼蠅、蚊子、老鼠一樣是個繁殖最多的種族之一種，他們不同於別的動物的是建造了這樣的城市罷了。可悲的，正是人建造了城市，而城市卻將他們的種族退化，心胸自私，度量窄小，指甲軟弱只能掏掏耳屎，腸子也縮短了，一截成為沒用的盲腸。他們高貴地看不起別的動物，可哪裡知道在山林江河的動物們正在默默地注視著他們不久將面臨的末日災難！在牛的另一種感覺裡，總預感了這個城市有一天要徹底消亡的，因為靜夜之時，牠發現了這個城市在下陷，是城市每日大量汲取地下水的緣故，或是人和建築愈來愈多，壓迫了地殼的運動。但人卻一點也不知道，繼續在這塊地上堆積水泥，繼續在抽用地下水，那使他們沾沾自喜的八水繞西京的地理，現在不是幾水已經乾涸了嗎？那標誌著這個城市的大雁塔不是也傾斜得要倒塌了嗎？到那一日，整個城市塌陷下去，黃河過來的水或許將這裡變成一個水澤，或者沒有水，到處長滿了蒿草。那時候，人才真正知道了自己的過錯，知道自己過錯了，也成了水澤中的魚鱉，也成了啃吃蒿草的牛羊豬狗；那就要明白了這個世界上野性是多麼與天地同一，如何去進行另一種方式的生存了。

這牛想到這裡，只覺得頭腦發疼，牠雖然在大街上恍恍惚惚地走著，感覺良好地以為自己是個哲學家了，但牠懊喪上天賦予自己的靈性並不怎麼多，思緒太雜太亂，一作長思考就頭疼，甚至也常常靈魂出殼，發生錯覺，潛意識裡是拉著一張犁的，一張西漢或是開元年間的鈍犁，就在屎殼郎般的小汽車當中被圍困了，莫名其妙地望著不斷拔節的鞋後跟，找不到耕耘的田野。牠對於自己的智慧的欠缺和不由自主的走神兒就長聲嘆息了。於是，索性在劉嫂牽了牠經過一座公園的長牆外的小路上走著時，就扭了頭去嚼吃那牆根叢生的酸棗刺。人吃辣子圖辣哩，牛吃棗刺圖扎哩，氣得劉嫂不停地用樹根兒敲打了牠的屁股說：「走呀，走呀，天不早了呀！」

牛月清見莊之蝶腳傷遲遲不好，每日換了藥膏就不讓他多活動，特意給文聯大院的門房韋老太婆和雙仁府這邊巷口的人家叮嚀了：任何來人找莊之蝶，都說人不在家，也不要告訴家的門牌號數，又私下吩咐了柳月，故意將電話聽筒放不實確，使外界無法把電話打通進來。這樣一來，旁人也倒罷了，苦得周敏如熱鍋上的螞蟻。那天下午，他來找到師母，要告知的是文化廳研究宣傳部長的三條指示，決定讓周敏和雜誌社去向景雪蔭賠禮道歉。周敏和李洪文去見景雪蔭，景雪蔭高仰了頭，只拿了指甲油塗染指甲，塗染過了還抬起來，五指復開復合地活動，一句話也不說。周敏當即一口唾沫呸在地上，拉門出來了。李洪文彙報了廳裡，廳長說：「那就這樣吧，她不理你們是她的事。別的指示我們可以先搪塞上邊，可第三條，在下期刊物上發嚴正聲明卻要照辦的。你們擬出文來，讓我看看。」周敏就為了擬此文的用字遣詞來討莊之蝶的主意；但莊之蝶在人大會議上，無法進得古都飯店，第二天一早時間已來不及，只好和鍾唯賢自擬了交上去。廳長又讓景雪蔭過目，景雪蔭卻不同意了，嫌用詞含糊，必須寫上「嚴重失實，惡意誹謗」，周敏和鍾唯賢就不同意，雙方僵起來。廳長便將擬文呈報宣傳部，俟等上邊裁決。周敏又是第三次第四次去文聯大院和雙仁府兩邊尋找莊之蝶，門房都說人是不在的，給兩邊的家掛電話，總是忙音，心裡就犯了疑惑，以為莊之蝶是不是不管此事了？他是名人，又上下認識人多，他若撒手不管，自己就只有一敗塗地的結果了，不免在家罵出許多難聽話來。

唐宛兒卻另有一番心思，忐忑不安的是她去了幾次古都飯店，莫非露了馬腳，被牛月清得知，莊之蝶才故意避嫌躲了他們？想起那日傍晚，她幽靈般地到七〇三房間去，門是虛掩著，卻沒見到莊之蝶。待了半個小時又不敢多待，在走廊裡轉了幾個來回再走下來，後來又轉到樓的後邊巷道，數著那第三個窗口看有沒有燈光亮起，直是腳疼脖痠地守望了兩個小時，那窗口還是黑的，方灰不沓沓轉身回去。莊之蝶約定好好的知道她要去的，為什麼人卻不在？現在猜要麼是走了風聲，要麼是牛月清也去過了飯店，便將莊之蝶強逼了回家去睡？要麼還是那飯店的服務員打掃房間，在莊之蝶的床單上、浴盆中發現了長的頭髮和曲捲了的毛兒，有了嘰嘰咕咕？心裡有事，身子也懨懨發睏，一連數日不出門，只把肥嘟嘟一堆身子待在床上和沙發裡看書。書是一本叫《古典美文叢書》，裡邊收輯了沈復的《浮生六記》和冒辟疆寫他與董小宛的《影梅庵憶語》。還有的一部分是李漁的《閒情偶記》中關於女人的片斷。唐宛兒先讀的是李漁的文章，讀到女人最緊要的是有「態」，便對「態」是什麼不甚了了，待看到有態了三分人才便會有七分魅力，無態了七分人才也只有三分魅力，態於女人，如火之有焰，燈之有光，珠玉有寶氣，她便連聲稱是，覺悟道：「這態不就是現在人說的氣質嗎？」就自信於自己絕對是有「態」的人。往後又讀了《影梅庵憶語》，更是愛煞了那個董小宛，不禁想到，這冒辟疆是才子，莊之蝶也是才子，冒辟疆纏纏綿綿一個情種，莊之蝶又何嘗不是如此？而自己簡直就是那個董小宛嘛，天下事竟有這般奇妙，自己也是有個「宛」字的！於是猛一回首，便感覺裡有個董小宛飄然向自己走來，忍不住就嫣然一笑了。然後望看窗外的梨樹，想著這梨樹在春天該多麼好，舉一樹素白的花，或者是冬天，頂那麼厚的雪，我在屋子裡聽下雪的聲音，莊之蝶踏著雪在院牆外等我，那牆裡樹和牆外的他一樣白吧？現在是夏天，沒有花，也沒有雪，梨樹純有葉子也是消瘦，消瘦得如她唐宛兒的時光。唐宛兒這麼恍恍若夢，低了頭又去讀書。書上寫到下雨，起身來到院子裡，院裡果然淅淅瀝瀝有了雨，面對了梨樹和一樹無人知道的雨，就死了心眼兒地認定這梨樹是莊之蝶的化身，想，莊之蝶原來是早在她搬住到這院子的時候就在這裡守候了她嗎？遂緊緊抱了一會梨樹，回到屋裡，一滴眼之雨珠就落在了翻開的書上。

白日就這麼捱了過去，到了晚上，周敏還是遲遲不能回來，相隔不遠的清虛庵的鐘聲，把夜一陣陣敲涼。窗口的一塊玻璃早已破裂，是用白紙糊的，風把紙又吹出了洞，嘩啦嘩啦地響。唐宛兒突然驚悸了一下，感覺裡莊之蝶就在院門外徘徊。她穿了拖鞋便往外跑，下台階時頭上的髮卡掉了，頭髮如瀑一樣灑下，她一邊走一邊彎腰撿髮卡，撿了幾次未能撿到，還是過去開了院門，院門外卻空寂無人。又左右看了看街巷。也許，他是在哪一個暗處招手，看了許久才發現那不是他，是風。木呆呆返回來，清醒了莊之蝶是沒有來，好多好多天日也沒有來了，或許永遠也不會來了，就哽咽有聲，滿臉淚流，嘆其命運不濟。這麼一哭，不能收住，又將長時間裡沒有泛上來的思子之情襲了心間，越發放聲號啕。計算日子，再過三日竟是兒子三歲的生日，就不管了周敏回來不回來，再次開了門出去，直喊了一輛蹬三輪車的夜行人，掏三元錢讓拉她去鐘樓郵局，給潼關的舊家發了電報。電報是發給兒子的，寫了「願我兒生日快樂」。一路哭泣回來就睡了。

周敏夜闌回來，見冰鍋冷灶，也不拉燈，問婦人怎麼啦？拉了電燈，揭開被子，疑惑婦人眼怎麼腫得如爛桃一般，就發現了枕邊的電報收據，上邊寫有潼關。急問了原由，不覺怒從心起，摑了婦人一個耳光。唐宛兒跳下床來，竟不穿一絲一縷，上來就揪周敏的頭髮，罵道：「你打我？你敢打我?!孩子那麼小，沒了她娘，三歲生日了，我就是狼也該發七個字的問候吧？」周敏說：「你腦殼進水了嗎？是豬腦殼嗎？一紙電報抵什麼屁用！他收了電報，必要查電文從哪兒發的，上邊有西京字樣，你這不是成心要他知道你我在哪兒嗎？」唐宛兒說：「他知道了又咋？西京大得如海，他就尋著來了不成？」取了鏡來照臉，臉上是胖起來的五個滲血的指印，唐宛兒又過來揪周敏的頭髮，揪下一團，又哭了：「你那麼英雄，倒怕他來尋到你，那你還是怯他嘛，你這麼個膽小樣兒，何必卻要拐了他的老婆，像賊一樣地在西京流浪?!跟你流浪倒也罷了，你竟能打我！在潼關他也不敢動我一個指頭的，你這麼心狠，你來再一掌拍死我算了！」周敏瞧見婦人臉腫得厲害，想這女人也是跟了自己活得人不人鬼不鬼的，就後悔自己下手太重了，當下跪下來，抱了她的雙腿，求她饒恕，又抓了她的手讓在自己臉上打。周敏是有一套哄女人的本事，也是真心實意痛恨自己，婦人也就不哭了。周敏見她擦了眼淚，便上去抱了她親，用手搔她的身子，一定要讓她笑了才說明她是饒恕了他。原來婦人有一個祕密，就是身上癢癢肉多，以前周敏取笑過她癢癢肉多是喜歡他的男人多。莊之蝶也這麼搔過她，取笑過她，於吟吟浪笑裡給了她更強有力的壓迫和揉搓。這陣禁忍不住，就笑了一下，周敏方放了心去廚房做飯，又端一碗給婦人吃了，相安無事睡下。

莊之蝶在家悶了許多天日，總覺得有一種無形的陰影籠罩了自己，想發火又無從發起，恨不能出門散心，也不見一幫熟人來聊，終日看看書，看過全然忘卻，就和柳月逗些嘴兒說話。兩人已相當熟膩，早越了小保母和老師的界限。莊之蝶讓柳月唱個歌兒，柳月就唱。陝北的民歌動聽，柳月唱的是《拉手手》，歌詞兒是：

你拉了我的手，我就要親你的口；拉手手，親口口，咱們兩個山屹嶗裡走。

莊之蝶聽得熱起來，柳月卻臉色通紅跑進老太太那間臥室裡將門關了。莊之蝶一拐一瘸過去推門推不開，叫：「柳月，柳月，我要你唱哩！」柳月在門裡說：「這詞不好，不要唱的。」莊之蝶說：「不唱就不唱了，你開了門嘛！」柳月不言語了，停了一會，卻說：「莊老師，你該笑我是學壞了?!」莊之蝶說：「我哪裡這樣看你？」就直推門。柳月在裡悄聲拉了門閂，莊之蝶正使了勁，門猛地一開，人便倒在地上，腳疼得眉眼全都錯位了。嚇得柳月忙蹴下看他腳，嚴肅了臉兒說：「這都怪我，大姐回來該罵我，攆了我哩！」莊之蝶卻在柳月的屁股上擰了一下，說：「她哪裡知道？我不讓你走，你是不能走的！」就勢把柳月一拉，柳月一個趔趄險些腳踩了莊之蝶身子，才一邁腿，竟跌坐在莊之蝶脖子上，小腹正對了嘴臉，莊之蝶就把她雙腿抱死。柳月一時又驚又羞。莊之蝶說：「這樣就好，讓我好好看看你！」柳月短衫兒沒有貼身，朝上看去，就看見了白胖胖的兩個大乳，乳頭卻極小，暗紅如豆。莊之蝶說：「你原來不戴乳罩?!」騰了手就要進去，柳月扭動著身子不讓他深入……（此處作者有刪節）說：「你什麼女人沒見過，哪裡會看上一個鄉裡來的保母？我可是一個處女哩！」一撥手，從莊之蝶身上站起來，進廚房做飯了。莊之蝶落個臉紅，還躺在地板上不起來，想自己無聊，怎麼就移情於柳月?!兀自羞恥，卻聽得廚房裡柳月又唱了，唱的是：

大紅果果剝皮皮，外人都說我和你。其實咱倆沒那回事，好人擔了個賴名譽。

夜裡，夫婦二人在床上睡了，說家常話，自然就說到柳月。牛月清問：「柳月今日怎麼穿了我那雙皮鞋？我先不經意，她見我回來了就去換了拖鞋，臉紅彤彤的，我才發現的。」莊之蝶說：「她早晨洗了她的鞋，出門要買菜時沒有鞋穿，我讓她穿了的，回來她怕是忘了換。這女子倒是好身架，穿什麼都好看，你那麼多鞋的，那雙就讓她穿了吧。」牛月清說：「要給人家鞋，就買一雙新的送她。我那雙也是新穿了不到半個月，送了她卻顯得是咱給她的舊鞋。」莊之蝶說：「夫人好賢慧。那我明日就給了她錢讓她自個去買一雙是了。」牛月清說：「你倒會來事！」就又說，「我還有一件事，想起來心裡就不安的，今日清早去上班，在竹笆市街糖果店裡看有沒有好糖果兒，那個售貨員看了我半天，問道：你是不是作家莊之蝶的夫人？我說是的，有什麼事？她說我在一份雜誌上看見過你夫妻的照片，你家裡是不是新雇了一個保母？我說是呀，是個陝北籍的叫柳月，模樣兒水靈，誰看著也不會認作是鄉下的女子。她說，人皮難背。我問說這話有什麼由頭，莫非柳月來這店裡買糖果，是多找了錢沒吭聲就走了嗎？那售貨員說柳月以前在她家當保母的，就咬了牙齒發恨聲，這保母可坑了我了，我從勞務市場領她去我家看孩子，她不知怎麼就打聽到你們家，鬧著要走，要走我也不能強留不放，只是勸她等我找到新的保母了再走吧。這不，一天下班回來，孩子在家裡嗚嗚哭，她人不見了，桌上留個條兒說她走了！她攀了你們高枝兒了，害得我只好在家看了孩子半個月，工資獎金什麼也沒了，她倒多拿了我的半月保母費。售貨員說了這一堆，我沒吭聲，信了她怕事實不確冤了柳月；不信吧，心裡總是不乾淨，像吃了蒼蠅。你說是實是假？」莊之蝶說：「柳月不會心毒得那樣的，怕是柳月能幹，那家捨不得她走，她走了那家人倒嫉恨了咱，說些挑撥話兒。」牛月清說：「我也這麼想過。可這女子模樣好，人也乾淨利落，容易討人歡心，我待她好是我的事，你別輕狂著對她好呀！」莊之蝶說：「你要這麼說，明日我就辭了她！」牛月清說：「你知道我不會讓她走的，你說放心的話！」說著就蠕動了身子，說她要那個，莊之蝶推說腿是這樣，是要我命了嗎？牛月清伸了伸腳腿了，說：「那你要記著太虧了我！」趴下身瞌睡去了。

第二天，牛月清去上班，乾表姐卻把電話打到她的單位，牛月清自然問她娘在那邊怎麼樣？乾表姐說啥都好的，早上一碗半紅豆兒稀飯，中午吃半碗米飯，飯是不多，菜卻是不少的。你姐夫從渭河捕了三條魚，孩子們都不准吃，只給老姑吃。晚上是兩個雞蛋蒸一碗蛋羹的，還有一杯鮮羊奶。老姑是胖了，也白了，只是擔心家裡的醋甕兒沒人攪搗，讓我給你說，別只捂著甕蓋兒讓壞了。再就是嘮叨沒個收放機，不能見天聽戲的。牛月清說，娘這麼愛聽戲的，她年輕時就見天坐戲園子。也便說了這邊的事，譬如醋沒壞的，娘的幾雙舊鞋刷洗晾乾了，收拾得好好的；那個王婆婆是來過幾次，還送了老太太一副黃布裹兜兒。末了，隨便也把莊之蝶的腳說了一句。湊巧，這個中午他們單位的領導要去渭河灘一帶為職工採買一批便宜鮮羊肉，牛月清就匆匆回文聯大院那邊取了一部袖珍收放機和兩盤戲曲磁帶，要求領導一定去鄧家營，打聽她乾表姐的家，把東西捎過去。但是，牛月清中午回來，老太太卻已經在雙仁府這邊的家裡了。一問原委，是乾表姐打完電話，順嘴把莊之蝶的腳傷說了，老太太就立馬三刻坐不住要回，乾表姐奈何不了她，坐公共汽車就送了來。老太太查看了莊之蝶的傷，並沒有說什麼，只嘟囔著柳月被子疊得不整齊，桌子上的瓶子放的不是地方，窗台上的花盆澆水太多，牆角頂上的那個蜘蛛網怎麼就挑了？柳月不敢言語。到了晚上，柳月和老太太睡一個房子，老太太依舊以棺材為床，半夜裡卻在說話。柳月先以為是在給她說的，偏裝睡不理。老太太卻愈說愈多，幾乎是在和誰爭吵，一會軟下來勸什麼，一會兒又惡了聲嚇唬，且抓了枕頭去擲打。柳月睜眼看了，黑乎乎的什麼都沒有，就害怕起來，過來敲夫人的臥室門。莊之蝶和牛月清起來，過去問娘，是娘作噩夢嗎？老太太說：「你們這一喊，他們倒都走了，我正好說歹說著的。」牛月清說：「他們是誰？」老太太說：「我哪裡知道？剛才我看著進來了幾個，手裡都拿著棍子，就知道又是來搕之蝶的腿了。這是哪兒來的，無冤無仇的搕我女婿什麼腿？」牛月清說：「娘又說鬼了。」嚇得柳月臉就煞白，牛月清又怨恨起來：「娘，不要說了，什麼人呀鬼呀的，只嚇著我們！」莊之蝶說：「你讓她說。」就問老太太：「娘，娘，你嚇唬住他們了？」老太太說：「這都是些惡鬼，哪裡肯聽我的？你明日去孕璜寺和尚那兒要副符來，現在城裡到處是惡鬼，只有那和尚治得住的。要了符回來，一張貼在門框上，一張燒了灰水喝下，你那腿就好了。」莊之蝶說：「明日我就去孕璜寺，你好生睡吧。」讓柳月也去睡。柳月不肯，就睡了客廳沙發上。

天明起來，牛月清去上班了，柳月眼泡腫脹，自然是一宿沒能睡好，安排用過了牛奶、酥餅、茶飯，老太太翻出一塊布來又在做一個新的遮面巾。柳月要幫她做，老太太看不上她的針線活，柳月就來書房和莊之蝶說話。老太太一見他們說話，就仄了頭，眼睛從老花鏡的上沿來看，說：「之蝶，你不是說要去孕璜寺嗎？」莊之蝶說：「我知道的。」去廁所小解了回來坐在客廳，看柳月立在廚房門上掛洗晾乾了的門簾兒。昨日給的錢新買的高跟皮鞋柳月穿了，並不穿襪子，反倒另是一番韻味，偏又是穿了一件黑色短褲，短褲緊緊地綳在身上，舉手努力把門簾往門框上的釘頭上掛，腿腰挺直，越發顯得體態優美。莊之蝶說：「柳月，你光腳穿皮鞋真好看的。」柳月還在掛門簾，說：「我腿上沒有毛的。」莊之蝶說：「鞋尖夾趾頭不？」柳月說：「我腳瘦。」莊之蝶說：「你大姐腳太肥的，穿什麼樣鞋一星期就沒了形狀，這倒還罷了；這些熟人裡腳不好的是夏捷，大拇趾根凸一個包的，什麼高跟中跟的鞋一滿穿不成。你注意了沒有，她坐在那兒，腳從不伸到前面來的。」柳月就把一條腿蹺起來，低了眼去看，莊之蝶卻一手將那腳握了，將臉貼近，皺了鼻子聞那皮革的味和腳的肉香。柳月雙手還在門框上，趕忙來收腿，又被親了一口，腿腳回到地上只覺得癢，癢得臉也紅了。莊之蝶卻裝得並不經意的樣子，又說這皮鞋式樣真是不錯的。柳月見他這樣，臉也平靜下來，說：「你個男人家，倒注意女人的腳呀鞋呀的？給誰說誰都不信的。」莊之蝶說：「種地要種好地邊子，洗鍋要洗淨鍋沿子，女人的美就美在一頭一腳，你就是一身破衣裳，只要有雙好鞋，精氣神兒就都提起來了。唐宛兒就懂得這些，她才是講究她的頭上的收拾，活該也是她的頭髮最好，密盈盈的又長又厚，又一半呈淡黃色，你幾時見她的髮型是重樣的？可你總是紮個馬尾巴的！」柳月說：「你知道我為啥紮馬尾巴？我是沒個小皮包兒，夏天穿裙子短衫沒口袋，出門了擦汗的帕兒不是別在裙帶上，就用帕兒紮了那頭髮，要用時取著方便。」莊之蝶說：「那你也不說，我給你錢去買了包兒。我現在才明白，街上的女人都挎個包，原以為裡邊裝有錢，其實是手帕、衛生紙和化妝品！」柳月就嘿嘿地笑。老太太聽他們這邊說話，就又說：「之蝶，都什麼時候了，你還不去孕璜寺嗎？」莊之蝶給柳月擠擠眼，說：「就去，就去。」心裡想，牛月清為什麼把我的腳傷告訴老太太，又讓老太太回來，是怕我在家閒著只和柳月說話，說出個感情來哩?!心裡就又一陣發悶，頭皮發麻，渾身也是這麼癢那麼癢的。給孟雲房撥了電話，讓他去一趟孕璜寺見智祥大和尚要副符。打電話時才發現電話線壓在聽筒下邊，就說：「我說這麼多天，我不得出去，也沒有個電話打進來，原來聽筒沒放實！柳月，這是你幹的？」柳月瞞不過，才說了牛月清的主意。莊之蝶就發了火：「靜養，靜養，那怎麼不送我去了監獄裡養傷?!」柳月說：「這我得聽大姐的。」莊之蝶說：「聽她？她盼不得我雙腿都斷了才好放心！」柳月說：「大姐倒是好心，你這麼說倒屈了她。」莊之蝶說：「她只知道給你吃好穿好身體好，哪裡又知道人活著還活一種精神哩！別瞧她什麼事滿不在乎的樣兒，其實心才小的，誰也防著。」柳月就問：「她也防我？」莊之蝶沒有言語，扶牆走到書房獨坐了生氣。

孟雲房半晌午就來了，果然拿了符帖，直罵莊之蝶腳傷了這麼多天日竟不對他吭一聲，平日還稱兄道弟地親熱，其實心裡生分，在眼裡把他不當個有用的人看的。莊之蝶忙解釋骨頭裂得並不十分厲害，只是拉傷了肌腱三天五天消不了腫，告訴你了，白害擾得人不安寧，不僅是沒告訴你，所有親戚朋友一概不知的。孟雲房說：「害擾我什麼了，大不了買些口服蜂乳、桂元晶的花幾個錢！」柳月就笑了撇嘴：「你什麼時候來是帶了東西？哪一次來了又不是吃飽喝醉？莊老師讓你去要符，總是給你說了腳傷吧，你今日探望病人又提了什麼禮品?!」孟雲房也笑了，說：「你這小人精哪壺不開提哪壺，我沒給你莊老師拿禮品，給你倒拿一個爆栗子！」指頭在柳月的腦頂上梆地一彈，柳月一聲銳叫，直罵孟雲房沒有好落腳，天會報復了你的！孟雲房就說：「這話也真讓你說著了！我那第一個老婆的兒子從鄉下參軍了五年，是個排長兒，原想再往上升，幹個連長兒團長兒什麼的，可上個月來信說部隊也讓他復員，而且是哪兒來的仍回哪兒去。我那兒子就對首長說啦，報告團長，他們是兵可以哪兒來的哪兒去，我是排長呀！團長說：排長也是一樣。我那兒子就說：一樣了我就不說了，可我是從我娘的肚子裡來的，我無法回去，何況我娘也都死了！」柳月就破涕為笑，說：「真不愧是你的兒子！」就又說道，「你有幾個老婆！聽大姐說，你前妻是城裡人，孩子才八九歲，他當的什麼兵?!」莊之蝶說：「柳月你不知道，他早年還離過一次婚，在鄉下老家的。」孟雲房便說：「咱是有過三個老婆的人，一個比一個年輕！」柳月說：「怪道哩，我說你臉上皺紋這麼多的?!」莊之蝶瞪了一下柳月，問孟雲房：「孩子到底安排了沒有？」孟雲房說：「我認識我老家縣上的常務縣長，打了長途電話給他，他答應了在縣上尋個工作。說出來你哪裡能想到，我在電話上說需要不需要我和莊之蝶回來一趟再給地區專員說個情，莊之蝶和專員可是同學的。他說啦，你這是拿大×嚇娃，要激將我嗎？你和莊之蝶還認識？我說不光認識，他結婚還是我的證婚人！他就高興了，說莊之蝶是大名人，大名人委託的事我能不辦？孩子安排是沒有這個政策，可我用不著暗中走後門，還擔心有人告狀生事，我要公開說，這孩子是莊之蝶的親戚，就得安排，誰如果有親戚能給社會的貢獻有莊之蝶那麼有影響，要安排個工作，我保證還是安排！」莊之蝶說：「你盡胡成精，最後出了事都是我的事！」孟雲房說：「這是你的名氣大呀！等那常務縣長到西京來了，我領他到你這裡來，還要勞駕你招待一下他哩！」柳月說：「哎呀呀，你來吃了，還要帶一個來吃！」孟雲房說：「不白吃的，你瞧瞧這個！」從懷裡掏一個兜兒藥袋子，讓莊之蝶立時三刻戴在小腹的肚臍眼上。莊之蝶說：「你又日怪，腳傷了，在這兒戴什麼？」孟雲房說：「你總是不信我。一天光寫你的書，哪裡懂得保健藥品！現在以市長的提議，在城東區開闢了一個神魔保健街，全市有二十三家專出產保健品了。這是神功保元袋，還有神力健腦帽，神威康腎腰帶，魔功藥用乳罩，魔力壯陽褲頭，聽說正研製神魔襪、鞋、帽子，還有磁化杯、磁化褲帶、磁化枕頭床墊椅墊……」莊之蝶說：「你甭說了，這現象倒不是好現象，不知是誰給市長出的餿主意！魏晉時期社會萎靡，就興過氣功，煉丹，尋找長生不老藥，現在竟興這保健品了?!」孟雲房說：「你管了這許多！有人生產就有人買，有人買就多生產，這也是發展了西京經濟嘛！」莊之蝶搖了搖頭，不言語了，卻說：「這麼多天，我不得出門，也不見你們來，我有一件事要給你說的。」就讓柳月先出去。柳月撇了嘴說：「什麼見不得人的事，不告訴我，我向大姐告狀的！」孟雲房就說：「你要聽話，過幾天我給你也帶個魔功乳罩來！」柳月罵道：「你這臭嘴沒正經，你先給夏姐兒戴了再說！」孟雲房說：「這女子！我老婆真戴了的，乳頭乍得像十八九歲姑娘娃一樣的！」莊之蝶說：「柳月還是姑娘家，你別一張嘴沒遮沒攔的。」看看柳月出去了，悄聲道：「你提說的清虛庵那樓上房子的事，我給市長談了，市長把房子交給咱們了，還配了一套舊家具。這是鑰匙，你不妨去看看。再叮嚀你一次：誰也不要告訴的，牛月清不要給說，夏捷也不能說！」喜得孟雲房說：「這太好了！你到底是名人，比不得我們人微言輕，咱們應好好寫一篇文章在報上發表，宣揚宣揚市長重視文藝工作。」莊之蝶說：「這你就寫吧，以後需要人家關照的事免不了的。有了房子，怎麼個活動你考慮一下，平日哪些人可以參加，哪些人得堅決拒絕，但無論怎樣，鑰匙只能咱兩人控制。等我腳好了，咱就開辦一次。」孟雲房說：「第一次讓慧明講禪吧。現在與一種未來學，我差不多翻看了中外有關這方面的書，但慧明從禪的角度講了許多新的觀點，她認為未來世界應是禪的世界，是禪的氣場，先進的人類應是禪的思維。我也思考這事。這下有了活動室，我可以去靜心寫了，在家夏捷是整日嘟嘟囔囔。禪靜禪靜，我可沒個靜的去處！」莊之蝶說：「真正有禪，心靜就是最大的靜了，禪講究的是平常心，可你什麼時候放下過塵世上的一切？你退好意思說禪哩！我看你是又不滿足人家了！你那些毛病不改，娶十個老婆也要嘟囔的！」孟雲房笑著說：「這我又怎麼啦，我沒你那知名度，能碰上幾個女的？」莊之蝶說：「我哪像你?!」孟雲房嘿嘿地笑，說：「你也是事業看得太重，活得不瀟灑。我替你想過了，當作家當到你這份兒上已經比一般文人高出幾個頭了，可你就能保證你的作品能流傳千古像曹雪、蒲松齡嗎？如果不行，作家真不如一個小小處長活得幸福！佛教上講法門，世上萬千法門，當將軍也好，當農夫也好，當小偷當妓女也好，各行各業，各色人等，都是體驗這個世界和人生的法門。這樣了，將軍就不顯得你高貴，妓女也就不能說下賤，都一樣平等的。」莊之蝶說，「這我哪裡不清楚，我早說過作家是為了生計的一個職業罷了。但具體到我個人，我只會寫文章，也只有把文章這活兒做好就是了。」孟雲房說：「那你就不必把自己清苦，現在滿社會人亂糟糟的，有權不用，過期作廢；有名不利用，你也算白奮鬥出個名兒。不給你說有權的人怎麼以權謀私，這樣的事你也見得多了，就給你說說我家隔壁那個老頭吧。老頭做生意發了，老牛要吃嫩苜蓿，就娶了個小媳婦。他的觀點是，有錢了不玩女人，轉眼間看著是好東西你卻不中用了。剛才我來時，路過他家窗下，他是病了三天了，直在床上哼哼。我聽見那小媳婦在問：你想吃些啥？老頭說：啥也不想吃的。小媳婦又問：想喝些啥嗎？老頭說：啥也不想喝的。小媳婦就說了：那你看還弄那事呀不？老頭說：你活活兒把我扶上去。你瞧瞧這老頭，病懨懨得那個樣兒，人家也知道怎麼個享受哩！」莊之蝶說：「我不和你扯這些了，你最近見到周敏他們嗎？他也不來見我！我總覺得有一個巨大的陰影壓著我的。雲房，今年以來我總覺得有什麼陰影在罩著我，動不動心就驚驚的。」孟雲房說：「你真有這麼個預感？」莊之蝶說：「你說，不會出什麼大事吧？」孟雲房說：「你沒給我說，周敏倒給我說過了，我就等著你給我說這事的。你既然還信得過我，我要說，這事不是小事，牽涉的面大，你又是名人，抬腳動步都會引得天搖地晃的，周敏是惶惶不可終日，這你要幫他哩！」莊之蝶說：「我怎麼沒幫他，你別聽他說。他那女人還好？」孟雲房詭笑了一下，低聲道：「我知道你要問她了！」莊之蝶冷下臉說：「你這臭嘴別再給我胡說！」孟雲房就說：「我怎敢胡說？我去過他們那兒，卻沒見唐宛兒出來，周敏說是她病了。那花狐狸歡得像風中旗浪裡魚的，什麼病兒能治倒了她?!她怎麼能不來看你，這沒良心的。莊之蝶是輕易不動葷的貓兒，好容易能愛憐了她，她一個連城裡戶口都沒有的小人物，竟不抓緊了你，來也不來了?!」莊之蝶從糖盒揀起一顆軟糖塞到孟雲房的嘴裡，孟雲房不言語了。

吃過午飯，莊之蝶在臥室裡睡了，腦子裡卻想著孟雲房晌午說的話來。原是多少在怨唐宛兒這麼些日子人不來電話也不來，才是她也病了！她得的什麼病，怎麼得的，是不是那日在古都飯店沒有找著他，又給這邊撥電話接不通，小心眼兒胡思亂想，害得身上病兒出來？人在病時心思越發要多，也不知那熱騰騰的人兒病在床上又怎麼想他？不覺回憶了古都飯店裡的枝枝節節，一時身心激動，腿根有了許多穢物出來。隨後，脫了短褲，赤身睡了一覺，起來讓柳月去把短褲洗了。

柳月在水池裡洗短褲，發現短褲上有發白起硬的斑點，知道這是什麼，只感到眼迷心亂。想夫人中午並不在家，他卻流出這等東西，是心裡作想起誰了？是夢裡又過到誰了？那一日她唱《拉手手》，他是拉她在身上的，她要是稍一鬆勁就是婦人身子了。那時她是多生了一個心眼，拿不準主人是真心地愛她，還是一時衝動著玩她。莊之蝶是名人，經見的事多人多，若是真心在我身上，憑我這個年齡，保不準將來也要做了這裡主婦，即使不成，他也不會虧待了我，日後在西京城裡或許介紹去尋份正經工作，或是介紹嫁到哪家。但若他是名人，寵他的人多，找女人容易，他就不會珍貴了我，那吃虧的就只有我了。現在看了這要洗的褲子，雖不敢拿準他是為了我，卻也看透了這以往自己崇拜的名人，不畏懼了也不免害怕，倒認作親近了起來。

洗畢短褲，在院中的繩上晾了，回房來於穿衣鏡前仔細打量自己，也驚奇自己比先前出落得漂亮，她充滿了一種得意，拉了拉胸前衫子，那沒有戴乳罩的奶子就活活地動。想著幾日前同夫人一塊去街上澡堂裡洗澡，夫人的雙乳已經鬆弛下墜，如冬日的掛柿。現在一想起那樣子，柳月莫名其妙地就感到一陣欣悅。正媚媚地衝自己一個笑，門口有人敲門。先是輕輕一點，柳月以為是風吹，過會又是一個，走近去先上了門鏈後把門輕輕開了，門外站著的卻是趙京五。趙京五擠弄了右眼就要進來，門鏈卻使門只能開三寸長的口縫，趙京五一隻腳塞進來了只好又收回去。柳月說：「你甭急嘛，敲門敲得那麼文明，進門卻像土匪！」趙京五說：「老師在家嗎？」柳月說：「休息還沒起來，你先坐下吧。」趙京五就小了聲，說：「柳月，才來幾天，便白淨了，穿得這麼漂亮的一身！」柳月說：「來的第二天大姐付了這月工錢，我去買的。這裡來的都是什麼人，我穿得太舊，給老師丟人的。」趙京五說：「喲，也戴上菊花玉鐲兒了！」柳月說：「你不要動！」趙京五說，「攀上高枝兒了就不理我這介紹人了？」柳月說：「當然我要謝你的。」趙京五說：「怎麼個謝法？拿什麼謝？」柳月就打了趙京五不安的手，嘻嘻不已。

莊之蝶聽見兩人嘻嘻作笑，就問是誰來了，趙京五忙說是我，對著鏡子就攏了攏頭髮。莊之蝶說：「京五，你進來說話。」趙京五進了臥室，莊之蝶還在床上躺著，並沒起來。趙京五說：「老師腳傷了，現在怎麼樣了？飯前在街上見了孟老師，才聽說的。我知道腳傷了不能動，心又閒著，是最難受的，就來陪你說說話兒，還給你帶了幾件東西解悶兒。」說著從懷裡掏出一把扇子，一個塑料袋子，袋子裡裝著摺疊的畫。先把那扇子打開了給莊之蝶，莊之蝶看時，扇子很精緻，眉兒細匀，紙面略黃，灑有金箔花點。扇把兒是嵌接的一個小葫蘆狀。扇正面是一幅山水，仿的是八大山人，這倒一般，背面卻密密麻麻手書有蠅頭小楷，頗為好看，略略一讀，內容不是常見的唐詩宋詞，而是中國共產黨的社會主義總路線總方針的決議，後邊署名竟是「康生」，又蓋了康生的兩個小印章。莊之蝶立即坐起來說：「這是康生手書的紙扇?!」趙京五說：「你喜歡古瓶，我給我一個朋友去信，他回信是滿口答應要送你的，並說這月底就來西京。沒想上禮拜他犯了事了，花了六萬元買得的兩尊小佛像被沒收了。真不知那是什麼佛像，這般值錢的！貨是從漢中往西京運，雇的是出租車，但車到了寶雞，後邊追上兩輛警車，就把他攔住了，連人帶佛像全弄走。前日他家人找我，說公安局傳出了話，小佛像是沒收了，要判刑是坐七年大牢，要罰款是十萬，何去何從，三天回話。他家人當然是願罰款。你猜猜人家多有錢的，一來一往就栽了十六萬！他家人不在乎錢，還怕罰了十萬不放人，託我找門子說說情，就送了我這把扇子，說這雖不是古物，卻也算現代宮中的東西，康生又是共產黨的大奸，人又死了，算得一件有價值的東西。這是中央八中全會前康生送給劉少奇的，以前他反對劉少奇，後見劉少奇地位要提高，就又巴結，便手書這把扇子送著討好。」莊之蝶說：「這實在是件好東西，康生這字不錯嘛！」趙京五說：「那當然了，他在書法上也算一家的！你也是愛書法，我就送了你收藏好了。」莊之蝶說：「京五，禮尚往來，你看上我這裡什麼就拿一件吧！」趙京五說：「什麼也不要，你送我幾張手稿就好了。」莊之蝶說：「我又不是諾貝爾獲獎作家，這手稿我給你一捆也成。」趙京五說：「只要你給我手稿，你瞧瞧，還要送你一件東西保管也喜歡。」打開塑料袋，一張四尺開的水墨畫，正是石魯的《西岳登高圖》，構圖野怪，筆墨癲狂，氣勢霸悍。莊之蝶一看便知這是石魯晚年瘋後的作品，連聲稱好，又湊近讀了旁邊一行小字：「欲窮千目，更上一樓。」就說：「這石瘋子的金石味極濃，但這麼寫古詩怕就不對了，王之渙寫《登鸛雀樓》的詩是『欲窮千里目，更上一層樓』，他少一『里』，缺一『層』字，文理不通。」趙京五說：「他是畫家不是作家，可能是先把『里』字遺了，旁補一字不好看，乾脆後邊也就不寫個『層』字，這樣寫反更能體現他那時的瘋勁。這畫好便宜哇，我在臨潼一個婦女手裡三百元收買的，拿到廣州去，少說也四五萬吧！」莊之蝶說：「能值這麼多？」趙京五說：「這裡邊的行情我了解，現在南方石魯的畫賣價最高，海外到了十二萬人民幣。汪希眠靠什麼發的，他就是偷搞石魯的仿製品騙來西京旅遊的那些洋人的。我有個熟人，也是這個行當的角色，以前就和汪希眠聯繫，他專跑市場推銷假畫，近日和汪希眠鬧起不和，來尋我說要合夥辦個畫廊什麼的。畫廊裡掛些有名的和沒名的人的畫，光靠在那裡賣，賣不了多少錢；關鍵在後邊弄得贗品，贗品由他請人在別處畫，咱拿來你題上序或跋，這生意必定好的。」莊之蝶說：「這明明是贗品，查出來了，上有我的序跋，多丟人的。」趙京五說：「這你就錯了，查出來，咱也會說咱們也是上了當的，還以為是真的哩！如果知道是贗品要騙人，怎麼能這麼愛的，題了序、跋收藏嗎？只是手頭緊才賣的。嗨，現在殺人放火的案子十個才能破兩個三個，咱這是什麼事兒，哪裡就容易讓查出來了？若是真有慧眼的，明知是贗品，他才買的。為什麼？贗品雖不如真品，但也有贗品的價值，何況你是名人，字也寫得好，更有收藏價值。白花花的銀子往裡流，你倒不要，偏在這裡爬格子！」莊之蝶說：「你說得容易，我倒心中沒底，這不是說了就了的事。在哪兒辦畫廊？畫廊裡就是應景也要掛些名家字畫，我這裡又能有幾幅？」趙京五說：「我查看了，咱那書店旁邊有個兩間空門面，把它買過來，就布置了作畫廊，正好和書店一體相得益彰。名家字畫你這裡不多，我那裡還有，近日還可再有一些來的。你知道嗎，西京城裡現在有個大作品沒露世哩！」莊之蝶問：「什麼大作品？」趙京五說：「我那朋友的家人說，他得這把扇子的那戶人，上三個月來西京求龔靖元給他爺爺寫一碑文，碑文寫好後，為了報答龔靖元，帶去了一卷毛澤東手書的白居易《長恨歌》，原詩沒寫完，僅一百四十八個字，每個字碗口大的。送到龔家，龔靖元不在，他兒子龔小乙就收了，偷得他爹四個條幅作為回報。這龔小乙不成器，抽一口大菸。他想私吞了好賣個大價買菸土的。這幅手卷現在可能沒出手，我有辦法能討出來，還不撐了門面嗎？」莊之蝶說：「京五你個大倒騰鬼！你說的這事，好是好，我可勞動不起，你和洪江商量去吧！」趙京五說：「誰讓你勞動，只要你個話就是了。洪江能幹是能幹，卻是個冒失鬼，我知道怎麼鎮住他，這你就放心好了。」

末了，莊之蝶讓柳月送趙京五。一送送到院門外，柳月問：「京五，你和莊老師談什麼呀，眉飛色舞的？」趙京五說：「要辦一個畫廊呀。柳月，你要對我好，將來你到畫廊來當禮儀小姐，也用不著當保母做飯呀洗衣呀的。」柳月說：「我哪裡待你不好了?!畫廊還八字沒一撇的。就那麼拿捏人。你要是莊老師，不知該怎麼把我當黑奴使喚了。」趙京五就打了她一拳。柳月也還去一拳。一來一往了四五下，柳月終是在趙京五的屁股上踢了一腳，說：「我走後，那個人家罵我沒有？」趙京五說：「連我都罵上了，到處給人說你管孩子為了省事，給孩子偷吃安眠藥。你真這麼幹過？」柳月說：「他那孩子前世是哭死鬼託生的，醒著就哭嘛！你可千萬不要告訴說我在這裡，萬一他們來這兒胡鬧，損我的人哩！」趙京五說：「我不說的。可人是活物，又不是一件死東西，你整日出出進進買菜呀上街呀，保得住那院裡的人不看見你？看見了不告訴他們？他們要尋了我，我又不能是警察管住人家！」柳月臉就陰下來，又說：「你平日不是吹噓你認識黑道紅道的人多，你怎不讓黑道的人去唬唬他們?!這事託你辦了。你要嘴上哄了我，只要你從此不到莊老師家來！」趙京五說：「你這倒仗勢欺人了！」

送走了趙京五，柳月在巷口站了一會，牛月清就回來了。瞧見她手指噙在口裡在那裡發呆，問站在這兒幹什麼？柳月忙說老師讓送送趙京五，正要回去的。牛月清就批評她女孩子家沒事不要立在巷口賣眼兒。兩人正說著，周敏和唐宛兒各騎了一輛自行車順巷而來，當下叫道：「你這兩個，金男玉女的，滿世界瘋著自在，這又是往哪家歌舞廳去？」唐宛兒已下了車子，說：「正要去師母家的！中午孟老師告說莊老師傷了腳，慌得我當時要來，周敏卻說等他下班後一起去。老師傷還重嗎？」牛月清說：「唐宛兒的嘴真乖，碰著我了就說要到我家去，碰不著就去歌舞廳。要不，晚上來我家還打扮得這麼鮮亮的？」唐宛兒說：「師母冤死人了，老師傷了腳，別人不急，我們也不急？不要說到你們家，就是去任何人家，我都要收拾的。收拾得整齊了，也是尊重對方嘛！」說著就摟了柳月，親熱不夠。柳月便注意了她的頭髮，果然又是燙了個萬能型的式樣，長髮披肩。牛月清聽唐宛兒這麼說了，早是一臉綻笑，說：「那我就真屈了你們！快進屋吧，晚飯我和柳月給咱搓麻食吃。」周敏說：「飯是吃過了，剛才我和宛兒陪雜誌社鍾主編在街上吃的酸湯羊肉水餃。你們先回吧，我們馬上來，鍾主編吃完飯回家取個東西，我們說好在這兒等候他，他尋不著你家路的。」

牛月清和柳月回到家，柳月去廚房搓麻食，牛月清就對莊之蝶說周敏他們要來了，還有一個鍾主編，這鍾主編可一直沒來過咱家的。如果是為了稿子的事，他以前總是在電話中聯繫，如果是來探望你的傷情，他與你並不關係親熱，讓周敏代個慰問話也就罷了，怎麼天黑了，老頭親自要來家？莊之蝶說：「這一定是周敏鼓動來的，還不是為了那篇文章的事！周敏人有心勁，他怕他給我說話我不聽，特意搬鍾主編來讓我重視的。」牛月清說：「他聰明是聰明，這做法多少還是小縣城人的作法麼！」就取了水果去廚房洗。

不久，周敏三人到了門前，莊之蝶拐著腿到門口迎接，唐宛兒忙扶他坐在沙發上，又拿小凳兒支在傷腿下讓伸平，揭了紗布看還腫得明溜溜的腳脖兒，說聲：「還疼？」眼淚就掉下來。莊之蝶見她失了態，在擋她手時，五指於她的胳膊肘處暗暗用勁捏了一下，把一條毛巾就扔給她擦了眼淚，抬頭對鍾主編說：「你這麼大的年歲，還來看我，讓我難為情了。這周敏，你要來就來，怎麼就也勞駕了鍾主編?!」鍾主編說：「就是你不叫我來，我遲早知道了也要來的。第一期你同意上了周敏的文章，往後還要有你的大作的。當編輯的就是一靠作家二靠讀者，你支持了，我這個主編才能坐得穩哩！」莊之蝶見他先提到周敏的文章，也就不寒暄別的，直奔了主題說道：「我這開了十天會，腳又傷了，也就去不了雜誌社看看。現在事情怎麼個情況了，周敏也不來及時告訴我。」周敏說：「我來過，你開會不在家，只好把那聲明由廳裡送宣傳部去審定了。」鍾主編說：「事情也就是這樣，景雪蔭一定要在聲明中加『嚴重失實，惡意誹謗』的話，我就是不同意加！我給廳長說，我是當了二十年的右派，平反後幹了三年雜誌負責人，後又被武坤把我弄下來他去幹。現在正兒八經算是個主編，我就那麼稀罕？大不了，我還是下台，還是當右派嘛！不堅持原則，輕率處理人、發聲明，社會上讀者會怎樣看待這個新改版的雜誌？雜誌還有什麼威信？怎樣體現保護作家的權益?!」鍾主編向來謹慎膽小，沒想激動起來，口氣強硬，這讓莊之蝶和牛月清都感動了。周敏在一旁說：「這件事鍾主編日夜操心，沒有他頂住，外界不知怎麼笑話了我也笑話了莊老師？我本來褲子就是濕的，不怕立著尿，只是害得莊老師損名聲。」莊之蝶沒有接他的話，喊柳月給鍾主編續茶水。柳月和唐宛兒在書房裡交流著梳頭的經驗，嘻嘻哈哈笑，出來續了茶，又叫過牛月清去一塊說話。

鍾主編說：「現在聲明還在宣傳部，我連著三天電話催他們的意見，並且要求行個文或批個字下來。宣傳部說這還要讓管文化的副省長過目，而副省長這幾日事太忙，但很快就批下來的。我倒有了擔心，若副省長能同意咱寫的聲明，那是最好不過了，若副省長聽信景的話，依景的要求加了那八個字再批下來，我牛皮再大，能頂住廳裡頂不住副省長！」莊之蝶垂了頭沒吭聲，悶了半天，說：「是這樣吧，有你在雜誌社那兒頂著，我就放心了，我可以去找省上領導的。周敏，我過會兒給你寫個信，寫給市委的祕書長，他和管文化的副省長是兒女親家，你去找到他，咱求他給副省長說說話。咱不企望領導要站在咱一邊，只盼領導能公正無私，不偏聽偏信。」樂得周敏把手裡的蘋果也不吃了，說：「老師還有這麼個關係，早動用了，她姓景的還張狂什麼?!」鍾主編說：「好鋼要用在刀刃上，重要關係萬不得已是不要動用的。」莊之蝶沒有言傳，取了一根菸接在將要吸完的菸把兒上繼續吸，那煙霧就隨了腮幫鑽進長髮裡。長髮像起了火。

莊之蝶吸完了菸，讓牛月清出來陪著鍾主編說話，他就去書房寫信。書房裡唐宛兒和柳月還在漿漿水水說不完，一見莊之蝶進來，就丟下柳月，問怎麼崴了腳的，在哪兒崴的？說她一連幾夜都作夢，夢見老師在大街上騎了「木蘭」跑，她看見了再叫也不理的，心裡還想老師跑得這麼快的，沒想這夢是反著的，你就崴了腳了！莊之蝶說：「就是跑得快了，為了市長的一些事沒有能在房間坐著，腳就崴了，你說遺憾不遺憾？原本那晚上還約了一個人去我那裡談藝術呀的，害得人家撲個空，怕現在心裡還罵我哩！」拿眼睛就看唐宛兒。唐宛兒瞥了柳月一眼，說：「你是大名人的，說話沒準兒那算啥？那人沒和你談上藝術，那是他沒個福分，你管他在那裡等你等得眼裡都出血哩?!」莊之蝶就笑了，說：「他要罵就去罵吧，反正是老熟人的，罵著親打著愛，下次見了他，讓他咬我一塊肉去！」柳月聽得糊糊塗塗，說：「為別人的事費那麼多口舌！」莊之蝶說：「不說了。唐宛兒，聽說你也病了？」唐宛兒說：「心疼。」眼裡就亮光光的。莊之蝶說：「噢。現在還疼嗎？」唐宛兒說：「現在好了哩！」莊之蝶說：「好了還要注意的，柳月，你去老太太屋裡的抽屜裡取一瓶維生素E來給你宛兒姐。」柳月說：「宛兒姐有個病你這麼在心上，昨兒晚我害頭疼，卻不見一個人問我一聲！」莊之蝶說：「你才說鬼話，你呼呼嚕嚕睡了一夜，你是哪兒病了？人家有病你也眼紅，趕明日讓你真大病一次！」唐宛兒說：「人家柳月睡覺，你成夜聽她鼾聲?!」柳月就嫣然一笑出了門。柳月剛一出門，莊之蝶和唐宛兒幾乎同時頭附近去，舌頭如蛇信子一般伸出來就舔著了；舔著了，又分開，分開了，唐宛兒又撲近來，將莊之蝶抱緊，那口就狠命地吸，眼淚卻嘩嘩往下流。莊之蝶緊張得往出拔舌頭，一時拔不出，拿手掐了唐宛兒胳膊。兩人才閃開，柳月拿了藥就進來了。唐宛兒就勢坐在燈影裡的沙發上，說鞋裡有了沙子，去脫鞋時擦了眼淚。然後收了藥瓶，說：「莊老師，你只是給我藥吃！」柳月說：「這沒良心的！這藥又不苦的。」唐宛兒說：「再不苦也是藥，是藥三分毒的。」柳月說：「老師要寫東西，咱不打擾了。」硬拉了唐宛兒出來。

莊之蝶寫好了信，尋思唐宛兒多久不見了，晚上來了偏又是這麼多人，也沒個說話的機會。想約她改日再來，特支開柳月，她卻抓緊了時間親吻，使得一張嘴不能二用，就匆匆寫了個字條，尋空隙要塞給她。然後把寫好的信件拿來讓鍾唯賢看了，再讓周敏收好。又喝了幾杯茶，肚子上的水就開了，柳月叫嚷著下麻食呀，莊之蝶便留三人一塊吃。鍾主編謝了，說該告辭了，他眼睛不好，太晚了回去騎車子不方便，立起要去。周敏也要去，唐宛兒只得說了要莊之蝶好好養傷的一番話後跟著出門。牛月清卻叫了她，說他們在那兒東西一定不多，這裡有些綠豆，帶些回去熬稀飯吃。唐宛兒不要，牛月清硬拉著要她拿，說綠豆敗火的，大熱天裡吃著好，兩人推推讓讓地親熱著。莊之蝶就送鍾唯賢和周敏去院門口，回頭看唐宛兒，唐宛兒還在和牛月清、柳月說話，心想就是等她出來，牛月清和柳月必是一塊送的，也沒個機會塞約會條子了。但是，當鍾唯賢和周敏在那裡開自行車時，莊之蝶靈機一動，手在口袋將紙片搓成細棍兒，瞧見唐宛兒的那輛紅色小車子，就塞到鎖子眼裡了。

過了一會，唐宛兒果然和牛月清、柳月出來，莊之蝶在院門口與鍾唯賢說話，就叫牛月清過來和鍾告別。牛月清去了院門口，唐宛兒就去開自行車，才拿了鑰匙塞鎖眼，猛地發現那鎖眼有個紙棍兒，當下明白了什麼，急拔了出來，先在口袋裡展平了，然後彎腰一邊開鎖一邊就著院門照過來的燈光看了。但見上邊寫著：「後日中午來。」一把在手心握了團兒，滿臉喜悅地推車過來。院門口，三人一一和主人家握手，輪到唐宛兒與莊之蝶握，唐宛兒手心的紙團就讓莊之蝶感覺到，且一根指頭撓了他的手心，兩人對視笑了一下。

這一切，牛月清沒有察覺，柳月卻在燈暗影裡看了個明白。

趙京五和洪江為擴大書屋四處奔波，走動了四大惡少的老二和老四，便辦理了隔壁房子的轉賣手續、營業執照。事情都有了眉目，一連數日又忙著與工商局、稅務局、水電局、環衛局、公安局、所在街道辦事處的人拉關係，交朋友。西京飯莊裡吃過了一次烤鴨，又去德來順酒家吃了牛的驢的狗的三鞭湯，就成夜與其搓麻將，故意贏得少，輸得多。如此一來二去的，差不多就混熟了，哥兒弟兒胡稱呼。籌集開辦的款項由洪江負責，那批全庸武俠小說連本帶利共獲得十二萬，抱了帳單先拿了八萬元交牛月清，讓還給汪希眠老婆，牛月清又將四萬元回交了他，叮嚀與趙京五商量看去安排畫廊的事。洪江就說了，外邊還有一萬四千元的帳，可都是外縣的零售點的人在拖欠著，怕是一時難以收回。因為各處欠款數目不大，若親自去追索，其車費食宿費花下來差不多與索得的錢相抵，故只能以信去催，也要做好不了了之的心理準備。牛月清由他說著也不知細底，只是罵了幾聲人心不古、世風日下的話來，就抽出幾張百元面額的票子付了洪江的一月工資。洪江卻說付得太多了，便退四五拾元不要。其實，這一萬四千元早已是一手交錢一手才能拉書的，洪江暗中將這筆款交給一個遠門的親戚在城東門口王家巷裡開辦了一家廢品收購店，專做鬼市上的買賣。

城東門口的城牆根裡，是西京有名的鬼市，晚上日黑之後和早晨天亮之前，全市的破爛交易就在這裡進行。有趣的是，叫作鬼市，這市兒上也還真有點鬼氣，城東門口一帶地勢低窪，城門處的護城河又是整個護城河水最深最闊草木最繁的一段，歷來早晚有霧，那路燈也昏黃暗淡，交易的人也都不大高聲，衣衫破舊，蓬首垢面，行動匆匆，路燈遂將他們的影子映照在滿是陰苔的城牆上，忽大忽小，陰森森地嚇人。早先這樣的鬼市，為那些收撿破爛者的集會，許多人家自行車缺了一個腳踏輪、一條鏈子，煤火爐少一個爐瓦、鈎子，或幾枚水泥釘，要修整的破窗扇，一節水管，龍頭，椅子，床頭壞了需要重新安裝腿兒柱兒的舊木料，三合板，刷房子的塗料滾子，裝取暖筒子的拐頭，自製沙發的彈簧、麻袋片……凡是日常生活急需的，國營、個體商店沒有，或比國營、個體商店便宜的東西，都來這裡尋買。但是，隨著鬼市愈開愈大，來光顧這裡的就不僅是那些衣衫破爛的鄉下進城拾破爛的，或那些永遠穿四個兜兒留著分頭背頭或平頭的教師、機關職員，而漸漸有了身穿寬衣寬褲或窄衣窄褲或寬衣窄褲或窄衣寬褲的人。他們為這裡增加了色彩亮度，語言中也帶來了許多誰也聽不懂的黑話。他們也擺了地攤，這一攤有了碧眼血口的女人，那一攤也有了凸胸蹶臀的娘兒。時興的男女不斷地變幻著形象，這一天是穿了筷子頭粗細的足有四指高的後跟的皮鞋，明日卻拖鞋裡是光著的染了腥紅趾甲的白胖腳丫子，那男人前半晌還是黃髮披肩，後半晌卻晃了賊亮的光頭，時常在那裡互相誇耀身上的從頭到腳每一件名牌的衣飾。鬼市的老賣主和老買主，以為有這些人加入他們的行列，倒有了提高在這個城市裡的地位價值，倍感榮耀。但不久，便發現這些人皆閒痞潑賴，是小偷，是扒賊，便宜出售的是嶄新的自行車、架子車、三輪車，出售的是他們見也未見過的鋼筋、水泥、鋁錠、銅棒，和各種鉗、扳手、電纜、鐵絲，甚至敲碎了的但依舊還有「城建」字樣的地下管道出口的鐵蓋。於是，在離鬼市不遠的很窄小的王家巷裡就出現了幾家破爛收購店。洪江雇人新開的店鋪雖開張不久，但生意極好，將收購來的東西轉手賣給國營廢品站或直接賣給一些街道小廠和郊區外縣的鄉鎮企業，已賺得可觀的利潤。這事當然牛月清不知道，莊之蝶也不知道，連書店雇用的三個女服務員也不知道。籌備擴大書店開設畫廊，這需一筆大款，牛月清交付的四萬元哪裡夠得。再加上書店以往的積蓄，還差了許多。他就生出主意來，要成立個畫廊董事會，明著是畫廊開張後可以在畫廊門口長年作每個董事的企業廣告，又答應每年可以贈送每個董事兩張名家字畫，企業有什麼活動也保證召集一批名家前去助興，義務作畫寫字；實質上卻是要一些企業贊助，乾脆說是向人家討錢。就和趙京五商量了，自個兒去找到一〇一農藥廠的黃廠長。

黃廠長並不認識洪江，洪江詳細自我介紹，又說了一〇一廠的產品如何聲譽大，質量好，如何是見了黃廠長就感覺到了黃廠長有現代企業家的氣度和風采。黃廠長感冒了，一顆清涕在鼻孔欲掉未掉，卻說：「你是來拉贊助嗎？得多少錢？」洪江說：「來拉贊助的人多嗎？」黃廠長說：「多得像蝗蟲！他們哪兒就知道了我有錢，拐彎抹角地都來伸手?!」洪江就笑了：「這一是你產品聲譽好，二是莊之蝶給你寫的文章影響大麼！可你千萬要提高警惕，別讓捉了咱大頭哩！我來找你，一是聞其大名，未見其人，來開開眼界認個朋友；二是代表了莊之蝶，想以新開辦的畫廊再為貴廠作些宣傳的。」說完了就拿出一份寫著董事會性質、職權和加入董事會的條件的章程。黃廠長樂著，如小學生朗讀課文一般，一個字一個字唸出了聲：「會員需交五千元以上，括號，含五千元，括號。如果能交納一萬元，就考慮為副董事長；副董事長名額不限，董事長由著名作家莊之蝶擔任。」黃廠長唸完了，仰起頭來，嘴張著，半天沒出聲。正在院子裡做作業的黃家小兒拿了書本來問爹：「爹，這是個什麼字？」黃廠長看了，說：「一個『海』字都不認識?!我教你三遍，你得給我記住！」小兒說：「嗯。」黃廠長就教導：「海，海，海洋的洋！」小兒就學著唸唱道：「海，海，海洋的洋！」洪江說：「是海洋的海，不是海洋的洋。」黃廠長就把小兒訓走了，說：「去去去，滾到一邊去，課堂上不好好聽教師講，回來把我也搞亂了！」卻對洪江說：「就是這麼個章程？」洪江說：「與文化名人坐一條凳子上，這是何等身分，咱當企業家難道就一直是農民企業家？為什麼不將農民兩個字給它去掉?!」黃廠長就嘿嘿嘿地笑了，說：「進屋坐吧！」讓洪江進屋了，拿好菸好茶招待，卻詳細詢問莊之蝶近日搬家了嗎？他岳父住院病好了嗎？莊之蝶下巴上的那顆痣說是要用激光去掉的不知去了還是沒去？洪江就笑了：「黃廠長，你別說這些要考我的話，你這一手還真厲害。若來的是騙子，必是隨了你的話去說，那狼外婆就露了尾巴！你瞧瞧這個，看是不是和你牆上掛的莊之蝶書法條幅上的印章兒一樣？」就拿出一枚雞血石印章來。黃廠長看了，又在紙上按了一下，和條幅上的不差絲毫。洪江說：「這印章是莊之蝶讓書店拿著，原本他要搞個簽名售書，後因開人大會，又傷了腳，才讓拿了印章按在賣出的書的扉頁上，書倒比以先售快了許多。今日原本老師要來的，但腳像未好走不動的，我才拿了這印章作為憑證，讓你見印章如見了他本人。」黃廠長說：「我哪裡就不信你了?!我也不細看這印章了，要是不信你了，我能信一枚印章算什麼，公安局不是常破獲一些私刻公章的人嗎？」卻又問道：「莊先生腳怎麼傷了，傷得重嗎？」洪江說：「好多天了不見好的。市長也關照了，親自打電話給醫學院附屬醫院的教授去配藥，但也不見明顯效果的。」黃廠長說：「偏方氣死名醫的，早要給我說，這傷或許早好了！我認識一個人，家有許多祕方偏方，專治跌打損傷，一劑膏藥也就好的。」洪江說：「這正好，咱這就請了那醫生去治病，你也就放心我是真是假了！」當下，兩人搭車去了那醫生家，又和醫生坐了一輛出租車到雙仁府來。

醫生揭了莊之蝶腿上的紗布，拿手按了一下腳脖邊的肉，肉便陷下一個小坑，很久才慢慢消失。黃廠長氣憤地說：「這算是什麼醫學院的教授，教授教授，是白吃社會主義的野獸嘛！你等著，宋醫生給你貼了膏藥，明日一早你就上城牆頭上跑步跳高去吧！」那醫生說：「老黃，別叫我醫生長醫生短，我可不是醫生哩！」黃廠長說：「你也是死不求人，端了金碗卻要要飯，在那個中學裡幹什麼屁事？一天落不下三元錢，真不如辭了職去辦個私人診所吃香喝辣！你好好為莊先生治傷，治好了，莊先生是名人，還不幫你辦個行醫執照?!」莊之蝶便問怎麼還不是個醫生？黃廠長才說了他一直未領到行醫執照，現還在一所中學當伙食管理員，只是私下給人配藥。莊之蝶倒也激動了，說：「你有這出奇手段，真是應該好好發揮特長的。當然辦行醫執照要衍生局批准發放，衛生局我沒什麼過密的人，倒認得尚賢路街道辦事處的王主任，他的堂哥在衛生局當局長的。」黃廠長說：「宋醫生，這你聽到了吧？什麼叫名人？名人就不一樣嘛！咱們趁熱打鐵，今日就讓莊先生領了你我去找那個王主任，先與衛生局接上頭。師傅領進門，修行在個人，以後就不再麻煩莊先生，你直接去纏他局長！」宋醫生聽了，也是喜出望外，卻說：「這行嗎？今日怎麼讓莊先生去?!」莊之蝶見黃廠長這麼順竿往上爬地提出去辦事處找人，心下有幾分不悅，但見宋醫生一臉為難神色，倒覺得此人老實。想現在的醫院，一般是西醫見了病只是推，中醫見了病又只會吹。姓宋的見腳傷，沒有說他能治得好也沒有說治不好，莊之蝶就明白此人有信心治的。之所以有這樣的醫術卻沒有個行醫執照，恐怕也是他不善於交際的緣故吧？就答應可以去一趟的。宋醫生就站起來說要上廁所，莊之蝶說家裡有廁所，是坐式馬桶的，比巷口公廁蹲著舒服。宋醫生說：「正是我嫌那馬桶不習慣的。」柳月就領他出了院門，指點了方向讓他去了。好長時間，宋醫生沒有回來，黃廠長就說了一〇一藥廠生產狀況，千聲萬聲地感謝莊之蝶寫了那篇文章。洪江自然提出畫廊董事會的事，莊之蝶還是說這事你和趙京五商量著辦吧！黃廠長就要說什麼，洪江忙說：「黃廠長，瞧你一身的汗，你去擦擦臉吧！」黃廠長撩起衣襟聞了聞，似有些不好意思，說：「我這胖人不耐夏嘛！」去了水池上擦臉擦脖。洪江就過去小聲說：「你不要當著莊老師面提董事會的事。你也聽到了，他讓我全權代表了他辦這件事哩！他現在有病，心裡煩，當面再說了，他該怨我連這點事也辦不了！」黃廠長說：「那你給我一份章程吧。這一月手頭緊，下個月我帶了錢去找你再說。」洪江就給了他一張章程，又給了自己的名片。這時候，宋醫生總算回來了，手裡卻提了偌大的一個塑料袋子，裡邊裝著兩條紅塔山香菸、兩瓶紅西鳳白酒、一包蓼花糖、一包麻片。嚇得莊之蝶急呼：「以為你去廁所，誰知你去花這錢？你來治我的病了還給我買這東西，這叫我怎麼收?!」宋醫生紅了臉，說：「第一次見到你，空手怪難看的，何況你答應去見王主任。光衝能說這一句話，哪是這點禮品能打發的？」黃廠長說：「這你要收下的，等診所能開張了，宋醫生是有錢的主兒！」莊之蝶說：「那好吧，現在咱們就去，把這些禮品給那主任提上。」宋醫生硬不，雙方爭執了半日，莊之蝶留下了一條菸。宋醫生就出去叫了出租車，黃廠長和洪江攙扶了莊之蝶出得巷口，四人搭車去了尚賢路。一到街道辦事處主任辨公室，王主任幸好在，正與人談話哩，就先讓他們在一旁坐了喝水。

和王主任談話的是位戴著白框眼鏡的女人，坐在那裡，雙腳絞著放在椅下，兩手死死抓著放在膝蓋上的小皮包兒，說：「王主任，我十分感謝你對我的關懷和信任，能把這個任務交給我，我好激動呀！昨日夜裡三點鐘還是睡不著的，我姐姐還以為我那個了。」王主任就說：「以為你哪個？」女人說：「這怎麼說呢？她總是關心我的婚事，以為我有男朋友了！」王主任說：「聽你們廠長說你一直沒談戀愛的，現在是有了？」女人說：「我畢業那天就發了誓的，不幹個事業出來我不結婚。王主任，正因為這樣，我十分看重這次機會。昨晚三點爬起來，想了許多種方案，是依照中國大唐建築還是明清建築？我想吸收一些西方現代建築風格，能不能既像一種城市的雕塑，又是一種公共實用場所呢？」王主任說：「這你不要急，你一定會出色完成這個任務的。討論人選時，我一提到了你，別人還不同意，我始終堅持哇！現在看來我的眼光是不錯的麼！人是選對了的麼！可我要提醒你，你的婚姻問題卻要解決的，這麼漂亮的人至今沒個對象，這實在令人難以置信。是你的眼光太高了吧？」女人說：「我已經給你說過了，我是不幹出個名堂不找的。」王主任就皺皺眉，伸手在桌後牆上掛著的一個沙袋上狠狠打了一拳。沙袋邊竟還掛有一雙拳擊手套。女人似乎有些吃驚，扶了一下眼鏡，說：「主任是拳擊愛好者？」王主任說：「我這是出出悶氣罷了。你說你不幹出個名堂不找對象，我理解你。現在不順心的事多哩，五年前我就是這裡的主任；五年了還是這裡的主任。你說我不煩嗎？可煩了打人去？殺人去？你能打了誰殺了誰?!在家守個黃臉婆子，你一高聲說話她就沒完沒了地嘮叨了，我只得買了這拳擊手套，只有打這沙袋出氣！」莊之蝶聽了，心裡騰騰騰地跳，倒能體諒這王主任的苦楚，一時下意識地頓了頓頭。黃廠長就叫開了：「這是好主意，我那老婆是不吃虧，你打她一下，她得還你兩下。男人家當然是讓了她了，可你打得輕了治不服她，打得重了又怕失踏了她。我就也買這個去！」走過去竟取了手套，也真的在沙袋上打了幾下。女人瞧王主任和客人說起拳擊，為難了一下，站起來。王主任說：「你別走，等會兒我還要給你說話的。」女人說：「我到廁所去一下，廁所在哪兒？」王主任說：「這條巷沒有。辦事處後院有個後門，過了後門就是隔壁那尚禮路，靠左邊是廁所。你到了後門口，那裡蒼蠅就多了，你跟著蒼蠅走就是了。」女人給莊之蝶他們笑笑走出去，又走回來，取了桌上的小皮包。王主任又說：「到了後門口，看見有一堆破磚了你得拿一塊去廁所墊腳，那裡髒水多哩！」

女人一走，洪江悄聲對莊之蝶說：「這女人一看就是個有錢的娘兒！」莊之蝶說：「不見得。那小皮包別瞧著高檔，裡面只裝手紙。」洪江說：「她那麼漂亮的，還愁尋不到個腰纏萬貫的？」王主任便聽見，說：「漂亮吧？夠漂亮的了！蠟燭廠三百多人，就數她出眾。你瞧那臉，白裡透紅的，像剝了皮的雞蛋在胭脂盒裡滾過了一樣兒的！」莊之蝶說：「她好像不是工人，你們在搞什麼建築設計？」王主任說：「作家眼睛毒！她是學建築設計的中專生，畢業分配時卻分不出去，省市設計院正牌大學生都閒著，哪裡還能進去？只好分配到蠟燭廠。現在全市有四十八條街巷沒有一個公共廁所。人代會開了以後，市長提出要為市民辦幾件好事，修廁所就是其中之一。我是把這條巷的廁所設計任務交給了她的。大作家，多時不見你了，又寫了什麼？幾時寫寫我們這些街道辦事處嘛！」莊之蝶說：「那好呀，只要你當主任的願意，我幾時真的就來了解情況了！今日來卻是有件事求你的。」就說了宋醫生的情況，拜託他給其堂兄說說情。王主任說：「有你大作家一句話，這我能說個不字？宋醫生，那咱算認識了！你改日來吧，把情況寫出材料，我領你去見我堂兄。」宋醫生雞搗米般地點著頭。這當兒，女人就回到了門口，在那裡使勁跺腳。王主任就說：「我讓你帶一塊磚的，你沒有帶嗎？」女人說：「我帶了，可那裡人排了隊，排得久了我嫌磚太沉就丟了。多虧是高跟鞋，若是平底的，不知濕成什麼樣了！」王主任說：「這陣兒人還少的，要是晚上放完電視或是早上起床後，那排隊人才多的。好多是丈夫給妻子排隊，妻子給丈夫排隊，旁人看見了還以為男女一個廁所哩！更有趣的是過路人又常常以為什麼漲價了，開始搶購哩，不管三七二十一也排上了！」眾人都笑起來。女人說：「你們辦事處還有這麼個後門兒，居民卻要繞多長的路？上了一次廁所，我越發覺得我接受的任務是多麼重要！王主任，還有一件事忘了請示你，就是公廁的地址問題。今早我去這條巷看了看，北頭是家飯店，廁所是不能放在對面的；南頭是一家商店，但那裡還有一個公用水龍頭，廁所總不能和飲食用水在一塊兒。唯一合適的是中段那裡，可那裡有家理髮店，店老闆聽說建公廁，叫喊他家靠這小店吃飯的，誰要占他家地方，他就和誰拚命呀！」王主任說：「他有幾個小命？」女人就不言語了。莊之蝶看著女人怪學生氣的，便覺得十分可人，問道：「聽口音你原籍不是西京人？」女人說：「我是安徽人。」王主任說：「阿蘭，這是我的老朋友莊之蝶，是個寫書的作家！」女人立即銳叫了一聲，但又為自己的失態害羞得滿臉通紅，說：「你一進來，我就覺得這人怎麼好面熟的，但一時又記不得在哪兒見過？王主任這麼一說，我恍然大悟，我是在電視上見過你的！」莊之蝶笑了笑，把話題避開，說：「安徽人，安徽什麼地方？」阿蘭說：「宿州。莊老師去過？」莊之蝶說：「說到宿州，我倒想起了一個人，不知你知道不知道？一個五十年代的大學生，後來錯劃了右派，聽說很能幹，又很漂亮，現在只知道寡身在宿州，卻不曉得是宿州的哪個單位？」洪江說：「你是不是說和鍾主編相好的那個女同學？」莊之蝶說：「你也知道？」洪江說：「我聽周敏說過這老頭的怪癖，那麼大年紀了還要風流，一封封地去信，剃頭擔子一頭熱著害相思！」莊之蝶說：「你不了解實際情況別說老頭的壞話！」就又問阿蘭，「你知道不？聽說過沒有？」阿蘭想了想，輕輕把頭搖了。莊之蝶說：「你幾時離開宿州？」阿蘭說：「離開七八年了。每年回去也待不了多少日子。因為不是一輩人，知道的就少了。」莊之蝶說：「宿州還有你家的人嗎？」阿蘭說：「我姊妹三個，二姐和我在西京，大姐在宿州郵電局。你要打問這個人，我讓我大姐打問好了。」莊之蝶說：「不必打問，或許這人壓根兒不在宿州，是別人誤說了，或許此人早已不在人世上，但如果你肯幫我，我倒有事求你的。」阿蘭說：「什麼事？能給莊老師辦理，我也榮幸的。」莊之蝶便把他的名片遞一張給阿蘭，阿蘭說她沒有名片交換的，她們廠門房有電話，但那門房不給工人傳；有事讓給她二姐家打公用電話，這一年她們廠宿舍拆遷，她是住在二姐家的。就在一張紙上詳細寫了她二姐的住址、姓名、電話號碼。莊之蝶謝了，就說：「到時候我來找你。」王主任見莊之蝶和阿蘭說得太多了，顯得不耐煩了，拿拳頭擊了一下沙袋。莊之蝶領會了，就對宋醫生他們說：「就這樣吧，王主任肯幫忙，你改日再來讓主任領了去見局長。今日主任事忙，咱們就不打擾了。」眾人便站起來。王主任說：「不多坐啦？那有空來呀！如果什麼時候牌桌上三缺一，你打個電話來，我也隨叫隨到的！」送客人到門口，阿蘭卻從手提包裡取出一個日記本來要莊之蝶簽名。莊之蝶說：「簽這有什麼用？」但還是簽了。喜得阿蘭送莊之蝶出門，自個先雙腳從台階上往下蹦，一蹦卻窩在了那裡。眾人忙叫看：「腳崴了?!」腳沒崴著，一隻鞋的後跟卻掉在那裡，阿蘭已羞得一臉通紅。王主任說：「你瞧瞧，你瞧瞧，這是幹的什麼事嘛！」阿蘭說：「我太丟人了！這鞋才買了不長時間呀，這麼不經穿的?!」站起來，一腳高一腳低走不成路。王主任要去街口鞋店買一雙新的來，阿蘭忙說：「這使不得的，使不得的！掉了就掉了吧，我姐夫能修了鞋的。」就揀了一頁磚砸起另一隻鞋的後跟，一砸也砸了下來，兩個後跟便裝進了手提包裡。看著莊之蝶他們，說聲「再見」，臉上羞紅還不退。

出租車先送莊之蝶回到家。這一夜過去，腳傷雖然踩實還有些疼，但真的就不用枴杖能走了。一家人好生高興。老太太念叨是符的作用。又到第二天夜裡，柳月正睡得迷迷糊糊的，聽著老太太在說：「符鎮了惡鬼，你倒輕狂了，這裡還有保母的，讓人家黃花閨女笑話？」柳月以為來了人，睜眼看時，窗外的月光半明半暗，正是半夜三更，就說：「伯母你又犯糊塗了？」老太太在那棺材床上坐起來，說，「你醒了，才醒的還是早就醒了？」就又責備起什麼人來，並拿了懷中的小鞋擲過去，很響地笑了一聲。老太太有個習慣，睡覺總要把那雙鞋脫了抱在懷裡，說：「抱了鞋睡，魂兒不失的。人一睡覺就像是死了的，但這種死不是真死，魂出了身卻在頭上轉圈兒。夢就是魂兒，若不抱了鞋，夢就不做了，不做夢就沒了魂，人真的就要死了。」柳月不信她這話，卻也不敢動她的鞋。常常晚上看電視，看一會兒，老太太就睡著了，懷裡依然是抱了那雙鞋。柳月不能喊她，只拿手在她眼前晃晃，瞧著她沒反應，就連人帶鞋抱她去棺材床上睡。有時老太太並沒瞌睡，柳月用手在她眼前晃了，她說：「我沒睡著的！記著，我要睡，鞋就在懷裡的。」現在見老太太把鞋擲過去，忙問怎麼啦？老太太說：「你老伯來了，他剛才站在牆那邊，我把他打著了！」柳月一身冷汗，忙點了燈，牆邊並沒人，只有下午她掛衣服釘了個木橛兒還在牆上。老太太走過去摸了又摸那木橛，說這是你老伯的東西，怎麼就變了木橛橛？罵道：「這老東西哪兒來的這精神頭兒?!」拔了木橛扔到窗外，喃喃道：「讓狗叨去，就不害人了！」

天亮，莊之蝶自個去院門口吃了牛奶，又兀自聽了一會周敏在城牆頭上吹動的壎音。因為不自由了老長的日子，今日腳能走路，也高興了去城牆根，周敏卻已經離開那裡，於是看到了初起的太陽腐蝕了那一片磚牆，紅光光地十分好看。走回來，問柳月：「來過人嗎？」柳月說：「沒人的。」又問：「也沒電話嗎？」柳月說：「也沒電話。」就喃喃道：「她怎地沒來？」柳月生了心眼，想起那一日他與唐宛兒的舉動，就尋思是不是他們約了時間今日要來，便試探了說：「老師是說唐宛兒嗎？」莊之蝶說：「你怎麼知道？周敏去找祕書長，不知情況如何，周敏不來，也不打發唐宛兒來說一聲。」柳月在心下說：果然等唐宛兒。口裡說：「我想唐宛兒是會來的。」又坐了一回，還是沒人來，莊之蝶先回書房寫一封長信去了。

到了十點十五分，唐宛兒終是來了，在門口輕喚了一聲「柳月」，笑得白生生一口碎牙。柳月正在洗衣服，弄得兩手肥皂泡沫，抬頭看了，又是一個盤了纂兒的髮型，穿一件寬大的紫色連衣長裙，心裡就說：「他們真是在偷情了！」充滿了妒意，偏笑著說：「宛兒姐姐有什麼事，走得這麼急的，一脖子的汗水！大姐不在，莊老師在書房裡，你快去吧。」唐宛兒說：「師母不在呀？我以為師母在家才來聊聊天的。」柳月說：「大姐患過中耳炎，耳朵笨了，和她說話得大聲，知己的悄悄話兒也不能說，聊天就費勁哩！」便拿眼看唐宛兒隆得高聳的胸衣，偏上去手一抓那地方，問：「喲，這衣服顏色好漂亮喲，在哪兒買的？」說是拉著看衣服，手已抓住了衣裡的奶頭，疼得唐宛兒拿拳頭就來打，兩人正鬧著，莊之蝶從書房出來，與唐宛兒問候了，就坐下沒鹽沒醋說了一堆閒話。莊之蝶說：「今日就在我家吃飯吧，你師母總嘮叨你在那邊沒什麼可做的，要叫了你過來吃吃。」唐宛兒說：「我不吃的，我那邊什麼都有的。」莊之蝶說：「不會讓你付錢的。柳月，你去街上割些肉，買些韭黃，中午包餃子吃吧！」柳月說：「我也思謀著該去菜場了！」就拿了籃子出門走了。

柳月剛一拉門，唐宛兒就撲在了莊之蝶的懷裡，眼睛就潮起來。莊之蝶說：「你又要哭了，不敢哭的。」婦人說：「我好想你，總盼不到三天時間！」兩人摟抱了狂吻，婦人的手就到了莊之蝶的腿下去。莊之蝶卻用嘴努了努那邊的臥室，婦人意會，就分開來。莊之蝶在老太太的臥室門縫往裡瞧，見老太太又睡著了，輕輕把門拉閉，先去了書房，婦人也隨後躡腳兒進來，無聲開了門，就又作一處狀，極快地將衣服脫了。莊之蝶說：「你沒穿乳罩也沒穿褲頭？」婦人說：「這叫你抓緊時間嘛！」莊之蝶就一下子把婦人按在皮椅上，掀起雙腿，便在下邊親起來……（此處作者有刪節）婦人愈是扭動，愈惹得莊之蝶火起，滿舌滿口地只顧吸，一時卻又覺得自己的脊背癢，讓婦人去撓，婦人說：「是一隻蚊子叮哩，大白天還有蚊子?!」手就在那裡搔起來，還在說：「你叮的什麼?你你你叮的什什什麼喲喲……」突然手不搔了，眼珠翻白，渾身發僵，莊之蝶感覺又有一股熱乎乎的水兒流出來……（此處作者有刪節）莊之蝶站起來看著她笑，婦人問：「什麼味兒？」莊之蝶說：「你嚐嚐。」嘴又對了婦人嘴，蹬了腿挺直身子，不想哎喲一聲人竟倒在了唐宛兒身上。婦人問：「怎麼啦？」莊之蝶說：「傷腳疼了一下。」婦人便說：「你不敢用力的。」莊之蝶說：「沒事。」又要重來。婦人就說：「那讓我出些力好了。」站起來讓莊之蝶坐了椅子……（此處作者有刪節）莊之蝶忙說：「不敢叫的，老太太在那邊！」婦人說：「我不管！」還是叫。莊之蝶便拿手帕塞在她口裡，婦人咬了……（此處作者有刪節）莊之蝶說：「快穿了，柳月怕要回來了！」婦人方穿了，梳頭擦汗，問口紅還紅不紅？口紅當然沒有了，全讓莊之蝶吃了。莊之蝶便拿了唇膏給她塗。末了，一揭裙子，竟要在婦人腿根寫字，婦人也不理他，任他寫了，只在上邊拿了鏡子用粉餅抹臉。待莊之蝶寫畢，婦人低頭去看了，見上邊果真寫了字，唸出了聲：無憂堂。便說道：「這是書齋名嘛！」莊之蝶說：「那我幾時用毛筆寫了，貼到你的房子去！」婦人說：「人真怪，長個頭腦生煩惱，又長了這東西解消煩惱！你吃飽了嗎？」莊之蝶說：「你呢？」婦人說：「我飽了，吃飽一次，回去就可以耐得一星期的。」莊之蝶說：「我也是。要不是你，我真不知道該怎麼過了！」婦人說：「那你為啥不快些娶了我？」莊之蝶聽了，就勾下了腦袋，一臉痛苦狀。婦人說：「不說這了，說了又是心煩。就是將來不結婚，我也滿足了，我這一輩子終是被你愛過的，愛人和被人愛就是幸福吧?!」莊之蝶說：「是這樣，可我還要給你說：你等著我，一定等著我！」就重新到廳室，又說了一會話，柳月就回來了，去忙著剁餡兒包餃子。唐宛兒看了錶，就說：「哎呀，不早了，我該回去了，還要給周敏做飯的。他一連三天去找祕書長，總是找不到人，今日說不找到人他就尋到祕書長家，坐在那門口死等呀！」說著真的要去。莊之蝶說：「真要走，我也不留你了。你不是要看書嗎，你忘了拿書了。」就和婦人到書房去。柳月在廚房想，別拿走了她正在看的一本書，就放下剁餡兒的刀過來看，卻見書房的門半掩了，門簾吊著，那簾下是相對的兩對腳，高跟鞋的一對竟踩在平底鞋面上，忙起身又走回廚房。後聽得唐宛兒說：「柳月，我走了。」看著唐宛兒出去走了，也未相送。

莊之蝶送唐宛兒回來，就來廚房幫著掃擇下的菜葉兒，問柳月肉是什麼價兒的。柳月不答，只拿了刀咚咚咚地剁肉餡。莊之蝶說句「你小心剁了手」。猜她知道了什麼，心想她即使知道了也不會聲張的，便未計較，一時覺得身子累，回臥室去睡了。

柳月剁好了餡兒，心想自己對主人有心，主人曾對自己說了那麼多親熱的話，心卻在唐宛兒身上，便覺得喪氣。但又一想，主人能與唐宛兒好，也就能與自己好的，便也覺得是不是自己把自己看得重了，想得太多了，拒絕過他，才使唐宛兒那女人先搶了一步？倒只把氣出在唐宛兒一邊，心下罵道：「不要臉的，幹了好事還記得給周敏做飯?!」等過來要對莊之蝶說什麼，卻見莊之蝶去睡了，就又猜想他們在她買菜時於書房幹了什麼？若有什麼證據，真要告訴夫人呀！就去書房看了看，看不出個名堂，卻發現了桌上的三頁稿紙，上邊竟是一封情書，題頭是「親愛的阿賢」，落款的是「愛你的梅子」。就哼哼冷笑了：還約定了來往信件呀！這一封未寄走人就來了，是又拿出讓他看的吧？研究了一會兒他們暗中使用的名字含義，但沒有研究出個究竟，就把信一頁一頁放在地上，弄成被風吹著的樣子，反手來把書房的門拉閉嚴了。

牛月清下班回來，讓柳月叫莊之蝶吃飯。柳月說：「大姐，老師怕是在書房又寫得忘了時問，你去叫吧。」牛月清去了書房，沒人，就嚷道怎麼不關窗子，稿紙滿地都是！撿起來看時，就走不動了，坐在那裡一直看完。柳月偏走進來說：「大姐，要吃飯了，你怎地也坐在這裡用功？你臉色不好?!」牛月清說：「柳月，你今日收到哪兒來的信了？」柳月說：「沒收信的。是唐宛兒姐姐來過。有什麼事嗎？」牛月清說：「沒事，我問問罷了。」倒把那信裝了口袋，自個去吃飯。柳月去臥室喊了莊之蝶，又喊了老太太來吃飯，莊之蝶出來見牛月清已在吃，就說：「娘還沒吃，你倒先吃了？」牛月清說：「娘還吃什麼，說不定她將來得討飯去！」莊之蝶說：「你在外邊不順心了，別拿我們做出氣筒。」牛月清說：「我拿誰出氣？我還有出氣的人？」莊之蝶見她愈說愈不像話，便也臉上沉下來，說：「神經病！」牛月清聽了，就把碗咚地往桌上擱，反身進了臥室嗚嗚哭起來。老太太出來問柳月：「你惹她了？」柳月說：「我哪裡惹她！」老太太就罵道：「沒人惹你，你哭什麼！你還有什麼糟心的事？這個家庭誰不說好，說來說去，不就是沒個兒女嗎？沒個兒女，你乾表姐是滿口滿應了，要給咱生養一個的，說不準兒也是已懷上了的，有了芽兒還怕長不大嗎！娃娃是見風長的！你現在就要在外邊造影響，說你是懷上了，到時候掉個包兒誰知道?!」莊之蝶說：「娘，別說這些了！」老太太說：「不是為孩子的事？那她哭什麼?!這家裡吃的有吃的，穿的有穿的，啥家具沒有，啥名分兒沒有，出門在外連我老婆子人都另眼看待的！之蝶是對你不好？你年輕輕的，他就請了保母來，你菜也不買，衣也不洗，飯也不做，你還有什麼要哭的?!」牛月清聽了，在臥室說：「對我好嘛，好得很！我辛辛苦苦為這個家，哪一樣不護了人家，誰知道一腔熱火暖了人家的身子暖不了人家的心！」莊之蝶說：「你這是怎麼啦，盡胡說八道！」牛月清說：「我胡說八道?!怎麼啦你心裡明白！」老太太說：「我心裡明白，你是身在福中不知福！你待之蝶好，之蝶能不知道？他只是言語短些，不會給你耍甜嘴兒！」牛月清說：「他話給別人說盡了，在家裡當然言語短！」老太太說：「你別作孽，我拿眼兒看著的，之蝶一天好不辛苦，整天來人要接待，人一走就趴在那裡寫，寫著還不是為你掙錢爭名兒嗎？腳傷成那樣，是別人早躺下了，但他在書房一待就一個晌午的。」牛月清說：「寫嘛，當然寫哩！他哪裡累？愈寫愈精神的！」就放聲大哭。氣得莊之蝶吃不下飯，倒在沙發上去睡了。柳月端了飯碗去臥室拉牛月清，牛月清不吃；又來拉莊之蝶，莊之蝶想這一定是柳月透了什麼風兒，就兇狠狠說：「不吃，氣都氣飽了，你一個吃去！」噎得柳月也坐回到老太太臥室裡垂淚。

如此一個下午一個晚上，全家老少無話。天明起來，莊之蝶想起到阿蘭那兒去，便到書房取那封信，卻怎麼也尋不到。出來問柳月，柳月說她不知道，牛月清披頭散髮從臥室出來，冷笑著說：「一夜想好了吧？」莊之蝶說：「想什麼，想了一夜的氣！」牛月清說：「當然恨我的，阿賢哥！」柳月說：「阿賢，阿賢是誰呀？」牛月清說：「你老師有許多自己起的筆名你不知道？除了筆名還有人給你老師起名哩，阿賢，瞧多甜的?!」柳月就說：「莊老師，你怎麼還有這麼個名字？」莊之蝶聽了，方明白寫的那封信在夫人手裡，知道了她為什麼起事了，心倒放下來，但隨之借題發揮，就說：「你看到那信了？」牛月清說：「你要祕密聯繫，你就得操點心保存好。你知道我拿了信，那我問你，你這個同學是哪一位？什麼時候接上頭的？你給她的四五封信上都說了些什麼？有了一個景雪蔭，已經鬧得滿城風雨，沒想還有一個『梅子』，『梅子』是誰?!」莊之蝶說：「你小聲些好不好，讓四鄰八舍都聽見嗎？」牛月清說：「就要讓人知道，名人在外被人當神一樣敬的，誰知是男盜女娼！」柳月說：「大姐報刊上都寫著你們是美滿婚姻，深厚的愛情，你別誤解了老師！」牛月清說：「哼，深厚愛情，愛情使我成了瞎子！」莊之蝶一直等她發完了火，方一字一句說：「你現在聽著！阿賢不是我的筆名，也不是別人給我的愛稱，阿賢是雜誌社鍾唯賢的小名。梅子是誰？梅子是鍾主編大學相好的女同學。」就如此這般說了鍾唯賢的經歷遭遇和現在的情況，又說了在王主任那兒如何見著阿蘭等等，末了道：「鍾主編為文章的風波，實在是待咱不淺，我也是同情他，理解他，才突然萌生了何不為他晚年精神上給點安慰的念頭，就以梅子的口吻變了字體寫了信寄給老鍾，但信總不能在西京發，是要讓阿蘭寄給她大姐，由她大姐再發回西京。事情就是這樣，你若不信，你去問問周敏就知道了。」牛月清和柳月聽了，一時呆住，卻又有些像聽神話故事似的。柳月說：「大姐，這麼說老師在替人拉皮條了！」牛月清說：「這我當然要問周敏的，即便是為了鍾主編，你卻能寫得那麼甜甜蜜蜜，你一定是有過這種心情，才寫得這樣呢！」莊之蝶說：「我是作家嘛，這點心理都沒有當什麼作家？」牛月清便把信給了莊之蝶，說：「沒事倒好，那你心虛什麼？我生了氣，你瞧你臉色都變了，也不理我。現在說的到底是真是假我也說不準，就是假的，你能說圓泛，哄過我就是。女人家心小，經不住你三句哄話的。」莊之蝶說：「這信你怎麼就看見了？」牛月清說：「柳月讓我去書房的，信就一頁一頁在地上。」莊之蝶說：「信我用鎮尺壓著，就是有風也吹不到地上去的。」柳月便得意了：「是我看到了，怕你犯錯誤，故意放在地上讓大姐看到的。」牛月清說：「柳月做得對，以後有什麼事你就告訴我！」莊之蝶就生氣了，說：「你要當特務的？」柳月至此，倒後悔自己逞能，說了不該說的話，便要求讓她去阿蘭那兒送了信去。牛月清卻說她上班時順路去好了。

整個上午，莊之蝶就生柳月的氣，不給她好臉色。柳月接電話，嫌柳月聲音生硬，柳月說：「你說上午電話一律不接嘛。」莊之蝶說：「那你也得先問問是誰，有什麼事？一律拿了聽筒說『不在』，你給人家發脾氣嗎?!」有人敲門，柳月放人進來，是三個業餘作者來請教莊之蝶的，盡問：「老師，你給我們說說小說怎麼寫呀？」莊之蝶說：「這怎麼說？你們寫多了就會了。」來人說：「老師保守，你一定有訣竅的！」莊之蝶說：「真的沒有。」來人只是不信。如此一個小時過去，來人才怏怏而去。人一去，莊之蝶就又訓柳月為什麼不說我不在家，讓這些人耽擱時間？柳月說：「我哪裡知道這是些閒人？」委屈得在廚房抹眼淚。過了半日，門又敲響，開門是周敏，柳月說：「老師不在！」莊之蝶在書房聽見了，卻說：「在哩，到書房來！」周敏就怪柳月騙他，又是氣得柳月流了一鼻子淚水。

周敏一進書房就給莊之蝶訴苦，把那封信退了過來，說他連跑了三天，三天找不到祕書長。今早去他家，才打聽人在藍鳥賓館開什麼會。他又去了藍鳥賓館，會議果然在那裡開著，祕書長是坐在會場主席台上，他不敢去讓人叫，守在門口，等祕書長總要小便大便吧。一直等了兩個小時，祕書長果然出來去廁所了，他也跟了到廁所。祕書長大便，他也假裝大便，蹲在祕書長旁邊的坑上了，他不知該怎麼說話，支吾了半天說：「你是祕書長吧？」祕書長說：「嗯。」他說：「祕書長，我見過你的。」祕書長說：「嗯。」他又說：「祕書長你見過老虎嗎？」祕書長說：「沒見過。」他說：「我也沒見過。」祕書長就揩屁股，站起來繫褲帶要走了。他說：「祕書長，我有話要給你說說。」祕書長說：「你是誰？我不認識。」他說：「你認不得我，我這兒有一封信，你看了就知道了。」祕書長一手還在下邊抓了抓褲襠兒，一手接信看了，就退還他，說：「作家近日幹啥了？」他說：「寫作唄。」祕書長說：「寫作就好。作家就是寫作著好。」他說：「莊老師除了寫作就寫作。」祕書長說：「人都這麼說，我以為真是這樣，沒想他也關心政治嘛！」他說：「他是作家，不懂得政治那一套的。」祕書長說：「是嗎？他不是連夜跑報社發表文章嗎？你是他的朋友，你給他說，別讓人當了槍使，有三十年河東，也有三十年河西。別人可以，不行就走了，他可是長住的西京戶嘍！」這樣，兩人走出來，祕書長隻字未提所託之事。他問：「那給管文化的副省長……」祕書長說：「這不是讓我犯走後門的錯誤嗎？」

莊之蝶聽了，如當頭挨一悶棒，當下就把那信撕了，罵道：「他媽的，什麼領導！我哪裡能不去報社?!去了得罪了人大主任，竟沒料想網這麼大的，就也犯到他那兒了？我怎麼搞政治了？我要搞政治了，老子也不吃他這一套！三十年河東三十年河西，他人大主任怎麼就不在其位了？他祕書長是這條線上的，主子倒了，有本事對市長幹去，把髒水潑給我算什麼角色？我不想做官，我當我的作家，靠我的文章吃飯，他有能耐折了我的筆去！」氣衝上來，將桌上的菸灰缸猛地一推，菸灰缸在玻璃面上滑動快，溜脫下來，偏巧砸在書架下一隻花瓶上，花瓶嘩地碎了一地。那邊老太太聞聲過來，以為周敏和莊之蝶吵架，就斥責起來。周敏不好說明，默聲兒出來。柳月就忙去拾花瓶碎瓷片兒，說：「你別生那麼大的氣，伯母老人家還以為是周敏的錯，他都在廳室裡哭哩！」莊之蝶說：「不管你的事，你多什麼嘴！」柳月剛一出門，身後門哐地就關上了。

周敏在客廳裡哭了一陣，想了想，又過來安慰莊之蝶，門卻關了，就說：「莊老師，你開開門，咱們再商量著怎麼辦？」莊之蝶說：「我嚥不了這口氣，他祕書長算什麼東西，我給市長寫份材料！」周敏說：「那你給副省長寫封信，我再找去。」莊之蝶說：「不找，誰也不找！讓他們往下批指示！你怕什麼，我損失的比你多！」周敏不敢多言，待了一會，垂頭喪氣走了。

晚上牛月清回來，見老太太在她的臥室裡燒香，柳月在客廳裡落淚，莊之蝶在書房裡放著哀樂磁帶，又關著門叫不出來，便問柳月出了什麼事？柳月說了原委，牛月清又過來敲門。門開了，倒數落說這樣的大事為什麼她一點也不知道！作家就作家，市長讓去報社咱就去了！政治家搞政治家的陰謀詭計，咱圖了什麼?!又怨恨這事怎麼對方就知道，是市長出賣了咱，還是黃德復出賣的？末了罵祕書長是豬是狗，挨槍挨炮子的。又感嘆世事的可怕，一不小心就不知把誰得罪了，咱是擔著雞蛋籠子上大街，人不怕咱擠，就怕人擠了咱！罵著罵著又罵景雪蔭不是好女人，怪莊之蝶在外排說著和景雪蔭相好是想榮耀，現在好了，吃不了兜著走了！莊之蝶一拍沙發吼道：「你不要說了好不好，你煩死人了，你這是勸我，還是我上吊你就遞條繩來?!」嚇得牛月清住了口，在廚房和柳月做麻辣拉麵。她知道丈夫最愛吃拉麵。

北城門裡的細柳巷，近些年也是出了個作家的，此人年齡不大，長相老成，在一家工廠的配電室裡當著工人。原本是配電室隔日值次夜班，三天裡就能一天在家歇息，有寬裕的時間幹些小本生意的，但他只熱衷寫作。雖然是有著十多個筆名，且每個筆名都請人用藍田玉石刻了印章，因作品發表得少，西京城裡卻知道他的人不多，只細柳巷人人曉得。細柳巷的人每經過他家窗下，見他坐在裡邊寫文章，一邊咳嗽一邊吸劣質的紙菸，就嘲笑他，說作家原本是坐家。數年前他曾去拜訪過莊之蝶，莊之蝶也推薦他認識市報的編輯，發表了兩篇微型小說，自此十天半月便到莊之蝶那裡去請教，或問安，或聊天，但從此久時不再有作品發表，也便不好意思去耽擱莊之蝶的時間了。近一二年裡有書商找他寫些可讀性強的有點色情暴力的故事，他也寫了兩篇，完全是為了賺那幾百元錢，感覺作踐了自己人格，內心有愧，就更沒了臉面再去見莊之蝶。他有個鄉下的親戚來城裡尋活幹，先是晚上借宿在他家，見天露明騎了三輪車去城南吉祥村的蔬菜批發市場買得一車鮮菜，再拉進城來轉巷走街零售，倒也每日落得三十元錢。親戚見他寫作清苦，勸著讓也去販菜，他竟看不到眼裡。這親戚錢掙得多了，也是認識了一幫同夥，日後搬到北環路租賃了一間平房住下，白日出去販菜，夜裡同一幫伙計打牌喝酒，竟也有了錢把鄉下的老婆娃娃接了來城玩耍，只眼熱得作家的老婆日日罵他沒出息。一日，那親戚收拾得光頭整臉來家，又逢著老婆罵他，就說起北環路有一家單位開辦著蒸饃鋪，一直由外人承包的，前幾日承包人辭了不幹，現正空缺著，他願幹不願？親戚說：「若是願意，我讓我老婆幫你，算是咱兩家合伙。我盤算了，這是門好生意，先前人家每日蒸一千五百斤麵粉，咱不多蒸，以八百到一千斤計算，一月下來也是各分得千元淨利的。」他說：「蒸就蒸吧，在家她也嘟囔得我寫作不成。可我從來沒蒸過饃的！」親戚說：「營業執照是齊全的，這生意又不與更多的部門去拉關係，咱只蒸饃，吃饃的來買，賣完了就沒事了。你隔天夜裡去值班，你值你的班，你不會蒸饃，有我老婆和我哩，你只坐陣就是了。」於是他抱了一床被褥住到北環路那店裡去，去工廠值班也從那裡直接去，值完班再又回到北環路，一去十天再沒沾家來。

他老婆見他生心回頭，在家滿心喜歡指望他從此棄文經商，能過上正常人家的日月。但是，第十一天裡，他卻蹬著三輪車回來了，三輪車上放著一綑被褥，還有四麻袋的蒸饃，說：「賠了！」老婆問：「怎麼賠了？別人做生意一做一個成的，咱就賠了？」他說：「命裡是幹啥的就是幹啥的，我要寫文章你不讓寫，這十天出的苦力不說，五百元就換下這一堆蒸饃了！」原來他到北環路後，才知道親戚租賃的房子是在一所車馬店的大院裡。馬廄旁的一排破舊的平房住滿了鄉下來的炭客菜客，蒸饃坊就在車馬店斜街對面。開張的第一天，他們蒸了八百斤麵粉，因為鹼使得過重，饃呈黃色，又發不開，來販饃的小販不買，附近周圍的居民也不買。當天又蒸第二鍋，和下五百斤麵粉，饃卻依然不白，而且瓷硬。同樣的麵粉，又斤量充足，為什麼別的蒸饃店蒸出的又白又暄？請教了一位師傅，才知道蒸饃裡邊學問深厚，要在麵粉裡摻一定的發酵粉、洗衣粉、化肥，而且要用硫磺熏，但師傅卻絕口不授怎樣摻發酵粉、洗衣粉和化肥，硫磺又如何熏，熏多長時間。雖然他偷偷去別的饃鋪觀察了人家的做法，回來再蒸第三鍋時，親戚的老婆卻叫苦，一千三百斤麵粉的饃必須處理出去，若四天裡賣不掉，這一個月也是賺不回來本，更何況誰敢保證第三鍋就能蒸好？幾個人四處推銷，推銷不出去，每日只有車馬店的炭客和菜客來吃，哪又能吃了許多？他提議兩毛錢一斤處理給一家豬場，親戚的老婆就捨不得，眼淚長流地說：「要是這樣，我不幹了，咱分了這饃我揹回鄉下曬乾慢慢吃好了！」結果他五百元扔出去，賺得四麻袋蒸饃拿回來。老婆自然一頓好罵，但罵是罵了，又得想辦法解決蒸饃，說：「這饃味道還好，只是樣子不中看，賣給豬場實在可惜，咱一家三口吃又吃到何年何月？不如送些親戚朋友家去也落個人情的好。你當作家，平日交往的恩師兄長的多，比如市報社的龐先生，還有那個莊之蝶的……」他說：「什麼值錢東西，我給莊之蝶老師送去？」這麼說了，卻想起了阮知非，知道阮知非的樂團新近修建集體宿舍，何不便宜些賣給那裡的民工灶上？便去找阮知非聯繫。沒想集體宿舍剛剛竣工，民工已經撤走了。阮知非卻同情了他，撥電話給許多熟人，問其職工大灶有沒有可能購買？這就把電話接到了正在上班的牛月清。牛月清在家見莊之蝶心緒煩躁，上了班還愁著如何使丈夫開心的法兒，接到阮知非電話，也確實為莊之蝶這位學生悲哀，說：「多少人在做文學夢，好端端的日子不成了日子！你讓他下午來單位找我吧，我們機關灶上肯不會要的，但我可以全部把那些饃買下，怎麼處理你不必告訴他，就說是我們機關灶上收買的。」阮知非說：「你要這麼賢慧善良，我就無地自容了！」牛月清說：「你不必的，他畢竟只認識你，他卻是莊之蝶的學生嘛！」阮知非說：「之蝶又在寫什麼？修行一樣待在家裡只是寫，寫多少才是個夠呢？你也不放他出來到我這兒看看歌舞，我還有事求著他哩！」牛月清立即說：「真的，你來家叫了他去看看歌舞，他近日心煩，在家裡也是看啥都不順眼，你們兄弟一搭去看看歌舞，或許就把煩悶岔開了。」

阮知非受了牛月清之託，也是有事要求著莊之蝶，當日午飯前就用車接了莊之蝶出來去唐華飯店吃飯，然後一同回到阮知非住家樓的第一層一間辦公室來。這是座三層的中型樓，阮知非的樂團租住了多年。二層三層是安排了樂團人員住宿；一層打通了三個房間作排演室；剩下幾間作了辦公室和臨時的客房。在辦公室裡，阮知非和莊之蝶喝了幾杯巴山雲霧仙毫茶，阮知非就問下午是否有興趣去東郊一家大廠禮堂看歌舞，說這家大廠的一件產品在京獲得了銀獎，省上為其開慶功會，他們樂團去助興演出呀。莊之蝶問演什麼節目，是不是還是上次他看過的那些？阮知非說節目差不離兒，只是一些演員換了。莊之蝶便打消去看演出的念頭。阮知非便拍掌叫道：「我盼著你不去的話哩！下午我隨團去工廠，你就待在這兒，好酒給你供上，好菸讓你吸著，你得給我寫個論文！」便說了他原在的戲團現在評職稱，他雖留職停薪出來搞了歌舞，但搞歌舞卻無法正經評職稱，他還得在原單位評。莊之蝶就說：「像你這樣了，還要那職稱幹屁用?!」阮知非說：「錢也要，職稱也要的。職稱也是個名分兒嘛！現在這社會，權能轉換成錢，名分兒也能轉換成錢的。像你莊之蝶，有了大名，報刊上文章就容易發表，發表了不就是有了稿費嗎？」莊之蝶說：「我的名分是我寫文章寫出來的。你在戲曲劇團是評什麼職稱？」阮知非說：「我管過服裝，光是服裝如何消除汗漬，這一點，寫成論文就可以評個高職的！你知道嗎，演員在台上出了汗，演完戲後服裝不能洗，一般的方法是在上邊噴上酒將其晾乾，但晾乾後常常還留漬痕，服裝又起皺，但我的訣竅是：噴了酒就疊著入箱再不去管，讓酒慢慢揮發乾淨汗漬。」莊之蝶就笑了：「就這個訣竅還要寫論文？我寫不了的！」阮知非愣在那裡，半天才說：「訣竅訣竅其實說明白了就那麼一點點的，但是一竅不通少掙幾百，據我所知現在全國搞服裝保管的就是沒人能懂得這一手的啊！」莊之蝶說：「那是你申請專利的事。」阮知非說：「如果管理服裝方面評不成，那我就評表演吧！」莊之蝶說：「你演過什麼？」阮知非說：「沒演過，但我有絕活兒，是家傳的絕活，我爹生前教了我，只是後來劇團不分我角色罷了。比如耍扇子，那扇子不是為了搧涼，而是有著特殊的用場。它由道具而為程式，又由程式演變為一門藝術技巧的。」莊之蝶說：「你是不是要說武搧肚，文搧胸，僧搧袖，道搧領，老年之人搧鬍鬚，盲目之人搧眼睛，教書先生搧坐凳，花臉張臂與肩平。」阮知非叫道：「你也懂得？」莊之蝶說：「這就是你的絕活？」阮知非說：「你就是懂得耍扇子，你也懂了耍水髮？什麼是梗，什麼是揚，什麼是帶，什麼是閃，什麼是盤，什麼是旋，什麼是衝？」莊之蝶說：「我不懂。」阮知非說：「你肯定不懂！更不懂耍獠牙！別說你不懂，現在西京秦腔界裡誰懂？為什麼不演《鍾馗嫁妹》、《淤泥河》、《判陰曹》，沒人能掌握了耍獠牙的功嘛！」莊之蝶別說懂得耍獠牙，聽也是第一次聽，就問：「那你會的？」阮知非說：「當然是會的。你就幫我寫如何耍獠牙的一篇論文，怎麼樣？」莊之蝶說：「我見也沒有見過，怎麼個寫法？即使你沒能在舞台上表演過，你給我耍上一遍，我只記錄下來，或許這份材料真給你評職稱起作用呢。」阮知非說獠牙得用豬的牙，他哪兒找去？卻噢噢的拍著腦門，接著跑回三樓他的住屋去拿來一沓發黃的紙，說：「好了，好了，這裡寫著獠牙的表演類型的。」莊之蝶看時，果然上面有文字有筆畫的圖。阮知非說：「這是我爹當年寫的，他生前祕不示人，只留給我的，你何不把它改寫一下，就算是我的論文呢？你一定得幫我這個忙，現在你就在這兒睡一覺，下午勞駕你寫了，晚上我請你去喝蛇膽酒！」莊之蝶笑道：「忙我可以幫你，可你這個阮知非也是在西京城裡人模狗樣的人物，原來是這樣日鬼搗棒槌?!」阮知非也笑了：「你寫文章一心想千古留名的，我沒你那野心，我是活鬼鬧世事，成了就成，不成拉倒，要穿穿皮襖，不穿就赤淨身子！」

下午，阮知非果然領了一幫紅男綠女出去演出了，莊之蝶一覺睡起，改寫開那耍獠牙的材料。原本是心不在焉要岔開煩惱，細讀了那幾張舊文字後，倒覺得十分有趣，知道了耍獠牙主要運用的部位一是舌，二是唇，三是面頰。需要掌握一拔、二調、三控。放牙又分為雙牙裡稜並和雙牙中稜並，其類型有饒舌齒、指目齒、單錯齒、平插齒、雙貼齒、羊角齒、象牙齒、雙鈎齒、倒燕翅齒、雙飛燕齒。待把一切改寫畢，阮知非還未回來，便獨自出得那樓，穿過一條窄巷，往不遠處一個菜市上閒轉去了。

菜市上是人扎堆兒的地方，甚囂塵上。莊之蝶兀自賣了一陣閒眼，就見一個炭客在牆的一角想著法兒將焦炭支楞著空隙，慢慢地將架子車拉到一個麵食店門口，高聲地與和麵的店主討價還價。店主要過秤，炭客要堅持以整車出售；店主就過去提了車把使勁一搖，一車炭頓時平實成半車。店主壞了炭客的假兒，雙方就吵起來，吵之不盡又打之。結果白麵粉撒了炭客的黑臉，黑炭灰抹了店主的白臉，黑臉白臉都流紅血。莊之蝶看得沒意思，一時倒覺得身上有了涼，抬頭望天，原來天上的太陽被雲遮住，且那雲洶湧翻捲，愈來愈黑，極像要落雨的樣子。莊之蝶往回走去，風就起了，菜市上的許多人也四處走散，巷口十字路上更是混亂。莊之蝶就見路口一家賣肉的攤子邊，一個婦女彎腰在挑揀一副豬心肺。婦女的個頭不低，身材十分苗條，穿一件墨綠套裙，那彎下的臀部顯得極圓，而怕風吹掀了裙子，裙邊就夾在雙腿之間，一雙穿著高跟鞋的腿，細瘦如鶴。莊之蝶心下想：一般醜女人身彎下去臀部只顯出個角形狀，有這等好看的臀必是俊美婦人，但常有背影看著美妙的，臉卻生得遺憾，不知這女人又是如何？走過去了，回頭那麼一望，竟是汪希眠的老婆，就噗地笑了。汪希眠老婆聽見笑聲，也仰了頭來，立即就叫道：「是之蝶呀，你怎麼也在這兒？是你早看見我了嗎？」莊之蝶說：「我正在心裡說，這是誰家的女人，這麼漂亮的，卻要買豬肺來吃，那丈夫真是混帳王八蛋子了！沒想我罵的是希眠兄?!」汪希眠老婆就笑了：「我是給貓的，哪裡就人要去吃！多時不見你了，剛才見孟燼的娘，她說你腳傷了，我還思謀明日過去看你，你竟滿世界跑的，原來傳話不準。」莊之蝶說：「腳是傷了的，現在好了。孟燼是誰？他娘怎麼知道我腳傷了？」女人說：「孟燼是孟雲房的兒子呀！可能是孟燼聽他爹說了，回去又說給她娘的。」莊之蝶說：「你怎麼到她那兒去了？那娘兒還好？」女人說：「這一句兩說不清的。」就收了肉販包紮好的豬心肺，付款了，回頭來說：「到我家去吧，希眠又去廣州了，家裡只有老太太和保母，我給你包了餛飩來吃，我還要你瞧瞧我那隻貓哩！」莊之蝶說：「我在阮知非這兒給他寫個東西，他出外還沒回來，要去也得告他一聲。」說話間，天上咔嚓嚓一個炸雷，兩人都嚇了一跳。女人說：「這天要下雨了，旱了一個夏天，也該要雨的。」菜市上人就亂如群蜂，擇路混行。風更是大，迷得女人瞇了眼，低頭唾著吹進口裡的塵土。莊之蝶就說：「雨快來了，不妨咱到知非那兒先待會兒吧。」話剛說完，吧吧嗒嗒就一陣銅錢大的雨點砸下來，兩人趕忙順了窄巷就走，雨就織了線地密，貓腰緊跑。女人跑不快，莊之蝶急了，伸手就拉，女人身子竟極輕分量，幾乎被他拎著一般。一進那樓道辦公室裡，都成了落湯雞一般。

兩人在屋裡坐了，外邊的雷聲更緊，倏忽天也暗下來，隨之窗外白光閃亮，白得十分生硬，瞬間更黑得如潑了墨。又一個炸雷就響了，這炸雷似乎在屋外的院子裡，窗子和門明顯地都在搖晃了一下，便轉見窗外的院牆頭有什麼東西掉下去。莊之蝶想拉開電燈，又怕室外的線路導了雷電進來，就把桌上的半截蠟燭點了，對女人說：「害怕不？」女人說：「有你在這兒還怕什麼？龍要來抓，把咱倆都抓去！」女人說著，拿乾毛巾揉搓頭髮上的水。那裙子全濕了，濕了的裙衣貼在身上，薄亮如紙，把一具起起伏伏的軀體告訴給了莊之蝶。女人在莊之蝶看著她的時候，手就把濕貼的衣裙扯一扯，臉上羞怯怯地紅，後來挪身坐在燈影裡。莊之蝶便把話題往別的事上引，問道：「你說你去孟燼他娘那兒了，她日月過得怎樣？我是幾年也沒見到她了。」女人說：「女人沒男人是沒腳的蟹，孟燼又大了，死淘氣，活脫脫是一個小孟雲房！前幾日我在街上見著她，人憔悴得不行，一說話就抹眼淚兒。我就問：你這麼些年了怎麼還是不找個人？她又哭，說四十歲的寡婦到哪兒去找男人，年輕的不可能，年紀大的要麼就太大，要麼又是帶個娃娃的，一個孟燼都管不了的，再來一個，心裡不和，親不得的罵不得，和孟燼越發惹是生非。我答應幫她物色一個，偏巧回去打聽了一下，我那鄰居有個親戚，是工程師的，老婆前年死了，孩子都工作了在外地，豈不是一個合適的？今日就去給她提說了。」莊之蝶說：「你這麼好心！她是鼻梁兒塌些，初次見了覺得容貌差些，不知那工程師是重人樣兒還是重過日子？」女人說：「這也說不準。工程師見我時我也這麼說，他說比你差點我就唸佛了。」莊之蝶就笑了：「她要有你一半，孟雲房也不離婚了！」女人說：「你只會作踐我！我在年輕時候或許還可以，現在老得什麼了，又常年害病，瘦成一把乾筋了。」莊之蝶說：「哪裡？我在家裡常拿你比說著給月清，月清還說：人家汪希眠有錢，不知給老婆買著吃什麼青春不老果兒！」女人那麼無聲地笑了一下，眼淚卻流下來。莊之蝶一下子慌了，說：「我說的可沒一個假字。你瘦是瘦些，我想你不要總想看自己是一鍋燒不開的水，醫生的話要聽的，但也不能全信了，醫生常說空氣裡有多少多少細菌，那麼人就都不張開嘴了？」女人說：「汪希眠是給我買了這樣補藥那樣補藥的，可我知道我的病根兒在哪兒！」女人吸著鼻子，眼睛又紅起來。有眼淚就噙在那裡。莊之蝶不敢再問下去，取毛巾讓她擦眼淚，故作了戲謔的口吻說：「希眠又去廣州辦他的畫展了？他是瘋了怎的，拳打了北方還要腳踢南方?!」女人說：「哪裡是辦畫展，談一筆畫的生意去了。你不知道，他這幾年也是得了一種病的。」莊之蝶說：「他得什麼病？他就是那黑瘦人，可精神頭兒有時比我還大哩！」女人說：「是真有病，是乙肝，但病毒並沒損壞了肝，屬乙肝病毒攜帶者。」莊之蝶說：「哎呀，這事外界誰都不知道的！」女人說：「他不讓告訴給任何人，只是偷偷吃藥，可這病得上身一天兩天不能好的。說句讓你笑話的話，幾個年頭了，他沒和我接過吻，一月兩月了有那麼一次事兒，還是要戴了避孕套的。」莊之蝶就在心裡想，汪希眠是真患了乙肝還是故意沒病裝病？若是真的，外邊傳說他與別的女人如何如何，那豈不是害了別的女人也要加重自己病嗎？而家裡的老婆正是如狼似虎的年紀，幾年裡不能親吻，行房又戴了那塑料套兒，這老婆人都說是享不盡的福，卻也有這一段苦愁？女人說：「我對他說，你既然有病，就在家待著好生養病，可他還是一年有半年在外邊，見月把錢寄回來。錢現在是多了，可錢可以買到房屋就能買到家嗎？能買到藥物就能買到健康嗎？能買到美食就能買到食慾嗎？能買到娛樂就能買到偷快嗎？能買到床就能買到睡眠嗎？」女人說過了，扭頭看著窗外，窗外已是徹底地黑下來，雷還在一串串地響，風雨交加。她突然坐直了身子，說：「之蝶，我不該給你說這些的，說這些也不是在這個地方。我本想多去你家聊聊，幾次走到半路又返回去，何必去干擾別人的平靜日子？今日遇著你，想要你去我家坐坐，看看我那隻貓，我現在只是活貓哩！沒想這一場雨倒讓我們在這裡說了這麼多話。話說到了這個份兒上，我倒還要完成我一個夙願哩。」莊之蝶忙問：「什麼夙願？這些年我也去你們家少，想起來也對不起你，以後有什麼要我辦的事，我會盡力去辦的。」女人就說：「這你可是心裡話？」莊之蝶說：「我要說假，今晚這雷把我劈了！」女人說：「你別這樣，雷要劈了你，我也就不想活了。這事說出來，也惹你發笑的：在年輕的時候，西京城裡辦過一次文學講座，你在台上作報告，我在台下當聽眾。那是我第一次見你，不知怎麼就產生了一個念頭：我要嫁人就非他不嫁！後來就認識了你，想著法兒與你接觸，但我當面說不出口，我託我的朋友曾給景雪蔭說了我的心思，讓她轉告你，可景雪蔭卻冷笑了，說：她倒想得美，說到我這兒?!我朋友把景雪蔭的話傳給我，我好疑惑，不久就聽到原來你是和景雪蔭相好，我就懊惱不迭。但後來，得知你和景雪蔭沒有成，成的是牛月清，我哭了一場。哭過了還去你家看過一次，看到牛月清人有人樣，德有德行，這心就全灰了，才和汪希眠結的婚。如今咱們年齡都大了，今晚又說了這麼多話，我就把這段心事告訴你，我並不需要你再說什麼，我只圖我總算完成了一件事，心裡不揪著罷了。」莊之蝶如木如石地呆在那裡，驚得一句話也說不出來。他詳細地回憶了與這女人初識到現在的年年月月，有無限的悔恨、遺憾和感慨。他看著面前的女人，嘴唇顫抖著，但女人卻說：「我不要你說，我不要的！」他一腔子的千言萬語遂化作一聲長長的浩嘆了。

兩人就這麼坐著一時無語，樓道裡有了喧嘩聲，接著聽見阮知非在喊：「之蝶，你還在嗎？你夠朋友！」一推門，汪希眠老婆就站起來，說：「之蝶夠朋友，你也夠朋友嘛！讓人家給自己辦事，人也不陪，飯也不管，一走了事！請個人看門，怕也得付工錢吧？」阮知非說：「剛才還念叨之蝶夠朋友，現在我倒不這麼認為了。要不是你在這兒，他能這麼老實地待著？」莊之蝶就拿毛巾幫他擦頭上雨水，說傍晚時在菜市上碰了她，又逢著下雨就過來說說話兒，這陣誰都沒有吃飯的。阮知非就直告罪，說演出完，工廠又宴請了吃飯。原本要走的，人家偏要拉他一塊吃，那面子抹不過，只好留下了。就吶喊樓上的一個演員，讓快去提飯盒到街上飯店買些吃的來。

吃了飯，阮知非看了改寫成的論文，自然是喜歡得了得，從家裡取了酒三人要喝。汪希眠老婆說她該回去的，莊之蝶也說要走，阮知非說等雨住了他叫兩輛出租車親自去送。酒喝過多半瓶，三人臉面都浮著汗油，紅堂堂的，雨卻沒有住，反倒雷聲轟隆，更是頻繁。阮知非說：「這麼大的雨，為什麼偏要回去？這辦公室可以睡一個，隔壁房間沒人，也是乾淨床鋪，可以睡一人。」莊之蝶說：「我是可以，就看汪嫂。」汪希眠老婆說：「希眠不在家，我是獨來獨往慣了，只是放心不下我那貓。」阮知非說：「這好辦，我給兩邊家裡打電話。牛月清是讓我拉之蝶出來的，我不怕她罵了我勾動了之蝶在外邊拈花惹草的。汪嫂那邊我讓伯母把貓經管好就是了。」汪希眠老婆說：「你告訴說一定夜裡要餵貓一頓的，冰箱裡有一尾魚，讓切成塊兒餵一半。」阮知非說：「哎呀，你把貓當汪希眠養哩！」說畢，上樓去家裡打電話了。

三人一邊說話，又喝了那半瓶酒，已是夜闌時分，阮知非頭沉重起來，說聲「早些休息吧」，去開了隔壁房間，問誰睡這裡？莊之蝶去看了被褥，說這邊比那邊的乾淨，嫂子睡在這裡。阮知非就告訴了廁所在哪裡，水房在哪裡，一一囉索過了，搖搖晃晃上了樓。樓道裡一時寂靜無人，莊之蝶去水房打了水，也給汪希眠老婆打了水過去，說：「你洗了睡吧，今晚天涼，能睡個好覺的。明日早上我來敲門，咱去老孫家酒樓吃羊肉泡饃的。」過來關了門在水盆裡擦洗了身子睡了。莊之蝶好酒量，雖然一瓶酒有一半讓他喝了，但並未頭重腳輕，反倒異常興奮。睡在床上聽了一陣雨聲，就作想汪希眠老婆。對於汪希眠老婆，十數年裡他一直好感，但不敢對人家有過多想法，只道是內心深處的一個祕密的單相思。聽了她剛才話，原來她對自己也是一副衷腸；咀嚼了女人說的讓他不要再說什麼，翻過身去便竭力不去想她，但不去想，偏要想！焉能不想？竟把這女人與牛月清比較，與唐宛兒比較，與柳月比較。三比較兩比較，身上憋得難受，下邊就直挺挺地豎起來。他並未拉燈點燭，只穿衣下床，在房間裡踱了一會，開門站在樓道。樓道裡漆黑空洞，心裡惶惶，又去廁所小便，沒有什麼要解，走回來了就去敲那已經關嚴了的門。汪希眠老婆在裡邊問：「誰？」莊之蝶說：「是我。」黑暗裡閉了眼睛，身子伏在門上。女人說：「有什麼事嗎？等一下。」門上邊的糊了報紙的玻璃小窗亮了，聽見她走過來拉開了門閂，卻並未開了門扇，然後說：「你進來呀。」莊之蝶推門進去，女人卻已披衣坐在床上，下半個身子蓋著毛巾被。女人說：「你是不是也聽見樓上誰家的貓在叫，怕我想起我那貓的？」莊之蝶說：「我，我……」把門關了，走過去站在了女人的身邊，手腳卻一時無措。女人明白了事體，低聲地說：「之蝶，你？」莊之蝶終於一俯身，抱住了女人的頭，喃喃道：「我睡不著的……我……」就將一張水津津的口噙了女人兩片薄嘴唇。女人在剎那間伸手也抱住了他，身子那麼扭動在空中，毛巾被就擁在了一邊，裸露了只穿著一件窄小的粉紅色的褲頭的身子，樣子像一條美人魚。莊之蝶一下子就連鞋上了床去，女人卻瞬間裡冷下來，用手擋了，說：「之蝶，這不行的，這樣不好，你要對不住牛月清，我也對不住希眠。」莊之蝶還要動作，女人已裹了毛巾被，眼裡是一種懇求。莊之蝶就僵住身子不動了。女人為莊之蝶整好衣服，讓他重新在床頭坐好，說：「我以前愛過你，往後恐怕也難以不愛你，但我們不要這樣。這樣對你對我都沒有好處。如果你也愛我，等我們都老了，也不是成心要詛咒，假若希眠死在我頭裡，月清也死在你前頭，那咱們再作一場夫妻；假若你我都死在他們頭裡，那也就是命了。命果真這樣，你我違不過它，也就不必拗來。否則你和汪希眠都是名人，況且你我也從此一夜夫妻百日恩，又各自要與各自的人生活下去，那就更沒個安生日子過了。」女人說著，苦笑了笑，替莊之蝶抹下了欲掉的眼淚，從胸衣裡掏出一個線兒繫著的銅錢兒，說：「你剛才也看見這枚銅錢了吧？我戴的是金戒指、金耳環、金手鐲，我卻沒有戴金項鏈，我不是沒有金項鏈，而是我捨不得這銅錢兒。這是我那次去你們家看牛月清，順手從你的窗台拿的銅錢兒。我想我已得不到你，卻要把你的東西戴在身上。這事汪希眠至今不知道，今日全給你說了，我再把它送你。這不是完璧歸趙，是它十幾年戴在我身上，它浸蝕了我的汗，我的油，我的體味兒，完全成了我的命魂兒，送了你也讓你知道我是怎樣一個女人。」女人把銅錢取下來給了莊之蝶，莊之蝶將繫兒掛在了脖頸，銅錢卻含在了口裡，眼淚婆娑地要走出去。已經走到門口了，又停下，回頭看著女人，女人手按在了肚腹，臉上在苦笑。莊之蝶說：「你哪兒不舒服？」女人說：「肚子疼，我這是老毛病了，一激動胃就痙攣的，你睡去吧。」莊之蝶要想說：我給你揉揉。但他沒有說出口。手在懷裡解著什麼，抽出了孟雲房給他的那神功保健藥袋兒，說：「你戴上這個吧。」女人微笑著給他點點頭，接受了藥袋，看著他開門走了出去。

有雷雨的這個夜晚，雙仁府這邊的院子裡，牛月清、柳月和老太太各自早早地睡下了。不知什麼時候，嘎地一聲炸雷，柳月驚醒過來，總想像那雷是天上的一個火球，旋轉著就落在房頂上，一定是把房頂的琉璃屋脊全擊碎了。在陝北的老家，她是見過龍抓人的。那也就是這樣的打雷天，忽聽村人喊：東頭郝二娘被龍抓了！跑去看時，白臉長身的郝二娘在門前槐樹下倒著，槐樹被攔腰劈了，上半截跌在水塘裡還冒著菸。郝二娘卻只是個三尺來長的黑炭柴頭，唯腳上的一隻鞋還完好，鞋是凡力士白鞋，才剛剛用白泥粉塗過。柳月見今晚的雷聲聲不離房頂的上空，就疑心這又是龍要抓自己嗎？就又揭了蒙在頭上的單子，拿眼看窗口，是不是有火紅的一個球似的東西撞窗而入，或是蛇一樣的白光就從外邊直來到她的身邊。她叫了：「伯母，伯母，你今晚睡得這麼死的，我要嚇死了！」老太太卻沒有吭聲，再叫了一聲，還是沒有吭聲。柳月恍惚裡覺得龍把老太太抓走了，一時間就全迷糊。覺得這一夜龍全來到了西京城裡，在同一時間裡抓走了汪希眠的老婆；抓走了孟雲房的老婆；抓走了景雪蔭，在抓走唐宛兒的時候，那女人正浴盆裡洗屁股，那下身就先爛了，滿浴盆的血水……柳月哇地一聲就銳叫起來。

這銳叫在子夜裡十分恐怖。牛月清就跑出臥室把客廳的電燈拉亮，見柳月赤裸裸地已爬到了廳裡，直著眼對她說：「龍抓人的，大姐，龍要抓了人的，伯母已經不見了！」牛月清就去了那邊臥室，果然老太太棺材床上空著，又到了廚房、廁所、書房，仍沒個蹤影。牛月清說：「看看娘的鞋在不在？」鞋不在。兩人就瘋了一般開了屋門往院子來。院子裡還下著雨，閃電裡老太太卻跪在那裡的一塊石頭上雙手合十地祈禱哩。柳月還是赤身，一下子過去抱了那個跪著的姿勢的老太太，進屋放到床上。牛月清撵回來忙把乾衣服讓娘換，也拿了單子披在柳月的身上，說：「娘，黑漆半夜你往外跑什麼，打雷閃電的要想著雷擊嗎？」老太太說：「天上鬧事哩，我怕他們鬧急了，鬧到城裡來的。」柳月沒好氣地說：「天上鬧事，天上鬧什麼事？」老太太說：「一群魔鬼和一群魔鬼打仗哩，打得好兇喲！滿城的人都在看，缺德的只是看熱鬧，沒人去禱告的。」柳月說：「現在街上有什麼人？是鬼看的?!」老太太卻說：「是鬼，滿城的鬼倒比滿城的人多！這人死了變鬼，鬼卻總不死，一個擠一個地扎堆兒。」柳月聽了，臉色又煞白。牛月清說：「不要接她的話，讓她愈說愈害怕的。娘，睡你的去，啥事沒有！」老太太就咕咕嘟嘟不服氣，脫了濕衣躺下去，卻仍要懷裡抱了那濕鞋。牛月清讓柳月也去睡，說：「柳月你也跟老太太學得神經了。老太太不在了，你就起來尋尋，她不在廁所就到院子去，她能到哪兒？你失聲吶喊龍抓人了，你是高中生，雷擊了人也是靜電導引的原因，怎麼是龍抓了人了！」柳月臉上有了血色，心裡雖然還害怕著，卻也不好意思地說：「不知怎麼，我覺得是龍抓人的，抓了好多人的。」牛月清說：「你怕是做夢吧？醒過來一看沒見了老太太，就胡叫喊。」柳月說：「我也說不清了。」

後半夜雷聲漸漸息了。但老太太再沒有睡著，柳月才瞇瞪了真要進夢境，就被她用枴杖伸過來捅醒了，說：「柳月，有人敲門哩。」柳月支了耳朵，說：「沒有。這個時候誰來？」老太太說：「真的敲門哩。」柳月起來去開大門，門外沒人，回來說：「沒人的。」睡了一會兒，老太太又喊柳月：「你聽，誰又在敲？」柳月起來又開門去看，連風兒也沒有，回來也不理老太太睡下了。約摸到了四點光景，老太太就又坐起來了，問：「誰？誰？」便再叫柳月，柳月裝著發鼾聲，老太太就用手捏柳月鼻子，說：「你睡得這麼死，有人敲門的！」柳月一骨碌坐起來說：「你沒瞌睡也不讓我瞌睡嗎？誰敲門，鬼敲門！」說完自己倒害怕了，蒙了單子又躺下，連頭都蒙住了。老太太說：「這哪兒是保母，這是小姐嘛，有人敲門也懶得開！」柳月卻不愛聽這話，氣咻咻去開了門，門外還是空的，就不再回臥室，只睡在客廳沙發上。

天亮了，牛月清起來見柳月睡在沙發上，臉面憔悴，眼圈發黑，先是吃了一驚。柳月說了原委，牛月清說：「我娘那毛病怕又犯了。你莊老師今日回來，他愛聽她說那些人鬼不分的話，讓他今晚和老太太睡去，你過來和我睡。」

半清晨，莊之蝶進的門，問牛月清人呢，柳月說去機關單位了。莊之蝶說今日禮拜天怎麼也去上班？柳月說是幫人處理剩饃的。將牛月清告知她的那個學生如何蒸饃，如何無法推銷，又如何牛月清明著是單位灶上買了饃，暗中送了那學生一筆錢，現在又去聯繫把這四麻袋饃運到漿糊廠去的事一一說了，莊之蝶說了句：「她又做善事。」自去向老太太問安。老太太自然對莊之蝶嘮叨昨日夜裡事，莊之蝶來了興趣，詳細過問。又告訴柳月他要寫一組魔幻主義小說呀！柳月並不懂什麼是魔幻主義小說，只去泡了一杯茶送到書房去。莊之蝶才寫了三頁稿紙，聽見老太太在喊柳月，說誰敲門了，柳月就要去開門，老太太卻說：「不要開的。昨兒夜裡敲門，我真以為是誰個熟人來了。你說開了門沒人，這一定是天上那些魔鬼來了。這些東西盡敲咱家的門幹什麼？不要開的，死不要開的！」竟自己過去把她臥室的窗子關了，拉上了窗簾，又過來關了牛月清的臥室門，又讓柳月把廚房的窗子也關嚴。柳月要做飯，關了窗子熱，不去關，兩人就鬥起口舌。柳月又拗不過她，跑來書房給莊之蝶說。莊之蝶說：「娘，大熱天的不透氣，熱死人啦！」老太太悄聲說：「那東西敲不開門，不會隔窗進來？熱，有多熱？」手指蘸了唾沫就點了莊之蝶汗衫下的奶頭，又要往柳月身上點，柳月壓著自己的衣角，臉先紅了半邊。莊之蝶說：「大白天的，什麼也不用怕，咱們一塊去，看誰在敲門？若是妖魔鬼怪，我一劍砍了！」摘下牆上一把健身劍來。

三人到大門口，莊之蝶拉開門，門外空空靜靜。老太太定睛看了看，卻盯住門扇叫道：「你瞧瞧，真的是些牛鬼蛇神！」柳月問：「哪裡是？哪裡是？」老太太說：「這是一頭牛。這是一條蛇，蛇是兩條尾的。這是什麼？我怎麼從沒見過這樣的怪東西，有兩個犄角，八條腿的。這是一個人，牙這麼長。這又是一個人，豬身子人頭的……」莊之蝶什麼也看不見，不覺就想起那次合影照片來，心下也有些發冷。但老太太說：「這麼顯還看不見嗎？這一定是它們來敲門時把影子印留在門上的。柳月，你也看不見嗎？看不見這些影印兒，也看不出這門扇比前日厚起來了嗎？影印子一層一層的，門扇當然就厚了！」

莊之蝶搖著頭，知道老太太在犯病了，也就想那照片八成是照相機或暗房沖洗時哪兒出了毛病。柳月一直看著莊之蝶的臉，見他搖頭，心裡也鬆下來，說：「伯母，是門扇厚了！」背過了臉哧哧地笑。莊之蝶也說：「厚了。娘，你安心去你屋裡吧，有我和柳月在，百無禁忌！」就重新回書房寫那小說。

這麼一整天，老太太卻總不安心，隔一會兒就到書房對莊之蝶說門又敲響啦，過一會兒又說怎麼敢開窗子？莊之蝶也心煩了，等牛月清回來，說他在家裡什麼也是幹不成的。牛月清便來數落娘；娘又和她吵，逼著去寺裡大和尚那兒討一帖符來。莊之蝶便給孟雲房打電話，孟雲房拿了符貼在門扇上，卻說符不是從孕璜寺智祥大師那兒來的，是慧明畫的，並說：「明日清虛庵慧明監院升座，她要我邀一幫文藝界的朋友去熱鬧的，你去不去？」莊之蝶說：「慧明當監院了？」孟雲房說：「這小尼姑說要幹什麼也真能幹什麼，她要不在佛門在政界，說不定會是個副市長的材料。」莊之蝶就看著孟雲房笑：「我倒擔心她有一天要還了俗的。」孟雲房說：「這你從何談起？」莊之蝶還是笑，笑而不答。卻壓低了聲音說：「那房間的鑰匙給我，我去寫寫東西。」孟雲房說：「那地方真好，誰也不打擾的。鑰匙我還配了一把，這一把你就常拿上好了。」莊之蝶就對柳月說：「我跟你孟老師出去有個事，晚上要回來就回來了，沒回來就在他那兒。明日清虛庵監院升座，我們去應邀參加慶典儀式，你告訴你大姐，這儀式市上領導也去的，我不去不妥。」

出了院門，孟雲房問：「你怎麼晚上也不回去？」莊之蝶說：「這你甭管。」孟雲房說：「月清晚上要給我打電話要人怎麼辦？」莊之蝶說：「你就說咱商量一篇文章的。給市長寫的那篇寫好了？」孟雲房說：「寫好了，我送了市長讓他提提意見的。」莊之蝶說：「發表了市長不會不知道的，你倒提前去買好了！」兩人分了手，莊之蝶逕直往唐宛兒家來。

婦人在家正收拾行李，冷不丁見莊之蝶大步走進門來，知道腳傷完全好了，拍手叫好，說：「腳一好就到我這兒來的吧？」莊之蝶上去先親了個嘴兒，說：「我不先來你這兒到哪裡去？」婦人忙沖了咖啡讓他喝著，卻探頭往門外街上瞅。莊之蝶說：「快坐下說說話兒，你瞅什麼？」婦人說：「周敏上街去買牙膏，怎麼還不回來，好讓他去十字路口燒雞店買了燒雞來你吃。」莊之蝶說：「我不吃燒雞，吃口條哩！」婦人就也斜了眼兒說：「你壞，就不讓你吃！」卻悄聲道，「今日不行的，他快要回來的。他去買牙膏，說雜誌社要他連夜去咸陽推銷這期雜誌。上邊指示要銷毀，雜誌社早已批發了百分之八十，還剩了些，分頭讓人帶到外地，要不雜誌社就賠錢了。」莊之蝶說：「那幾時回來？」婦人說：「明日中午就回來的。我說你怎不趁機在咸陽多玩一玩，他說這是鍾主編叮嚀的，待得時間多了，廳裡人知道了不好。」莊之蝶說：「這真是天意。你晚上到清虛庵前左邊的那座樓上來，五層十三號房間，我在那兒等你。」婦人說：「那是誰的家？」莊之蝶說：「咱去了就是咱的家。」站起來就走。婦人看他走了，忙也沖洗了咖啡杯，胡亂地收拾了大提兜，就在櫃子裡翻尋她的新裙子了。

這天晚間，柳月一邊吃飯，一邊對夫人說：「大姐，莊老師真的又不回來了？」夫人說：「讓他這幾天跑著去，孟雲房是大騙，哪一次只要去他家，你莊老師都不得回來。」柳月說：「晚上睡人家那兒，孟老師的房子寬展嗎？」夫人說：「不管他。」就嘆了嘆氣，再說道：「今年咱家是倒了楣了，什麼煩心的事都來。再過一星期，下個星期三就是你莊老師的生日，原本這個家只給老太太過生日，從沒給他過過，今年我倒有心給他過，以好日子沖一沖，說不定霉氣就會去的。」柳月見夫人已拿定了主意，就順了話說：「事情也是怪，雜誌社一個心思要給莊老師宣傳，周敏也是為了知恩報恩，一篇文章偏就惹出個景雪蔭鬧事！這事未了，他竟平地裡傷了腳，騎摩托車都沒出過事的，好好地走平路卻就傷了？傷了腳旁人一天兩天就好的，他卻瘸跛了這許多日。又剛剛是好些，祕書長也來欺負人，這不都是些怪事嗎？老太太犯病那是老病兒，可莊老師脾氣也變了，全沒了我初來時的和藹勁兒了。」夫人說：「他脾氣不好也是心煩，這你要理解他。他是作家，性情兒起伏大，又敏感，四十來歲的人了脾氣像娃娃一樣的，十多年的夫妻我也慣了，虧他一不抽大菸土，二不在外搞女人，咱在家就得容了男人家的一些毛病。那日咱姐妹為了那信屈了他，他發那麼大火，他愈發火我心裡也愈踏實的。給他這樣的人當妻，就要是他的妻，也是他的母。」柳月在心裡說：「這大姐好賢慧，但卻有點愚了。人常說男人家幹風流事，滿世界都知道的，只有一個人不知道，這個人就是他老婆。」就笑了笑，說：「大姐是當了妻又當了母的，但給莊老師當了妻，還必須要得是他的女，他的妓！」夫人說：「你這才胡說，老婆就是老婆，怎麼是妓？你莊老師是什麼人？我又是什麼人？說這樣的話讓外人聽著，倒招人賤看哩！」柳月吐了吐舌頭，說：「我什麼也不知道，真是胡說哩！」夫人說：「不是你什麼不知道，是你知道得太多，不該你知道的你也要知道。你這小狐子，將來誰娶了你就一年半載讓你折騰死了！」吃罷飯，夫人讓柳月取了筆紙，她說著，柳月記著，一一開出所邀請來吃生日宴席的人名單。柳月寫完，又核對了一遍，無非是汪希眠家，龔靖元家，阮知非家，孟雲房家，周敏家，趙京五，洪江，乾表姐家，文聯的老魏副主席，美協的小丁，美協的王來紅，作協的張正海，雜誌社的鍾唯賢、李洪文、苟大海，已經兩席多了。柳月問：「這兩席人的，是去飯店包席還是在家自己來做？自己做我可不敢做菜的。」夫人說：「在家氣氛好，做當然不用你動手，我那乾姐夫是廚師，紅案子由他辦，老孟幹白案子，你只管和我這幾日通知人、採買東西罷了。」當下兩人在電話簿上查了家有電話的電話號碼，另寫在一頁紙上，分配柳月到前一天了集中打電話邀請；沒電話的她騎車上門去約。就又計算著要採買的食品、菸酒、菜蔬，以及要新買的一些餐具和煤火爐。

這當兒，院門首有悠長的「破爛喲，承包破爛——嘍！」柳月說：「大姐，收破爛的來了，把後窗根那些空酒瓶、廢報紙賣了吧，改日來客，也顯得乾淨。」夫人點頭，兩人拿了廢舊出來，院門口已亮了路燈，那老頭仰躺在架子車的草墊上吸菸，吸一口吹一口，自得其樂。牛月清說：「這麼晚了，你老還收破爛？」老頭並不看，吹了一個菸圈說：「這麼晚了，有破爛嘛！」柳月就哧哧笑。牛月清說：「瓜女子，笑個什麼？」柳月說：「咱是一肚子煩惱，你瞧他倒樂哉！早聽說他會謠兒，讓他說一段兒！」就對老頭說，「喂，你來一段謠兒，這廢舊就便宜賣你。」老頭還是不看，忽地噴一口菸，直溜溜衝上路燈桿上的燈泡兒，繞開來像是一層雲，幾隻蚊子就忽隱忽現。老頭說：「你睡沙發床睡的是草墊子，我睡草墊子睡的是沙發床。兩隻仙鶴在雲遊哩。」柳月覺得古怪，呀呀直叫。牛月清說：「柳月，說話穩重些。」便對老頭說，「你老人家辛苦，今晚也不知歇在哪裡？」老頭說：「風歇在哪兒我歇在哪兒。」牛月清又問：「這麼晚了，你吃過了嗎？」老頭說：「你吃了也是我吃了。」牛月清說：「柳月，快回去拿了兩個饃來。」柳月不願意，但還是去了。老頭不謝也不攔，跳下車秤了廢舊，一分錢一分錢數著付款。牛月清不要，老頭還是數。牛月清說：「老人家，人都說你能說話兒，我有一事要求你的。」老頭就停止數錢，痴在那裡不動。牛月清見他聽著，便大略談了丈夫是搞文化宣傳的，市上人大會改選，也是為了別人，把一篇文章在報上發了，人大主任因此未能當選上，結果丈夫卻遭人暗整，如此如此，這般這般，說了一遍，希望老頭能編個謠兒街上說出，也給丈夫出出氣兒。老頭沒有言語。柳月拿了饃出來，老頭一手交那一堆分幣，一手收饃。牛月清還是不收那錢。一堆分幣就放在地上，老頭拉車卻走了。牛月清嘆一口氣，後悔白給他說了半天，才要轉身進院，卻聽得老頭在燈光昏暗的巷子那頭一字一板唸唱起來了。牛月清聽了聽，說：「他唸唱的是些什麼，並不是我要他編的內容。」柳月卻說這謠兒好哩，回來等夫人先睡了，自個兒去書房竟把老頭說的話兒記下來。果然以後這段謠兒就在西京文化圈裡頗為流行。柳月當時記的是：

房子。穀子。票子。妻子。兒子。孫子。莊子。老子。孔子。活了這一輩子。留下一把鬍子。

柳月記錄了謠詞，脫得衣服來和夫人睡一個床上。牛月清並沒有睡實確，手摸了柳月的身子，覺得光滑而富有彈性，便說：「柳月，你一身好肉。」柳月經她這一摩挲，也麻酥酥發癢，兩人又說了一些話兒。後來說：「睡吧。」就都睡了。昨天夜裡的一場雷雨，熱氣殺了下去，也是柳月前一夜未能睡好，已是疲倦之極，這一覺就睡得很香。但是，似乎在夢裡，也似乎並不是夢吧，她卻迷迷糊糊聽見了有一種聲響，這聲響十分奇怪，長聲地呻吟，短聲地哼唧，而絕沒有什麼痛苦的味兒。且後來聲響忽緊忽緩，忽高忽低，有時急促如馬蹄過街、雨行沙灘，有時悠然像老牛犁動水田、小貓舔吃漿糊。不知怎麼，在這聲響中自己竟渾身酥軟，先是覺得兩條胳膊沒有了，再是兩隻腿也沒有了，最後什麼也沒有，只是心在激烈跳動，一直往上飛，往上飛，飛到一朵白生生的雲上了，卻嗡地一頭栽下來就醒了。醒了渾身乏睏，一頭一身大汗，奇怪剛才是那麼舒服?!倏忽覺得下邊有些涼，用手去探，竟濕漉漉一片，就趕忙用單子來擦，同時也聽見了夫人在床上也哼哼不已。她叫道：「大姐，大姐，你做噩夢了嗎？」牛月清就醒了，在月光映得並不黑暗的夜色裡睜大了眼，茫然地躺了一會，突然一臉羞愧，說：「沒的，柳月，你沒有睡著？」柳月說：「睡著了，我好像聽到一種響聲，好奇怪的，聽了倒像過電似的。」牛月清說：「我也似乎聽到的。」就都疑惑不解。牛月清說：「多半是做夢吧。」柳月說：「多半是做夢吧，夢做到一塊了。」牛月清又問：「柳月，你醒來早，聽見我剛才在夢中說胡話了嗎？」柳月說：「你只是哼哼，我怕你在噩夢裡太受驚，才叫了你的。」牛月清說：「沒事的，哪裡就是噩夢了，你睡吧！」卻爬起來上廁所去了。柳月也想去廁所，去了，見夫人換了內褲泡在水盆裡，柳月立即明白夫人和自己一樣了。

清虛庵始建於唐朝，相傳那時殿堂廣大，尼僧眾多，香火旺盛倒勝過孕璜寺的。到了明成化年間，關中地震，倒坍了一半屋舍，自此一蹶不振，再有修繕也只在剩餘的一半地盤上。「文化革命」動亂年月，更是慘不忍睹，屋舍被周圍的工廠搶占了大半，三十多個尼僧一盡散失。直到了宗教恢復正常，四處搜尋當年的尼僧，才知死亡的死亡，還俗的還俗，唯有五個蝦腰雞皮的老尼還散居在西京三個郊縣五個村子。動員了抖抖索索重返庵來，一進山門，見佛像毀塌，殿舍崩漏，滿地荒草，幾十隻野鴿子撲撲棱棱從那供桌下飛出，一層鴿糞就撒在身上，五個師姐師妹抱頭痛哭。有道是不看僧面看佛面，她們自感佛心未泯，大難不死也必是佛的旨意要她們來守護這座庵的，遂剃了已灰白的枯髮，穿了那黛色斜襟僧服，雖無甚多善男信女布施貢獻，但靠得市民族事務委員會的一點撥款，總算是清虛庵早晚又響了幽幽的鐘聲。數年過去，即使復修了大雄殿，彩塑了觀音菩薩，翻蓋了東西禪房客舍，卻無力修建大雄殿後的聖母殿。庵的前院左邊右邊，侵占地盤的工廠和市民依然未搬出去，使庵院成了一個倒放的葫蘆狀。而這些老尼更是衰邁了，且沒一個能識文斷句。終日只會燒香磕頭，所背誦當年背誦過的經卷，已遺節忘章不能完全，被孕璜寺、臥龍寺、棣花寺的僧人取笑。當佛教協會從終南山千佛寺調下幾個年輕尼姑補充到庵裡來的時候，也就是慧明佛學院畢業掛單在孕璜寺的日子。慧明到了孕璜寺，見這是和尚尼姑共存的大寺，真人高僧自是不少，就謀算一日要去清虛庵。只因初來乍到，不知那邊底細，佛協徵詢她的意見，意欲她去，她只是回絕。但卻開始張羅清虛庵的事情，幫忙起草收復占地、申請撥款的報告，直到一切擺布順當，且有了相當影響，她便要求去了那邊。在清虛庵，慧明並不立即任當家人，先是尊那老尼出頭她作助手，偏故意讓老尼出醜，顯出窩囊無能來，自己便不久博得眾尼姑信任，擁戴她取代老尼。慧明從此施展渾身解數，上竄下跳，廣泛杜交，竟也爭取大批專款，極快速度修建了聖母殿，彩繪了廊房。因那些侵占戶一時難以搬遷，她翻閱了西京府誌，竟查得記載清虛庵的文字中有一句「相傳楊玉環曾在這裡出家」，便如獲至寶，複印了十多份分別寄至省市民委、佛協；又託孟雲房寫了一份報告，大談楊玉環出家過的寺院於宗教史上是如何重要的古蹟，且振興西京，發展文化旅遊，這裡修復了舊貌會怎樣成為旅遊熱點。於是驚動了市長，召開民委、佛協和侵占清虛庵地盤的工廠、單位及房管局等部門會議，要求騰出占地，愈快愈好。結果除了那一幢五層居民大樓無法搬遷外，占地全部收回。慧明功績昭著，就又修了山門，雖不是往昔木雕石刻的牌樓，卻也不亞於孕璜寺的氣派。庵裡眾尼歡呼，佛教系統上下佩服，這慧明自然順風揚花，上下活動了，爭得了監院身分，要選定黃道吉日來升座了。

莊之蝶與唐宛兒一夜狂歡，起來已是八點，兩人全都面目浮腫，相互按摩了一氣，匆匆去吃了回民坊裡的肉丸糊辣湯，一塊扮作才趕來的樣子，直到清虛庵山門外的柵欄下坐了說話。柵欄裡是嶄新的山門；山門檐前掛了紅綢橫額：「清虛庵監院升座典禮」。橋下寬大台階上安了桌子，白桌布包了，放著紅布裡紮的麥克風。兩邊各有兩排五行十個硬座直背椅子。高大的門柱上是一副對聯：佛理如雲，雲在山頭，登上山頭雲更遠；教義似月，月在水中，撥開水面月更深。台階下的土場上已湧了許多人，有著青袍的和尚，也有束髮的道士，更多的是一些來客和派出所維持秩序的人。柵欄外停了一片小車，莊之蝶看了看號，有一輛車號竟是市長的專車，倒驚歎慧明真有能耐。而來往行人已得知今日庵裡過事，只是沒有請帖和出入證不得入內，齊趴在柵欄上往裡張望。各種賣吃食、賣香表蠟燭的小販就擺攤兒在巷道那邊一聲聲叫賣。莊之蝶瞧了人窩裡並不見孟雲房，也不知他還請了什麼人，就去了賣冰糖葫蘆小販前要買一串來吃。唐宛兒說那不衛生，要吃鏡兒糕。鏡兒糕是多年不曾上過市，兩人走近去，賣主是一個老漢，正高高坐在糕灶前。灶是包裝了一個三輪車卻看不出是三輪車，上邊搭了涼棚，如是固定攤點。涼棚上有一橫木板，墨筆寫著「鏡糕張」。兩邊的小木桿上，一邊是：原米原汁原手藝；一邊是：老戶老人老字號。莊之蝶說：「好！」老漢早揭了鏡片兒大的籠子，用竹棍插了兩個糕。莊之蝶說：「只要一個，我不吃的。」老漢說：「噢，不是戀人和情人？請原諒。那就你妻一個吃了。」唐宛兒就看了一下莊之蝶，兩人一笑。莊之蝶問道：「鏡糕還有什麼講法？」老漢說：「鏡糕鏡糕，不僅大小如鏡，還有個圓滿之意。唐朝時這糕是歌妓樓上專用食品，舊社會也是在劇院門口、遊樂場外賣的。現在不講究這了，可它像抽籤一樣，凡是一對男女來吃，只買一個，那女的必是妻子、同志、熟人；倆人買兩個，不是戀人就是情人。沒有不準的。」莊之蝶又問：「這就錯了，圓滿應該是妻子，夫妻兩個才圓滿的。」老漢說：「一點沒錯。古人說過，妻不如妾，妾不如妓，妓不如偷。現在的夫妻十個有九個是湊合著過日子的。說笑了，說笑了。」兩人走開來，唐宛兒說：「你為什麼就不買一個吃吃，看樣子咱們不長久嗎？」莊之蝶說：「那老漢貧嘴說笑攬生意的，怎麼信他？要依他說，買一個的是夫妻，那就預兆咱們要做了夫妻的！」說得唐宛兒高興起來。就聽見有人叫道：「好呀，你們兩個在這兒軋馬路呀！」唐宛兒嚇了一跳，回頭看也不看，就往路旁走，似乎是陌生的路人。莊之蝶回頭見是孟雲房，說：「你怎麼現在才來？剛才在十字路口碰上了唐宛兒，我說快去叫周敏來，今日你孟老師請咱去看監院升座的。她說周敏不在，她也不來的。我就把她強留下。」就喊：「唐宛兒，唐宛兒，你問問你孟老師邀請你了沒有？」唐宛兒立即會意，笑著說：「我不信的，孟老師會邀請了我?!」孟雲房說：「邀請的。我要哄你，讓我這麼大年歲的人是狗哩！」不一會兒，雜誌社的李洪文、苟大海，作協搞書評的戴尚田，都騎車來了，眾人互作介紹問候了，就由孟雲房領著去柵欄入口，給守門的派出所人說了幾句話，全都進了去。孟雲房對這裡熟悉，一邊走一邊講說，那山門外的兩根旗杆如何是宋時物件，這山門是直對了城牆朱雀門的，又如何的好風水。過了山門，是一個很大的場地，中間蓄一水池，池上有假山，山上有噴水。有許多人就拿了分幣在水面上放，嚷道能放住的就吉利。唐宛兒先擠進去瞧熱鬧，放了幾枚，枚枚都落下池底，氣得還在口袋裡掏分幣，分幣沒有了。扭身看看池後又是旗杆，卻只一根，上懸黃幡，幡兩邊飄兩根彩帶一直拖地，莊之蝶站在那裡在讀，就過去要莊之蝶給她些分幣。莊之蝶正眼看著黃幡，雙手又擦火柴點菸，讓唐宛兒在他褲子兜兒掏。唐宛兒掏著幾枚分幣了，手卻不出來，隔兜子握住了一根肉。莊之蝶忙說：「你賊膽大！這是佛地！」唐宛兒偏又握了握，竟硬起來，說：「你正經，你起來幹啥?!」笑著把分幣拿走了。孟雲房過來說：「那沒甚讀的，是我擬的詞兒。」拉了莊之蝶又往後邊走去。唐宛兒在水池裡終於放住了一枚分幣，卻沒有一個熟人在旁邊喝彩，噘了嘴兒也走開來，卻興奮了兩邊廊房下的各類塑像，認得是菩薩，卻說不出是何種菩薩，個個面如滿月，飛眉秀眼，甚是好看。孟雲房就喊：「唐宛兒是看那菩薩長得好，還是要和菩薩比著誰美？」唐宛兒就惱了臉，跑過來，卻又噗地笑了。孟雲房就說：「惱了臉還像個菩薩，這一笑太媚，就不像了！」唐宛兒說：「孟老師什麼地方也胡說，對佛不恭的。」孟雲房說：「佛教的事我比你知得多。古時大法師就說了，佛是什麼，是死橛子！」說話間，莊之蝶只探頭往那一排經堂和僧舍裡看，李洪文就問：「那裡是尼姑睡的地方嗎？是一個人睡，還是打對兒睡？」孟雲房說：「你管人家怎麼睡！快先到後院接待處登個記。」李洪文又問莊之蝶：「尼姑合鋪兒睡，有沒有同性戀？」莊之蝶沒言語，前面正過來一個尼姑，穿得一身灰布長衫，光了頭，卻眉目清秀。李洪文就吐吐舌頭，直嘆尼姑剃了頭好漂亮的。莊之蝶說：「過會見到監院，你怕要叫出聲兒的！」到了登記處，那裡擁了一堆人，一張桌子後坐了一個老尼姑，面前放著筆墨和宣紙冊頁。孟雲房就去介紹了莊之蝶，只驚得老尼和旁邊幾個和尚都念起阿彌陀佛，便見慧明從旁邊小圓門裡迎出來，李洪文果然叫了一聲。莊之蝶就手伸出來握手，慧明也行了佛禮，迎進小圓門裡。原來又是一個極乾淨的小院，北邊有兩間廳房，便在廳房裡讓坐了，立即有人捧了茶來。慧明說：「莊先生能來，實在是山門有幸，我真怕請不動你的。」莊之蝶說：「清虛庵這麼大的事，我怎能不來呢？恭賀你了！」慧明便說：「你見見省市領導吧，他們也來了！」莊之蝶探問領導來的是誰，但慧明已拉了他走到西邊套間裡。套間裡是一圈黑色直式坐椅，椅上套有杏黃坐墊，中間是黑漆茶几，上嵌了藍田山水紋玉石板，香菸零亂，茶水狼藉。慧明便說：「各位領導，我介紹一下，這位是著名作家莊之蝶！」眾領導就說：「都知道的。」一一伸手來握。莊之蝶認得是省市民委主任、民政局長，還有黃德復，還有一個就是市委的那個祕書長。莊之蝶與前邊的握過手了，走到黃德復面前，只問：「市長沒來嗎？」黃德復說：「市長去開個重要會，讓我代表了他來的。」莊之蝶說：「我剛才看見車號還以為是市長來了，今日這陣勢大，把你們請來這麼多的。」黃德復說：「這算清虛庵過第一個大事嘛！」旁邊的祕書長說：「作家近期有什麼大作？」莊之蝶假裝沒聽見，只對黃德復說：「身體還好吧？」黃德復也說：「你怎麼樣，腳好了？聽說是一個野大夫治的？」莊之蝶說：「治得不錯，兩張膏藥就沒事了！」偏回過頭來，那祕書長又欠了身伸手來握，莊之蝶卻仍裝著沒看見，又給黃德復說了一句什麼，回坐在椅上端杯吃茶，眼角餘光裡瞧見祕書長還站在那裡，手一時收不回去，卻慢慢彎了指頭，對旁邊人說：「今日是星期三，明日是星期四，後天是星期五了嘛……」

這時候，孟雲房在門口招手，莊之蝶出來，孟雲房說：「慧明今日忙，說她顧不得一一招呼，讓我替她照看好你和大家，還給了六張餐票，要大家典禮完在這裡用餐。店裡雖是素菜，卻極有特點，你不妨吃吃。」莊之蝶說：「今日人多，亂哄哄的，吃什麼呀，不如出去後吃漿水麵去，大熱天也敗火。」孟雲房說：「那好。我讓他們去看那些恭賀的字畫了，現在快到了典禮時間，咱去看不看？你是要上台和領導們坐一起的。」莊之蝶說：「那個祕書長也來了，我剛才沒有理他，如果要坐台上，再見他不理就說不過去。典禮怎麼個舉行法？」孟雲房說：「先在山門口開個簡單會，無非是吹號放鞭炮，由法門寺來的祥雲大法師宣讀慧明為清虛庵監院，再是領導講話，各寺院代表講話，各宗教別系的代表講話，然後才進行佛教上的一套監院升座儀式。」莊之蝶說：「開會就不去了，舉行儀式時看看。」孟雲房說：「那我對他們說去，自由活動，最後在山門口集合。你先去聖母殿那兒等著，我領你去看一個東西，保管你愛的。」

莊之蝶先去了聖母殿看了塑像，那殿前有一個大環鍋，裡邊全是香灰。環鍋前是一個焊成的四米長的鐵架，鐵架上每隔四寸鑽有一小孔。成群的男女在那裡燒香點燭，燭插滿了小孔，嫩紅的蠟油淋得到處都是。莊之蝶覺得空氣嗆人，就出來看見殿東西兩邊各有小亭，先去東邊亭裡看了。亭中豎一石碑，上書了楊玉環入宮之前怎樣在此出家，唐玄宗又如何到這府裡拜佛燒香的云云。知道盡是孟雲房的杜撰之辭，笑了笑，又走過來看西邊亭裡是什麼。孟雲房就來了，還有唐宛兒，婦人一臉熱汗，顏色愈發嬌艷，說她把每個殿都看了，問尼姑庵裡怎麼那麼多和尚，而且還有樂隊，樂隊一律是和尚、尼姑，和尚尼姑還會樂器嗎？孟雲房說：「庵裡是十三個尼姑，過這麼大的事，人數哪裡夠，都是從別的寺裡請來的。那樂隊是我請的阮知非的樂團演奏員，為了莊嚴，穿的是佛家衣裳。若按你的想法，尼姑庵裡這麼多和尚，不是『寺』都有『事』了！」莊之蝶說：「老孟，那亭子裡的碑文是不是你的大作？你簡直是說謊嘛！唐玄宗來燒過香你有什麼證據？」孟雲房說：「你又有什麼證據說唐玄宗沒來燒過香？」就拉莊之蝶到了西邊亭中，說：「你看看這個，這可是貨真價實的，唐裡曾出過一個絕代大美人的正經尼姑哩！」莊之蝶看時，是一塊並不大的碑，就讀起來，碑文是：

大燕聖武觀女尼馬凌虛墓誌銘

刑部侍郎李史魚撰　　布衣劉太和書

黃冠之淑女曰凌虛，姓馬氏，渭南人也。鮮膚秀質，有獨立之姿；環意蕙心，體至柔之性。光彩可鑒，芬芳若蘭。至於七盤長袖之能，三日遺音之妙，揮弦而鶴舞，吹竹而龍吟。度曲雖本師資，余妍特稟於天與。吳妹心媿，韓娥色沮。豈唯專美東夏，馳聲南國而已。與物推移，冥心逝止。厭世斯舉，乃策名於仙官；悅已可容，亦託身於君子。天寶十三祀，隸於開元庵。聖武月正初，婦我獨孤氏獨孤公。貞玉回扣，青松自孤。溯敏如神，機鑒洞物。事或未愜，三年徒窺。心有所可，一顧而重。笑語晏晏，琴瑟友之。未盈一旬，不疾而歿。君子曰：「華而不實，痛矣夫！」春秋廿有三。父光謙，歙州休寧縣尉。積善之慶，鍾於淑人。見託菲詞，紀茲麗色。其銘曰：

惟此淑人兮，穠華如春。豈與茲殊色兮，而奪茲芳辰。為巫山之雲兮，為洛水之神兮。余不知其所之，將欲問諸蒼旻。

聖武元年正月廿二日建

莊之蝶讀畢，不禁叫道：「這真是美文！描繪的這位馬氏令人神往。當年我去洛水岸邊，看見那河就想起《洛神賦》，不能自已，臨風而泣；今日此碑，倒好像我是見過她的，人宛然就在眼前。可憐她這般玉容花貌，命途多舛，讓人傷情！」唐宛兒見莊之蝶一時感情衝動，雙目微紅，心裡就有了那麼一番滋味，當下嗔笑道：「莊老師這段話像莎士比亞的詩一樣的！可惜莊老師不能與她同一時代，要不她該是我的師母了！」莊之蝶便還痴痴地說：「娶得娶不得，但我肯定是要會要她的。」竟去買了一炷香來，在那碑前插了。唐宛兒更是有了妒意，說道：「莊老師真是情種之人，馬氏有靈，也不虧生時做人，死後為鬼了。但天下好女人實在太多，古時有，現在有，將來還有。只是莊老師不能生於古時，也不能壽於將來。即使現在的女子，也美人如雲，老師倒不知該愛哪一個了！」說得莊之蝶臉紅起來，方知自己一時陷於情思之中，話說得多了。這時節聽得前邊樂聲大作，聖母殿前的香客遊人一齊往前跑去，便有女子銳聲喊：「娘快呀，監院升座了！」三人就往前去，不知慧明先是從僧堂裡怎樣出的場，但見一肥頭大耳和尚身穿了大紅袈裟，手持了玉板，口中唱諾不已走在前邊；隨後是一個尼姑捧了佛像，一個尼姑敲了木魚，又是四個小尼分作兩排手持了蓮花吊燈；慧明就在其後，身披金箔袈裟，足登深面起跟皂履，一臉莊重，更頗得明目皓齒，粉腮玉頸，冉冉而行，如仙飄然，再後又是八個和尚奏樂和四個尼姑隨從，一隊兒輝煌燦爛往聖母殿走來。李洪文正在圍觀的人群裡，跑動著看那慧明。唐宛兒就附了莊之蝶耳邊，說：「你看那慧明是不是馬氏？」莊之蝶說：「或許就是，清虛庵真是個好地方。」唐宛兒就說：「那我將來也來這裡的。」莊之蝶暗中捅了一下她，說：「你能在這裡待住?!」

升座儀隊一進聖母殿，圍觀者潮水般圍在殿門口，莊之蝶他們擠不進去，只聽得樂聲更響，唱諾不絕。孟雲房說：「我去找人說說，咱們進去看。」才去門口交涉，人群卻閃出一條道來。原來儀隊是參拜了聖母，正式升座還在大雄殿，儀隊就先繞東西兩亭去燒香跪拜了，又去前邊廊房拜列位菩薩，就往大殿去。這時有人已領了一群領導先入了大雄殿，在兩邊牆角坐了觀賞。孟雲房拉莊之蝶也加入領導之列，莊之蝶不去，遲疑問儀隊也進了大殿，門口又是人頭攢動，什麼也看不見了。莊之蝶說：「算了，進去看了也看不明白。」孟雲房說：「那往哪裡去?坐也沒個坐的。」莊之蝶說：「不如去咱那單元房間坐了吃酒去。」孟雲房拍手道：「好主意！」就四處尋了李洪文、苟大海、戴尚田，出了山門，繞了幾繞，從一條小巷進去，直到了五樓十三號房間。

孟雲房是在路上便給眾人說了房間的情況，還在思謀要給起個什麼名兒的。開了門後，卻見廳室的正面牆上，莊之蝶已懸掛了玻璃鏡框裡邊裝著兩個大字：求缺。便隨機應變，大聲叫道：「這裡就是我們的沙龍，我們稱它是『求缺屋』！」眾人聽了，連聲稱好，說「求缺」既雅又有深意。李洪文就說：「有這麼個好地方，以後雜誌社請了作者來改稿子就可以借用了。」莊之蝶說：「這可不行，我們有我們的活動。將來七天十天聚會一次，也是謝絕外人的。今日大家跑得累了，才領了來，千萬不要聲張，免得人人知道了又沒有個清靜去處了。」就將在樓下買的一瓶酒、兩包花生米打開，要求眾人不分賓主，坐列無序，隨意而來。孟雲房說：「來這兒是可以帶吃食，但來了卻一定得談文學藝術，今日一邊喝酒一邊談著，現在開始吧。」苟大海說：「談文學藝術又不是談生意，說開始就開始？還是一邊吃喝一邊亂聊，聊著聊著主題就轉換了。」便把酒瓶啟開，沒有酒盅，以瓶蓋為盅，轉流著喝了一遍。唐宛兒卻沒有在沙發上坐，坐在那張床上，說：「我不喝的。」孟雲房說：「你怎麼不喝，來彩兒啦？」唐宛兒說：「鬼！我不是作家、編輯，我談不了文學藝術。」手就去整理床上的枕頭，忽發見了一根長髮，嚇了一跳，忙用手捏了。孟雲房說：「你談不了文學藝術，你就是藝術，讓我們談你。」唐宛兒說：「你開口就能聞見臭的，我不叫你老師！」莊之蝶說：「那這樣吧，咱每個人都來說故事，說完了，大家評議，認為有水平的就不喝酒，認為不行的就罰三盅！」孟雲房說：「我知道你，又是想聽我們談了你就可以有創作素材了！」苟大海說：「這又怎麼的，蒲松齡就是開了個聊齋。」孟雲房說：「蒲松齡還沒之蝶手快，他那小說的三分之一題材都是我提供的，倒不給我付稿酬！但我今日還是要再說一個的，卻明碼標價，之蝶，你付不付？」莊之蝶說：「一會兒喝完酒，去吃漿水麵，我包了！」孟雲房就說：「這是個真事：德功門那一塊低窪地你們知道嗎？那裡是河南籍人居住的地方。解放前黃河泛濫，河南人逃難到西京就在那裡搭窩棚住下了，一住再不走，愈來人愈多，這就是德功門那個區為什麼叫河南特區。現在他們的窩棚是不多了，也蓋了一些平房，但因為地方小，卻是一家一間，左邊是窗右邊是門，故事就發生了。這一天，新搬來了夫妻兩個，這女的長得能一指頭彈出水兒來，那男的就愛她不夠。晚上愛過幾次，白天還要愛一次，聲響傳出來，隔壁人就害心慌。注意，這隔壁住的是個光棍。第二天晚上，他們自然又愛了，愛了後，女的要尿，女人喜歡這個時候尿。」唐宛兒說：「你講的時候口裡放著衛生球。」孟雲房說：「好，那就插個雅的故事。說是一家醫院收了個闌尾炎病人，手術前需要刮淨下邊的毛的，先是由一個老護士去刮，正刮著，電話鈴響了，要的偏巧是老護士，老護士就讓一個年輕的小護士去刮。後來就刮完了，一小一老兩個護士在池子裡洗手，老護士就說，現在社會上小伙子們時髦紋身，可那病人怪，竟在那麼個地方上也紋了『一流』兩個字！小護士卻說：哪裡是紋了兩個字，是七個字的：一江春水向東流！」眾人一時倒沒轉明白，唐宛兒過來直拿拳頭打孟雲房。戴尚田還在糊塗，說：「那是怎麼回事，一個看是兩個字，一個就看成七個字！」孟雲房說：「真笨！唐宛兒一聽就知道了。若是你我，永遠看都是兩個字，唐宛兒要是去，那立即就是七個字了！」眾人恍然大悟，嘩地就笑了。莊之蝶說：「接了前邊的說。」孟雲房說：「插敘的這個故事當然不收錢的。那女人出去尿了就往回走，因為天黑，房子都一模一樣，女的謎謎瞪瞪推門就進來了，進來了就直直去床上睡下。但是壞了，她走到了右邊那光棍房裡去了。光棍睡不穩，剛才聽到女的在外邊尿，就躁得不行，突然見女的到了他的床上，知道她走錯了，心想：送上門的好東西兒，吃了白吃，不吃白不吃！二話不說就抱了幹起來。女的說：你好厲害，才幹畢了又行了?!光棍還是不言語，氣兒出得像老牛一樣。女的一聽，這出氣聲怎麼不對？伸手摸摸那頭，頭上沒頭髮，哎呀一聲，翻下床就走。這回走進的是自己的房子。男的問，你尿長江了嗎？這麼久的！女的哽咽了，說她對不起丈夫，如此這般說了。這男的怒從肝起，就衝出門來，不想竟走到左邊房裡來了。噢，我忘了交代，夏天睡覺為了通風，都是不關了門的。這房裡住的是個老頭，男的不容分說拉起老頭一頓好打！完了。」李洪文便問：「完了？那最後呢？」孟雲房說：「那當然鬧起來，官司讓派出所去判了。這一片居民為此反映到市長那裡，說再不解決這裡居民住房困難，那丟西京人的事就還要多呀！這不，現在不是到處改造低窪區嗎?!」眾人說：「這故事有意思，你可以不喝酒了。」李洪文說：「老孟說啥都離不開性，我說個唐宛兒能聽的。我是老西京戶，七姑八姨的親戚多啦。現在社會上興各種網，有山頭網，集團網，同學網，鄉黨網，祕書網，什麼網都頂用的，就這親戚網屁事不中，而且趨勢是農村包圍城市。城裡的大小領導幹部都是從鄉下奮鬥了上來的，老西京戶卻幾乎沒人在哪個單位負個責兒的。我家十八戶親戚共有兒女三十六個，一半倒去了外縣調不回城，剩下的又盡是低層人士，孩子入託兒所也沒個後門能靠了他們。可逢年過節，還得去送他們的禮。今年春節，我買了一盒點心。老婆說，親戚這麼多，一盒給誰送？我說我有辦法。大年初一早晨，我把這盒點心送了我舅；下午我大姨讓孩子就給我送一盒點心；我又去送了二姨。如此人送來我再去送人，一個大年裡走馬燈似的，吃不好，睡不好。走親戚是交代差事，放下點心就走。到了初八已上班了，晚上我的『一挑子』來了送我點心，他是最後一個親戚，點心放下不等我回來就走了。我回家一看，這點心盒這麼熟的，上邊是有個三元三角五的數字的，那是我買時記下的價錢，他竟又送回來了！有意思吧，這可是報告文學。」眾人說：「有點意思，也沒意思，你得喝酒了！」李洪文把酒喝了，說：「這還沒意思？好，我認了，瞧你們怎麼說！」輪到戴尚田，戴尚田說：「我不會說的，我喝酒吧。」莊之蝶說：「你搞書評，看問題自比我們高的，你得說一段。」戴尚田說：「我單位沒房，我老婆在銀行，我住房是她的家屬。這樓房太高，要爬十層，我常常是上氣不接下氣爬到十層上了，一摸鑰匙，才記起車子忘了上鎖，而鑰匙還在自行車鎖孔兒。補充一下，我家門鑰匙是和自行車鑰匙拴在一起。」大家還在聽著，他卻不說了，問：「說呀！」他說：「完了。」唐宛兒說：「這不行的，你再來一個！」戴尚田就說：「我常想，西京城裡這麼多人，可我經常打交道的不外乎四五個。在家裡我是父母的兒子，是老婆的丈夫，是兒子的父親；在外是你們的朋友，是單位的職工。那麼，在這個世界上什麼是真正屬於我的呢？真正的屬於我的只是我的名字。可是，名字是我的，我從來沒叫過我的名字，都是別人在叫。」孟雲房說：「你喝酒吧，這哪兒是故事？」莊之蝶說：「他說我心裡也酸酸的，不能懲他。大海，到你了。」荀大海說：「我這不算故事，也不敢證實真實性，是聽說的。現在市面上假冒商品多，我只說領導不受其害的，但上一禮拜天，我姐姐給我說，西京市一位老領導宴請幾個老戰友，為了顯示威風，他沒在家請客，到一家高級賓館擺酒席。要喝茅台，賓館經理就取出茅台來，一嚐，是假的；又取了一瓶，一嚐還是假的。連取了三瓶都是假的，經理臉上不是了顏色。這位老領導就說了：你這高級賓館是怎麼搞的？讓祕書到他家取酒去。祕書去他家拿了一瓶茅台，打開每人一杯，不僅是假的，根本裝的不是酒，是自來水。」孟雲房說：「這一定是誰賄賂他的，送那麼好的酒，誰送得起？可不送又辦不了事。趙京五說他就這麼幹過。大海說的這事人人都知道，也想得來。今日這酒卻是真的，你得喝了。」苟大海紅著臉說：「我聲明不是故事，只給大家提供個寫作細節的。」把酒還是喝了。李洪文也說：「我剛才說的大家不滿意，但總有閃光的內涵。我還得聲明，我已經在一篇文章中用過了，之蝶你就不要用，你用了，名氣大，是你抄襲了我的，讀者反倒會說是我抄襲了你。」莊之蝶說：「我還真沒看上呢。我說一個，剛才在清虛庵我去上廁所，一進去，人那麼多，蹲坑全占了，旁邊還有等候的。有一個蹲坑的就給我笑，我想，這是誰呀，也是文學愛好者？或者聽過我的報告？在書上看過我的照片？就走過去，那人卻沒有理。原來他是拉大便用勁，一用勁臉上就好像是笑了。」大家哄地笑了一片，唐宛兒說：「你這是在罵我們了，讓我們一笑，我們就都是在大便了！可你也在作踐你自己哩，一個大作家說這笑話?!」莊之蝶說：「自我作踐著好。世上這事兒是，要想別人不難堪，也想自己不尷尬，最好的辦法就是自我作踐，一聲樂就完了。以前照相時，為了讓照相人笑，總是要讓說『茄』，往後照相，不如就說『努屎』！這細節怎麼樣，這是專利，誰也不許用啊！」孟雲房說：「那不行，今日講的，誰都可以用。沙龍嘛，就是要互通信息，啟發靈感，促進創作嘛！」唐宛兒就說：「我現在知道怎麼當作家了！原來文章就是這麼你用我的、我用你的，一個玻璃缸的水養一群魚，你吐了我吃，我吐了你吃，這水成了臭水，魚也成了臭魚！」一句話說得大家都悶不作聲起來。孟雲房笑了笑，說：「唐宛兒厲害，把我們這些人身上的作家皮一下子全剝了！所以我主張想辦法突破，原本要叫慧明來這裡講講禪的，她現在忙，以後再說。如果大家有興趣，我可以講講氣功方面的知識，那《邵子神數》……」莊之蝶說：「老孟，別講你那神數，唐宛兒不是作家編輯，但她的感覺比咱們在座的都好，她又是局外人，看咱們比咱們自己看得清，你讓她多說說。」唐宛兒說：「我還那麼有能耐？」孟雲房說：「你是要說的。你說了，咱該吃飯了哩。」唐宛兒就說：「要聽素的還是要聽葷的？」李洪文說：「你還這麼多？聽葷的！」唐宛兒看看大家，噗地笑了，說：「一說講葷的，瞧你們多來精氣神兒！可惜我講不了葷的。我是從小地方來的，大城市知道不多，卻聽了一段詞兒，我唱唱怎麼樣？」莊之蝶說：「好！」唐宛兒就唱了：

八百里秦川塵土飛揚。三千萬人民亂吼秦腔。撈一碗長麵喜氣洋洋。沒調辣子嘟嘟囔囔。

唱畢，眾人齊鼓掌，說：「這就是陝西人，更是西京人畫像嘛！唐宛兒，你哪兒聽到的?!」莊之蝶就端了酒盅說：「今日最有意思的不是咱們這些文人，倒讓唐宛兒高咱一著，詞兒好，唱得也好。我提議不懲她酒，還要獎她三盅，然後誰還要喝，把酒帶上，我請大家去吃漿水麵！」大夥就站起，要唐宛兒喝，唐宛兒滿面春風，笑個不止，喝了一盅，卻說下來二盅喝不了的，莊老師你代喝一盅，咱們碰個響兒吧。莊之蝶就端了酒瓶與她的盅兒碰了一下，唐宛兒先仰脖喝了，臉更豔若桃花。

牛月清跑了幾趟副食商場，大包小包的東西塞滿了冰櫃，算算日期還早，再不敢買那水產的魚蝦，往街上為莊之蝶買那紅襯衣紅襯褲。女人心細，先去南大街百貨大樓上選了半日，選不中，又往城隍廟商場來。城隍廟是宋時的建築，廟門還在，進去卻改造成一條愈走愈凹下去的小街道。街道兩邊相對著又向裡斜著是小巷，巷的門面對門面，活脫脫呈現著一個偌大的像化了汁水只剩下脈絡網的柳葉兒。這些門面裡，一個店鋪專售一樣貨品，全是些針頭線腦、鈕子繫帶小腳鞋、氈禮帽、麻將、痰盂、便盆等亂七八糟的小麼雜碎。近年裡又開設了六條巷，都是出售市民有舊風俗用品的店鋪，如寒食節給亡靈上供的蠟燭、焚燒的草紙，婚事鬧洞房要掛紅果的三尺紅絲繩，嬰兒的裹被，死了人孝子賢孫頭紮的孝巾，中年人生日逢凶化吉的紅衣紅褲紅腰帶，四月八日東城區過會蒸棗糕用的竹籠，烙餅按花紋的木模，老太太穿的小腳雨鞋，帶琉璃泡兒報黑絨髮罩，西城區臘月節要用木炭火烘煨稠酒的空心細腰大肚鐵皮壺。牛月清在那店鋪裡挑紅衣紅褲，又問有沒有純棉布做的，有沒有在背心處印有「卍」字的。然後就嫌這件針腳太粗，那件合縫不牢，虧得售貨員軟脾氣兒，倒是她看著滿櫃台都是翻抖開的衣褲，說句：「我是挑皇帝登基的龍袍哩！」自己也把自己逗笑了。

出得巷子，到了小街，不想迎面撞著龔靖元。龔靖元胖得肚子腆起來，一見面就嗬嗬地笑，說：「妹子你咋這麼年輕？身子還是姑娘家的身子，叫人怎麼不恨我那兄弟！你要快些難看哩，這樣我心裡才平衡啊！」就啪啪地用手拍自己肚皮，叫苦走不到人前去了。牛月清也拿手去拍了那肚皮，說道人到這個年歲有個小肚子才有魅力的，樂得龔靖元直叫那我就不悲觀了！兩人寒暄說笑，龔靖元就看見了她拿的紅衣紅褲，又作踐還要俏啊，穿這麼艷的衣服？牛月清說：「碰上了就好，也用不著給你去上門通知。你兄弟星期三生日，要你過來熱鬧的。」龔靖元說：「嚇！這是好事兒，到時候我帶副麻將去，哥兒兄弟玩上一天一夜的！你沒叫了那阮老闆，讓他來時帶幾個戲子娃嗎？要鬧就鬧大些，要不要我領個廚師，不管哪個賓館我一句話保準去的！」牛月清說：「什麼也不用領，來了什麼也不要拿，只帶一張嘴就是，若行舊規矩，我就要惱了！要玩麻將你就攜上，我家可沒一副好的。」龔靖元說：「你猜我來幹啥的，就是買副好麻將的。」兩人又說了一陣笑話，分了手。牛月清回來天就擦黑，柳月把飯菜已擺上桌，桌邊坐著乾表姐夫，沙發邊放了帶來的一袋洋芋、兩個南瓜、一手帕新摘的鮮金針菜，他還沒有吃飯，專等著莊之蝶和牛月清的。招呼過了，牛月清說：「之蝶出外浪了幾天了，現在不回來，晚飯必是又在外邊吃了，不等他了！」話剛說畢，莊之蝶就推門進來。乾表姐夫說：「城裡也是說曹操，曹操就到！」莊之蝶也一臉熱情，問：「好長時間不見你來了！聽說你是承包了窰場了，發了吧？」乾表姐夫說：「掙錢不出力，出力不掙錢，燒一夜磚抵不住一個標點符號的。可就這，一天也忙得鬼吹火！接到妹子口信，說要辦事，我對你表姐說了，就是挖出了金窖也不挖了，一定得去的！就帶了些菜來了。」莊之蝶倒莫名其妙，說：「我也不開公司，不蓋房子，有什麼事的，是你妹子想見你們了，讓你們來逛逛的。」乾表姐夫說：「這你就不如月清樸實了，你是怕我們鄉裡人來吃飯嗎？你瞞我，我還是來的，那一日我家數口，還有老姑的一干子老親世故都來呀！」莊之蝶見他說得認真，就問牛月清：「咱辦什麼事？」牛月清偏笑而不語。柳月說：「你只在外逛，家裡什麼事操過心，連自己生日都忘了！」莊之蝶抖了那紅衣紅褲，臉上沉下來，說：「七十八十了？給娘都沒過生日，我過的什麼？」就對乾表姐夫說：「別聽月清說的，沒事找事。你吃飯吧，我是在外邊吃了的。」就走到書房去。

乾表姐夫原本還要在飯桌上給莊之蝶說話的，見莊之蝶臉面不好，便給牛月清低聲說起來。原來乾表姐拿了那讓生兒子的藥回去吃了，遵囑必須在一月之內懷上胎的，但她偏感冒了三天。感冒才好了，窰上的一批欠款別人要不回來，又需他出外索帳，他一去又是半月，回來懷孕期就過了，能否再向那街坊的老婆婆討服藥來吃。牛月清聽了，心裡有些生氣，想這一服藥要數百元的，你那欠款又能是多少，應人是小，誤人事大，怎麼能這般地不經心?!但事到如今，又是親戚，依靠的又是人家，難聽的話說不出口，就說：「我再去求求那老婆婆去。這藥可不是輕易敢糟踏了的，光那沉香我就花了五百元哩。」乾表姐夫說：「下個月我打死都不到哪兒去，一口酒也不喝了。」牛月清又壓低了聲音說：「這事你們可要保密，誰也不能說的，孩子懷上了，就給我來說一聲，我買了滋養品去看她。你什麼都要禁言，不要讓她幹重活，不敢吵嘴慪氣，到時間了，我在城裡醫院找熟人說好，用車去接她就是了。」乾表姐夫點了頭說：「這是自然。」牛月清又說：「重吃藥的事不要對之蝶提說。」就去了書房，對莊之蝶說：「你不吃飯，陪乾表姐夫喝些酒吧，我去街上給乾表姐買雙涼鞋的，立時就回來。」莊之蝶拿了酒出來。出來到客廳了臉上才笑。

牛月清出門急急去了一趟王婆婆家，掏了五百元錢又討得了一服藥，再去鞋店給乾表姐買了一雙涼鞋回來，乾表姐夫和莊之蝶已喝了半瓶酒不喝了。牛月清把鞋和藥裝在一個塑料包裡了，對乾表姐夫說：「鞋在裡邊，路上拿好。」拿眼睛示意，乾表姐夫明白意思，說：「我經心著的。」便告辭要回去。莊之蝶見乾表姐夫這麼快就走，也覺得不必給親戚難看，後悔剛才說話硬了，要送他到巷口。等客走遠，心裡總是對牛月清的私自安排不滿，順路去西門外的城河公園聽了一會兒那裡的自樂班唱的秦腔戲文。回來時一輛出租車從巷口拐出來，似乎覺得車裡坐的是龔靖元的兒子，進門就問牛月清：「是不是龔靖元的兒子來過？」牛月清說：「來過。都說那小子抽大菸土，果然臉像土布袋摔了一般。他說他爹突然有事明日一早去蘭州，要他先送了禮來。讓喝水他也不喝，鼻流涎水的，怕是菸癮又要犯了，不知要去哪裡吸去。唉，這小子前世是什麼變的，要來敗老龔的家當呀！」莊之蝶看時，桌上一盒大壽糕和一個包裝精美的寫著「豪華錦緞被面」的紙袋兒，就說：「你給龔靖元也通知了？」牛月清說：「下午我在街上撞見他，隨便說的，人家拿來了，你能不收？」莊之蝶說：「我已經說了不過的，你還收人家什麼禮？你那麼逞能，不給我說一聲就通知這個邀請那個，我是當了皇帝還是得了兒子啦！景雪蔭鬧成那個陣勢，我還不嫌丟人，現在烏煙瘴氣地在家待客，讓更多人捂了嘴用屁眼笑我嗎？你通知誰了，你去回退；你若不回退，我那日就不在家！」一席話說得牛月清痴在那裡。

老太太就從臥室出來，說：「我本來不管你們的事，可話說得那麼不中入耳?!我剛才就有一肚子氣的，一家人盼你回來吃飯，盼回來了，瞧你對你乾表姐夫的言語，你是給我的親戚傷臉嗎？月清給你張羅過生日，要說有意見的是我。你爹今早兒來還笑話我女兒不孝的，一個女婿半個兒，之蝶要當一個兒兩個兒用的。我不說你們什麼，你倒嫌招了親戚來烏煙瘴氣的，你是嫌棄我的窮親世故了？這門庭裡也是出過名人的，如果西京城裡沒有自來水，水局也是衙門一樣的威風的！」莊之蝶趕緊扶了老太太去臥室，讓柳月沏了一杯橘子粉湯來，說：「娘，你說到哪裡去了，我是嫌月清自作主張，全不理解我的煩處。」牛月清聽了，在客廳說：「你煩，我是你老婆，我能不也是煩？正是覺得今年晦氣事多才想著過生日沖一沖，熱臉換了冷溝子！你開口直戳戳往人心裡捅刀子，這些我忍了，習慣了，可你當著乾表姐夫的面讓我下不了台，我在親戚夥裡還有什麼體面？你在外有說有笑的，回到家來就吊下個臉，這半年越發是換了個人似的，你是心上不來我了還是怎的？人都說我在家享福哩，可誰知道我當的不是你的老婆，是保母，是奴才！」柳月在廚房刷鍋，聽到這裡，說：「大姐，保母就是保母，可不是奴才的，大姐平日是把我當奴才看的？」牛月清說：「這不干你事！」柳月說：「罵人沒好口，我不計較。可這事你就少說幾句好了。你是好心，莊老師也說的有道理，要過生日沖一沖，叫幾個相好的朋友來聊聊，喝頓酒也就罷了。你卻貪大求紅火，甭說地方小，大熱天的人受罪，張揚出去，以為莊老師要怎麼啦！」莊之蝶說：「你聽聽，柳月都比你見識高！」牛月清氣正沒處洩，聽了柳月的話，又受莊之蝶這麼揶揄，也上了火：「我不如柳月嘛，柳月是怕做飯了，家裡沒一個人吃飯柳月就高興了！」柳月說：「我一上午跑了三個菜市，我是嫌腳小跑大了嗎？我是保母，命裡就是給人做飯的，我哪兒是怕做飯了？」平日柳月是順從著牛月清的，待她這般說了，牛月清倒覺得自己寵慣得她這麼大，這般和她說話，氣更不打一處來，就說道：「那你就是兩面派，商量的時候你怎麼說的，這陣人家不同意，你就翻了臉兒向著他，他是你老師，是名人嘛！人常說，丈夫一旦把老婆不當人了，滿天下的人都會來把你不當個人待的，這話真是對的！柳月你見識高，你說這事咋辦呀？你說呀！你說呀！」噎得柳月就哭起來。莊之蝶一直坐在那裡，氣得臉色發青，見著柳月哭起來，一是覺得她畢竟是外人，二也有心要氣牛月清，就一拍桌子說道：「柳月，你哭什麼，要折騰讓她折騰，到那一日你跟我去文聯大院那邊，你只給我做飯吃！」牛月清說：「好啊，你能掙錢雇保母麼，你們要怎麼就怎麼去，這是合夥在整我麼！丈夫丈夫不敢說，保母保母不敢說，我活的是什麼份兒？我羞了我的先人嘛！」也放聲哭起來。莊之蝶一時火更旺，正要發作，老太太顫顫巍巍又走出來，柳月忙去扶她，她推了柳月，手指著莊之蝶，嘴卻哆嗦著說不出來。莊之蝶轉身拉開門走出去，夜裡歇到文聯大院的房子去了。

莊之蝶在那邊不回來，這邊牛月清也不過去，兩人較上勁兒，生日卻是不再過了。柳月自那日吵鬧，與牛月清有隙，心裡倒多少生出幸災之意，要看她的笑話，故每日十分講究起收拾。逢有一幫文學愛好者來訪，不卑不亢，也能自如應酬。末了，將要辦之事，如重要來信、各報刊編輯部約稿函、有關社會活動的請柬，一一整理了，對牛月清說：「大姐，這些得及時交給莊老師的，你送過去呀還是讓我去送？」牛月清心裡驚訝：她倒有這份心性，能耐真要比我還強?!就說：「我不見他！」柳月就去了文聯大院這邊。莊之蝶見柳月來了，自然高興。又見得各類函件整理得清清楚楚，身上的衣著穿著得這麼艷，妝化得這麼好，拉了她的手就說許多話，還要她做了飯再過去。這樣，柳月自此兩邊跑動。牛月清雖是生莊之蝶的氣，但莊之蝶畢竟是丈夫，見柳月如此穿梭，不說讓去的話，也不說不要去，倒是常買些好吃的來，不做聲兒放在籃子裡，柳月就提了過去。

這期間唐宛兒來文聯大院了幾次，連門房的韋老婆子也記得了一個眼睛媚媚的愛笑的女人，問過莊之蝶那女的是不是個演員？莊之蝶就不再約她到這邊多來，只去「求缺屋」。這一日落了一陣兒白雨，太陽又照出紅來，空氣潮潮的越發悶熱。莊之蝶在「求缺屋」裡等唐宛兒。左等不來，右等不來，拿了前幾日兩人為在這裡觀賞市容而買的望遠鏡看對面樓上的動靜。那樓是一家刺繡廠的女工宿舍，一幫眼睛和牙齒都極好的年輕女子，八人一個宿舍，怕是下班才回來，都端了水盆擦洗。莊之蝶舉鏡看了看，女孩子都是穿了短褲，上衣也脫了，只是個乳罩，為著一件什麼事兒，三個人攪成一團兒嬉鬧。正看得有興，那窗口就掛出一張報紙，上邊用墨筆寫了三個大字：「沒意思！」莊之蝶也臉上愧起來，忙走回房間來，把窗簾也放下了。這當兒才發現門道的一邊有一個小小字條，撿起看了，竟是唐宛兒一早就塞進來的，而自己開門時未發現。字條上寫道：「告訴你一個好消息，周敏說，管文化的那個副省長下台了，宣傳部長在那份聲明擬文上批了『由廳裡決定』，雜誌社就堅持要按所擬的這份聲明刊登。景雪蔭不同意，鍾唯賢就說：不同意，咱也不刊登了；所以現在第二期雜誌上就沒刊登。」下邊又一行是：「我今日不能來了，周敏的一個朋友從潼關來了，為我們傳遞老家的情況，我和周敏得做飯招待人家，我是借了買菜的空兒來給你打招呼的，你原諒我。」莊之蝶長出了一口氣，管文化的副省長倒了，真倒的是時候。牛月清要過生日來沖晦氣，過生日就能沖了晦氣？如今不過，好事不也就來了嗎?!只遺憾唐宛兒不能來，要不與她在這裡要好好吃些酒的。就不覺作想了吃了酒後他們要做些什麼事情來的，想入非非，身下勃動，於是剝了衣服，竟自個動作起來……（此處作者有刪節）一時神魂癲迷，弄出許多穢物出來。用那字條兒來擦，卻發現字條兒背面又是一句話：「再告訴你個不好消息，聽周敏說，孟老師的一隻眼睛瞎了。」登時嚇了一跳，整好衣服，洗了臉面，急急往孟雲房家來。

孟雲房果然是一隻眼睛瞎了。但瞎得十分出奇，表面上一切都好好的，他也感到不疼不癢，就是沒有了視力。孟雲房並不悲觀，還笑著說：「昨日早晚起來發現的，去醫院看醫生了，什麼也查不出來。

之蝶呀，以後做什麼騙我的事可得小心，我現在是一目了然了！」莊之蝶還是為他傷心，勸他一家醫院看了不行，多跑幾家看看嘛。孟雲房說：「孫思邈在世也醫不了的，你知道這是為什麼嗎？我近日研究《邵子神數》有進展了！你來試試。」就從桌下取出一個皮箱，皮箱裡是高高三摞線裝書籍，說：「你是五一年夏七月二十三的下午八時的生辰年月吧，你等著，等計算出一組數字來，你動手去查吧。」莊之蝶被他弄得莫名其妙，看著他列出三個四位數字，照他吩咐的查法去翻閱那線裝書籍，果然查出三首詩句來。

之一：

剪碎鵝毛遇朔風，雪裡梅花竹更清，
生辰正閏夏七月，二十三日身降生。

之二：

鴻雁迷群淚紛紛，手足宮中壽不均，
兄弟三人分造化，內中一人命歸陰。

之三：

父命屬豬定仙遊，乾坤爻相有相爭，
二親宮中先喪父，母親相同壽遐令。

莊之蝶一一看了，只驚得目瞪口呆，叫道：「天下還有這等奇書！我的什麼情況都寫在上邊了。」
孟雲房一闔書籍說：「我以前給你說，你總是不信。這書在《易經》數典中是最神奇的一部，它失傳了幾百年了，許多算卦高手都是聽說過沒有見過的。據智祥大師說，西京皇城圖書館是有過一部的，當年康有為來西京，到處要看稀世文物，臨走偷了幾件東西，皇城圖書館和孕璜寺只發現被他偷了一枚硯台和一冊經本，就上書陝西督軍。督軍下令派人去追索，快馬直追到潼關才追上，硬著臉面索要回來，這事當時驚動了全國。但後來竟又發現少了一書，一查書目，才知是多少人覓尋不到的《邵子神數》，便知是康老夫子盜走了。康有為死後，誰也不知此書下落。大前年台灣有一高人，自稱有一套《神數》，卻只有《神數》沒有《神數》查解法，曾到大陸走訪了十三個省市，也是空手而歸。現在我倒是有了！」莊之蝶說：「說得這麼玄乎，怎不見你咋呼過？」孟雲房說：「你別以為我是咋咋呼呼的，那也要看什麼事情。我告訴你，你得嚴加保密，這書是北郊一個六十二歲的老者的。老者閉口不提書的來歷，聽說他是滿族，是正紅旗的後人，這書必是從皇室什麼地方弄出來的。老者對此書幾十年祕不示人，也是沒有查解之法，苦苦研究了十八年不可知。後來從智祥大師那兒認識了我，幾經接觸，才透出口氣讓我來查解。我現在剛能入得一步，弄懂了將生辰年月如何轉變為四位數，所查出的也只能是你生於何年何月，你父母十二生肖為甚，兄弟幾人，妻娶何氏。後邊還有生前為何所變，死後又變何物，在生之時哪年有災哪年有福，何日發財何日破損，官居幾品名重幾級，但我卻全然不懂查解之法。此書開首就講『天機洩露，則瞑目啞言』。我是入了此一步，這眼就瞎了。」一席話說得莊之蝶倒害怕起來，說：「那就不要看這等書。」孟雲房說：「怎麼不看？不解此書人目明亮，人目卻只看到現實世界；解了此書人目瞑盲，卻能看到未來世界，這哪頭重哪頭輕?!所以眼瞎之後，我去醫院查不出原因，心裡倒是高興，知道我是真正解開了一點天書，回來越發地精神，日夜研究，只可惜再無進展。」莊之蝶到了這時，便也說道：「你既然樂於此道了，那給我再查查，看我的妻室如何？」

孟雲房就又計算半日，列出一個四位數來，一查，上面竟是寫道：

庭前枯木鳳來儀，祿馬當求未見真。
好將短事求長事，聞聽旁人說是非。

莊之蝶問道：「這是什麼意思？看來是月清，又好像不是月清？」孟雲房說：「這我也說不上來的。」莊之蝶又問：「你查過咱所認識的這些人嗎？」孟雲房說：「你瞧瞧這個。」從一本書桌取出一張紙來，交給了莊之蝶。莊之蝶卻展讀不懂。

孟雲房說：「這是我給我老婆查的，一點沒錯，她命裡是要嫁兩回的。別的人我倒不知生辰年月。」莊之蝶說：「那我說出三個人的。一個是唐宛兒，五七年三月三日亥時生人。一個是柳月，六三年十二月十八卯時生人。一個是汪希眠老婆，五〇年臘月初八酉時生人。」孟雲房一一查了，奇怪的是每人只能合出一個四位數來，且不是了七言律詞的格式。

唐宛兒的是：

湖海意悠悠，煙波下釣鈎。事了物未了，陰圖物未圖。

柳月的是：

喜喜喜，終防否，獲得驪龍頸下珠，忽然失卻，還在水裡。

汪希眠老婆的是：

心戚戚，口啾啾，一番思慮一番憂，說了休時又不休。

莊之蝶說：「怎麼上邊全沒有寫到她們的婚姻之事？」孟雲房說，「婚姻怕只是在別的四位數裡查到的，但依她們的生辰年月，我只能查出這些。」莊之蝶遺憾了半日，卻又想：這倒好，如果都讓我知道了，也是可怕之事。如果一切都是命運決定，牛月清若將來不屬於我，那我與她如此這般還罷了；若將來與我白頭到老，這就怎麼了結雙方？若唐宛兒能最後嫁我，這倒也罷了；若還是嫁了別人，我豈不明知兩頭落空還能與她再一個心思嗎？還有柳月，還有汪希眠老婆，甚至以後還會遇到什麼人呢？……按《邵子神數》上看來，人的一生，其實在你一出生之時一切都安排好了，那麼我所取得的成就，所有的聲名，以及與身邊這些女人的瓜瓜葛葛都是命該如此，也就沒了多少刺激。想到這裡，莊之蝶倒後悔不該查了這部書的，就說：「不查出也好，你永遠都不要查所熟悉的人，今日這事也誰都不必告訴。」孟雲房說：「應該是這樣。要不你也知道得太多了，眼睛也是不瞎就啞言的。你不比我，你現在正是日在中天，好好活你的快活是了！」莊之蝶只是搖頭：「我還活得快活?!」

約摸過了一個時辰，夏捷黑水汗流回來，問候了莊之蝶，就一屁股仄臥在了沙發上，叫喊累壞了，讓孟雲房點一支香菸給她吸。孟雲房點了給她，莊之蝶說：「你也吸開菸了?」夏捷說：「你們男人家能享受的我也要享受享受！雲房，今日吃什麼，飯做好了嗎?」孟雲房說：「之蝶來了，我們要說話的，哪兒有空做了飯？你給我們下些麵條吧。」夏捷說：「你在家涼房子裡坐了一上午，倒叫我去做飯，我不去！」孟雲房說：「不去也好，我去街上買些涼麵皮子來吃。」拿盒兒出門去了。孟雲房一走，夏捷就對莊之蝶說：「你一定認為我在家太霸道了吧？我近日在家故意甚事也不幹的。你不知道他現在一天到黑只是鑽在那《邵子神數》裡，人也神神經經起來，我說他，他根本不聽。先是把智祥和尚當神敬，後又是說慧明那尼姑如何了不得，現在認識了一個北郊死老頭子，又崇拜得不得了，他是一個時期沒個崇拜對象就不能活了！」莊之蝶就笑了，說：「現在不去那神魔保健品廠去當顧問了吧？」夏捷說：「早都不當了！你瞧瞧那床下，扔了一堆神功保元袋的。他當時寫那些產品介紹，說保元袋裡有麝香、有冰片、有虎鞭，我就說了，一家保健品廠一天生產那麼多袋子，你是哪兒得來的虎鞭，一隻虎一條鞭，能裝幾個袋子？你是在床下養著老虎還是上東北長白山捕的，你不怕公安局來查你亂殺國家稀有動物的罪嗎?!」莊之蝶哈哈大笑起來。孟雲房端了涼麵皮子進來問笑什麼的這麼開心？夏捷對莊之蝶說：「不告訴他，笑可笑之人！」孟雲房也不再追究，三人開始吃飯。

吃罷飯，孟雲房卻要和莊之蝶出去，惱得夏捷不理。出了門孟雲房就活躍起來，卻要求莊之蝶用摩托車帶他去一趟北郊的小楊莊，說是那位老者就住在那裡。又說這老者如何神奇，近些年四處雲遊，尋訪各地易林真人，從人家那兒打探有關懂得《邵子神數》查解之法，而他之所以能入了門兒，也是老者聽了一位摸骨老太太的一句口訣才回來告訴他的。莊之蝶也有心要看看這老者是什麼人物，帶了孟雲房一路風颭一般向城北駛來。

小楊莊村子並不大，莊口一幢小樓，樓上涼台上正站著了一對年輕男女。女的正攏了小兒吃奶，男的說，「你吃不吃，你不吃爹吃呀！」果然就去很響地砸了一口。女的就說：「你爹不要臉！」便逗著孩子說兒歌。說的是：「二十三，祭灶官。二十四，掃房子。二十五，磨豆腐。二十六，蒸饅頭。二十七，殺公雞。二十八，貼窗花。二十九，封糧口。三十煺蹄兒，初一腳蹬兒。」莊之蝶就瓷眼兒往上看。孟雲房說：「這是老者的兒子兒媳。小兩口逗趣兒，你賣什麼眼兒？」莊之蝶說：「我是聽那兒歌的。那後邊的詞兒多好！三十怎麼是煺蹄兒，初一卻腳蹬兒？」孟雲房說：「年三十是燒了熱水洗腳剪趾甲換新鞋呀；初一早晨小孩要給大人磕頭，磕頭時腳是要蹬的呀！」莊之蝶說：「好，好！這女的一口河南腔說這詞兒，蠻押韻中聽嘛！」孟雲房就向涼台上問：「你爹呢？」那男的說：「在哩！」孟雲房就領莊之蝶進了院子，逕直往樓下北邊的一間屋去，果然一老頭就在那裡獨自吃茶哩。莊之蝶進去，老者並沒有站起，只是欠身讓了座，將一隻滿是茶垢的杯子遞過來，悄聲地就和孟雲房說開來。莊之蝶看看房子，房子竟沒一頁窗戶，黑咕隆咚，散發一種臭味。一張床上、桌上，到處是線裝古本。孟雲房說：「這是我一個堂弟，不妨事的，您老大聲說好了！」老者又看了莊之蝶一眼，說：「你抽菸。」在身上找起來，找不出來，擰身伸手在床上的一堆亂被中摸，摸出一包來扔給了莊之蝶，聲音還是不大地說：「我去了渭北三次，那人就是不拿出書來讓我看。第四次去，他說看是不能看的，看是和買去了一樣的。我就說，我可以買，你說個價吧。那人說，我現在需要蓋房子，得二十萬。我說這麼多錢我可拿不出的，給你四萬吧。他說四萬太少。與我討價還價，我加了五千。我也只能拿出這麼多。前日下午又去，他卻變了卦，我就沒有回來，再談了一夜，我說你又沒個神數書的，存下這二十三句口訣有什麼用場？他說，是呀，你又沒有這二十三句口訣，有那部書還不如有一本《辭源》《辭海》！他說的也是。我就說等查解出來，我複印一套書送你。第二天早上，他同意了，我給了他四萬五千元，他拿出一個小冊子，卻失聲痛哭，說自己是不孝之子，把祖上留下的這寶貝給人了，哭得直不起腰來。」老者就取出一個樟木小匣，從中取出只有四頁的小手抄冊子，卻附在孟雲房耳邊嘰咕。孟雲房說：「沒事的，我還得坐他摩托車回去的；等一有進展，我立即就來。」老者說：「你不要來，我明日下午或許就去你那裡了。」

兩人告辭出村，孟雲房說：「之蝶，你覺得老者怎樣？」莊之蝶說：「我不喜歡這號人，太詭。」孟雲房說：「他防你的。我沒說出你的名來，他冷淡你了。」莊之蝶說：「這下你得雙目失明了！」孟雲房說：「也說不上這口訣是真是假，我能不能轉化了口訣？要是眼睛真的瞎了，夏捷怕就要離我而去的。」莊之蝶說：「你不是給她查了，她只改嫁一次嗎？」孟雲房說：「就是不走，也含惡聲敗氣待我。你到時候可多來看我。」莊之蝶說：「沒問題的，她真要那樣，我送你去清虛庵，慧明不是待你挺好嗎？」孟雲房說：「她升了監院就不比先前了。為了庵的撥款，我給她介紹了黃德復，她現在有事就直接去找姓黃的，見了我只對我念阿彌陀佛，正經是個佛門人了。」莊之蝶笑道：「人家當然是佛門人，我只怕你破了她的佛身。」孟雲房倒嘿嘿地笑著不語。瞧著孟雲房那麼個神氣兒笑著，莊之蝶心裡倒有些不舒服起來，眼前浮現了幾次穿著金箔袈裟的慧明形象，摩托車險些騎到路邊的水渠裡。到了北城門外，前邊是橫亙的鐵道，莊之蝶突然問：「這裡不是道北嗎？」孟雲房說：「是道北。」莊之蝶說：「尚儉路在哪兒？」孟雲房說：「進了北城門往東走不遠就是。」莊之蝶說：「太好了，我領你去見見一個女的。」孟雲房說：「你遠在這裡蓄著一個女人呀！」莊之蝶說，「快閉了臭嘴！」如此這般說了鍾唯賢的事，又說了阿蘭留的地址，路過這裡何不去問問阿蘭把那信發了沒有，打聽到宿州的情況如何，說得孟雲房連聲念叨莊之蝶心好，就到了尚儉路尋了那條叫著普濟巷去。

沒有想到，尚儉路以西正是河南籍人居住區。剛一進普濟巷，就如進了一座大樓內的過道，兩邊或高或低差不多都是一間兩間的門面。做飯的爐子，盛淨水的瓷甕，裝垃圾的筐子，一律放在門口的窗台下，來往行人就不得不左顧右盼，小心著撞了這個碰了那個。三個人是不能搭肩牽手地走過的，迎面來了人，還要仄身靠邊，對方的口鼻熱氣就噴過來，能聞出菸味或蒜味。莊之蝶和孟雲房停了摩托車在巷口，正愁沒個地方存放，又擔心丟失，巷口坐著的幾個抹花花牌的老太太就說：「就放在那裡，沒事的。西京城裡就是能抬蹄割了掌，賊也不會來這裡！」孟雲房說：「這就怪了，莫非這巷裡住了公安局長？」老太太說：「甭說住局長，科長也不會住這巷子的！巷子這麼窄，門對門窗對窗的，賊怎麼個藏身的？巷這頭我們抹牌，巷那頭也是支了桌麻將，賊進來了，又哪裡出得去？」莊之蝶就說：「一條巷一家人的，這就好。你老人家知道不知道有個阿蘭的姊姊住在這裡，是個安徽人的。」老太太說：「安徽人？這裡哪有安徽人？」另一個老太太說：「穆家仁的媳婦不是安徽人嗎？」這老太太就說：「你怎不說是河南人的媳婦呢？穆家仁的媳婦怎不認識！她是有個妹妹也來住好久了，那可是這巷子裡兩朵花的。你們哪兒的？是親戚？同學？」孟雲房說：「同事。」老太太說：「二十七號。記住，二十七號呀，二十七號和二十九號門挨門的，別走到二十九號去。這個時候，人家二十九號新夫婦睡覺的，別推門討個沒趣。」兩人就笑著往裡走，聽見老太太還在說：「穆家的門風怪哩，代代男人憨木頭坯子，屋裡人卻一輩比一輩的俊俏！」查看門牌走過去，熱得兩人如進了火坑。一個女人就赤了上身，有五十多歲吧，頭髮胡亂地攏在頭上，額上出了痱子，又敷著厚厚的白粉，兩個已經癟了的布袋奶吊在胸前，於一家拉嚴了窗簾的窗前喊：「阿貴，阿貴，阿貴你是死了?!」屋裡半天不語，有女聲說：「阿，阿，阿貴，貴，不，在，在，在喲，喲——喲！」莊之蝶先是不解這聲音怎麼啦，那女人罵道，「噢，阿貴不在？阿貴能不在?!我說大熱天的窗簾拉得那麼嚴，你們不怕肚皮出痱子？你們忙吧，我走啦，一會完了事讓阿貴借我一缸漿，我要做『漏魚』啦！」莊之蝶也就知道那聲音的內涵了，偷著笑了一下。一直走到巷中間，二十七號門口蹲著一個男人洗衣服，莊之蝶問：「道是二十七號吧？」那男人說：「二十七號。」又問：「阿蘭是不是住在這裡？」男人抬頭還看著他們，屋裡有聲傳出來：「誰呀，阿蘭是住在這裡！」男人就把盆子挪了挪，放他們進去。一進去，迎面一個大床上坐著一個穿睡衣的女人，正抱了腳剪趾甲。腳嬌小秀美，十個趾甲塗著紅，抬了頭來，卻不是阿蘭。孟雲房掏了名片遞過去，介紹說：

「這一位是作家莊之蝶，他認識阿蘭。」女人出溜兒下了床來，眼幽幽地看著莊之蝶就叫道：「哎呀，這是什麼日子呀，這麼大的人物到這裡來了！」一邊抓床上的一件衫子往身上套，一邊說：「怎麼還不坐下？家仁，你看這是誰來了，你還瓷在那裡不倒了水來！這是我丈夫。」穆家仁回頭笑著，臉很黑，牙卻白，一手肥皂沫。女人就說：「你瞧我這男人，他只知道在家裡洗呀，涮呀，沒出息的，讓你們見笑了！」穆家仁臉就黑紅，窘得更是一頭水，訥訥道：「我不洗，你又不洗的！」女人說：「瞧你說的，你要是有莊先生這份本事，我天天供了你去寫作，屋裡一個草渣渣也不讓你動！」莊之蝶就圓場：「我那麼金貴的？在家還不是常做飯洗衣的！」女人說：「哪能這樣，這你夫人就不對了，她累是累些，可身累累不著人，心累才累死人哩！」穆家仁把茶沏上了，還是笑笑就坐在一邊去。女人拿了扇子給莊之蝶和孟雲房搧，說房子小，沒個電扇。男人是建築隊的繪圖員，在那桌上畫圖，孩子要在那縫紉機板上做作業，一開電搧，滿屋的東西就都要飛起來，所以她也便沒買的。莊之蝶不好意思讓她搧，拿過扇子自個搖動。女人說：「找阿蘭呀，我是阿蘭的二姐，叫阿燦的。阿蘭那日回來對我說過見了你，我還不信，那麼大的人物就讓你見了？阿蘭後來回來就拿了你的信，說是你夫人交給她的，讓我發給我大姐，我這才信了。我卻不懂，怎麼又讓我大姐把信郵回西京？」莊之蝶說了原委，問：「宿州那邊不知有沒有消息？」阿燦說：「大姐來了信，說有個叫薛瑞梅的女人，先是在第一中學教書，當了幾十年右派，平反後三年裡就早死了。」莊之蝶聽了，不覺傷心起來，想鍾唯賢精神支柱全在這薛瑞梅身上，他要知道人已死了，老頭將要一下子全垮下來的。就說：「雲房，這事你千萬不要說出去，阿燦你也不要說。說者無意，卻不知什麼時候就傳到鍾主編耳裡，那就要了老頭的命了！現在看來，我得繼續代薛瑞梅給鍾唯賢寫信，你幫我郵給你大姐，讓她再換了信封，就寫上她家地址再郵回西京。要不，鍾主編還是給老地址去信，前幾封沒退回來怕是丟了，若再有一次兩次退回來，他就要疑心哩。」阿燦說：「你這般善心腸，我還推辭什麼？你要寫了信，你有空拿來，或者我去你家取。」莊之蝶說：「哪能讓你跑動，我那兒離阿蘭單位近些，我交給她好了。」阿燦說：「那也好，只是阿蘭近日不常去廠裡，她不是在設計公廁嗎，整日跑跑磕磕的。」莊之蝶說：「設計還沒完？」阿燦說：「誰知道呀！一個公廁麼，她精心得好像讓她設計人民大會堂似的！這幾日回來，說那王主任三天兩頭叫她去，但方案就是定不下來，愁得她回來飯也少吃了，爬上樓就去睡。」莊之蝶這才注意到牆角有一個梯子，從梯子爬上去是一個樓，阿蘭是住在樓上的。便說：「這樓上怕還涼些。」阿燦說：「涼什麼呀，樓上才熱的！本來有窗子可以對流，可巷對面也是一個小樓，上面住著兩個光棍，阿蘭就只好關了窗子。人在上邊直不起腰，光線又暗，我每日熬綠豆湯讓她喝。我說你快嫁個人，嫁個有辦法的，就不在我這兒受罪了！她只說她現在這個樣子，一嫁人就什麼也幹不成了就完了。唉，這我年輕時心比她更盛，現在百事不成，還不是活著?!」

這當兒，巷道有人用三輪車拉炭塊，門口的洗衣盆把路擋了，叫著挪盆子嘍，穆家仁趕忙出去挪了盆子，又把盛污水的桶提了進來，三輪車才過去，桶再提出去。穆家仁沒事，也沒話，就又在盆裡搓洗起來，阿燦便讓他出去買些熟食來，要讓客人在這兒喝酒。莊之蝶趕忙謝絕。阿燦卻惱了：「嫌我們管不起一頓酒嗎？嫌不衛生？」還雙手按了莊之蝶的肩要他實實在在坐下，隨手揮掉了莊之蝶後領上的一點塵土。

酒就在阿燦家喝了，無外乎有一些豬肝、肚絲、豬耳朵、竹筍和磨菇。阿燦又燒了一條並不大的魚。魚在門外的爐子上煎時，香氣就瀰漫了半個巷，對門的房子裡有孩子就嚷道要吃魚。莊之蝶從門裡看去，對門窗裡是一個老太太在擀麵條，也是赤了上身，兩個奶卻鬆皮吊下來幾乎到了褲腰處，而背上卻同時揹著兩個孩子。老太太說：「吃什麼魚，沒長眼睛瞧見阿燦姨家來客人嗎？吃奶！」便白面手把奶包兒啪啪往肩後摔去，孩子竟手抓了吸吮起來。阿燦便盛了一碗米飯，夾了幾塊魚走過去，回來悄聲說：「你們一定要笑話老太太那個樣子了，聽說她年輕時可美得不行，光那兩個奶子饞過多少男人，有兩個就犯了錯誤了。現在老了，也不講究了，也是這地方太熱，再好的衣服也穿不住的。」

喝過酒，四人又說了一陣話，穆家仁洗洗了鍋碗就要上班去，莊之蝶和孟雲房也要走，穆家仁按住說：「你們急什麼，我是上夜班，不去不行的。你們談你們的，晚上在這兒吃我們河南人的漿麵條。」莊之蝶說：「哪能吃個不停，以後來就不讓吃了。」阿燦說：「我知道的，你是嫌男人不在家避嫌吧？心裡乾淨，男男女女睡一個床上也沒個啥！」說得莊之蝶和孟雲房臉脖赤紅，只好待下。穆家仁走了，阿燦問你們怎麼來的，車子放在哪裡？知道了騎的是摩托車，就讓孟雲房去推過來，免得老太太們回家去了沒人照看。孟雲房一出去，阿燦明亮亮的眼睛就看看莊之蝶，說：「你說真話，是真的要走，還是不好意思的話？」莊之蝶就嘿嘿地笑，說，「你待人好真誠，雖初次認識卻覺得關係很熟了，很近乎的。」阿燦說：「真話說了中聽。你不知道，你能來我多高興，要不嫌棄了，你就多待會兒，我去隔壁先借包瓜子兒來嗑。」說完就走出去。孟雲房回來，莊之蝶說：「你覺得阿燦怎麼樣？」孟雲房說：「天生麗質，性格也好。」莊之蝶說：「我倒少見過這種女人，她長得比阿蘭大方，更比一般女子少了脂粉氣。女人沒脂粉氣，如士沒有刀客氣、僧沒有香火氣一樣可貴可親！」孟雲房說：「你又喜歡她了？」這時阿燦進了門，一人一把抓了瓜子兒讓嗑了，說：「阿蘭很晚才回來的，你何不就在這裡再給鍾主編寫一封信，明日我就拿郵局給我大姐寄了。鍾主編那麼個處境，多一封信就能多活一個年頭的。」孟雲房說：「阿燦也有這份體會。」阿燦說：「將心比心嘛！只是我年輕輕的，倒沒個寫信處，也沒個信寫來。」孟雲房說：「像阿燦這麼好人才好氣質的，哪有沒寫了信來的？」阿燦說：「人都這麼說的，可正是這臉面和氣質害了我！年輕時心比天高，成人了命比紙薄，落了個比我高的人遇不上，死貓爛狗的又抖丟不離。哪裡像你們？」孟雲房說：「都一樣的，莊先生信倒不少，都是求寫作竅道的，沒見他說過有女的找他。」阿燦說：「恐怕是莊夫人漂亮，女孩兒們自己掂量了，就不敢去了。」孟雲房說：「夫人倒還一表人才。」阿燦就笑道：「這就好了！」孟雲房說：「好了什麼？」阿燦說：「你要說莊夫人人才不好，我倒喪氣了！你想想，別的女人見了莊先生，保準都有一份好感，說是為了啥，怕是誰也說不清；若聽說莊夫人醜了，她就覺得莊先生標準太低，要愛上他也覺沒勁兒的。」孟雲房說：「你這想法倒怪，一般愛上一個男子，盼不得那男子的老婆醜，才有攻破的希望的。」莊之蝶就直擺手，說扯到哪裡去了?!卻看著阿燦說：「阿燦真可惜是這巷子的。」阿燦說：「也沒什麼可惜的，這世上多是甲女配丁男麼！人常說金子埋在土裡終究也是金子，當然不是說我就是什麼金子，可即就是塊金子，把你埋在土裡了你是金子又有什麼用？鐵不值錢，鐵卻做了鍋能做飯，鐵真的倒比金子有了價值的！我現在寬心的是我還有個好兒子，兒子一表的人才，腦瓜兒也聰明。」孟雲房說：「兒子呢？」阿燦說：「上初中了，晚上回來晚，學校加課的。我希望全在他身上了，我必須叫他將來讀大學了再讀博士生，然後到國外闖事業去！」莊之蝶心裡不是個滋味，說：「你這麼年輕的，正是活人的時候，若一門心思在孩子身子就……」阿燦笑了一下，笑得很硬，低頭在桌面上看了一下，看著桌面一層灰，拿抹布去抹了，說：「你說的對著呢，可你不懂……」又笑了一下，說：「我曾經給阿蘭說我過去在新疆餓過肚子，阿蘭說她也餓過。可阿蘭是一次出差到山裡去，走了一天的路沒吃一口飯，而我是怎麼餓肚子呢？我是真正吃了上頓遠不知道下頓吃什麼，家裡窮得沒了一把米！都是餓過肚子，那情況不一樣哩！」莊之蝶說：「我懂的……」孟雲房一旁聽著，心裡似乎明白了什麼，又不明白，只覺得他們能談在一起，就說他用摩托車去城裡辦個事的，讓莊之蝶在這兒寫信等著，兩個小時後回來的。不容分說，出去開了「木蘭」就走了。

孟雲房一走，莊之蝶多少又有些不自然了。阿燦說：「你現在就可安心寫信了？」莊之蝶說：「寫的。」阿燦取了紙和筆，把桌上亂七八糟的東西一下子擁到一邊，讓莊之蝶坐了，她說她不影響，坐在那裡看會兒書的。莊之蝶一時入不了境界去，連開了幾個頭，撕了，阿燦就說太陽曬吧，過來拉了窗簾，又怕他熱，在後邊給他搖扇。莊之蝶說不用的，尋著了感覺寫下去，一寫下去竟帶了深情，如癡如醉。阿燦在床頭看了一會兒書，拿眼就靜靜地看莊之蝶在那裡寫信的樣子。不知過了多久，莊之蝶寫完了，回過頭來，見阿燦呆呆地看著他發愣。他看著她了，她竟也沒有覺察。就說：「寫完了。」阿燦冷不丁一怔，知道自己走了神兒，臉倒羞紅，忙說：「完了？這麼快就完了？」莊之蝶在這一瞬，心想，這麼半天了還沒見她羞過的。阿燦就走近來，說：「你能給我念念嗎？」莊之蝶說：「怎麼不能念的！你聽聽，有沒有你們做女人的味，我真擔心鍾主編看出是假的。」就念起來，整整三頁，莊之蝶念完了，猛地發現在面前有一隻白淨的手，五指修長，卻十分豐潤，小拇指和無名指緊緊壓著桌面，中指和食指卻蹺著，顫顫地抖動。才知道阿燦什麼時候就極近地站在自己身邊，一手扶了桌上，一手在他的身後輕搖了蒲扇兒。他抬起頭來，頭上空正是阿燦俯視著的臉，雙目迷離，兩腮醉紅。莊之蝶說：「你覺得怎麼樣？」阿燦說：「我恍惚覺得這是給我寫的。」莊之蝶一時衝動，啞了聲叫了一句：「阿燦！」阿燦說：「嗯。」身子就搖晃著。莊之蝶握筆的手伸過去，在拿筆的手扶在阿燦的腰際時，身子同時往起站，於站起未站起的地方，俯下來了一張嘴接住了上來的一張嘴，那筆頭就將墨水印染了一點黑在阿燦的白衫上。兩人抱在了一起，把一張藤椅也撞翻了。莊之蝶說：「阿燦，這是我寫的最好的一封信，我是帶了對你的好感之情來寫的。」阿燦說：「真的，你真的喜歡我？」莊之蝶又一次抱緊了她，他不想多說，也不需要說，他以自己的力量以自己的狂熱來表示他對她的同情和喜歡。阿燦在他的懷裡，說：「你不知怎麼看我了，認作我是壞女人了。我不是，我真的不是！你能喜歡我，我太不敢相信了，我想，我即使和你幹了那種事也是美麗的，我要美麗一次的！」她讓莊之蝶坐好，又一次說她是好女人，是好女人，她當年學習很好，但她家成分高，她從安徽去新疆支邊的，在那裡好賴找了穆家仁，前幾年一塊又調到西京的。她現在日月過得很糟很累，是個小人物，可她心性還是清高。她是不難看的，有一副好身架，臉子還算白嫩，可她除了丈夫從未讓任何人死眼兒看過她，欣賞她。莊之蝶說：「阿燦，我信你的，你不要說了。」阿燦說：「我要說的，我全說給你，我只想在你面前作個玻璃人，你要喜歡我，我就要讓你看我，欣賞我，我要嚇著你了！」

竟把衫子脫去，把睡衣脫去，把乳罩、褲頭脫去，連腳上的拖鞋也踢掉了，赤條條地站在了莊之蝶的面前。莊之蝶並沒有細細地在那裡品賞，他抱住了她，不知怎麼眼裡流出了淚來。阿燦伸了手來擦眼淚，說：「你真的被我嚇著了?!」莊之蝶沒有說話，待阿燦在床上直直地睡下了，他也把自己的身子交給了阿燦。阿燦輕聲叫起來：「你真的喜歡我，你真的喜歡我麼？」……（此處作者有刪節）阿燦把他拉下去，他只聞到了一股奇異的香。阿燦說：「我是香的，穆家仁這麼說過，我的兒子也這麼說，你聞聞下邊，那才香哩！」莊之蝶趴下去，果然一股熱騰騰的香氣，就覺得自己是在雲霧裡一般。（此處作者有刪節）阿燦咬了牙子喊疼，莊之蝶就不敢，真怕傷了她。阿燦說：「你怎麼覺得好，你只管你的好。生兒子時，醫生就說我的骨盆比一般人窄，還怕生不下孩子的。」莊之蝶又慢慢地試探著。她搖搖頭，就只是笑。說說話話的，待莊之蝶說他要排呀，阿燦說讓他排在外邊……（此處作者有刪節）阿燦說：「讓你排在外邊，是因為我是沒帶環的，我怕懷孕的。」說著，又雙手摟了他去，緊緊抱了睡在一起，突然臉上抽搐，淚流滿面。莊之蝶趕忙就要爬起來，說：「阿燦，你後悔了嗎？是我不好，我不該這樣的。」阿燦卻又撲起來摟了他躺下，說：「我不後悔，我哪裡就後悔了？我太激動，我要謝你的，真的我該怎麼感謝你呢?!你讓我滿足了，不光是身體滿足，我整個心靈也滿足了。你是不知道我多麼悲觀、灰心，我只說我這一輩子就這樣完了，而你這麼喜歡我，我不求你什麼，不求要你錢，不求你辦事，有你這麼一個名人能喜歡我，我活著的自信心就又產生了！我真羨慕你的夫人，她能得到你，她一定幹什麼事情都幹得成功，幹得輝煌，我嫉妒她，太嫉妒她了！但你相信，我不敢去代替她，也不去那麼想。我和你這樣，你放心，我不會給你添任何麻煩和負擔的！」

莊之蝶從沒有聽到過女人給他說這樣的話，他爬起來，擦乾了她的眼淚，說：「阿燦，我並不好，你這麼說看倒讓我羞愧！」就坐在那裡，木木呆呆起來。阿燦卻說：「我不要你這樣，我不要你這樣！」再一次把他抱住，頭倚在了懷裡。兩人靜靜地坐了一會，阿燦輕聲問：「你想抽枝菸嗎？」手就去床頭的菸盒裡抽出一枝，叼在嘴裡點著了，取出來塞在莊之蝶唇上。莊之蝶卻取下了，說：「你讓我能再聞聞你的香嗎，讓你的香遮遮我身上的臭氣！」阿燦溫順如貓地睡平了，莊之蝶就跪著，從頭到腳又吻著聞了一遍。他告訴了阿燦「求缺屋」的地址，他希望他們還能見面，阿璨滿眼淚光地答應著。

西京大雁塔下有個名字古怪的村子，叫爻堡，人人卻都能打鼓。相傳，爻堡的祖先是秦王軍中的一名鼓師，後落居在此了，鼓師的後代為紀念祖先的功德，也是要團結了家族，就一直以鼓相傳，排演「秦王破陣」的鼓樂。世代的風俗裡，二月二是龍抬頭的日子，在爻堡卻是他們的鼓節，總要打了一面杏黃旌旗，由村中老者舉旗為號，數百人列隊擊鼓去城裡大街上威風。那時街上店鋪圖吉祥，鼓隊所到之處，便將三尺三寸紅綾縛於帶旗人的頭上，千支頭萬支頭的鞭炮放得天搖地動。到了這些年，形勢衍變，爻堡人仍是擊打鼓樂，卻以鼓樂為生。城南郊區的農民經營企業，一有新開發的產品要宣傳，突破了多少萬元要報喜，就請爻堡人的鼓樂。因此上，城牆圈內的市民不光在二月二滿街跑著瞧鼓樂隊，平日一聽得鼓響，就知道那又是城郊農民發了業了，有了錢了，來城裡張揚顯誇的，就潮水般地湧了去看。

這一日，是星期天，鼓樂又在街上擊響，聲勢比往昔又大了許多。牛月清和柳月先是在家裡纏毛線團兒，鼓點子就惹得心裡慌。雙手框著毛線束兒的柳月不時地走神兒，牛月清罵句「猴溝子你坐不穩！」卻收了毛線，要柳月去拿了她的高跟鞋來，說要看咱都看去。兩人就收拾了一下頭臉，來到街上。街上人山人海的只是走不過去。柳月就牽了牛月清的手，躍過了行人道欄，只從自行車道裡避著車子往前走。牛月清掙脫柳月的牽扯，嫌不雅觀，卻又喊：「柳月，你走那麼快，是急得上轎嗎？」牛月清只說莊之蝶賭氣住了文聯大院那邊，一兩日即回來的，沒想到許多天日不見蹤影，自個心就有些軟了，卻也要長一口作夫人的志氣，硬撐著也不去的。這樣在家待得煩悶，也尋思丈夫往日嫌其不注意收拾，就買了幾件新衣，把平日穿的並不舊的衣裳全給了柳月，今日看鼓樂出來穿了一雙尖頭高跟皮鞋，走不到一會兒，已憋得腳疼，只恨柳月走得快。柳月返回來，只好放慢腳步，說：「這鼓樂隊我可沒見過，陝北鄉裡逢年過節鬧社火，但鼓也沒敲得這麼緊的，把人心都敲得跳快了！」牛月清說：「街上看鼓樂是要看的，但不僅是看鼓樂，還要看看鼓樂的人才有意思呢！」柳月這才注意街上的人物怎麼這般多，都穿戴這般鮮艷。便立即發現了有許多人瞅著自己看，悄聲說：「大姐，你好漂亮，人都看你的。」牛月清說：「看我什麼，老太婆了誰還看的，是看你哩！」柳月雖穿的是夫人送她的舊衣，但柳月是衣服架子，人又年輕，穿著並不顯舊，更比新做了的衣服合體。聽了夫人的話，知道街上人在看著她，偏高揚了頭臉，不左顧右盼，只拿眼角餘光掃視兩旁動靜，將那一副胸脯挺得起起的。牛月清說：「柳月，不要挺得那麼起！」柳月就哧哧地笑。好容易擠到鐘樓下，鼓樂隊從東大街就開過來，圍觀的人更多。兩人跳上了一家賓館門前的噴泉石台上，便見三輛三輪車並排駛著，一個巨大的標語牌就橫放在那三輪車上，牌上金粉寫了「一〇一農藥廠廠長黃鴻寶向全市人民致意！」三輛三輪車後，是一輛三輪車上站著一個黑胖漢子，笑容可掬，頻頻向兩邊人群揮手。再後又是四路三輪車縱隊。兩邊的車上是鈸手，持著黃銅黃繫兒的響鈸；中間兩排車上各架一面大鼓，紅色鼓圈，焦黑泡釘，而所有人都是右肩斜著到左胯，掛了黃邊紅綢綬帶，上寫「一〇一農藥廠報喜隊」。陽光底下，兩邊的銅鈸在手中猛拍三下，呼的一聲雙手高舉，將鈸一分，齊刷刷一道金光閃耀，那擊鼓人就裡敲三下，邊敲三下，在空中綰了花子，一槌卻在空中停了，一槌落下。如此數百人動作一律，鼓鈸交錯有致，早博得街上兩邊看客齊聲喊好，掌聲不絕。牛月清看了半會兒，突然說道：「瞧那黑醜漢子，像毛主席檢閱部隊的，現在有錢，什麼格兒都可以來了！那人我是認識的，到咱家去過的。」柳月說：「我說怎麼眼熟的？我記起來了，他這般威風，到咱家對莊老師卻龜孫子似的！」突然叫起來，「哎，哎——！」牛月清說：「胡叫什麼，尖聲乍語的像個什麼！」柳月說：「那不是唐宛兒嗎？」牛月清看時，人窩裡正是唐宛兒和夏捷，兩個人容貌美艷，服飾時興，顯得非常出眾。聽見叫聲，唐宛兒的一顆頭轉軸似的扭著四周看，終於看到了這邊，就叫道：「柳月，你和師母也看熱鬧了，莊老師沒來？」兩人就擠過來，跳上石台，拉手攀肩，嘻嘻哈哈不停。這邊原本花團錦簇，笑得又甜，早惹得眾人都拿眼光來瞅，便有一幫閒漢在那裡衝了她們笑。四人忙避了眼。聽見一個人說：「小順，小順，你沒聽見嗎，你魂兒走了嗎？」一個說：「瞧，四個炸彈！」柳月聽著了，悄聲問夏捷：「炸彈是什麼？」夏捷說：「就是說你能把他震昏！」柳月就捅了唐宛兒的腰，說：「你才是炸彈的。今日打扮得這麼嬌，讓誰看的？美死你！」動手偏拔了她頭上一個髮卡，別在了牛月清的頭上。牛月清取下來，看是一枚大理象牙帶墜兒的髮卡，說：「宛兒，周敏也給你買了這卡子？」唐宛兒臉先紅了，「嗯」了一聲。牛月清說：「你戴上好看的，你莊老師前年去大理開會，也買了一枚給我，太大太白艷，我怎麼用得出來！還一直放在箱裡。我只說大理有這貨，西京也有賣的?!」就重新卡在唐宛兒頭上。唐宛兒就用腳踢了一下柳月。柳月從石台跳下去。沒站穩跌在地上，把那灰白蘿蔔褲沾了土，就使勁抖著，重新上來。唐宛兒說：「你好大方，遺下那麼多好東西也不撿了?!」柳月就往地上看，說：「什麼東西，沒有啊？」唐宛兒說：「一褲子的眼睛珠子，讓你全抖了！」三人愣了一下，就都笑起來。牛月清說：「宛兒這騷精想得怪！今日要說讓人看得最多的怕只有你宛兒！」

這時候，鼓樂突然停歇，產品介紹單就雪片似的在那邊人頭上飛，森林般的手都舉起來在空中抓，柳月便跑過去搶了。就見得鼓樂隊的人都突然戴上了面具，有的是蚜蟲，有的是簸箕蟲，有的是飛蛾，有的是蒼蠅，奇形怪狀，形容可懼，一齊唱起來：

我們是害蟲。我們是害蟲。一〇一——！把我們殺死！把我們殺死！殺死！殺死！

唱畢了，鼓樂就又大作。如此唱了擊鼓，擊鼓了又唱，街上人一片歡呼，盡往前去擁擠，一時秩序大亂。就轉見有婦人在破口大罵了：「哪個死不要臉的把我的錢包偷了！小偷，小偷，你以為鄉裡人都有錢嗎?『一〇一』有錢，我哪兒有錢，就那些進城要用的五十元你倒看上了？城裡人，你偷我的錢不得好死！」有人就喊：「是小偷偷了，你罵城裡人？」那婦人就又罵道：「城裡的小偷，你偷我的錢買好吃好喝，你老婆吃了不生兒，狗子吃了不下崽！」有人就說：「這好了，你給計畫生育了！西京城裡賊多，誰叫你不把錢裝好？」婦人說：「我哪裡沒裝好?我在人窩裡，幾個小伙子就身前身後擠，直在我胸上揣，我只說小伙娃娃家沒見過那東西，揣呀你揣去，我是三個崽的人了，那也不是金奶銀奶！誰知這挨槍子的挨砍刀的不是要揣我的奶是在偷我的錢！」街上人一片哄笑，婦人說：「我氣糊塗了，我說了些什麼呀？」身子就在人窩裡縮下去，人群又如浪潮一般。夏捷就對唐宛兒說：「這你要吸取教訓哩，今日又是沒戴胸罩呀？」唐宛兒說：「夏天我嫌熱的！」柳月跑近來，說：「大姐，這上邊有莊老師的文章。」唐宛兒一把抓過了產品介紹書，說：「讓我看看，莊老師的文章怎麼樣？」就念起來。牛月清說：「別念了。把你莊老師的名字刊在這兒，多丟人的！姓黃的一定是又沒打招呼！」這麼一說，旁邊就有人指著喊喊啾啾起來。牛月清隱約聽得一個男的對旁邊人說：「瞧見了嗎，那就是一幫作家的夫人。」幾個聲音問：「哪個？哪個？」男的說：「中間那個穿綠旗袍的，是莊之蝶的夫人。」牛月清心裡咯噔一下，心想：這人必定是認得我的，我卻怎不認得他；他要是認得我，按往常兒也必是過來與我打招呼的，卻不過來招呼，只在那裡說長說短，這是什麼意思？知道了我和莊之蝶鬧了矛盾，在取笑了我?!當下就對三人說：「咱們走吧，這裡人多眼雜的。」四人就走下石台，向南大街走去。夏捷說：「既然不看了，這裡離我家不遠，去我那兒打牌去！」牛月清說：「我和柳月得回去了，逛了半天的。」夏捷說：「正是因了你，我才說這話的。平日你那麼辛苦，總是忙得走不出來，今日有逛街的閒情，怎就不去我那兒？宛兒，柳月，你們兩個架了她，抬也要抬去的！」牛月清就笑了說：「好，不過日子了，豁出去浪一個白天！」四人就風過水皮一樣拐了幾條巷，到孟雲房家來。

四人進屋洗臉擦汗，唐宛兒就又用夏捷的化妝品描眉搽紅。然後支了桌子，擲骰子定方位，坐下碼起麻將來。牛月清說：「雲房呢？孕璜寺裡又練氣功去了？」夏捷說：「鬼知道！現在沒黑沒明研究邵雍哩。一隻眼睛瞎了，還要再瞎一隻的。」孟雲房一目失明大家都知道了的，就說笑要全瞎了誰看你夏捷這花不楞登的模樣呀！夏捷說出一句：「瞎了雙眼，我引野男人來，他眼不見了心不煩！」說得大家都啞了口，不知怎麼接應。牛月清就聽得門外有叫賣鮮奶的，說：「柳月，這聲像是劉嫂，你出去看看，是不是她？」

柳月出得門來，門口正是牽了奶牛的劉嫂。就說：「劉嫂，這個時候了你怎麼還賣奶？」劉嫂說：「這不是柳月嗎，你怎麼在這兒？今日去北大街送了奶，回來路就堵了，怎麼也走不過來的。」柳月說：「把牛快在那裡拴了，你進來吧，我家大姐也在這裡碼牌的。」不容分說，把牛拴了那棵紫槐樹上，拉劉嫂進來。牛月清、唐宛兒、夏捷便招呼讓坐，劉嫂說：「我這模樣，怎麼到你們這兒坐了！」牛月清說：「這是我們的一個朋友家，沒干系的。平日總是吃你賣的牛奶，今日既然這麼遲了，也不急著就回去，在這兒玩吧，中午飯咱都在這兒吃，不怕吃窮了她的！」就硬按她坐了牌桌。劉嫂平日在村裡也是好碼個牌的，如今見這些城裡夫人要她玩，也巴不得樂樂，更覺得體面。但不知她們玩多大的價兒，按了按貼身口袋裡賣奶的零錢，只怕輸了精光白跑一趟城，更是怕欠帳惹人家笑話，就不來。牛月清看出她的意思，便說：「數兒不大，五角一元的，你來替我打好了，贏了歸你，輸了算我的！」唐宛兒說：「師母有錢，今日咱就贏她的！」劉嫂只好坐了，說：「那我只替你打，我手臭的，打一圈你來。」柳月見牛月清立在旁邊，就說：「大姐，你來打吧，我得趕文聯大院那邊給莊老師做飯去。」唐宛兒故作糊塗說：「莊老師近日住在文聯大院那邊？」牛月清沒回答她，只對柳月說：「甭管他，他整日在外說回來就回來，說不回來就不回來，他以為咱就不會?!」唐宛兒問柳月：「他們鬧矛盾了，不在一塊住的？」柳月低聲說：「哪裡！」不再理睬。唐宛兒鬼機靈，不知莊之蝶兩口到底怎樣，見柳月這樣，有些惱，卻不顯在臉上，一邊碼牌，一邊心裡嘀咕莊之蝶兩口到底是怎麼樣了，就把一張不該打出的牌也打出去了，樂得柳月吃了夾張，撿了那牌用嘴梆梆地親。唐宛兒說：「我真是個好飼養員！」就站起來說要去廁所放放毒的，讓牛月清替她碼牌。出去到大門口，看見奶牛像一尊石頭一樣臥在那裡，只有尾巴活著，左右搖趕了蒼蠅、牛虻。就暗中打卦道：莊之蝶一再說要我等他，他真是尋機鬧了矛盾還是平時的口舌嘮叨？若是為我，這牛就哞一聲的；若不是為我，這牛就是不動。看了一會，牛雙耳聳起，打起一個響鼻，卻是沒叫。唐宛兒也說不準是為了她還是不為了她，快快返身回來，在門口，卻突然尖銳銳叫道：「哎呀，莊老師，你怎麼也來啦？這真是山不轉路轉，竟在這裡都碰著上啦！」

屋裡聽說莊之蝶來了，牛月清忙推了牌說：「不要說我在這兒！」閃身進了臥室，放下簾子。唐宛兒早看見牛月清的動靜，明白他們真是有了生分，就越發得了意，一邊笑著給那三人擺手，一邊說：「莊老師你這兒坐。師母也在這兒的，師母呢？」眾人見她這樣，也都跟著要惡作劇。說：「師母知道老師來了，在那裡『女為知己者容』哩！」就憋住笑。唐宛兒也強忍了，說：「你怎麼要走呀？你一聽說師母在這裡就要走?!」便自已踏了步走到院裡，又重重地摔了一下門。便聽得牛月清在屋裡罵道：「讓走吧，都不要攔，讓他走吧，他不願見我，就永遠不要見我罷了！」那罵聲中卻帶了哭腔。眾人就哈哈大笑，夏捷和柳月跑進去拉了牛月清出來說：「都是唐宛兒作的乖，哪兒就來了莊之蝶?!宛兒，你還不快些給師母磕個頭兒道歉！」唐宛兒好一陣開心，搖頭晃腦走進來，卻真的跪在牛月清面前。牛月清又氣又笑，一把擰了唐宛兒嘴，罵道：「你這騷精貨，真該是街上唱的『我們是害蟲』，用『一〇一』把你殺死！」

耍了四圈牌，孟雲房卻回來了，領了一個小孩，正是前房老婆生的兒子孟燼。孟雲房讓孟燼來一一問候眾嬸娘，孟燼眼並不看各位，嘴裡只道了「牛嬸娘好」、「唐嬸娘好」，就鑽到孟雲房書房去翻書動筆。夏捷臉上不好看起來，卻沒有說什麼。孟雲房就高興地去廚房做飯，聲明誰也不得走的。劉嫂過意不去，用五個缸子出去擠了牛奶要給大家一人一杯。牛月清說她不喝生奶的，讓給孟燼，孟燼一口氣盡喝了。牛月清說：「這孩子都這般大了，活脫脫一個小孟雲房。」夏捷低聲說：「為這事我和雲房沒少慪氣！當年結婚時我就約法了三章，第一條就是孩子判給了你前妻，你要照看他可以，但不能讓到這個家來。他那時答應得好好的，可現在卻常把孟燼領回來。我說了他，他嘴上說以後不了，但我一出門，又是領了來好吃好喝，今日他以為我又不在家，這不，就又領了來了！」牛月清說：「那畢竟是雲房的兒子，領來就領來吧，一個孩子又能吃了多少？」夏捷說：「我倒是不嫌孩子能吃了多少，只是我與前夫離了婚，我那孩子判了跟我，雲房原本對我那孩子嘴愛心不愛的，若又領了這一個回來，他只待孟燼親愛，冷落了我，更要讓我那孩子顯得可憐了。」牛月清一時不知怎麼說了好，勸道：「你把水端平就是，雲房那邊，我去說他。現在既然是一家人，兩邊的孩子都是咱的孩子，萬不得偏這個向那個的！」唐宛兒見她們說得親密，也坐了過來，兩人就岔了話，論起天氣來。

吃飯時，柳月還在牽掛著莊之蝶，說：「莊老師不知這頓飯吃些什麼？」孟雲房說：「他呀，吃好的去了。中午我在街上碰上他了，他說去雜誌社的，到那兒不是他請人家，就是人家請他。」吃罷飯，劉嫂說她肚子飽了，牛肚子還是空的，她得趕快回去，就走了。孟雲房陪眾人又玩了四圈牌方散。

劉嫂牽牛往回走，才後悔不該在那裡待這麼長時間，又吃了人家的飯。一是奶牛沒有吃料，再是超生的那個小兒還在家裡，雖是婆婆在照管著，但她的奶卻憋得難受。當下看看周圍也沒個僻靜地方，前胸的衣服已濕了一大片，就尋著一個公共廁所，進去擠了一通奶水。牛慢慢地跟著主人走，先還是搖頭擺尾，後來就勾下了頭，腦殼裡作想起許多事情來。剛才主人在那家裡碼牌吃飯，它是一直掛在門外樹下的。街上看鼓樂的人從鐘樓那兒散了，車輛人群就像水一樣從這條街巷漫過，它是看清了所有過往人的腳的，看清了穿在腳上的各種各樣的鞋的。但它不明白，腳是為了行走的，但做了那樣的有高跟的、又尖瘦的鞋子為什麼呢？那有何種的美呢？牛族的腳才是美的；熊族的腳才是美的；鵝族的腳才是美的。人常常羨慕和讚歎了熊腳的雄壯之美和鶴腳的健拔之美，可人哪裡明白這些美並不是為美而美，只是為了生存的需要！它這麼想著，就又要悲哀人的美的標準實在是導致了一種退化。他們並不赤腳在沙地上或荊棘叢裡奔跑，他們卻十有八九患有雞眼，難道有一日都要扶了牆根踽踽而行嗎？更可惡的是車，是樓上的電梯。什麼都現代化了，瞧瞧呀，吃的穿的戴的，可一隻蚊子就咬得人一個整夜不能睡著；吃一碗未煮爛的麵就鬧肚子；街上的小吃攤上，碗筷消了毒再消了毒；下雨打傘；颳風包紗巾；夏天用空調；冬天燒暖氣。人是不如一棵草耐活了嘛！早晚刷牙，把牙刷得酸不能吃，甜不能吃，熱不能吃，冷不能吃，還用牙籤?!更可笑的偏還有一批現代藝術家，在街頭上搞雕塑，作壁畫，那算什麼呢？大自然把一切都呈現著，那每日裡的雲，畫家能潑出那麼豐富的水墨嗎？那雨淋過的牆皮，連那廁所裡糞池中的顏色、那顏色組合了的形象，幾個現代藝術家能表現得有它離奇嗎？城河沿上學武術的算什麼玩意兒！武術是多好的名稱兒，卻讓人只演成了一種花架子！人每晚都看電視，什麼奧林匹克運動會，那裡邀的人是人類的運動精英吧，百米賽跑能跑過一隻普通的羚羊？西京半坡氏人，這是人的老祖先，才是真正的人。他們或許沒有這些運動員跑得快，但運動員能有半坡人的搏擊能力嗎？人一整個兒地退化了，個頭再沒有了秦兵俑的個頭高，腰也沒有了秦兵俑的腰粗。可現在還要苗條，街上還是要出售束腰褲、束腰帶，而且減肥霜呀，減肥茶呀的。人退化得只剩下個機靈的腦袋，正是這腦袋使人愈來愈退化。牛終於醒悟城市到底是什麼了，是退化了的人太不適應了自然宇宙，怕風怕曬怕冷怕熱而集合起來的地方。如果把一個人放在遼闊的草原上，放在叢山竣嶺，那人就不如一隻兔子，甚至一個七星瓢蟲！牛想到這裡，喪氣地把頭垂得更低，牠就聽見旁邊的行人在說：「瞧這老牛，好蠢笨的樣子啊！」牠沒有生氣，只是噗噗地噴響鼻，牛是在笑人的：咳，他們哪裡還懂得大智若愚呢?!行人見牛並沒有發火，就走近來，用樹枝捅捅他的屁股，甚至還拍了牠的耳朵，說：「牠不敢動的。」牠就睜了眼，站住不動。這不動，倒嚇得戲弄牠的人都嘩地閃開，說：「那大嫂，你管好你的牛啊！」牛在這個時候，真恨不得在某一個夜裡，闖入這個城市的每一個人家去，強姦了所有的女人，讓人種強起來野起來！這種衝動，牠是有過一次的。那是一日在街上聽一個老頭打開了收音機，收音機中正播放《西遊記》，《西遊記》講的是一個和尚和孫悟空、豬八戒、沙無淨、白龍馬去打了妖怪取佛經。牠相信現在的人是不懂古人寫書的含義，只會聽熱鬧。牠就在那時想喊：不是師徒四人，那是在告訴說合四為一才能征服自然，才能取得真經的！可現在，人已經沒有了佛心，又丟棄了那猴氣、豬氣、馬氣，人還能幹什麼呢?!

莊之蝶這日閒得無事，整理抄寫好了那一組魔幻小說寄給了報社，就往《西京雜誌》編輯部去了，他不知道鍾唯賢收到安徽宿州的信有什麼情況，唯恐識出破綻。一推編輯部辦公室門，雜誌社的所有人員正合併了三張桌子在吃自助西餐。李洪文一見就說：「這就叫人不請天請。今日雜誌社慶賀勝利，說是不請了你這個編外的當事人，可你飄然而至，只好我們少吃點兒了！」周敏早搬了椅子讓他坐了。鍾唯賢說：「大家說賀一賀的，要吃飯。吃飯就吃飯吧，偏要吃西餐，還要在這大樓上，就去西京飯店買了這些東西。你來了，這也正活該了有難同當，有福同享，都舉起杯來，和作家碰一杯吧！」莊之蝶第一個喝了，說：「是我連累了各位，各位又齊心努力才有了今天，我在此感謝了！」周敏說：「要說連累，是我連累了雜誌社，又連累了莊老師，我向各位老師賠禮道歉！」李洪文說：「誰也不要道歉？誰也不用感謝，要感謝得謝那位管文化的副省長！」大家就又舉杯相慶。吃罷飯，李洪文要收集那些一次性塑料餐盒，用一根鐵絲拴了掛在窗外。鍾唯賢說這不好，太刺眼的。李洪文說就是為了讓景雪蔭和武坤刺眼，我們沒放鞭炮抖標語就算寬宏的了。莊之蝶坐在鍾唯賢身邊，悄聲問：「現在不登聲明，那邊有什麼反應？」鍾唯賢說：「她在廳長那裡又哭又鬧，武坤也給領導施加壓力，說她在丈夫面前說不清道不白，先前景是家裡的掌櫃，現在有了短握在丈夫手裡，那丈夫就橫，苦得景幾次要輕生。這些誰信的！鬼信哩！李洪文說，前日下午，他親眼看見景和丈夫親親熱熱逛商場的。」莊之蝶說：「李洪文的話靠得住？」鍾唯賢說：「就是他說得有假，景雪蔭也不至於要輕生，這女人不是自殺的人，全是武坤在那裡攪和，要以景來攻我的。景只是解不開！」莊之蝶就不再說什麼。苟大海進來抱了一疊報刊信件，鍾唯賢忙問：「有我的信嗎？」苟大海說：「沒有。」鍾唯賢說：「沒有？」坐下來又說：「讓我看看，報紙中間夾了沒有？」找了半天，還是沒他的。苟大海就從口袋拿了一封信說：「老鍾，我知道你必要問信的，這你得請客，不請客我就當場拆了念呀！」鍾唯賢紅了臉說：「小苟，這不行吧，上一次我請了客，又要叫我出水。這以後再有信，我得養活多少人了？」說得怪可憐的，突然一把抓了去，連忙裝進口袋裡了。莊之蝶問：「什麼信這麼重要的？」鍾唯賢笑笑說：「他們和老頭子開心，一個朋友的來信。」李洪文就說：「之蝶你過來談談你什麼時候給我們交稿的事，鍾主編要上廁所的。」大家又笑。莊之蝶不解，說：「才吃了就去廁所，進出口公司離得這麼近！」李洪文說：「人家要看信呀！上次信一來就去廁所了，一去那麼長，我以為老頭一個屁憋得過去了。去看時，那廁所擋板關得死死的，他在裡邊哭哩！」說得鍾唯賢無地自容，就把莊之蝶拉到走廊頭去。

莊之蝶和鍾唯賢站在那裡說了一會兒話，見鍾唯賢既不讓他去他的小屋裡坐，話又言不由衷，時不時手在口袋裡掏，知道他急著要看信，就告辭走了。走過走廊拐彎處見有廁所，也進去蹲坑，便見擋板門上密密麻麻畫滿了圖畫和文字。這些圖畫和文字幾乎和他走遍全國各地的廁所見到的內容和形式差不多，但終於發現一句話：國家一級文物保護點——鐘唯賢閱信流淚處。莊之蝶想笑，又覺得心裡發酸，提了褲子就匆匆下樓回去。

回到文聯大院，柳月並沒有來做飯，莊之蝶就又給鍾唯賢寫了一信。寫完信，忽然作想，這信是假的，但鍾唯賢卻是那麼珍視，老頭子一大把年紀了，還念念不忘舊日戀人，而我呢？以前對景雪蔭那麼好，但現在卻鬧得如仇人一樣！不免倒恨起周敏來了。遂又想，剛才雜誌社吃西餐相慶，自己也是興奮異常，但景雪蔭今日心情如何，處境又是怎樣呢？武坤說她要輕生，輕生是不可能，但家庭不和卻是必然的啊！就生了一份憐憫，提筆要給景雪蔭去一封信了。信寫到了一半，又撕了，抬頭重新寫成了景和她的丈夫。解釋此文他真是沒有審閱，否則決不會讓發表的；說明作者是沒有經驗的人，但也絕沒陷害誹謗之意，這一點望能相信，也望能原諒。最後反覆強調以前她所給予他的開心和幫助，他將是終生不能忘卻的，既然現在風波已起，給她的家庭帶來不和，他再一次抱歉，而他能做到的，也是他要保證的是在什麼地方什麼場合都可以說他與景雪蔭沒有戀愛關係的。信寫完之後，他的心才稍稍有些平靜，在那裡點燃了一枝菸，將柳月從雙仁府那邊帶過來的錄放機打開，聽起哀樂來。捱到玻璃窗上一片紅光，天已經是傍晚了，莊之蝶揣了兩封信來到街上，心裡想得好好的明日一早去找阿蘭，讓把給鍾唯賢的信轉寄安徽，但在出去給景雪蔭發信時，莊之蝶竟糊塗起來，兩封信一齊塞進了郵筒。塞進去了，卻呆在那裡後悔。多年前與景雪蔭太純潔了，自己太卑怯膽小了，如果那時像現在，今天又會是怎樣呢？莊之蝶狠狠打了自己一拳，卻又疑惑自己是那時對呢，還是現在對呢?!就一陣心裡發慪，啊啊地想吐。旁邊幾個經過的人就掩了口鼻。莊之蝶一抬頭，卻又見不遠處立著一個戴了市容衛生監督員袖章的人，正拿眼看他，而且已經掏出了罰款票來。氣得他只得去那一個下水道口，但卻啊啊地吐不出一口來了。

回到家來，昏頭暈腦的，莊之蝶站在門口敲時，才意識到這邊的家裡牛月清並不在裡邊。默默將門開了，茫然地站在客廳，頓時覺得孤單寂寞。為了鍾唯賢他可以寫信，為了景雪蔭的家庭他可以去證明，而自己面臨的家庭矛盾，他卻無法了結，也不知道如何了結。

這時候，門卻被敲響了。莊之蝶以為是柳月來了，投想到來的竟是唐宛兒。唐宛兒說：「你這麼可憐的，白日師母和柳月在孟老師家吃喝玩樂了一天，你倒一個人孤伶伶待在這兒？」莊之蝶說：「我有音樂的。」把哀樂又放開來。唐宛兒說：「你怎麼聽這音樂？這多不吉利的！」莊之蝶說：「只有這音樂能安妥人的心。」手牽了婦人坐在了床沿上，看著她無聲一笑，遂把頭垂下來。婦人說：「你和她鬧矛盾了？」莊之蝶沒有作聲，婦人卻眼淚流下來，伏在他的胸前哭了。這一哭，倒使莊之蝶心更亂起來，用手去給婦人擦眼淚，然後抓了她的手摩挲，摩挲著如洗一塊橡皮，兩人皆寂靜無聲。婦人一隻手就掙脫下來，從身後的提包裡一件一件往外掏東西：一瓶維C果汁，一紙包煎餅，煎餅裡夾好了大蔥和麵醬，三個西紅柿，兩根黃瓜，都洗得乾乾淨淨，裝在小塑料袋裡。輕聲地說：「天已經這麼黑了，你一定沒有吃飯。」莊之蝶吃起來，婦人就一眼一眼看著。莊之蝶抬頭看她的時候，她就吟吟地給他笑，想要說些什麼，卻不知說些什麼，後來就說：「夏捷今日說了一個笑話，好逗人的。說一個鄉裡人到北大街，四處找不到廁所，瞧見一個沒人的牆根，就極快地拉了大便，剛提褲子，警察就過來了，他忙將頭上的草帽取下來把大便蓋了，並拿手按住。警察問：『你幹什麼？』鄉裡人說：『逮雀兒。』警察就要揭草帽。鄉裡人說：『不敢揭的，待我去那家店裡買個鳥籠來！』就逃之夭夭，而警察卻一直那麼小心地按著草帽。有意思吧？」莊之蝶笑了一下，說：「有意思。可我吃東西你卻說大便。」唐宛兒就叫道：「哎喲，你瞧我……」倒拿拳頭自己打自己頭，然後笑著去廚房拿手巾。她那修長的隻腿，登了高跟鞋，走一字兒步伐。手巾取來了，莊之蝶一邊擦著嘴一邊說：「宛兒，平日倒沒注意，你走路姿勢這麼美的！」婦人說：「你看出來啦？我這左腳原有一點外撇，我最近有意在修正，走一字兒步伐。」莊之蝶說：「你再走著讓我看看。」婦人轉過身去，走了幾下，卻回頭一個媚笑，拉開廁所門進去了。莊之蝶聽著那嘩嘩的撒尿聲，如石澗春水，就走過去，一把把門兒拉開了，婦人白花花的臀部正坐在便桶上。婦人說：「你出去，這裡味兒不好。」莊之蝶偏不走，突然間把她從便桶上就那麼坐著的姿勢抱出來了。婦人說：「今日不行的，有那個了。」果然褲頭裡夾著衛生巾。莊之蝶卻說：「我不，我要你的，宛兒，我需要你！」婦人也便順從他了。他們在床上鋪上了厚厚的紙……（此處作者有刪節）血水噴濺出來，如一個扇形印在紙上，有一股兒順了瓷白的腿面鮮紅地往下蠕動，如一條蚯蚓。婦人說：「你只要高興，我給你流水兒，給你流血。」莊之蝶避開她的目光，把婦人的頭窩在懷裡，說：「宛兒，我現在是壞了，我真的是壞了！」婦人鑽出腦袋來，吃驚地看看他，聞見了一股濃濃的菸味和酒氣，看見了他下巴上一根剃鬚刀沒有剃掉的鬍鬚，伸手拔下來，說：「你在想起她了嗎？你把我當她嗎？」莊之蝶沒有作聲，急促裡稍微停頓了一下，婦人是感覺到了。但莊之蝶想到的不僅是牛月清，也想到的是景雪蔭。這瞬間裡他無法說清為什麼就想到她們，為什麼要對唐宛兒這樣？經她這麼說了，他竟更是發瘋般地將她翻過身來，讓雙手撐在床上，不看她的臉，不看她的眼睛，楞頭悶腦地從後邊去……（此處作者有刪節）血水就吧嗒吧嗒滴在地上的紙上，如一片梅瓣。也不知道了這是在怨恨著身下的這個女人，還是在痛恨自己和另外的兩個女人，直到精洩，倒在了那裡。倒在那裡了，深沉低緩的哀樂還在繼續地流瀉。

兩人消耗了精力，就都沒有爬起來，像水泡過的土坯一樣，就都稀軟得爬不起來，誰也不多說一句話，躺著閉上眼睛。唐宛兒不覺竟瞌睡了。不知過了多久，睜開眼來，莊之蝶還仰面躺著，卻抽菸哩。目光往下看去，他那一根東西卻沒有了，忽地坐起來，說：「你那……？」莊之蝶平靜地說：「我把它割了。」唐宛兒嚇了一跳，分開那腿來看，原是莊之蝶把東西向後夾去，就又氣又笑，說：「你嚇死我了！你好壞！」莊之蝶那麼笑了一下，說他要準備寫作品了，他是差不多已經構思了很久，要寫一部很長的小說。他抓著她的肩說：「宛兒，我要告訴你一件事，這你要理解我的。人人都有難念的經，可我的經比誰都難念，我得去寫作了，寫作或許能解脫我。寫長作品需要時間，需要安靜，我得躲開熱鬧，躲開所有人，也要躲開你。我想到外地去，待在城裡，我什麼也幹不成了，再下去我就全完了?!」唐宛兒說：「你終於這麼說了，這是我盼望的，你說我激發了你的創造力，但你這段時間卻很少寫東西。我也想是不是我太貪了，影響了你的安靜？可我沒毅力，總想來見你，見了又……」莊之蝶說：「這不是你的事，宛兒，正因為有了你，我才更要好好把這部作品寫出來，真是還要你支持我，要給我鼓勁！這事我不想告訴任何人，我去了後，會給你來信的，我如果來信讓你去一趟，你能去嗎？」唐宛兒說：「我會的，只要你需要我。」莊之蝶又一次吻了她，當發現那肋骨處的一塊癬，就又用舌頭去舔。唐宛兒不讓，他說：「這我會舔好的，你瞧，才舔過三次它差不多要好了的。」唐宛兒就安靜下來，讓他舔著，樣子如一隻狗。

但是，當莊之蝶打電話聯繫了幾個郊縣的朋友，朋友們竟一個也不在家。郊縣去不成，就決定了去城西南外的郊區找黃廠長。黃廠長曾經對他說過家裡有的是空房子，要搞寫作最清靜不過了，而且老婆什麼事也沒幹的，就在家裡做飯，能擀得一手好麵條。莊之蝶便留了一個「出外寫作」的便條在家，騎了摩托車去了。中午到的黃莊，黃鴻寶家果然是新蓋的一座小洋樓，外面全用瓷片嵌貼，但院門樓似是老式的磚石建築，瓦脊中間安有一面圓鏡，飛翹的磚雕檐角掛一對紅燈籠，鐵條鐵泡釘武裝的桐木門上的橫擋板上，寫著「耕讀人家」四字。門半開半掩，門扇上有人彎彎扭扭地用粉筆劃著字，莊之蝶近前看了，一邊是「絕頂聰明」，一邊是「聰明絕頂」，不知是什麼意思。從門縫看去，院子很大，正面就是樓的堂門，大而高，如單位會議室的那種。樓一共三層，每層五個窗子，前有曬台，曬台欄板卻塗染著春夏秋冬四季花草山水。樓成拐把形，在連著樓門左的院牆裡是一排一層平面房，房頂有高的煙囪，該是廚房的。從院門口到樓堂門口一道石子砌成的通道，上空橫一道鐵絲，沒有掛洗漿的衣物。莊之蝶咳嗽了一聲，沒有反應，就叫道：「黃廠長在家嗎？」仍是沒人搭腔。一推院門，突然一聲巨響，一條黃色的東西竄出來，直帶著一陣金屬響。看時，台階上的一條如狼之狗，其韁繩就拴在那道鐵絲上，雖然因了韁繩的限制，惡物未能撲到莊之蝶身上，但已在半尺之遙處聲巨如豹了！莊之蝶嚇了一跳，急往院門口退縮。廚房裡便走出一個婦人來，雙目紅腫，望著來客也癡呆了，問：「你找誰的？」莊之蝶說：「找黃廠長，這是黃廠長的家？」莊之蝶看著婦人，婦人忙在手心唾了唾沫，抹平著頭上的亂髮，但頭髮稀少，已經露著發紅的頭皮，他立即知道這是黃鴻寶的老婆。黃鴻實是一個歇頂的頭，無獨有偶，這也是個沒髮的女人。那院門扇上的戲聯莫非是好事者的惡作劇？他說：「我是城裡的莊之蝶，你是黃廠長的夫人嗎？你不知道我，黃廠長與我熟！」女人說：「我怎麼不知道你？你是給一〇一寫了文章的作家！進屋啊！」但狗咬得不行。女人就罵狗，罵狗如罵人一樣難聽。然後過去雙腿一夾，狗頭就夾在腿縫，笑著讓莊之蝶進屋。莊之蝶當然往樓的堂門走去，女人說：「在這邊，我們住在這邊。」先跑去推開廚房門。這平房是三間，中間有一短牆，這邊安了三個鍋灶，那邊是一面土炕，旁邊有沙發、躺椅、電視一類的東西。莊之蝶坐下來吸菸，女人便去燒水，拉動著風箱連聲作得，屋裡立時煙霧起來。莊之蝶問：「你們沒有用煤氣呀？」女人說：「買的有，我嫌那危險的，燒柴火倒趕焰，不拉風箱老覺得咱不是屋裡做飯的。」莊之蝶笑了，說：「這樓房租出去了？」女人說：「哪裡？沒人住呀！」莊之蝶說：「那你們怎麼住在這兒？」女人說：「樓上那房子住不慣的。睡炕比睡沙發床好，腰不痛的。老黃整夜吸菸，要吐痰，那地毯不如這磚地方便。」開水端上來，並不是開水，碗底裡臥了四顆荷包蛋。莊之蝶一邊吃著一邊說起黃廠長以前的邀請，談他今次來的目的。女人說：「好得很！你就在這兒寫文章，你好好把我寫寫，你要給我作個主的。你不來，我尋思還要去找你的！」莊之蝶笑笑，知道她並不懂寫文章的事，就問黃廠長在廠裡嗎，什麼時候能回來？女人說：「你來了他能不回來？！過會我讓人尋他去！」就問莊之蝶睏不睏，睏了上樓歇一覺去。兩人就去開樓堂門。進門去是一個通樓的大廳，有一張特大的桌子，四周是沙發。左邊有個樓梯，每一個扶手上都畫了竹蘭。上得二樓、三樓，每個房間裡都是地毯，床卻有新做的床頂架，做工粗糙，但雕刻了魚蟲花鳥，塗染得紅紅綠綠。沙發床墊就放在木板木框床面上，又特意露著床木邊，邊沿用黃金色鋁皮鑲了。牆上有鏡子，鏡面畫有龍鳳圖案，鏡下吊兩條絮帶兒。有鞋刷子，有抓癢的竹手。而地上、床上、桌上蒙著一指厚的塵灰。女人噗噗拍著床被，罵著村口新修了冶煉廠，煙囪是火葬場的燒屍爐一樣，給村人帶災了，黑灰這樣飛下去，新嫁過來的媳婦都要尿三年黑水的。莊之蝶口裡說：「你們真發財了，市長也住不了這麼寬敞！」心裡卻笑：這真是地主老財的擺設嘛！女人拉了他坐在床沿，說她真高興的，以前聽老黃說過你要來的，說你愛吃玉米麵攪團，天神，那是農民都不吃的東西了你還吃？你這城裡人咋這麼沒福的，魷魚海參吃的嫌太香嗎？莊之蝶對她解釋，又解釋不清，只是笑。女人問：「你文章怎麼寫？你要寫一定把我寫上，讓人人都知道我才是他的老婆！」莊之蝶說：「你當然是他的老婆嘛！」女人卻立時臉苦皺下來，顯得十分難看。莊之蝶嚇了一跳，再看時，她兩股眼淚就巴嗒下來說：「我幫他把『一〇一』弄出來了，發了財了，他卻不愛我了。我不嫌丟人，我全對你說了。他用得上了把我摟在懷裡，用不上了揪到崖裡。當年他那個窮樣，放在地上，誰見了拾片破瓦蓋上就走了，是我嫁了他，給他生了娃。是他命裡沒能守住第二個娃娃，倒怪我把娃燙死了。你評評理兒，我在灶下燒火，筒子鍋燒了水的，柴火沒有了我去院裡抱柴火，回來沒見娃了，一看鍋，娃在鍋裡！娃是在連鍋炕上玩著不小心跌到鍋裡去的，你說這能怪我嗎？現在他嫌我牙是黑黑的，個子是墩墩。我娘生我就是這樣，當年你怎地不嫌？如今晚上和我睡覺，他總是拿一本電影畫報，一邊在我身上，一邊看著那些畫報上的騷娘兒。我說了，女人都一樣兒的，那東西還不就是死豬的眼窩一樣嗎？他說，男人×女人是×臉的，你瞧你那個噁心樣?!我們就打起來。這一打，他從此不回來了，他要和我離婚，你說這婚能離嗎？他不讓我好過，我也不讓他好過，除非我死了！我不死，看那些不要臉的小賣×貨誰敢進來？就這一層樓，軟和和的沙發床，那小賣×貨就是睡不到上頭來嘛！」莊之蝶聽得頭皮麻起來，他立即知道在這裡寫作是不行了，女人的麵擀得再好，攪團做得再香，他會一個字也寫不出。便站起來，說：「黃廠長怎麼會這樣呢？我今日來看看，改日就住到這裡專門寫你吧。」出門下樓，就在院子裡發動摩托車。女人說：「哎呀，你怎麼和我一樣的急性子，說走就走呀?!」莊之蝶推車到村口路上，還聽見女人正和一個人在院門口大聲說，「看見嗎？那就是寫書的作家，他要來寫我的，要為咱婦女出氣的。哎喲，你不要進去，那上邊是作家留的腳印兒！」

一口氣騎車趕到城南門口，心裡直罵這麼大個西京城沒個供他安靜的地方。一進了城門洞，身子卻軟下來，不知是回文聯大院還是回雙仁府那邊，或者是去唐宛兒家，立在那裡呆了半晌。後來竟停了摩託，一個人登上了城牆頭，百無聊賴地散心了。莊之蝶在這個時候，真希望能碰著周敏，如果周敏帶了壎來吹動，他一定要讓教他，也絕對相信自己極快地就能吹出一支曲來的。可是，現在的城牆上空曠無人，連一隻鳥兒也不落，那一頁一頁四四方方大塊的磚與磚接縫處，青草衍生，整個望去，猶如鋪就的綠格白色地毯。靠著那女牆邊走，外城牆根的樹林子裡，荒草窩裡，一對一對相擁相偎了戀愛的人，這些男女只注意著身邊來往的同類，卻全然不顧在他們頭頂之上還有一雙眼睛。莊之蝶看著他們，就如在動物園裡看那些各種野獸，他竟緩步走過去，希望眼睛能看到一處清潔的景物。這麼走著，竟走到了城牆的拐角處，看看滿空的飛鳥在空中盤旋著，忽然如吸將去一般消失在那一片野蘆葦中。莊之蝶稍有些寬慰，要看看這些鳥到底歇棲在野蘆葦叢的什麼地方，這一片無人打擾的淨草裡是怎樣包容了這些城市的飛鳥？但就在這時候，他發現了一個人在那裡坐著，先以為是塊石頭，後來看清是人。倒想，還有與自己一樣尋清靜的人呢！就不禁為之感動，要與他打一聲招呼了。他定睛看了那人一眼，那人卻正在那裡手淫，兩條腿平伸的，後來就仰倒在野蘆葦叢裡，口裡「啊噢，啊噢」地叫，棲著的鳥就地飛起，如龍捲風一樣地颳去。莊之蝶一時手腳無措，竟窘在那裡，等醒過神兒來，掉頭就跑。跑著卻後悔自己怎麼還在那裡站了那麼長時間！就腹中翻騰，嘔吐不已，扶了那漫坡下了城牆，又哇哇吐出一攤黃水。吐過了，眼前烏黑，卻又想，是不是自己眼看花了，或許出現了幻覺，那野蘆葦叢裡原是長年積著水的，會不會自己看到的是牆根頭上自己的倒影呢？便見悠長的城牆根的空巷裡那個拉架子車的老頭高一聲低一聲地吆喝了「破爛——承包破爛——嘍！」走過來。而且又在唱唸了一段謠兒。其詞是：

喝上酒了一瓶兩瓶不醉。打著麻將三天四天不睏。跳起舞來五步六步都會。搞起女人七個八個敢睡。

鍾唯賢去郵局發了一封長長的信，回來坐在辦公室，於日曆牌上用紅筆圈了當天的日期，又注上一個粗壯的嘆號。才泡茶抿了一口，廳長派人將一份材料送了來，一看臉就煞白了。立即給莊之蝶家掛電話，柳月接了。柳月以為是孟雲房，說：「什麼事你給我說，我是祕書！」鍾唯賢在電話那邊納悶：「祕書？」柳月聽出不是孟雲房，就慌了，忙把夫人叫來。牛月清說：「是鍾主編呀，之蝶不在，有什麼事嗎？」拿眼就瞪柳月，柳月直吐舌頭。卻見牛月清臉刹時變了，急切地說：「你讓他帶來吧！」放下電話，就癱坐在旁邊的沙發上。柳月問：「什麼事的？」牛月清說：「你現在去文聯大院，快把你莊老師找來！」柳月說：「這些天總不見他人影，誰能捉住幾時出去，幾時回來。今早我去，人又不在，只有個便條，說是『出外寫作』，鬼曉得去哪兒寫作了？」牛月清說：「他能到哪兒去？你再去那裡看看，若還是沒人，在門房問問韋老婆子，看是否給她留有話。若還沒有，就去問你孟老師，然後去書店那兒問問洪江。」柳月說：「好呀，這得把半個城跑遍的?!」牛月清說：「現在不是尖言巧語的時候！你去吧，要是走累了，就坐出租車。我在家等周敏的。」掏了三十元給了柳月。柳月換衣時，卻從衣架上牛月清的外套口袋掏了月票，揹起自己的小皮包出門去了。

柳月將三十元拿了，去商店買下了一雙長筒絲襪，又添了些自己的錢買了一雙高跟白色牛皮涼鞋，再買了一副墨鏡。還剩下有三元錢，倒進冷飲店叫了一盤五色冰淇淋，就脫了腳上舊鞋，換了新鞋，穿了長絲襪，把墨鏡戴了，在那裡吃起來。想：什麼緊天火炮的事，讓我滿世界跑。我說了還嫌我說，我不說，這三十元怕也不給的！旁邊桌上的一個青年一直在瞧她，她戴了墨鏡，也大膽了，拿眼睛看他，蹺起一雙小腳就不住地搖晃。青年就笑笑，露一嘴紅紅的牙齦，竟用食指作小勾狀招引。她害怕了，站起來就走。沒想那青年也尾隨而來，她忙閃進一家商店，只說甩掉了，剛出店門，那人卻在店門口站著，說：「小姐，打洞。」柳月早聽說過街上有著暗娼的，與嫖客的接頭暗號就是「打洞」，嚇得後脊梁一層冷汗，但強裝了從容，說：「是廣東來的嗎？哎喲，先生牙上怎麼一片韭菜葉兒?!」說得那人一臉羞紅，對的商店的櫥窗玻璃去看牙齒，柳月卻跳上了一輛停站的公共車，剛一上去，車門就關了。她靠在車窗口，瞧見那人回頭尋她，她衝著丟去一個媚笑，右手伸出了大拇指指指自己，再伸了小拇指指那人，呸地一口就唾在小拇指上了。

到了文聯大院，家裡還是沒人。問門房韋老婆子，也說不清。心想是不是在家裡還留有信什麼的，返身再回來到處尋找，仍是一無所得，卻在浴室的水龍頭上，看到了掛著的一枚銅錢，拿起來看了看，覺得可愛，解了那繫兒，就裝在兜裡。出來搭公共車就去孟雲房家，孟雲房穿了個大褲衩，要她在家等的，騎車出去說找找。他是去了「求缺屋」，那裡也沒人。回來柳月問：「你跑哪兒去了，這麼長時間？」孟雲房不能告訴她地址，胡亂地支吾一通。柳月只有把最後的希望寄託在書店了。搭了車去了書店，瞧瞧旁邊房子在裝修，知道是那個畫廊吧，就問趙京五在不在？工人說趙京五採買器材去了，以為她是趙京五的女朋友，涎著臉兒仍要問這樣問那樣。柳月說聲：「討厭！」跑出來又到書店，沒見看洪江，逕直從門外一個木梯上到書店的樓上去，她知道那上邊有洪江的住屋和兩間庫房的。樓上靜悄悄的，只有一隻貓在那裡偷吃一碗漿糊，柳月一腳踢開了那間小屋，洪江正和一個女子在床沿上幹著好事。柳月叫道：「好呀，洪江，大天白日和你日搗得美喲！」直嚇得洪江提了褲子，拉一條單子蓋了女子，一手關門，一手捂了她的嘴。柳月覺得晦氣，這事偏讓她撞見！打開洪江的手，一坐坐在那沙發上，隨手拿一張報來展了在面前，一邊看一邊說：「卑鄙！卑鄙！」洪江說：「好姐姐，這事你千萬不要給老師和師母說，我求求你了！」柳月說：「這會兒嘴這麼甜的喲，誰個是你姐姐?!甭說給老師、師母說，我的事還沒完的，在鄉下遇著這事，男女就得扯二尺紅綢送的，否則就一身晦氣，況且我還是姑娘！」洪江就拉了抽屜，拿出一沓錢送她。柳月說：「這是堵我嘴嗎？」洪江說：「好姐姐，你要不拿，我就不放心了，我知道你一個月沒幾個錢的，以後有事你就尋我吧，我說話絕對算數的。」柳月說：「這個我不要，你要怕我不收不放心，你明白把它存到銀行了，把摺子交給我就是。莊老師來過這裡嗎？」洪江說：「我明日就把摺子給你的。你問莊老師嗎，他沒有來過的。」柳月又問：「你知道他近日去哪裡寫作嗎？」洪江說：「我不知道的。」柳月就要走，卻過去一把拉開了床單，說：「讓我瞧瞧是哪一位？」床單下趴著一堆白生生的細肉，柳月認不得，卻記住了那腮邊的一顆大而黑的痣。

牛月清在家等柳月，更等周敏。周敏沒有來，婦人卻來了。原來鍾唯賢把周敏叫去，讓看了那些材料，讓很快複印一份送給莊之蝶。周敏看時，幾乎目瞪口呆。這是景雪蔭送給廳裡的一份通知書，聲明鑒於廳裡未能堅決執行宣傳部長的指示，而刊物又拒絕登載嚴正聲明，她只得訴諸法律來解決。

現已將起訴書呈區法院，區法院認為被告之一是莊之蝶，又是人大代表，他們無權受理而轉送市中級法院。被告人為作者周敏，提供材料者莊之蝶，提供發表陣地者《西京雜誌》編輯部的主編鍾唯賢，複審李洪文，初審苟大海。起訴書沒有送廳裡，卻複印了一份莊之蝶最新寫給景雪蔭夫婦的信件，且將其中成段成段的話用紅筆勾出。周敏沒有說一句話，離開雜誌社也沒有直接去雙仁府那邊找莊之蝶，而進了一家啤酒店吃了四十串烤羊肉，喝了四瓶啤酒，踉踉蹌蹌地回家來。唐宛兒上午去商店仔細挑了一瓶指甲油，回來又小心地修了指甲，正往指甲上染那指甲油，瞧見周敏進了院門倚在門扇上笑，覺得蹊蹺，說：「你醉了，醉了？」周敏就從門扇上溜下去，哇地噴了一堆穢物，院子裡的雞就跑過來啄食，雞遂也搖搖晃晃臥在那裡不動了。唐宛兒生氣地把他往回拖，拖不動，提了雙手往回拖，他卻抓住梨樹在那裡罵：「他把我出賣了，為了一個女人，他要犧牲我了！卑鄙，醜惡，不是漢子！」唐宛兒問：「你說什麼，誰為了女人出賣了你？」周敏說：「是咱們的老師，你崇拜的人嘛！」唐宛兒心騰騰跳起來，立即啐一口罵道：「你說什麼，他怎麼出賣了你？你還說女人！我是怎麼到這裡來的？我是沒有法律保障就該是你的！」周敏瓷著眼，腦殼卻暈起來，他聽不清婦人在說什麼，只見她染著口紅的嘴在開闔，染著十個紅指甲的手在舞動，就癱在那裡醉過去了。

唐宛兒站在那裡，看著這個男人的狼狽模樣，心裡一陣噁心。她不明白自己當時怎麼就看中了他，能死死活活地跟了他出來？她在心裡說：「這一天是來了，終於是來了！」她是曾幾次想對周敏提出要離開他，幾次話到口邊又嚥回去，但她總擔心會有一天他是要發現了她與莊之蝶的事，惶惶不安，有些害怕。現在他知道了，她竟感到了一陣輕鬆，於是在那裡看了看天上的太陽，太陽火毒毒地燒著，就蹲下來對看昏睡的他說：「咱們的緣分是盡了，你睡吧，睡起來了我會把一切都說給你。你能怪我什麼呢？原本我就不是屬於你的。」卻發現周敏口袋裡有一卷紙，抽出來，不禁啊地一聲就跑進屋去了。唐宛兒在屋裡把材料看過了三遍，才知道周敏並未發現了他們的事，他是因為景雪蔭的起訴，是因為莊之蝶的那封給景雪蔭夫婦的信嗎？唐宛兒首先想的是：他怎麼到這一步還與景雪蔭割不斷情思，他口口聲聲說沒有談過戀愛，哪裡又有這麼深的感情呢？他與我什麼事都幹了，什麼話都說了，難道心裡還有姓景的？姓景的是怎樣的一個女人，使他如此癡迷?!唐宛兒把材料裝起來，終於再次抱周敏在沙發上躺下了，就急急地去文聯大院找莊之蝶。她不知道他出外寫東西走了沒有，但是，走到半路，這婦人卻決意不去找他了，她多少對他有了怨恨，她要借牛月清的手去絕了莊之蝶與景雪蔭的斷藕仍還連著的絲。

牛月清看了材料，說：「鍾主編來了電話，說是讓周敏很快把材料送來的，我都快急死了！他人呢？」唐宛兒想起周敏醉後的罵聲，才知道周敏是仇恨了莊之蝶，成心不把材料及時拿來的，倒覺得自己差點也誤了大事，而慶幸起自己的行為了。她說：「周敏看材料真恨死了姓景的，姓景的起訴是要送莊老師進監獄嗎？他傷心地在家哀哭，說他沒臉面來見老師！」牛月清心下感動，說：「哭什麼，起訴又不是就判了咱罪了?!」正說著，柳月進了門，牛月清和唐宛兒瞧她的打扮，先是吃了一驚，牛月清就沉了臉說：「什麼時候了，你倒有心思打扮，人呢？」柳月說：「沒有找著。」牛月清說：「你是去找人了，還是出去買東西逛街了？」柳月說：「我哪裡有錢買東西？在街上遇著我那小老鄉，她在一家旅館當招待，每月幾百元的，見我穿得寒酸，送了一雙鞋子，一條襪子，和這眼鏡。」牛月清說：「你怎麼穿得寒酸了？和那些小旅館的招待比什麼，她們每日在火車站拉客，白天是招待，誰知道晚上幹什麼？」柳月不敢多嘴，脫了高跟皮鞋，在那裡搓腳，那胳膊上的玉鐲兒就一晃一晃的。唐宛兒看見了，識得那原是自己的，現在牛月清沒有戴，柳月倒戴上了，心下又生些許妒意，過來摟了柳月說：「柳月你也有這麼一個菊花玉鐲啊，咱們不愧是做姐妹的，你一個我一個，樣子也像！」伸了胳膊來比試。柳月見了，也是驚奇，喜歡起來，從唐宛兒的胳膊上卸了玉鐲兒來看，說：「你也是單個嗎？能配一對才好哩！」牛月清聽了，不願意當她們倆說破這玉鐲的事，一連翻看材料一邊說：「宛兒你把這些材料全看了？」唐宛兒說：「看了，莊老師真不該給姓景的寫了那信。他是好心，卻沒有好報，讓人家作了證據，這在法庭上有口也不能辯的。」牛月清說：「男人家就是這樣，你愈待他好，他反倒不熱乎了你，得不到的都是好的。現在怎麼看，他以為包糖紙的都是糖哩，那是炮彈嘛！」柳月說：「誰不這樣，吃了五穀想六味，家花不如野花香嘛！」唐宛兒兀自臉上泛紅，說：「莊老師可不是這樣的，師母這朵家花的香氣聞都聞不夠的，哪兒還有鼻子去聞野花?!」牛月清說：「話說到哪兒去了，讓外人聽到了，多粗俗的！」說著，就不再留唐宛兒，要讓柳月同她現在就搬過文聯大院那邊去住，專等著莊之蝶回來。柳月這時把材料粗略看了，心裡也不免緊張，暗暗譴責自己不該在街上逗留那麼久，對牛月清的埋怨也理解了，說：「大姐，我這當保母的再無足輕重，也畢竟是這個家裡的人，這麼要緊的事也不該瞞了我！」牛月清說：「哪裡瞞你？讓你去找人時只是我心急，來不及對你細說，現在不是讓你看了材料嗎？」柳月說：「那你現在真要住過去？你抗了這些日子，到底還是你低頭，以後莊老師的脾氣更大，更要在咱姐妹身上撒氣了！」牛月清說：「誰叫我是他的老婆呢，出了這麼大的事，我還硬什麼。他去坐牢，還不是我去送飯？我就是這命嘛！有福不能同享，有難卻同當，哪一次鬧矛盾不是我以失敗告終?!」

三人同出了院門，唐宛兒往南，牛月清和柳月往北，牛月清卻把唐宛兒叫住了，說：「宛兒，周敏沒有來，我估摸他多少要生你莊老師的氣的。你讓他甭在意，要體諒老師，他是有他的難處。這個時候一定要齊心合力。要麼，你莊老師倒了，周敏也就倒了，有你老師在，就有周敏一碗飯吃。」牛月清說畢就要柳月進屋去取了一瓶酒來讓唐宛兒帶回去給周敏喝。唐宛兒忙把柳月拉住，對牛月清說：「這個我知道。周敏那裡敢有不恭的地方，我也不依的哩！帶什麼酒？」兩人說得知己，差不多都要眼裡潮濕起來，拉拉手，才分開走了。

看著唐宛兒出了巷南頭不見了，牛月清還在瞅著看。柳月說：「咱走吧。」牛月清說：「走。」卻又說：「柳月，你覺得唐宛兒好不？」柳月說：「你說呢？」牛月清說：「她心倒好哩。」柳月說：「你說好那就好。」趕到文聯大院的房子，莊之蝶卻已經在房裡洗過了，穿了睡衣翻床倒被地尋著什麼。原來莊之蝶回家沖澡時才發覺掛在胸前貼心處的那枚銅錢不見了，他想，串銅錢的繩兒是尼龍質的不會斷，又是項鍊一般套在脖頸，要丟只能是洗澡時放在什麼地方了。但是，浴室裡沒有，臥房裡沒有，莊之蝶急得出了一頭一身的汗。這時見牛月清和柳月進來，他便不再尋找，只默然無聲地泡了一杯茶坐在那裡獨喝。牛月清並不理會他的冷淡，叮嚀柳月去做長麵條了，自己就去各個房間收拾被褥，擦抹桌凳，噴灑了花露水，又點燃了一炷檀香，屋裡頓時明淨香馨起來。然後竟換了一身身緞旗袍，臉上塗了胭脂，搽了口紅，坐在莊之蝶身邊了，從口袋掏出一包「三五」牌香菸遞過去，說：「好大的脾氣，我和柳月就是討飯的，你拿鼻子也得吭一聲吧？」莊之蝶疑惑地看著夫人，說：「你今日是怎麼啦？」牛月清說：「是我怎麼啦，還是你怎麼啦?!別吊著個臉，去跟我和柳月到廚房忙活吧。」夫婦到了廚房，柳月只是對著莊之蝶笑。牛月清去客廳，莊之蝶悄聲問：「她今日是怎麼啦？」柳月說：「井掉到水桶裡了呀，你贏了嘛，你是名人誰能抗過了你?!」莊之蝶擰了一下柳月的嘴，罵道：「你甭能，將來嫁個男人整日搧你板子，你就知道我的好了！」柳月說：「看誰搧誰的！」莊之蝶就看見了柳月穿著一件黑色超短窄裙，肉色長筒絲襪直襯得一雙腿優美無比，說：「柳月穿了這襪子好漂亮的。」柳月說：「柳月可憐死了，買了這隻襪子差點沒叫大姐慪死了我！」莊之蝶說：「你哭什麼窮，前日我給你那些錢呢？」柳月說：「那有多少，我攢著冬天買件鴨絨大衣的。」莊之蝶就又捅了一下她的腰，罵道：「你越發鬼了！」柳月哎喲一聲就叫起來。牛月清在客廳收拾飯桌，高聲問：「哎喲什麼？」柳月便把刀在案上拍響，說：「切麵又把指甲切了！」牛月清說：「你毛手毛腳什麼，別把指甲煮在鍋裡去！」。

飯桌上，莊之蝶吃了三碗，滿頭如蒸籠一般冒氣。牛月清說：「你吃好了，我現在給你看一件東西。柳月，給你老師把菸拿來，讓抽著了菸慢慢看。」莊之蝶一邊抽菸一邊看材料，就坐在那裡不動了。好久好久，卻冷笑一聲，將材料當抹布擦了桌上的湯汁漿水，說：「柳月，你大姐今日妝化得不錯，眉頭下那兒如果搽少許胭脂就更不錯吧。」這使牛月清和柳月都吃驚了，這麼大的事情，忙活了這麼半天，他看了竟平淡如水?!牛月清說：「這就好，你不發火就好。但你也不要當了兒戲。現在既然你沒事，我可要給你說兩件事，你愛聽不愛聽，我覺得我當老婆的一定要說。一是，你為什麼要給景雪蔭寫這樣的信字？除了說明你對她舊情不斷，再就說明你辦了一件蠢事！但你對她就是有千宗情萬宗情也不能在這個時候寫這樣的信，景雪蔭是我這樣的軟心人嗎？你待她那麼好，她又怎樣待的你——複印了作為上法庭的證據，這倒也罷了，聽鍾唯賢講，她把此信複印了幾十份，給省市領導，給婦聯，給人大常委會，給所有文藝團體都寄了！外人會怎麼取笑你呢？據我所知，景雪蔭到處散布是你當年對她有了意思，她卻壓根兒沒有看上你，你是自作多情。現在此信一公布於眾，不又是證據嗎？這話我不願多說，說多了又該是我在吃醋了。別人如何嘲笑我，我可以當耳邊風，但你得想想，你能不能對得起你的老婆？二是，你是名人，你樹大招風也可以擋風。周敏就不同了，他是一隻螞蟻，誰都可以把他捏死的。雖說他是捅了婁子，但咱心裡要明白他並不是成心要捅婁子，若不是景雪蔭，若不是你平日給人只圖口頭上痛快而亂聊胡說，這文章只會純粹宣傳了你，吹捧了你。你既然為他解決了工作，若如今顧了景雪蔭而不顧了周敏，他會將以前的八分恩讓這一分恨抵消，外界的人又會怎樣看你？另外，對於周敏，他是怎樣的一種人，你心裡也要有數。這種人原是社會閒人，雖說現在一心要改邪歸正，舊習氣不敢說就不又露出來？他是已經對你恨了，今日鍾唯賢來電話讓他把材料極快送你，他沒有送來，後來還是唐宛兒送來的，也不知他在家說了什麼。這樣大的事為什麼不肯見你，這你得有個頭腦！」

夫人的話說得有條有理，莊之蝶一一在耳聽了，卻還是坐了不動，悶了半天，說了一句：「我是要寫長篇的，不讓我寫，那就不寫了。」

這天晚上，電話召來了孟雲房，並由孟雲房通知了周敏、洪江和趙京五來到家裡。他們研究了對策，提出僅靠雜誌社的人是不行了，只能在市中級法院下功夫，做到讓不受理此案為好。趙京五說他認識法院的一個法官叫白玉珠的，不知此案經不經他手，就是不經，他也會從中通融的。莊之蝶就立即讓趙京五和周敏連夜去白玉珠家見人，不管早遲，必須來這裡報告情況。牛月清便收拾了一大包禮品讓提了。周敏說：「這個費用由我出。」牛月清說：「這點小事計較什麼，保不定以後花錢的地方多哩，有你出的。」趙京五、周敏一走，莊之蝶說：「臉上都高興些，什麼大不了的事，咱們打麻將等他們吧。」莊之蝶、孟雲房、牛月清、洪江就圍桌打起來。柳月在旁取菸供茶，拿眼睛就直看洪江。洪江說：「柳月，我那衣服在那兒掛著，你掏上邊的口袋，給我拿些零錢來吧。」柳月去衣架掏上衣口袋，就掏出一個小小的存摺，打開看了，上邊戶頭寫著自己名字，下邊新填金額是三百元，便裝進了自己口袋裡，說：「洪江呀，就這些錢呀?!」洪江說：「還少呀？不少哩！」牛月清說：「有多少？」柳月說：「十二元的。」洪江對著柳月眨眨眼，就笑著說：「我善於白手奪刀的！」柳月過來一邊看他出牌一邊說：「白手奪刀？我看你必輸無疑。人常說情場上得意，牌場上失意，你贏鬼去！」孟雲房就說：「八萬，和不和？洪江又害哪個女子了？」說得洪江脖臉紅透，把不該打出的一張三餅竟也打了出去。柳月罵他牌出得臭，拿手拍了那一顆頭，說：「洪江當書店經理，人物整齊，行頭又好，多少姑娘心不動的，還能不得意?!」孟雲房說：「柳月，不敢把洪江的港式髮型弄亂了。男人頭，女人腳，只能看不能摸的。我還以為你拿住他什麼了?!要叫我說，洪江倒難找下個好女子。世事就很怪，漂亮小伙子反倒找不下漂亮女子。洪江那媳婦我看就不如咱柳月；而柳月將來反倒找不下個漂亮小伙，這就叫跛子騎駿馬！」氣得柳月拿了拳頭砸孟雲房，說：「五官不正的人心也不正！」牛月清就發恨聲，指責柳月話說出格了。孟雲房說：「這都是我平日寵慣得這小丫頭沒大沒小的了！」牛月清說：「雲房，你講究整日算卦預測的，你算一算京五他們去的結果如何？」孟雲房說：「算卦得我那一套傢伙，這裡倒沒個萬年曆書，我換算不來那日月時辰的。」柳月說：「我這裡有枚銅錢的，你搖一搖。」說著從口袋裡掏了鑰匙，鑰匙串兒上果然一枚光亮亮的銅錢。莊之蝶見了，眼睛就發直，說：「柳月，讓我看看。」柳月卻不給。牛月清就打出一張牌來，直催莊之蝶吃還是不吃？莊之蝶眼看著柳月，手卻從牌擺的尾部去抓牌，孟雲房就把他的手打了一下，說：「在哪兒抓牌？上廁所別上到女廁所去！」莊之蝶安靜下來看牌，孟雲房說：「那一枚銅錢得搖多少次的？是這樣吧，月清你報一個三位數，要脫口而出，我以『諸葛馬前課』算算。」牛月清說：「三七九。」孟雲房左手掐動了，說：「『小吉』，嗯，還不錯的。」牛月清臉上活泛了，說：「只要不錯，那你們就瞧著我怎麼和牌呀，牌是打精神氣兒的。怎麼著，扣了！坐起莊了！」孟雲房氣得說：「你坐吧，坐個母豬莊。」開始洗牌，院子裡有貓在叫喚，聲聲淒厲。洪江就問家裡養了貓了？貓在發情期間千萬別沾了那些雜種，他是有一隻純波斯貓的，趕明日他把波斯貓領過來。牛月清說：「哪兒養了貓？我不喜歡貓呀狗呀的，這是隔壁養的貓，討厭得很，過一段時間就招引一群野貓來叫喚。」莊之蝶便叫道：「哎呀，下午我揭了涼台上的鹹菜甕蓋兒讓曬曬太陽的，倒忘了夜裡要蓋蓋的！」柳月就跑到涼台上去，遂又在涼台上喊柳月：「你來幫我把甕挪一挪，別讓貓抓了菜去。」柳月就來到涼台，莊之蝶卻閉了涼台門，悄聲說：「你哪兒拿的銅錢？」柳月說：「我在浴室裡發現的，覺得好玩，拴在鑰匙串兒上的。」莊之蝶說：「那是我的，快給了我！」柳月說：「你的？銅錢上還有個繫兒的，我怎麼沒見你以前在脖子上戴過？」莊之蝶說，「我戴了好些日子的，日夜不離身的，你哪裡知道？」柳月說：「一個大男人家戴一個銅錢，我還是第一次見的。瞧你那急樣兒，莫非這些日子，我們在雙仁府那邊，什麼女人送了你的情物？」莊之蝶說：「你別胡說！」把柳月雙手捉了，去她口袋裡掏，掏出來了，柳月偏又來搶，莊之蝶把銅錢就含在了口裡，一臉的得意。這邊三人洗了牌又壘好攞兒，遲遲不見莊之蝶過來，孟雲房就粗聲說：「挪個菜甕就這麼艱難？之蝶你還打牌不打？」莊之蝶立即從涼台上回來，銅錢已經在口袋裝了，說：「雲房，今年鹹菜做得好，你要喜歡吃，一會兒給你帶一塑料袋兒。」

到了子夜時，趙京五和周敏回來了，說是找到了白玉珠，白玉珠沒有接受這個案子，但他已經知道本院收到了這一份起訴書，整個法院內部議論紛紛，自然是說東的，也有說西的。起訴書原本是呈交給刑事庭的，因夠不上刑事案件轉入了民事庭。民事庭接受此案的庭長和審判員司馬恭都是他的朋友，他是能溝通他們不要立案的。這白玉珠態度極好，主張先不必找庭長，而主要找司馬恭，立即就領了他們去見了那姓司馬的。司馬審判員不冷不熱，他們就說了莊之蝶老師原本晚上來拜見他的，因走到了半路上害肚子疼，來不了了，讓他們代表了來拜見，並送了一本書作個紀念的。這本書是周敏多了個心眼，在夜市書攤上買的，並由周敏模仿了老師的筆體簽的名。他們從司馬恭家出來後，又去了白玉珠家，白玉珠說莊老師這麼大的名氣，早想結識只是沒機會，能有這事而交個朋友他很高興，就談了莊老師的書如何好看，他的兒子更是喜歡讀，兒子是軍人，在師部搞通訊報導，還寫散文隨筆一類文章，也算個小作家的，遠望莊先生以後多教導。說到這兒，牛月清就說：「別的要求咱不行，這一點咱是能辦到的，那孩子寫了東西，你們都可以幫他發表的。」趙京五就掏出四篇文章來，說：「正是這樣，白玉珠取了兒子四篇文章，說兒子的部隊有個規定，在省市報刊上發五篇文章出來可以立三等功一次，在全國性報刊上發三篇文章可以立二等功一次。兒子寫得很多，給他也寄了四篇，讓他想法兒在西京的什麼報紙上發發，他正愁著不認識人的。我們就把稿子全帶回來了，拍腔子給人家說了大話。」莊之蝶說：「那好嘛，你們給想想辦法發表吧。」趙京五說：「我們有屁辦法，這還不是要你出面嗎？」莊之蝶笑著說：「你放在那裡我明日看看。還有什麼要求？」趙京五說：「白玉珠說了，司馬恭是個怪脾性的人，平日不苟言笑，不吃菸，不喝酒，也不搓麻將，他是完全可以把此人說通，但工作比一般人要難一些。不過司馬恭有一個嗜好，就是特別喜歡書畫，家裡有許多收藏，你們有條件的，能不能弄一幅什麼好的字兒畫兒送他呢？他這麼說了，我也應允了，咱不妨什麼時候去找龔靖元的兒子，把毛澤東的那幅字搞了來給他，這事十有八九就成功了。」如此這般又商量了半天，最後決定讓周敏這幾天多跑白玉珠家聯絡感情；莊之蝶看稿子，想辦法儘快發表出那四篇文章，趙京五和莊之蝶再及時去找與靖元的兒子龔小乙弄來毛澤東的書法手卷，一弄到手，莊之蝶親自出馬去見一次司馬恭，如果能把白玉珠和司馬恭叫出來吃一頓飯最好，這事由周敏去與白玉珠交涉。方案既定，莊之蝶說：「咱這麼策劃於密室，看看桌子下安沒安竊聽器?!」眾人就笑了。孟雲房說：「搞政變可能就是這樣吧?!」莊之蝶說：「中央政治局會議恐怕也是這樣，幾個人在誰家這麼商量了，一項國策就定下來。我看過一篇文章，說是毛澤東當年常召了周恩來、劉少奇在家商談國事，一談談到半夜，就吃一碗龍鬚麵的。柳月，你現在也給我們一人做一碗龍鬚麵來吃吃。」柳月應聲去了廚房，不一會兒果然端上來七碗，大家吃過方一一回去。

莊之蝶一覺睡到第二天中午才起來，看了那四篇文章，卻大罵狗屁文章，光錯別字就讓他看得頭疼，揉作一團就扔到便桶裡去。牛月清忙去便桶撿，紙已經被尿弄髒，讓柳月快拿了去涼台上晾，莊之蝶一笤帚把涼台上的稿紙掃到樓下去了。牛月清瞧著莊之蝶發瘋的樣子，嚇得哭腔都出來，說：「那又不是你的文章，只要發表出來，你管他水平高低？」莊之蝶說：「這文章鬼去發表的？」牛月清說：「那你不想贏官司了？」莊之蝶坐在那裡直出長氣。末了，還是找了兩篇自己的未發表的散文說：「我找省報文藝部去，換了他的名先發吧。我這當的什麼作家，什麼作家嘛！」踉蹌出門，把門扇摔得山響。

三天後，兩篇文章發表了。周敏買了報紙送給了白玉珠，白玉珠高興萬分，又問那兩篇什麼時候發表？周敏回來說了，莊之蝶大發雷霆，罵道：「發了兩篇還不行嗎？不發了，堅決不發了，官司就是贏了，我也是輸了！」周敏不敢言傳。牛月清多說了幾句，又挨了一頓罵，自然也沒有回嘴，回過頭來又安慰周敏。自己又跑去找孟雲房，央求孟雲房給莊之蝶勸說。再還是日夜擔心這事要氣傷丈夫的。數宗委屈、熬煎、害怕，苦得她背過人處哭了幾場。

柳月自然是在這邊做了飯，一日兩次又得過雙仁府那邊給老太太做飯。老太太的舊毛病又犯了，不斷地嘮叨著說門愈來愈厚，印在門上的那些影子，每晚每晚都在活著，她要莊之蝶過來幫她燒掉這些東西。柳月推說莊老師太忙，抽不開身，她就和柳月吵，說莊之蝶是她的女婿，柳月你倒管住了他，你是他的老婆嗎？氣得柳月飯也做得不好，恨她老而不死，幾次想哄她服安眠片安靜睡一天兩天，但又怕服出亂子來。老太太竟親自拄了柺杖去了文聯大院，硬把莊之蝶叫了過來。兩人從街上往雙仁府這邊走，當時街上人並不多的，老太太卻說擠得走不動，指點著說那三人太瘦了，睡在那裡肋骨一條一條看得清楚。莊之蝶朝她手指的地方看，那地方什麼也沒有，就說：「娘是看見鬼了！」老太太說：「我也分不來是人是鬼，可能是鬼吧。」又邊說邊用柺杖撥動，真好像在人窩裡擠著似的。莊之蝶就想，老太太說的或許有可能，人如果死了都變成鬼，那從古到今，世上的鬼不是最多的嗎？回到雙仁府家裡，老太太就讓莊之蝶拿刀剝門上的影痕。莊之蝶沒辦法剝，老太太就說：「你站在這兒，你是名人，火氣大的，誰都怕你的，你給我壯膽了我剝！」拿刀就在門上刻，刻一會，說揭下一頁，刻一會說又揭下了一頁，一共揭了十二次，手作了抱狀到廚房，劃了火柴來燒，問聽見了嗎，燒得噼噼啪啪油流皮爆地響哩。忽然驚叫有一雙人腳跑了，這腳是她用刀從一條牛腿上砍下的，牛是長了人腳的，砍下來卻跑了，便在房子裡攆著趕，終於拉出了房門，方一頭大汗，上床安然入睡。這天夜裡，莊之蝶怎麼也睡不著，恍惚間似乎覺得滿屋裡有人腳在走，走著各種花步，那腳印就密密麻麻在地板上、四壁上、天花板上，組合一幅圖案。又似乎他是順了這圖案從外層往裡層走，腳印兒竟變化莫測，走到裡層了無論如何卻再走不出來。不覺驚醒，已出得一身大汗。拉燈看地上牆上，並沒有什麼腳印。想：是自己聽老太太的話而作夢吧？卻再不能睡去，拉燈守坐在老太太臥室門口吸菸，看著老太太懷抱了那一雙小腳鞋睡得正香。而幽幽的壎聲卻傳來，如鬼哭狼嚎。

莊之蝶在雙仁府那邊住過幾天，牛月清不敢過來叫他，和孟雲房商量。孟雲房的意思是讓他陪老太太就住在那兒吧，至於那兩篇文章由他來寫，由他找報紙發表了事。等莊之蝶緩過氣來，還指望去找龔小乙弄書畫的。牛月清就每日在家等待周敏，了解隨時發生的情況，又得招呼一日來一次的趙京五和洪江。更令人頭痛的是周敏把白玉珠叫來過一次，白玉珠此後常常吃飯時間或夜裡十點了來閒聊天，甚至領了一大幫愛讀書的和崇拜作家的男女來聊。牛月清則一一笑臉相陪，沏茶敬菸。等人一走，就張嘴打哈欠，累得一絲力氣也沒有了。柳月一邊打掃地板，說這些人菸頭不往菸灰缸裡扔，偏要扔到屋角；說他們吐痰，吐了痰又要用鞋底蹭蹭；說來個人沏杯新茶，往往喝一口兩口，又來了人又得重沏，茶葉都浪費了；說廁所馬桶沿上有撒的尿。

周敏明顯地人瘦了許多，鬍子也數日不刮，白淨的臉面像了個刺猬，不斷地訴苦說白玉珠問了幾遍關於字畫的事了，牛月清也就催孟雲房和趙京五勸說莊之蝶快去找龔小乙。莊之蝶沒了辦法，一個夜裡和趙京五去了麥莧街二十九號，幸好龔小乙在家。龔靖元就這麼一個兒子，父子關係卻不好，龔靖元掏錢買了一個單元樓房讓龔小乙單獨住在麥莧街，為的是眼不見心不煩的。莊之蝶和趙京五進了門，小乙自然不敢慢怠，取菸沏茶，說叔你怎麼來找我了，我屋裡髒亂，你尋乾淨地方坐吧。說著拿一張報紙蓋在了床下一個便盆上，屋裡確實亂如狗窩，散發著尿臊味，莊之蝶就過去把窗子打開，在床沿上落身坐下。小乙先是坐在藤椅上與他們說話，歪腳倒頭的，幾次想坐得端正，不覺一分鐘就又蜷一堆窩在那裡，又是張嘴流眼淚，說：「叔你喝茶，我上廁所去。」上了廁所老半天不出來。莊之蝶和趙京五就聞到一股香氣，見花架上那盆蔫了葉子的花草也精神了起來，兩人對視了一下，沒有言傳。小乙從廁所出來，判若了兩人，眼睛裡幽幽有光。莊之蝶說：「小乙，你又吸大菸了？你拿些大菸來讓叔瞧瞧，叔還沒見過這玩意兒。」小乙說：「叔也知道了？叔也不是外人，我拿了你看。」拿出來的是一小疙瘩黑泥一樣的東西，說這菸膏他是放一丸在香菸裡吸的，他這兒沒有白麵兒了，白麵兒好。便讓莊之蝶和趙京五抽，兩人說不抽的，留給你吧。小乙就說：「叔你是寫文章的人，你能不能給什麼部門反映反映。」莊之蝶說：「什麼事？或許我能說上話的。」小乙說：「現在社會上假冒商品太多，坑害消費者利益，這白麵兒做假的就多啦，許多人抽了渾身起疱疔，頭髮都落光了。」莊之蝶說：「你寫個東西，我送公安局讓他們查去。」小乙就笑了，說：「叔還給我開玩笑的。」莊之蝶說：「小乙，叔給你說一句話，這話或許你也聽得多了，你什麼吃不得喝不得，偏要抽這玩意兒？你爹給我說過你，他為你頭疼，周圍人另眼看你，這又花錢又傷身子，主要是傷身子，你年輕輕的，還要找媳婦不？」小乙說：「叔你說我不生氣，我知道叔是為我好的。可叔你哪裡知道抽菸的妙處？抽過了，你想啥就有啥，想啥就來啥。說實話，我恨我爹，我爹那麼多錢，他可以一夜打麻將輸二千三千，他就是不給我多餘的子兒。我恨小麗，小麗是和我談了五年的戀愛，她都和我睡過了，說走她就走了。我恨我單位那領導，他到處散布我的壞話，為了那份工作，他得過我爹十幅字的，他竟能把我就開除了。我知道愈抽愈戒不了菸癮，可我那些抱負，那些理想，也只能在抽了菸後才能實現呵。叔你不要勸我了，你有你的活法，我有我的活法。

你怕是和我爹一樣的，說起來聲名在外，天搖地動的，可你們倒還沒我活得自在的。有一點叔你相信，我不會成為社會害蟲的，我不去街上偷人，我不去真的搶劫，真的強姦婦女，也不去真的殺人，我不妨礙任何人。我是我爹的兒子，他再煩我，但我畢竟是他兒子，我爹的字畫夠我今輩子抽的。」趙京五就說，「這是當然的，小乙有福就福在這裡。小乙，我知道你手裡有你爹的字畫作品，也聽說漢中有人還給了你一件毛澤東的書法長卷，有這事嗎？」小乙說：「趙哥你行，我什麼事你都知道，你對我爹說過了？」趙京五說：「咱哥兒們，我幾時出賣過你，給你提供大菸的小柳葉和王胖子人家老早就不想給你供菸了，怕你爹知道了告他們，是不是我去勸說的？」小乙說：「趙哥是堅鋼朋友。毛澤東的那幅字寫得好哩，一看就有帝王之氣，這東西是在我手裡。」趙京五說：「這就好了！話明著說，我和你莊叔今日來，是想見識見識那幅字的。你莊叔是作家，什麼字都不稀罕，只是要寫一篇關於毛澤東詩詞書法方面的文章，就想能得到一件實物。他給我說了，我說這好辦的，小乙那裡有一幅，小乙是義氣人，他留那幹啥，會送了你的。」莊之蝶說：「我哪能白要？小乙到我家去，看上什麼玩物兒你去拿一件吧。」趙京五又說：「毛澤東的字當然不是省長的字，但話說回來，那又不是文物，即便算是革命文物，你能賣嗎？國家一見就要上繳的，一分錢也不付的。」小乙就嘿嘿地笑。趙京五說：「小乙你笑什麼？」小乙說：「莊叔和趙哥不是外人，我也真話說了，你們要我爹什麼字畫，我都可以給你們，這幅字，我是不能的。有人來買過，出過五千元的價兒，我沒出手，我也愛毛主席的，毛主席人死了，但他還是神，神的東西在家也避邪吧！」趙京五就看莊之蝶，莊之蝶搖搖頭。趙京五說：「那好，你這麼說，我們也不難為你了，那你總不能讓你莊叔就這麼走了？你這裡有你爹的字，隨便取幾幅吧。」小乙就從櫃子裡抱了一卷出來，抽了三個有軸兒的，說：「我就靠這抽菸的，你不知道，我爹卡得嚴哩，為弄這批東西我費了勁的。」趙京五把三幅字軸用報紙包了，夾在了胳膊下，說：「趙哥虧了你嗎！我會給小柳葉說的，你去買菸，讓她軟些價兒。」就和莊之蝶走出來。

莊之蝶和趙京五一走，龔小乙就從櫃裡取了一個長條木匣來，打開看了看毛澤東的那幅字，重新包好，裝在匣子鎖了放到櫃子的最下邊。心想，趙京五把莊之蝶領來也謀這件字，就說明這真是件寶貝了，那麼，萬不得已不能出手。如今菸價一日高出一日，到了將來實在沒錢了再換菸抽吧。一想到菸，癮就又發作了，將那唯一的一包白麵兒在錫紙上倒了，用火柴在下邊燒，再拿一個紙筒兒吁地一口長吸到肚裡，就開了一瓶高橙飲料趕忙喝下壓住，不讓一絲一縷的菸氣從氣管漏出來，然後就點上了一枝萬寶路香菸，躺在那裡一口一口地吸，立即就墜入另一個境界，似看見了小麗從門外進來了。他說：「小麗，你來了？你這麼些日子都到哪兒去了，我只說你永遠不來見我了?!」小麗說：「我好想你，好想好想的，你就不來接我嘛！」小麗在給他撒嬌。小麗撒起嬌來就在他身上蹭，那雙奶子擁在他的臉上，手也在下邊揣了，還說這是香腸，我想吃香腸的，小乙他就把衣服脫了，也給小麗脫。小麗會享受，她自己不脫，偏要他脫。小麗的衣服很多，脫了一件又一件，脫了一件還有一件，脫到最後脫出個小巧的身子來，他們就想著法兒作各種雜技動作。他說小麗你坐過船嗎？小麗沒坐過，他就把一口袋黃豆倒在床板上，攤成勻勻一層，將一張木板放在黃豆上，他和小麗就趴上面玩起來，木板晃來晃去。但小麗卻下床走了，開始變臉，變得像一隻惡狗，小乙他就發怒了，說：「你不和我做愛，你是和那個姓朱的嗎？那姓朱的有什麼比我好的？」小麗卻說：「是的，你一出門我就和小朱幹，他比你強，他是超人，妙不可言！」小乙他就抄了刀說我殺你！小麗說你殺吧。他一刀過去就把她殺了。小麗倒在他面前，雪白的身子在蠕動，一股血就分了岔，像樹椏一樣從那奶頭上往下流，流過大腿。流過大腿時似乎流不動，血水聚很高的楞沿兒，他就用刀尖劃了一下，劃出個白道兒，引著血水便唰地流下去了。小乙他就又拿刀在小麗心口剜，剜出一顆心來，他說小麗你心原是石頭做的這般硬?!小麗就叫了一聲徹底死了。他小乙看著那已經死了的小麗的身子還有一處在動，就覺得美艷無比，尤其那一聲叫，刺激得他無比快意地長笑了。

莊之蝶帶了三幅字回家展開看了，果然是龔靖元書法中的精品，倒不忍心全送那司馬恭，遂抽下兩幅讓趙京五收留了將來布置畫廊。怎麼去見司馬恭，莊之蝶卻有些為難，說他從沒有這麼樣求人的，顯得太是下作。趙京五說這你得去，韓信當年還鑽人褲襠的，身在屋檐下怎能不低了頭？莊之蝶就要讓孟雲房陪他，孟雲房能說話，以免在那裡冷場。臨去的那日晚上，趙京五去叫孟雲房，孟雲房不在家，夏捷說不是為官司的事去白玉珠那兒嗎？原來白玉珠的母親害腰病，孟雲房就陪同著宋醫生給白玉珠的母親治病去了。趙京五回來說了，兩人就往白玉珠家來，果然孟雲房和宋醫生在那裡。宋醫生為老太太按摩了腰，正在燈下開藥膏處方，一見莊之蝶，就問腿傷如何，莊之蝶趕忙感謝了，腳在地上跺著說藥膏真好，五天裡什麼痛感也沒有的。白玉珠雖是去過文聯大院五次，但還沒真正見過莊之蝶，熱情招呼，就拍腔子說官司的事有他便沒事的。莊之蝶也說了幾句感激話，拿出龔靖元的一幅字讓他看，問送這樣的字行不行？司馬恭會不會接受？如果接受了不說，不接受了又怎麼辦？孟雲房說：「這有什麼不敢接受的，不是冰箱電視大件東西，不是現款鈔票，文人送字畫是文人的本行，雅事哩！你送著不丟人，他收著不尷尬，他也可以公開對人說這是誰送的，既不落受賄名，反覺榮耀哩！你要還不自在，我陪你去。」莊之蝶說：「我來就是要你一塊去的。」白玉珠就說：「你們先坐了，我去他家看看，如果他家有客人，你們就不先過去。如果人在，我也先去嘮嘮話，瞧瞧他情緒怎樣。若正為別的事心煩，這去就不保險了；若情緒好，什麼話都可說的。」孟雲房說：「對對，我們在這兒等你。」白玉珠出了門，莊之蝶就問起宋醫生現在有了行醫執照了嗎，最近見過王主任沒有？宋醫生說：「我一直想去找你，只怕你早知道那事了，就沒去打擾你。」莊之蝶問：「什麼事的？」宋醫生就去了廚房洗手，示意莊之蝶過去說話。到廚房掩了門，宋醫生說：「你真的不知道他的事嗎？那個設計員你還記得？」莊之蝶說：「記得。好久日子沒時間去找她的。」宋醫生說：「她瘋了。」驚得莊之蝶差點叫出聲，忙問：「瘋了？她怎麼能瘋了?!你是聽人說的，還是親眼所見？」宋醫生說：「她人我沒見到，可這事沒假。為辦執照，我去了王主任那兒三次，他總是說忙，改日一定去的，並約了我的日子。那天我去了，剛坐下要說話，進來一個女人，那女的說她是阿蘭的姐姐，說阿蘭瘋了，羞醜不知道顧了，她是來向王主任問問阿蘭是怎麼瘋的？王主任聽說阿蘭瘋了，也在說：『她瘋了？她一瘋這設計工程怎麼辦？』阿蘭姐姐就掏出一件衣服放在桌上，問王主任這是怎麼回事？我看清了，是一個小褲衩，女人穿的褲衩。褲衩卻破了，分明是用剪刀鉸開的。王主任就對我說：『你看，今日又有事了，你先回去吧，三天後來找我。』」宋醫生說著頭伸到水龍頭下，張口喝了水，咕咕嘟嘟漱了一會兒，吐出來，說：「三天後我去了，王主任沒在，問旁邊房子的人，說王主任住院了。我想人家住了院就得再買些禮去探視一下才好。便問得了什麼病，住在哪個醫院？房子裡的人就哈哈笑，我才知道了事情原委。事情是這樣的：王主任是借讓阿蘭設計公廁，不停地招阿蘭來談方案，阿蘭那女子也是設計心切，便識不破王主任的壞心。那一天阿蘭去了，王主任說方案定下來了，要慶賀的，拿了酒讓阿蘭喝。阿蘭是喝了，喝醉了，王主任就把她放倒在桌上，剝了人家衣服，因為急，褲衩也用剪刀鉸開，把阿蘭糟踏了。阿蘭醒來就鬧，王主任就說你要嚷，我就說咱們是通姦的，我沒有去你家，是你自動來我這兒的。阿蘭忍了，回去愈想愈氣，給她姐姐說了。她姐姐也是氣得要死，又罵阿蘭搞什麼設計，這麼大的人了沒個心眼。阿蘭越發想不通，就瘋了。那日見到她姐姐，她姐姐就是來找王主任的，王主任是跪了求她姐姐。她姐姐是有心人，一是要報復王主任，故意軟了話，說要饒他；二是王主任賊膽太大，竟看她姐姐比阿蘭長得還要好，既然阿蘭姐姐話軟了，還對他笑，說過你找我婦人也就罷了，你找黃花閨女，還讓我妹妹找人家不找的話，他就上來抱阿蘭姐姐。阿蘭姐姐竟應允了他，喜得王主任姐呀姐呀地叫，當下提出他要離婚，盼望阿蘭姐姐嫁他。阿蘭姐姐第二天就尋到了王主任家，對著王主任的老婆說：『我愛老王，老王也愛我，我們相好三年了，你能不能成全我們？』說完就坐在床上，自個倒了一杯水喝起來。她真厲害，氣勢和風度竟將王主任的老婆鎮住了，一句話也說不出來。阿蘭姐姐就站起來，說，你記住，我叫阿燦，阿燦才有資格配作這個房子的主人的！說罷就大步走了。這老婆一見她走了，在家大哭起來，跑到辦事處找王主任，可主任正主持會，衝進去揪了他的耳朵出來，滿院子叫喊王主任流氓，在外蓄小老婆，讓小老婆到家去欺負她了。兩口子就在院子裡打起來。當晚王主任就去找阿燦，阿燦直笑，說：『你不親親我嗎？』王主任撲過去就親，阿燦一口把他舌頭咬下來一截。王主任才知道阿燦一切都是在報復，捂著嘴跑了。莊先生，莊先生，你這是怎麼啦，你有心臟病嗎？」宋醫生自管自說下去，抬頭看莊之蝶，莊之蝶臉色蠟黃，閉了眼睛，身子靠在牆上慢慢往下溜，就慌了，急忙叫趙京五和孟雲房。兩人過來，嚇了一跳，把莊之蝶放平在地上就按摩胸口。莊之蝶睜開眼來，說：「沒事的。」慢慢坐起來。趙京五倒了開水讓喝，孟雲房說：「宋醫生，你在說什麼了，剛才還好好的，怎麼一下子成了這樣?!」宋醫生說，「我給他說件閒事的，他突然就順牆往下溜。」莊之蝶說：「不關宋醫生的專，這些天怕是累了，有些虛脫吧。」眾人見他喝了開水，臉上漸漸紅潤開來，都鬆了一口氣，說或許有心臟病，過幾天一定得去醫院查查。

過了一會兒，白玉珠回來，說是院裡領導在司馬家裡。看樣子還得等一陣兒，等領導走了再過去。

莊之蝶說：「老白，既然是這樣，閒聊沒個長短，夜也不早了，我們改日再拜見司馬審判員吧！」趙京五又說了剛才莊之蝶犯病的事，白玉珠想了想說：「那也行的，你一定是心急病的，不要急嘛，我說有我嘛，我連這點事都給你辦不了，我不是白在法院工作了?!」一直送他們出來，和莊之蝶握手告別時還親熱地抱了一下，說下次來先給他打個電話，他還要準備個照相機，要和大作家合個影榮耀榮耀的。

莊之蝶回到家裡，趙京五說了犯病的事，嚇得牛月清和柳月眼淚都流下來，說從來沒有犯過心臟病呀，就沖糖水讓喝，燒薑湯讓喝，問想吃什麼。莊之蝶說：「我想睡。」就睡下了。客人走後，牛月清輕輕脫衣睡在丈夫的身邊，莊之蝶卻醒過來，牛月清問覺得怎麼樣，莊之蝶說沒啥事的。牛月清說：「沒事了我就放了心。」身子就偎在丈夫懷裡，說：「你好心硬的，要不是出了這場緊事，你怕還是不理不睬我的！瞧你也瘦多了，這犯病兒怕也是心上吃力惹下的。你男人家心胸要大的，天大的事也都有個過去的時候，你說呢？」莊之蝶就把胳膊從夫人的脖子下伸過去摟了她。牛月清身子麵條似的軟軟貼緊，卻感覺到有什麼東西墊著，手一摸，摸到那枚銅錢，說：「這哪兒的銅錢，稀罕得戴在身上？」莊之蝶支吾了，說：「戴著好嗎？」牛月清說：「男人家戴這個算什麼樣兒，一定是誰送你的，這段時間不管你了，哪一個不要臉的騷貨就給你騷情了？」莊之蝶說：「別自己捏個鬼兒又讓鬼嚇住！那日阮知非叫我去他家，他說一個氣功師給他一枚銅錢上發了功，戴上可以避邪健身，就送了我的。」牛月清說：「阮知非的話十句九句謊的，送你一枚銅錢兒倒說得那麼玄乎，為啥戴上了還犯心臟病？」莊之蝶立即把話岔開，就把阿蘭和阿燦的事說給了她。牛月清當然咒罵了一通那個王主任，卻也怪阿燦那樣去處理何必呢！女人畢竟是女人，她為了報復，也不該真地與王主任摟抱了親嘴的。莊之蝶說：「你不懂。」牛月清沒有回嘴，心裡卻想，他這麼病了，原來是為了那姐妹倆兒，萍水相逢的人，即使同情也不至於到這個份兒上！便說：「我不懂，你就懂她，你是怎麼懂她的？」莊之蝶卻輕輕打起鼾聲，假裝睡著過去了。

一連三天，西京降起了大雨，這雨如白色的麻繩，一股一股密密麻麻從天上甩下來。三天裡正晌午光線都是暗的，每個四合院，居民樓院，水都是一腳脖子深，從水眼道流不及，就翻了大門檻往外流。自來水龍頭卻沒水了。消息傳來，原是西城門外一段路塌陷，水管斷裂，柳月就提了盆子去涼台口接雨水，盆子一伸出去水就滿了，取回來卻只有半盆，如對了瀑布接水一樣。莊之蝶有許多事心急著要去辦，出不了門，背上倒不痛不癢地生出一溜七個瘡來。牛月清害怕是什麼毒東西，莊之蝶說沒事，可能是下雨潮氣所致，就塗了些清涼油。牛月清就操心起雙仁府那邊的老娘和老娘住的平房，撥電話，電話線又斷了，要柳月和她一塊過去。柳月哪裡肯讓夫人去淋這麼大的雨，就說她一個人去。這當日，啞了幾天的門房韋老婆子的播音器突然響起來，照例是噗噗噗吹了三下，牛月清就說：「這麼大的雨天，難道還有來訪人嗎？」話未落，韋老婆子的聲音就透過雨聲在院子裡回響：「莊之蝶下來接客！莊之蝶下來接客！」牛月清臉就變了色，莊之蝶問你怎麼啦？牛月清說：「現在是一有急事，我這心就慌了！」柳月說：「我反正要下去的，我去看看是誰？若不是重要事，我就打發了；若是緊事，我讓他進門到家裡來。」便穿了雨衣，蹬了雨鞋跑下去。大門口裡濕湯湯地立著一個人，卻是那拉車收破爛的老頭。柳月並沒理會，對韋老婆子說：「沒人呀，誰個找莊老師的？」韋老婆子拿嘴努努老頭。柳月就奇怪了，過去問：「是你找莊老師？」老頭說，「我找莊之蝶，不找莊老師，我沒有老師。」柳月就笑了：「什麼事，你給我說！」老頭看看柳月，說：「你給過我兩個饅頭的。」柳月說：「你好記性，我不用你謝的。」老頭說：「我沒謝你，罵你的，那天夜裡我積食了，肚子脹得一夜沒睡好！」柳月說：「這麼說，冒這麼大的雨你是來罵我的？」不再理他，兀自往街上去。老頭說：「你走得好，你老師背上還要生瘡的！」柳月就站住了，覺得驚奇：他怎麼知道老師背上生了瘡的？就說：「哎，你說什麼？」老頭說：「雙仁府的牛家老太太讓我順路捎話，說她老伴回家幾回了，沒做幾頓好飯菜的，女婿女兒一個都不來，老伴用鞭子抽女婿哩！」柳月說：「她哪裡有老伴，死了八輩子了！老太太又是犯了病的，我這才要過去，大爺你還要往哪兒去？」老頭說：「我往哪兒去？大雨天街上沒人了，我到省府市府去了我就是省長市長，我坐在交通指揮台上我就是警察，我進了飯館裡我就是發了財的人！你要去雙仁府，你坐了車，我路上就是司機，到了雙仁府，我就是你爺的。」柳月說：「你話這麼多的！那我就上車呀，我真不好意思，讓你這麼大年歲的人拉了我。」老頭說：「那你拉了我，我就是坐小車的官人！」柳月說：「我哪裡能拉了車？」老頭就把車拉上街小跑起來，說：「你頭暈不暈？」柳月說：「不暈！」老頭說：「那你是坐車的命，不當官也是官太太。」柳月樂得直笑。但一笑，雨就灌了一口，忙把雨衣裹緊身子，看看老頭茅草般的頭髮一綹一綹全貼在臉上，衣服濕淋淋的了，清清楚楚顯出瘦骨嶙峋的脊梁。柳月又不忍心了，要把雨衣讓給他。老頭說：「姑娘你這命就薄了！」柳月說：「怎麼又薄了？」老頭說：「那你怎麼要把雨衣給我？我在西京城裡跑了這幾年，人人都把我當瘋子，不把我當瘋子的只有睡在城門洞的那些人。」柳月就不言語了，心裡一時亂糟糟的。街巷的積水更深，簡直是一條條河，沿途那些地下水道通口的蓋子全揭了，為的是盡快讓水流走，但有的通口卻往外冒水，積水就幾乎到了人的膝蓋。老頭就繞了路的一邊拉車，一邊給柳月指點。哪一堵圍牆是塌了，哪一根電線桿下的地面泡軟了，桿子倒斜斷了線。柳月就又看見有幾輛車汽車窩在幾個下陷的坑裡，而平路上一輛卡車和一輛麵包車相撞了也癱在那裡，這卡車樣子是要超車的，但沒有超過，一頭卻碰在麵包車的前半截，兩車癱在那裡組合了一個「入」字。老頭就嗬嗬地笑。柳月說：「你笑什麼？」老頭說：「你瞧瞧那卡車幹什麼了？世上萬物都有靈性的，這卡車是看見了麵包車就忍不住騷情，強行去要親嘴吧，這不，禍就闖下了！蒟，你看著那東西好，那你只能看著。手抓火炭兒，火炭能不燙了手?!」柳月再看時，愈看愈像是那麼回事兒，也就笑；笑過了，心裡卻有些不舒服。老頭猴子一樣不正經拉著車走，一會兒從水面上撿起一隻塑料破盆兒，一會兒又撈起一隻皮鞋，反手丟上車來，說這皮鞋是新的，一定是水進了誰家房子而從門下漂出來的，可惜是單隻，怎麼沒有漂出個彩電和一捆人民幣呢？柳月就又笑，想這老頭自己說他不是瘋子，也是離瘋子不遠的。突然老頭就大聲吆喝起來了：「破爛——承包破爛——嘍！」柳月在車上說：「我在你的車上，我是破爛啦?!」老頭說：「不喊喊我嗓子疼的。」柳月就說：「你要嗓子疼，你怎不給我唱唸著謠兒？」老頭第一次回過頭來，嘩嘩的雨裡，他一臉皺紋地笑，笑得天真動人，說：「你也愛聽？」柳月說：「愛聽的。」老頭就飛快地拉著車跑起來，沒膠皮的鐵軲轆在水裡比旱路上輕快，攪得兩邊水白花花飛濺，柳月於是聽到了有趣的謠兒：

中央首長空中行。省市領導兩頭停。縣上的，帆布篷。鄉鎮的，「壹三零」。農民坐的是「東方紅」。市民騎的是自搖鈴。

柳月乘的是水中龍。

老頭又回過頭來，說：「姑娘，你叫什麼名字？」柳月說：「柳月。」

柳月就叫道：「我不讓你編排我名字，我不願意嘛！」老頭還是繼續著反覆唱，街兩邊避雨的人就聽到了，立即也學會了。柳月便聽見身後那些人都在狼一樣的吼著嗓子唱叫起來，最後一句仍也是「柳月乘的是水中龍。」柳月就生了氣，從車子上往下跳，一跳跳坐在水裡。老頭卻沒有聽見，也沒有感覺，竟還拉了車子飛也似的在雨中跑。

柳月一到雙仁府這邊，滿街巷裡，都亂哄哄的是人，老的少的差不多都用了塑料布、雨衣、薄膜紙包著大小包袱和家用電器，往屋檐下跑。許多警察在那裡大聲吆喝，一些人就被車拉走；一些人卻死活也不上車；更有一群人急急往老太太住的院裡跑，叫嚷著快打電話，打急呼電話！柳月第一個念頭就是老太太出事了！不顧一切地往家跑，家裡果然站滿了人，而老太太卻在門口的藤椅上盤手盤腳坐著的。柳月一下子抱了她，說：「大娘，你沒事吧？」老太太說：「我沒事的，昨日一天你大伯一直陪了我的，他今日又來，你們都不過來，他就發火了，他說他用鞭子抽打了女婿，他手重的，我倒擔心他把你老師打壞了！」柳月說：「哪有這等事，莊老師背上只是出了些瘡的。」老太太說：「那不是鞭打的又是什麼？我年輕的時候，水局裡有個趕馬車的劉大瑜，掙了錢上不敬老，下不娶妻，整日趕車回來就去闖勾欄，人局子。那年夏天打雷，他背上一片烏青，那就是被雷批了紋的！你莊老師讓鞭打了，他還是不過來，等著要雷紋嗎？」柳月說：「莊老師事情多得走不開，才讓我冒雨過來的。」老太太說：「你大伯就說女婿不會過來的，果然他不過來！你大伯只能欺負了我，要我給他做花椒葉煎餅。天潑大雨，老東西逼我去院裡那花椒樹上摘葉子，那面牆就倒了。你說怪不怪，那牆不往這邊倒，偏就倒過去，把順子那駝子娘砸死了。你大伯怎地說，他說，為啥牆沒倒過來，那是一個女鬼在推牆的，看見了他，他給人家笑笑，女鬼就把牆推向那邊。這老不正經的！」老太太說著，還氣呼呼地喘氣。旁起幾個人也聽了一句半句，問：「牆不是淋倒的？是人推的？」柳月說：「鬼推的，我這大娘陰間陽間不分，你哪裡就信了？你要信，你問她，我那大伯死了幾十年了，你問她現在人在哪兒？」老太太癟了嘴罵柳月和她總是反動，是反動派，說，「我說你大伯，你在那邊還花呀?!他和我吵，吵得好兇。他們一夥進來要用電話，你大伯說聞不慣生人味，頭疼，才走了的。」旁邊人就笑了，知道果然是個神經老太太。打電話的打了半天，電話總算是通了，向眾人喊：「市長馬上帶一批人就來救災了，市長說還要帶電視台記者，報社記者，還有咱莊作家的。」一群人歡叫著就擁出門去。老太太說：「這麼大的雨，市長還叫你老師來，要他去抽水？你大伯打他也打不過來，市長一叫就叫來了，市長是官，你大伯就不是官？你大伯在城隍爺手下是個頭目的！」柳月說：「市長怕是讓他來寫文章的。」老太太說：「那你出去瞧著，他要來了，就叫他回來給你大伯燒些紙呀！」柳月沒吭聲，換了一身乾淨衣服，打了傘也出去瞧熱鬧了。

院子的左牆角果然塌了一面牆，牆是連著隔壁的順子家，牆後真的是個大茅坑，茅坑裡落了許多磚石，糞水溢流，而茅坑邊是一堆扒開的磚石。柳月往日只知道這一片也是個低窪區，只有莊家的屋院墊了基礎，高高突出，但沒想到院牆過去就可以清楚看到整個低窪區的民房了。這裡的建築沒有規律，所有房子隨地賦形，家家門口都砌有高高的磚土門坎，以防雨天水在溝巷裡盛不了流進屋去。那橫七豎八的溝巷就一律傾斜，流水最後在低窪區的中心形成一個大澇池。以前是有一台抽水機把澇池的水再抽出來引入低窪外的地下水道流走，現在三天三夜的雨下得猛烈而持久，澇池的水抽不及，水就倒流開來，湧進了幾乎一半的人家。柳月跳過了院牆豁口，順子的娘還沒有盛殮了去火葬場，身蓋著一張白色床單停在家裡。家裡雖然沒進水，小院裡的水卻快要齊平台階，順子的媳婦和順子的胖兒子，頭纏了白紗條在屍床前擺設的靈桌下燒紙，哭已經是哭過了，因為來幫忙救災的人多，便再沒哭。順子一邊用手在小院門口築一個泥坎兒，一邊用盆子向外舀著水潑，一邊給新來探望的熟人在說：「下雨了，我也沒去街上擺菸攤，顛倒了頭在床上睡，一個夏天的乏勁都來了，愈睡愈是睡不夠，就被哐地一聲驚醒了。想，這又是什麼倒了？出來看看，那邊茅坑的牆倒了。這幾日誰家不倒個牆、塌個屋檐角的，倒就倒吧，天晴了再說。我就又去睡。睡卻睡不著，想我娘怎地不見？我娘在對面那間小屋住著，她腰駝了，耳朵卻靈，每有動靜都是她要出來，不是喊我就是喊我兒子，說誰家又怎麼啦，快去看看呀！院牆倒得這麼大聲響，怎不見她叫喊？我就叫我兒子去看他奶在不在，兒子去了說不在，我還以為我娘去溝巷裡看水了。又睡了一會，尿憋，起來到茅坑去，站在那兒，卻發現了我娘的那隻小腳鞋在茅坑漂著。我心裡就慌了，彎腰去搬那倒下的幾塊磚石，我娘的一隻手就出來了。我娘是在上茅坑時，被那牆倒下來活活窩死在那裡的。這鬼市長，他整天花了錢造文化街、書畫街，有那些錢怎不就蓋了樓房讓俺們去住?!讓雨下吧，再往大裡下吧，把這一片子房子全泡塌了，人都砸死了，市長他就該來了吧！」旁邊人就趕忙說：「快不要這麼說，你沒看電視嗎，這幾天市長像龜孫似的到處忙著救災哩！聽說西城門北邊那片低窪地房倒了三百間，人死了十二個了。剛才已打了電話，市長立馬就要來了，你可千萬別說這話！市長心盛盛地來救災，肯定要下決心撥款撥物給這一片居民。市長也是人嘛，你話說得難聽了，他不生氣？生了氣該撥一百萬救災費也可能只給五十萬。」順子點了頭，雙手接過了一個鄰居跑去買來的童男童女泥塑，眼淚流著進屋擺在了他娘靈桌的兩旁，跪在那裡老牛一般地放了哭聲。

柳月不忍心見人哭喪，忙踏了泥水往別處去。聽見遠處有車響，有人聲，順了一個窄巷一腳高一腳低走過去，褲子又成了兩筒泥水，就看見有人肩上扛了攝像機在拍攝。一堆人的，有抬了三台抽水機往那邊跑的，有扛了塑料布捆的，有醫生，有擔架。柳月便看見莊之蝶了。柳月走過去，扯了他的後襟，說：「莊老師你真的來了？」莊之蝶說：「市長打電話要我來現場看看，我怎地不來?!老太太沒事吧？」柳月說：「甚事也沒有，她只讓你去給大伯燒紙，說大伯今天回來。」莊之蝶說：「我怎麼走得開？這兒忙活完了，可能還要到西城門北邊那片低窪區去的。」柳月就回身走了，卻又返回來，悄聲問：「哪個是市長？」莊之蝶指了指已走入巷頭一群人中的那個高個。柳月說：「當市長倒還這麼辛苦！」莊之蝶說：「你以為的，市長也不是好當的！」柳月卻癟了嘴，說：「咱是看見賊娃子挨打哩，卻沒看見賊娃子怎麼吃哩！」莊之蝶瞪了她一眼就攆那群人去了。

這一晚上，雨開始住了，莊之蝶沒有回來。電視上的專題節目是市長向全市人民作關於搶險救災的報告。他說這個城市是太古老了，新的市政建設欠帳太多，在已經改造了四個低窪區後，今年市政府還要下狠心籌集財力物力，改造西城門北段和雙仁府一帶的低窪區。而莊之蝶就住在一家賓館裡，由宣傳部組織了幾位報社的記者和莊之蝶連夜撰寫這次搶險救災的紀實報導。他們由災後的沉思，今年低窪區改造的規畫，洋洋灑灑共寫出數萬字，於第三日中午全文發表在市報上。離開賓館時，黃德復代表市長來擺了一桌酒席慰問大家，席面很豐盛，但大家因疲勞過度胃口不佳，菜剩了一半。黃德復說：「莊作家你家養了貓嗎？用塑料袋包了這幾條魚帶回去，也不浪費呀！」一句話倒使莊之蝶想起了汪希眠的老婆，便把那吃剩的幾條魚裝了袋子，出得賓館，便逕直到菊花園街汪希眠家去了。

汪希眠是買了一處舊院落而自修的一座小樓。樓前一株大柳，蔭鋪半院。又在樓的四旁栽了爬壁藤，藤葉密罩，整個樓就像是一個綠草垛子。莊之蝶先在那院門框上按了門鈴，半天沒人來開，一推門，門才是掩著的。深入了，院子裡還是沒有人，也不見保母和老太太出來。寬大的石階上生滿了綠苔，一片落葉，葉柄兒纏在那綠苔裡，不知怎麼著了風，𨁈𨁈兒發著顫音。莊之蝶覺得一場雨後使這院落不是清靜，而是有些陰冷瑟瑟了。正疑惑著人呢，一隻貓就悄然從樓庭裡跑出來，三步之遠蹲下，拿很亮的眼睛看他，然後尾巴搖搖，又朝樓廳去了。莊之蝶知道這就是女主人的那個寵物了，跟了貓進去，貓在廳裡卻不停又往牆邊的樓梯上爬，爬上去幾層，回過頭來再看他，他就也上了樓梯。如此上到二樓，他瞧著樓梯口的那間房子裡，汪希眠老婆病懨懨歪在床頭，正給著他一個無聲的笑。莊之蝶忙放下塑料袋兒，走過去問：「你病了嗎？」女人說：「身子不舒服，不能到樓下去，可腳步還在院子我就聽出是你來了！從哪兒來的？怎麼就知道我病了？」莊之蝶說：「我還不知道你是病了，哪兒的病？看過醫生了嗎？」女人說：「前日清早起來，覺得背上疼，讓保母來看了，說是出了幾個瘡疔的，我並不在意。不想昨兒夜就疼得厲害，整個脊背都成了硬的！今早保母帶我去醫院，醫生說是化了膿的，開了刀敷了藥，疼是不疼了，但卻沒有了一絲力氣。」莊之蝶說：「讓我瞧瞧，到底怎麼樣了？」女人說：「不用看了，原本光光的脊背長了那爛傷，怪難看的。」說著，欠身讓莊之蝶坐在了床沿上。莊之蝶說：「希眠又是沒在家？老太太和保母也不見的，你是吃過了？」女人說：「他還在廣州沒回來，老太太和保母恐怕去郵局給他拍電報了，你自己給你倒水喝吧。」莊之蝶說不渴的，說：「這也是怪事，我背上也是出了瘡疔的，但卻不痛不癢，你的倒這般厲害？」女人明顯地吃了一驚說：「是嗎？哪有這麼巧的事？你怕是安慰我故意要開心的。」莊之蝶就解了上衣讓她看，女人果然看見他背上有七顆瘡疔，形狀如七斗星勺的。女人當下也發了愣，悶在那裡出神兒，等到莊之蝶轉過身來扣衣服鈕兒，她說：「之蝶，你還戴著那銅錢的？」莊之蝶說，「戴著的。」婦人突然眼簾垂下，撲撲簌簌掉下一串淚珠來。莊之蝶心裡一時翻騰，不知該說些什麼也不知該做些什麼好。他看見了一件繡花薄被的角下露出了女人的一隻小腳，白白軟軟地那麼斜放著，伸手拉了拉被角蓋住了，手卻仍在那裡顫動。女人就擦了眼淚，又一個無聲地苦笑，說：「你給我帶來了什麼嗎？」莊之蝶趕忙把手伸回來了，說：「我從賓館來的，有幾條吃剩的魚，給貓帶的。」女人說：「你真有心，還記著我的貓！牠這兩天還真沒吃到魚的。剩魚也好，你快拿了讓牠去解解饞吧！」莊之蝶把那塑料袋打開，卻沒個盤兒放了讓貓吃，記起口袋裡裝著那登載了紀實報導的報紙，就取一張攤在地板上，魚一放上去，貓就咪地一聲歡叫了。

莊之蝶陪了汪希眠老婆又說了半晌話，老太太和保母還沒有回來，他就告辭了要走。汪希眠老婆不能送他，抱了貓說：「你該認下他是誰哩！」貓竟知趣地叫聲：「咪！」她就又說：「代表我去送他吧！」貓就跳下懷往樓下走，莊之蝶卻把貓抱起來了，說：「不用送的，好好陪著你的主人，啊！」眼看著婦人，嘴卻在貓的腦袋上吻了一下，吻得很響。

回到家來，莊之蝶精疲力盡。牛月清接他如接駕，一邊看那報上的紀實報導，一邊讓他去臥室睡覺。他已經睡下了，牛月清卻記起了一宗事，進來說：「白玉珠剛才是第二次來電話了，說不敢再耽誤了時間，最遲也要今晚上去司馬恭家的。現在好好睡一覺，晚上去好了。」莊之蝶睡下並沒有睡著，腦子裡還想著汪希眠老婆的清冷日子，替她心裡發酸。卻又轉想，自己和這女人雖然清清白白，卻有一種說不清的情感繫著，連背上生瘡疔都幾乎是同一時間同一位置，這到底是一種什麼樣兒的緣分兒？這麼想著，情緒也興奮起來，就穿衣下床。一邊問牛月清看了報上的文章感覺怎麼樣，一邊讓柳月燒了開水，說要叫孟雲房、趙京五來喝喝茶的。便從口袋拿出一包極精緻的盒子說：「你來瞧瞧這是什麼茶，君山毛尖！市長送的。」先自己在杯子裡沖了。牛月清看時，那葉子在杯裡一半著水，一半浮出，都是細長的未開綻的芽尖，竟一律豎著，如縮小的一片森林。待葉子一支支豎著又沉下去，杯面上就一層一層漾白中泛綠的霧氣，一股幽香就在滿屋子裡暗浮了。牛月清說：「我真沒見過這等好茶的。」莊之蝶說：「去打電話叫孟雲房、趙京五，還有周敏兩口子，都讓品品。」柳月說：「我看過一本書，說霍去病在河西走廊作戰時，皇帝獎賞了他一罈酒，他把酒倒在一個泉裡讓全軍士兵來喝，那地方後來就叫了酒泉。市長送了你一包茶，你叫這個來那個來，真還不如把茶葉放到自來水公司的水塔裡去，讓全城都知道市長的恩典了！」莊之蝶說：「你這是笑我受寵若驚了？這你別嫉妒，市長就是送我一包茶葉不送你哩！」柳月說：「那你別小瞧我！」牛月清說：「叫人來喝茶就 叫他們來喝吧，不必喊動唐宛兒了，女人家能品出個什麼好賴的?!要我來嚐，好茶葉聞著香，喝到口裡只是澀和苦。」莊之蝶說：「你是關中人，喝茶只是解渴，也或許是關中道上水有鹽鹼，放些茶 是要遮水味罷了。南方的水好，喝茶倒講究品了。唐宛兒雖是潼關人，原籍卻在陝南，她能品出味兒的。上次我在阿燦家，她那茶葉是江蘇陽羨茶場買來的，味道真是美，喝了就連葉子也吃了，臨走還抓了一撮在口裡乾嚼，幾天口裡都有香氣的。」柳月說：「你那麼遜眼的，吃茶葉渣？」莊之蝶說：「這你陝北人就更外行了，你看的書不少了，你說為什麼古書上常寫了『吃茶』？那就是古人把茶葉搗碎了沖了糊狀吃，或是撒在飯裡吃的。你平日只是牛飲！」柳月說：「我們都是牛，只有像你 這樣的高級人才叫吃茶的。可我看呀，阿燦那麼懂吃茶，卻幹出那種事來?!」莊之蝶問：「你也認識阿燦？她幹出什麼事來？」柳月說：「她昨兒下午來的，我真擔心大院裡人知道她是阿燦了，會怎麼說咱家的！」莊之蝶就問牛月清：「阿燦昨日來過？她來說什麼了嗎？」牛月清說：「柳月這張臭嘴，也學得和孟雲房一樣，該說的說，不該說的也說！阿燦是來過的，你給我說阿燦長得多好多好的，就是那麼個青眼眶女人呀？她說她妹妹瘋了，醫院裡是說治不了，建議送精神病院去，她讓你去看看她的妹妹，她要今日就去送哩。」莊之蝶就問：「她還說什麼了？」牛月清說：「還能說什麼？就給我說她和王主任的事，她也真是，竟然還紙包了那姓王的一疙瘩舌頭肉，差不多要乾臭了！她說她與丈夫離了婚……」莊之蝶就叫道：「離了婚？離什麼婚呀，這阿燦！你怎麼不去看看她妹妹，你怎麼安慰她了？為什麼不就留下她在咱家多待呢？」牛月清說：「我把她攆走了。」莊之蝶說：「什麼？你攆她走了的?!」牛月清說：「現在外邊誰不知道西京城裡有一個咬男人舌頭的女人？那王主任是色狼，能被咬了舌頭就少不了是兩人摟過親嘴，能摟了親嘴誰知道還有幹了什麼？聽說又有一種說法了，是說她們姐妹倆爭一個王主任，妹妹爭不過姐姐而瘋了，姐姐和王主任通姦時要人家高數額錢，人家不給，一氣才咬了舌頭的。這號女人，連她丈夫都嫌噁心把婚離了，她要你去看她妹妹，你能去？咱家來人多，留她多待，碰上多事人出去到處張揚，咱名聲就好聽了？」莊之蝶臉色鐵青，胸部一起一伏，說：「不要說啦！你一貫是慈腸善心的出了名，你這次做得好！你攆走她是用掃帚把攆走的嗎？你怎麼不用了菜刀？她是壞女人，不殺了她，怎麼顯得出你的高貴?!」牛月清見莊之蝶說出這等話來，就一肚子委屈了，說：「我把她攆了，你就這麼恨我？我高貴不高貴我幹了丟你人的事了？我這是為了誰？我是狠毒女人嗎？多少年門口的要飯人哪一個我沒端了吃喝？家裡沒有，我也要上街買了蒸饃給的！可我就是眼裡容不得這種不正經的女人！我這家裡就不許那號人進來髒了地面！」莊之蝶冷笑了一聲，站起來去書房拿了那幅龔靖元的字出來，偏咳嗽著就吐一口痰在地板上，說：「都髒了，都是髒的，只有你是乾淨的，你就乾淨著吧！」拉了門走出去，門竟連閉也不閉。牛月清在客廳裡說：「柳月，這你都看見了，我在他眼裡橫豎都不是了麼！我愈是百般迎合他，他愈是煩我，你說這到底是啥原因？他處處為別人著想，唯恐傷了這個，屈了那個，卻全然不顧我呀，你說我這名人老婆就這麼難當?!」就嗚嗚痛哭起來。

莊之蝶下樓騎了「木蘭」就在大街上瘋一般地跑，雨後的小巷和商店門口還積著泥水，大街的中間人車碾踏卻早乾了，騰一層塵土。他想像不出昨日還是泥水汪汪的，阿燦是怎樣尋到他家的，一心一意盼望能見到他，能讓他去看看可憐的阿蘭，又給牛月清訴說自己的苦楚，牛月清卻攆了她，她是怎樣個破碎的心下了樓的？是怎樣哭著回去對瘋了的妹妹講的？腦子裡就一片混亂，恨牛月清，恨姓王的賊，恨留下他寫文章的市長、宣傳部長和那個黃德復。「木蘭」一直騎到了尚儉路，他才清醒阿燦已與丈夫離婚了，是不會住在那窄小的房子裡。今日去送阿蘭到精神病院，多半送是在病院裡沒回來吧！就掉頭又往城南的精神病院駛去。果然，在郊外通往病院的那條兩邊長滿荒草的泥濘小路上，莊之蝶恰好碰上了返回的阿燦。他先是並沒有注意，只看見路邊一個人低頭走過來。「木蘭」駛過時，濺起的泥水灑了那人一衣，他扭頭要道歉，才發現是阿燦。他叫了一聲：「阿燦！」車子在三米外的路上剎住。阿燦抬頭看著他，木木地看了半天，突然哇哇哭著撲過來，撲在他懷裡了。她那身上的泥水沾了他一身，她的鼻涕和眼淚就濕了他的衣襟。他說：「阿燦，阿燦，我不在家，我真的不在家，剛才才聽說你去找我了。」用手去為阿燦揩眼淚。阿燦後退一步，不哭了，卻掏了一面鏡子照著把零亂頭髮攏好，搓了搓臉面，說：「我的事你知道了嗎？」莊之蝶說：「知道了。」阿燦眼淚又流下來。莊之蝶就把「木蘭」掉頭，讓她坐上來，說去看看阿蘭。阿燦卻說不用了，那地方不是正常人多待的，她待了半天差不多也快神經了，再說阿蘭才去，醫生也不會再讓出來的。莊之蝶無言地仰頭看看高空，心裡說不出的難受，就又把車掉了頭，說：「阿燦，我領你去一個地方說說話吧。」阿燦說：「你不嫌我？」莊之蝶說：「嫌你就不來的。」阿燦就坐上了摩托車的後座，車子開動起來了，她才說：「你不來，我今日還是要去你家的。你夫人就是罵我打我，我也要見你一面的！你把我帶到什麼地方去？你要帶我去一個沒外人的地方，我只要和你在一起，我有話要對你說的！」現在是莊之蝶淚流滿面了，迎面的勁風呼呼猛颳，吹乾了流下來的淚，而新的淚水又流下來。他沒有回頭，也沒用手去揩，他感覺是臉上已有了淚水沖刷出的坑渠兒，就像井台上井繩磨出的坑渠兒一樣深了。

兩人到了「求缺屋」，莊之蝶詳細詢問了事情的經過，就埋怨不應該在阿蘭發瘋後對王主任採取那種方式的報復。阿燦告訴他，她原來也沒想到要這樣行動，她是先去找主管街道辦事處的區政府的，但區政府卻說現在是什麼時代了，組織上還能為這類事情上綱上線？何況這事沒有旁人證明，單聽一個當事人這麼說，那另一個當事人又會那樣說，組織上該如何來下結論呢？區政府又說，這王主任是區裡能幹的街道辦事處主任，抓工作有力，更突出的是發展了許多集體企業和個體經管，正是因為效益好，他才積極為本區域修建公廁。如今來告領導人的很多，不是說貪污受賄，就是說有男女關係。以前查過幾宗，最後呢，處理誰了？要改革開放，過去的道德觀念、價值觀念都發生了變化，許多過去認為是絕對不允許幹的事現在卻正是要肯定或算不了什麼，這其中就有了許多誣告，鑒於這種教訓，作為上級領導要善於全面掌握情況，該糾正處理的當然糾正處理，該保護的也要保護。區政府甚至還說，至於王主任和阿蘭的事到底是怎麼回事，組織上可以了解，但值得懷疑的是阿蘭是不是王主任的情人呢？如今興情人的風尚，因為阿蘭年紀是不小了，是該有頭腦的人，這事又是在王主任的辦公室，不是在阿蘭的房子呀！她阿燦是聽區政府這麼說了，心裡黑灰，覺得上告是沒有希望的，才氣憤之中自己來處理。但要報復這條惡棍，怎麼報復？她是女人，女人也只有以女人的可憐的辦法。莊之蝶想到自己正捲入的那場官司之中的苦衷，將心比心，深深地為阿燦嘆息了。但他仍是埋怨阿燦沒有及時來找他，便說：「既然事情已成這樣，咱想想下一步該怎麼辦著好。那姓王的雖然會壞些聲譽，卻不一定就能影響了他繼續當官，這個街道辦事處待不成，也可能調到另一個街道辦事處去還是個主任的。據說他現在反倒散布謠言詆毀你和阿蘭，使你們蒙受冤枉，你應該往市上告。這是我帶來的龔靖元的一幅字，必要時就送給有關人，我也去找找市長，市長我畢竟還是能說上話的。」阿燦說：「算了，我沒那個勁頭了。我作為一個平頭女子，在這個城市裡沒有保護好妹妹，但我也盡了我全部力氣。如今落到一個壞女人的地步，尤其在你家受到夫人的賤看，我的自信更沒了。我是累了，實在是太累了。我還能怎樣呢，就是把那姓王的罷了官，抓了牢，還能把我和阿蘭的損失補回來嗎？反正我已經把氣出了。與穆家仁離婚，是我提出來的，他是個沒多大能耐的人，好的一點是人老實。生活在一起我老早也沒有多少熱情。如今出了這事，我也不願影響了他，我現在到處說是他提出離婚的，為的是讓他在人面前能長長做男人的志氣。今日見到你，這我沒敢想的，可你卻能來找我，天神保佑竟又在路上碰著，這我多麼感謝你！我現在只有一個要求，我求你不要笑話我，你如果還願意，我想一絲不掛地和你睡一覺，坦坦然然睡一覺，你能讓我給你生個孩子嗎？」莊之蝶把女人抱起來。兩雙眼睛看著，兩雙眼睛都流下淚，兩人就抱在了一起，各自都在使著力氣地抱，那口液和眼淚也便在吻時往下嚥，喉嚨裡呃兒呃兒地發著響。這時候，阿燦掙脫開了，笑著說：「咱們都不要哭了，都不哭！歡歡樂樂在一起吧。你等等我，我要再美麗一次給你的！」就走到浴室去，在水龍頭下沖涼水澡，刷牙，梳頭，然後就坐在鏡子面前，從提兜裡取了眉筆認真描眉，搽脂抹粉。莊之蝶進來要看，她不讓，竟把門也拉閉了。過了好久好久，她赤條條走出來，容光煥發，美艷驚人。莊之蝶過來就要抱她，她說：「你讓我給你跳個舞，我在單位業餘文藝比賽中獲得過第三名的。」就揚臂抬腳，翩翩而舞，竭力展示她身體的每一個部位，然後突然蝴蝶一樣撲過來……（此處作者有刪節）在很長很長的時間裡，兩人都燃燒起了人的另一種激情，他們忘卻了一切痛苦和煩惱，體驗著所有古典書籍中描寫的那些語言，並把那語言說出來，然後放肆著響動，感覺裡這不是在床上，不是在樓房裡。是一顆原子彈將他們送上了高空，在雲層之上粉碎；是在華山日出之巔，望著了峽谷的茫茫雲海中出現的佛光而縱身跳下去了，跳下去了。所有曾在錄像帶中看到的外國人的動作，所有曾在《素女經》中讀過的古代人的動作，甚至學著那些狼蟲虎豹、豬狗牛羊的動作，都試過了，做過了，還別出花樣地製造著新的形式，兩人幾乎同時達到了高潮，在劇烈的呼叫中，阿燦說：「你射吧，你射在裡邊吧，我要孩子，我要你的孩子！如黃河之水傾瀉，如萬斛泉水湧冒。他們死一般地擺在那裡是沙灘上的兩條魚了。這麼靜靜地躺著，如躺過數百年，讓日落時的晚霞從窗外照進來，慢慢滑落過一道玉梁又一道玉梁，後來兩人相視一笑。阿燦說：「你說這孩子該是怎樣個孩子呢？」莊之蝶說：「一定漂亮如你。」阿燦說：「我要他像你！」兩人就又抱在一起……（此處作者有刪節）莊之蝶笑著說：「香！」阿燦用手捏掉了他嘴唇上的一根毛。又在自己的唇上塗口紅，吻他的一個部位；再塗上一次口紅，吻他一個部位，莊之蝶已滿身紅圈，似掛了一身的勳章和太陽。

當他們就要分手的時候，已經是夜幕沉沉。阿燦說：「我最後一次感謝你！」莊之蝶說：「最後一次？」阿燦說：「最後一次。我再不來找你，你也不要想我以後怎麼生活，你答應我，徹底忘掉我！我不能讓人知道你認識我，我要保你的清白！」莊之蝶說：「這不可能，我去找你，你就是處境什麼樣了，我不管的，我是要找你的！」阿燦笑笑，說：「你瞧瞧那窗外，天那麼黑的了。」莊之蝶扭頭看去，窗外確漆黑如墨，遙遠的地方，一顆星星在閃動著。他說：「那星星是在終南山那邊吧？」回過頭來，阿燦臉上是一道血痕，她的手上拿著頭上的髮卡，髮卡上染紅了血。莊之蝶驚得就去看那傷痕，阿燦卻抓了桌上一瓶墨水倒在手裡，就勢捂住了半個臉，那露著的半個臉卻仍在笑著，說：「傷口好了，或許有疤，若是不留疤，這墨水就滲在裡邊再褪不掉的。我已經美麗過了，我要我醜起來。你就不用來見我了？你就是來，我也不見你，不理你！」莊之蝶癱坐在地上，眼睜睜看她去打開門。門打開，一隻腳已經跨出了門檻，莊之蝶抬起身要去拉她，阿燦卻把他按住了，只是說道：「你不要起來，你就看著我走吧。你如果還要給鍾主編寫信，原諒我不給你轉了。我大姐那邊我會去信告訴她，你就直接按原地址寄她好了。我帶了你的孩子走了；孩子是你的，你有一天能見到你的孩子的。你哭什麼？你難道不讓我高高興興地走嗎？」就轉過身去，一個台階一個台階地下，下一個台階響一個噔聲。莊之蝶聽到了七十八個噔聲。

莊之蝶恍恍惚惚回到家裡，已是夜裡十一點。牛月清沒在家，柳月埋怨他，說好的晚上去司馬恭家，孟雲房和趙京五都來了，就是等他等不回來，牛月清只好代表他和他們去了。臨走時又發現沒有了龔靖元的那幅字，才想起他中午出去時拿了一卷東西的，只好讓趙京五又去畫廊那邊重新取了原存的那幅字。柳月說：「你是到哪裡去了嘛？」莊之蝶說：「我找了阿燦。」柳月有些氣憤了：「阿燦有這官司重要?!」莊之蝶冷冷地說：「當然重要。」說完，進了臥室，卻又回來，手裡拿了一條毛毯，到書房的長沙發上睡下了。

孟雲房、趙京五和牛月清去了司馬恭家，司馬恭態度溫和，茶是沏了，菸是取了，也展了與龔靖元的字批點了一番，卻說：「景雪蔭起訴一事，老白給我說過幾次。起訴書我看了，景雪蔭夫婦也來找我談過，那女人不僅僅是個有風采的，而且是能量很大的角色兒。我也看出她對莊之蝶內心深處還有一份情意。聽口氣多半是在丈夫面前說不清楚，再是高幹子女，一向順當，從沒受過什麼委屈。而且事情鬧開來，雜誌社和作者，包括莊之蝶一直未能向人家賠軟話，沒有台階下，所以事情愈來愈升溫，弄到了不能互相諒解，不能調和的地步，最好的辦法當然是能讓她撤訴，現在看來困難。我也曾想冷處理，不說立案，也不說不立案，擱置在那裡一個時間，或許她冷靜下來了也有撤訴的可能。但是她見天去找庭長，找院長，質問為什麼遲遲不立案？今日下午院長就來通知立案，這案便已經立了。」牛月清聽了，早嚇得如五雷轟頂，話也說不出來。孟雲房就問：「這事沒有退一步的可能了嗎？」司馬恭說：「這是不可能的，除非你們讓院長改變主意。但是，身為院長，他也不可能把立了案的決定又推翻掉的。」牛月清一股氣就頂在心口，眼淚嗒嗒地掉下來，趕忙用手擦了，鼻子卻發酸，不停地吸動著。孟雲房就說：「你那鼻炎還沒有好嗎？我這裡有紙。」牛月清立即知自已失態，說：「我有紙的。」去廁所裡又流了一股眼淚，擦了，平靜了一下情緒出來。司馬恭從糖盒取了一顆糖給牛月清，牛月清笑笑，接受了，卻捏在手裡，說：「你說吧，司馬同志。」司馬恭說：「立了案也不一定證明起訴人會贏，官司誰勝誰負，要法庭作全面調查後，依據法律條文才判定結果的。莊之蝶沒來，你們可告訴他，讓他作好心理準備來打官司，一等起訴書副本轉給他，他得好好起草一個答辯書。事情就這麼辦吧，我也不好留你們，案子接到手，我也要避免與當事雙方在家裡接觸。龔靖元的字你們也就帶上吧。」說罷就要轉身回臥室看電視，對孩子說：「你去送送叔叔阿姨吧！」三人只得起身出門，在樓道裡匆匆商量了一會，就又趕來白玉珠家。白玉珠問了情況，叫苦不迭：「你們這幾日都幹啥去了？那麼大的雨，我兩次都在法院門口遇見一個女人攔了院長說話，我問那是誰，有人告訴那就是景雪蔭，可你們遲遲不來！今日莊先生也是應該來的呀，法律面前人人平等，可不管名人不名人的，如果官司打輸了，這不也要損害名人的聲譽嗎？」牛月清便說：「老白批評得對，這事都怪我們。也是遭了水災，市長硬拉了之蝶去寫文章，遲遲不能回來，今日晚上又是市長召去了的。他怎麼能不來的？改日他一定要來看看你和司馬審判員的。剛才司馬審判員態度還好，怎麼說出話來倒使我心裡好沒了個底兒。」白玉珠說：「他具體接管這個案子，話也只能說到那個份上，不可能現在就對一方有明確表態，萬一說出，對方反映上去，這還了得？我說一句不該說的話，法律是有法典的，但執行還是人來執行的。」牛月清就說：「老白呀，咱們也都是朋友了，這事就全要靠你！立案就立案，判案卻只有你能與司馬審判員說上話的。」白玉珠說：「這個你讓莊先生放心，不管事情結果如何，我白玉珠要盡我的力量的。」牛月清說：「那怎麼能說不管結果如何呢？這我心裡又是沒底的深淵了！」白玉珠就悶了半日，說：「這樣吧，我現在做幾碟涼菜，過去叫司馬恭來家吃酒，他當然知道我與你們的關係。若是他不肯過來，這他必是看了起訴書後覺得事情難辦，這就指望不大了，他若肯來，這事就有三分指望。來了以後，我給他龔靖元的字，他若不收，這事就又沒了指望，他是怕收了禮將來判你們輸就不好意思，若是收了，這事就又有了六分指望。收了字，酒就喝得有了幾成，我必然要問關於這宗案子，他若閉口不說，這事就又難了，他不敢對我說了大話，證明他心中沒譜或是有了傾向，若是願意說，就是要徵求我的看法，這就有八分到九分的指望了。」牛月清連連叫好。司馬恭說：「哎呀老白，你這是一肚子《水滸》嘛！那一套話真像王婆說的！」

白玉珠說：「我愛讀的還是《三國演義》。」牛月清就讓趙京五快去街上夜市置辦幾樣涼菜和酒來，白玉珠說家裡有的。牛月清還是掏了錢，讓趙京五去了。不一會兒，抱回來三瓶五糧液，一包調好的牛肚絲，一包口條，七個醬豬蹄，五顆變蛋，一隻五香燒雞。白玉珠就讓人們回避去樓下，他這裡以開闔窗子為信號。第一次開窗子是司馬恭來了；再闔窗子是收了字了；開第二次窗子是說明談開案子了。如果第二次闔窗，他們就可以放心回家了。

三人便下樓蹲在馬路對面的牆根處，開始一眼一眼瞅著白家的那扇窗口。果然，先是那窗子被打開了，三人對視一笑，然後就急切切盼闔窗，但窗子遲遲不闔。馬路上的人已很少，遠處那條巷口是個夜市，聽見有人在吵架，吵著吵著就打起來。孟雲房扭頭看了一會，覺得沒意思，蹲在牆根，說：「京五，你年輕，脖子不疼的，你好生盯著那窗子，我閉個眼養養神兒。」就脫了一隻鞋墊在屁股下，那隻光腳搭在另一個腳上，一套頭就呼呼嚕嚕開了。約摸過了二十分鐘，窗口前人影一閃，窗扇就闔上了，趙京五搖著孟雲房說：「孟老師，司馬恭是把字收了！」孟雲房沒言傳。牛月清說：「他也累了，你讓他睡吧。京五，你也打個盹吧。」趙京五說：「我不睏的，孟老師是一隻眼，睜了一天，兩隻眼的睏讓一隻眼受著，他是該闔闔眼兒的。」孟雲房卻說：「京五你放狗屁！」趙京五說：「你原來沒睡著的？」孟雲房說：「我才真正是睜一隻眼閉一隻眼的！你們聽見什麼聲響了？」趙京五和牛月清就說：「夜市上已不打架了。」孟雲房說：「你們再聽聽，好像是周敏又在城牆頭上吹他的壎哩。」兩人靜耳聽了，果然隱隱約約有壎聲。牛月清說：「周敏心裡也苦，夜夜都去那裡吹的，可他偏吹那什麼壎，聲音哀不兮兮的，愈吹反倒愈霉氣的！」孟雲房說：「這小伙不是個安生人，他心性高，運氣不好。我看過他的相了，他鼻梁上有個痣的，鼻梁上有痣的人一生孤單，要成事就成了不得的大事，不成事就一塌糊塗。」牛月清說：「我也覺得是，他拐了唐宛兒跑出來，那一家人就毀了。一到西京卻又出了這事，咱不敢說他有什麼壞心，可偏就攪得天昏地暗。不說他了，酒喝到這個時候，是不是老白自己先喝醉了忘了提案子的事？」趙京五說：「那白玉珠不敢的。應人事小，誤人事大，莊老師不是一般人，況且他喝的還是咱的酒！孟老師，你能看周敏的相，你也給我看看。」孟雲房說：「我不給你看的，但我只說一點，你近日下便火結！」趙京五說：「這你怎麼知道的?!」牛月清說：「雲房還真能的？」孟雲房說：「那當然了！這用的是『奇門』法，你瞧瞧你坐的方位，咱三人都是隨便坐在那兒的，你偏偏坐的是路燈桿下，這路燈泡兒是圓的，那像不像你長的東西？可這燈罩兒被哪個孩子丟石子打碎了一半，就象徵了你那地方出問題的。我還可以告訴你，左邊那個房子裡必定住著個光棍！為什麼？他家門前那棵槐樹光禿禿的沒枝沒葉只是個樁兒，我剛才一來就這麼感覺了，不信你去問問？」趙京五站起來說：「那家燈亮著，我去說借個火兒看看去。」剛要走，卻叫道：「窗子開了！」牛月清喜歡得說：「這老白行的，過後咱得好好補謝補謝人家哩！」就又說，「京五，別去了，你問人家是個光棍了，你孟老師就越發得意的，要是沒說準，你孟老師的一張老臉又沒趣的。你和你孟老師去那夜市上吃烤魚去！」把四十元塞給了趙京五，直推著他們去了。四十分鐘後，牛月清來到了夜市上，對著賣醪糟的攤主說：「來三碗，每碗臥三個鵝蛋的！」孟雲房和趙京五就明白她的意思了，一人過來吃了一碗。

回到家裡，已經是夜裡兩點。柳月在廳室的沙發上看書，頭卻往前一傾一傾地打瞇征兒。牛月清奪了書在她頭上一拍，說：「你夢見誰啦？」柳月笑著就去倒茶水，牛月清卻脫了高跟鞋，嚷道快取了刀片來她要削腳心的雞眼，就扳起腳來，小心翼翼地拿刀片剜。柳月說：「這麼大個硬甲喲！」要了刀片幫著來剜。牛月清說：「這都是穿高跟鞋穿的！男人家只知道女人穿了高跟鞋漂亮，哪裡又知道女人受的什麼罪？錚兒錚兒的鑽心地疼哩！」柳月終於剜下來一片，一個大片，但卻沒血流出來，牛月清說沒事的，穿了拖鞋在地上踩踩，便悄聲問：「他回來了沒？」柳月說：「回來了，他一個睡到書房去了。」

牛月清就不免傷心嘆氣，說：「不理他！我也懶得去理他，讓他上法庭被告席上逞他的威風去吧！」便進屋去睡，把屋門也從裡邊反鎖了。

第二日，莊之蝶起來梳洗，知道夫人已經上班去了，問柳月昨夜回來說了什麼，柳月說沒說什麼的。莊之蝶又撥電話問孟雲房，然後在書房坐了喝悶酒。下午三點左右，郵遞員就送來了法院的通知，附了一份起訴書副本在裡邊，要求準備答辯書，等候法庭傳訊調查和開庭辯論。莊之蝶看了三頁起訴書，字跡是景雪蔭的，行文的語調卻明顯是別人的，知道果真有人是在她的背後出謀劃策，煽風點火，就罵娘了三聲。再往後看，被起訴的是五個人：首位周敏，其次他莊之蝶，後邊依次為鍾唯賢、李洪文、苟大海。雖然自己是被告二號，但罪狀用辭最多，又極盡挖苦，把他描繪成了聲名頗大而靈魂齷齪，是忘恩負義、出賣友情、以編造自己的風流的事不惜損傷他人的一個卑劣男人。莊之蝶兀自臉色焚燒，知道景雪蔭已經完全撕破那過去的絲絲縷縷友情了，自己在她的心目中已一文不值，倒也不免一番委屈，一番傷了自尊心，蓬蓬勃勃生出一大片火氣來。他把半瓶酒咕嘟嘟灌進肚裡，搖搖晃晃出門去了。他去周敏家找周敏，周敏已經收到了法院的通知，也是在家喝酒，兩人坐下繼續喝。周敏就說雜誌社接到起訴書副本，分析說這是武坤的代筆，武坤善於寫這種聲色俱厲的文章，說有人看見姓景的和武坤好得幹了什麼什麼事了，而那丈夫卻信賴他……莊之蝶就把酒杯摔了，大聲喊：「不要說她！不要說她！」一人就醉在地上。這一醉直到中午還不醒，唐宛兒就給牛月清打電話，牛月清回答：「我可管不了他！」話未說完就放了電話。唐宛兒倒生了氣，心裡說：你不管了，那也別說我是灌醉了他在家裡。回家來和周敏抬了莊之蝶在床上，周敏又要去雜誌社注意隨時的動向，就讓唐宛兒在家守著，小心莊之蝶醉中從床上跌下來。

周敏一走，唐宛兒關了院門，回來見莊之蝶還長醉不醒，且滿頭滿臉汗水，就解開他那件白衫兒的釦子讓敞著，自己拿了一本《紅樓夢》坐在床邊來讀。試著讀著，她就讀不下去，覺得這種環境非常地美妙——他在床上勻勻地發著鼾聲，我在這裡靜靜地讀書，窗外的小風吹得梨樹枝吱兒吱兒響，那一隻老鼠在頂棚下的擋板上出現了，睜著明溜溜的眼睛看他們了許久，就隨著那電燈繩兒往下溜，溜到床頭被子上了，一閃兒，不見了。唐宛兒立即墜入了一種境界去，認做床上的真正是自己的男人了；男人的睡去，完全是在聽著她讀《紅樓夢》時不知不覺睡去的。於是她說：你真壞，讓我讀得口乾舌燥，你倒睡著了。就放下書，趴過去把他的嘴唇吻了；他還不醒，倒要惡作劇一番，竟拿了一支毛筆來，就在那肥肥的肚皮上作起畫來。唐宛兒將莊之蝶的一雙乳畫做了眼睛，將那肚臍畫做了一張口，那口向上翹角兒，就是一個笑的面孔對著她了。她說：你笑什麼？不讓你笑我的！就又在那雙眼下畫了一串珠淚，那面孔就似哭又笑，似笑又哭起來。這麼畫完，莊之蝶還是沒醒。她說：你還不醒嗎？你假睡著的！但莊之蝶真的沒有醒，唐宛兒這時候就卻盼他一醉長年不醒，便趴近去解他的褲帶，竟把那一根東西掏出來玩耍。……（此處作者有刪節）不覺自己下邊熱烘烘起來，起身看那坐過的小凳子上，出現了一個濕濕的圓圈，就不顧了一切……（此處作者有刪節）她兩條腿在地上蹭來蹭去，連鞋也蹬脫了。正得意忘了形狀，腦門上梆地挨了一擊，她猛地就趴起來，臉色頓時煞白。回頭看時，身後並沒有人，再轉過來，莊之蝶擠著眼睛給她笑，唐宛兒立即雙手去捂了他的眼睛，卻也髒腳髒腿地上了床，壓下去套上來。莊之蝶說：「你這不要臉的！」唐宛兒說：「我不要你說，我要你醉！」用嘴又堵了他的嘴，莊之蝶一下子翻上來狼一樣地折騰了，一邊用力一邊在擰，在咬，在啃，說：「我是醉著，我還醉著！」……窗外的光線愈來愈暗了，莊之蝶癱在那裡，長長地吁了一口氣，又吁了一口氣，說：「天黑了，宛兒。」唐宛兒說：「是黑了，天怎麼這樣短的！」莊之蝶說：「你是在酒裡下了迷昏藥了，宛兒？我從來是喝不醉的，我得回家去，現在腿軟得怎麼回去？」唐宛兒說：「不回去就不回去了，天已黑了，你就睡在這兒，睡在哪裡都是睡在夜裡的。」莊之蝶說：「你說什麼？你再說一遍的。」唐宛兒說：「睡在哪裡都是睡在夜裡的。」莊之蝶說：「這話說得好的，光這一句話，宛兒你可以做詩人的。」唐宛兒跳過了莊之蝶的頭去取壁櫥裡的一件褲衩穿了，一邊整裙攏髮，一邊說：「是嗎？那你是作家我是詩人，今夜裡周敏回來了咱們好好聊一夜，還一定需要回去和你老婆親熱不可？」莊之蝶說：「回去我也是睡我的書房，我沒有愛情了，沒有了愛情的人就像這天一樣的黑。」唐宛兒就說：「那我給你光亮！」伸手去拉電燈繩兒，咔咔了兩聲，燈卻不亮，就罵道：「又是停電了！西京城裡三天兩頭停電，我要是市長就撤了電業局長的職！沒電了，我給你劃火柴！」嚓地劃了一根，兩人都在幽光裡笑了，隨之就滅；又劃一根，倏忽又滅了。唐宛兒還要劃，莊之蝶說：「說你是詩人，你越發把自身變成詩了！算了，別浪費火柴了。周敏呢？周敏上班去了？」唐宛兒說：「上班去了，他每日晚上要去吹壎的，今日這麼晚了不見回來，怕是雜誌社又有了什麼事？你穿吧，我給做拌湯來吃。」莊之蝶說：「飯不吃的，等他回來，看見家裡電燈不亮你我黑漆漆在房裡，他就要起疑心的。」唐宛兒說：「你這時走，說不定剛出門就碰上他回來，他才要疑心的。這樣吧，你穿了衣服再醉睡，我把門全鎖了到街上去，就說鎖了你一下午的。等他回來了我再回來。」莊之蝶罵了一聲女人比男人鬼，卻從口袋掏出一卷鈔票說：「你要去街上就到商店給你買一套時裝吧，大商場十二點前關不了門的。我總想給你買的，但又怕不合體，你自己去吧。」唐宛兒不要，莊之蝶不悅地「嗯」了一聲，唐宛兒把錢收了，出來鎖了院門往街上去。

這一夜裡，莊之蝶真的沒有回家去睡。直到周敏回來開了院門，叫醒了他，唐宛兒才帶著一套時裝回來，狠受了周敏一頓責斥，唐宛兒就說她親自做飯來向莊老師賠個不是。點了燭吃過飯，周敏留莊之蝶不要走，又去叫了孟雲房，四個人就在一起玩麻將。唐宛兒說：「你們這些文人一整兒都墮落了，原說晚上來好好談文學的事，卻又打開麻將！」孟雲房說：「玩麻將怎麼就墮落了？胡適那夫子就說過：

讀書可以忘掉打麻將，打麻將可以忘掉讀書。依我看，讀書、打麻將都可以忘掉煩惱。可之蝶和周敏是讀書寫文章惹出了一肚子煩惱，不打麻將又靠什麼忘掉煩惱?!」這麼一打就打了個通宵。天明孟雲房又把莊之蝶叫到他家去散心。莊之蝶在孟雲房家待了三天，一塊去一家賓館參加了畫家們的一次集會。賓館的經理山珍海味招待大家吃了，又叫了幾個通俗歌手來唱歌作樂。莊之蝶就想，這些畫家活得這般瀟灑！古人有攜妓遊山玩水，恐怕和這情形一樣了。孟雲房就在他耳邊說：「你瞧見那個歌手嗎？長得甜吧，笑起來兩齒之間舌尖顫動好有性感的，咱『求缺屋』要舉辦什麼活動，也叫了這幾個歌手去湊湊興。」莊之蝶說：「你眼睛不好，應該多閉目養神兒。」孟雲房氣得手在桌下擰了莊之蝶的腿。歌手們捏腔弄調唱過曲子，一人得了二十元酬金走了，經理就支了案桌，擺上文房四寶，拱手說道：「各位都是名家高手，能來小店，機會難得。本人也是一心愛字畫，能否賞臉留些墨寶呢？」莊之蝶就低聲問一個畫家：「不是說飯店提供方便畫家集會清談嗎，怎地又作畫？」那畫家說：「說起來畫家比你們作家要受歡迎，可餵了雞食為的是要雞下蛋，畫家其實倒比作家賤哩！」就見畫家們依次去畫；畫好了又各自從口袋掏出印章來蓋印。莊之蝶就悄聲又說：「你們不願意，倒都早早帶了印章出來？」那畫家說：「只要有人來請吃飯，就知道有什麼事了，哪能不帶了印章？」莊之蝶就坐在一邊笑。剛笑過，經理就來請他也能賜賞。莊之蝶說他不會畫的；經理說我不讓你畫，你一手好文章，毛筆字也好，何不在他們的畫上題個序跋什麼的？莊之蝶只得在每一幅上題詞寫詩。他沒帶印章，按一個指印，眾人就說：「這更是真的，偽造也偽造不成了！」

與畫家們廝混了幾次，莊之蝶又和趙京五到一些文物古董藏家看古董；去秦腔劇院聽戲文，捧角兒；去小吃街上吃小吃；去孕璜寺觀賞智祥大師教氣功。不覺十多天過去，法院來了傳訊單，限定了第一次開庭時間。莊之蝶算算日期，已不到半月，才收了心回家去等著。周敏和鍾唯賢也來過幾次，商量答辯的內容，又請了五個律師。請每個律師都要莊之蝶出面，人家是衝莊之蝶的，覺得官司或輸或贏，其名人打官司也是自己律師生涯中一件可榮耀的事，莊之蝶只得笑臉相迎，好話相敘。但是，在統一口徑問題上，矛盾就出來了。律師們先是分析景雪蔭起訴的目的，認為按一般情況一個女人能與名人有瓜葛葛的事原本是該榮幸的了，而景雪蔭這麼鬧是不是以此要增加她的知名度？莊之蝶便否認了，說景雪蔭不會是這樣的女人。律師們就認為如果排除這種可能，要打贏這宗官司唯一辦法是堅定有過戀愛關係的事實，就指責莊之蝶寫了那封極愚蠢的信，要他首先在法庭上聲明此信當時是為了息寧事人而隱瞞了事實真象，既然現在以法律手段解決風波，就得重申有過戀愛的經歷。莊之蝶聽過，知道這都是周敏的觀點影響了律師，而以這種思維邏輯深究下去，周敏就可以把責任推卸得乾乾淨淨，法庭上必是認定文章的材料由他提供無疑。更使莊之蝶為難的是，沒有的事如何紅口白牙當著景雪蔭說出，即便是違心說出，這等事情也屬個人隱私，在雙方都有了家庭的今日自己到處張揚，讓別人來寫，豈不也正是侵犯了景雪蔭的名譽權？而且文章中所寫的許多事情，若法庭追問發生的時間，那又是和牛月清戀愛期間甚至婚後與景雪蔭的往來，那麼，景雪蔭的丈夫就永遠不會與景雪蔭干休，牛月清心裡也會吃了蒼蠅一樣再也難以乾淨了！莊之蝶便堅決不同意這種答辯思維，堅持原來的意見。周敏冷笑了，說：「莊老師總是心善，要作東郭先生的。」莊之蝶不愛聽了這樣的話，就說：「你要是這麼幹，什麼事我也便不管了，我可以在法庭上講明文章中的事情都有一定的影子，但並不是現在隨意渲染了的情節。文章不是我寫的，我也沒有事先讀過，我更沒有專門對你談過，甚至那時連你的面也沒見過。我要申辯的只能是我不應作為被告，如果我申辯駁回，法庭判我有罪，我去坐牢好了！」兩人傷了和氣，臉面都變了。孟雲房連忙從中調解，說都冷靜考慮，改日再談，就拉了莊之蝶出來，說：「什麼大不了的事，紅脖子漲臉！官司就是輸了，又會把你怎麼樣？你是靠你的作品出名的，作品不倒，聲名能壞到哪兒？要我說，只是可惜多年交識的女相好沒了！你是不愛女人的人，若要喜歡，十個八個我給你拉皮條好了！這些天跑了許多熱鬧處，你也該知道了別人過得多快活，你也不快活快活，今日我領你去一個你準沒去過的地方，給你開開眼界！」莊之蝶說：「哪裡我沒去過？只有火車站周圍的小旅館裡沒去會過那些暗娼罷了！」孟雲房說：「一個官司把你打靈醒了？你真的想去會會?!」莊之蝶說：「你那一張臭嘴，說起來天下的事沒有你不知道的，你能行，你給我叫一個來?!」兩人到了孟雲房家，孟雲房讓夏捷去叫了唐宛兒一塊到牛月清那兒玩牌去，夏捷說：「我正愁著在家煩哩。可我有話在先，我一走，你卻不能把孟燼領回來！」夏捷換了衣服，裝了一卷錢票就走了。莊之蝶說：「夏捷不讓孟燼進這個門？」孟雲房說：「為這事我們沒少吵過架。孩子是我的孩子，天下哪有老子不愛自己兒子的？何況孟燼聰明過人，聰明的孩子勢必又調皮，他母親又管不住，怕萬一在外邊學壞了，來讓我多管教他。可孟燼一進這個家門，夏捷就指桑罵槐，拿難看臉給我瞧！」孟雲房說起來氣咻咻的，趴在水龍頭下喝了一氣兒涼水，說：「不說了，讓你來散心的，倒給你說煩心事！你在這兒睡一覺，我出去找洪江談個事，門不要關啊。」

莊之蝶迷迷糊糊正睡過一覺，就聽見有人在敲門，以為是孟雲房回來了，說：「門沒關的，你進來嘛。」進來的竟是一個滿臉厚粉的女人，眼睛極小，眉毛卻畫得老粗，在四顧了房間後，問：「這裡有個姓孟的嗎？」莊之蝶疑惑：「你是誰？哪兒來的？」女人說：「你就是？」就笑了，眼睛乜斜起來，一閃一閃地進了門就坐在他的床沿。莊之蝶趕忙要起來穿衣，女的按了按他，自己開始脫衣，說：「你真有福，自己也不跑路，在家等著，我還以為是瘸子跛子！」衣服就脫光了，小腹上還戴了個魔力牌保元袋兒。莊之蝶意識到是怎麼回事了，罵天殺的孟雲房真的從火車站那兒弄來了個暗娼！他瞧了這女的，身條兒一般，但屁股豐腴，那一條三角褲頭極小極窄，後邊甚至是一條線兒夾在肉縫裡看不見的，而前邊的中間卻繡著一朵粉紅蓮花。女的並沒有脫了那褲頭，說：「你怎麼不抱了我上去？說的是一個小時，到了時間，你完沒完我可是就完了的。」說著一揭被兒坐進來，在被窩裡脫褲頭。莊之蝶一時也不知怎麼個處理，便說了：「你那褲頭上繡這麼紅的蓮花，讓我瞧瞧。」也揭了被子。女的已脫了赤光，卻把雙腿緊緊夾住。莊之蝶想：這種女的也知道害羞的。倒生出邪勁兒來，要掰那雙腿，掰開了，她說：「你不要看，快來吧！」莊之蝶還是看了，一看卻傻了眼，女的那裡生滿了許多小瘡疔，幾乎有一處已經潰爛。立即猜想這是患有那種性病的嗎？心裡頓覺恐懼，就把她掀下床去，讓她把衣服穿了，拿三十元扔過去，說：「好了，你還有生意的，你去吧。」女的卻無聲地掉淚，拾起了三十元，看了看，又把三十元放在了床沿，說：「錢已經有人給了。我原本路上想好還要向你再要錢的，來見了你，你是我遇到的最動心的人，我心裡說今日我才不一個小時就走的，我和你玩兩小時三小時也不要的。誰知你看不上我，還要付我錢，我不要的。」說完穿好衣就走出去了。

莊之蝶再也睡不著，倒覺得這女的可憐了。不一會孟雲房進來，說：「就這麼快的，那女的怎麼哭哭啼啼的？」莊之蝶罵道：「孟雲房，你這個大嫖客，你怎麼真的就能叫了一個來見我？」孟雲房笑著說：「解解你的煩嘛！我是沒那個勁頭了，也沒多餘錢，煩惱也沒你多，你瞧瞧，那個王主任有拳擊手套、沙袋，我也有了一套，這就夠了。現在人有了錢，誰不去玩玩女人的，這類街頭上碰著的娼姐兒不讓你投入感情，不影響家庭，交錢取樂，不留後患，你倒來罵我?!」莊之蝶說：「你也沒看看她成什麼樣了？爛成那麼一片，你要我得性病嗎?!」孟雲房連呼可惜四十元了，隨後哈哈大笑，說莊之蝶沒那份命。偏偏一次，一次就遇上個爛貨！莊之蝶說：「你讓她把我的覺耽擱了，心也弄亂了，你就得再陪我。你說有一個我沒去過的地方，現在我要去看看。」孟雲房說：「哪兒有你沒去的地方？去火車站旁邊的小旅館吧，你又不去，去中南海吧，我又沒那個本事！」卻突然叫道，「當子，你知道不?!」莊之蝶說：「什麼當子？」孟雲房說：「我說你沒去過，真的沒去過！咱們就去玩玩吧。」

孟雲房並不騎自行車，坐了莊之蝶的「木蘭」，指點著路，一直往城北角去。那裡是一個偌大的民間交易場所，主要的營生是家養動物珍禽，花鳥蟲魚，包括器皿盛具、飼養輔品之類。趕場的男女老幼及閒人遊皮趨之若鶩，挎包攜籃，戶限為穿，使幾百米長的場地上人聲鼎沸，熙熙攘攘，好一個熱鬧繁華。莊之蝶大叫：「這就是當子呀?!」孟雲房說：「別叫喊出來讓人下眼瞧了，你好好看吧。這裡當子俚尚詭詐，撲朔迷離，卻是分類劃檔，約定俗成的。三教九流，地痞青蛇，販夫走卒，倒家裨客，什麼角色兒都有。」兩人就走了進去，果然商賈掮客及小販攤主呼朋引類，格守地盤，射界之內，你打鼓我吹號，絕少瓜葛。他們先進的魚市，每個攤前橫列了碩大的玻璃缸，缸盡為金連鑲條，配著氣泡裝置，彩燈倏忽閃爍，水草交映生輝，肢體飄逸的熱帶游魚細鱗披銀，時沉時浮。莊之蝶看了幾家，喜歡地說：「這魚倒快活，它不煩惱哩！」孟雲房說：「買不買？買一缸回去，你人也會變成魚的。」莊之蝶笑了笑，說：「人在煩囂中清靜，在清靜中煩囂。在這兒看魚羨魚樂，待買幾尾回去，看著人不如魚，又沒個分心賣眼處，那才嫉妒得更煩的。」從魚市過來，便是那蟋蟀市。莊之蝶家裡是有著上輩人留下的幾個蟋蟀罐兒的，他也曾在城牆根捉過幾隻玩過的，但從未見過還有這麼多講究的瓦罐。揀一個蟹青色的罐兒在手裡看了，罐圍摳花刻線，嵌有「金頭大玉」、「無敵將軍」字樣，迭聲叫絕。賣主笑臉相迎，直問「來一個吧」。兩人只笑而不語，賣主就平了臉面，撥了手道：「二位讓了地方，不要誤了生意招人嫌棄。」遂又拱手作揖問候新來的兩位漢子，且捧了一罐，口喚：「天賜神蛩！」那兩位果然俯了身去，揭頂觀貌，喜皮開顏。問其價碼，賣主卸下草帽，兩隻手便伸了下去。那黑臉漢子瞠目結舌。賣主就說：「你再看看貨色嘛！」把虎賁梟將不偏不倚撥入碗大斗盒。莊之蝶和孟雲房也頭歪過去，一時眾人屏聲斂氣，霎時「篤」聲頓起，兩下鉗咬在一起，退進攻守頗循章法。一隻狡黠非常，佯敗詐降，卻暗渡陳倉，奇襲敵後。看得莊之蝶一盡兒呆了。孟雲房扯了他衣襟說：「你倒迷這玩意兒？」莊之蝶說：

「你知我剛才想什麼了？」孟雲房說：「想什麼？莫不是可惜那女人是生了爛瘡……」莊之蝶說：「我想人的起源不是類人猿，而是蟋蟀變的，或許那蟋蟀是人的鬼之鬼。」孟雲房說：「那你沒問問那條勝蟲是幾品銜的？」兩個又逛了狗市，莊之蝶倒看上一隻長毛獅兒狗的。這狗兒豹頭媚目，儀態萬方，一見他們倒坐了身子直用兩隻前爪合了作揖。莊之蝶不禁說了一句：「瞧這眉眼幾分像唐宛兒的。」孟雲房說：「你喜歡唐宛兒的，怎不買了送她？但若要我說，男不養貓，女不養狗的，不如到花市去看看，買一盆美人蕉送她。她家怎麼連一盆花也沒有？」莊之蝶說：「別提花的事，讓我又害頭痛了！咱以前那麼好的一盆異花都沒保護得住，還買什麼美人蕉不美人蕉的？況且我也問過她怎麼家裡不栽些花，她說她凡是栽花，花都活不長，是花嫉妒她，她也嫉妒花的。」孟雲房說：「這小騷精就愛說這類話顯誇自己？女子都有這毛病，夏捷常對我說某某對她有意思的，某某又給她獻殷勤了，全是在向我暗示：你不愛我可有人愛呀！我就說，那好嘛，誰要再給你針眼大一個窟窿，你就透他個碗大的風進去！她就氣得抹眼淚水兒。」莊之蝶笑了笑，卻轉了頭四處張望，問：「這裡有沒有鴿子市？」孟雲房說：「你要養鴿子？」莊之蝶說：「飛禽裡邊我就愛憐個鴿子，倒想買一隻送唐宛兒。」孟雲房笑了：「我知道了，這一定是她的意思。」莊之蝶說：「怎麼是她的意思？」孟雲房說：「她家沒有電話，你們要用鴿子傳遞消息的。」莊之蝶說：「就你才有這鬼點子！」孟雲房就領了莊之蝶去了最南頭的鴿子市上，挑選了好多隻，捏脖頸，捋羽翅，觀色澤，辨腳環。孟雲房說：「你這是為她買鴿子的，還是給你選妃子的?!」終選中一隻，歡天喜地回來。夜裡就還睡在孟雲房家，沒回文聯大院去。

唐宛兒得知了周敏和莊之蝶意見鬧翻，心裡懷著周敏卻又不能惡聲敗氣地罵他。只是勸說周敏不必為此事傷了和氣，就是莊老師不顧及了你，使你不能再在雜誌社待下去，飯碗丟了，這飯碗也是人家先頭給你的，再說人家樹大根深能與景雪蔭抗衡，若惹得他生分開了，這官司是贏官司也必要輸的。說得周敏心氣安靜，沒有一句可反駁的，卻只是拿出壎來低低地吹。周敏是打開一個筆記本，一邊看的上邊，一邊吹的，吹出奇奇怪怪的音調，唐宛兒聽不懂。等周敏吹累了，出去街上溜躂了，唐宛兒翻了筆記本來看，筆記本上並沒有曲譜，而是一首周敏所作的詩：

我走遍東西，尋訪了所有的人。我尋遍了每一個地方，可是到處不能安頓我的靈魂。我得到了一個新的女人，女人卻是曾和別人結過婚。雖然棲居在嶄新的房子裡，房子裡仍然是舊家什。從一個破爛的縣城遷到了繁華的都市，我遇到的全是些老頭們，聽到的全是在講「老古今」。母親，你新生了我這個兒子，你兒子的頭腦裡什麼時候生出新的思維？

唐宛兒這才知道周敏是看著這詩而胡亂地吹他的壎，不免也替他浩嘆一聲，落下一顆大的淚珠來。但她不滿了詩中的「我得了一個新的女人，女人卻是曾和別人結過婚」的話，心想：你現在竟嫌棄了我是結過婚的，難道我結過婚的事你先前不知道嗎？我為你把那一個安穩的日月丟了，你卻一直心裡對我這個看法?!愈想便愈生氣，要等著周敏回來論說個明白。這麼氣咻咻在窗前坐了，卻又想：罷了，罷了，我既然已從心上沒了他，何必和他致氣論理，若我們鬧翻，他要破罐子破摔，就也全不顧了這場官司，說不定在法庭上要胡亂說一通，豈不把莊之蝶就壞了？想到這裡，這婦人便把那筆記本藏起來，要等著某一日時機成熟，或是他周敏發覺了他與莊之蝶的事，兩人最後鬧分裂了，拿出筆記本來就是她反擊的一個口實的。於是，就偏又將那面放置在床頭櫃上的銅鏡於鏡鼻上拴了頭繩兒，高高懸掛在客廳的正牆上。但是，為了目下安穩住周敏，她就去找了孟雲房來說道理。孟雲房答應得很爽快，且抱了鴿子來，也就對周敏說：「莊之蝶哪裡是生氣了，他講那番話還不是為了把官司打贏？他平白無故捲進這場官司，是別人早站出來要告你的了。現在人家和你站在一起，把一個好端端的情人也成了仇敵，你還生什麼氣？你瞧瞧，他哪裡是你這小心眼，他還買了鴿子來送你們。」唐宛兒抱了鴿子，就把鴿子貼在臉上。鴿子的白羽正好和那臉色相配，襯得她的一雙眼睛越發黑幽，鴿子的一隻紅嘴越發艷紅。婦人說：「孟老師，你說我白還是鴿子白？」孟雲房說：「你知道我是一隻眼，我能看了什麼？改日你莊老師來了讓他瞧瞧，他眼毒哩！」婦人臉就微醉，卻說：「孟老師，你剛才說的，景雪蔭真的是莊老師的情人？」周敏就說：「你好囉嗦，問那麼多幹啥?!」

婦人得了鴿子，明白是莊之蝶專為她買的，又得知在當子裡給誰也沒再買什麼，就心花怒放，沒人時想許多好事。自此更每日立於穿衣鏡前打扮自己，打扮打扮了，自己就衝自己一個媚笑，輕聲喚道：莊哥，我給你笑哩！便不能自控，用手滿足一番。周敏這期間也向她要求過，她總是推託身子不舒服，等到實在沒法推託，只催促周敏往快些，然後用水反覆去洗。周敏說：「你愈來愈沒性慾了？」婦人說：「年紀大了嘛。」周敏說：「三十如狼四十如虎哩，你才多大年紀？」婦人笑笑，卻說：「我倒有個建議給你說的。你和莊老師有了那場不愉快，咱是不是請了他過來吃吃茶飯，人心都是肉長的，你低個頭主動些，莊老師就不會計較你了。」一句話說得周敏又陷入官司的愁苦中，支支吾吾沒有說好，也沒有說不好，坐到院中搧扇乘涼去了。

這一日，鍾唯賢要周敏聯繫莊之蝶見面說一些事，周敏就說在他家相會見面吧。約好了時間，早早回來對唐宛兒講了，唐宛兒喜得說她要好好準備酒菜的。可這婦人想來想去，卻不知做了什麼吃著好，就晚上拿了手電出了門，周敏問幹什麼去，她只說：回來了你就知道！她一走走到城河沿的樹林子裡，打手電捉那從樹根土裡拱出來往樹上爬的知了幼蟲。原來知了在樹上交配，產下卵來掉在樹下土裡，長成後就於晚上爬出來到樹根部，開始生出翅膀，然後裂脫皮殼而飛出蟬來。就在還未長出翅膀之時捉了來炒吃，營養豐富，味道又極鮮美。周敏等到半夜，才見唐宛兒回來，髮散襪破，兩腳髒泥，卻捉得了一塑料袋兒鮮物兒，倒氣得說：「你真會成精！」唐宛兒只是笑，說她在城河沿上遇上一個男人，男人總是尾隨她，她已經準備好了，一等他過來，她就把口袋裡的錢全給人家呀，但又過來了一群人，那男人才走了。周敏說：「他哪裡要你的錢？」唐宛兒說：「那他要我什麼，要得去嗎？」就在盆中倒了鹽水，把知了幼蟲一個一個浸進去讓吐腥泥。周敏在床上說：「你蹭蹭磨磨地不睡嗎？」唐宛兒說：「你先睡吧！」周敏卻還在說：「宛兒，宛兒。」唐宛兒知道他的意思，偏不再理，直等的周敏起了鼾聲，方輕手輕腳上了床去。

翌日，莊之蝶和鍾唯賢按時赴約，周敏就提了酒，要一邊說話一邊喝。鍾唯賢說：「喝酒也沒有菜呀？」婦人笑吟吟端了一碟油炸焦黃的知了幼蟲，嚇得莊之蝶就捂了口鼻。婦人見他這樣，心裡叫屈，說：「莊老師看不上吃？」莊之蝶說：「這東西怎麼吃？」婦人說：「這東西好哩，我娘家那兒的人一見這就流口水了。我是昨日晚專門去城河沿樹林子捉回來的。」莊之蝶說：「你們陝南人天上飛的除了飛機不吃啥都吃，地上走的除了草鞋不吃啥都吃的。」婦人說：「你嚐嚐嘛！」便用三個指頭捏了一隻要莊之蝶吃，莊之蝶吃了，真的一口奇香，愈嚼愈有味。婦人也就笑了，只把捏過知了幼蟲的三個指頭在自己口裡吮吮油味兒，衝莊之蝶一笑，說：「現在知道好了吧？你總是長麵條子、玉米麵攪團，我會培養了你成個美食家的！」鍾唯賢便笑了，說：「『培養』這詞兒好！可我還沒聽到過哪個女人要培養男人的話哩！好像在一本書上看過，說女人是一架鋼琴，好的男人能彈奏出優美的音樂，不好的男人彈出來的只是噪音。」婦人說：「這倒是對的。我也看過一本書上說，男人是馬，女人是騎馬的人，馬的瞎好全靠騎馬的人來調哩！」周敏說：「得了得了，鍾主編是什麼，你別魯班門前掄大斧！」婦人卻更得能了，說：「鍾主編不給我發工資，我做不了你那謙謙後生！」又是說笑了一通，鍾唯賢就問莊之蝶認不認識省職稱評定工作辦公室的領導，莊之蝶說：「認是認得的，關係並不熟。」鍾唯賢說：「只要認識，你說話他們也會聽的。這就要拜託你一件事了。這次職評辦下達給我們全廳的業務部門兩個高職名額，可除了《西京雜誌》編輯部，還有一個《西京劇壇》編輯部，那麼多的編輯，狼多肉少，這不是製造知識分子之間的矛盾嗎？我要不是打了右派，我現在還要給誰說什麼話！可就是那些年沒有任編輯，平反後當了一段雜誌負責人，又讓人刷了，幾年裡沒了事幹。如今雖是主編，新上任第一期偏出了這場風波，廳裡就不給我們雜誌社撥一個名額。我去找他們，他們推說名額少，我才想讓你去職評辦說說情況，是否能給廳裡多一個名額呢？我這麼大年歲的，身體又不好，還能活幾天的，要不要個高職也無所謂。可國家給知識分子這個待遇的，我有資格，這些人偏偏以職稱壓我，我這就要賭氣兒爭取的！你說呢？」莊之蝶說：「這完全應該，他們認為你不夠任高職的資格，為什麼辦這麼大的雜誌又讓你當主編？我這幾日就去職評辦反映情況，力爭讓他們多接一個名額下來，這個名額就戴帽下達。」鍾唯賢說：「這倒不必，只要多一個名額，畢竟就好評些。如果排除他們的偏見，評委們評議時認為業務上我不夠水平，那我一句怨言都沒有。」莊之蝶說：「如果你不夠水平了，文化廳怕再沒一個有水平的人了。」鍾唯賢說：「你這麼爽快地答應我，我真感動，我還怕你笑話我在職稱上走後門的。」莊之蝶說：「你之所以遇到這些難處，還不是為了我帶的災嗎？」鍾唯賢說：「說到這，我倒要給你和周敏說個情況，你們心裡有數罷了。法院通知讓寫答辯詞，那李洪文翻臉兒就變了，苟大海是初審，他是複審，他現在口氣軟得很，說這官司肯定要輸的，就推卸開責任，說苟大海在審稿單的初審欄裡寫了此文如何如何好，他看了以後覺得有涉及到個人隱私的事，就讓我終審。說我在終審欄裡肯定了此文內容翔實，文筆優美，應發頭條。實際情況呢，是苟大海寫了初審意見，他寫了複審意見，我寫了終審意見，我們的觀點都是一樣的。但他說審稿單他保存著，拿出來，複審欄竟然沒寫意見。我和苟大海就懷疑他是偽造了審稿單，苟大海當時要拿去讓公安機關鑒定，我擋了，說，他要推卸責任就推吧，其實他是複審，就是官司輸了，他能承擔多少責任？關鍵在我終審身上，我是雜誌的法人嘛。」周敏說：「怪不得昨天李洪文在廳裡見了景雪蔭，還笑嘻嘻地上去搭訕的。」莊之蝶說：「打官司還不至於是幹地下革命麼，好朋友就翻了臉？真是有個事了才能認清個人的！」周敏聽了，臉卻也紅了一陣，喊婦人再擀了麵條來吃。鍾唯賢就從口袋掏出他的答辯書讓莊之蝶過目，扭了頭悄聲對周敏說：「周敏，你在城裡哪兒還能尋下出租的房子嗎？」周敏說：「你不是有房子嗎？」鍾唯賢說：「不是我住。我邀請了一個老同學來西京玩的，幾十年沒見面了，咱得熱情吧，想找一間房子住上十天八天的。」周敏說：「那怎麼讓住出租房？在賓館包個房間得了！」鍾唯賢說：「你說話腰不疼，我哪有多少錢？」莊之蝶這邊看著答辯書，耳裡聽他們說話，心裡就咯噔開了：莫不是要給安徽那女的找房子？宿州阿燦的大姐轉來了鍾唯賢三封信，信上都在盼望女的能來，來了要完成兩人的夙願，相愛了數十年，何不真正過幾天夫妻的生活呢？他在信上這麼說著，說得很大膽，說完了就又問女的他這樣是不是不好，是不是他流氓了？莊之蝶就在覆信中回答他，說她也這麼想的，早就這麼想的，只是擔心去了沒個安全地方，這事可千萬不能透個風兒出去，年輕人在一塊別人知道了還說得過去，年老人在一起偷情，傳出去就沒有幾個能理解的了，她要等那邊一切安排妥了，她就來的。莊之蝶想到這裡，就說：「老鍾，房子我可以幫你解決，不知你這同學幾時來的？」鍾唯賢說：「具體什麼時候倒說不準，不防官司打過了，高職拿到手了，再請人來，房子你先幫我加緊找，但我叮嚀你，這事你知周敏知，千萬不能透出一絲風去的！」莊之蝶心下叫苦了，知道自己最近的覆信是要捅婁子了，便琢磨這兩日得再寫一信，就說上樓時腿摔折了，一時來不成的。心裡這般琢磨，就不敢多看鍾唯賢，也不再提官司的事，見唐宛兒端了長條子麵來，只嚷道長條子麵做得好。莊之蝶吃得快，先放下碗了，鍾唯賢說：「之蝶，你嚷道長條子麵做得好，你怎麼就不吃了？」莊之蝶說：「我中午飯吃得遲，肚子不甚飢的。我不陪你，你消停吃吧。」鍾唯賢說：「我吃我吃，我真的有好幾年沒吃到手擀麵了，真香呢！」碗裡的熱氣往上騰，頭上的熱氣也往上騰，鍾唯賢就把眼鏡卸下來，又是吃了一碗，才把一副假牙拿出來在一杯淨水裡泡了，說：「周敏有福，天天能吃這麼好的麵！」

吃畢飯分手要走，周敏和唐宛兒送到門口，唐宛兒懷裡卻抱了那隻白鴿子，說：「莊老師，真感謝你送了我們這隻鴿子，它好乖哩，白天跟我說話，晚上跟我睡覺。」鍾唯賢說：「你這女子倒像小孩子一樣天真，鴿子怎樣和你說話了？」唐宛兒說：「我對它說話它就一動不動地看我，它能聽懂我的話哩！」就又對莊之蝶說，「你還不回去嗎？你已經好多天沒回去了。那日去你家打牌，師母提起你就傷心。你今日回去，把這鴿子帶過去，你們在那兒養幾天，也讓它認認你們，過些日子你放開，它能認得我這兒的。」莊之蝶想：孟雲房說我們買鴿子當電話使呀，她竟也這麼想的呢！就喜歡地說：「好的。」抱了鴿子，拿回家讓柳月養著。

柳月養了鴿子，每日莊之蝶都要買些穀子來餵，幾天後在鴿子腳環上別了一封短信，約唐宛兒去「求缺屋」。婦人果然安全收閱了信，準時去「求缺屋」裡，自然歡愉了一回，也就越發愛憐鴿子。從此一段時間，周敏若不在家，就讓鴿子捎信來讓他去。這莊之蝶也膽兒壯大，竟也敢約婦人到他家。那婦人看了條兒，遂又寫了條子讓鴿子先回去，自己就在家著意收拾打扮起來。活該要事情暴露，等鴿子再飛來時，柳月偏巧在涼台上晾衣服，覺得奇怪：鴿子才放回去的，怎麼又飛來了？就看見鴿腳環上有個小小紙條，抱住取了一看，上面寫道：「我早想去你家的，在你家裡玩著我會有女主人的感覺。」認得是唐宛兒的筆跡，心裡就想：早看出他們關係超出一般，沒想已好到這個份兒上，不知以前他們已搗鼓了多少回，只瞞得夫人不知道，我也眼睛瞎了！就不做聲把紙條重新放好，悄聲回到廚房，對莊之蝶喊：「莊老師，鴿子在那兒叫哩！」莊之蝶過去抱了鴿子，又在涼台上放飛了，走來廚房說：「哪裡有鴿子，鴿子不是放飛走了嗎？柳月呀，今日你大姐去雙仁府那邊了，她乾表姐一家來看老太太的，那裡人多，你大姐做飯忙不過來，你也過去幫她吧。我這裡你不用管，你孟老師剛才電話來說，北京來了個約稿編輯在古都賓館住著，要我和他去看看人家，飯就在賓館吃了。」柳月在心裡說：你這話以前對我說，我都被你騙信了，今日還要想騙我嗎？口裡就應道：「那好嘛！你這麼大男人家像個小孩子，就喜歡在外邊吃，吃別人的東西！可也別太貪，吃得沒個夠數，飯菜是人家的，肚子卻是自個的，要注意身子骨哩！」便開門走了。

柳月其實沒有走遠，在街上閒逛了一會，心裡亂糟糟的不是味道。估摸唐宛兒已經去了家，就走回來，也不叫門，到了隔壁人家，推說出門忘了帶鑰匙，要借人家的涼台翻過去開門。這樓房的涼台是連接的，中間只隔一個水泥擋牆，以前幾次忘帶鑰匙，就是這麼翻涼台進的屋。當下躡腳躡手過來，悄聲潛入自己睡的房間，又光了腳貼牆走到莊之蝶的臥室門口，那臥室門沒有關，留有一個縫兒，還未近去，就聽見裡邊低聲浪笑……（此處作者有刪節）莊之蝶說：「把衣服穿上吧，那柳月丟三落四的，說不定半路就又折回來拿什麼東西！」柳月就在心裡發恨：你討好人家，倒嚼我的舌根子，我什麼時候丟三落四了？便聽唐宛兒說：「我不嘛，我還要的。」柳月估摸，他們是幹過了，不知莊之蝶拿了夫人什麼好東西送她，她竟還嫌不夠！伸頭從門縫裡往裡看時，竟是唐宛兒赤條條睡在床沿，雙手抓了莊之蝶的東西……莊之蝶就說：「我不來了，你總說我求你的，我今日要你得求著我。」唐宛兒說：「我也不求你的，只讓你給我再摸摸就行。」莊之蝶就頭俯下去，一邊在那奶子上吸吮，一手在唐宛兒下邊去，唐宛兒滾動起來，要他上去，他笑著偏不。就口裡一聲兒亂叫不已，說：「我求你了，是我求你了，你讓我流多少水兒出來才肯呢？」柳月看見那腿中間已水亮亮一片，一時自己眼花心慌，一股東西也憋得難受，呼地流了下來，要走開，又邁不開腳，眼裡還在看著，莊之蝶就上去了……（此處作者有刪節）唐宛兒一聲驚叫，頭就在那裡搖著，雙手痙攣一般抓著床單，床單便抓成一團。柳月也感覺自己喝醉了酒，身子軟倒下來，把門撞開了。這邊一響動，那邊霎時間都驚住了。待看清是柳月，莊之蝶忙抓了單子蓋了唐宛兒，也蓋了自己，只是說：「你怎麼進來的？你怎麼就進來了?!」柳月翻起來就往出跑。莊之蝶叫著「柳月，柳月」，就急得尋褲子，偏是尋不著，口裡說，「這下壞了，她是要給月清說的。」唐宛兒卻把他拿著的一件衫子奪下，說：「她哪裡就能說了?!」竟把赤裸裸的莊之蝶往出推，一邊推，一邊努嘴兒，莊之蝶就攆出來，見柳月已靠在她房間的床背上，呼哧呼哧喘氣。莊之蝶說：「柳月，你要說出去嗎？」柳月說：「我不說的。」莊之蝶一下子抱住她，使勁地去剝她的衣服。柳月先是不讓，但剝下衫子了，就不動彈了，任著把褲子褪開，莊之蝶看見那褲衩裡也是濕漉漉一片，說：「我只說柳月不懂的，柳月卻也是熟透了的柿蛋！」兩人就壓在床沿上……（此處作者有刪節）莊之蝶說：「柳月，你怎地不見紅，你不是處女，和哪個有過了？」柳月說：「我沒有，我沒有。」身子已無法控制，扭動如蛇。唐宛兒始終在門口看著，見兩人終於分開，過去抱了柳月說：「柳月，咱們現在是親親的姊妹了。」柳月說：「我哪能敢給你作親姊妹，今日我若不撞著，誰會理我的？他理了我，也不是要封了我的口！」倒覺得後悔萬分，以前莊之蝶對她好感過，她還那麼故意清高，尋思著要真正贏得他的，沒想如今卻這般成了他們的犧牲品，就眼淚流下來。莊之蝶說：「柳月是稀人才，我哪裡沒愛著，又哪日不是在護了你？可你平日好厲害的，我真怕你是你大姐叮嚀了要監視我的。」柳月說：「大姐肯信了我？她也常常防了我的。你們鬧矛盾，她氣沒處出，哪日又不是把我當撒氣筒?!」莊之蝶說：「你不要管她，以後有什麼過失的事兒，你就全推在我身上。噢！」唐宛兒也說：「柳月你是來當保母的，又不是買的家奴，實在不行了，重尋個家兒去，剩下大姐一個人了，看她還有什麼脾氣?!」莊之蝶說：「你別出餿主意，柳月走什麼？以後有機會，我是會安排好柳月的。」柳月就更傷心，嚶嚶哭起來。莊之蝶和唐宛兒見她一時哭得勸不住，就過來穿衣服。唐宛兒說：「今日這事好晦氣的，偏讓她撞見了。」莊之蝶說：「這也好，往後也不必提心吊膽的。」唐宛兒說：「我知道你心思，又愛上更年輕的了！我剛才是看著你的，要封她的口也用不著和她那個，你是主人家，嚇唬一下，她哪裡就敢胡言亂語？你偏真槍真刀地來了！就是要幹那個，你就應付一下也就罷了，竟是那麼個熱騰勁兒?!她是比我鮮嫩，你怕以後就不需要我了！」莊之蝶說：「你瞧你這女人，成也是你，不成也是你！」唐宛兒便說：「可我提醒你，她是個災星的。你們幹著，我看著了，她是沒長毛的。人常說沒毛的女人是白虎煞星，男人有一道毛從前胸直到後背了這叫青龍，青龍遇白虎是帶福，若不是青龍卻要遇了白虎就會帶災。今日你與她幹了，說不定就有災禍出來的，你得好自為之。」直說得莊之蝶也心悚然起來，送她走了，自個沖了一杯紅糖開水到書房去喝了。

莊之蝶卻並未聽從唐宛兒的話，與柳月有了第一次，也便有了二次三次。特意察看，這尤物果真是白虎，但豐隆鮮美，開之艷若桃花，閉之白璧無瑕，也就不顧了帶災惹禍的事情。柳月得寵，也漸漸錢多起來，崢嶸顯露，眼裡看輕起了夫人。牛月清數說她已不馴服，正說正對，反說反對，只慪得做主婦的發了脾氣，又沒了脾氣。一日牛月清上班走時叮嚀買一斤豬肉、二斤韭菜作餡兒包餃子，餃子裡也不要包了錢幣測運。柳月口說「好的」，偏買了斤半羊肉、二斤茴香作餡兒包了，也包了一枚二分面值的小幣。吃飯了，牛月清問怎麼是羊肉？她嫌羊肉有羶味的，吃了就反胃。柳月硬說羊肉好吃，沒有羶味，還當著她的面一口吃一個，咬都不咬。兩廂就頂撞起來，牛月清又沒有占多少上風，便生了氣不吃了睡去。柳月卻偏偏以鴿子傳信，召了唐宛兒來，當著牛月清的面說讓唐宛兒來為大姐開心解悶的。唐宛兒與牛月清未說上幾句，她倒端了一碗餃子來說：「宛兒姐，大姐不吃，總不能倒了蹧蹋吧，你要不怕我在裡邊放了毒藥，你吃了！」唐宛兒便端了碗吃起來，說並沒個羶味的，咬了一口，便咯了牙，一開嘴唇，一枚錢幣就叮叮咚咚掉在瓷碗裡。柳月就在唐宛兒身上胡揉搓道：「你真個福大命壯，我多吃了一碗也吃不出來，你吃第一口就咬著了！」揉搓中手就到唐宛兒那地方狠狠地擰了一把。瞧著兩人嬉鬧無度，牛月清有氣也說不出來，自此倒添了一種病了，時不時打嗝兒，覺得氣短。更要緊的是老覺得自己不乾淨，常用肥皂洗手，洗了還用小刷子來來回回刷每個皺紋和指甲縫兒，一洗刷就一半個小時。

柳月也常常往外邊跑，似乎有些待不住，一買菜出去沒有不趁空兒去逛逛大街，或是去錄像廳看錄像，去遊藝室玩電子遊戲。莊之蝶也有些不滿，曾經說：「柳月，你好像變了個人了！」柳月說：「那當然的，有你的東西在身上，柳月哪就是純柳月了?!」牛月清看不慣的是她出去了，回來必是多一件衣服，頭上必是梳了另一種髮型的，便問又去哪兒了？柳月總是理由很圓泛。牛月清就說：「柳月，這月也不見你給老家寄錢，只是花銷著穿戴！你爹你娘把你抓養大了，你進了城，心裡倒不來回報他們了？」柳月說：「老家用錢沒個多少的，我出來這麼多時間，他們也沒一個來看看我，倒指望我在這裡挖了金窖給他們！我一月能有幾個錢的？」噎得牛月清便不再問。一日牛月清下班回來，見家裡有許多女孩兒坐著吃酒，一個個油頭粉面，晃腿扭腰，見女主人回來，嚇得吐了舌頭，一哄就散去了。牛月清問柳月：「這都是些什麼人？」柳月說：「都是我的小同鄉，你瞧見了吧，她們都是發了財了哩！老早就嚷嚷要來看看作家的，來了看家裡什麼都稀罕。我瞧著她們高興，也是不要顯得咱小氣兒的，就留她們喝了一瓶酒的。」牛月清說：「這裡是旅遊點嗎？招那些不三不四的人來，誰知道她們在小旅館裡是幹什麼的，我們家可不是暗娼窩子！」柳月說：「你憑什麼說人家是暗娼？她們是暗娼了，我也就是暗娼了?!」牛月清見她頂撞起來，越發生氣，說：「跟啥人學啥人，自交識了她們，你是愈來愈變了，你拿鏡子瞧瞧你這打扮，你瞧瞧你是什麼樣？」柳月說：「不用照鏡子，我尿泡尿已照過了，我是暗娼，我就是暗娼，這個家是比小旅館還小旅館的暗娼窩子！」牛月清說：「你說什麼！你在咒這個家的?!」柳月說：「我敢咒？咒了我掙什麼拉皮條的錢！」便把手中的茶杯狠勁在茶几上一推，沒想茶杯竟滑了前去，茶杯沒有摔，撞得茶壺卻掉在地上碎了。牛月清跳起來：「好呀，你摔打東西了！這個家還不是你的家，你還沒權利摔打的！」柳月說：「我賠你，賠你茶壺，喝的那瓶酒也賠了你！」嗚嗚地哭著到她的房間去了。

莊之蝶這日又以女人的口吻給鍾唯賢寫了一信，說了因腿傷近期不能去西京的事體，信發走後就到職評辦找有關人士談了一個上午。職評辦堅持不能多撥指標，說這是會議決定，隨便更改會引起更多的麻煩，現在只能給文化廳打個招呼，讓他們合理公正地評定。職評辦的人倒還認真，當即也便把電話接通了廳長。莊之蝶一直是坐在旁邊的，一句句聽著人家通完了電話，還嫌沒有直接提說鍾唯賢的名字。職評辦的人說，這怎麼能提說具體人呢？作為上級部門，干涉下邊具體人事是不明智的，有時弄不好反倒事與願違了。莊之蝶悶悶地回來，還沒來得及在牛月清和柳月身上撒氣哩，卻才上了樓梯就聽到家裡吵嘴鬥舌，家門外的樓道上站了許多人在偷偷地聽。見他從樓下上來，悄無聲地作鳥獸散，便已氣得一肚子火起。進門去先吼了一聲，鎮住了吵鬧，黑著臉問牛月清怎麼回事？牛月清知道莊之蝶火兒來了，倒不尖聲硬氣，就把柳月招一群小旅館的人來家吃喝玩樂之事敘說了一遍，說道：「咱住的是機關宿舍樓，滿樓的知識分子人家，把社會上的不明不白的人招來扇三喝四地吃酒呀，跳舞呀，唱呀的，別人會怎麼看了咱家？我說了幾句，她倒比我兇，把茶壺也摔打了！」莊之蝶就進了柳月房間去質問。柳月與莊之蝶有了那些事，也是自仗了得寵，仰起頭來爭辯，唾沫星子飛濺在莊之蝶的臉上。莊之蝶原本只要說幾句，一場事就讓過去，卻見柳月這樣，必會讓牛月清看出她怎麼這般強硬，哪裡還像是主人家和保母的關係？也是想要把這跡象掩蓋，偏巧牛月清也過來站在門口說：「你瞧見了，對你是這樣，那對我更成什麼樣了？哪裡還是保母，是咱的老娘嘛！」莊之蝶就一個巴掌搧在那張嫩臉上。柳月愣了一下，虎睜了眼睛看著莊之蝶，終明白自己的地位身分，一下子就癱下去，拿頭在地上磕碰，磕碰得額頭出了血。見柳月性子這麼烈，牛月清和莊之蝶就不言語了，拿了創可貼去包紮額頭。柳月不讓，哭叫著要從門裡出去，莊之蝶嚴厲地說：「你要在大院叫嚷嗎？我告訴你，你要這麼流著血出去，你就再不要到這個家來！」柳月沒有去出門，反倒進了浴室間裡的水池子上去洗衣，水龍頭開到最大限度，水流得嘩嘩嘩地響。

莊之蝶就給孟雲房撥電話，託他去唐宛兒家，讓唐宛兒急快到他家這邊來。唐宛兒打扮得花枝招展地過來，才知道這邊吵了架。先驚嚇了，得知了原因，心下倒生了許多快意，就去拍叫浴室門，把柳月拉出來到柳月的房間說寬心話兒。莊之蝶又把唐宛兒喊到書房，商量著要唐宛兒把柳月接到她家去消氣。唐宛兒低聲說：「她是該打的，可你不能打她的額，打了她的屁股黑傷紅傷的就沒人看見的。」莊之蝶說：「我哪裡打了她的額，那是她磕碰的。」唐宛兒一笑，用腳把椅子推得在地上哐吱一響，響聲中她就在莊之蝶臉上吻得梆地一下。唐宛兒遂走出來和牛月清告辭，硬拉了柳月去她家。牛月清氣得還在臥室床沿上坐了不起來。莊之蝶送她們到門口，掏了十元錢讓她們坐出租車。唐宛兒不要，卻指指他的臉抿嘴兒一笑，和柳月下了樓。莊之蝶不明白她笑了什麼，到浴室來洗臉清醒，一照鏡子，左腮上卻有一個隱隱的紅圓圈兒，忙用水洗了。洗完了臉，一時卻覺得房子裡空靜，回頭看看浴盆裡洗好的幾件衣服，心裡倒泛上一絲酸楚，兀自把衣服晾曬到涼台去了。過來對牛月清冷了臉兒說：「這下你滿足了吧？你多能行，給男人帶來這麼大的福分?!」牛月清說：「這怪我了？她已經讓那些小同鄉勾引得壞了，再這樣下去，她不是當了暗娼才怪的！」莊之蝶說：「你別話說得這麼難聽！她以前怎麼樣？到咱家就壞了，還不是你慣的！」牛月清說：「她哪兒知個好歹！對她好了！她倒以為自己了不起，爬高上低，拉屎還要在我鼻梁上蹭屁股來！」這話是罵柳月，氣又撒在莊之蝶身上，就又說：「你要平日把我正眼看了，她也不會對我這個樣兒的。自家的男人都看不起了，少不得豬兒狗兒的也要來欺負！」莊之蝶說：「好了好了。」氣得到書房把門關了。

柳月在唐宛兒家待了一天，莊之蝶讓牛月清過去看看，牛月清不去，柳月卻自個回來了。回來了沒有多少話，便去廚房做飯。牛月清見她這樣，也不再吊臉，全當沒發生了事似的。但柳月每頓飯雖然還同主人夫婦在一個桌上吃喝，吃畢了，頭不抬地說：「下一頓吃什麼？」莊之蝶說：「隨便。」柳月就說：「隨便是什麼樣的一種飯，我不會做！」莊之蝶於是說：「豆腐燴麵吧！」下一頓果然就是豆腐燴麵。這麼吃了幾頓，牛月清就每次上班前，在紙上寫了下頓飯的單子，壓在桌子上。柳月明明看見了，在牛月清換鞋要上班走時，仍大聲朝著書房問：「下頓吃什麼飯？」莊之蝶說：「你大姐不是寫了單兒在桌上嗎？」柳月就拿了單子，又說：「米飯炔雞塊！莊老師，我文化淺，是燉雞塊還是炔雞塊，火字旁加敦和夬是不是一樣了？」莊之蝶在書房說：「你在作家家裡連燉字都不會？」柳月說：「不會寫嘛！要麼我怎麼是個保母！」氣得牛月清一把抓了紙條，來擰柳月的嘴，柳月噗地就笑了。莊之蝶出來看著，說：「好了好了，你們姐妹和好了?!」牛月清就又氣又笑說：「柳月呀，我看你真的不是保母！」柳月也笑了說：「我這人賤哩，你給我個好臉色我就跟你來了，我哪裡是保母?!」牛月清說：「往後做飯再問你老師不問我，看我扯了你的嘴！」才出門下樓，卻又在樓下喊：「柳月，柳月，你給我抓一把瓜子兒來！」柳月抓了瓜子兒下去，牛月清一邊走一邊嗑著去了。柳月上來也坐在客廳裡嗑了一堆，過來瞧瞧書房，問：「你又寫啥了，窗子不會開點嗎？煙霧怕要把你罩得沒影兒了！」莊之蝶說：「別打攪我，我寫答辯書的。」柳月無聊，到她房間拿針線釘掛子上的扣兒，扣子沒釘完，就倒在那裡睡著了。

莊之蝶寫了個把鐘頭，寫得煩躁。給雜誌社接電話要周敏，周敏接了，就讓他把省職評辦的談話情況轉告鍾主編，一定給鍾說，他莊之蝶還要親自去文化席找領導談談的。放下電話，覺得口寡，來廚房找什麼吃，見案上一盤梅李，拿一顆吃了，讓柳月也來吃。喊了一聲，柳月沒應，過來臥室見柳月仰面在床上睡著了。柳月解開的褂子上，一隻釘好的扣子線並沒有斷，線頭還連著針，乳罩下的一片肚皮細膩嫩白。莊之蝶笑了一下，卻忍禁不住，輕輕解了乳罩，也把那裙帶解開，靜靜地欣賞一具玉體……莊之蝶怕弄醒了她，便拿了梅李在上邊輕摩，沒想那縫兒竟張開來，半噙了梅李，樣子十分好看。莊之蝶無聲地笑笑趕忙悄然退出，又去書房裡寫那答辯。寫著寫著，不覺把這事就忘了。

約摸十點左右，有人敲門，莊之蝶去開了。進來的是黃廠長，黑水汗流地在說：「哎呀，我擔心你不在的；你還在，這太好了！我給你定做了三個博古架，讓人用三輪車已拉到樓下了。你待著不要動，我這就給你搬上來！」莊之蝶說：「你怎麼給我做博古架？費這心幹什麼呀！我和柳月都不來幫著拿。」黃廠長已下到樓梯中間，說：「怎麼能讓你下來？讓柳月幫著就行。」

柳月在剛才敲門時就迷迷糊糊醒了，後聽見莊之蝶去開門，也就又閉了眼睡，這陣聽著讓她去抬什麼東西，翻身往出跑，已經到門口了，才發覺衣服未扣，乳罩和裙子也掉了下來，同時下邊憋得脹脹地痛，低頭一看，噢地就叫起來。莊之蝶猛地才記起剛才的事，忙關了門走過來，柳月偏也不取了梅李，說：「老師就是壞！」莊之蝶佯裝不知，說：「老師怎麼啦？」接著說：「喲，柳月，你那兒怎麼啦，是鹹泡梅李罐頭嗎？」柳月說：「就是的，糖水泡梅李，你吃不？」莊之蝶竟過去，把她壓住，要取了梅李，梅李卻陷了進去。掰開取了出來，就要放進口去咬，柳月說：「不乾淨的。」莊之蝶說：「柳月身上沒有不乾淨的地方。」兀自咬了一口，柳月就把那一半奪過也吃了，兩人嘻嘻地笑。柳月卻說：「你在戲弄我哩，做這惡作劇，是唐宛兒你敢嗎？」莊之蝶說：「我讓你吃梅李，你睡著了，樣子很可愛，就逗你樂樂。」柳月說：「你哪裡還愛我？我在你心裡還不是個保母！我和她吵嘴，她給我兇，你回來不說她，倒搧我一個巴掌，我爹我娘也沒搧過我的！」莊之蝶趕忙說：「我不打你一下，她能下台嗎？也是你做了那些事不好，我回來了你又張狂起來，不打著，讓她看出來 不知又要怎麼對你的！你倒忌恨了我?!」柳月說：「那你怎麼一聲也不吭她？」莊之蝶說：「她畢竟是這裡主婦。當了你的面沒理她，你去了唐宛兒家，你又知道我怎樣吵的她？雖沒打她，這心卻更遠了；打了你，心離你更近的。」柳月就說：「柳月傻，你又哄柳月哩！」黃廠長就在門上又敲，柳月忙穿了衣服，兩人出來開門，幫著黃廠長和一個人把博古架往家裡搬。黃廠長已熱得一件衫子全然汗濕，說：「柳月呀，宰相府裡的丫環比縣官大，你在作家這兒當保母也是個作家。莊先生不必來幫我，你也不來，我好賴還是個市優秀農民企業家哩！」柳月說：「你沒看見我眼裡瞇了東西，只流酸水嗎？」便出去下樓幫抬第二個架子了。

架子全部搬上來，柳月就鑽進浴室去洗手，用手巾擦下身，一邊擦一邊唱，好久不出來。黃廠長說：「柳月，好中聽的嗓子，出來讓我們聽聽的。」柳月卻不唱了。洗畢出來沏了茶，又拿了案上那盤梅李招待黃廠長。黃廠長說他吃不得酸，見酸牙疼哩。柳月說：「瞧你那口福？你不吃了莊老師吃，莊老師就愛吃這個！」揀一枚給了莊之蝶，便自個用抹布擦博古架上的灰塵土，指劃著這架子怎麼個擺放法。黃廠長就說：「莊先生，這架子你還滿意吧？像你這麼有貢獻的人，家裡怎麼能沒個博古架兒，那麼多的古董全放在書架上！我是早就給你定做好了的，就是沒個空兒來城裡，今日用卡車拉了我那女人去醫院，才一幷運了來的。」莊之蝶就問：「到醫院去？你老婆怎麼啦？那次我去看她身體蠻好的嘛！」黃廠長說：「你那次怎麼就不住下？你要在那裡寫了一本書，我就要把那房子永遠當文物保存下來，將來辦個展覽館的。我的老婆你是見了，各樣都拿不到人前去，就是個嘴功。好那張嘴！多虧是肉長的，若是瓦片兒，早爛成碎渣渣了的！女人家，尤其鄉裡女人，眼窩淺得很，她不理解我的事業，不理解我的理想，不是個知音！人這一生，沒有一個知音老婆，你懶得什麼話也不想說的，她卻還與我鬧，鬧得雞犬不寧，就把農藥喝了，喝了那一大缸子的，我有啥辦法！就得往醫院送呀！」莊之蝶驚慌起來：「喝了農藥，黃廠長，你這真是捅下大爛子，把天戳個窟窿了！那你不在醫院，還來給我送架子？」黃廠長說：「一到醫院送進搶救室，醫生說，兩個人鬧意見喝的藥，搶救時男的最好不要在旁邊，以免她看見了又生氣，就難與醫生配合了。我想也是，留下一個女人在那兒支應著，我就來你家了。她要死，就死吧，又不是我拿繩子勒死了她。能送她到醫院，我也是盡了一場夫妻的責任了。」柳月聽了，倒不擦博古架，拿眼睛一直瞪著黃廠長。黃廠長說：「柳月你怎麼老瞪我？」柳月說：「誰瞪你了，我就是這大眼睛！」黃廠長說：「柳月這一對眼睛就是大得好看，像兩顆雞蛋！」柳月說：「臉還白哩，白的是白麵哩！」莊之蝶見她惡狠狠的，就說：「柳月，快給我收拾幾樣東西，我和黃廠長去醫院看看老嫂子，上次去，她好熱心腸地待承我哩。」黃廠長說：「你也去看？那也好的，讓醫院裡人也瞧瞧我交的是什麼朋友！」莊之蝶沒有說話，提了柳月裝好的禮物包兒就走。黃廠長說：「還拿什麼東西？說不準兒連空氣都沒她吸的了！」莊之蝶低聲喝道：「你怎麼這樣說話！」兩人就走了。

一到醫院門口，那老婆卻在一家涼粉攤上吃涼粉，黃廠長驚得瞠目結舌：「你好好的？還吃涼粉啦？」老婆一碗涼粉照面摔過來，黃廠長閃身躲了，涼粉連碗碎在地上，罵道：「你盼我死哩嗎？老娘才沒死的！老娘不吃著咋，剩下萬貫家產給那×上長花的人嗎！」黃廠長給莊之蝶說：「她是瞧你也來了就張狂了，真是土地爺不能當神，婆娘家不能當人！」說畢急去急診室問怎麼回事，老婆就拉了莊之蝶坐下，嚷道再給她碗涼粉，給莊先生一碗涼粉。莊之蝶硬不吃，問道：「這麼快就治好了，醫生是洗腸了？才洗了腸可不敢吃東西的！」老婆說：「哪裡洗腸？我只說我要死了昏昏沉沉，可一睡到病床上，覺得沒事的，真的就沒事了，只害肚飢。」莊之蝶說：「我知道了，你在嚇黃廠長，喝的不是農藥。」老婆說：「醫生也這樣訓我，說喝的不是農藥你就不讓送醫院麼，送到這裡若不是你這陣坐起來說沒事，我們就得洗腸，說不定開了刀！我哪裡是在嚇他，我真的要死，他竟敢把破女人引了在家裡睡覺，睡過了又怕人家和別人睡，就用刀子剃人家的毛，還說：『把毛剃了，你就是找別人，別人一看是剃過的他就不會和你再好的。』正剃著我撞見了，他不要臉的說：我要請她作我的私人祕書的，你來比比，你能寫？你能算？你有她這一身白津津的肉？我一氣就把一茶缸農藥喝了！」莊之蝶說：「這是何苦呢，你死了還不是白死嗎？這也奇了，喝了那麼多的農藥倒沒事，真是天生你該是作他的老婆！」老婆說：「我也不知道這怎麼啦？是不是我這胃和別人不一樣？醫生也懷疑我這腸胃功能的，就讓陪我的那人去家拿了那農藥缸子，先化驗化驗農藥的成分。缸子已經去化驗了。」

過了一會兒，黃廠長出來，一副垂頭喪氣的樣子。莊之蝶問怎麼啦？黃廠長不言語，只督催陪同的那人開了車把老婆拉回去。老婆不走，他過去一把抱了，硬塞進卡車裡，車就開走了。莊之蝶看得莫名其妙，黃廠長拉他去到一個角落，突然流了眼淚，說：「莊先生，現在我倒真的要求求你了！」就跪下來。莊之蝶忙往起拉，拉不起，黃廠長說：「你不幫我，我就不起來。」莊之蝶說：「你這是幹什麼嗎，有話說你的話，能幫的怎不幫你，這麼大個人跪著像什麼樣子！」黃廠長就站了起來，說：「你說話一定要算數，要不，死的不是我那老婆，死的該是我了！」莊之蝶說：「到底是什麼事呀？」黃廠長說：

「我去急診室問我老婆怎麼一下子就沒事了?一個醫生就說,她喝的是什麼農藥?我說我就是黃鴻寶,她喝的就是『一〇一』,農藥廠的一〇一號農藥。我把名片也遞他了一張,他看了看,又問這農藥銷量如何?我說銷量大得很!他說,好,好,卻領我到一個大辦公室去。那是院長的辦公室,院長正寫什麼,一見我就說:『經過化驗,你老婆喝的農藥裡根本沒有毒性。我們給市裡有關部門反映這件事,宣傳得那麼厲害的『一〇一』農藥原來是假農藥,不能讓農民再上當受害了。』莊先生,我哪裡知道『一〇一』是假的,配料的時候,我還真以為它是有毒性的,要不,我自己的老婆自殺就不會喝這東西的,我也不會緊張地送她到醫院的!現在出了這事,反映到市上,我就完了,『一〇一』也完了!這你一定要救我,你是不是再寫一篇文章,說說我這農藥的作用,讓我再賺一些錢了,我就不幹了,你寫千把字也行,只要在報上發發作個宣傳,我給你一萬元。我不食言,一萬元!」顛三倒四說了半天,莊之蝶是聽明白了。莊之蝶先是哭不得笑不得,後來卻心慌了,如果證實是假農藥,那他以前所寫的那篇文章算什麼?領導會怎麼看?社會上又該怎麼唾罵?莊之蝶一掌就把他又推倒在地上,罵道:「你活該!你只圖掙你的錢麼,發你的家麼,你還怕什麼市長?怕什麼王法?你什麼做不了假,偏弄假農藥,你這要誤多少事,多少人?農民買菜殺害蟲哩,原來你才是害蟲!大害蟲!」莊之蝶罵得兇,罵得難聽,黃廠長竟一聲不吭,只讓他罵。罵畢了,莊之蝶也累起來,說:「現在罵你有什麼用,怪我眼瞎了認識你。這樣吧,文章我是不會寫的了,你趕快去市上找領導說明情況,該檢討的就檢討,也別當什麼優秀企業家不企業家的,能保住藥廠不被查封就燒了高香啦!」黃廠長說:「你這麼說,我一定去辦的,優秀企業家稱號我不要了,可我老婆喝藥這事傳出去,藥廠即便不被查封,誰還來買『一〇一』呢?『一〇一』沒了用戶,那我還辦什麼廠?還賺什麼錢?連積攢的大批存藥也是廢水兒了!你說這咋辦呀嗎?!」莊之蝶說:「你問我,我問誰去?!」黃廠長說:「可我是你的董事會成員呀,莊先生!」莊之蝶說:「你是我的什麼成員？給你寫了一篇文章，倒真是讓你溺死鬼拉住腳了?!」黃廠長說：「我是出了四千元入的畫廊董事會呀！這你讓洪江來辦的事，你這陣也不認啦？」莊之蝶心裡又罵洪江，說：「哼，洪江！你騙別人，沒想還有洪江騙你呀？你去告他洪江去嘛，拿這塊磚倒來墊我的脖子?!」黃廠長說：「我哪兒有這個意思？我人在難處，只是討你個主意的。」說著就嗚嗚地哭起來。莊之蝶便不言傳了，勾了頭只是吸菸，突然就哼地笑了一聲。黃廠長說：「你有主意啦？」莊之蝶說：「這事是你老婆惹出的事，你就讓她跑出去宣傳去。」黃廠長說：「還讓她宣傳？我這次不和她離了婚，我姓黃的就是十七十八的姑姑子生下的！」莊之蝶說：「你要那樣，咱倆就不必談了。」黃廠長疑惑不解，說：「你的意思是……」莊之蝶說：「既然外界知道了你老婆自殺沒死，你不妨借題發揮，也這麼個宣傳，宣傳得面愈廣愈好。你一邊在外這麼宣傳著一邊在藥中再加些什麼成分，宣布你老婆喝的不是『一〇一』，是新生產的『一〇二』或『二〇二』什麼號的藥，這種藥是專門為世上的家庭生產的。現在的家庭百分之九十是湊合哩，尤其這些年發了財的人，在外蓄小老婆，嫖娼找妓。就是沒有錢的，哪個又多少沒有找個情人呢？外遇人有，不露是高手，可即使是高手，這日子能過得平靜？人常說要一天不安寧就去待客；要一年不安寧就去蓋房；要一生不安寧就去找情人的。這樣，夫妻一方勢必要鬧，這藥就有用場了，喝了能鎮嚇住對方，喝下人又不死，這社會上的需求量會少嗎？」黃廠長終於從迷霧中走出，眉開眼笑，說：「莊先生真是有知識的人！這你第二次救了我，可怎麼個宣傳呢？如果把『一〇二』號用途公開了，男女老幼都知道是故意嚇人的藥，誰還買？」莊之蝶說：「這就看你怎麼推銷了！你要祕密推銷，給男的說了，就不能給女的說；給女的說了，就不能給男的說。要親自去單位推銷，哪裡有多少是夫妻同一個單位？且哪個單位都有個民間的『怕老婆協會』，你不會找去？」黃廠長握住了莊之蝶的手，硬要請著吃飯去，莊之蝶不去，黃廠長就叫了出租車，扔給司機一卷錢，把莊之蝶送回了家。

夜裡，莊之蝶在書房寫答辯書，到了十一點，照例要在書房的沙發上睡，毯子卻白天收拾時柳月放回了臥室，怕牛月清睡時把門關了，就過來取。牛月清已經脫了褲子，燈下坐在被窩翻一本畫報，見他又拿毯子，說：「你還要睡到書房？」莊之蝶說：「我要加班寫答辯。寫晚了不打擾你。」牛月清說：「哼，不打擾我，是我把你趕睡到沙發上了?!」莊之蝶說：「我沒這樣說，你怎麼還不睡？」牛月清說：「你還管我睡不睡？我是有男人還是沒男人，夜夜這麼守空房的。」莊之蝶說：「誰不是和你一樣？」牛月清說：「你能寫麼！誰知道你寫什麼？我有什麼能和你一樣？」莊之蝶說：「我已經給你說過了，寫答辯書。」牛月清說：「那你回憶著當年你和景雪蔭的事，精神上能受活嘛！」莊之蝶說：「你甭胡說，我拿來你看。」過去取了未完成的答辯書，牛月清看了幾頁，說：「你睡去吧。」莊之蝶懷裡一直抱了那毯子，就丟在了一邊，說：「我為啥不能在這裡睡？我就睡床上！」牛月清沒理，也沒反對，任他一件一件脫衣服鑽進來，拿指頭戳男人的額頭，說：「我真恨死你，想永世不理你！我就是多麼難看，多麼不吸引你了，你要離婚你就明說，別拿了這軟刀子殺我！」莊之蝶說：「不要說這些，睡覺就是睡覺，你不會說些讓人高興的事嗎？」就爬上去……（此處作者有刪節）牛月清擺著頭，說：「甭親我，一口的菸臭！」莊之蝶就不動了。牛月清說：「你是不是在應酬我？」莊之蝶說：「你就會敗人的情緒！」牛月清不言語了，但嘴還是緊閉，接著就說疼，臉上皺著，莊之蝶就伸手拉了電燈繩兒。牛月清說：「你把燈拉滅幹啥？以前我讓拉燈你不讓，說看著有刺激，現在卻拉燈，是我沒刺激了？」莊之蝶沒作聲把電燈又拉開。才感覺有了好時，牛月清突然說：「你洗了嗎？你不洗就上來了？」莊之蝶爬起來去浴室擦洗，重新過來，卻怎麼也不中用。莊之蝶要牛月清換個姿勢，牛月清說哪兒學得這花樣？莊之蝶只得原樣進行，可百般努力，還是不行。牛月清就說一句：「算了！」一臉的苦愁。莊之蝶這時倒有些遺憾，覺得過意不去，嘟囔著：「我不行了，怎麼就不行了？」牛月清說，「這好多年了，你什麼時候行過？勉勉強強哄我個不飢不飽的。憑你這個樣，還彈嫌我這樣不好了那樣不是，謀算著別的女人。別的女人可沒我寬容你，早一腳踹你下床去了！」莊之蝶不作語，只出氣，把身子轉過去。牛月清卻扳了他過來說：「你甭就這麼睡去，我還有些話要給你說的。」莊之蝶說：「什麼話？」牛月清說：「你覺得柳月怎樣？」莊之蝶不明白她的意思，不敢貿然接話，只說：「你說呢？」牛月清說：「咱這家請不成保母的，請一個來，開頭卻不錯，百說百依，慢慢就不行了。你瞧她一天像公主一樣打扮，又愛上街去逛，飯也不好好做了，動不動還跟我上勁兒，是不是該讓她走了？」莊之蝶說：「你要辭她？」牛月清說：「倒不是辭，辭了外邊人還說咱怎麼啦，才請了不久就辭了！我想給她找個人家的，前幾日乾表姐來看娘，我說起柳月，乾表姐說，把柳月給我兒子做個媳婦呀！這話倒提醒了我。這幾日我想，柳月是比乾表姐那兒子大三歲，女大三，賽金磚，這也是合適的年齡。一個陝北山裡人，能嫁到郊區也是跌到了福窩，我估計她也盼不得的。外人也會說咱關心柳月，能為一個保母解決了後半生的事。」莊之蝶聽了牛月清的話，心裡踏實下來，便說：「你別張羅，她到郊區去幹啥？憑她這模樣，城裡也能尋個家兒的。再說與你那乾表姐兒子定婚，那兒子小毛猴猴的，我都看不上眼的，而且鄉裡一訂了婚就急著要結婚，她一走，咱一時到哪兒再去找像她這樣模樣的又乾淨又勤快的保母去？請一個醜八怪，木頭人，我丟不起人的，那你就什麼都幹吧！」牛月清說：「你捨不得這個保母哩，還是捨不得她那一張臉？今日又買了件牛仔褲，你瞧她把上衣塞裝在褲子裡，走路挺胸撅臀，是故意顯派那細腰和肉屁股哩！」莊之蝶聽她說著，下邊就勃起了，爬上來就進，牛月清說：「一說到柳月，你倒來了勁兒！」也讓進去，就不言語了。莊之蝶就又讓她變個姿勢，她不肯；讓她狂一點，她說：「我又不是蕩婦！」莊之蝶一下子從上邊翻下來，說：「我這是姦屍嘛！」兩人皆沒了聲音和響動。過了一會兒，牛月清靠近來卻在動他說：「你來吧。」莊之蝶再沒有動，牛月清打嗝兒的毛病就又犯了。

轉眼間，開庭日期將近，被告的各人將答辯詞交換看了，再與律師一起研究了答辯中對方可能突然提出的問題，一一又作了應付的準備。直到了開庭的前一天，鍾唯賢還是讓周敏帶來了他的四次修改後的答辯書，讓莊之蝶過目。莊之蝶就讓捎一瓶鎮靜藥過去，要老頭什麼都不再想，吃兩片好好去睡。周敏說老頭有的是安眠藥，一年多來，總說他睡眠不好，全靠安眠藥片哩！這幾天臉色不好，上一次樓虛汗淋漓，要歇幾次的。牛月清就走過來說：「周敏，明日收拾精神些，把鬍子也刮了，氣勢上先把對方鎮住才是。」周敏說：「你給莊老師穿什麼？」牛月清說：「他有件新西服，沒新領帶，下午我讓柳月去買來一條大紅色的。」莊之蝶說：「得了，去受諾貝爾獎呀？」牛月清說：「你權當去受獎！讓姓景的瞧瞧，當年沒嫁了你是一個遺憾！我明日去，柳月和唐宛兒都說要去陪聽。我還通知了汪希眠老婆和夏捷，我們都去，把最好的衣裳穿上，一是給你們壯膽兒，二是讓法官也看看，莊之蝶的老婆、朋友都是天仙一般的美人，哪一個也比過了她姓景的，她不要自作多情，以為她就是一朵花，你與她好過就賤看了你！」莊之蝶就煩了，揮手讓周敏去歇了，讓牛月清也睡去，就撥通孟雲房電話，說要孟雲房來給卜一卦的。

孟雲房來後，兩人就關在書房裡嘰嘰咕咕說話，牛月清和柳月等著他們出來問結果，等到十一點三十分了，還不出來，就說：「咱睡吧！」分頭睡去。孟雲房在書房看錶到了十二點整，陰陽二氣相交之時，燃了一炷香，讓莊之蝶屏息靜氣，將一撮蓍草雙手合掌地握了一會，就一堆一堆分離著計算出六個爻來，組成一個地水師之坤卦，遂念念有詞地寫來畫去。莊之蝶看時，上面寫道：

丙寅、丙申、丁酉、庚子時

六神

：父母酉金——應	：子孫酉金——世	青龍
：兄弟亥水——	：妻財亥水——	玄武
：官鬼丑土——	：兄弟丑土——	白虎
：妻財午火——世	：官鬼卯木——應	騰蛇
⊙官鬼辰土——動	：父母巳火——	勾陳
：子孫寅木——	：兄弟未土——	朱雀

孟雲房說：「這卦真有些蹊蹺。」莊之蝶問：「好還是不好？」孟雲房說：「好是好著的。地水師卦以『一陽繞於五陰，有大將帥帥之象』，因此有相爭之患，被告這方雖你是第二被告，但卻需你出面執旗。五爻君位，兄弟亥水居之，又為妻財，故有耗財之慮。這當然了，打官司必是耗財耗神的事。二爻官鬼，應是多災之意。這是說你這一段多災難呢，還是災仍在繼續，讓我再看看。為文章之事引起官司，文章為火，陽氣過盛。多是還要費力的。坤卦為陰，為小人，為女人，為西南，四柱又劫梟相生，恐西南方向還有憂心的事未息。」莊之蝶說：「這麼說明日這開庭還麻煩的？」孟雲房說：「坤是伸的意思，也有順的會意，正如同母馬，喜歡逆風奔馳，卻又性情柔順，只要安詳地執著於正道，就會吉祥。這麼看，明日開庭，雖不能完全消除災禍，但只要堅持純正又能通權達變，就能一切順通而獲勝的。」說罷，記起了什麼，就在口袋裡掏。掏出一個手帕，手帕打開，裡邊是一小片紅的血紙，要莊之蝶裝在貼身口袋。莊之蝶不解，問是什麼，他才說西京市民裡有個講究，遇事時身上裝有處女經血紙片就會避

邪的，他特意為莊之蝶裝備的。莊之蝶說：「我不要的，你又去害了哪一個女人？你能得到這血紙，哪兒又能還是處女的經血？」孟雲房說：「這你把我冤枉了！現在沒結婚的姑娘誰也不敢保證就是處女，但這血卻是處女的。實給你說，昨日我去清虛庵找慧明，她出去打水，我發現床下有一團血紙，知是她在家正換經期墊紙，見我來了，來不及去扔掉，而扔在床下的，當時就想到了你快要上法庭，偷偷撕了一片拿來的。別的女人純不純不敢保證，慧明卻純潔率更大些吧，我雖懷疑她和黃德復好，但也不致於就讓黃德復壞了她的佛身？何況慧明是溫香緊箍津一類的女人，她這血紙只有好的氣息沒壞的氣息。」莊之蝶說：「溫香緊箍津？這詞兒作得好。」孟雲房說：「女人分類多了，有硬格楞噌脆類的，有粉白細嫩潤類的，有黃胖虛腫泡類的，有黑瘦墩粗臭類的，唐宛兒是粉白細嫩潤，若果她是處女，這血紙是她的就好了。」莊之蝶順手便把那血紙裝在口袋裡。孟雲房又說：「你沒上過法庭，看電影上的法庭挺瘮人的，其實地方法庭簡單得多，民事庭更簡單。一個小房間裡，前邊三個桌子，中間坐了庭長和審判員，兩邊桌上坐了書記員，下來是豎著的桌子，坐律師；然後房裡擺兩排木條椅，被告這邊坐了，原告那邊坐了，像一般開會，並沒什麼可怕的。你明日放心去，我在家用意念給你發氣功。」莊之蝶說：「我想告訴你，我不想去。我找你來，主要是讓你代我去。」孟雲房說：「讓我代理？那怎麼行？法庭上代理要通過法庭同意，還要填代理書的。」莊之蝶說：「這些白天我打電話問過司馬審判員了，他先是為難，後來還是同意了，說明日一早讓我寫個代理書交你代理人帶去也可。說老實話，我不想與景雪蔭在那個地方見面。這事我誰也沒告訴，我怕他們都來逼我。你今晚不必回去，咱倆就在這裡支床合鋪，你也可把我的答辯書熟悉熟悉。」孟雲房說：「你今輩子把我瞅上了，我上世一定是欠了你什麼了。」突然叫道：「哎呀，我現在才明白那一卦的一些含義了，卦上說有大將帥帥之象，這大將並不是你而是我了！」莊之蝶說：「這麼說，這是你的命所定，那我就不落你人情嘍！」

翌日，天麻麻亮，莊之蝶起來叮嚀了孟雲房幾句，就一人悄然出門。街上的人還少，打掃衛生的老太太們掃得路面塵土飛揚。有健身跑步的老年人一邊跑著，一邊手端了小收音機聽新聞。莊之蝶從未起過這麼早，也不知要往哪裡去，穿過一條小街，小街原是專門製造錦旗的，平日街上不過車，一道一道鐵絲拉著，掛滿著各色錦旗，是城裡特有的一處勝景。莊之蝶一是好久未去了那裡，二是信步到這街口了，隨便去看看，也有心動：若官司打贏，讓周敏以私人名義可給法院送一面的。莊之蝶進了街裡，卻未見到一面錦旗掛著，而新有人家店牌都換了「廣告製作部」、「名片製作室」，已經起來的街民紛紛在各自的地面和領空上懸掛各類廣告標樣。莊之蝶感到奇怪，便問一漢子：「這街上怎麼沒有製作錦旗的啦？」漢子說：「你沒聽過〈跟著感覺走〉的歌嗎？那些年共產黨的會多，有會就必須發錦旗的，我們這一街人就靠做錦旗吃飯；現在共產黨務實搞經濟，錦旗生意蕭條了，可到處開展廣告戰，人人出門都講究名片，沒想這麼一變，我們生意倒比先前好了十多倍的！」莊之蝶噢噢噢不已，就又拐進另一個街巷去。剛走了十來步，拉著奶牛的劉嫂迎面過來，莊之蝶就在那裡吮喝了生鮮牛奶，卻不讓劉嫂牽牛，自個牽了走。劉嫂說：「你怎麼能牽了牛的，讓人看見不笑你也該罵我這個沒高沒低沒貴沒賤的了！」莊之蝶說：「我今日沒事的，你讓我牽著好，我是吃了這牛一年天氣的奶水了，我該牽牽的。」

奶牛聽了莊之蝶這麼說，心裡倒是十分感動。但是，牠沒有打出個響鼻來，連耳朵和尾巴也沒有動一動，只走得很慢，四條腿如灌了鉛一般沉重。牠聽見主人和莊之蝶說話，主人說：「這牛近日有些怪了，吃得不多，奶也下來得少，每每牽了進那城門洞，它就要撐了蹄子不肯走的，好像要上屠場！」莊之蝶說：「是有什麼病了嗎？不能光讓牠下奶賣錢就不顧了牠病的。」主人說：「是該看看醫生的。」牛聽到這兒，眼淚倒要流下來了，牠確實是病了，身子乏力，不思飲食，尤其每日進城，不知怎麼一進城門洞就煩躁起來，就要想起在終南山地的日子。是啊，已經離開牛的族類很久很久了，牠不知道牠們現在做什麼，那清晨起著藍霧的山頭上的梢林和河畔的水草叢裡的空氣是多麼新鮮啊！鳥叫得多脆！水流得多清！牠們不是在那裡啃草，長長的舌頭伸出去，那麼一捲，如鐮刀一樣一撮嫩草就在口裡了嗎？然後集中了站在一個漫波上，盡情地扭動身子，比試著各自的骨架和肌肉，打著噴嚏，發著哞叫，那長長的哞聲就傳到遠處的崖壁上，再撞回來，滿山滿谷都在震響了嗎？於是，從一大片青草地上跑過，螞蚱在四處飛濺，脊背上卻站著一隻綠嘴小鳥，同夥們牴開仗來牠也不飛走嗎？還有斜了尾巴拉下盆子大一堆糞來，那糞在地上不成形，像甩下的一把稀泥，柔和的太陽下熱氣在騰騰地冒，山地的主人就該罵了，他們還是罵難聽的話嗎？難聽得就像他們罵自己的老婆、罵自己的兒子時那樣難聽嗎？牛每每想到這些，才知道過去的一切全不珍惜，現在知道珍惜了，卻已經過去了。牠又想，當牠被選中要到這個城市來，同族裡的公母老幼是那樣以羨慕的眼光看牠，牠們圍了牠兜圈子撒歡，用軟和舌頭舔牠的頭，舔牠的尾；牠那時當然是得意的。直到現在，牠們也不知在滿天繁星的夜裡從田野走回欄圈的路上還在如何議論牠，嫉妒牠，在耕作或推磨的休息時間裡又是怎樣地想象城市的繁華美妙吧！可是，牠們哪裡知道牠在這裡的孤獨、寂寞和無名狀的浮躁呢？牠吃的是好料，看的是新景，新的主人也不讓牠耕作和馱運。但城市的空氣使牠窒息，這混合著菸味硫磺味脂粉味的氣息，讓牠常常胸口發堵發慪，堅硬的水泥地面沒有了潮潤的新墾地的綿軟，牠的蹄腳已開始潰爛了。牠所擔心的事果然發生，力氣日漸消退，性格日漸改變，牠甚至懷疑腸胃起了變化。沒有好的胃口，沒有好的情緒，哪兒還有多少奶呢？牠是恨不得每日擠下成噸的奶來，甚至想像那水龍頭擰開的不是水而是牠的奶，讓這個城市的人都喝了變成牛，或者至少有牛的力量。但這不可能，不但牠不能改變這個城市的人、這個城市的人的氣氛，環境反而使牠慢慢就不是牛了！試想，牠在這裡常常想回到山地去，如果某一日真的回去了，牛的族類將認不出牠還是一個牛了，牠也極可能不再適應山地的生活吧？唉唉，想到這裡，這牛後悔到這個城市來了，到這個城市來並不是牠的榮幸和福分，而簡直是一種悲慘的遭遇和殘酷的懲罰了。牠幾次想半夜裡偷偷逃離，但新主人愛牠，把牠拴在她屋裡，牠逃離不了。當然也覺得不告訴她個原委逃離去了對不起她。可惜牠不會說人話，如果會說，牠要說：「讓我純粹去吃草吧，去喝生水吧！我寧願在山地裡餓死，或者寧願讓那可怕的牛虻叮死，我不願再在這裡，這城市不是牛能待的！」所以，牠一夜一夜地做夢，夢見了那高山流水，夢見了黑黝的樹林子，夢見了那大片的草地和新墾的泥土，甚至夢到牠在逃離，牠是在一隻金錢豹來侵害城市人的時候，牠和金錢豹作血肉之搏最後雙雙力氣全耗盡地死去，而報答了新主人和莊之蝶對牠的友好之情後，靈魂欣然從這裡逃離。可夜夢醒來，牠只有一顆淚珠掛在眼角，默默地嘆息：我是要病了，真的要病了！

牛這麼想著，就又沒有了一絲兒勁，就臥下來，口邊湧著白沫，舌尖上吊下涎線。莊之蝶拉牠不起來，就這兒摸摸那兒揣揣，說：「牛真是有病了，今日不要賣奶了吧，拉牠去城牆根啃草歇著吧！」劉嫂看著牠，長長地嘆息，就說：「莊先生你去忙吧。牛是要病了呢！等牠歇一會起來，我牽牠去城牆根啃草去。」莊之蝶又一次拍拍牠的屁股，才走了。

莊之蝶又不知道該往哪裡去？他早早出門，為的是不願讓牛月清和柳月知道他不去出庭而又嘟囔，但毫無目的在街頭走，雙腿就發痠發僵。想昨日晚上牛月清說過也通知了汪希眠的老婆去旁聽，她的背部瘡疔是好了嗎？在法庭上沒有見到他又會問些什麼話呢？他點燃了一枝香菸來吸，瞧見了已經擁集在街的斜對面的那片場子上的許多人，他們的臉色和服裝一眼看去便是鄉下來的。有的手裡拿了鋸子；有的提一把粉牆的刷子；有的蹴在那裡，面前擺著大小不一的油漆過的木牌兒，縮頭弓腰地在那裡吸菸，吐痰，小聲說話。莊之蝶不曉得這些人一大早在這裡幹什麼，才要走過去，三四個人卻跑過來，說：「先生有什麼活嗎？價錢可以議的。」莊之蝶驀然明白了這是一個自發性的勞務市場，急忙擺手他沒有什麼活兒要請他們的，竟冒出一句：「我是去找阮知非的。」掉了頭便走，果然是往阮知非的歌舞館方向走去。走過約一站路程，卻突然奇怪自已怎麼會說去找阮知非呢？這麼個樣兒去聽歌舞，自己聽不進去，又要影響了別人，還是往書店看看經營得怎樣，畫廊籌建得怎樣吧！但後來又打消了念頭，就往「求缺屋」走去，想睡上一覺。莊之蝶就這麼往「求缺屋」走來。路過了清虛庵山門口，一個小尼抱了笤帚在那裡掃地，不覺卻心動了，搭了訕道：「小師傅，你這是給老爺畫鬍子嗎？」小尼姑抬起頭來，臉唰地紅了，說：「大門口的街面，哪裡能掃得乾淨呢？」卻又回身重掃第二遍。小尼姑長得粗糙，但害羞和誠實的樣兒使莊之蝶覺得可愛了，就說：「我隨便說說，你倒認真起來了！慧明師傅在庵裡嗎？」小尼姑說：「你找她呀？她在禪房裡作課的。這麼早的你就來找她的！」莊之蝶笑笑就走進山門，卻不知慧明是在哪一個禪房裡作課的。繞過水池，在大雄殿裡瞧過沒有，到聖母殿裡瞧過也沒有，卻幽幽聽見了木魚聲。立定靜聽，似乎是從馬凌虛墓碑亭後傳來的。趨聲走去，那亭後竟是一片疏竹。竹林之間磚鋪了一條小路，路的兩旁栽種了一種什麼花草，通體發紅，卻無葉，獨獨開一朵如菊的花瓣。晨霧並沒有消退，路面上似乎有絲絲縷縷在浮動，那無葉紅花就血一樣閃爍隱現。莊之蝶輕腳挪動了數步，瞥見不遠處有一所小屋，竹簾下垂，慧明就盤腳搭手側坐於蓮花墊上，一邊有節奏地敲著木魚，一邊念誦著什麼。房子裡光線幽幽，隱約看見了那一張桌、一把椅、一盞燈、一卷經。莊之蝶呆呆地看了一會，覺得意境清妙。如果某一日在那蓮花墊旁又有一個蒲團，坐上去的是一個青衣削髮的莊之蝶，與這等女子對坐一室，談玄說道，在這囂煩的城市裡該是多麼好的境界！便一時不能自禁，遂想起口袋裡還裝著那張血紙，又發了許久的呆。想入非非，遂也就想了許多後果：如果那樣，西京城裡的文藝界如何驚訝？政界如何驚訝？他們會說這是變得墮落的文人終於良心懺悔而來贖自己的罪惡呢，還是說醉心於聲色的莊之蝶企圖又要擾亂漂亮的慧明？莊之蝶站在那裡，不敢弄出一點聲響，讓淡淡的霧氣上了腳面，不覺又看了慧明一眼，慢慢退開去。一邊心裡暗自仇恨自己的聲名。聲名是他奮鬥了十多年寒窗苦功而求得，聲名又給了他這麼多身不由己的煩惱，自己已是一個偽得不能再偽、醜得不能再醜的小人了。莊之蝶最後只有在馬凌虛的墓碑亭下，手撫了碑文，淚水潸然而下。

再沒有去「求缺屋」，拽腳回到文聯大院的家裡，牛月清和柳月沒有回來，法庭上的情況如何，消息不可得知，默默坐在電話機旁，直等得牆上的擺鐘敲過十二下，電話鈴響了。是柳月的電話，莊之蝶雙手抱了話筒，說：「柳月你來電話了？來電話了！」柳月說：「莊老師你好？」莊之蝶說：「我好的，柳月，情況怎麼樣？」柳月說：「一切都好，對方只有景雪蔭一個人說得還有水平，那男的只會胡攪蠻纏，讓法官制止了三次。嘻嘻，我知道她當年為什麼要與你好了？」莊之蝶說：「後來呢，後來呢？」柳月說：「上午辯論就完了，下午繼續開庭。孟老師現在去商店買膠布去了，他說下午辯論他要以膠布貼了左半個嘴，用右半個嘴來與對方辯論好了。」莊之蝶說：「別讓他胡鬧！」柳月說：「這我管得上人家？就讓他去羞辱對方吧！你又不忍心啦？我以為是什麼傾國傾城的顏色，一般嘛，你口倒這麼粗的！」莊之蝶說：「你懂得什麼？」那邊不言語了，停了一會兒說：「我們就不回去了，得請了律師在街上吃飯。你聽著嗎？我知道你在家等著，就接電話給你了。冰櫃裡有龍鬚麵，你能自己給自已煮了吃嗎？」莊之蝶放下電話，卻沒有去廚房煮龍鬚麵，取了酒一個人獨自喝起來。

下午，莊之蝶去畫廊找著了趙京五，吩咐趙京五，到白玉珠家，一等法庭辯論全部結束，就催促白玉珠去打問司馬恭對辯論的傾向，這點很重要的，答辯中不管各自說得如何有理，關鍵要看審判員的態度。趙京五當然答應，卻說不必那麼急的，下午的辯論不會很快就完畢，估計休庭也得到了天黑，他五點後去白玉珠家是來得及的。於是要讓莊之蝶看他培養的盆花。畫廊裝飾已完成多半，趙京五的辦公休息室在門面的後院一間房裡，那門前台階上、窗台上擺滿了各式各樣的花草，正是開放時節，各呈其艷，一片燦爛。莊之蝶看過了，不免倒想起自己曾養過的那盆異花，順口說句：「花好是好，卻沒有什麼名貴之物。」趙京五說：「我哪裡能像你就能遇上異花？可你有你務花的標準；我有我務花的見解。我全不要名貴的，一是價錢高，二是難伺候，觀賞起來並不就都賞心悅目，只是圖個虛名。我是要求花開得好看就行。在我理解，花朵是什麼，花朵就是草木的生殖器。人的生殖器是長在最暗處，所以才有偷偷摸摸的事發生。而草木卻要頂在頭上，草木活著目的就是追求性交，它們全部精力長起來就是要求顯示自己的生殖器，然後贏得蜜蜂來採，而別的草木為了求得這美麗的愛情，也只有把自己的生殖器養得更美麗，再吸引蜜蜂帶了一身蕊粉來的。」莊之蝶說：「京五呀，你哪兒來的這怪見解？你不結婚，原來就是有這麼多生殖器包圍著?!」趙京五就笑著拉莊之蝶在屋裡坐了。小小的屋子裡，臨窗的桌上又是高低三排花盆，有碗大的大理花，也有指甲般大的小晶翠；連那床頭床尾，四面牆根也全是花盆；但屋中間的一個做工十分精緻的小方桌上卻放置了一個玉色瓷盆，裡邊供養了一叢青綠的水仙。趙京五告訴說原來老屋拆除後，整個家具都存在他母親那兒，他只帶了這個小方桌和明代的大玉色瓷盆的。莊之蝶說：「房子裡這麼多的花，放在最顯眼 地方的這水仙卻是什麼生殖器也沒有呀？」趙京五說：「花是草木的生殖器，我只認作它們是各種各樣的女性。這水仙現在沒有開花，開了花也並不鮮艷，那麼你就該笑我為什麼最寵這位女子？在東方的傳統裡，水仙常是作為冰清玉潔的貞女形象，可是西方的希臘神話中，水仙卻是一個美男子。這位美男子寡慾少情，不愛任何少女。一次他到泉邊飲水，看到自己美麗的影子，頓生愛慕之心，但當他撲進水裡去擁抱自己的影子時，掉進去淹死，靈與肉分離，頃刻化為這水仙的。」莊之蝶也是第一次聽說水仙為男人所變幻，說：「那你是以水仙自喻了？」趙京五說：「是的，我雖然長得不像古書上講的有潘安之貌，可西京文化界裡我自感還是一表人才的。我栽了這麼多花草，看著它們，理解著世上的凡女子，而我更愛這水仙，哀嘆它的靈與肉的分離。」莊之蝶說：「我明白了，京五，你是不是準備要結婚了？」趙京五說：「水仙是一掬清水、幾顆石頭便知足矣。我是想結婚的，可世上這麼多花草般的女人，哪一個又能是我的呢？老師到底是感覺極好的人，知道了我的心思，我就不妨給老師說：你能把柳月賞給我嗎？」莊之蝶聽了，心裡暗暗驚道：早看出他對柳月喜歡，沒想他真有那心思！就輕輕地笑了，說：「怎麼能說要我賞你呢！柳月雖是我家保母，但柳月是獨立的人，我怎能決定了她的事？」趙京五忙抓了莊之蝶的手說道：「我只求老師做媒！柳月她是沒城市戶口也沒工作的，這我全不在乎，我喜歡她伶俐漂亮，又在老師家受這麼久熏陶，我會真心愛她，好好待她的。我雖百事不成，是文化界一個閒人，可我們結婚後我可以讓她幸福的！」莊之蝶說：「這個媒我可以當，但你不必著急，等我討討她的口氣。我看問題也是不大的。她到我家後，看了許多書，接觸了許多人，愈來愈像個大家閨秀了。京五呀，你把她介紹到我們家來，原來是讓我給你培養人才啊！」趙京五也高興起來，給莊之蝶取酒來敬，說：「要麼我怎麼稱你是老師呢？」

兩人又說了一陣關於畫廊的事，莊之蝶看看天色不早，催趙京五去白玉珠家去了，自己就走回來。牛月清和柳月卻已經在家洗起澡了。見莊之蝶進門，都急忙穿了衣服從浴室出來。莊之蝶問：「下午答辯怎麼這樣快的？」牛月清說：「才開庭一個小時，鍾主編就病了，法庭只好休庭，說大致情況也弄清了，下來他們再做各方面的取證調查，如有必要第二次開庭答辯，隨時等候傳訊。」莊之蝶就問：「鍾主編病了？什麼病？怎麼早不病遲不病，病倒在法庭上，別人還以為答辯不過對方而嚇病了！」牛月清說：「事情不會引起審判員做那種猜想。因為鍾主編站起來答辯，他是寫了十三頁詳細的答辯書，他只是對著答辯書在念，有條有理，滴水不漏的。景雪蔭坐在那兒，滿頭滿臉都是汗水。那審判員也不停地點頭哩。也就在這時候，突然撲通一聲，我抬頭看時，鍾主編不見了，他是倒在地上的。大家都驚叫起來，過去扶他，他就一臉青灰色，眼睛緊閉，人已昏迷過去了。司馬審判員趕忙著人往醫院送，辯論也就休了庭。我們全趕到醫院去，他人是醒過來了，醫生現在正在為他作檢查，還不知發病的原因呢！」莊之蝶先以為是一般性的頭疼或肚子疼，沒想到病發得那麼厲害，心裡也著急起來。牛月清說：「看那病情，醒過來後的問題還不大。周敏就說，今日早上鍾主編來法院前情緒就極不好，和文化廳的領導還在辦公室吵了一架，好像就是為職稱的事。去法院路上，周敏說他還在安慰老頭，老頭只是唉聲嘆氣，說什麼都不順心，職稱該評的沒評上，人腿不該斷的卻斷了。我問周敏，鍾主編說這話是什麼意思。周敏說誰斷了腿他也不知道了。」莊之蝶知道斷腿的 話是什麼意思，想把原委說知牛月清，開了口卻又沒有說。只破口罵省職評辦，馬文化廳領導。牛月清就說：「你也給我好好安靜下來。今日你沒去，我一肚子子氣，待鍾主編這一病氣也消了。沒去出庭也好，若是去了，面對了景雪蔭少不得要受刺激的。鍾主編病倒的那樣子也讓我看得害怕了。我現在只盼著咱這一方都不要生氣，氣能傷了身子，真要再病倒幾個，甭說姓景的高興，外界人知道了也要捂嘴巴拿屁眼來笑了！」

吃晚飯時，趙京五來了，進門拿了一件好大的布狗玩具。柳月一開門，他就把布狗架在柳月的脖子上，喜得柳月抱了那玩物滾在沙發上摟呀親呀的。莊之蝶看了，說：「給柳月這麼大個禮品，六七十元錢吧？」趙京五不好意思了，說：「我一高興就把它買了！」莊之蝶說：「你甭高興，不給我買東西，你也是白高興！」趙京五說：「就看你高興不高興?!司馬審判員說了，聽了今天的辯論，景雪蔭沒多少道理的。現在的問題只有一條，這方說文章中的女性形象是集中、概括、歸納了諸多女性的經歷而成的；

那方說紀實作品是不能這麼來寫的，這純乎一種狡辯。到底紀實性作品能不能集中概括和歸納，他們是門外漢，懂得不多，還要向一些文化界專家學者了解。」莊之蝶說：「事情擔心的也就在這裡。嚴格講，紀實性文章是不能當小說來寫，集中概括和歸納是小說的作法。」趙京五說：「那這怎麼辦？肉都夾到口邊了又掉了?!」莊之蝶冷笑了一下，半天不再吭聲。牛月清就使眼色給趙京五，趙京五就跟她走到廚房了。牛月清說趙京五：「你說這些幹啥？他心裡正煩的，你讓他又發熬煎了?!」莊之蝶卻叫道：「京五你過來。」趙京五過來說：「今天不談這事了，一天到黑讓這事搞得我頭也痛了，改日再說吧，車到山前必有路的。柳月，你給這狗子起個名兒。」柳月說：「叫個狗小五。」莊之蝶說：「戲鬧什麼？你沒瞧著有正經事嗎？」就對趙京五說：「咱們現在要走到法庭前邊。可以先找省市在西京的那些作家、批評家和大學中文系的教授寫出論證意見交給法庭，直接影響審判員。這幾天你和洪江什麼也不要幹，去找李洪文、苟大海，你們分頭找找作家、學者、教授，不管用什麼辦法，就打我的旗號，讓他們寫出紀實性作品允許概括、歸納的意見來。我開一個名單，這裡邊有的人按咱的意見寫沒問題；有的不好硬纏人家，只要能寫個大概意思的話也可；如果死不願寫的，只求他們也不要給景雪蔭那一方寫什麼論證就行了。」當下開了一份名單，趙京五拿著去了。莊之蝶也讓柳月去送了趙京五，自個對牛月清說：「這個官司要沒有我，這一方就是上百人的陣勢也屁不頂的！」牛月清說：「你行你行，在家裡這麼英雄，出了門卻不敢上法庭哩！不說啦，都歇著，我也是渾身沒有四兩力氣了！」

柳月送趙京五到大院門口，趙京五說：「柳月，前邊那個巷口有賣辣子涮羊血塊的，我請你客去。」柳月說：「大熱天的吃那一身汗。」趙京五說：「那去吃冰淇淋。」柳月說：「你今日怎麼啦，這麼大方的？我不吃的，為了謝你這句話，我送你到大門外去。」兩人就出了院門。趙京五卻不走，站在燈影暗處說：「柳月，你過來。」柳月說：「到那黑影地裡幹啥，怪害怕的。」卻也走了過去。趙京五卻悄悄說：「你瞧那邊。」柳月隨手看去，才看見十米之遙的牆根暗處，有兩個人摟抱得緊緊的，就低了頭來咻咻地笑。趙京五說：「愛情是不怕黑不怕鬼的，咱靠近去聽他們說些什麼？」柳月就拿手來戳趙京五的臉，罵道：「你也學壞了，有本事你也去街上拉一個去，偷聽人家算什麼，下流坯子！」沒想趙京五哎喲一聲捂了臉，柳月說：「戳哪兒了？截到眼裡了嗎？」近來掰了手指往臉上瞅；趙京五忽地就摟了柳月，在那嫩臉上咬了一口，撒腳就跑。恰好一輛出租車從街那邊開過來，燈光正打照了柳月；柳月驚得四肢分開貼在牆上，等車燈閃過，清醒過來了，已不見了趙京五蹤影，心裡倒覺得好笑：這小白臉趙京五只說是個風流鬼，原來傻冒，親了一口就兔子一般跑了！覺得腮幫上還疼疼的，一邊用手揉一邊走過來，卻見那車竟在院門口停了，車上跳下來的是周敏，對著她說：「柳月，你在那兒幹什麼？剛才車燈一照，我就看見你了！」柳月登時嚇住了，說：「你看見我了？我幹什麼了?!」周敏說：「你一個人在牆根發呆，我還以為和師母又吵架了在那兒哭哩！沒事吧？」柳月就笑了：「她再和我吵，我就到你們家再也不回來了！我哪兒能哭，像你一個大男人家在法庭上哭鼻子抹眼淚的！你是從醫院來的嗎？鍾老頭怎麼樣？」周敏說：「到家說吧，莊老師在嗎？」

兩人進了家，莊之蝶和牛月清已經睡下了。柳月就敲臥室門，說周敏來了，牛月清穿了睡衣出來，周敏卻直接到臥室去給莊之蝶說話。一句未了，莊之蝶從床上爬下來，衣服還未穿好，哭聲就起來了，原來醫院為鍾唯賢查病，竟認為是患了肝癌，而且已經到了晚期。莊之蝶捏了雙拳叫道：「這都是把老頭氣成的！氣成的！」就要去文化廳找領導談。牛月清和柳月拉住他，說這麼晚了，文化廳的人早回了家，你找誰去？莊之蝶吼道：「鍾老頭病成那樣，他都能出庭，他是昏迷在法庭上的，他要是當下死在那裡，就是想給他爭取什麼也沒法爭取的！下班了，我找到廳長家裡去，他們就這樣作踐一個老知識分子？一個職稱重要，還是一個人重要?!」牛月清就丟了手，讓他去了。周敏卻擔心晚期肝癌存活是很短的，鍾唯賢恐怕奈何不到第二次開庭；如果他不在，雜誌社那邊的力量就算完了。牛月清聽他這麼說，就生了氣，說：「千萬不要把這話說出來！現在你還指盼鍾主編第二次出庭嗎？就是官司全輸了，只要老頭的診斷有誤，是一場虛驚就好！」周敏也自知失言，連說：「我不是這個意思，我是說咱正打官司，鍾主編卻又恰病成這樣……」牛月清也怕自己的責備分了周敏的心，也說：「趙京五剛才從審判員那裡回來，官司問題是不大的。」就如此這般把莊之蝶安排的補救措施敘說了一遍。周敏情緒也緩過來，倒主動提出他現在還要到醫院去伺候鍾主編的。牛月清就說她也要去，叮嚀柳月在家，若莊之蝶回來，一定做一碗拌湯什麼的讓他吃下，就和周敏匆匆下了樓。

莊之蝶連夜找到廳長家，和廳長拍了桌子爭辯，樣子如要打架。廳長從未見過莊之蝶脾氣發作了是這麼個兇勁，百般解釋，卻推卸責任，只提出連夜去醫院看望鍾唯賢，保證解決一切醫療費用，包括所有陪護人員的工資補貼。莊之蝶說，不解決實質性的問題去看什麼？讓病人看見你們更受刺激而加速死亡嗎？唬得廳長就和莊之蝶一塊去另四個副廳長的家，終使五人於夜裡四點研究怎麼辦，最後形成決議：同意雜誌社鍾唯賢申報編審職稱，把他的申報材料報經省職評辦，由上邊審核批准。事情到了這一步，莊之蝶方一一同他們握手，感謝他們，也求他們原諒他的衝動。趕回家來，差不多天麻麻亮了。

這一天的中午，文化廳的所有中層以上的領導提著大包小包的營養滋補品去醫院看望鍾唯賢。牛月清從醫院撥電話給莊之蝶，說鍾唯賢的情緒很好，吃了一碗餃子，能下床走了。莊之蝶一放下電話就喊柳月，柳月剛過來他就抱了她又是笑又是吻，柳月說：「我一身汗的。」就端了一盆水去臥室洗了，然後赤身躺在床上，但是莊之蝶卻並沒有到臥室來，開了屋門而去了職評辯說明情況，希望他們在接到申報材料後，能作為一個特例，儘快給予評定審批。然後就從職評辯給醫院打電話找牛月清，讓牛月清扶了鍾唯賢來直接聽電話。他在電話上說：「老鍾，現在你就好好養病吧！」鍾唯賢在那邊說：「之蝶，這讓我怎麼感謝你呢？在這個城市裡，什麼事都難辦，只有死了人才能解決的。」莊之蝶說：「咱哪裡要等到死？你這一病，事情不也就解決了?!」鍾唯賢說：「我還幸運，我還幸運！之蝶，剛才他們給我拿了一個研究上報的決議，這一個決議要頂幾百服藥的！」莊之蝶說：「職評辦很快就要評審下來的，高職的紅本本過幾天我就給你拿到手，你的什麼病都要好了！」鍾唯賢在那邊說：「紅本本，紅本本，我就值這麼個紅本本嗎？之蝶，你說我要的就是這個紅本本嗎?!」電話裡鍾唯賢聲調激憤，最後是一陣哭泣。莊之蝶這邊也早已是泣不成聲了。

這一夜，莊之蝶睡了個好覺。柳月幾次只穿了褲頭到臥室走動，他迷迷糊糊知道些，又沉沉睡去，甚至柳月用了髮梢拂他的眼睫毛，他說：「我要睡覺。」翻過身又睡去。不知到什麼時候，柳月又使勁推他，甚至把他的被子揭開來，打了他一下，他生氣地罵道：「討厭！」柳月卻說：「你瞧瞧天，都什麼時候了！電話響得嘟嘟嘟，大姐在電話裡聲都變了，你還不去接？」莊之蝶清醒過來，果然見太陽已照在窗扇上，忙過去接了電話，臉也未洗，口也未漱，就騎摩托車往醫院去了。

鍾唯賢躺在病床上，人一下子瘦下去，又沒戴了近視鏡，樣子可怕得幾乎不能認了。他是早晨五點鐘吐了血，足足有半痰盂。醫生趕忙搶救，埋怨護理的牛月清、周敏、苟大海，說病人自昏迷醒來後一直穩定的，怎麼住了院反吐血？吐血可不是好兆頭，胃靜脈曲張，易導致出血，出血若不止就完了。牛月清就說鍾主編昨日高興得很，又吃餃子又下床走的，他們只說老鍾創造奇蹟呀的，誰知會這樣？醫生問什麼事刺激了他這麼激動的，周敏就說了職稱的事；醫生便訓斥，為什麼要這時候告訴他，好人一激動都常有犯各種病的，這麼重的病人怎麼能激動呢?!鍾唯賢在一番搶救後，血是止了，又清醒過來，只是把鑰匙交了周敏，要周敏去雜誌社他的宿舍，把床上的一個枕匣拿來。枕匣拿來了，鍾唯賢就抱著哭。大家都不明白老頭這又是怎麼啦，又不敢把枕匣拿掉。牛月清說：「老鍾，你是枕慣了硬東西，不習慣那軟枕頭嗎？」鍾唯賢搖了搖頭。周敏說：「怕是鍾主編的積蓄全裝在枕匣裡。」就說：「你把枕匣讓我保管，萬無一失的。」鍾唯賢還是不給。到了九點鐘，他說他要見莊之蝶的：「之蝶怎麼不來看我？你們把之蝶給我找來嘛！」莊之蝶到了病房時，牛月清先把他擋住在一旁悄聲說知了這一切，又叮嚀道：「不能再說職稱的事，醫生說再也不敢讓他激動，若再吐血人就沒救了。他現在抱著枕匣不放，是不是那裡存放了他的現款和存摺？他和他老婆關係不好了半輩子，是不想把這些交給她？但人到了這一步，不能不給他老婆說了，他若枕匣不讓我們保管起來，他老婆來了還能不奪了去？但我又想，他要真不行了，咱們保管了他的錢幹啥呀?!」莊之蝶說：「我見了他再說。」就進去拉了鍾唯賢的手，說：「老鍾，我來了。」鍾唯賢睜了睜眼睛，突然笑了，說：「你不來，我是不能死的。」莊之蝶眼淚就要流下來，說：「你不要這麼想，什麼也不要想，你會出現奇蹟的，老鍾，會出現奇蹟的！」鍾唯賢聽了，點了點頭，說：「我也這麼想的。本來我是早就該死了的人，我是創造了奇蹟的！」說著說著一顆老淚就流下來，在那皺紋極深的臉上翻的一道道肉梁，最後不成滴地掉下來，而消失了的是道亮亮的線痕，如旱蝸牛爬過了一般。又說：「之蝶，但我這次不行了。我感覺我要死了，你說我死得其所嗎？」莊之蝶說：「你這一生坎坷多難，卻也充實，甭說創造了多少社會價值，單你本身的生命就有著輝煌的價值，你是真正活得純潔和高尚的人，你勝過我們任何人，所以你才出現奇蹟！」鍾唯賢說：「我不如你。」力氣就累起來，歇了半天，說：「可我總算將有個紅本本的，也更有了這個枕匣！現在我遺憾的是沒能和你把官司打出個結果，讓人取笑我了。」莊之蝶說：「誰敢取笑你？只為你震驚駭怕哩！」莊之蝶見他臉上顏色愈來愈不好，呼吸也緊促起來，知道是不行了的人了。強忍了眼淚問道：「老鍾，你還有什麼事要我辦嗎？」李洪文就近說：「老鍾，你要堅持住，你家裡我已拍了電報去，估計今早能收到的。過一會兒，廳裡領導也要來，還有許多作者都打來電話問情況，說要來看你的。」鍾唯賢說：

「不讓來，誰也不讓來！」擺擺手又讓所有的人都出去，只要莊之蝶在他身邊。眾人莫名其妙，只好退出房門。鍾唯賢把懷中的枕匣交給了莊之蝶，說：「之蝶，人總是要死的。我並不怕死。我只是傷心讓一個人苦了。她說好要來的。但她腿斷了。等她來了可能我已經死了。那麼。你把這個枕匣交給她。再給她一冊打官司的那期雜誌。這就是，我的財富，我全部財富。這個人是誰，你不要問。到時候，她——尋了來——你就——知——道了。」莊之蝶接過枕匣，枕匣很重，他感到了他是欺騙了老頭，他想在老頭要死去的時候告訴了一切吧，但他不忍心說出來，他自己寧肯今生永久帶著欺騙了老頭、浪費了老頭感情的內疚而折磨自已，也不願在老頭臨死前知道真相後以什麼都絕望了的空虛走到另一個世界去。莊之蝶給鍾唯賢點著頭，再次點著頭，眼看著老頭子身子劇烈地一抽動，手在胸前一揮，口緊閉，突然噗地一聲，一汪鮮紅的血漿噴出來了，那血噴得特別有力，血點十分均勻，像一朵禮花一樣在空中散開。一部分就印在了雪白的牆上；一部分又灑下來，落在他自己的頭上，臉上，身上。莊之蝶沒有呼叫，也沒有痛哭，他靜靜地看著鍾唯賢一陣艱難的痙攣後，終於綻出了一個笑，笑慢慢地在臉上凝固了。

莊之蝶抱著枕匣走出房間，房間外的人湧上來問：「他怎麼樣？」莊之蝶說：「他死了。」一直抱著枕匣往過道外走，走到了樓房外，站在那裡。樓外的太陽火辣辣的，刺得他的眼睛睜了幾睜，沒有睜開。

眾人都湧進房去，醫生護士也跑來了，他們默默地看著這一切，護士開始拔鍾唯賢鼻子裡的吸管，把床單的兩邊拾起來往一塊綰結，綰了一個大大的結。兩個護士就推了一輛平板車進來，將裹了白床單的鍾唯賢抬上了車。護士說：「誰是家屬？」沒人回答。護士又問了一下：「誰是家屬？」牛月清木木地靠在牆上，突然說：「啊，什麼事？」護士說：「這床單就屬於他的了，你去住院部那兒交五元錢吧。」

平板車就往樓外推，車輪子不好，歪歪斜斜的，吱兒吱兒響，莊之蝶回過頭來，陽光激射的樓道口，平板車推出來，像是爐膛裡拉出來的鋼錠，或者是神話中的水晶宮裡運出的一車水晶，那白床單的這頭一顆圓圓的東西，在平板車推下三級低低的台階時，一下子滾到車板那邊，一下子又滾到車板這邊，似布袋裡裝著的西瓜。

鍾唯賢的後事安排完全由文化廳操辦，莊之蝶他們畢竟是外單位人，只是由周敏傳遞消息，注視著哪一處安排不妥，方去向廳裡建議。鍾唯賢的老婆領著那個癡傻的兒子，去醫院的太平間揭了床單看了一下，於太平間外的土場子燒了一刀麻紙，又讓兒子摔了裝著麵條和紙灰的孝子盆，就開始與廳裡領導談判，要求組織上補助五千元，要求招其兒子參加工作。談判進行了三天三夜，談判的結果如何，莊之蝶沒有去理，周敏也不過問。而李洪文卻告訴了那老婆說鍾唯賢臨死前把一個枕匣交給莊之蝶了，這老女人就來追問莊之蝶要枕匣。莊之蝶只好當了她的面打開枕匣，卻把那一沓沓信拿在手裡，說：「你看看，這都是編輯部業務來信，老鍾讓我替他們作處理的，沒一分錢呀！」老女人說：「公家的信這麼希罕地放在枕匣裡，人都死呀還不忘處理公家的事？他那心裡就沒有我娘兒，他那錢都花到哪兒去了？一個子兒也不留下?!」便把信讓莊之蝶拿去，抱走了空枕匣，莊之蝶一連幾天不再閃面，當聽說悼詞寫好後，他來文化廳找著領導，要了悼詞逐字逐句地修改。領導勸他不要感情用事，莊之蝶說，那我就召集上百名文化界的人讓大家討論討論吧。並起草了訃告，派周敏去報社發消息。報社的回覆是報是黨報，凡發訃告的只能是有一定級別的領導幹部。莊之蝶又連夜寫了一篇悼念短文，以散文的形式在第三版的副刊上發表了。當天，來文化廳送花圈的不下百人。文化廳領導同意了莊之蝶修改後的悼詞，並安排兩天後上午去火葬場舉行遺體告別儀式。莊之蝶一個晚上在擬寫會場兩邊的輓聯，擬好就害頭痛，痛得要炸裂一般。孟雲房、趙京五、苟大海、周敏都來看他，他說：「遺體告別那日，能通知到的都通知讓去，人愈多愈好。你讓我好好睡睡，我是沒休息好。這裡擬了一副輓聯，也不講究平仄對仗了，你們看看意思表達出來沒有？修改好了，扯十多丈白紗，無論如何找到龔靖元，讓他用墨直接寫上去。先在文化廳大院掛上一天，再掛到會場去！」眾人看那輓聯，竟是一幅長聯：

莫嘆福淺，泥污蓮方艷，樹有包容鳥知暖，冬梅紅已綻。

別笑命短，夜殘螢才亂，月無芒角星避暗，秋蟬聲漸軟。

孟雲房、趙京五、周敏分頭去了，牛月清就去街上買黑紗，準備給這幫與鍾唯賢關係好的朋友每人一個，參加告別儀式時戴。等回來，莊之蝶並沒有睡著，唐宛兒就坐在床邊，柳月在廚房裡燒薑湯。她一進門，唐宛兒低頭把眼淚擦了，說：「師母，你也歇著，可別都把身子搞壞了。這次沒有這幫朋友，鍾主編不知後事怎麼個草草就處理了的，瞧他那老婆，人死了哭了兩聲，倒還只是訴她的委屈，這算是什麼夫妻！」牛月清說：「這你哪裡知道，他們關係一直不好的。」唐宛兒說：「像她那個樣兒，鬼和她好哩！」就不自覺伸了手將莊之蝶身下的被角往裡掖了掖。牛月清看見了，眼睛瓷了一下，走過去把掖好的被角卻拉開，重新壓實；唐宛兒立即意識自己那個了，身子不自然起來，從床沿上挪身到床邊的椅子上，說：「我在潼關看過死了人唱孝歌的，那孝歌說：『人活在世上有什麼好，說一聲死了就死了，親戚朋友都不知道。』我當時倒不大體會到那悲涼。鍾主編一死，我卻一想到那孝歌就流眼淚。」牛月清說：「鍾主編死時朋友們不是都在嗎？」唐宛兒說：「那算什麼朋友的，他有他心上的人的。」牛月清說：「心上人，心上什麼人？」莊之蝶說：「宛兒說的是安徽宿州的女同學。」牛月清說：「宛兒，你也知道這事？」莊之蝶說：「是我說給她的。」牛月清瞪了莊之蝶一眼，說：「這事你千叮嚀萬叮嚀不讓我給人說，你卻全說出去了?!宛兒，鍾主編那枕匣裡人都以為是錢，其實全是你莊老師以女同學的名義寫給他的情書！這事可得保密，說出去了，一是對鍾主編不好，二是對你莊老師也不好。」唐宛兒說：「人都死了，說了怕什麼？真相公開，外人只能感歎鍾主編和莊老師的人好，做的是真正愛情的事！」牛月清說：「要說起來，咱只能是理解鍾主編。真的抖摟出去，社會上就能有幾個像咱一樣理解了他？他畢竟是有家室的人，說愛情，兩個人過了一輩子了，都有那個癡傻兒子的，怎地能說沒愛情？」唐宛兒說：「那是兩碼事哩！晚上我睡在床上想，鍾主編說他可憐也可憐，說不可憐也不可憐的。一頭的白髮，滿心的紅花，人活得也夠瀟灑了。只可惜那個情人是個虛的……」牛月清說：「是個實的，她還能敢來？」唐宛兒說：「怎麼不敢來？要是我，知道鍾主編那分感情，我來抱了他的屍首好好哭一場的！」牛月清說：「你？誰能和你比?!」說罷了，又覺不妥，說：「我見不得說情人長情人短的，情人還不是娼婦、妓女？宛兒，這樣的話不要再說，你給我說了還罷了，給外人說了不知又惹什麼是非?!柳月！薑湯還沒燒好嗎？」唐宛兒被搶白了一番，臉面沒處擱去，站起來說：「我去廚房看看。」就到廚房去。牛月清看看莊之蝶說：「那枕匣裡的信你怎麼處理呀？同老鍾一塊火化了吧！」莊之蝶說：「女的寫給老鍾的是六封，老鍾寫給女的是十四封，一共二十封，每封都差不多五至八千字。我想將來好好寫一個長序，一塊交哪家出版社印一冊書的。」牛月清說：「明明是你寫的，倒口口聲聲那女的，你造個假的也自己都認假成真了！你要出版，少不得社會有流言蜚語，景雪蔭的風波還不是教訓？這會我也不與你說，老鍾一死，你也是悲傷得糊塗了！」莊之蝶說：「你懂什麼？」不耐煩起來。牛月清說：「我不懂，我什麼都不懂，我也害怕你倒懂得太過分了！」唐宛兒端了薑湯過來，聽見兩人言語不柔和，就在臥室門口咳嗽一聲，聽著他們都不言語了，才走進去。

遺體告別的那日，莊之蝶頭還是有些痛，吃了一片止痛片去了。送葬的人特別多，花圈從靈堂大廳裡一直擺到外邊的場子上。儀式完畢，送鍾唯賢進火化爐，莊之蝶要親自去，幾個人把他勸住。有一個懂些按摩的人就在靈堂外的台階上給他捏頭。李洪文跑來說：「火化爐前排隊的特別長，看樣子明日還輪不到燒的，人家讓把遺體先停放到冷庫去。」莊之蝶說：「這怎麼行？鄉下死了人講究入土為安，城裡就是入爐為安。今日來了這麼多人，最後卻火化不了，這太刺激大家感情，再說你也知道你們文化廳情況，一時火化不了，後邊誰來具體在這兒經管？」李洪文說：「我也這麼想的，給人家反覆說，人家就是一句話：排隊去！你是名人，你能不能去說說？」這當兒，孟雲房從焚屍爐那兒跑出來說：「事情好辦了！」莊之蝶問怎麼給人家說通的，孟雲房說：「我進去看見那門口貼了一個紅字條，上面寫著『優待知識分子』，嗨，現在政府提倡尊重知識、尊重人才，這火葬場還行，也優待知識分子了！」李洪文說他怎麼沒注意那紅字條兒，孟雲房真是獨具慧眼。三人就走去交涉，說鍾唯賢是高級知識分子，現在就可以提前入爐了吧？那管理員說：「知識分子？怎麼證明是知識分子？」莊之蝶說：「他是《西京雜誌》的主編。」那人說：「有證件嗎？」莊之蝶說：「什麼證件？來火葬人還把證件帶上？我們做證明也不行嗎？」李洪文就說：「這就是莊之蝶！」那人說：「莊之蝶是幹啥的？中國人十一億，我記不了那麼多名字。什麼單位？」李洪文說：「你連莊之蝶都不知道呀，單位是作協。」那人說：「做鞋的？鞋店裡怕沒有知識分子吧！我們這裡只認高級職稱證，什麼教授呀，總工程師呀的。」莊之蝶說：「我做什麼鞋不用管啦，這死人卻是有高級職稱的，記住，是編審，不是什麼張嬸王嬸！」那人說：「你火倒比我大?!拿證來！」三個人都傻眼了。莊之蝶讓李洪文去找廳長來，廳長來了說他是廳長，死者真的是編審，高級知識分子，只是還沒有發下證來人就死了，他可以證明，並要留下名字、電話以供調查。那人就讓寫了證明條。寫了，卻說沒有職評辦的公章，如今西京就這一個火葬場，死人太多又來不及火化，有人就冒充是領導幹部的，冒充知識分子的。說：「我燒這樣的人多了，騙不過的，知道職評辦的公章是什麼樣兒！」沒辦法，李洪文和苟大海就搭了廳長的小車速去了職評辦蓋公章。約摸一小時後，兩人高興返來，老遠處手揚了一個小紅本本，說：「職稱辦的人一聽情況，破例發了證了！」莊之蝶便過去把證件讓那人看了。那人沒有說話，就把鍾唯賢的屍體推到爐前，用一個長長的鐵鉤扒著裝進一個爐箱裡。莊之蝶咬牙切齒地看著，突然把那手中的小紅本本扔進了爐膛裡，轉身就往外走。一直走到靈堂大廳的外邊，一腳踩去，發動了「木蘭」，跟誰也未打招呼，瘋一般騎上去駛走了。

半個月裡，莊之蝶任何人也懶得去見，唐宛兒從她家幾次讓鴿子帶了信來，約他過去，他接了鴿子取下字條，並不寫一個字地放鴿子又回去。在家待著，來人又太多，每日早起去門口吮喝了牛奶，就騎「木蘭」去那些低窪改造區閒逛。他也不知道自己要來這兒幹什麼，整晌整晌在推土機推倒殘牆斷壁的轟鳴聲中，看那一群上了年紀蹲在土堆上嘮叨的人。這些人嘮叨著這片低窪區的過去是怎樣的有著幾家妓院。有叫鴨子坑的，鴨子坑的妓女便宜，比不得迎春樓上妓女能歌善舞，身價昂貴。鴨子坑來的都是趕車的馬夫、終南山下來的炭客、渭北的那些趕毛驢販運火紙、瓷器和棉花、菸草的腳戶，一個晚上最便宜的是管那娘兒們一碗餛飩就行了，可以放那麼一炮，還可以整夜讓她抱了腳暖。他們嘮叨，哪一處原是住著一個彈棉花的，整日揹了弓子，用一個棒槌在敗絮上嗡兒嗡兒地彈。人窮得冬天買不起個帽子，包的是他老婆的花頭巾，耳朵梢子都凍乾，卻樂哉得很。一邊打弓弦，一邊雙腳還按了弓弦的節拍跳動。真是破鍋配了爛勺，那老婆原在關中西部塬上來的戲班子裡敲板兒，人稱敲豬皮的，嫁了來豬皮是不敲了，但男人的棉花弓弦一響，她就咿咿呀呀唱《梁山伯與祝英台》：「蹴下尿尿寫文章，立著尿尿狗澆牆。」他們嘮叨，哪一處是陸家辣麵店的，店很小，因出售的是純一色的耀州辣子，名氣就大。陸老頭是個駝背，生養的女兒卻水色，就被一個軍官收去做了小了，這陸老頭從此也闊起來，不賣辣子麵，每日清早是熬了茶蹴在巷頭品麻哩。但軍官的小老婆不知怎麼回娘家卻吊死在那院後的香椿樹上，陸老頭沒了臉面，賣了房子搬到別處去住。這房子後來連住過三戶人家，卻都不出兩年，老婆就上吊了。莊之蝶聽了，也不近去問這些往事的根根梢梢，也不問這一片低窪地還有過什麼出奇的人和出奇的事，卻想，這些人怎麼說起這些那麼有興趣？不改造這片地方的時候他們或許都在罵著不改造，現在改造開了卻似乎又捨不得了的？後來就瞧見他們那裡圍了打麻將，一邊搓牌，一邊用手在頭上拍打，在臉上拍打，叫嚷怎麼啦，這麼癢的，人老了皮膚倒嬌貴，明日得去買撓手了。莊之蝶覺得好笑，卻也覺得自己身上也癢起來，並沒有蚊子的，卻癢得比蚊子叮著還癢，火辣辣地發疼，就回來了。第二天，又去街上，街上的人明顯少起來，且差不多是用紗巾裹了頭面，如北京城的人到了三月防風沙一樣，立著笑著了一陣，自己卻又是渾身奇癢，撩了袖子，見胳膊上已起了一片一片的紅疙瘩。靜下來認真地看，胳膊上也就有了兩個白麥麩一樣的東西落著，幾乎像是頭屑，但那地方就癢痛了，只見頭屑的顏色竟由白變紅，由平面而立體，才看清是一種什麼蟲子。一邊抓著癢，一邊跑回家，牛月清已經在家了，於門口擋住他，要他把衣服脫了，只穿個褲衩進門，進了門又讓脫了褲衩就放到盆中去用消毒水泡，說：「你跑什麼呀，你是讓魔蟲把你吸乾嗎？」莊之蝶問這是怎麼回事，牛月清說：「不得了了，西京要鬧災了。不知哪兒飛來這麼多怪蟲子，西門北段那一片樹葉也全讓蟲子叮成網了，蟲飛得害怕死人哩！到處都在說這不是好預兆。上海流行了甲肝，人死得一層一層的，西京怕是怪蟲比甲肝還厲害，要死一半人了！」柳月是出去買菜時，身上被叮了五處，回來換了衣服去消毒，赤身裸體地在臥室照著鏡子塗清涼油，塗滿了卻用手擦眼睛，清涼油就酸得雙眼流淚水兒，換了衣服說：「真是這樣嗎？我身上被咬了五片疙瘩的。」莊之蝶說：「蟲子也知道柳月肉嫩喲！」牛月清說：「咬著你好，你圖漂亮嘛，偏要穿那超短裙亮白蘿蔔腿嘛！」柳月不愛聽，轉身到她的臥室去了。牛月清說：「你瞧瞧，屁也不敢崩一下！」莊之蝶說：「你那樣說話誰愛聽的？」就對柳月喊道：「柳月，你用肥皂擦擦那疙瘩就不癢了！今天是幾號了，讓我記記這現象，西京城是有那麼多神功袋魔力罩的，倒又出了這魔怪蟲兒！」牛月清說：「你多會為人喲，你愈是這樣愈要顯派我不是人嗎？」莊之蝶只是笑笑，便進了他的書房去。到了晚上，一家人默不做聲看電視，電視上出現了市衛生局長向市民講話，說的正是有關飛蟲的事。原來這是改造低窪區推倒了那些古舊房子，牆縫中已經餓乾了的臭蟲就隨風飄得四處都是；這些乾蟲並沒有死的，落在人畜身上見血就活了。讓市民不必驚慌，也不要聽信任何謠言，市衛生局已出動幾十支消毒隊去低窪區消毒，蟲害會很快制止的。柳月就長長出了一口氣，說：「噢，原來是臭蟲咬人哩，咬得人心疼的！」牛月清說：「柳月你說啥？」柳月說：「我說臭蟲一咬，人心裡怪潑煩的。」牛月清沒言傳，卻皺皺鼻子說：「什麼東西這麼臭的？」柳月說：「是不是莊老師又沒洗腳？」牛月清說：「不是腳臭，臭蟲專門咬臭東西，你莊老師腳沒被咬嘛！」莊之蝶哧地笑了，說道：「一大一小兩個鬼東西，鬥小心眼上哪裡來的這麼天才?!」牛月清和柳月倒忍不住笑了。牛月清說：「我哪裡比得了柳月！」柳月說：「甭謙虛麼，我還得向你學哩。」牛月清說：「你個沒大沒小的，整日你跟我鬥花嘴兒！」柳月說：「不鬥花嘴哪兒就熱鬧了？要是換個別人，想要我跟她鬥花嘴我還懶得鬥哩！」牛月清就高興了，摟了柳月說：「你真是我的冤家！」這時電話就響起來，柳月去要接，一邊說：「我哪裡是你的冤家，你的冤家是莊老師。你名字是一個月字，我名字也是一個月的，天上只能有一個月，現在倒兩個，咱就是對頭哩！」接了電話，原來是老太太從雙仁府那邊打過來的。牛月清聽說是娘的電話，就說：「柳月，你問問老太太被臭蟲咬了沒有？」柳月就這般問了，老太太在電話中說：「我怎麼能讓臭蟲咬的？早幾日我就知道飛的是臭蟲，你大伯來說，臭蟲要咬城裡人呀！你們知道不，為啥有臭蟲？你大伯說了，城裡幾十年沒臭蟲的，那是鬼在管著的，鬼護著城裡的人。成片成片的房子要拆，這房子是誰蓋的？是老先人鬼蓋的。如今說拆就拆了，沒一家的後人祭過先人，先人餓了肚子還能照管了後人嗎？那臭蟲不咬了人怎的？一個臭蟲附一個鬼魂兒，誰不祭先人就吃誰的血！你大姐被咬了吧。你老師也被咬了？那是你大伯咬哩，他生日你們一個也不來燒紙！」柳月說：「大娘你又犯病了！鬼那麼多的，那這是人城還是鬼城？你給我抓一個鬼來看看！」老太太說：「白日我抓不住的，他們在天上那麼高我怎麼抓，你給我飛機嗎？天陰下雨，黑漆半夜裡，到處都是的。世上的人是一層一層輪流著，你大姐的爺爺你們都沒見過，我過門的時候見了他，就是你大伯那樣子，只是多把鬍子。你大伯老了的時候，你老爺爺的那些朋友來還以為你大伯是你老爺爺的，直喊得勝得勝！得勝是你老爺爺的小名。你大姐現在又哪一處不像你大伯，是縮小了的你大伯。人就這麼一個模子往下按，老的是少的放了大的，少的是老的縮了小的，只有死了各是各的鬼，鬼能不多？你給你大姐說，她要見你大伯，讓她今日回這邊來，我夜裡讓你大伯來和她說話兒。」柳月說：「我不聽了，我不聽了，我讓我大姐和你說！」牛月清過來接了聽筒，說：「娘，你又說什麼呀？我們明日過來看你，你好好睡吧。」老太太在那邊發了恨聲：「你就跟我這樣說話嗎？我給你說，你們要過來就過來，不過來就甭過來。你乾表姐來了，她是有啦，一坐下就想吐唾沫，你也不來看看嗎？還有，她說你應允了把柳月嫁給她兒子，怎麼再不見提說了，她是來專門要討個準話兒的！」牛月清聽了，又是高興又是緊張，高興的事是乾表姐已經有了身孕，緊張的卻是柳月的婚事，就說：「明日我過來再說。」放下聽筒，叫莊之蝶到臥室裡說話。

莊之蝶問：「娘的病又犯了？」牛月清說：「就是那老糊塗的舊樣兒。」說罷卻嘿嘿地笑。莊之蝶說：「什麼喜事兒，用得著這麼笑兒？」牛月清說：「乾表姐來了，她有啦！」莊之蝶說：「她又來了？她有了什麼啦？」牛月清說：「你寫起小說來天下沒有你不懂得的，生活中卻是大傻蛋！」就附在莊之蝶耳邊嘰咕了一陣，莊之蝶說：「真的就有了？我有言在先，我是不願意的。」牛月清說：「你不願意咋？我能不知道自己有更好嗎？可你有本事你給咱來一個嘛?!事情到了這一步，只有我說的，沒有你說的！」莊之蝶氣得就往外走。牛月清拉住又說：「還有一事，這得你拿個主意，就是乾表姐問柳月的婚事，那邊逼著要一句準話兒。」莊之蝶說：「你明日過去給娘說，別讓她從中摻和。柳月不要嫁那兒子，前些日子趙京五給我提親來的，他一心看中了柳月，讓我作媒哩！嫁給趙京五不比那兒子強？」牛月清說：「趙京五？趙京五眼頭高，哪裡就看上柳月？你給柳月說了？」莊之蝶說：「沒說呢，等個適合時候試探問她，這你不要先問。」牛月清說：「我不問的，我吃得多了？你捨不得她，又看不上乾表姐的兒子，你願意把她嫁給誰就嫁給誰去，只要高門樓的人能看上，她當了後宮娘娘的，與我甚事？這個家我說話頂什麼用，保母的地位都比我高哩！」

第二天，牛月清去了雙仁府那邊，莊之蝶在家，聽見撲撲騰騰一陣響，知道是鴿子飛來了，就去涼台上接。柳月笑著搶先接了，一見那字條就說：「好不要臉！好不要臉！」莊之蝶過去看字條，字條上什麼也沒有寫，用漿糊黏了三根短短的毛，旁邊一個紅圓圈，就裝了糊塗，說：「這是什麼，怎麼就不要臉了？」柳月說：「你騙我不曉得嗎？這紅圓圈是塗了唇膏後用嘴按的；這是什麼毛，捲著捲兒，這不要臉的真不用寫字了，上邊的下邊的全給你寄來，讓你去的嘛！」莊之蝶悄聲說：「你怎麼認出這是那東西上的毛了？」柳月說：「你別以為我沒有，女子沒毛貴如金！」莊之蝶說：「我可沒聽過貴如金，白板是白虎星剋人哩！」柳月就惱起來，轉身就走。莊之蝶卻一把摟了到房裡，要解她的褲子。柳月還是惱著臉，把褲帶抓住就不放，說：「我是白虎星，把你剋了誰去×唐宛兒的？」莊之蝶說：「已經是晦氣這麼多了，我也不怕剋的！」柳月說：「你要來我就來了？我去找你，瞧你沒睡著也裝著睡的！我現在沒那個興頭，你別動手動腳的強迫。那一次讓你占了便宜，壞了我女兒身，你卻想幾時來就幾時來，我還是閨女，將來還嫁人不嫁人？」莊之蝶見她真的生氣起來，也就把牛月清要嫁她給郊區的乾表姐的兒子，趙京五又如何來求婚，他又怎樣說服牛月清，準備給她和趙京五作媒的事一一說了，問柳月的主意。柳月聽了，卻嚶嚶啼哭起來。莊之蝶一時不知所措，說：「你怎麼哭了？你是嫌沒及時給你說嗎？」柳月說：「我只哭我自己太可憐，太命苦，太自不量力，也太幼稚了！」說罷回到她的臥室呆呆一個人垂淚了。莊之蝶悶了半會兒，想她這惡狠狠的話後的意思，終於醒悟柳月原是一心在他身上，企望得有一日她能取代了牛月清嗎？這麼想著，倒覺得柳月太鬼，太有心計，就多少有些反感，也不再去勸說柳月，只在客廳裡坐了擦皮鞋。但是，柳月卻從她的臥室出來，倚在牆上，說：「莊老師。」莊之蝶頭沒抬，擦他的皮鞋。柳月又叫了一聲：「莊老師！」莊之蝶說：「莊之蝶已不配做你的老師了，莊之蝶是個壞人，老奸巨猾，欺負了幼稚的柳月。」柳月就笑了，說：「我這話說錯了嗎？難道不是我幼稚嗎？我一個姑娘家能和你在一起，我有我的想法就不應該嗎？我現在才明白，我畢竟是鄉下來的一個保母，我除了長相還差不多外，我還有什麼？我沒有的了，我想入非非就是太幼稚了！但我並不後悔和你在一起，你也不要把我想得太壞，你只要需要我，我願意和你在一起，以後就是嫁了誰，我這一生也有個回憶頭！現在我只求你實話告訴我，趙京五真的給你這麼說了？他是說心裡話，還是只要占占我的便宜？」莊之蝶被柳月這麼一頓訴說，心裡倒有些難受。他放下了皮鞋，過來拉了柳月，突然攔腰端平了她，說：「柳月，你要原諒我，真的原諒我。我要給你說，趙京五確是不錯的人，他年輕，人英俊，又很聰明能幹，多方面都比我強的。他向我央求作你們的媒人是真心的。如果你不滿意，我就回絕了他，我再給你慢慢物色更合適的。」柳月的雙手就伸上來勾住了莊之蝶的脖子，仰了臉面親起那一張嘴來。兩人作鬧玩耍，噅兒一聲，一枚釦子掙掉了落在地上，柳月努力了身子去撿。莊之蝶偏不讓撿，柳月的上半身已伏了地上，下半身還被箍著，笑得顫聲吟吟。莊之蝶就覺得手裡滑滑的，放下了人，展手看時，柳月已羞了臉趴在地上不動。事畢，柳月說：「這事我再不敢幹了，將來趙京五知道了他會怎麼賤看我的！」莊之蝶說：「他哪裡想得來的。你大姐回來了問起我，就說我到報社開一個寫作會去了。」柳月說：「你還要到她那兒去？」莊之蝶說：「她叫了幾次我都沒去，再不去，她在那邊不知急成什麼樣兒了！」柳月心裡不免又泛上醋意說：「你去吧，在你心裡我只能是她一個腳趾頭了。可你給她說，今日卻是先有了我才有她的！」

莊之蝶走後，柳月坐在那兒想了許多心事：趙京五原來對她這般上心，但自己倒只覺得他待她好，沒想到那個份兒上去。莊之蝶雖是愛她，但更是心思在唐宛兒身上，即就是將來和牛月清鬧得越發糟起來離了婚，重新結婚的也是唐宛兒，不會輪到自己。何況這麼下去，自己哪裡比得了唐宛兒，她是有男人的，一切有個遮掩，自己還是未嫁人，到頭來要嫁個安穩家兒就難了。如今趙京五肯要她，雖他比不得莊之蝶，卻要比起唐宛兒的那個周敏來，要戶口是城市戶口，要錢也有錢，更有一表人才哩！柳月這般思想，一時自感身價兒也就高漲起來，一顆心兒就作想了趙京五來。又怕是莊之蝶哄了她，就大起膽子給趙京五撥電話。電話裡她先是隱約透露莊之蝶的意思，趙京五在那邊連聲叫好，一張薄紙捅開，千句萬句表達他對柳月的愛慕，直說得柳月也渾身燥熱，一邊在電話裡說盡柔情。那邊一個愛的，這邊一個愛的，柳月的手就伸下去，不覺已是淫聲顫語呢喃不清。

此叫聲正好被開門進來的牛月清聽到，問：「柳月和誰說話？」柳月嚇得一身冷汗，放下電話走過來說：「一個女孩子來電話問起京五在不在咱家？我問你是誰，她說是趙京五本家堂妹，一口一個她京五哥哥的，我就說你那京五哥哥不在這裡的，把電話放了！這個趙京五，他怎麼把咱家的電話號碼告訴他堂妹！」牛月清聽了，心裡疑惑不定。

轉眼中秋節臨近。往年佳節期間，西京城裡的大名人慣例要走動聚合，三家男人都攜了妻小今日去了他家，明日又是三家男人攜了妻小去了你家，琴棋書畫，吃酒賞月，很是要熱鬧幾天。今年的八月初九，阮知非就來了紅帖兒，邀請莊之蝶夫婦節日裡都到他那裡相聚，他是從新疆弄來了許多哈蜜瓜和馬奶子葡萄，品嚐過了，要雇車送大家夜裡去逛大雁塔燈會，說大雁塔新設了一個專供遊人題辭的牆壁，一是能看看世上那些有發表欲卻沒發表陣地的人的歪詩臭詞而取樂，再是把他們的大名也題上去，鎮一鎮那寺裡的一班蠢面和尚。帖子裡又夾了一份禮品，是一張美元的放大照片，美元中的華盛頓的像卻在暗房洗印時換成阮知非的頭像。莊之蝶看了，笑了一聲罵道：「阮知非真是鑽到錢眼兒了！他罵別人在大雁塔題辭是歪詩臭詞，他怕也只會寫『到此一遊』罷了！」就對牛月清吩咐，今年過節他哪兒也不想去，明日一一給人家回個電話，就說他已出遠門了。到了十四日，莊之蝶在家坐了，卻不免有些冷落，覺得推辭了阮知非的邀請似乎不妥，便開了禮單兒讓柳月去街上買了東西一一給他們送上門去。柳月說：「大姐已通知人家說你出門在外不得回來，現在送禮去，人家倒要見怪你人在西京卻不賞臉兒了！」莊之蝶說：「哪裡依我的名義，就說是你大姐的意思。」柳月把那禮單兒看了，阮知非是一斤龍井茶葉，兩瓶劍南春酒；龔靖元是一罐紹興酒，三斤臘汁羊肉，一條三五香菸；汪希眠是一瓶雀巢咖啡，一瓶咖啡伴侶，一包口香糖，一盒永芳系列化妝品。柳月說：「都是吃喝，偏給汪希眠的有化妝品！」拿眼兒就乜了莊之蝶笑。莊之蝶說：「男人就不用化妝品了？你少見多怪！」柳月說：「對了，我少見多怪，汪希眠那麻子臉是該用粉填填。我只是說老師操心的事太多了！」莊之蝶說：「你這小心眼，我什麼沒給你買了？送了就回來，你也買一刀麻紙，今晚上要給鍾唯賢燒燒。」說過了，心裡就酸酸的，並且由鍾唯賢便想到了阿蘭，由阿蘭又想到了阿燦，如果能有一份禮品……不覺就嘆了聲，垂頭去書房裡看書。看了一會，周敏、李洪文、茍大海卻領了五個律師來家。原來法庭又分別傳訊了景雪蔭和周敏，司馬恭審判員沒有透露是否還要第二次開庭辯論的消息，周敏心裡卻不踏實，便約了眾人來和莊之蝶商量應付二次開庭的方案。第一次開庭有幾個問題並沒有辯論，對方又提出了許多質問。如何能針尖對了麥芒，大家你一言我一語又扯了個沒完沒了，柳月就回來了。柳月一一問候了眾人，提壺又給各位茶碗裡續了水，就倚在臥室門口給莊之蝶招手。莊之蝶正看著那些文藝界人士提供的關於紀實性文章寫法規定的論證書，走過去悄聲問：「什麼事？都送到了嗎？」柳月退身到臥室，說：「都送到了。有個人還回贈了禮品。」就從口袋掏出一條粉黃紗頭巾，一個小小的旱菸斗兒，說：「這紗巾是說送大姐的，這旱菸斗兒要送你。我不明白你是吃紙菸的從不吃旱菸斗兒，卻偏要送這個？」莊之蝶說：「是嗎？」把菸斗叼在了口裡那麼不停地吸，倒一時口液滿嘴，水汪汪的。莊之蝶說：「咋不吸的，明日你去買些菸絲兒回來，我以後就用這菸斗兒吸菸呀！」柳月說：「我現在明白了，我真傻的！」莊之蝶說：「明白什麼了？」柳月說：「你用菸斗吸菸了，菸斗嘴兒就老在親你嘴兒！」莊之蝶說：「哎呀柳月，我家請的不是保母，是招進來了個狐狸精嘛！那紗巾你就不要給你大姐了，留下你入冬了用吧。」說罷要走，柳月說：「哎哎，你怎麼還不問我這禮兒是誰個回贈的？」莊之蝶只是笑笑，就出去又和律師說話了。

至晚，牛月清回來，要留著大家吃飯，和柳月出去從飯館買了一大盆水餃。大家一邊吃又是一邊談，總算商定完畢。分手時，牛月清就將新買的月餅一人包一份送了大家，莊之蝶就提議一塊去給鍾唯賢燒燒紙吧，又都出了門，在街口焚燒了才散去。周敏卻把手裡的月餅袋兒還給牛月清，說：「師母，你能買了多少月餅，全分給大家了。我家裡買著的，這些就留下吧。」牛月清說：「別人都拿了你怎地不拿？一點意思嘛，幾個月餅真的就能頂了幾頓飯？」莊之蝶說：「中秋節了，沒有召大夥來團圓團圓，你師母送了你客什麼氣？」柳月就把月餅袋兒讓周敏拿好了，說：「莊老師說了，你還不拿？你不吃了，還有宛兒姐的！」周敏就提了袋兒方走了。看著周敏走遠，牛月清說：「剛才周敏給我說了，鍾主編一死，李洪文越發怕責任全落在他頭上，雜誌社那邊就沒個主事兒的了。若再第二次開庭，得讓你一定要出庭的！」莊之蝶說：「到時候再說吧！」就低頭回家去了。

一連數日，莊之蝶卻沒有再準備新的答辯書，只是窩在家裡看書，一邊看書，一邊又放著那哀樂。中秋節冷冷清清地度過，牛月清和柳月也覺得沒勁兒，百般慫恿了一塊去興慶宮公園看了一次菊展，又電話約了孟雲房來聊天。孟雲房過來待了一天，牛月清和柳月就去雙仁府那邊了。孟雲房就提議：官司看樣子不是一日兩日即可結案的，如此這麼惶惶也不是長法，他來組織一次「求缺屋」的文藝沙龍，要莊之蝶主講，怎麼樣？莊之蝶只推託沒勁，鍾唯賢一死，使他把什麼都灰了心了。孟雲房勸莊之蝶，別人可以這麼說，但你不能這樣說的，到了你這名分兒上，若要消極就可惜了。莊之蝶捧著腦袋說他是比別人強一些，強一些的也只是個名分兒，他現在已經過的是另一種的生活，就這麼過下去吧。在西京城裡能弄到「求缺屋」那樣的房子是不容易，召大夥來說天道地他是可以參加的，但要他主講什麼，他是沒什麼可講的。孟雲房說只要你場場來參加也好的。果然就請了幾位好玄學的人來說氣功。眾人都覺得來人神經兮兮，卻又有幾分困惑，以為這些人之所以能發氣看病，預測未來，都是狂癲狀態下的一種別於正常人的思維吧，也只任其闊談，也覺得有趣。一日，又是請到一位「真人」來，自稱是天山派的，先謙虛道他的功力淺薄，其師是一百二十五歲高齡的人，卻能御風而起，遁地長行。接著便言稱其師曾遙觀西京，說這古都之地，應是薈萃天下最多異人，但陰氣太重，層層包圍，看不清裡邊細底，便讓他來探個虛實的。來了結識所有江湖道上人物，甚至孕璜寺智祥法師，倒感嘆真正高人如其師者，並還未能出山。眾人見他口氣很大，就讓他談談對於未來世界的看法。此人便海闊天空，滔滔不絕，什麼天地怎樣起源，日月如何形成；達爾文的生物進化，老莊的自然契同；埃及金字塔的困惑；雲貴岩畫之謎；月圓月虧對大海潮汐的影響，潮汐變化又對女人經水的反應；杞人憂天，天確實是曾經塌過；毛澤東練氣功，所以天安門上手一揮，幾百萬紅衛兵哭成一片。眾人聽了，雖覺荒誕無稽，又覺得他能自圓其說，且不斷冒出許多現代科技名詞，更不知了他的深淺。那人卻劈頭問道：「哲學家是什麼？你們文學家又是什麼？」竟無人作聲。那人一笑說道：「其實簡單，哲學家就是先知先覺，上帝派下來管芸芸眾生的牧羊人。你們搞文學的，充其量也就是一批牧羊犬了！」聽客裡就有人說道：「大師知道這麼多，與平日我們見到的一些人只會胡吹冒撂、神神鬼鬼的不同！」那人說：「不要叫我大師，我只是我師父的徒弟。恨就可恨社會上一些所謂的氣功界人，其實搞些魔術，使點把戲蒙人罷了。有沒有氣功？是有的。但氣功說穿了只是這個行當裡的低級水平。小學生插一枝鋼筆，中學生插兩枝鋼筆，可是能說知識愈高要插的鋼筆就愈多嗎？做了你們作家的就不插鋼筆。而口袋裡偏要插三枝四枝鋼筆的是什麼？是修理鋼筆的！中國的傳統東西是世界上最優秀的東西，遺憾的是繼承傳統的人中間有最討厭的毛病就是吹牛。常言說咋哩咋唬門前過，不言不語動實貨。真正的高手真人，是大智若愚的。現在的西京城裡，有那麼多神功袋、魔功帶；電視廣告上一介紹什麼新藥，不是對男人能強腎壯陽，就是對女人能解除難言之隱；那公園裡、城河沿上，一些人搞什麼頭撞石碑，掌開磚瓦，這就能挽救了人的問題？雕蟲小技，大丈夫不為矣！」眾人就拿眼睛看孟雲房，孟雲房已是滿臉羞慚，就說：「你講得好，但畢竟太高太遠，我們是凡胎俗人，只想知道西京將會怎樣？」那人不言語了，似乎從剛才的境界裡一時自拔不出，默了半會兒，說：「這我功夫太淺。」眾人噓了一聲，倒遺憾了。那人卻說：「但我可以接收太空人的真言，試一試吧。」便聳肩抖胸，放鬆全身，脫鞋鬆帶，盤腳垂首，十指捏了一個蓮花狀手印，口裡一陣阿拉伯數字的順序混亂地吟念，足足十多分鐘，睜了眼睛說：「西京水要枯竭。有這跡象嗎？」孟雲房說：「是這樣的，原來有八水繞西京之說，現在只剩下四水。西郊那片工廠常因水的問題停產，城內西北處居民區，一個夏天水上不了樓，家家住現代洋房卻買水甕，夜半三更才來幾分鐘水的。」那人眉目生動，說：「這就是了。」又讓眾人面向北坐，說不能向南，城南是終南山，山中自有高手真人，面向他們，氣場遭干擾。然後又是接收太空人語，說了一聲眾人害怕之言：西京城數年後將會沉陷！莊之蝶先是認真聽他說著，見他愈來愈妄言忘形，便坐得難受起來，推說去上廁所，出來見坐在另一間房門口的兩個女孩哧哧輕笑，便走到那空房裡，說：「你兩個傻丫頭笑什麼？」一個說：「那大師正在念咒語著，小紅卻放一個屁，她又怕有了響聲，硬憋著慢慢要放，聲就細細兒閃著出，我們忍不住跑過來就笑了。」另一個就一臉赤紅，用手捂這個的嘴，嚷道：「翠玲你胡說胡說！」莊之蝶便說：「小紅這你不對了，這不是個屁大一個事兒嗎？」兩個女孩越發笑得哧哧，莊之蝶不笑，偏一本正經只管朝窗外看。窗外已是夜色闌珊了。這兩個女孩笑過了 也趴到窗口來，說：「莊老師真幽默。我們認得你的，只是不敢接近，今日來想聽聽你講藝術的，那大師卻唱了獨角。」莊之蝶說：「聽我講藝術？你們本身就是藝術品嘛！」身倚了窗口往外看夜景，遠處的大街小巷，燈火通明，人聲浮動，而右前方一大片卻漆黑如墨，萬籟寂然。女孩兒問那是什麼地方？莊之蝶說是清虛庵，清虛庵夜裡沒香客，也就沒了燈火的，那十多個尼姑怕已經早早睡下了。突然小紅叫道：「那是什麼？」莊之蝶看時，那黑乎乎的一片暗裡閃了一下紅，熄滅了，又閃了一下紅。莊之蝶也不知那是什麼，女孩兒就害怕了，說是鬼火！眾人聞聲過來，就讓那真人也看。真人看了，問這是什麼地方？孟雲房說是一座寺院，那閃紅處似乎是寺院後的一片竹林裡吧，可竹林裡是白日也沒人進去的。說著再未有紅點閃動。真人說：「今日我在這裡說得太多，卻不知不遠處竟是寺院，這寺院必是古老，那下邊埋有法家遺骨，有反應了。」孟雲房就說寺院是古老了，唐時建築的，卻不知埋過些什麼法家，只是復修時挖出個叫馬凌虛的尼姑的碑石，是不是她的魂靈有應？那人忙又捏了幾個手印，說那個地方可能還要有紅點閃動的，他不能久待，就告辭走了。

眾人重新在房裡坐了閒聊，莊之蝶仍和小紅、翠玲在窗口張望，果然那紅點又閃動，翠玲便說那真人話是真的，駭怕了要掩了窗的。偏這時那紅光又閃了一下，更有一個大的紅團從另一處飄然前移，一直與紅點一起了，便有尖銳之聲從一處喊：「捉多少了？下那麼大功夫?!」就見那大的紅團又飄然移走，有脆的女人笑聲。莊之蝶說：「什麼法家魂靈，那是尼姑在捉什麼蟲兒的！」眾人沒有笑，面面相覷，就懷疑那真人的許多話的可靠性了。孟雲房說：「聽聽他那麼說一通，對咱們也有啟發思維的作用嘛。」莊之蝶說：「那你下一次準備再請什麼人給我們這些牧羊犬們作報告呀？」眾人方哄地笑了。當下各自散去，莊之蝶和孟雲房就睡在房裡。要躺下了，莊之蝶說：「談這類事情，慧明必定也有一套一套的，你以前不是讓她來談心嗎，怎麼後來一句不提說她了？」孟雲房說：「我去找了幾次，幾次政協主席的那兒子在那裡和她吃茶，待我也不冷不熱的了。我問她怎麼認識四大惡少的老二了？她說別那麼難聽說人家，你要認識老大老三老四的話，我可以給你介紹的。四大惡少咱認識著幹什麼？」莊之蝶就笑道：「你吃醋了？這也好，我還擔心你去那兒多了，西京多了一個女強人，少了一個真僧尼的。」孟雲房拉了燈，一夜再無語。

二十二日，洪江抱了帳本來找牛月清結算前一段經營收入。算來算去，雖然沒有虧損，但盈利並不多的。洪江說了許多待聯繫的項目，估計下一月會好些，就拿出一卷淡黃色的印有淺綠小花的杭綢、兩瓶郎酒、一包燕窩、一條日本七星香菸放在桌上，笑嘻嘻地說：「師母，中秋節我因去咸陽了幾日，沒能過來拜望你們，今日來給補上。東西並不多的，我想那月餅點心罐頭一類你這兒不缺，送那麼些也沒甚意思，這包燕窩還是稀罕的，是貴州的一個書商朋友年初來西京，我幫他去弄了一個書號，他感激不過送了我的。我也吃不起這鮮物兒，給莊老師補補身子吧。」牛月清說：「你這是怎麼啦，開這個書店，你莊老師是甩手掌櫃的，我又不懂多少，哪一件不是你辛苦的！我們沒謝你，你倒逢年過節卻要送東西來？好兄好弟的，這就見外了！」洪江說：「話可不能這麼說，我雖做生意比你們強，可沒有你們我幹什麼去，還不是擺了烤羊肉串兒的小攤子？這些禮品也不僅是我的心意，還有一個人的。」牛月清問：「誰？旁人更要不得這樣！你也知道，你莊老師是文人，能寫個文章另外還能辦什麼？結識的老孟他們，來了自個翻箱倒櫃尋著吃，這樣倒顯親近。如果是外人，必是要求他辦事的，他能給別人辦什麼事？辦不了還要埋怨我的。」洪江說：「什麼事也不辦的，倒是請你們去吃飯。」牛月清就拿過杭綢看時，杭綢上有一個燙了金字的帖子，翻開了。上面寫著：「我們經國家婚姻法允許，結為夫婦，百年交好，為感謝多年厚愛和關懷，敬請本月二十八日上午十時光臨婚禮。」邀請人欄下，寫著：洪江、劉曉卡。牛月清目瞪口呆，叫道：「洪江，這是怎麼回事，你不是有老婆有娃嗎？什麼時候離的婚？這劉曉卡是誰？突然就結婚了！」洪江笑著說：「這事是太突然，一是沒敢為我的事打擾老師、師母，幾次我來話到口邊，見官司打得緊，你們心躁氣浮的，又把話嚥了。你也知道，我和原來的老婆吵吵鬧鬧從沒安寧過，實在過不到一塊，兩人說分手吧，就分手了。我只說離了婚再也不找了，過獨身呀，可幾個朋友說，你整日忙生意，跑前跑後，生活沒個規律，若不成個家，幾年裡身體肯定要垮，性情也會變態。再者，外人不知道還會說是你生理上有毛病，才使原來的老婆和你離婚的。因此他們提說書店咱招聘的那個女子。我思來想去，那就結了吧，好賴她也在咱書店，互相照應著也好，就匆匆忙忙登了記。好處是曉卡是她家獨生女兒，又有房子，咱就全靠了人家。中秋節我們去咸陽她外婆家，曉卡的舅舅在四川工作，正好帶了這兩瓶酒給我們，曉卡就一定說要把酒敬了師母的。你喝不得烈酒，可這酒倒是要喝的。」牛月清說：「劉曉卡？書店裡三個姑娘，我倒搞不清哪一個？」柳月在一旁聽了，只是嘻嘻笑，插嘴道：「我知道，是那削肩的、瘦瘦的那個！」就拿指頭羞洪江的臉。洪江笑著說：「柳月盡胡猜，是那個腿特別長的高個兒。」柳月叫道：「又換了?!」牛月清說：「柳月你不知道也就甭胡說的，招聘的那幾個姑娘，個個都漂亮得我也分不開的。事情既然這樣了，我和你莊老師向你恭喜哩！只是這麼一前一後兩宗大事，你倒捂得這麼嚴，我就要怪你了！」洪江說：「要不，紅帖兒第一個就寫給了你們！到那日你們可一定要來的，柳月也來，來了做個陪娘吧！」柳月撇了嘴說：「我才不當陪娘，也不去的。我這醜樣兒，你成心讓我去以醜襯了你那個美人兒？」洪江就說柳月才待了幾個月，說話越發有水平，趕明日出去，怕也會寫了書的。三人說了一會兒，洪江走了，臨走又一再叮嚀那日要去，老師、師母若不來，宴席就不開，死等了的。

洪江一走，牛月清問柳月：「你老師哪兒去了？」柳月說孟雲房叫去喝酒了。牛月清收拾了禮品，就獨坐了，思謀二十八日，真要去吃宴席，該準備些什麼賀禮。下午，莊之蝶喝得昏昏沉沉回來，在廁所裡摳了半天喉嚨，吐出許多污穢，牛月清讓他睡了，沒提說洪江的事。晚上莊之蝶睡起去書房看書，她進去把門關了，才一一說了洪江的結婚事體，莊之蝶也好不驚訝，說：「那個長腿女子，我恐怕也是見過一兩次的。當時他說要招聘店員，咱也沒在意，後來趙京五對我說他招得比招模特兒還嚴格，身高多少，體重多少，皮膚怎樣，還要符合標準的三圍。」牛月清說：「什麼三圍？」莊之蝶說：「就是胸圍、腰圍、臀圍。那時他就有心給自己找意中人的！」牛月清說：「洪江那黃皮腫臉的，要離就離，要結倒能結。那女子怎麼就看上了他?!」莊之蝶說：「現在年輕人換家庭班子容易得很哩！你只是老腦筋，哪裡理解！」牛月清說：「那原先的老婆人是俗氣，可也老實。一夜夫妻百日恩的，說不行就不行了？這我就是想不通！這事咱管不上，咱也不管，可現在我擔心的是這麼一來，書店不是要開了他們夫妻店?!」莊之蝶說：「你總不能把劉曉卡辭了？你以後多去那裡看看，讓把帳目一筆一筆弄清。這意思不要顯露出來，人家或許一片真心待咱，顯露了反惹不好。這場婚姻不論看法如何，你備一份禮送去，禮也不要太薄的。」牛月清就拿了一張紙說：「咱列個單兒。」莊之蝶就不耐煩了：「這些事也跟我商量？」牛月清嘴唇動了動，嘶了一口唾沫走出去了。

牛月清第二天上街買了被面和一套咖啡壺具，晚上回雙仁府那邊老太太處睡，翻尋存放在那兒的一隻電熨斗。電熨斗是莊之蝶一次去一家工廠講課時贈得的，一直沒用，牛月清想了一併送了禮。但老太太知道了這事，說要送尿盆的，尿盆最重要，老一輩人誰結婚娘家不陪送了尿盆的；現在人是少了規矩，娘家人不陪，親戚朋友也不送。牛月清就想，真是送個搪瓷痰盂做尿盆，那豈不出奇制勝？人也常說，誰和誰能尿到一個壺的，這尿盆上輩上為啥講究，怕也取其夫妻百年合好的意思吧。但她知道現在痰盂在商場裡沒貨的，前幾日單位有人跑了全市商場沒買到，後來還是在西城門內的鬼市上買的。於是隔了一天的清早，就去了鬼市，問了幾個攤主，說貨沒有了，你去洪江收購店看有沒有？牛月清聽了，倒生疑惑，怎麼有個洪江收購店？世上有人名叫洪江的，店名也有叫洪江的？就問：「這店好怪，怎麼起這個字號兒？」那人說：「哪裡是字號，是叫洪江的開的店，人叫順了，就這麼叫開來的。」牛月清問：「那個洪江，是幹什麼的？」那人說：「開了個書店吧，聽說發財了，又開收購店，更是發海了！你是查戶口的嗎？」牛月清趕忙走了，再問了別人洪江店在哪兒開的，有人指點了，果然在前邊一條巷中間。店門是開了，裡邊有一個老頭在坐著。牛月清上去問：「這是洪江收購店嗎？」老頭說：「以前是，現在不是。」牛月清說：「那是怎麼回事？」老頭說：「怎麼回事，飢不擇食，窮不擇妻，溫飽了思淫。人家有錢了，看上鮮的嫩的了就離起婚。他老婆哪裡肯離，他就給了五萬元，又送了這個店。現在興掏錢離婚的。」牛月清腦子裡就亂哄哄起來，趕忙回家對莊之蝶說了，莊之蝶道：「他能一直瞞了咱們，必是離婚時有糾纏的。」牛月清說：「我不是這意思。你不覺得這裡邊有事嗎？以前他窮成那樣，從沒聽說過他還有個收購店，怎麼能辦起個收購店？這一離婚，給了原先老婆這個店，還有五萬元，他這是哪兒的錢？」莊之蝶說：「你不是一月十天地就要過目一次帳面嗎？」牛月清說：「別人辦書店都發了，咱不是虧就是平平。我是疑心過，可我一個婦道人家哪裡有經驗，你又過問過幾次?!」莊之蝶說：「這沒證據，你怎麼說他？」牛月清說：「那就咱養豬他吃肉了?!」莊之蝶說，「我還有畫廊的。畫廊和書店合為一體，生意就好了。」牛月清叫道：「你是讓趙京五出來監管了他？」莊之蝶說：「你不是又要一心把柳月嫁給你乾表姐的兒子嗎？」牛月清突然眉開眼笑起來：「哎呀，你還這麼鬼的！你是早看出毛病來了！」莊之蝶說：「你以為你行哩?!」說得牛月清一臉羞愧。

二十八日，牛月清代表莊之蝶去參加洪江婚禮，禮品十分豐盛，洪江夫婦好不高興，特將禮品放在最顯眼的地方。宴席上第一個給牛月清敬酒，又當著眾人面高聲說，莊老師今日有緊急會議不能抽身，師母既然是雙重身分，就要替莊老師再受敬一杯。牛月清便喝得面紅耳熱，莊之蝶卻並未去開什麼會議，他找了趙京五催促畫廊籌建的事，得知畫廊基本上裝修完畢，只是字畫作品少，一時還不能開張。莊之蝶提出去看看那些仿製名人字畫的人，趙京五說：「你還是不去為好，實話給你說了，這批活還是汪希眠在幹哩，他讓我誰也不告訴，包括你在內，怕的是有個疏忽說溜了嘴，說者無意，聽者有心，事情就壞了。」莊之蝶聽了，說：「你不說，我十有六七也猜出是他！西京城裡的畫家我差不多認識，能仿製贋品的除了他，也再沒一個兩個。前一陣聽說廣州香港那邊石魯的假畫很多，石魯的家屬到處查訪，已經風言風語說到了他，他也不縮縮手腳？」趙京五說：「這我知道，石魯那批假畫原本是給咱們畫廊的，說好畫廊售出咱拿四成，他得六成。可旅行社的一個余導遊卻不知怎麼和他談的，竟把那批畫全拿去廣州出手。這些假名人字畫靠國內市場是不行的，主要是騙海外人。外賓來了，他們哪兒知道在哪兒賣字畫，全憑導遊引團。為這次教訓，我已去旅行社新交了幾個哥兒們了，答應咱的畫廊開張，就領外賓來買畫，咱只給他們吃些回扣罷了。汪希眠現在手下有三個學生，專協助了他為咱畫廊仿一批古畫。譬如鄭板橋的風竹呀，齊白石的蝦呀，黃賓虹的山水呀。石魯的畫不敢多弄的，但石魯的畫眼下搶手，少也要弄出個二三幅的。前幾日我去看了，汪希眠已仿製了石魯早期的一張《牧牛圖》，還有一幅石魯病後的《梅石圖》。真了不起的，昨兒夜裡我拿了《梅石圖》去讓石魯的女兒看，她也沒看出假來，還問哪兒得來的？我說是從一個小酒館的師傅那兒買的，她說：我爹病了以後，常常這些人讓他去喝酒；喝了酒，老爺子沒錢，提筆就給人家畫一張的。」趙京五說完，哈哈大笑。莊之蝶也笑著說：「汪希眠不讓我知道，可他哪裡卻知道這畫廊是我在辦的?!其實他那老婆與你師母親得如姐妹，汪希眠幹什麼事她不給我說？」就掏出旱菸斗兒來裝了菸吸。趙京五瞧見菸斗，說：「哪兒得的，這菸斗年代不新，還是個古董貨哩！」莊之蝶笑而不答，只說「龔靖元的那幅毛澤東的字怎麼樣？還是不行嗎？」趙京五說：「我正要對你說這宗事的。等那件作品弄到手了，咱畫廊就可以開張，到時候開個新聞發布會，畫廊不愁生意不好的。龔小乙那邊，我已治住了。」莊之蝶說：「怎麼個治住了？」趙京五說：「他是菸癮不發，什麼都精明能算計；菸癮發了，你讓他叫爺也十聲八聲叫的。上次我對他說我能讓柳葉子壓了價供他的大菸，當然了，我就也可以讓柳葉子提了價供他大菸，或者金山銀山的拿來都不供他大菸的？我已經給柳葉子說了，不管怎樣，十天裡不能供給他一包菸的，除非他把那幅字拿來。」莊之蝶說：「這柳葉子是什麼人？和販菸土的人打交道你可要小心，這是要犯法的。」趙京五說：「這我知道。我一不吸，二不參與分錢。柳葉子是我小學的同學，她和她丈夫幹了幾年販菸的黑道兒了，龔小乙也只有她這一個買菸土的渠道。」莊之蝶說：「做那黑道生意的唯錢是命，她哪裡就肯聽了你的去逼龔小乙？」趙京五說：「我一說你就明白了。去年她把一批菸殼子賣給東羊市街一家姓馬的，姓馬的開的重慶火鍋飯店，湯裡就放著菸殼，顧客盈門，都說馬家火鍋香，已饞得許多人每日都去吃一次，不吃心就發慌。有人懷疑那湯裡有菸殼兒，暗中觀察，果然有，就報告了派出所，派出所封了火鍋店，追問菸殼哪裡來的？姓馬的供出了柳葉子，柳葉子在派出所謊說是前年她爹患胃癌，鄉裡醫生給開了一包菸殼讓熬湯喝，她爹去世了，菸殼沒用完，她覺得丟了可惜，賣給姓馬的。派出所怎麼能相信？那所長是我一個哥兒們，我便去說情，事情就按柳葉子說的那樣作了結論，把她才放回來。你想想，柳葉子哪裡能不聽我的？你今日沒事，咱去柳葉子家去看看，興許那幅字已經放在她那兒了。」

兩人搭了出租車到了一個四合院門口，莊之蝶卻不想去了，說他還是不認識柳葉子為好。趙京五想了想，就讓他去巷口小酒店等著，自個去了。沒想柳葉子夫婦都在，一見他就悄聲說：「龔小乙正在樓上過癮哩，他今日把那字拿來了，怕我還是不供菸，說過了癮，又能買到一批菸了才一手拿菸一手給字的。你不要驚動他，到小房喝茶吧。」趙京五卻不放心，躡手躡腳從樓梯上到二樓，隔門縫往裡看了，龔小乙是睡在床上，人已瘦得如柴，身邊真的放著那卷字軸兒。便笑著下來喝茶去了。

龔小乙在家菸癮發了幾天，一日三趟柳葉子這兒跑；柳葉子是就是不供菸，非要了那幅字不可。龔小乙就強忍著難受返回。回去了又立坐不寧再跑來求；求了不行，再回去；又再來，又再回去，如此五次。他覺得渾身疼痛起來，拿頭在牆上撞，把胳膊在床板上摔，一撮一撮往下捋頭髮，末了只得拿了那幅字來到柳葉子家，一撲進門就倒在地上，滿口白沫要給柳葉子磕頭。柳葉子見他拿了那幅字，展開看了，見是毛澤東的書法，龍飛鳳舞，氣象萬千，大有一代領袖人物的氣派，倒心想趙京五怪不得這麼垂涎三尺一心要得到這字的！就賣給了龔小乙菸土，龔小乙得了寶貝，便上樓先去解癮，說死抱了字幅不放，要過了癮後再賣給他一批菸了才交字幅的。

龔小乙上了二樓，急急吸了菸，放平在了床上。想著這麼多天那個狼狽樣也著實有些後悔。當初自己是爹的寶貝兒子，一表人才，聰明伶俐，常跟了爹出去，誰不誇爹的字好爹的兒好。有多少人提出要和爹作兒女親家，有多少漂亮的女子一見到自己就那麼媚笑，他那時是誰也不看在眼裡的。可如今要工作沒工作，爹嫌棄，親戚朋友賤看，連塌鼻子的柳葉子也勒克他。就在他剛才來時，柳葉子正和她男人在屋裡幹事，看見他了，竟也不避。他是鼻涕涎水地跪地乞求，她倒一邊提了褲子，一邊把一條巾布從腿中掏出來和他說話，她全然是把他不當了人了嘛！龔小乙憤慨在沒菸的時候世界對他是如此刻薄狠毒，他只有在吸了菸後的麻醉中去覓尋自己的幸福，去報復這個世界了。這麼想著，眼前果然就出現了一片燦爛，龔小乙又是過去的龔小乙了，年輕英俊，神氣勃勃。他便有了一個絕妙的念頭：讓牆上那掛鐘的時針和分針突然停止，讓時間突然停止，讓他生出翅膀巡看這個城市的每一戶人家在同一個時候裡都在幹什麼？果然，掛鐘的時針和分針都咔地一聲停住了，那一直在房子裡飛來飛去的一隻蒼蠅也停止在空中。他就有翅膀從胳膊下生出，開始從城牆西門口一家一家往過看，直到東門口。又從北門口一家一家往南看到南門口。他看清了，在這同一瞬間裡，幾乎所有人家的床上，都赤裸裸地有男女在交媾，動作千姿百態。龔小乙就走進去，他收拾那些骯髒的精液，竟匯集了三個大洗澡盆；洗澡盆也盛不了，他裝在水車裡，就是每日清晨街上的灑水車，然後從井字形的大街上一路走一路噴灑。他聞見了有股極濃的腥臭味，他說：「我把你們的孩子都消滅了！」再後來，龔小乙集中了所有男人，割掉了他們的生殖器；割下一條就扔進城河裡，城河裡差不多要填滿了，推倒了城牆把它們埋掉。他還要當了這些男人們的面開始姦污所有的女人，他讓她們大聲叫喊，讓她們的男人們難受嚎哭。他要這樣，要這樣才覺得開心。最後他就穿上了一雙巨大的草鞋，在廣袤的八百里秦川上奔跑，奔跑過了那一座一座足以令西京人驕傲的如山丘一樣的帝王墳塋，看見了乾陵。父親曾經說過，乾陵是武則天特意建造了一個女人仰躺在平原上的形狀。現在，那不是墳墓，分明是美麗高貴的武則天活活地仰面躺在那裡，他就過去將她強姦了！是的，他強姦了她，滿天風起雲彩飛揚，回過頭來則發現平原上那一個個山丘般的帝王陵墓都平陷下去，方明白那陵墓中的帝王死了而生殖器沒死，沒死還長著，所以陵墓才這麼高的；而此時看著他占有了一切，征服了武則天，就全蔫下去了，絕望而死了！龔小乙是多麼痛快，他已經是這個城市的市長，這個城市的市民都是沒有了交媾能力的男人和被他占有的女人，所有的錢都是他的，所有的財物都是他的，所有的大菸都是他的……

趙京五在樓下的小房裡喝過了三壺濃茶，龔小乙遲遲不能下來。柳葉子陪著他嗑瓜子說話，她那丈夫卻在院門口喊：「喂，瘋老頭子，收不收廢紙？我家廁所有一堆用過的手紙，你去拿了，不收你錢的！」便聽見一個蒼啞的聲音念唱道：

腰裡別的BP機。手裡拿的步話機。館子裡吃燒雞。賓館裡打野雞。

柳葉子的丈夫就嗬嗬地笑，說：「說得好，說得好！」柳葉子罵道：「胖子，你又和那收破爛的老頭拌什麼嘴兒？」那丈夫卻不理，還在門口朝外說：「你還收舊女人不收？如果你收舊女人了，我敢說這個街上沒有一個男人不想把老婆去舊換了新的！」柳葉子就撲出去，擰了丈夫的耳朵往回扯，罵道：「你還要換老婆？能換的話我第一個先換了你這癩豬！」趙京五沒有過去攔擋，只悠悠地聽門外遠的吆喝聲：「破爛——承包破爛——嘍！」

主人家吵吵鬧鬧了一陣，柳葉子進來了，說：「小乙還沒下來？」趙京五說：「你去看看。」柳葉子就站在院子裡朝樓上喊：「小乙，小乙，你該受活夠了吧?!」龔小乙從幻境中驚醒，從樓上下來，走下來還未徹底擺脫那一個世界裡的英雄氣概，說道：「吵吵什麼，你是欠操嗎？」柳葉子罵道：「你說什麼？」一個巴掌搧過去，龔小乙清醒了。那一個巴掌實在太重，小乙麻稈一樣的腿沒有站穩，跌坐在台階上，柳葉子伸手去奪了字軸兒。龔小乙說：「柳葉子姐姐，咱說好的，不賣給我十二包，這字你不能拿的！」柳葉子笑了，交給他小小的十二個紙包兒，收了一卷錢。龔小乙說：「莊之蝶和我家世交，他要拿東西交換這字，我也沒給的，這我可等於白白給你了，柳葉子姐姐！」柳葉子說：「你走吧，你走吧！」推出去，就把院門關了。

莊之蝶得到了毛澤東手書的《長恨歌》長卷，便去找各家報社、電視台及書畫界文學界的一幫朋友熟人，說是他和旁人要合辦一個畫廊而舉辦新聞發布會的，希望能給予支持。眾人先以為僅僅是個畫廊，雖然莊之蝶開辦畫廊是件新鮮事，但要在報紙上電視上作大量宣傳就有些為難了，因為畫廊書店一類的事情社會上太多，沒有理由單為他的畫廊大張旗鼓。莊之蝶自然提出他有一幅毛澤東的書法真跡。眾人就說這便好了，有新聞價值。於是來看看，嘆為觀止，有的便已擬好文稿，只等新聞發布會召開，就立即見報。因為是私人召開新聞發布會，預算了招待的費用不少，牛月清就召了趙京五和洪江籌備資金。洪江拿了帳本，七算八算只能拿出所存的三千元積存，叫苦書店難經營的。牛月清就說正因為難經營才開辦這個畫廊的，現在咱們畫廊書店合一，以後經營主要就靠畫廊了，要洪江給趙京五作好幫手。洪江明白，以後這裡一切將不會由自己再做主了，心裡不悅，卻沒有理由說得出口，也就說：「京五比我神通廣大，那太好了，以後你說怎麼辦，我就怎麼跑。我是坐不住的人，跑腿兒做先鋒可以，坐陣當帥沒材料的。」牛月清說：「京五，洪江這麼佩服你，你也得處處尊重洪江意見，有事多商量著。」三人出門走時，故意讓趙京五先出去了，把一節布塞在洪江懷裡，悄聲說：「我是我託人從上海買來的新產品，讓曉卡做一件西式上裝吧。裝好，別讓京五看見了，反而要生分了他。」

因為畫廊的事，莊之蝶已是許多天日沒去見唐宛兒，這婦人在家就急得如熱鍋上的螞蟻一般。一段日子來，她感覺到身體有些異樣，飲食大減，眼皮發脹，動不動就有一股酸水泛上來，心裡就疑惑，去醫院裡果然診斷是懷了孕了。先是從潼關到西京後，周敏嫌沒個安穩的家，是堅決了不要孩子的，每次房事都用避孕套的，所以一直安全無事。自和莊之蝶來往，兩人都覺得那塑料套礙事，於是都是她吃些避孕藥片，但總不能常把藥片帶在身上，偶然的機會在一起了，貪圖歡愉，哪裡還顧了許多，慶幸數次沒有懷上，越發大了膽兒，以後便不再吃藥。如今身子有了反應，嚇得婦人怕露了馬腳，只等周敏上班去了，就一口一口在家裡吐酸水兒，吐得滿地都是。急著把這事要告訴莊之蝶，盼這個男人給自己拿個主意，壯壯膽兒，也可將自己的苦楚讓他知道。但白鴿子捎去兩次字條兒，莊之蝶卻並沒有來。婦人的心事就多起來，估摸是莊之蝶故意不來了呢，還是有了什麼事兒纏身？又不敢貿然去他家走動，不免哭了幾場，有些心寒。卻又想，這孩子無論如何是出不得世的，即使莊之蝶一心還愛了她，等著他來了，也還是要去醫院墮胎的；又不知幾時能來，何必自己多受這份驚怕和折磨，不自個去處理了呢？有了這個主意，倒覺得自己很勇敢的。能懷了孩子就可以為莊之蝶證明他是行的，又不嬌嬌滴滴地給他添麻煩，莊之蝶越發會拿她和牛月清相比，更喜歡了她的！於是這一日早晨，周敏一走，婦人獨自去了醫院墮胎。血肉模糊地流了一攤，旁邊等候也做流產的一個女子先嚇得哭起來，唐宛兒倒十分地瞧不起，待醫生說：「你丈夫呢，他怎麼不來陪護了你？」她說了聲：「在外邊哩，他叫的小車在外邊等哩！」走出病房，一時有些淒慘。在休息室坐了一會兒，心靜下來，卻感到從未有過的輕鬆，兀自笑了一下，自語道：「我唐宛兒能吃得下磚頭，也就能屙出個瓦片！」起身往家走。走過了孟雲房家住的那條巷口，身子並不感到難受，只是口渴，就想去孟家喝口水兒，也好打問打問莊之蝶的行蹤。一踏進門，孟雲房並不在，夏捷正噘了嘴在屋裡生悶氣兒，見了唐宛兒便說：「才要去拉你到哪兒散了心的，你卻來了，真是個狐狸精兒！」唐宛兒說：「是狐狸精的，你這邊一放騷臭屁兒，我就能聞著了呢！嘴噘得那麼高，是生誰的氣了？」夏捷說：「還能生誰的氣？」唐宛兒說：「又嫌孟老師去莊老師那兒閒聊了?!這麼大的人，還像個沒見過男人似的，一時一刻要拴在褲帶上嗎？」夏捷說：「莊之蝶這些天忙活他的畫廊，人家哪兒有閒空兒和他聊？要是光聊天倒也罷了，一個新疆來的三腳野貓角色，他倒當神敬著，三天兩頭請來吃喝，竟把孟燼也招來拜師父……我才一頓罵著轟出去了！甭說他了，這一說我氣兒又不打一處來！宛兒你怎麼啦，臉色寡白寡白的？」唐宛兒聽她說莊之蝶這些天是忙活著畫廊的事，心裡倒寬鬆下來，就說：「我臉色不好嗎？這幾日晚上總睡不好的，剛才來時又走得急了，只害口渴。有紅糖嗎？給我沖一杯糖水來喝！」夏捷起身倒了水，說：「晚上睡不好？你和周敏一夜少張狂幾回嘛！熱天裡倒喝紅糖水兒！」唐宛兒說：「我這胃寒，醫生說多喝紅糖水著好。」喝罷了一杯，唐宛兒渾身出了些汗，更是覺得有了許多精神頭兒，說了一會話，夏捷就提議去街上溜躂。唐宛兒原本喝了水要回去睡一覺的，卻又被夏捷強扭著，也就走出來。

兩人說說笑笑走出城南門口，唐宛兒便覺得下身隱隱有些疼，就倚了那城河橋頭上，說：「夏姐，咱歇會兒吧。」拿眼往城河沿的公園裡看。天高雲淡，陽光燦爛，橋下的城河裡水流活活，那水草邊就浮著一團一團黏糊糊的青蛙卵，有的已經孵化了，鼓湧著無數的小尾巴蝌蚪。唐宛兒不覺就笑了。夏捷問笑什麼，唐宛兒不願說那蝌蚪，卻說：「你瞧那股風！」一股風從河面上起身，爬上岸去，就在公園鐵柵欄裡的一棵樹下張狂，不肯走，不停地打旋兒。原本是不經意兒說著風，風打旋的那棵樹卻使兩人都感興趣了。這是一棵紫穗槐的。粗粗的樹幹上分著兩股，在分開的地方卻嵌夾著一塊長條石，十分地有意思。夏捷說：「這樹的兩股原是分得並不開吧，園藝工拿塊石頭夾在那兒，樹愈長愈大，石頭就嵌在裡邊了？」唐宛兒說：「你看這樹像個什麼？」夏捷說：「像個『丫』字。」唐宛兒說：「你再看看。」夏捷說：「那就是倒立著的『人』字。」唐宛兒又說：「是個什麼人？」夏捷說：「『人』字就是『人』字，還能看出個什麼人來？」唐宛兒說：「你瞧瞧那個石頭嘛。」夏捷就恍然大悟，罵道：「你這個小騷×，竟能想到那兒去！」就過來要擰唐宛兒。兩個人嘻嘻哈哈在橋頭欄杆上挽扭一堆，惹得過往路人都往這邊看，夏捷說：「咱別鬧了，人都朝這兒看哩！」唐宛兒說：「管他哩，看也白看！」夏捷就低聲說：「宛兒，你老實給說，周敏一天能愛你幾次？你是害男人的人精，你沒瞧瞧周敏都瘦得像是藥渣了！」唐宛兒說：「這你倒冤了我，我們一月二十天地不到一塊兒，那樣的事差不多就常忘了哩。」夏捷說：「那你哄鬼去！甭說周敏愛你，我敢說哪個男人見了你都要走不動的！」唐宛兒笑說：「那我真成了狐狸精了？」夏捷說：「說狐狸精我倒想起昨夜的事了。昨兒夜裡我在家讀《聊齋志異》，滿書寫的狐呀鬼呀的，就害怕了。你孟老師說：『狐狸精我不怕的。三更半夜了我就盼有個狐狸精吱地推了窗進來。』我就罵他你想得美，憑你那一身臭肉虼蚤都不來咬你的！睡下了也想，蒲松齡是胡寫哩，世上哪兒就有狐狸成精，要說人見人愛的女人，我這輩子也就見著你這一人了！」唐宛兒聽了，便說：「我讀《聊齋志異》，卻總感覺蒲松齡是個情種，他一生中必是有許多個情人，他愛他的情人，又苦於不能長長久久做夫妻，才害天大的相思把情人假託於狐狸變的。」夏捷說：「你怎麼有這體會，是你又愛上了什麼人，還是什麼人又在愛你了？」唐宛兒腦子裡就全是莊之蝶了，她把眼睛勾得彎彎的如月牙兒，臉上浮一層笑，驀地腮邊飛紅，卻說：「我只是瞎猜想，哪兒就有了情人？夏姐兒，這世上的事好怪的，怎麼有男人就有了女人……你和孟老師在一塊感覺怎樣？」夏捷說：「事後都後悔的，覺得沒甚意思，可三天五天了，卻又想……」唐宛兒說：「那你們可以當領導！」夏捷說：「當領導？」唐宛兒說：「現在機關單位當領導的，哪一個不常犯錯誤？犯了錯誤給上邊作個檢討，檢討過了，又犯同樣的錯誤。就這麼犯了錯誤作檢討，檢討了又犯錯誤，這官就繼續當了下去！」說罷兩人又笑個不止。夏捷說：「人就是這飲食男女嘛！」唐宛兒說：「其實人就是受上帝捉弄哩，你就是知道了也沒個辦法。」夏捷說：「這話咋講的？」唐宛兒說：「我常常想，上帝太會愚弄人了。祂要讓人活下去，活下去就得吃飯；吃飯是多受罪的事，你得耕種糧食，有了糧食得磨，得做，吃的時候要嚼要嚥要消化要屙尿，這是多繁重的事！可祂給人生出一種食欲，這食欲讓你自覺自願去幹這一切了。就拿男女在一塊的事說，它原本的目的是讓遺傳後代，但沒有生出個性欲給你，誰去幹那辛苦的工作呢？而就在你歡娛受活的時候，你就得去完成生孩子的任務了！如果人能將計就計，既能歡娛了又不為它服務那就好了！」夏捷說：「你這鬼腦子整日想些什麼呀?!」拿手就來搔唐宛兒的胳肢窩。唐宛兒笑喘得不行，掙脫了跑過橋頭，夏捷偏要來追，兩人一前一後跑進公園的鐵柵欄門去，唐宛兒就趴在那一片青草地上。夏捷一下子撲過去按住，唐宛兒沒有動。夏捷便提她的腿，竟把一隻鞋脫下來，說：「看你還跑不跑？」唐宛兒回頭來叫了一聲「夏姐！」嘴唇慘白，滿臉汗水，眼睛翻著白兒昏過去了。

當夏捷雇了一輛三輪車把唐宛兒送往醫院的路上，唐宛兒醒過來了，卻堅決不去醫院。說她早年患有昏厥病的，這幾天勞累怕是又犯了，回家歇一歇就沒事兒的。夏捷用手摸摸她的額，額上汗已不涼，也見臉色有些紅潤，便不再往醫院送，多付了五元錢給車伕，就一直把唐宛兒送回家來。屋裡冷冷清清的，唐宛兒進門先上床躺了。夏捷說：「宛兒你現在感覺好些嗎？」唐宛兒說：「好得多了，多謝了夏姐。」夏捷說：「你今日給我收了魂了！要是有個三長兩短，我也真是不活了！」唐宛兒說：「那咱姐妹兒就去做風流鬼吧！」夏捷說：「這陣子你還說趣！你想吃什麼，我給你做的？」唐宛兒軟軟地笑，說：「什麼也不想吃的，只想睡覺，睡一覺起來什麼都好了，你回去吧！」夏捷說：「這周敏也不在家了，他是上班去了？我去給他單位撥個電話吧！」唐宛兒說：「你回去的路上給他撥個電話吧，你先給莊老師家撥，可能周敏在他那兒的。」夏捷就又給沖了一杯紅糖水放在床邊，拉上門就去街上撥電話了。

電話撥通了莊之蝶，莊之蝶得知唐宛兒突然病了，騎了「木蘭」急急就趕過來。周敏還沒有從雜誌社回來。唐宛兒一見面嗚嗚地哭起來。莊之蝶一邊替她擦了眼淚，一邊問病情，待婦人說了原委，只驚得跌坐了床沿上半天不起來，然後就拿拳頭砸自己腦門。唐宛兒見他這樣，心裡自是高興，卻說：「你是恨我嗎？我對不起你，我把你的孩子糟蹋了！」莊之蝶一下子抱了她的頭，輕聲說：「宛兒，不是你對不起我，是我對不起你！這種罪過應該讓我受，你卻一個人獨自去承擔了，你真是個好女人！可你才做了手術，卻怎麼不愛惜身子，倒要陪夏捷去勞累?!」唐宛兒說：「我感覺我能行的，再說我能讓夏捷知道這事嗎？畫廊的事怎麼樣?!」莊之蝶說：「你怎麼知道我忙畫廊的事？我好久不得過來，你卻也不讓鴿子捎了信去。」唐宛兒說：「我哪裡沒捎信去？整日整夜盼了你來，一直沒個蹤影了，我才自做了主張。」莊之蝶罵了一句柳月，說他一點也不知道的，就揭了被子看那傷處，然後就重新掖好，出門去街上買了一大堆營養滋補品，一直陪著等到周敏回來才回去。

自此一星期裡，莊之蝶隔一天去看望唐宛兒一次，少不得要買些雞和魚的。柳月每次待他回來，就沏一杯桂圓精飲料給他，他說：「柳月會體貼人了?!」柳月說：「給你當保母還能眼裡沒水？你又出了力了嘛！」莊之蝶就笑著說：「我現在不敢出門了，一出門你就認為到唐宛兒那裡去了！我哪裡也不去了，你去替我辦事吧，找著趙京五，讓他請了宋大夫到清虛庵去。」柳月說：「清虛庵的慧明病了？上禮拜天我在炭市街市場買魚，回來就看見慧明了，她和黃祕書坐的一輛小車停在路邊，她沒看見我，我也裝著沒看見她。哼，做了尼姑也是要塗口紅嗎？我就瞧不起她那個樣兒，要美就不要去當尼姑，當了尼姑卻認識這個結識那個的，我看她是故意顯誇自己。不當尼姑，滿城的漂亮女子誰知道幾個名兒姓兒的；做了尼姑，人人卻知道城裡有個慧明的白臉大奶子尼姑！她怎麼病了，佛也不保佑了她？」莊之蝶說：「瞧瞧，擔石灰的見不得賣麵的，人家漂亮了你氣不過！」柳月說：「我氣過誰了？」莊之蝶才要提說唐宛兒讓鴿子捎信的，話到口邊卻噤了，他在家並未對牛月清和柳月提說過唐宛兒病了的事。柳月卻還氣不順地，說：「與我的屁事！以前孟臭嘴往那兒跑了，現在眼瞎了不跑了，你就跑得勤快！」莊之蝶說：「你愈說愈得意了！我也是在路上見看黃祕書，他告訴說慧明腰疼得直不起來，我才讓趙京五去請宋大夫的，你要不去就算了。」柳月說：「你說了話我能不去？今日午飯我回來遲了，你和大姐去街上吃吧。」莊之蝶說：「說句話能用多少時間？你要把魂丟了，回來我告知你大姐的！」柳月說：「好麼，那我就讓大姐撒一把毒穀子把白鴿子毒死去！」說罷就笑著出門跑了。

柳月有了趙京五，一來一往的事就多起來。牛月清看在眼裡，嘴上沒說，心裡多少氣不過。暗話警告了柳月幾次，柳月佯裝聽不懂，臉上只是傻傻地笑，照樣該怎麼辦還是怎麼辦。一心二用了，飯菜就早一頓遲一頓的，換洗的衣服也是三五天攢在一塊才洗。就在唐宛兒昏倒的第二天晌午，趙京五來找莊之蝶，莊之蝶和牛月清都不在家。趙京五就大了膽子糾著要和柳月親嘴，柳月半推半就和他親了，趙京五得寸進尺手又在她身上胡揣亂摸。柳月說句：「你趙京五賊膽也長大了?!」就解了裙帶，竟把褲衩也褪了下來。趙京五原是沒奢望到這一步，見柳月一如此，也就幹起來，但畢竟沒有經驗，又是驚驚慌慌，才一見花就流水蔫了。柳月又氣又笑，將弄得骯髒了的褲衩懲趙京五去洗。趙京五洗了，千叮嚀萬叮嚀不敢把這事說出去，柳月便說：「說出去讓人笑話你的可憐？」趙京五說：「不是我不行，一是我太激動，二是在莊老師家裡人怪緊張的，等咱們結婚了你再瞧我的本事吧！」說過了，又提醒道：「你以後在這裡盡量少提說我，莊老師敏感得很，你話多了萬一失了口，他就猜出咱們有這事了，那他不知會怎麼看了我的。」柳月說：「哎呀，這麼怕你莊老師，你莊老師也是人嘛，他什麼不幹的？」趙京五聽她話中有話，就說：「莊老師幹什麼了？」柳月竟說了莊之蝶和唐宛兒的事，趙京五聽了倒吃了一驚，卻嚴肅了臉面吩咐柳月再不要向外說這事，說：「莊老師在外邊威信很高，一幫朋友學生也全靠了他的，這事讓外人知道了，他倒了聲名兒，大家也跟著就完了，咱們做他學生的要懂得怎樣樹立他的威望，要有權威意識哩！」說得柳月點頭稱是，卻又說：「可我一個姑娘家光了身子給你，落得個花開了沒結果，這我要不依你哩！你嫌這兒不方便，明日我去你那兒。」趙京五說：「孟老師說過，女人家幹這事愈幹膽子愈大，我還不信的。」就擠著眼兒羞柳月。柳月說：「已經有了今天，我還羞什麼，何況將來還不是你的人？」趙京五就說：「我那兒才不安全哩。那這樣吧，明日我向莊老師要了『求缺屋』的鑰匙，我領你去那兒玩玩。」柳月說：「什麼『求缺屋』，我怎麼沒聽說過？」趙京五就如此這般地說了，柳月噢噢叫道：「還有這麼個好去處?!我說唐宛兒常讓鴿子捎了信來，莊老師就過那邊去了，想周敏老不在家，原來他們還有一個祕密幽會的地方！」果然第二天趙京五來向莊之蝶要過「求缺屋」的鑰匙，藉口有個朋友來晚上沒處睡的，拿了鑰匙竟也私配了一把，就偷偷把柳月引去了一次。

一日中午，牛月清下班回到家來，莊之蝶不在，柳月不在。等了一會，見柳月哼哼嘰嘰唱著上了樓，待她一開門，就嚷：「你們都到哪兒去了，屋裡狗大個人影兒都沒有？」柳月是在街上見了趙京五，說話過頭了，忙買了包子回來的，就說：「我去買了包子，回來燒個雞湯啊！」牛月清說：「多省事，買了包子吃！那你上午幹啥去了？」柳月說：「上午全在家呀！」牛月清說：「鬼話，我給家掛電話怎麼沒人接？」氣得坐在一邊喘息，又問：「你莊老師呢？」柳月說：「我不知道的。」牛月清說：「不要吃了，天大的事急著要見他的，你給老孟家打電話，看是不是在他那兒？」柳月撥通電話，沒有。牛月清就又給雜誌社撥電話，給雙仁府老太太那裡撥電話，給汪希眠，給阮知非，給報社，凡是常去的地方都撥了電話，都是沒有去那兒。柳月見她真的著急就說：「會不會在周敏家？」牛月清騎車就去了，周敏才從印刷廠送雜誌校樣回來，正在家煮方便麵，說沒有來呀！問唐宛兒呢？周敏說他回來也沒見人的，她愛逛街，是不是上街了？牛月清騎車回來，又飢又氣，又給柳月發火，柳月說：「我哪兒知道他到哪兒去，能找的地方你都去了，除了『求缺屋』，再沒個地方的。」說畢了，卻後悔了。牛月清卻問：「『求缺屋』這是什麼地方？」柳月說：「我好像聽莊老師說過一次那地方，我也不知道那是單位還是住家戶？我去找找吧。」牛月清說：「要找我去找，緊天火爆的事，再沒時間耽擱了，你說在什麼地方？」柳月只好說了地址，牛月清騎車就趕了去。

這一中午，莊之蝶正好與唐宛兒在「求缺屋」。唐宛兒身子雖然得到了恢復，但下邊還多少有點血，兩人相約了去「求缺屋」，莊之蝶讓唐宛兒把墮胎的前前後後詳盡說給他聽，聽得又是熱淚滿面。唐宛兒卻要莊之蝶指天為咒說「我愛你」，莊之蝶咒過了，又還說了要娶唐宛兒的話。唐宛兒卻問幾時娶呀？還是將來嗎？將來是三年五年，十年八年，人都以為莊之蝶娶了個什麼天仙兒，來看了原來是個老太婆?!莊之蝶陷入一種為難，又痛苦地長吁短嘆了。唐宛兒就笑了，說莊之蝶真可憐，搔著他胳肢窩兒要他笑。莊之蝶臉上還是苦皺著，唐宛兒又說你不必這樣，瞧你難過的樣兒，我心裡也扎乎乎地疼哩，遲遲早早我等你就是了。你就是不愛了我，你總是以前真心愛過。即使天有心作合，你我結為夫妻，以你這心性，你還會尋找比我更好的人。到那時我不恨你，也不攔你的。莊之蝶說：「這我成什麼人了？你唐宛兒不會讓我失去興趣的，你也會不允許我再去找了別人的。」唐宛兒噗噗就笑了，說她有時想起來覺得對不起師母，卻又覺得她更不應該失掉莊之蝶，她說不清她是個好女人還是個壞女人，但她是女人。如果莊之蝶哪一日真的不再愛她了，她就墮落呀，她就去和任何男人睡覺，瘋子也行，傻子也行，強盜小偷都行！莊之蝶愣了，也變了臉，唬道：「你胡說，不准說這樣的話！」唐宛兒卻流下了淚，說她不說了，再也不說了，還問莊之蝶生氣了嗎？莊之蝶拍了她的屁股，拍得啪啪響，說他當然生氣的，你們這女人真不知一顆心是怎麼長的？唐宛兒就把他摟在懷裡吻。三吻兩吻的兩人就不知不覺合成一體……（此處作者有刪節）待到看時，那墊在身下的枕頭上已有一處紅來，兩人才皆後悔，因為醫生吩咐過手術後一個月裡不能同房的。莊之蝶問唐宛兒這陣兒身子感覺怎麼樣？唐宛兒說沒事的，只是把枕頭弄髒了，看著那一處紅，竟用鋼筆就在紅的周圍畫，畫成了一片楓葉。莊之蝶就笑了，說：「好！『霜葉紅於二月花』；待會兒下去吃飯，買了針和絲線你再繡了，誰也看不出來，倒讚賞這枕頭也成藝術品了。」兩人又玩樂了一回，眼看過了飯辰，準備上街吃飯和買針線，剛一下到樓口，與牛月清正好碰個照面，兩人臉都嚇白了。莊之蝶忙對著驚慌失措的唐宛兒說：「宛兒，你看你大姐怎麼也來這兒了？」牛月清說：「我滿世界老鼠窟窿都尋過了，你們才在這兒！宛兒你臉色不好？」莊之蝶說：「咋能好的，她要我幫她找一份臨時工幹幹，我說找環衛局楊科長吧，就領她到楊科長家。沒想那楊科長倒擺架子，待理不理的，我們起身就走了。哼，我還沒受過這種窩囊氣的！」牛月清說：「尋那臨時工能掙幾個錢的？你好好在家待了，讓周敏多寫幾篇文章也就是了。現在是閻王好見，小鬼難纏，找一個科長不如直接去尋了他局長！」唐宛兒就說：「大姐說話容易，周敏靠寫文章掙錢，那我這嘴早就要吊起來了；如果他有莊老師那枝筆，我也安安心心在家伺候了他，也不像大姐這樣還要去上班？」牛月清說：「那這樣吧，洪江再要編書，我讓洪江把周敏也拉進去！」莊之蝶就問牛月清：「你別先把話說死，到時候洪江不願意了，你又給周敏怎麼說？這麼急地到處尋我有事兒？」牛月清說：「可不有急事！」唐宛兒就說：「是我耽擱了你們，真不好意思，那我就先走了。」說完就走了。牛月清說：「上午我正上班，龔小乙找著我了，他一見面就哭，倒把我嚇了一跳，他怎麼更變得人不人鬼不鬼了！我問有什麼事，他說他要找你，是他爹犯了事，還是為了老毛病讓關進去了，捎出來的話是讓他找人說情，爭取罰款了結。可他娘回天津姥姥家了，他一是找不上人，二是即就是罰款他手裡也沒個錢的，就來求你了。」莊之蝶聽了，說：「莫不是他買大菸又沒了錢，來騙我們的？前幾日我見過他，並沒有聽說他爹出事嘛！」牛月清說：「我開頭也是這麼想的，要叫他說實話。他拿了老龔捎出來的字條，那字我能認得，是老龔寫的。」莊之蝶說：「老龔為這毛病去局子也不是兩次三次了，哪一次不是抓進去寫些字又出來？沒事的，除非他的手讓人剁了！」牛月清說：「我何嘗也不是這麼說他。龔小乙就說這次是國家公安部的一個領導來西安檢查工作，收到好幾封說老龔賭博成性、又屢抓屢放的告狀信，這位領導發了火，前一日才批評了公安局，沒想第二日老龔他們又在這位領導下榻的賓館裡賭，就抓了進去，說要從嚴從重處理的。」莊之蝶知道問題嚴重了，口裡只是罵龔靖元屁眼大把心遺了！牛月清就說：「老龔一身毛病，可畢竟與咱交情不淺的；龔小乙尋到咱門下，咱不管也抹不下臉面啊！你看能認識誰，給人家說說，頂用不頂用，咱把路跑到，把力出足，咱落得心裡清靜了，也免得外界說咱絕情寡義的。」莊之蝶皺了眉悶了許久，說：「飯還沒吃吧，咱去吃了飯再說。」

兩人去麵館吃了一碗刀削麵，莊之蝶讓夫人回去，自己就去找趙京五說了這事。趙京五頗為難，說：「公安局那邊我認識人倒有，怕並不起多大作用。咳，他也該好好吃次虧才好哩！」莊之蝶說：「我琢磨了，這事無論如何咱要幫的。你先去找龔小乙，把情況再問清，就說這事難度很大，可能得判三年五年的，讓他緊張些。」趙京五說：「他怕早慌得沒神了，還嚇他幹啥？」莊之蝶說：「我有個打算，等我去找了你孟老師後，再給你說吧。」趙京五便急急去了。

莊之蝶找著孟雲房又如此這般說了一通，孟雲房說：「那找誰去？你和市長熟，給市長談談不就得了?!」莊之蝶說：「這可不能找市長，影響太大，市長會拒絕的。你不是說在慧明那兒見了幾次四大惡少的老二嗎？」孟雲房說：「你是讓我託慧明要老二去說情？這我不見慧明！」莊之蝶說：「這你可得一定去，權當是幫我的。要老二去說情，並不要求立即放人，只望能罰款，老二肯定能辦到的。」孟雲房好不情願地去了。回來說慧明同意去求老二，讓等個電話的。兩人就在孟雲房家吃飯，下午慧明果然來了電話，說公安局同意罰款，但要重罰，是六萬元的。莊之蝶長吁了一口氣，同孟雲房又到趙京五處。趙京五從龔小乙那兒才回來，三人說了罰款的事，莊之蝶就讓趙京五三日內一定籌齊六萬元。趙京五說：「你是要借給龔小乙？那可是肉包子打狗，一借難還了。或許他得了這麼多錢，不去公安局交罰款，全要抽了大菸的。」莊之蝶說：「趙京五你都是好腦殼，怎麼這事不開竅？龔小乙是敗家子，我哪裡能借他這麼多錢？咱為開脫這麼大的事，爭取到罰款費了多大的神，也是對得起龔靖元的。既然龔小乙菸癮那麼大，最後還不是要把他爹的字全偷出去換了菸抽，倒不如咱收買龔靖元的字。」趙京五和孟雲房聽了，拍手叫道：「這真是好辦法，既救了龔靖元，又不讓他的字外流。說不定將來龔靖元家存的字畫沒有了，龔小乙也就把菸戒了。」莊之蝶說：「那這事就靠你趙京五去和龔小乙交涉了！」

趙京五便去和龔小乙談了一個晚上，感動得龔小乙熱淚肆流。說到六萬元，小乙當場要向趙京五借，趙京五說他有錢早結了婚了。於是說他認識一個畫商，求畫商能買龔靖元的字，畫商先是同意只買兩幅，他趙京五說了，你就權當在救老龔，買夠六萬元吧。畫商勉強同意，只是要求他一下子買這麼多就得減價的。龔小乙問：「那他出什麼價？」趙京五伸伸指頭，龔小乙驚道：「這只是我爹的字平日賣出的一半價呀！他要這麼買，不是在搶我嗎？不賣他的，我自個賣去！」趙京五說：「罰款的日期只有四天，四天裡你就是能賣，又能賣出多少？等你賣完了，你爹就該判了刑了！」龔小乙覺得也是，只好領趙京五去他爹的家，把家存的幾乎五分之四的作品都搜尋出來。趙京五也就發覺龔靖元家還存有一些名古字畫，就說：「龔小乙呀，你還得拿幾幅這類東西。我是不要的，你莊叔也是不要的，我們日夜跑動是應該的，可公安局那邊的人，那老二，還有慧明師父共七個人，通融這事時，都說幫忙可以，龔靖元是名書法家，總得給我們些字畫兒吧。我考慮一點不給說不過去，要防著他們又不能誤了大事，但他們獅子大張口卻不行的。每人就給一幅吧。」龔小乙撓著頭，悶了半天了，還是拿了七幅給了趙京五。又要給莊之蝶和趙京五一人一幅的，趙京五說：「這我們拿什麼？要是別人，就是給十幅八件，不要說你莊叔不會費這個神，我也不管哩，可誰讓咱們都是老的少的雙重交情呢?!明日我和你莊叔還要請些人去西京飯莊吃一頓的，花多花少，你一個子兒都不要管！」龔小乙又是感激涕零，說他永不忘莊叔和趙哥的恩情，等他爹回來了，讓他爹再專門去登門道謝。就一直送趙京五到街上，返身又去家裡趁機拿了一些名古字畫和他爹的字，方回他的住處去。

有了龔靖元的一批字畫，畫廊新聞發布會提前舉行，報紙、廣播、電視相繼報導。畫廊開張營業的那日，人們就爭相去觀看毛澤東的書法長卷。以前偉人在世的時候，只見過他的書法印刷本，如今眼睜睜看著碗口大的一百四十八個字的真跡，莫不大飽眼福。為毛澤東的字而來，來了竟又發現展銷著琳琅滿目的古今名人字畫，於是小小的並不在繁華之地的畫廊聲名大噪，惹得許多外地人，甚至洋人也都去了。

牛月清得知弄到龔靖元的多半的珍藏作品，心裡終是覺得忐忑，在家說了一次，莊之蝶要她快閉嘴。開張的當日賣出了幾幅字畫，趙京五把錢如數拿來，莊之蝶一盡兒丟給牛月清，說：「這是兩全其美的事，只要龔靖元人出來，兩隻手還在，他的錢就流水一樣進的。再說這一來，倒要絕了他們父子一身惡習，感謝也感謝不及的。別人還沒說個什麼，你倒這般憂心忡忡，傳出去還真以為咱是怎麼啦！」牛月清也就不再言語。這日就聽得龔靖元被釋放回來，準備著拿了水禮去探望的，不想到了傍晚，消息傳來，卻是龔靖元死了。牛月清慌不及地到畫廊來找莊之蝶，莊之蝶正在那一些的字畫下角貼字條，全寫著「一萬一千元已售」、「五千元已售」、「三千五百元已售」。原來為了更好地推銷，故將這些未售品標出已售的樣子激發買主的購買慾。唐宛兒也在那裡忙活，幫著布置一個新設的民間美術工藝品櫥櫃，裡邊有剪紙、牛皮影、枕頂、襪墊，也有那個已經用紅綠絲線繡製得豔美的紅楓枕頭套兒。這婦人經不得眾人誇獎，更是逞了聰明勁兒說街上流行文化衫，那衫兒上無非是寫些逗人趣的一句兩句話的，如果將一件衫兒全以豆大的字抄寫了古書，樣子才是雅致，必是有人肯買的。眾人正說說笑笑地熱鬧，見牛月清突然進來說是龔靖元死了，都嚇得魂飛魄散，又忙給汪希眠和阮知非撥電話問了，兩人也說是聽到了風聲，但不知究竟如何？莊之蝶就丟下眾人不管，拉了牛月清忙回到家去，思謀吃過飯了到龔家去。即便死亡之說是訛傳，龔靖元從牢裡出來也該去看看的。

正吃飯間，龔小乙就差人來報喪了，牛月清忍不住先哭了一聲，就一腳高一腳低往街上去扯黑紗。莊之蝶通知趙京五買了花圈、一刀麻紙、兩把燒香、四根大蠟燭來。趙京五一一辦了跑來，牛月清也從街上回來，買的不是黑紗，卻是三丈毛料。趙京五說：「你怎麼買這麼好的料子，你是讓亡人帶到陰間去穿嗎？」牛月清說：「龔靖元一死，就苦了龔大嫂子和龔小乙了，送了黑紗能做什麼，送些正經布料倒可以為他母子做一件兩件衣服穿。人死了不能還陽，顧的還是活著的人。只可憐老龔活著時，他家的好日子過慣了，老龔一死就是死了財神爺，人從窮到富好過，從富到窮就難過了，不知往後那娘兒倆要受了什麼艱辛了?!」說著眼淚就又流下來。莊之蝶說：「你師母這樣做也對。報喪的人我也問了，老龔死前是神經錯亂，把家裡什麼都毀了，龔大嫂子去天津還沒有回來，龔小乙又是那個樣兒，家裡怕是要啥沒啥地恓惶了。」就對趙京五又說：「我倒記起一宗事來，你去柳葉子家買三包菸土給龔小乙帶上。他爹一死，樣樣還得他出頭露面，想必家裡也沒了菸了，沒菸了他怎麼料理？」趙京五又去買了三包菸土，三人趕到龔靖元家時，已經天黑多時了。

這是一所保存得很完整的舊式四合院。四間堂屋，兩邊各是廈房。院子並不大，堂屋檐與東西廈房山牆的空檔處，皆有一棵椿樹，差不多有桶口粗細。當院是假山花架，院門房兩邊各有一小房兒，一為廁所，一為冬日燒土暖氣的燒爐。莊之蝶和牛月清、趙京五直接進去到堂屋，堂屋裡亮著燈，卻沒有人。四間屋裡兩明兩暗，東邊是龔靖元的書房，西邊是夫婦臥室，中間是會客的地方。當庭併合了兩張土漆黑方桌，上邊嵌著藍田玉石板面，四邊是八個圓鼓形墩凳。堂門的兩旁是兩面老式的雙鏈鎖梅透花格窗，中堂上懸掛了八面紅木浮雕的人像，分別是王羲之、王獻之、顏真卿、歐陽洵、柳公權、張旭、米芾、于右任。東西隔牆上各裱裝了龔靖元的書法條幅，一邊是「受活人生」，一邊是「和」。趙京五說：「這哪是死了人！沒有靈堂也沒有哭聲嘛？」才見一個頭纏孝巾的人從廈房出來，說了聲「來人了！」就朝他們喊：「在這兒的！」莊之蝶才知靈堂是設在了東邊的廈房裡。三人出了堂屋下來，東廈房裡小三間開面，室中有一屏風。屏風裡為另一個睡處，屏風外支了偌大的案板，為龔靖元平日寫字之處。現在字畫案板稍移動了方位作了靈床，身蓋的不是被子單子，只是宣紙。莊之蝶過去揭了龔靖元臉上的紙，但見龔靖元頭髮雜亂，一臉黑青，眼睛和嘴都似乎錯位，樣子十分可怕。牛月清一捂臉哭起來，說：「人停在這裡怎麼蓋的宣紙？那被子呢？單子呢？」守靈的是幾個龔家親戚的子女，說被子單子都太髒了，不如蓋了這宣紙為好。牛月清就又哭，一邊哭一邊去拉平著龔靖元的衣襟，識得那腳上穿的還是那次在城隍廟遇著時穿的那雙舊鞋，就哭得趴在了靈床沿上。莊之蝶用手拍龔靖元的臉，也掉下淚來，說：「龔哥，你怎麼就死了！怎麼就死了！」心口堵得受不了，張嘴哇地失了聲來哭。守靈的孩子忙過來拉了他們在一旁坐了，倒了一杯茶讓喝著。

原來龔靖元回到家後，聽了龔小乙敘說，好是感激莊之蝶，倒後悔自己平日恃才傲物又熱衷於賭場，很少去莊之蝶那兒走動。更是見龔小乙這次如此孝敬，心裡甚為高興，就從床下的一個皮箱裡取出十萬元的錢捆兒，抽出一沓給龔小乙，讓龔小乙出外去買四瓶茅台、十條紅塔山菸、三包毛線和綢緞一類東西，要去莊之蝶家面謝。龔小乙一見這麼多錢，就傻呆了，說道：「爹這麼多錢藏在那裡，卻害得我四處籌借那六萬元！」龔靖元說：「錢多少能填滿你那菸洞嗎？我不存著些錢，萬一有個事拿什麼救急？你娘不在，才苦了你遭這次饑荒！你還行，我只說你這個樣子誰肯理睬，沒想倒也能借來錢的。你說說，都借的是誰家錢，明日就給人家還了。」龔小乙說：「我哪裡能借了這多的錢？公安局罰款的期限是四天，火燒了腳後跟的，幸好有一個畫商買了你那壁櫥裡的字，才保得你安全出來。」龔靖元聽了，如五雷轟頂，急忙去開壁櫥，見自己平日認為該保存的得意之作十分之九已經沒有，又翻那些多年裡搜尋收集的名古字畫也僅剩下幾件，當下掀跌了桌子，破口大罵：「好狗日的逆子、這全賣完了嘛，就賣了六萬元？你這個呆頭傻×，你這是在救我嗎？你這是在殺我啊！我讓你救我幹啥？我就是在牢裡蹲三年五載不出來，我也不讓你就這麼毀了我！你怎麼不把這一院房子賣了？不把你娘也賣了?!」龔小乙說：「爹你生什麼氣？平日你把錢藏得那麼嚴，要十元八元你像割身上肉似的，我哪裡知道家裡有錢？那些字畫賣了，賣多賣少誰還顧得，只要你人出來，你是有手藝麼，你不會再寫就得了！」龔靖元過去一腳踢龔小乙在門外，叫道：「你懂得你娘的腳！要寫就能寫的？我是印刷機器？」只管罵賊坏子、狗日的不絕口，嚇得龔小乙翻起身跑了。龔靖元罵了一中午，罵累了，倒在床上，想自己英武半輩，倒有這麼一個敗家兒子，菸抽得三分人樣七分鬼相，又是個沒頭腦的，才出了這麼一場事就把家財蕩成這樣；以後下去，還不知這家會成個什麼樣兒？又想自己幾次被抓進去，多為三天，少則一天，知道的人畢竟是少數。但這次風聲大，人人怕都要唾罵自己是個大賭鬼的。就抱了那十萬元發呆，恨全是錢來得容易，錢又害了自己和兒子，一時悲涼至極，萬念俱灰，生出死的念頭。拿了麻繩拴在屋梁，挽了環兒，人已經上了凳子，卻又恨是誰幫敗家的兒子找的畫商？這畫商又是誰？罵道：天殺的賊頭你是欺我龔靖元沒個錢嗎？我今日死了，我也要讓你們瞧瞧我是有錢的！便跳下凳子，把一百元面值的整整十萬元一張一張用漿糊貼在臥室的四壁，貼好了嘿嘿地笑，卻覺得這是為了什麼，這樣不是更讓人恥笑嗎？家有這麼多錢，卻是老子進了牢，兒子六萬元賣盡了家當?!遂之把墨汁就四壁潑去，又拿了冬日扒煤的鐵耙發了瘋地去扒去砸，直把四壁貼著的錢幣扒得連牆皮也成了碎片碎粉。丟了耙子，卻坐在地上老牛一般地哭，說，完了，這下全完了，我龔靖元是真正窮光蛋了，又在地上摔打自己的雙手，拿牙咬，把手指上的三枚金戒指也咬下來，竟一枚一枚吞下去……。

莊之蝶喝了一杯茶，這當兒院門口有人走動，想起身避開，進來的卻是汪希眠和阮知非，身後還有幾個人，抬著訂做的一個果子盒進來了。這果子盒十分講究，下邊是用塗了顏料的豬頭肉片擺成了金山銀嶺，上邊是各種麵塑的人物，有過海八仙，有竹林七賢，金陵十二美釵，少林十八棍僧，製作精巧，形象逼真。莊之蝶問候汪希眠阮知非後，說：「我也才來，正估摸你們是要來的，咱就一塊給龔哥奠酒吧！」三人將果子盒擺在靈桌上，燃了香，點了大蠟，半跪了，在桌前一個瓦盆裡燒紙，然後一人拿一個酒盅，三磕六拜，叫聲：「龔哥！」把酒澆在燒著的紙火裡。完畢，阮知非站起來說：「天這麼黑了，院子裡也不拉了電燈，黑燈瞎火的又不見你們哭，冷冷清清哪兒像死人？龔小乙呢？龔小乙到娜兒去了？也不守靈，來了人也不閃面?!」那幾個親戚的兒女哭了幾聲又不哭了，有的忙跑到院子把西廈子房裡的電燈拉出來掛在門口，就有一個去堂屋臥室裡喊龔小乙，半天沒出來，出來了說：「龔小乙哥犯病了！」幾個人就去了臥室。臥室裡一片狼藉，四壁破爛不堪，還能看出一些錢幣的一殘角碎邊，龔小乙窩在床上口吐白沫，四肢痙攣，渾身抖得如篩糠。阮知非過來搧一個耳光罵道：「你怎麼就不去死？你死了把害才除了！」龔小乙沒有言傳，只拿眼睛看著莊之蝶。莊之蝶忙說：「好了，好了，怕是菸癮又犯了，你打他罵他，他也沒知覺的。咱到下邊去坐吧，把一些後事合計合計，靠這龔小乙也頂不了事的。」眾人就到廈房坐了，只有趙京五還在那裡陪龔小乙。趙京五見人走了掏出三包菸土給他，說：「這是你莊叔買了給你的，預防你辦喪中要犯病，果然就犯了。」龔小乙說句「還是莊叔待我好」就點了火吸下去。頓時人來了精神，說：「趙哥，你先下去，讓我躺一會兒。」趙京五曉得他的毛病，說：「又要去報復呀？」龔小乙說：「我誰也不報復了，我把全城人都殺過多少回了，讓我好好享受一下，我只要菩薩、要聖母、要神仙們唱的曲子。」趙京五說：「你別享受了，現在來了你爹幾位朋友弔喪，你是孝子不招呼，他們已經發火了，還欠揍嗎？這些長輩一生氣都走了，你娘又不在，你就把你爹一直放在那兒讓臭著流水兒？」一把扯了龔小乙走到廈房來。

在廈房裡，莊之蝶、汪希眠、阮知非安排了那些親戚的兒女，讓聯繫火葬場的，去找送屍體去火葬場的車輛的，去買壽衣的，買骨灰盒的。問給龔小乙娘拍了電報沒有？回說拍過了，明日一早坐飛機回來。就又安排到時候誰去接，接回來誰來招呼著以防傷心過度而出現意外。龔小乙只在一旁聽著，末了給每一個叔磕了個頭，說：「這都得花錢，錢從哪兒來？我明日把那兩個玉石面的方桌賣了吧。」阮知非罵道：「你還要賣？你讓你爹死了還不安閒嗎？你娘回來了，我們和她商量，你好生跪在那裡給你爹燒些紙去！」三人遂找了筆墨，說要布置布置靈堂，龔靖元生前是書法名家，靈堂上除了遺像什麼也沒有，讓人瞧著寒心。莊之蝶就寫了「龔靖元先生千古」貼在遺像上方，兩邊又寫了對聯，一邊是「生死一小乙」，一邊是「存亡四兄弟」。又寫了一聯，貼在院門框上，一邊是「能吃能喝能賺能花快活來」，一邊是「能寫能畫能出能入瀟灑去」。阮知非說：「這一聯寫得好，明明白白的是龔哥的一生，誰見了敢作踐龔哥的一個屁來?!只是那靈堂上的一聯卻是太斯文，讓我看不懂的。」汪希眠說：「那還看不懂嗎?上聯是龔哥生了龔小乙又死在龔小乙手裡，這是恨罵龔小乙的。下聯是西京城裡誰不知咱兄弟四人，如今龔哥一死，四人成三，活著的又兔死狐悲，這是抒咱們的悲哀的。之蝶，是不是這個意思?」莊之蝶說：「怎麼理解都可以吧。」著人把花圈擺在門口，又拉了一道鐵絲，將黑紗、布料一類祭物掛在上邊。院落裡多少有了辦喪的氣氛。阮知非又著人去找哀樂磁帶，用錄音機反覆放著了，說：「咱和龔哥畢竟好過一場，生前在一起常去賓館會集，那還不全仗他的關係?哪一次喝酒，凡是有他在場又不是他來請客?他這一死，不說別的咱也少了幾分口福。他是熱鬧了一世的人，卻生下龔小乙這不成器的東西，落得如此下場。現在人又都勢利，龔哥活著時求字的人踏破了這門檻，人一倒頭狗也不來了！虧得還有咱兄弟幾個，咱再不妨在花圈上輓幛上多寫些文字，一是寄託咱們的哀思，二是在外人眼裡為龔哥再掙得最後一次名望，三也讓龔大嫂子從天津回來不產生人走茶涼的悲哀。」莊之蝶說這是必要的，就攤了紙，讓汪希眠來寫。汪希眠說：「我本來肚裡沒詞，一到這裡更是一句話也想不出來。往常到龔哥這兒來，都是一起寫字作畫的，以後就再沒有那場面了。我就給龔哥再畫上一幅吧！」提筆將墨在口中抿了抿，久久地呆在那裡不動，驀地筆落在紙面，龍飛鳳舞，一叢蘭草就活生生在了那裡。阮知非撫掌叫了一聲：「好！」卻說：「這蘭草葉茂花繁正是龔哥的神氣，龔哥一生才華橫溢，無拘無束，雖有人對他微詞，但西京城一街兩行的門牌哪一個不是他寫的?大小官員家裡誰又沒掛了他的字?可畫蘭草的從沒見過還畫蘭草根的，你卻畫的一團毛根，又是無土無盆?!」汪希眠說：「龔哥生前何等英豪，最後兩手空空，想起來真是不寒而慄，所以我畫了無土無盆。」說完題寫了「哭我龔哥，悠然而去」，落款了「汪希眠敬輓」，又從口袋掏出一枚印章按了。輪到阮知非，阮知非說：「我這字臭，但我不讓之蝶代筆，只是這詞兒擬不來，還得求你之蝶了。」莊之蝶說：「你按你心裡想的寫吧。」阮知非說：「那我出來一聯，不管它對仗不對仗的。」就寫下：「龔哥你死了，字價必然是上漲一比三；知非找誰呀，麻將牌桌上從此三缺一。」擲筆竟一時衝動，悲不能支，說聲：「我先回去了。」逕直出門，一路哽咽而去。

莊之蝶拿了筆來，手卻突突地抖，幾次下筆，又停了下來，取了一枝香菸來吸。菸才點著，又抓了筆，汗卻從額頭滲出來。汪希眠說：「之蝶你身子不舒服？」莊之蝶說：「我心裡好生混亂，總覺得龔哥沒有死，就立在身邊看著來寫的。」汪希眠說：「他生前喜歡看你寫字的，一邊讚你的文思敏捷，一邊卻要批點某個字的間架結構，以後也難得有這麼個朋友了。」莊之蝶聽了，不覺心裡一陣翻滾，眼睛一閉，幾顆淚珠下來，就勢著墨在那紙上的淚濕處寫了，也是一聯。上聯是：「生比你遲，死比我早，西京自古不留客，風哭你哭我生死無界。」下聯是：「兄在陰間，弟在陽世，哪裡黃土都埋人，雨笑兄笑弟陰陽難分。」寫完，已淚流不止，又去靈前跪了，端了一杯水酒去奠，身子一歪就暈了過去。牛月清一聲叫喊，忙扶了掐人中，灌開水，方甦醒過來。眾人見他緩過了氣，全為他悲痛感動。汪希眠說：「人死了都別再難過，龔哥若有靈，知你這麼心裡有他，也該九泉含笑了。」就讓快送回家休息，這裡的一切由他照料。牛月清和趙京五一言未發，知道莊之蝶心中苦楚，也不便說出，自去街上雇了出租車來，一路服侍著回去。

回到家裡，莊之蝶直睡了三天不起，茶飯也吃得極少。牛月清自不敢多說，只勸他再不要去龔家。

莊之蝶也就沒再去見返回的龔小乙他娘，直到龔靖元火化也沒去。牛月清卻每日買了許多奠品過去，幫著龔靖元老婆處理雜務，幾天幾夜，眼圈都發了黑。

過了十天，慢慢緩過勁來，莊之蝶突然覺得已是許多天沒有吃到新鮮牛奶。問柳月，柳月也說沒有見到劉嫂的。一日，莊之蝶悶著無聊，約了唐宛兒去郊外遊玩，不覺竟到了一座村子。莊之蝶說：「哎呀，這不是貓窪村嗎！劉嫂家就住在村南頭，多日沒有喝到鮮牛奶，莫不是她病了，去看望看望吧。喝了那麼長時間牛奶，若說吃啥變啥，我差不多也會變了牛的。」婦人說：「你就是有牛的東西哩！」莊之蝶挽了袖子，說：「你是說我胳膊上汗毛長嗎，還是指脾氣拗？」婦人說：「你有牛犄角哩！」莊之蝶不解，婦人卻說她講一個民間故事吧。於是講：從前，有母女倆開店，幾年間就暴發了。原是這店裡有條黑規定，但凡過路商販來住宿，夜裡母女倆都要陪睡的。如果商販最後支持不住了，天明空手走人；如果母女倆吃不消的，商販願住十天半月也不收飯錢床鋪錢。結果沒有哪個商販不放下行李貨物等空手羞愧而去的。這就有一漢子憤憤不平，挑了貨擔投宿此店，這漢子自恃身強力壯，偏要為男人爭一口勇氣，但心底畢竟生怯，臨去時以防萬一，還暗揣了一個牛犄角。這一夜到四更天，漢子果然也力有不支，便黑暗中拿牛犄角捅去，母女倆就敗了。漢子當然心虛，哪裡敢繼續吃住？天不明就一逃了之。第二天早上母女收拾床鋪，一揭枕頭，枕頭下骨碌碌滾出個牛犄角來。母女並不知這是牛犄角，做娘的就對女兒說：「嚇！怪不得咱娘兒倆吃敗仗的，你瞧瞧，不知那東西怎麼長的，光蛻下的殼就這麼大呀！」莊之蝶聽了，樂得直笑，一邊用土塊兒擲婦人，一邊罵：「你在哪兒聽的這黃段子？就是牛犄角你也是不怕的！」卻突然蹲下來，讓婦人給他掏掏耳屎。婦人說：「耳朵怎麼啦？」莊之蝶說：「你一說那故事，我就不行，走也走不成了。掏掏耳朵，注意力在耳朵上一集中才能蔫的。」婦人說：「我才不管的，硬死著你去！」一路先跑進村子裡去。

待兩人尋到劉嫂家，劉嫂正在門道處安著的布機上織布，天也太熱，穿著個背心，褲腰四周還夾了許多核桃樹葉。哎呀一聲，忙不迭下來，只是叫嚷：「天神，你們怎麼來啦！他大姐怎麼也不來鄉裡散散心的！多日沒去城裡，直想死我了，剛才就腳心癢癢的；腳心癢見親人的，我尋思這是誰要來呀，不是我娘我舅的，倒是你們！」莊之蝶說：「你只是想我們，可我們走得乏乏的卻不讓坐，也不讓喝口水的。」劉嫂噢噢叫著就拍腦門子，拉進屋坐了，就燒開水，就煮荷包蛋。端上來，婦人不吃，說吃不下的，只喝水；劉嫂讓不過，在另一個碗裡夾了，端出去銳聲叫小兒子吃。莊之蝶卻把自個碗裡的兩顆撥在婦人碗裡，說：「你要吃的，你看這像不像那兩件東西，你怎不吃？」婦人低聲說：「這裡可別騷情，人家把你當偉人看的！」劉嫂返身進來，看看他們吃了喝了，又說了許多熱煎的話，莊之蝶問：「好些日子咋不見了你？沒牛奶喝，這身子都瘦了。」劉嫂說：「今早我還託去城裡賣菜的隔壁吳三，說要走過你家那兒了，就捎個話兒過去，告訴你牛是病了。」莊之蝶說：「牛病了?!」劉嫂說：「已經許多天不吃不喝的，前三日我還拉著牠溜躂溜躂，昨日臥下就立不起了身。可憐這牛給我家掙了這麼長時間的錢，我真害怕牠有個一差二錯的！讓一個牛醫看了，人家說看不來得了什麼病，或許過幾日會好。好什麼呢？還是不吃不喝。孩子他爹去前堡子請焦跛子了，焦跛子是名獸醫。」莊之蝶就往牛棚去，只見奶牛瘦得成了一副大骨頭架子，不禁心裡一陣難過。奶牛也認識了來者是誰，聳著耳朵要站起來，動了動，沒能站起，眼睛看著莊之蝶和婦人，竟流下一股水來。婦人說：「可憐見的，真和人一樣傷心落淚！瞧瞧這奶囊，身子瘦了，只顯得奶囊大。」三人蹲過去，揮手趕起那蚊子和蒼蠅。

說話間，院門環響，兩個人就走進來。劉嫂的男人莊之蝶見過一面的，身子揹了一個皮箱，後邊相跟著是一個跛子，便知道是獸醫了。相互寒暄了數句，跛子就蹲在牛身邊看了半天，然後翻牛的眼皮，掰牛的嘴，掀了尾巴看牛的屁股，再是貼耳在牛肚子上各處聽，末了敲牛背，敲得嘭嘭響，臉上卻笑了。劉嫂說：「牠是有救？」跛子說：「這牛買來時多少錢？」劉嫂說：「四百五十三元，從終南山裡買來的。這牛和咱真有緣分，來了就下奶，脾氣又乖，是家裡一口人一樣的。」跛子又問：「賣奶有多長時間啦？」劉嫂說：「一年多天氣，可憐見的，跟我走街串巷……」跛子說：「那我得恭喜你了，不要說這賣了一年的奶已撈回了牛的錢，這將來上百斤牛肉，一張牛皮，牠還要再給你幾千元錢的。牠是得了肝病，知道嗎？人得肝病牛也得肝病，可牛的肝病是牛有了牛黃，牛黃可是值錢的東西！別人想方設法在牛身上培育牛黃，你家這是銀子空中來，你愁個什麼？」劉嫂說：「你這說哪裡話，我不稀罕那牛黃不牛黃的，我心那麼狠，為了得牛黃就眼睜睜看著牠死？牠也是我們家一口人的。你就開了藥方，讓牠吃了藥好好休息。」跛子說：「你這樣的人我還是第一遭見的，心好是心好，可我告訴你，要治好我是治不了的，恐怕也沒人能治得好。聽我的話，明日讓人殺了還能剝些肉來，若殺得遲，命救不下來，一身肉也熬乾了！」劉嫂就轉身去屋裡哽哽咽咽哭起來了。劉嫂的男人叫給跛子做飯，她不理，還是哭。男人就有些氣躁了，罵道：「是你男人死了，你哭得這麼傷心?!」罵過了，看看莊之蝶和婦人，倒有些不好意思，說：「我這婆娘天地不醒的。你們坐呀，讓她過一會兒給咱們做飯吃。」莊之蝶說：「劉嫂養這牛時間長了，總是心上過不去的，甭說她，我是吃過牛奶的，聽了也好難過。」屋子裡就一陣水和盆響，男人說：「你在和麵嗎？那就做些擺湯麵。」過了一會兒，劉嫂端著一個盆兒出來了，盆裡卻是綠豆糊糊湯，放在了牛的嘴邊讓牛吃，跛子就臉色難看說：「我就不多待了，前村還有人叫我去看牛的。你付了出診費吧，牛是保不住了，我也不向你多要，隨便給十元八元的。」男人留他沒留下，把錢付了，送跛子出了門。莊之蝶和婦人見到嫂難過，也就要走，告辭了走到院門口，聽見奶牛哞地叫了一聲。

出來，莊之蝶直搖頭，說：「這一個時期不知怎麼啦，盡是些災災難難的事，把人心搞得一盡兒灰了！」婦人說：「你後來還和柳月在一起沒？」莊之蝶說：「說正經事兒你也要往那上邊扯？」婦人說：「你們在一搭了當然就災災難難的要來了，你要再下去，說不定不是你就是我有個三長兩短的！」莊之蝶罵句胡扯淡，心裡卻咯咯噔噔起來，暗暗計算時間，倒也有些害怕了，就說：「我哪裡還和她來過，她現在和趙京五戀愛的，那趙京五咋甚事沒有？」婦人說：「那是時間沒到的。」兩人上到環城路，莊之蝶要擋一輛出租車來坐，婦人說走著說話好，莊之蝶不知怎麼突然間想起阿蘭來，問她願不願意去精神病院看看阿蘭的？阿蘭和阿燦的故事，莊之蝶老早給婦人說過，只是隱瞞了與阿燦的私事。這陣提出去春阿蘭，婦人倒不高興，說：「你是不是常想阿蘭，後悔和阿蘭沒及時相好？我和你在一起，你也能想到她，真是吃不到的都是香的，香的吃多了就煩了！」莊之蝶說：「這條路往東去是可以通往精神病院的，所以我想到她，你就生出這麼多醋來，她要不是個瘋子，不知你又該怎樣啦？」婦人說：「我該怎樣啦？滿足你，去病院。讓我也瞧瞧阿蘭是怎麼個美人兒，只怕你去看她反倒更傷害她的心，她是一個人在柵欄門裡，你卻是挎一個佳人在柵欄門外。」莊之蝶聽她這般說，便也猶豫了，說：「這樣我就不去了。她是瘋子，恐怕也認不得我是誰的。」婦人就說：「可是你不願意呀?!」眼睛瞇著，瞇瞇地笑。莊之蝶掐了一根草去拂她，她跳躍著走到路邊一個坎下，說要尿的。一片半人高的蒿草裡，人在草裡走著，頭髮在草梢飄著，忽隱忽現，撲朔迷離，情景十分地好。莊之蝶說：「往下蹲，路上過車，甭讓車上人看見你那屁股了！」婦人說：「他看見了個白石頭！」就輕輕哼一支曲兒。

婦人還從來沒有唱過民歌，唱了幾句，莊之蝶就想起柳月曾經唱陝北民歌的那一幕，就說：「宛兒還能唱嘛！」婦人說：「我什麼不會？」莊之蝶說：「這是什麼歌子？」婦人說：「陝南花鼓。」莊之蝶就高興了，說：「你再唱唱，好中聽哩！」婦人也就看著尿水沖毀了一窩蟻穴，一邊輕聲唱道：

口唇皮皮想你哩，實實難對人說哩。
頭髮梢梢想你哩，紅頭繩繩難掙哩。
眼睛仁仁想你哩，看著別人當你哩。
舌頭尖尖想你哩，油鹽醬醋難嚐哩。

莊之蝶在路邊聽著，又擔心怕過路人也聽到了往這邊看，前後左右扭著脖子瞭哨。先是一隻野兔從路的這邊躥向路的那邊，迅疾若一隻影子，後又見前邊千米左右站了四五個人，忙壓聲兒說：「好了，別唱了。」卻見那些人並沒走過來的意思，明白那裡是個停車站的，就放心地取一枝香菸來吸。偏這當兒一輛公共車開了停在那裡，車上就下來一個人朝這邊走，就忙焦急問婦人好了沒有。再看那來人，不覺大吃一驚，竟是阿燦。莊之蝶叫了一聲，阿燦是聽見了，抬頭看了看，迎面的太陽光似乎照得她看不清，手遮了額看了一下，猛地呆住，遂轉身卻往回跑。上車的人已經上了車，車門已關，她就使勁敲車門，大聲叫喊；車門開了，便一個側身衝擠上去。莊之蝶剛剛跑到車門下，門呼地關了，阿燦的上衣後襟就夾在門縫裡，車開走了。莊之蝶揚著手叫道：「阿燦！阿燦——！你為什麼不見我，你為什麼不見我？你是住在哪兒的啊——?!」就攆著車跑，跑過來又到了剛才站著的地方，車已經走遠了，一撲沓坐在草地上。

婦人在草叢中小解，無數的螞蚱就往身上蹦，趕也趕不走，婦人就好玩了這些飛蟲，捉一隻用頭髮縛了腿，再捉一隻再縛了，竟縛住了四隻。提著來要給莊之蝶看，就發現了這一幕，當下放了螞蚱出來，見莊之蝶傷心落淚，也不敢戲言，問：「那是阿燦？」莊之蝶點點頭。婦人說：「今日真是怪事，說阿蘭，阿燦就來了！她怎麼見了你就跑？」莊之蝶說：「她說過不再見我，她真的不見我了。她一定是去病院看了阿蘭回來的，就住在附近，看見我又不讓我知道她住哪兒，才又上了車的。」婦人說：「這阿燦肯定是愛過你的。女人就是這樣，愛上誰了要麼像撲燈蛾一樣沒死沒活撲上去，被火燒成灰燼也在所不惜；要麼就狠了心遠離，避而不見。你倆好過，是不是？」莊之蝶沒有正面回答，看看婦人卻說：「宛兒，你真實地說說，我是個壞人嗎？」婦人沒防著他這麼說，倒一時噎住，說：「你不是壞人。」莊之蝶說：「你騙我，你在騙我！你以為這樣說我就相信嗎？」他使勁地揪草，身周圍的草全斷了莖。又說：「我是傻了，我問你能問出個真話嗎？你不會把真話說給我的。」婦人倒憋得臉紅起來，說：「你真的不是壞人，世上的壞人你還沒有見過。你要是壞人了，我更是壞人。我背叛丈夫，遺棄孩子，跟了周敏私奔出來，現在又和你在一起，你要是壞人，也是我讓你壞了。」婦人突然激動起來，兩眼淚水。莊之蝶則呆住了，他原是說說散去自己內心的苦楚的，婦人卻這般說，越發覺得他是害了幾個女人，便伸手去拉她，她縮了身子，兩個人就都相對著跪在那裡哭了。

終於返回唐宛兒家來，周敏沒有在，桌子上空空放著那只壎，壎的黑陶罐口裡插了一枝小野黃菊。莊之蝶瓷呆呆看了一會兒，沒有敢動。婦人熱水讓兩人燙腳，叫嚷莊之蝶的腳趾甲太長了，說：「她也不給你剪剪？」取了剪刀來修。莊之蝶不讓，但還是修剪了，幫他穿好鞋，卻將自己的一雙小腳放在莊之蝶懷裡，說：「我倒讓你給我揉揉，我為你穿了一天的高跟鞋了，好酸疼的！」莊之蝶就揉著，婦人哧哧地笑，乜了眼說：「我不行了。」莊之蝶說：「不敢的，到下班時間了。」婦人說：「他每天回來都是天黑了。你今日心緒不好，要鬆弛只有我哩。你要怎麼著你就怎麼著，只要你能高興。」說著把頭上挽髻的卡子拔了，烏雲般的長髮就撲嚕嚕披散下來。院門外偏有了車子響，婦人立即把散髮攏後紮了一個馬尾巴狀，雙腳抽下來去穿皮鞋，口裡叫道：「誰呀，誰呀？」跑去開院門。莊之蝶將床邊的一雙絲襪忙收好掛在牆上的鐵絲上，也走出來，周敏已經在問候他了：「莊老師來啦？我準備吃了飯還要去你那兒。宛兒你做什麼好飯了？」婦人說：「我去買菜，十字路口碰著莊老師，叫了一起剛進門。莊老師，你吃什麼呀，攤雞蛋餅熬黑米稀飯怎樣？」周敏放下車子，說：「你就去做吧。莊老師，聽說你病了，身子好些了吧？」莊之蝶說：「也沒什麼病，只是龔靖元一死，心裡不好過的，睡了幾天。」周敏說：「這事大家都在議論，說你對龔靖元感情那麼深的！」莊之蝶說：「是這麼說的？」周敏說：「可不就這麼說！一樣都是名人，你是那樣一個形象，人人尊敬，龔靖元卻是那樣的。」莊之蝶說：「不說這個了。你說要去我那兒，是又得了什麼風聲？這麼長時間法院那邊沒有再開庭，又沒個動靜，處理個案子這般長久的，哪年哪月才是個頭，是鬼都拖得不耐煩了。可白玉珠卻跑得勤，不時來找我辦個這樣，辦個那樣。」周敏說：「我何嘗不是三天去見一下司馬恭的，大件的東西倒沒送，去一次也得二三十元的水禮！今日下午我又去了，他總算佛口開了，說不需要再開庭了，事情已經搞明白了，咱們送去的那些作家、教授的論證很及時也很重要，他們審判庭的意見要結案哩！」莊之蝶忙問：「透沒透如何個結法？」周敏說：「他說了個大概意思，是文章有失誤之處，但不屬於侵害名譽權，又鑒於原單位已經給了作者處理，建議法庭召集雙方經過最後調解，達成諒解消除誤會，重歸於好。這麼說，這官司就是咱們勝了！但司馬恭說，景雪蔭得知他們這個意思後，反覆尋院長，也尋到市政法委書記，院長就要求重寫結案報告。司馬恭還算哥兒們，也生了氣，依舊上報原來的結論。院長說，那就上審議委員會吧。現在的問題是全院委員會六個人，有三個委員傾向咱，院長和另外兩個委員傾向景雪蔭。雖說一半對一半，可院長在那邊，若院長首先表態，這邊的委員話就不好說，或許變了態度。即使不變態度，有一個人棄權不發言，那就是三比二了。」周敏說過了，見莊之蝶仰在沙發上雙目閉著，就停下話，說：「莊老師你聽清了嗎？」莊之蝶說：「你說你的。」周敏說：「情況就這些。」莊之蝶眼睛還是閉著，問：「那你的意見？」周敏說：「這是到關鍵關鍵的時刻了。委員會是十天後召開，因為院長去北京開一個會，十天後回來的。我想，在這十天裡，你是不是找市長談談，讓他給政法委書記和院長做些工作？」莊之蝶說：「這話我怎麼給市長說？市長不是像你孟老師那樣的朋友，啥話都可以直接來。以前倒是求他辦過事，但都不是原則性的，他才去給有關部門暗示暗示。這事讓市長怎麼去說？人家是領導，要考慮的是在不損害他的地位、威信的情況下才能辦事啊，周敏！」周敏洩了氣，說：「那……」莊之蝶要說什麼，卻沒有再說，兩人就都不言語了。婦人聽屋裡沒了聲，進來看時，知道話不投機，忙先把煎好的三張軟餅拿來讓吃。莊之蝶吃了一張，推說吃了要走，周敏再留也沒留下，就說：「那你慢走。」還一直送到巷子頭。

莊之蝶還沒有到家，周敏就去巷口公用電話亭給牛月清撥了電話，說了他和莊老師的談話，還是讓師母多勸勸老師。莊之蝶一進門，牛月清就問起官司的事，力主去找市長，說抹下臉皮也得去找的，官司打到這一步，要贏的事卻要輸，這口氣就更難嚥了。莊之蝶發了脾氣，罵周敏心太奸，已經把什麼道理都給他講了，自己還沒到家，電話就來了。牛月清又正說反說，莊之蝶勉強同意去找，倒又罵自己無能，就這麼被人裹著往前走哩！

第二日去找市長，市長不在，回來一臉的高興。牛月清說：「人沒找著，你倒高興？瞌睡總得從眼皮過！」莊之蝶說：「你別這麼逼我！」牛月清說：「我知道求人難堪，但只有八九天時間了，你再找不著人怎麼辦？」莊之蝶說：「那我明日再去吧。我是作家！我還是什麼作家，我也不要這張臉了！明日我就在他家死等！可我把話說清，為了找市長，有的事我要怎麼辦，你卻不要阻止的！」二次去了，便沒有去市長家，逕直找了黃德復，只打問市長兒子的情況。市長的兒子叫大正，患過小兒痲痺症，一條腿萎縮了，雖然勉強能走，但身子搖晃如醉漢，現三十歲了，在殘疾人基金會工作，一直未能婚娶。黃德復說：「病情倒沒什麼發展，只是婚姻之事仍讓市長夫婦操心，找了幾個女的，大正卻看不中，他是想要個漂亮的，可漂亮的女孩子誰又肯嫁給他呢？所以脾氣愈來愈古怪，動不動在家裡發火，市長奈他也不得。」莊之蝶說：「世上真是沒十全十美的事。兒子的婚姻不解決，甭說市長，逢著誰也是過得不安。以先反對市長的人就背地裡嘲笑過市長後人殘廢，若連個媳婦也找不下，不知又該怎樣臊市長的體面了！我倒一直留心這事，終算物色到了一個，年齡可以，高中畢業生，人也精明能幹，尤其是模樣好，大正不用問，絕對會看中的，只是不知市長和夫人意見如何呢？」黃德復說：「是有這麼好個姑娘嗎？只要大正看中，市長他們絕沒不同意的。夫人已託我幾次了，可我總碰不著合適的。你快說，這姑娘在哪兒，叫什麼名字？在何處上班？」莊之蝶說：「說出來，你恐怕也見過。我老婆說她一次在街上碰見了你，那次和我老婆相廝的那個姑娘你還有印象嗎？」黃德復說：「是不是雙眼皮兒，右邊眉裡有顆痣，長腿，穿一雙高跟白皮涼鞋，一笑右邊有顆小虎牙？」莊之蝶聽了，心裡倒暗暗吃驚，便說：「她就是我家的保母叫柳月的。柳月什麼都好，只是現在還不是西京戶口。」黃德復說：「哎呀，那是多標緻的人才，打了燈籠也難尋的！女人就是這樣，天生了麗質就是最大的財富，農村戶口算什麼，解決城市戶口，尋個工作，還不容易嗎？」當下就同莊之蝶一塊去科委辦公樓上見了市長夫人。夫人聽了，熱情得直握莊之蝶的手說：「這我先謝你的操心了！為了這孩子的事，我今年頭髮都白了許多。你給人家姑娘談過了嗎？我倒擔心人家姑娘看不上大正的。以前就是這樣，大正看上的，人家看不上；人家看上的，大正又看不上。你要對姑娘說時，一定不要隱瞞，大正是什麼就說什麼。」莊之蝶聽了，心裡倒沒底起來，卻立即說：「我給她轉彎抹角提說過，她只是臉紅，沒有說行，也沒有說不行，看樣子問題倒不大的。柳月模樣好，心也善良，但有頭腦，又不是小鼻小眼角色，幾時方便，讓他們見見面得了。」夫人說：「還挑什麼方便日子？晚上你要沒事，領了她就到這兒；或者你忙，就讓她自個來。各自他們心裡明白，見面大人也就不用直說，打開窗子說亮話，讓他們說去。能成就好，不能也交個朋友嘛。但不管怎樣，我卻要謝你的！」莊之蝶也便應承了晚上見面。

回到家裡，牛月清和柳月正說話兒，問見到市長沒？莊之蝶說：「要坐牢我去坐牢，飯也不讓你送的，你恐慌什麼呀?!」就讓柳月到他書房來。柳月笑著說：「大姐不給送飯，我去送飯。」一進書房，莊之蝶竟把門關了。柳月忙擺手，悄悄說，「你好大膽，她在哩！」莊之蝶說：「我要給你說個事的。你啥時見的趙京五？你給我說實話！」柳月臉通紅，說：「好多天沒見的。趙京五給你說什麼了？」莊之蝶沒回答，又問：「你和趙京五那個了？」柳月說：「你要問這個，我就出去呀！」莊之蝶正經了臉面說道：「我的意思是你真對趙京五有感情了？」柳月說：「你今日在外是喝了酒了！趙京五是你做的媒，我對他有沒有感情，你難道還要再給我做個媒的？」莊之蝶說：「就是。」柳月倒愣了。莊之蝶說：「我考慮了，趙京五是不錯，但在社會上走得多，見識廣，人也機巧能變，尤其長得英俊的男人後邊排的女孩子多，我只擔心將來待你不好，這就把你害了。我雖不是你父母或者親戚，但你在我家當保母，我就得有一份責任。我如今碰著一個人，論長相是比趙京五差些，但社會地位、經濟條件絕對十個趙京五也比不得的，且立即就可以解決城市戶口，尋下一份工作。說白吧，就是市長的兒子！」柳月眼睛立即亮了，說：「市長的兒子？」但又搖了頭，說：「你在哄我的。」莊之蝶說：「我怎麼哄你，這麼大的事哄你？」柳月說：「你要不哄我，市長的兒子怎麼能娶了我？今輩子能在你家當保母，能和你那麼一場，我這已經是燒了高香了，好事情還能讓我一個都占了?!」莊之蝶說：「奇蹟就在這裡。你人聰明，漂亮，這就是你最大的價值。我給你實說了，就是長相上差一點，這你得考慮好。如果同意，趙京五那邊你不要管，我會給他說的。」柳月說：「怎麼個差法？」莊之蝶說：「腿有些毛病，小時候患過小兒麻痺，但絕不是癱子，也用不著拄枴杖兒，人腦子夠數。一心想嫁他的人特多，但市長夫人全沒看中。她見過你的，十分喜歡你。」柳月說：「這就是了，原來是殘疾，你是來我這兒推銷廢品的！」莊之蝶說：「你是聰明人，我也不多說，你坐在這兒拿主意，我可要看書呀。一會兒你回答我。」就去取了一本書，坐在那裡看起來。柳月長長地出口氣，閉了眼睛靠在沙發上。莊之蝶斜目看去，那一雙睫毛撲閃下來的眼裡溢出了兩顆亮晶晶的淚水，他心裡終有些發酸了，闔上書站起來，說：「好了，柳月，權當我沒說這些話，你去和你大姐說說別的去吧。」柳月卻一下子撲過來，坐在他的懷裡，淚眼婆娑地說：「你說，這行嗎？」莊之蝶為她擦眼淚，說：「柳月，這要你拿主意的。」柳月又問一句：「我要你說，你說。」莊之蝶抬起頭來，看看書架，終於點了點頭。柳月說：「那好吧。」從懷裡溜下來，站在那兒說：「我相信我的命運會好的。我有這個感覺，真的，我一到這個城裡，我就有這種感覺。你就給人家說，柳月同意的。」莊之蝶開了門出去，牛月清說：「鬼鬼祟祟地說什麼？」莊之蝶說：「說什麼，你知道嗎？出了大事啦！」嚇得牛月清問：「什麼大事？」莊之蝶低聲說：「希特勒死了！」自己先笑了。氣得牛月清說：「貧嘴，這就是你幾個月來對我第一個笑臉嗎？」莊之蝶立即不笑了，說：「我有個事要給你談談。」柳月正走出來，聽了，扭身卻到她的臥室去，把門也插了。莊之蝶說：「我介紹柳月和市長的兒子訂婚，你有什麼看法？」牛月清叫道：「你是倒賣人口的販子？你把她許給了趙京五，又要許市長的兒子?!」莊之蝶說：「我有言在先，為了找市長，我幹什麼你就別橫加干涉！」牛月清聲軟下來，說：「你現在心狠了，把柳月嫁給市長的兒子，官司或許能贏了；但你想沒想，趙京五那邊怎麼交代？洪江咱不敢信了，現在就憑這個趙京五的。」莊之蝶說：「沒瞅下個出水處怎麼就敢人水？」說罷就鑽到房裡睡去了。

牛月清在客廳裡坐了半晌，掂量來掂量去，覺得莊之蝶怎麼就能想到這一步？他原本優柔寡斷之人，如今處事卻幹練了，心中不免有些忐忑不安。可這事是自己催督他去找市長時幹出來的，也不能再說他什麼，於是又盡量想好處；表面上好像是為了巴結市長，虧待了忠心耿耿的趙京五；但是虧待了一人，卻要保住更多人的利益的。牛月清就叫出柳月來問：「柳月，你是要嫁給那個大正？」柳月說：「嫁就嫁吧。他是個殘疾人，可我想這也是我的命，即使和趙京五結婚，也可能趙京五要出什麼事故，不是缺腿就要少胳膊的。」牛月清聽了，便覺得柳月比自己想得還開通，也高興了，說：「瞧你把話說到哪兒去了！大正我是見過的，也不是你想像得那麼嚴重。可話說回來，大正就是沒了胳膊和腿，比起有十條腿十個胳膊的人還強十倍的！你將來到那邊去了，住的也不是現在住的，吃的也不是現在吃的，千人眼熱，萬人羨慕的，但別也從此就忘了我們。」柳月說：「那可不的，我當然就認不得你了，我讓公安局的人來抓了你們，或者趕出城去，因為我不能讓你們總感到我曾是你家的小保母！」說完就哈哈大笑。牛月清見她笑，也笑了。

到了晚上，柳月對著鏡子化妝，牛月清幫她抹胭紅，莊之蝶在一旁看著，總嫌眉骨那兒搽得紅少，又反覆了幾次。換衣服時，柳月鮮衣不多，牛月清的又都顯得太素，莊之蝶就騎了「木蘭」去找唐宛兒。唐宛兒和周敏聽是把柳月要嫁與市長的兒子，各是各的喜歡。唐宛兒拿了幾身衣服，坐了摩托車和莊之蝶過來，路上卻說：「柳月命倒好哩，一下子要做人上人了。今日穿我的衣服，趕明日人家不知穿什麼綾羅綢緞，丟了垃圾筒裡的咱去撿也爭不到手的。看來，你到底離她心近，只想著她的出路，我是死是活，可憐見兒的有誰管呢？」說著帶了哭腔。莊之蝶說：「我讓你嫁給那個殘疾你去不去？你不要看著別人的米湯碗裡清一張皮兒就嫉妒飯稠！你是要樣樣都占住的人，要有情，要有錢，要能玩又要人長得好，更要人……」婦人說：「更要人什麼？」莊之蝶說：「你知道。趕明日我要發現比我強的人了，我一定讓你們好，我一口氣兒也不嘆的！」婦人就拿雙拳在他背上擂著說：「我誰也不要，我就要你，我只要你快些娶我！」

柳月在浴室的鏡前盤髮髻，她只穿了褲衩和胸罩，浴室門大開著。莊之蝶和唐宛兒一進大門，柳月呀呀地亂叫忙把浴室門掩了。唐宛兒帶了一沓衣服進了浴室，說：「你讓他看他也是不敢看的，他想要市長剜了他的雙眼嗎？」兩人就在裡邊嘻嘻哈哈。一會兒出來，唐宛兒說：「師母你們快來瞧瞧，我這衣服怕不是給我做的，壓根兒就是為柳月的，一樣的衣服她穿了就高貴了，那大公子見了，不知喜得怎麼個手舞足蹈的！」柳月臉上卻不自然起來，牛月清忙拿眼瞪唐宛兒，唐宛兒背過身去竊笑。牛月清說：「趕明日嫁過去，柳月的照片要上雜誌封面的。校有校花，院有院花，西京城裡要選城花，除了柳月還有誰？」柳月說：「要說城花，是人家宛兒姐，人家當年在潼關就是縣花！」唐宛兒說：「我呀，走個後門是興許還可以。」莊之蝶連使眼兒，便對柳月交代怎麼著去，去了如何觀察對方。若是看中，過幾日選個日子雙方吃頓飯就算訂婚。至於結婚的事兒，就由你和大正自個去定。當下和柳月要走，唐宛兒也要回去，相厮了就一塊出門。牛月清在門口了，仍給柳月叮嚀要不卑不亢，大大方方，說：「權當我們是你的娘家，成與不成，不能讓那大正小瞧了咱！」莊之蝶說：「好了，好了，這些柳月倒比你強的！」

出了大院，唐宛兒卻一定也要送柳月，三人到了市府門外，莊之蝶說兩個小時後他仍在這裡接她，柳月揮揮手就進去了。莊之蝶對唐宛兒說：「柳月去談戀愛了，咱也談去。你去過含元門外那片樹林子？那裡邊天一黑盡是一對一對的。年輕時倒沒享受過在野外戀愛的滋味，現在過了年齡了，卻不妨去補補課。」唐宛兒說：「太好了！沒想到你還有這份心思，你比年輕人還年輕了，你知道這是誰給你的？」

含元門外的樹林子很大，果然裡邊盡是一對一對少男少女，他們相距都不遠，但互不干涉，各行其樂，交頭接耳，擁偎嬉鬧。莊之蝶和婦人往裡走，先總是不自在，尋不著個僻背處，凡經過那些男女面前，兀自先把頭低了。婦人說：「你往哪兒走呀，咱年齡過了，真的這地方就沒有咱的份兒了？」雙手就勾了莊之蝶的脖子，趁勢拉坐在一棵丁香樹下的石頭上。莊之蝶說：「這丁香好香的。」眼睛仍在左右逡視，婦人扳了他的頭，要他看她，兩人就摟抱起來。一時墜入境界，莊之蝶倒把婦人端坐了懷裡，將那一雙高跟皮鞋脫下掛在了丁香樹枝上，擺弄得她如貓兒狗兒一般。婦人說：「別人看哩！」莊之蝶說：「我不管的。」婦人說：「這陣膽就大了？」莊之蝶說：「我這才理解樹林子裡人最多，又都最放肆，原來林子這麼好，夜色這麼好，這麼好的時光談情說愛，人就成聾子瞎子了！」婦人說：「你說，柳月這陣和那殘疾幹啥哩？」莊之蝶說：「你說呢？」婦人說：「怕是也那個了！那殘疾患的是小兒麻痺，那個地方是不是也麻痺？那才好哩，讓她嫁過去白日吃人參燕窩，晚上哭個淚蠟燭！」莊之蝶說：「不敢咒人，柳月待你也不錯哩。」婦人說：「說說你就心疼了？我早說過她是白虎星。怎麼著，趙京五來災了吧？市長的公子命裡要娶柳月，所以早早就麻痺了。」莊之蝶還是不讓她說這個，她人就生氣了，說：「你是處處護了她的，我明白你的心思，你是瞧她長得好，自己不可能一夫多妻的，又不想讓別人占了她，偏要給個殘疾人，給了人家了心裡又難過是不是？」莊之蝶被她搶白，心裡毛亂，不讓她說。愈不讓說，這婦人愈是要說。莊之蝶一丟，將她跌在了草地上。婦人說：「好了好了，我不說了。」卻又說：「我那衣服我平日都捨不得穿的，今日倒讓她穿了，你是等她走了，以後我穿了那衣服，你就要把我當了她了。」莊之蝶說：「你說這些，又是要我給你添置新衣服了？她穿著合適你就送她，我給你重買就是了。」婦人說：「我才不給了她的。那件套裙還是你給我買的，我怎捨得送她？昨日我去北大街商場，那裡有一件皮大衣，樣子好帥的，冬天裡你得給我買的。」莊之蝶說：「那不容易嗎？只要你穿著好。趙京五去廣州推銷一批字畫去了，走時我已讓他給你買一條純金項鍊的。我想他一定也會給柳月買了時裝，等回來柳月不與他好了，他買的衣服沒了用場，我就買過來都給了你。周敏有什麼發覺嗎？」婦人說：「他只覺得你對我好，但他沒多說什麼，他有什麼證據？我害怕時間長了他會看出來的，你不知道我一夜一夜夢裡都是你，擔心在夢裡叫出你的名字來，你不能最後閃了我啊。」莊之蝶說：「我閃不了你的，但你也要體諒我的難處……無論如何，你要等著我的。」婦人說：「我怎麼又說這話了，讓你又生氣了嗎？」莊之蝶搖了搖頭，說：「在家裡你得克制點自己的情緒，別讓周敏看出破綻。」婦人說：「看出來也好，早看出來我早和他結束！」莊之蝶說：「這可不敢！」婦人說：「這有什麼不敢的？」莊之蝶說：「我心裡很亂很苦的，宛兒，自認識了你，我就想著要與你結婚，但事情實在不是那麼容易，我不是年輕人，不是一般人……我之所以一直勸你先不要和周敏分手，就是因為我不是一時三刻就能離了婚的，你得給我時間，得讓我戰勝環境，也得戰勝我自己，而你有周敏也可讓他照看你的生活。可我心裡又是多麼難受，你我本來應該在一塊的，都不得不寄存在別人那裡。」婦人說：「我更是這樣呀，我是女人，他要和我幹那事，十次是拒絕了九次，那一次還總得服從他吧？我像木頭人，沒有慾望，沒有熱情，只央求他快些。這苦楚你是體會不到的。咱們奮鬥吧，奮鬥到那一天吧！若不能生活在一起，你我的心身就永沒個安靜的時候了。」莊之蝶緊抱了婦人，兩人再沒有說話，渾身顫抖著，使得那丁香樹也嘩嘩嘩地搖著響，惹得不遠的一對男女往這邊看。兩人分開了，說：「回去吧。」站起來往回走，一時倒後悔今晚不該到這裡來。婦人說：「咱快活些吧。」莊之蝶說：「快活些。」說完了，卻還是尋不著快活的話題。走回到市府門口，已經是兩個半小時了，柳月卻並沒有在那裡等候。婦人說：「是不是她出來早，瞧著沒見咱們，自己先回了？」莊之蝶說：「再等一會兒。」等了又一個小時，柳月還是沒有出現，兩人都站睏了，到馬路對面的一家商店門前台階上坐了，一眼一眼盯著遠處的市府大門。約摸又過了半小時，大門口的燈光處，柳月往出走來。莊之蝶要喊，婦人說：「不要喊，讓我瞧瞧她的走路樣子，我就會看出談成了還是沒談成的。」柳月走到門口卻站住了，因為身後有一輛小車開來；車也停下了，司機走下來繞過車的這邊拉開了車門，柳月便鑽了進去，車隨之嘟的一聲開出來順大街駛遠了。婦人破口大罵：「她這才在談著戀愛，她就真的拿了市長兒媳婦的派頭了？說好的你在這兒等著，她竟看也不看就坐小車走了?!」莊之蝶沒有言傳。兩人那麼站了一會兒，莊之蝶說：「我送你回去。」送婦人到了家門口，獨自再往文聯大院走去。

莊之蝶把柳月坐車而回的事說知牛月清，牛月清很有些生氣，但也未指責柳月。三日後，在阿房宮酒店裡吃了訂婚宴席，市長夫人按老規矩送給了柳月一大堆禮品：一條項鍊，一盒進口化妝品，一襲睡衣，一雙高跟紅皮鞋，一雙高跟白皮鞋，一雙軟底旅遊鞋，一個小電吹風機，一領皮大衣，一套秋裙，三件襯衣，一身西裝。柳月從沒有過這麼多好東西，要把那雙高跟紅皮鞋送牛月清，牛月清不要，也便買了一雙絲光襪子讓做大姐的收下，自個每日濃妝艷抹，煥然一新。動不動就鑽進房間照鏡子，衝著鏡子作各種笑。人一盡兒換了行頭，思維感覺也變了，買菜大手大腳，買得多回來吃不了，一壞就又倒了。家裡來了人，也不管來人是什麼身分什麼地位，沏了茶，就穿了那黑色繡花睡袍坐在廳裡，時不時也插話，一邊批點評說，一邊吃蘋果，嘴翹翹著，刀子切一塊，扎了深送口裡。牛月清就有些看不慣，說：「柳月，你嘴疼呀？」柳月說：「我怕把口紅吃沒了。」牛月清長出一口氣，讓她去廚房燒開水；她一進去，牛月清就把廚房門拉閉了。柳月知道夫人不讓她和客人說話，從廚房出來臉吊了老長，故意從客人面前嘟嘟囔囔地發牢騷著走去臥室。牛月清耐了性子，直到家裡沒有人了，就問說：「柳月，是你那日晚上獨個坐了車回來，讓你莊老師空坐在馬路上等嗎？」柳月一邊用電吹風機吹理頭髮，一邊說：

「市長有專車，大正讓司機非送我不行，我就坐上了。我要是不坐，人家倒笑話我，也給你們丟人的。」牛月清說：「那你出了大門，也得給你莊老師打個招呼呀。他辛辛苦苦送了你去，你在那邊吃水果呀，喝咖啡呀，你莊老師就一直等在馬路上，吃什麼了？喝什麼了？等你到半夜，你坐了小車屁股冒煙就走?!」柳月說：「這是莊老師給你訴的苦？我出來哪裡就見他了，他還這麼給你翻是非！那麼長時間他能在馬路上等我？鬼知道他們幹啥去了?!」牛月清說：「他們？他總不會把你孟老師也叫了去馬路上吃酒閒聊？」柳月瞧她總是不信，就更氣了，說：「還有誰？唐宛兒她出了咱院門並沒回去，廝跟了一塊去的。我進了市府大門，他們就在馬路上，還需要什麼吃喝嗎？」牛月清說：「柳月你說話不要圖舌頭快，你莊老師朋友多，男男女女的多了，你現在雖然氣壯了，說這樣的話，你莊老師聽了會痛心的。再說宛兒待你不薄，那晚上不是拿了那麼多衣服讓你挑選了穿……」柳月就笑道：「大姐是彌勒佛，大肚能容難容之事，你要不信就權當我沒說。反正大姐對我有意見，我想我也在這裡不會待得多久了。」牛月清聽了，心裡就琢磨柳月的話來。回想以前夫妻雖三天兩頭吵鬧一次，吵鬧過了也就沒事了，白日還是一個鍋吃飯，夜裡還是一個枕上睡覺，房事也五天六天了來一次的。自從認識了唐宛兒，這情況真是慢慢變了，吵鬧好像比以前是少，近來甚至連吵鬧也不吵鬧了，一月二十天的兩人卻不到一塊兒的。牛月清這麼想著，又思謀會不會是柳月胡說的。莊之蝶在家懶得說話，愛往外跑，恐怕也是災災難難的事情多，惹得他沒個心緒罷了？就說：「柳月，我是不起事的人，你能到我家做保母，也是前世緣分。我哪一處沒有把你當妹妹看待，我怎麼就嫌棄你了，我盼不得你永遠就待在這裡。可這是不可能的事，不久你就是市長家裡的人了，這也是我和你莊老師想方設法為你做的好事。我們不指望你來報答，但你人還沒走，也要沉住得氣，否則讓人看著，我們不說，外人就會議論的。」柳月說：「大姐話說到這裡，我也就說了，我這是哪裡沉不住氣了？如果我不是保母，是城裡一般家庭的姑娘，你是不是也這樣著說話？我現在只是穿得好了些，化了些妝，這與城裡任何姑娘有什麼不一樣的呢？你眼裡老覺得我是鄉下來的，是個保母，我和一般城裡姑娘平等了，就看不過眼去！我當然感激你們，願意一輩子待在你們家，我去跟那個殘疾人，坐下了孫猴啃梨，睡下了兩腿不齊，立起了金雞獨立，走路了老牛絆蹄，我是攀了高枝兒上了嗎?!我只是要過的讓人不要看我是鄉下來的保母的生活！」柳月說罷，倒委屈起來，到她臥室裡抹眼淚水兒。

原本是牛月清要教訓柳月的，柳月卻把牛月清數說了一堆不是。她臉上一陣紅一陣白的，還想辯白，卻撲索撲索心口，不再說了什麼。第二日吃飯，莊之蝶草草吃了兩碗就又進書房去，牛月清想起柳月說他和唐宛兒在馬路上的事，肚裡立時覺得飽了，筷子在碗裡撥過來攪過去，就是不想扒到嘴裡去。她說：「吃完飯，你也不坐在一塊說說話的？」莊之蝶說：「飯前飯後，我情緒是最躁的時候，你們最好不要打擾我。」牛月清說：「咱這個家也只是飯前飯後有個說話的空兒，你要不是我的男人，我當然不會求你說一個字的！」莊之蝶聽她的口氣帶著氣兒，就不走了，說：「這話是對，我的老婆讓街上過路人纏著說話，我還罵他是臭流氓的！那說吧，今日天氣晴朗，風向偏西，最高溫度三十四度，最低溫度……」一甩手還是到書房去了。牛月清閉了嘴，鼻子裡長長地出氣，一推碗筷偏跟進來，就坐在他的對面，突兀兀地說：「你實話實說，你和唐宛兒好?!」莊之蝶冷不防經她一說，當下愣住，遂噴了一口菸去，盯著夫人說：「好！」牛月清本是心裡疑疑惑惑莊之蝶與唐宛兒的事，又盡量往好處去想，希望她問了他，他就一口否認，甚至發誓起咒，暴跳如雷，她也就全然消釋那團疑霧了。可莊之蝶偏偏平靜如水，正經八板地說了「好」！牛月清就受不了！臉頓時鐵青，說道：「算你老實。你說你們好到什麼份兒上？那天送柳月去見大正，你能一個人一直坐在馬路邊上嗎?!黑漆半夜地回來那麼晚，還說柳月坐了車不叫你！你和唐宛兒到底到哪兒去了？幹啥去了？嗯?!」莊之蝶見她這般說，知道事情終於要發生了，他剛才平平靜靜說了「好」字，有心要看看她的態度，現在卻後悔起來了！就叫道：「柳月，柳月，你怎麼給你大姐說的，你讓她尋我的事?!」牛月清說：「你不要叫柳月，什麼事我都知道，我只要你說！」莊之蝶說：「幹啥去了，唐宛兒和我把柳月送到市府門口，她就回去了。你說我們幹啥去了？」牛月清一時倒沒了話。莊之蝶說：「你要不知道，我給你說，我們去馬路上當著來來往往的行人睡覺了！和她又去了她家，當著周敏的面睡覺了！」牛月清說：「聲說得那麼高是吵架嗎？」莊之蝶聲更高了，說：「你就是來吵架嘛！你讓柳月來說嘛！」牛月清說：「你能行的，那我就相信你的話是了。可我得告訴你，為你的生活、身體、事業、前途，我是啥苦啥累都能吃得受得，但我不能容忍你在外邊胡搞！你和景雪蔭當年感情友好，我從沒說過你吧，要不她這次翻臉不認了你，要詆毀你，我也是不管的，因為以前的景雪蔭畢竟還是正經人，你和她往來，對你的事業也有益處，我不是那種吃醋的人吧？可現在社會風氣壞了，到處都是貪圖錢財、地位、權勢和只管自己享樂的壞人，我就不允許你讓她們勾引了！」說畢開門出去，又坐在客廳吃飯。

事情以為已經過去，沒想牛月清去上班了，靜坐在辨公室裡腦子裡還是擺脫不了柳月說的那句話：「你是彌勒佛，大肚能容難容之事。」就品出這話裡畢竟還有話。聯想平日裡唐宛兒來她家，莫不喬裝打扮，一雙桃花眼水汪汪地萬般多情，那是最能勾動男人心魂的。莊之蝶雖然老實膽怯，但寫作之人生性敏感，內心細膩豐富，他不會不有許多想法。若唐宛兒不主動惹他，他或許只是有分賊心沒分賊膽的，但唐宛兒卻不是安分雌兒，能從潼關和周敏私奔出來，哪裡又保得了不給莊之蝶騷情？若她有丁點表示，男人的賊心就生了賊膽，要做出見不得人的事體來！牛月清於是搜尋著往日的記憶，想那日能當著我的面為莊之蝶掖被角，這不是一般客人所能做到的，沒有親近的關係，那動作即使要做起來也沒那麼自然的。還有那次兩人怎麼就去了清虛庵旁邊的樓上，被她撞見了，唐宛兒臉色那般難看，說是為找人尋臨時工作的，怎麼從未聽說過她還要找事幹，後來也再不提說？心下狐疑了，便給雜誌社撥了電話找周敏。周敏接了，牛月清問柳月去相見大正的那個晚上，唐宛兒回來沒事吧？周敏說那夜唐宛兒回來快十二點了，我還以為師母要留了她住在了你們家的。牛月清說：「是十二點嗎？」周敏說：「是十二點，師母你問這，有什麼事嗎？」牛月清忙說：「沒事的，我擔心天黑了沒人送她，這多日不見，還以為出什麼事了！」

周敏放下電話，心裡也覺得奇怪：牛月清就為這事打電話給他嗎？她這麼強調唐宛兒那夜回來的時間，是唐宛兒沒有送柳月？可唐宛兒夜裡回來說她和莊老師一塊去陪柳月的呀！那麼師母這麼問又是什麼意思？憂心忡忡回來，見唐宛兒正趴在床上往一份掛曆上數什麼。探身看了，那幾張掛曆下的日期，有的被紅筆畫了圓圈，有的被畫了三角，有的旁邊還批有嘆號。說：「你在做什麼記號？」原來婦人每次與莊之蝶相會，回來都要在日曆上有所記載，沒事時就數著，一邊計算著次數，一邊作所有細節的回味。猛地被周敏問起，嚇得一個哆嗦，胳膊上也頓時生一層雞皮疙瘩來，將掛曆在牆上掛好了，說：「做什麼記號？我計算咱家一斤菜油吃了幾天，哪天買了肉，一月能買幾次的。你這麼不聲不吭地溜進來，我還以為是壞人的！」周敏見她說得頭頭是道，也沒往心上去，就說：「真要是個壞人突然進來，你會怎麼的？」婦人說：「你說會怎麼的，我就和他睡覺啊！你今日怎麼啦，陰陽怪氣的，好像我在家養漢偷漢了?!」訓得周敏倒理屈起來，忙笑笑，一場事才了了。

而牛月清回去，這一夜卻和莊之蝶吵鬧開來，說莊之蝶一定是和唐宛兒相好了，好得不是熟人朋友了，要不為什麼騙她說唐宛兒早早回去的？莊之蝶再三勸解，牛月清只是不行，立逼著要交代與唐宛兒怎麼好起來的，好到了什麼個程度，親嘴了還是做愛了？在哪兒做的愛？怎樣做的愛？莊之蝶到了這一步，只是閉口不吭。愈是不吭氣兒，牛月清愈氣，莊之蝶惱得從客廳坐到書房，她攆到書房；莊之蝶又從書房去臥室，她又跟到臥室。莊之蝶合著衣服蒙了毛巾被睡去，牛月清也睡下去，還是在追問。然後就喋喋不休地數說她在這個家裡的辛苦；說結婚以來，莊之蝶太虧了她了，逢年過節，星期天假日沒陪過她去上街，沒陪過她看一場電影，買煤買麵沒動手過，做飯洗衣沒動手過，她照看了他的吃的穿的，還得照看應酬家裡來往客人，她是把單位的工作不當了一回事，是把自己的親娘冷落在一邊，只說一切來適應自己的男人了，可男人卻心在別人身上！她說：「你還是用不吭聲來應付我嗎？你以為這麼不吭聲就過去了？以前你這麼待我，我饒過了你一次又一次，這次可不行了！你得說出個一二三來，你說呀！你得給我說個明白！」但莊之蝶卻窩在毛巾被裡睡著了，且輕輕地發出鼾聲。牛月清一下子扯了毛巾被，抓了莊之蝶的衣領使勁搖，罵道：「你瞌睡了？你竟然瞌睡了？你就這麼不把我當人，我給你當的是什麼老婆，是貓兒狗兒你也不會不理不睬就瞌睡了?!」莊之蝶忽地坐起來用力一抖，摔開了牛月清，下了床又去了書房。牛月清就嗚嗚地哭起來了。柳月在那邊屋裡聽了，知道事情全是為自己惹起，卻也有心想看看河畔裡漲水，但聽得牛月清放聲哭開來，心裡也有了緊張，就過來勸解。柳月一勸解，牛月清知道柳月是聽見了他們吵架的內容，又覺得在柳月面前丟了臉面，便全不顧了，撲下床又到書房裡，一把奪了莊之蝶正看著的一本畫冊扔到了地上。莊之蝶說：「柳月你瞧瞧，她多賢慧，能摔了東西了！」柳月偏說：「莊老師，你把桌上的筆拿過，你就憑那枝筆吃飯哩，大姐在氣頭上，小心把筆讓她摔壞了！」牛月清聽了，竟然去抓了筆狠狠砸在門上，說：「我就這麼賢慧能摔東西了，我摔了讓你看看我的賢慧！」又開始罵柳月：「柳月，你給我到你房子去，有你攪和什麼?!」柳月說：「我攪和什麼了？我沒攪和的，你真有氣了，你罵罵我麼，我是保母，我不怪你的。」更氣得牛月清回到臥室放聲大哭。

一夜不安生過去，三人起來眼睛都腫腫的。柳月做好了飯，端了給兩人吃，莊之蝶呼呼嚕嚕吃了，牛月清不吃。莊之蝶說：「吃吧，吃飽了和我致氣才有勁兒的。」柳月說：「莊老師，該你說話的時候你不說，不該說話的你卻這麼多的靈醒話?!」莊之蝶說：「都是你柳月作怪，是你給你大姐說我和唐宛兒怎麼啦？」眼睛一睞。柳月就說：「你們能怎麼啦?!我說你和唐宛兒在市府門口等我的，那又有什麼！你就說說你們在等我時說些什麼呀不就得了?!」莊之蝶說：「隨便說的話我能記得？以後有經驗了，得出門買個錄音機帶在身上。」牛月清一句一句聽，卻仍不言語。莊之蝶說：「吃吧，吃了飯你和柳月到市長家去，正事還是要辦的。你就給市長夫人提說官司的事，再讓市長去找找政法委書記和院長，這事緊前不緊後的，就是市長去說這個情，那也得三兩天的。沒日子了，不敢耽擱了！」牛月清終於開了口，說：「讓我去給市長夫人說，這陣又需要上我了？」莊之蝶說：「女人家對女人家好說話嘛。」牛月清說：「我不說！你愛景雪蔭麼，你愛女人麼，你還怕她告狀？桃色官司，多中聽的名字！你不是也常說，寧在花下死，做鬼也風流嗎？法院判你殺了頭，那才多風流，我卻說什麼？自己的男人和別的女人艷事露了馬腳，我倒去滅絕風聲，我這女人就這麼不值錢，不識體面？」莊之蝶見她再這麼說，又是一聲不吭了，待她氣喘咻咻起來，問：「說完了沒有？」牛月清說：「你有理由你說麼！」莊之蝶說：「你不去找市長說話，我也不去！你說我和唐宛兒好，我就是和唐宛兒好，好到啥程度，你願意怎麼去想像你只管去想像；你也再給周敏打個電話，也可和周敏一塊去調查！」說完，就走出了門。走出門了，又返身回來，拿了桌上那包香菸。

於是，牛月清上午沒有去上班，趴在屋裡哭得傷心悲慟，腳手都是發涼。柳月先是去勸，落得一片訓斥，索性坐到書房呆呆地隔窗去看窗外馬路上的行人車輛。而拉著鐵軲轆架子車的老頭卻一個多小時地在馬路邊上吆喝：「破爛——破爛嘍——承包破爛——嘍！」吆喝得心煩。隔壁單元的人就火爆爆地開了後窗叫道：「收破爛的！收破爛的！」老頭仰了頭來，說：「在這兒，有破爛嗎？」那人說：「我操你媽的！」老頭不惱，拉了架子車一邊走一邊卻又念唱了一段謠兒：

一等作家政界靠，跟上官員做幕僚。二等作家跳了槽，幫著企業編廣告。三等作家入黑道，翻印淫書換鈔票。四類作家寫文稿，餓著肚子耍清高。五等作家你潦倒了，×擦溝子自己去把自己操。

下午裡，牛月清和柳月仍是去了市長家。市長忙著哩，要開會。市長夫人和大正熱情接待她們，就提出了結婚的事，說一個月後的今日，柳月到這裡將不再是客人；而你家夫人再來時，柳月卻要作招待大媒人的主人了。牛月清聽了，臉上自然是一團笑。市長夫人又說，柳月的父母不在城裡，你們對柳月那麼好，就是柳月的娘家人，到結婚那日，娘家人按風俗要陪嫁妝的，迎親的車輛還要上你們家接新娘的。牛月清心裡犯嘀咕，嘴裡卻笑著說這當然的這當然的。市長夫人就樂了，說：「這真的當然了?!你們做了大媒，還要你們出水，那不讓人把我們家笑掉了牙？嫁妝不要你們花一分錢的，事先大正著人會把嫁妝先抬過去，那一日再體面地抬過來。」牛月清就喜歡地叫道：「哎呀，大正就是不事先抬嫁妝過來，我們也不能讓柳月空手甩著過門呀！既然你們想得這麼周到，要給我們個大臉面，我和之蝶盼不得永遠做柳月的娘家！」兩個女人就以親家的關係說起話來，完全是女人所操心的事，如做哪些家具，家具做什麼式樣，塗如何的顏色，招待哪些親戚朋友，在哪兒請客，請什麼價格的席面，誰做陪娘，誰做司儀，誰來證婚，囉囉嗦嗦直說了一個下午。末了，牛月清才把這日來最主要的目的不經意地說出。她詳細地敘說著官司的起根發苗，滿面痛苦地嘮叨官司以來所蒙受的折磨，就反覆強調實實在在走投無路了才來求救於市長的。牛月清說這話的時候，不看市長夫人的臉，節奏極快，說過了又覺得語無倫次，又重新說。心裡嘰咕，我豁出這老臉了，我不能看她的表情，她若面有難色，我就說不下去了；等我一股腦把話說完了，她若回個模稜兩可的話，我這就立即告辭走了。她終於說完，臉色通紅，又說道：「哎呀，你瞧瞧我給你說些什麼呀，老莊叮嚀我千萬不要在你們面前提說這事，我怎麼就說了？這事是太丟人了，外邊紛紛揚揚議論老莊，他整日在家煩得坐立不安，這給你說了，你們怕也該恥笑他了！」市長夫人卻笑了，說：「這有什麼丟人的？打官司是正常的事麼！老莊這些文人好面子，有這宗事也不見他來給大正他爹提說?!」牛月清說：「他呀，只會寫文章，出了門木頭石頭一樣的！前幾日幾個人還對我說，作家天上地上沒有不知的，你和莊老師在一起，生活一定豐富極了！咳，他那寫書全是編的，其實生活中啥也不懂，家裡日子才叫枯燥哩。你問問他，除了編寫故事，他還會什麼？甭說和市長比，比個科長也不及哩！一俊遮了百醜嘛！」市長夫人說：「可我就是不會編，你也不會編嘛！一個市長能選得出來，一個作家可不是能選出來的，他是咱的市寶哩！」牛月清說：「喲喲，你把他還說得那麼高的！可那景雪蔭就是告了他嘛。要成心把他搞臭嘛！」市長夫人說：「這我告訴你，一個人別人是打不倒的，除非他自己。西京城裡不能沒有個莊之蝶，誰要打倒莊之蝶，市長也不會答應的。」就一邊用抹布揩桌上的茶水漬，一邊說：「這事我給大正他爹說。」牛月清心裡清亮了，卻真擔心她會忘掉，就又說了市長不幫忙就可能出現的嚴重後果。市長夫人就說：「我記得著的。柳月呀，你到冰櫃裡給你大姐沖一杯檸檬冷飲。」柳月端了冷飲，過來說：「大姐，你今日可把莊老師作踐夠了。人家是大作家，你倒把人家說得一錢不值了！」市長夫人說：「你大姐哪裡是作踐你莊老師，她哪一句不是在誇說？」牛月清笑著說：「我老早就說了的，下一輩子再託生女人，死也不嫁個作家了！」市長夫人說：「好呀，只要你現在露這個風兒，你看西京城裡有多少人要搶他了！」牛月清說：「誰會要了他？只有我這傻女人當年嫁了他，這會兒誰要我給了誰去，我興得念佛哩！」柳月就說：「是嗎？是嗎？」牛月清就拿眼睛瞪她。

吃飯的時候，牛月清堅持不肯留下吃飯。又使了眼色讓柳月幫她說話，柳月也只好說大姐是擔心莊老師在家一個人的，她們要趕回去給他做飯哩。牛月清說：「不回去給他做飯，他只得去街上吃。街上的飯館碗筷不乾淨，吃下了病可不得了的！」市長夫人說：「你管他哩，有了病了，我給你找個科長過活去。你不是說嫁他還不如嫁個科長嗎？」牛月清就笑了。市長夫人說：「早聽說你是賢妻良母，果然是這樣，那我就不留了。大正，來送送你們的大媒人吧！」大正卻在內屋裡叫柳月，柳月問什麼事，只是站著不動，牛月清就推了她進去，自個只和市長夫人在走廊裡又說衣服，說飯菜。說了一會兒，柳月還遲遲沒有出來，出來了，市長夫人說：「柳月，你怎麼啦，嘴唇發白？」柳月說：「沒什麼呀！」大正就一步三搖也出來，臉色紅赤赤地，說：「娘，娘。」市長夫人突然就拿拳頭敲自己腦門，對牛月清說：「老了，老了，咱都老得沒個樣子了！」

走到街上，天已經黑下來，牛月清要柳月和她一塊去夜市上吃飯，柳月說：「那不回去了，莊老師呢？」牛月清說：「不管他！他把我不放在心上，我也不在心裡來回他了！」買了兩碗餛飩，又買了四個肉餡餅。柳月說：「我吃一個餡餅就夠了，你能吃多少？」牛月清說：「吃不完了，不會帶回去下頓吃？」柳月心下會意，就說：「我真賤，怎麼就問多餘的話。」牛月清一筷子敲在柳月頭上。回到家裡，客廳裡一片黑，唯有書房亮著燈。牛月清去廚房看了，冰鍋冷灶，知道莊之蝶並沒有做飯。柳月卻到了書房，對著已經在沙發上蓋了被子躺著的莊之蝶說：「你猜我們到哪兒去了？我們要辦的事都辦了！」莊之蝶說，「真的？」柳月說，「大姐嘴上說不去，但要辦的事還是辦的。」牛月清在客廳裡說：「柳月，柳月！你嘴那麼長？你給他說什麼，讓他取笑我這沒出息的女人嗎？哪兒還有酵母片兒，你找了給我吃幾片；你也吃吃，今晚肉吃得太多了，夜裡不好消化的。」柳月就笑著說：「你還沒吃吧，給你帶了兩個肉餡餅的。」莊之蝶說：「我吃過了。」牛月清就又喊：「柳月，你在那兒騷什麼情呀，你怎麼還不去睡覺?!」柳月說：「睡呀睡呀！」聽見牛月清已進了臥室，就對莊之蝶說：「今晚你又要睡這裡？她中午哭得好傷心的，下午卻還出去辦事，你得去慰勞慰勞，暖暖她心哩！」就走出去回自已房裡睡了。

莊之蝶想了想，抱了被子過去。牛月清已經滅了燈，他在黑暗中脫了衣服，後來又去浴室洗了下身，就摸上床來。牛月清把被子捲了一個筒兒裹了身子，他硬鑽進去，竟伏了上去。牛月清沒有反抗，也沒有迎接，他就默著聲兒做動作……（此處作者有刪節）莊之蝶極力想熱情些，故意要做著急促的樣子，便拿嘴去噙她的舌頭，牛月清牙齒卻咬著，且將頭滾過來擺過去。莊之蝶噗地一笑，說：「給你說個故事吧。有個急性子人吃飯，菜盤裡是菠菜燴鵪鶉蛋兒。他用筷子一夾，鵪鶉蛋滾到一邊；再一夾，鵪鶉蛋又滾到那一邊。夾了五六筷子夾不上，他急性子就犯了，把鵪鶉蛋一撥撥到地上，上去一腳就踩爛了！」牛月清噗地也笑了，說：「那你一腳也踩死我嘛！」莊之蝶說：「好了，沒事了，夫妻吵架睡這麼一覺就雲開霧散了！」牛月清說：「你想清了，良心發現了？」莊之蝶沒有言語。牛月清又說：「你今晚要是不來，我真就對你徹底失望了！你來了就好，我可以放你一馬，不說過去的事了。但我得吸取教訓，要防著你了。你必須與唐宛兒斷絕一切來往，你要到她家去，我跟你一塊去，沒我允許，她也不准來咱家。」莊之蝶還是沒吭聲，只是在動著。牛月清說：「你現在倒這麼有能耐，我不行的，你得說說故事我聽。」就把莊之蝶掀下來。莊之蝶在黑暗裡呆了一會兒，他沒有好的故事講，就拉燈起來說看看錄相吧。牛月清說：「是那些黃帶？」莊之蝶已經把錄相放開了，立即畫面出現亂七八糟的場面。牛月清說：「這哪兒是人？是一群畜牲嘛！」莊之蝶說：「好多高級知識分子家裡都有這種帶子，專門是供夫婦上床前看的，這樣能調節出一種氛圍來的，你覺得怎麼樣，可以了嗎？」牛月清說：「關了關了，這是糟踏人哩嘛！」莊之蝶只好關了，重新上床。（此處作者有刪節）牛月清說：「你和唐宛兒也是這樣嗎？」莊之蝶就又不吭聲了。牛月清還在問，他說：「不要說這些了，要玩就說些玩的話！」牛月清半天再沒出聲，突然說：「不行，不行的。我不能想到你們的事，一想到我就覺得噁心！」莊之蝶停在那裡，後來就翻下來，不作聲地流眼淚。

一日，牛月清一早在涼台上晾衣，鴿子就落在窗台上咕咕地叫，牛月清平日也是喜歡這個小精靈，見白毛紅嘴兒叫得甜，當下放著衣盆就去捉了，在掌上逗弄一回，卻發現了鴿子的腳環上有一張折疊的小紙片兒，隨便取了來看，上邊寫著：「我要你！」三個字又被塗口紅的嘴按了個圓圈。牛月清立時怔住，想想這必是唐宛兒寄來的約會條，便把鴿子用繩子拴了，坐在客廳裡裡等柳月買油回來。

柳月進門，夫人把門就插了，廳中放了一個小圓坐凳，從臥室取了一把皮條兒做成的打灰塵的捽子，讓柳月在小圓坐凳上坐。柳月說：「我去廚房放油。今日街上人好多哎，我擠不過來就吶喊油來了，油來了！人窩裡倒閃出一條縫兒來。」夫人說：「我讓你坐！」柳月就笑了：「大姐這是怎麼啦？我偏不坐的！」夫人唰地一捽子打過來，散開的皮條兒抽在柳月身上。柳月哎喲一聲，臉都變了，叫道：「你打我?!」夫人說：「我就把你打了！我是這個家的主婦，你是這個家的保母，你勾結外邊壞女人害家欺主，我怎能不打？就是市長來了，他也不敢擋我的！你說，那賣×的唐宛兒來了多少次？你是怎樣鋪床暖被、盯人放哨的？」柳月以為夫人還是在吃醋，就說道：「莊老師與唐宛兒有那事沒那事，我怎麼知道？上次我對你那麼說說，只是氣頭上的話，你倒當了真，已經是家裡雞犬不寧了，今日你又不問青紅皂白，竟拿了皮條捽子打我！保母再卑賤也是個人哩，你下手這般狠，是要滅絕我嗎？即使你不把我放在眼裡，不把當農民的我爹我娘放在眼裡，可我現在是市長家的人了，你憑哪一條法哪一條律打我?!」夫人將那繩縛了腿兒的鴿子提來，把紙片兒丟在柳月腳下，罵道：「我憑的就是這些打你！你平日家待著，鴿子由你飼養，信由你收，壞事哪一次能少得了你？我不打你，我謝你？敬你?!」罵一句，打一摔子，再罵一句，再打一摔子，柳月胳膊上、腿上就起了一道道紅印。柳月在心裡叫苦：她什麼都知道了！心虛起來，嘴上就不硬氣，伸手抓了摔子說：「他們好，與我什麼干系？」夫人說：「怎麼個好法，你今日得一宗一宗給我說實話。你要不說，我打了你，也要向大正母子把這事說了。人家要願意娶你，你到市府裡去幹那淫事；若是人家不娶了，你脫了這一身上下的衣服回你的陝北屹撈去！」柳月就哭著說了莊之蝶和唐宛兒如何來家做愛，又如何去唐宛兒家幽會，說鴿子怎樣傳信，信上有過口紅的嘴印也有過陰毛。她為了取悅夫人，減輕自己過錯，把有的說有，把沒有的也說成有。夫人先前只是心中懷疑，生出許多想像，但想像畢竟是自己的想像，聽了柳月這番招供，眼前就是一堆堆細細微微的圖畫，倒覺得不如不知道著好，而知道了又無力承受，便一時血液急流皮肉發顫，天旋地轉開了，叫道：「天呀，我是瞎子，我是聾子，事情都弄到這個程度，我竟一點不知！」她圓睜了雙眼，攤著雙手，牙花嗒嗒嗒地響，對著柳月問：「我現在有什麼？你說，柳月，我現在是窮光蛋了，一無所有！」柳月從凳子上溜下去，跪在夫人面前，說：「大姐，這事我本要對你說的，可我是保母，我哪裡敢對你說？我說了你那時又怎麼肯信了我！我幫了他們，為他們提供了方便，我對不起你，你打吧，你把我打死吧！」夫人丟了摔子卻把柳月抱住，放了聲地悲哭。她哭著求柳月恨她，她本是要嚇唬柳月的，可柳月沒說實話才打起來的，她說：「柳月，我受不了，我卻把你打了，你諒解你可憐的大姐，你能諒解嗎？」柳月說：「我諒解。」也就哭了。

哭過一場，牛月清慢慢平靜下來，擦了眼淚，又給柳月擦淚。柳月說：「大姐，我陪了你，咱去找那淫婦撕了她的×臉！」夫人搖著頭說：「她算什麼東西！棄夫拋子跟別的男人私奔，私奔了又勾引另外男人，一個見男人沒了命的下賤貨，我去打她倒髒了我的手！咱們若去尋她，風聲出去，人人都知道你莊老師和她怎樣怎樣，你莊老師壞了聲名，倒讓她有了光彩。世上有多少崇拜你莊老師的，見一面都不容易，卻是她和名人睡覺了?!再說，你不久就和大正結婚，咱家出這樣的事，又怎麼有臉見親家市長？你莊老師雖是傷透了我的心，他不要了自己的前途事業、功名聲譽，我還要盡力挽救他。在家裡不鬧我忍了這口氣，若在外鬧開，只能使他更不顧了一切，越發偏要和那淫婦在一起，那他也就全完了。他苦苦巴巴混到出人頭地這一步也是不容易的啊！現在我也不求他什麼，只要他改邪歸正，不再與淫婦往來也就行了。所以，你在外萬不得露出一句口風，你不要管我怎麼吵他，鬧他，你不要多嘴，權當不知這事兒。可你要是還顧及你這個大姐，我要給你說，在家裡咱姊妹兒心裡卻要知道他的毛病，只是嚴加防備，你明白我的意思嗎？」柳月第一次發覺夫人還有這般心勁，倒可憐起做了主婦還這麼難的，當下點了頭。夫人也就如此這般又吩咐了一番，打發了柳月洗臉梳頭、塗脂抹粉後出去。

柳月是到了唐宛兒家來。唐宛兒正坐臥不安地在門口張望，瞧見柳月來了，接進門去，問：「你是從家裡來的嗎？看到鴿子信了嗎？莊老師不在？」柳月說：「老師在的。那大姐今日去了雙仁府那邊，老師就讓你過去說話。」唐宛兒心下高興，從糖盒取了糖果要柳月吃，柳月不吃，硬剝了一顆塞在她口裡，說：「這糖甜的，慢慢品能甜到心裡哩！莊老師在，那讓鴿子帶個信回來就是了，還勞動了你跑一趟！」柳月說：「我要到德勝巷楊家麵醬店買麵醬的，離這兒不遠，就捎了話過來的。」說畢，就走了。唐宛兒也精心妝扮了一番，騎車往文聯大院來。

唐宛兒那一夜和莊之蝶分手回來，周敏正在家裡和一個叫老虎的人喝酒。老虎是周敏在清虛庵當民工時認識的一家企業集團職員，以後來家過幾次，唐宛兒也勉強能認得的，當下招呼了一聲就拿了凳兒在一邊聽他們說話。老虎一臉橫肉，兩片嘴唇卻薄，極善言語，唐宛兒就聽出是在慫恿周敏為一個發了財的老闆寫一本書的，說這老闆錢已經掙得不知道該怎花銷了，一心想出出雅名兒。要尋一個人為他寫一本書。書寫成後，一切出版印刷自己管，只求署上他的名，就可以付兩萬元的酬金。周敏先是為難，言稱一本書不是容易寫出的，寫了卻署別人名字總覺得太屈了。老虎就說，你又不是名作家，憑你寫了就能出版嗎？就是能出版，那又能得幾個稿費？你和唐宛兒過的是什麼日子？不乘機掙些錢來吃風屙屁呀?!再說這書稿不求你寫得多好，字數湊夠二十萬就行了，費了你多少勁？好多人尋到我門上我都沒應允，專給你辦場好事你倒賣起清高了?!周敏忙解釋說不是這個意思，他是樂意接受這個差事的，只是眼前一場官司纏了身。老虎就問什麼官司，周敏一一說了，又道出目前的窘境。唐宛兒聽他說了莊之蝶要去託市長說情的話，就說：「周敏，你別喝多了胡說！莊之蝶哪會去走市長的後門！這不是作踐莊老師，也要連累市長嗎？」周敏說：「男人家說話你不要插嘴！」唐宛兒氣得一摔身子進臥室去睡了。睡在床上，拿耳朵還在聽他們說官司。就聽見老虎說：「我也是一個律師的，雖說是業餘的，但我幫人打了五場官司還沒一場是輸的。你們這官司算什麼屁官司，還勞駕去找市長？他莊之蝶不敢在法庭上說他和那女的談過戀愛、睡過覺了，還可以有另一個辦法能打贏嘛！」周敏就問：「什麼法兒？」老虎說：「姓景的不是說文章中寫的是她嗎？你們不是又分辯說寫的不是她嗎？如果再讓一個女的也到法院去告，就說文章中寫的是自己，這樣就熱鬧了，就攪得一塌糊塗了，法庭便認為誰也沒有證據來證明寫的就是姓景的，官司也就不了了之。」唐宛兒聽了，倒覺得老虎胡攪蠻纏，但這胡攪蠻纏也真算個法兒。等到老虎走了，周敏上得床來，兩人就說起這事，唐宛兒就說了一句：「為了這官司，我可以去做那個女人！」周敏說：「這就好了，我正愁到哪兒去找這個女子呢，想來想去竟沒想到你來！」唐宛兒卻說：「我試探試探你的，你倒真要讓我去了？為了你的利益，你就忍心讓我去和莊之蝶相好？」周敏說：「這是玩個花招，又不是真的要你怎樣嘛。」唐宛兒說：「要是真的又怎麼樣?!」周敏只是笑笑，還在念叨這個主意好，後來酒力發作就睡著了。這個時候，唐宛兒卻有些後悔，不該自薦了去做那個女子，雖說是為了莊之蝶，但莊之蝶能不能同意這個方案，自己沒有與他商量就說了出來，周敏真要這樣辦起來，莊之蝶又會怎樣看待自己呢？一夜思慮過去，第二日第三日就等莊之蝶來了說與他，但莊之蝶沒有來，而周敏已著手準備，逼著她在家讀那篇文章，了解案情，一等莊之蝶去找了市長沒有結果，就開始實施這一陰謀的。今日一早，實在等不及莊之蝶了，才讓鴿子捎了信過去。

唐宛兒來到文聯大院的家屬樓上，輕輕敲門，開門的竟是夫人，臉上的笑就僵了。牛月清眼光先避了一下，遂對著唐宛兒說：「哎呀，是宛兒來啦，我也是才回來的。今日做了些好吃的，我還給你莊老師說，宛兒好久不見來了，請過來吃頓飯吧，不想你就來了！」唐宛兒忙說：「師母做什麼好吃的，還記得我？我不來不這麼說吧，但我偏是有口福！」牛月清說：「你口大，口大吃四方的。」唐宛兒說：「男人口大吃四方，女人口大吃穀糠哩！」牛月清說：「你吃不了穀糠，你是蝗蟲能吃過了界的莊稼哩！」唐宛兒覺得不對，才要問莊老師沒有在家，柳月和莊之蝶就進了門口。莊之蝶見了唐宛兒，說：「你來了！」唐宛兒說：「你是出去了？」莊之蝶說：「老孟約了我去吃茶的，柳月就去叫我了，說是家裡要做好吃的，還要請客，我還以為是什麼客，原來是你！」唐宛兒就問：「你早上一直沒在家？」心裡就慌了，為什麼柳月去說是莊之蝶叫她來的，難道鴿子的信被夫人發覺了？當下預感了不對，便對著廚房的牛月清說：「師母呀，多謝你的好意的，說我有口福，其實是吃豆腐的窮嘴。周敏早上上班時，說他中午要帶雜誌社幾個人去家吃飯，我就等不及你的好東西熟了，得回去呢！」牛月清從廚房出來，說：「這不行！你莊老師也回來了，你們可以說說話兒，飯馬上就好的。今日這飯不吃可不准你走，管他周敏不周敏的！」說著，倒過去把大門反鎖了，鑰匙裝在自己口袋。莊之蝶就說：「瞧你師母實心要待你的，那就在這兒吃吧。」兩人也沒敢去書房或臥室，坐在客廳的沙發上大聲說些別的話，只拿眼睛交流，皆疑惑不解。至後也無聲笑笑，意思在說：也是咱太過敏了，或許主婦真是一番好意。就自自然然開始說笑。唐宛兒眼裡就萬般內容，莊之蝶眼裡在說沒什麼事呀！至後兩人再無聲笑笑，以為是柳月作什麼怪兒。唐宛兒心裡寬鬆下來，眉兒眼兒的又活了，說她昨兒晚做了個夢，夢見好大的雪，大熱天的竟能夢見雪，不知是好是壞，要莊之蝶圓圓夢。莊之蝶說：「圓夢要尋你孟老師，你說個字我給你測一下。」唐宛兒不知說什麼字好，忽見窗外的鐵絲上掛有一串辣椒，就說個「串」字。莊之蝶說：「串字？無心為串，有心為患。」唐宛兒臉色就不好了。莊之蝶說：「我是瞎測的，夢著雪可能是你關心官司的事，白日罵景雪蔭，夜裡才夢了雪字。」唐宛兒方轉憂為喜，就問起去找市長的結果。才要擺說那老虎所說的主意，牛月清和柳月就收拾桌子準備開飯了。桌上是放了四個碟兒，四雙筷子，碟子裡倒了醬油醋。牛月清便把一個砂鍋端上來，砂鍋蓋了蓋兒，還嗞嗞地冒熱氣，放好了，說：「都上桌吧！」四個人分頭坐了。莊之蝶說：「今日夫人親自下廚房了！就這一個菜的？我取了酒來！」牛月清說：「菜多了反倒記不住哪樣好。酒也不必喝，喝酒沖菜味的！」莊之蝶說：「砂鍋裡是什麼稀罕物?!」伸手要去揭蓋。牛月清說：「我來我來！」把砂鍋蓋揭了，半鍋湯水裡，囫圇圇一個沒毛的鴿子！莊之蝶和婦人都大吃一驚，瓷在那裡了！牛月清說：「怎麼樣，稀罕物吧?!我把那隻鴿子殺了。這鴿子是聰明東西，人吃了腦子靈的，肉又細，嚐嚐我做得可口不？」就開始用刀子去分鴿子。撕下了一雙翅膀放在唐宛兒的碟子裡，說：「宛兒吃這翅膀，吃翅膀的人會飛，一飛就飛到高枝上！」撕下了一雙腿放在莊之蝶的碟子中，說：「這倆腿給你，瞧多豐滿的大腿！哎呀，瞧瞧我，怎麼把腳環沒有取下來？」然後給柳月夾了鴿子背，自個卻把鴿子頭夾在碟裡，說：「頭沒肉的，但聽說鴿子的眼珠吃了不近視，我這一雙眼近視好久了，我嚐嚐這眼珠兒！」用手去握了小小兩顆白泡泡東西在嘴裡嚼，還說：「好吃好吃。」莊之蝶和唐宛兒滿頭滿臉的汗，只是不動筷子。牛月清就說：「怎麼不吃呀，是我做得不香嗎？」唐宛兒只好抿了一口湯，卻慪得喉嚨一陣響，要吐，站起來淚水汪汪地說：「師母，我求你把門開了，讓我出去吐吧，嗯？」牛月清把鑰匙丟在地上，唐宛兒彎身去拾了，門一開隨了樓梯就走。莊之蝶也無聲地站起來，站了半會兒，去進了書房把自己關在裡邊了。

並沒有用得著老虎的陰謀詭計，市中級人民法院的判決書便發下來了，判決的內容完全是司馬恭的結案意見。消息極快地傳開，莊之蝶家的電話又瘋狂地鳴響了幾日。賓客盈門，柳月煮不完的水，沏不完的茶，每晌要掃了許多瓜子皮兒倒到垃圾箱。一日，樓下又是一陣轟天震地的鞭炮聲，進來的是汪希眠夫婦、阮知非、周敏、孟雲房、夏捷、洪江和洪江的那個小媳婦，呼呼啦啦擁了一房子。喜得牛月清一一去握手叫喊：「嗨，都來了！我知道你們會來的，可怎麼就把這些朋友全聚在一塊兒，是誰組織著嗎？」阮知非說：「誰組織的，天組織的！老妹子，我可不握手，我太高興了，我要行擁抱禮的！」眾人就叫道：「好，就看你老妹子敢不敢！」牛月清說：「敢，怎地不敢？」阮知非真的就過來張了雙臂擁抱了牛月清，眾人一片地哄笑。莊之蝶在書房的沙發上剛剛睡著，連日裡接待祝賀的人不絕，已經弄得精疲力竭，清早起來又去拜訪了一回白玉珠和司馬恭，回來就躺下了。這陣走出來，笑著讓大夥一一落座，柳月早送各人一杯龍井清茶。莊之蝶就對牛月清說：「今日你給大家吃什麼飯？」牛月清說：「吃飯的事你甭管，有我和柳月的。你去買酒吧，一瓶五糧液，十瓶椰汁飲料，一箱啤酒吧。」柳月見這夫人和莊之蝶在人面前顯得親熱和諧，也有些吃驚，應聲要去，周敏說他去。牛月清說：「周敏有力氣，讓周敏幫你。周敏，宛兒呢？你怎麼不讓她來？」周敏說：「她近日身體不好，一吃飯就吐，只喊渾身沒勁，肚子也脹，我倒害怕她是患了肝炎的。今日她來不了，我就代表她了！」牛月清說：「怎麼就病了？她是應來的，她來了更熱鬧的。唉，年輕輕的，可不敢是患了肝炎，你應給她看醫生的，你這小伙可不敢有半點差池，如花似玉的人，你把她就不放在心上？」周敏說：「師母這麼關心她的！她不來也好。」壓低了聲音說：「今日汪希眠老婆也來了，宛兒和她不鉚。」就下樓去了。牛月清返過身來，瞧見莊之蝶在為眾人削蘋果，就奪了刀子說：「你好生坐了，讓我來。」一一削好了遞給各人吃著，就悄聲問莊之蝶：「趙京五怎麼沒來！」莊之蝶說：「我也尋思的，不知道為什麼。」牛月清說：「不會為柳月的事吧？」莊之蝶說：「我找他談了兩次，他當然只恨柳月勢利。」孟雲房說：「你們兩口有什麼親密話晚上上床說吧，客人來了這麼多，丟下不管，倒頭挨頭地啾啾！」牛月清就笑著說：「老孟你那臭嘴裡要生蛆了！我問他趙京五怎麼沒來，這小子不知幹什麼去了？洪江，你回去見了他，就說我罵他了，他架子大，是不是還要我拿八抬大轎抬了才來！」洪江正給劉曉卡指點牆上的字畫，回過頭說：「我把這話一定捎到，羞羞他的。他可能有緊事的，要不，哪能不來！」

說話間，周敏和柳月提了酒回來，牛月清就張羅擺桌子，從冰箱取了這幾天準備看來人吃的各種涼菜，又開了幾听魚肉、驢肉、狗肉罐頭，擺了十二盤，讓大家先喝酒，她和柳月再炒些熱菜。眾人就舉了酒杯。阮知非說：「今日難得朋友聚在一起，大家就舉杯為官司的勝利乾了！」眾聲吶喊，一飲而盡。周敏就趕忙又給每人酒杯中添滿，自己舉杯又一一相請，說：「我也謝謝大家，一場中日戰爭總算熬過來了！」夏捷說：「周敏你這下高興了，今日你到你莊老師這兒來，有能耐把景雪蔭也邀一邀，那才解氣的。」周敏說：「我昨日下午在單位上廁所，聽見有人哭的，哭聲是女人的聲，還想不來誰在牆那邊的廁所裡？出來就在走廊裡等著看，那姓景的出來了，出來了戴的是墨鏡。我那時真想給她個手帕擦擦眼淚，但我把她饒了！」洪江說：「你把她饒了！你也是孱頭！現在知道這件事的都傳開了，說姓景的當年和莊老師好成什麼樣了，她竟還告狀？是莊老師在法庭上提供了他們幹了那事的時間、地點，把姓景的當場鎮住，所以她現在輸了！」莊之蝶說：「這就是謠言了，我連法庭去也沒去的，怎麼能說那種話?!今生打了一次官司，今生也有了一個深刻體會，就是今生再也不打官司了！」洪江說：「如果是謠言，就讓謠言傳去吧。要依了我看，這件事也是莊老師人生光彩的一筆，別的人想要女人和自己黏纏還黏纏不上，想要鬧出個天搖地動的風波來也鬧不起的！」孟雲房說：「你莊老師唯一遺憾的是華而不實，要是我，哼！」夏捷說：「要是你咋的？」孟雲房看看女人，端了杯子說：「我把這椰汁喝了！」就咕咕嘟嘟喝了一杯。大家哈哈大笑，罵孟雲房沒采兒，是怕老婆的軟頭；又笑罵夏捷能管男人。牛月清說：「夏捷對著哩，老婆就要管著男人，要不針眼大的窟窿就要透出拳大的風！」孟雲房說：「就是，有夏捷管著，我現在還是個童男子身子！」莊之蝶就尷尬地笑，拿了菸斗來吸，不免說了一句：「那你是唐僧麼，可就因為唐僧是一身童男子肉，去西天取經才那麼難的。」汪希眠老婆就抿嘴兒笑。孟雲房說：「大畫家，今日怎不見你說話，夫人在場就學乖了？」汪希眠老婆說：「他笨嘴拙舌的，倒還怨怪我了?!」孟雲房伸手去從莊之蝶嘴裡奪了菸斗要吸，汪希眠老婆說：「雲房你不講衛生，菸斗和牙刷一樣是專用的！」孟雲房把菸斗又給了莊之蝶，說：「咳，你們這女人就講究個衛生！你說汪希眠笨嘴拙舌？那日在喜來登舞場，我怎麼看見他和你說得那麼熱乎，那嘴只是給你長的？」汪希眠老婆說：「什麼喜來登，我可從來沒去過。」孟雲房說：「哎呀，我怎麼說這些，打嘴打嘴！」汪希眠就說：「雲房你別當戰爭販子，你要編排我，我可要說你了！」夏捷說：「你說他好了，我不吃醋的。男人家找情人，女人家也會找嘛！」阮知非說：「看樣子你也找過，怎麼沒聽說過？」夏捷說：「之蝶吃了一塹，我也要長一智嘛！」阮知非拍手道：「好，好，為你這句話乾杯！」眾人又哇了一聲，喝了一杯。牛月清說：「不要說情人長情人短的，我就見不得說這詞兒，總覺得情人就是有妓女的味兒！」眾人便失了興趣，一時竟不知說些什麼好。汪希眠便說：「把酒倒滿，我提議一下，一場官司贏了，咱是來向之蝶祝賀的，就都和之蝶碰杯恭喜吧！」阮知非卻不端杯子，用筷子夾菜要吃，說：「早上要少喝不要多喝，因為上午有工作；中午要多喝不要少喝，因為中午要開常委會；晚上要少喝不要多喝，因為回家要見老婆。」大家哄地又笑了。汪希眠說：「你這是聽街上那收破爛的老頭說的，你開什麼常委會？今日又不是星期六，見什麼老婆？柳月，把酒給他倒滿！」阮知非忙說：「我喝的，喝的！一口都得喝乾啊。感情深，悶一悶；感情淺，舔一舔！」第一個和莊之蝶碰了杯，將酒倒進口去。汪希眠說：「咱不學他的野蠻裝卸法。」眾人一一和莊之蝶碰杯，吱兒吱兒品喝下去。牛月清端了熱菜出來，孟雲房就給她一個杯子也讓碰杯，周敏碰了一下，又端了一杯說代表唐宛兒也碰一下，牛月清就說這杯酒你讓柳月跟老師碰吧，柳月便端了碰了一個響。莊之蝶見眾人皆杯乾酒盡，連聲謝著，把杯子舉在空中，卻抖得喝不下去，猛地倒進口中，眼淚就刷刷地淌下來。他這一淌淚，酒桌上全啞了。周敏過去扶了莊之蝶，問：「酒辣著心了?!」莊之蝶越發嘴唇抽搐，大聲吸鼻，哽咽不能成聲。牛月清趕忙說：「他這是太激動了，他這人就是這樣，太傷心的事能落淚，太高興的事也落淚。官司打了這麼長時間，其中曲曲折折的事太多，總算官司畢了，又見你們都來了，就犯激動了。」就對莊之蝶說：「你是不是到臥室去歇歇，緩緩情緒再來喝！」莊之蝶就說：「我去歇一會，實在對不起的，你們盡情喝吧。」回到臥室去。汪希眠老婆卻跟進來，低聲說：「之蝶你心裡哪不舒服？」莊之蝶苦笑了一下，搖著頭。老婆說：「這你瞞得過我！官司打贏了，你臉上不該是這氣色，剛才我一進門就瞧著你不對的。」莊之蝶說：「你不要問啦，你去喝酒吧，你讓我緩，緩就好了。」這老婆才要坐在床沿上再說話，見牛月清進來了，就說：「之蝶明顯地瘦多了，這就全靠你操心他了。龔靖元一死，大家一下子覺得人活著全不如一棵草的，越發要看重身體啊。」牛月清說：「人人見我都是這麼說，這真成了我的壓力。莊之蝶現在是大家的，在我這兒只是保管著。他要是身體不好，我這保管員也就沒辦法給大家交代了。可他哪裡聽我的？自己明明知道自己身體不行，卻幹起什麼來都任性放縱，人不消瘦才怪哩！」汪希眠老婆說：「他們這些人都是這樣。」莊之蝶低頭不語，又在菸斗裡裝了菸吸。牛月清就把菸斗奪了放在床櫃上，說：「你瞧瞧，正說著他又抽菸，我一再說菸少抽些，可他就是不聽，現在竟抽起菸斗了！」孟雲房在客廳裡喊：「月清，你怎麼也去了？你們當主人的怕酒少，就巧法兒都先退席?!」牛月清就說：「來了，來了，今日非叫你喝夠不可！」拉著汪希眠老婆就出去了。

又喝了一通，樓下就又是一陣噼噼啪啪的鞭炮響，接著是雜亂腳步聲。牛月清說：「這又是誰來了？柳月，快去接接。」柳月開門出去，很快卻回來，說：「大姐？是……」牛月清說：「誰的？」柳月說：「是……你知道的。」說完倒轉身進自己臥室去了。牛月清說：「來的都是客，你慌什麼？」抬頭看時，一個冰箱就抬進來，後邊的人更多，抬進來的是電視機、洗衣機、音響、空調機、烘烤箱、四床被子、兩個枕頭、氣壓水瓶、臉盆、鏡子、刷牙缸和牙刷、牙膏、毛巾、一隻瓷碗、一雙筷子。抬東西的人一放下物件，瞧著屋子裡坐不下，就走到門外樓道裡，最後進來了大正。牛月清一下子驚叫起來：「哎呀，是大正呀！事先怎不打個電話的，我們好在院門口接著！」大正說：「我娘讓把這些嫁妝先送過來，還有兩個大組合櫃子，長短沙發，因為搬起來費事，直接已放在新房裡了。今日這麼多客?!」牛月清就喊：「之蝶，之蝶，你快出來，看誰來了！」莊之蝶出來，也驚喜不已，忙讓大正坐了，又招呼樓道的人也都進來。大正說：「不用了，讓他們回吧。」那些人就袖著手下樓走了。莊之蝶還是攆上散發了香菸，回來對酒桌上的人說：「你們都不認識吧！這就是大正。咱們市長的大公子，也是柳月的未來女婿！」大正扶了沙發背後站起來，開始笑，掏一包菸，攔腰撕了，一一敬了眾人，還在笑。眾人卻發呆了。已經耳聞柳月與市長的兒子訂婚，沒有不熱羨了柳月的好命；如今見了這般人物，心裡便各人是各人的譜，站起來把菸接住了。然後就請其入座，說幸運相識，說恭喜訂了柳月這個美姑娘，說市長的功績，讓一定轉達對市長的問候，還掏了名片遞上。大正一一看了名片，說道：「都是西京城裡的名人嘛！」孟雲房說：「什麼名人不名人，咱都喝酒吧，我正愁沒個和我划拳的，新郎官咱們來幾下！」牛月清說：「你喝椰汁也醉了不成，人家還沒結婚，什麼新郎官！大家都端了杯讓大正代著，來敬敬市長。大正，你端起，放開喝，在我這兒隨便些！」又喊柳月：「柳月！柳月呢？你這麼沒出息的，這陣倒沒見你人了！」柳月從臥室出來，已是換了一身新衣，又化了妝，卻羞羞答答的樣子，說：「你們喝麼，我不會喝的。」牛月清說：「那也得碰得喝一杯的。」孟雲房說：「我說柳月不見了，才是化妝，女為親愛者容！」大家都笑，大正就先端了杯伸過來要和柳月碰，柳月碰了一下，趕緊又跑到廚房去。孟雲房說：「柳月這就小家子氣了！今日大正搬來這麼多嫁妝。那日結婚，彩車來接，一街兩行的人都要看花眼了。柳月呀，到時候就要親自來送帖子。你說說，要我們送些什麼禮，不要都送成了一個樣兒，你說還缺什麼？」柳月在廚房說：「缺個銀行。」孟雲房說：「哎呀，那我就不敢去了。只指望將來我和你夏姐要飯了，還得去求你的，這麼說那是靠不住了？」大正就說：「謝謝各位厚愛，結婚那日，當然柳月親自送帖子，大家一定去給我們熱鬧熱鬧啊！我這裡先敬了大家一杯！」汪希眠說：「這杯喝了，就不敢喝了。我們喝的時間長了，你和孟雲房喝吧。」大正說：「這孟老師喝的是飲料，他會灌醉了我的！」洪江說：「孟老師你們划拳，你輸了我替你喝。」孟雲房就和大正划開來。這邊一划著熱鬧，幾個女人就坐著沒事。先是汪希眠老婆去和柳月說話；後來夏捷去看嫁妝，洪江的小媳婦也去看了，一邊用手摸，一邊嘖嘖稱讚，估摸著這些嫁妝的價錢兒。夏捷說：「市長是有權有地位，論錢還真比不了你們做生意的人，瞧你這套裙子，得二三百吧？」小媳婦說：「一千二的，這是名牌啊！」夏捷說：「嚇，這麼貴的！今日來的不是名寫就是名畫、名演、名吹，還有名穿！那你們真比市長強哩。」小媳婦說：「錢是比市長多，但市長家的錢含金量大哩！」兩人又去柳月和汪希眠老婆那兒，嘰嘰喳喳論說柳月福分大。柳月拉她們到自己臥室，關了門說：「你們笑話我了。他那麼個人樣兒，誰肯嫁了他，只有我這當保母的。」汪希眠老婆說：「小妹子不要這麼說，市長家是什麼好條件，再說大正是不錯的。」柳月說：「好姐姐，你是啥場面都見過的人，你說大正是不錯嗎？」汪希眠老婆說：「那對眉毛多濃的，人也老實。」夏捷說：「除了腿，身體蠻好的嘛！」洪江的小媳婦也說：「好。」柳月卻眼淚流下來，說：「我聽得懂你們的話，他只是個濃眉毛，老實人。腿都殘了還談身體好不好？我倒恨他，早不送嫁妝，晚不送嫁妝，偏偏今日來送！」說著又流淚。幾個女人又勸：「圖不了這頭圖那頭的，再說，這也不是一般女孩兒能享得的福！」就聽見孟雲房在客廳喊：「柳月，柳月，你女婿不行了，你來代他喝酒！」柳月說：「他是沒腦子的，今日來作客，怎麼就能喝得沒個控制？孟老師也成心出他洋相，偏要灌醉他！」就是不出去。外邊的就亂糟糟地嚷著還要大正喝。不一會兒，周敏和洪江就架了爛泥一般的大正進來。要他睡在柳月的床上。抬上床的時候，大正的鞋脫下來，一隻腳端端正正，一隻腳卻歪著，五個指頭撮了一撮。柳月拉被子蓋了，還只在哭。

眾人見柳月哭，以為是嫌把大正灌醉了。阮知非卻也酒到八成，說大正沒采，怎麼喝這麼一點就醉了，就自吹自擂他年輕時喝酒是多瘋的，曾和龔靖元一杯對一杯喝了四斤，那是喝涼水一樣的。一說到龔靖元，他又傷心起來，呼哧呼哧地哭。幾個女人悄悄去說了柳月的話，大家都覺得沒了意思。汪希眠就對阮知非說：「你哭什麼呀，你真會緊處加楔！天不早了，該回去了，你要哭，到我那兒放聲哭去，別在這兒敗興。」就對莊之蝶說：「之蝶，我們要回去了，大正來可能還有話和你們說的。」莊之蝶和牛月清還在留，眾人皆說：「客氣什麼！」就一哄散去。莊之蝶就一直送各位到大院門口，末了對周敏說：「宛兒是病了？」周敏說：「不要緊的，我讓她改日來看你們。」莊之蝶說：「病了讓她好好歇著。我聽你給師母說她的病，就尋思可能是消化不好，這裡有一瓶藥，你帶給她。」就把一個封閉得很好的藥盒兒給了周敏。

唐宛兒打開了藥盒兒，藥盒裡是一只小小的藥瓶，擰開瓶蓋，瓶子裡沒有藥，有一塊揉縐了的紙，上邊寫著：保重。婦人哇地就哭了。自那一日滿臉羞愧地從文聯大院的那一個家門出來，婦人深深地感覺了自己受到的侮辱。她知道吹一只氣球吹得愈大就愈有爆炸的危險，但氣球一旦吹起來卻無法遏止要往大著吹的慾望和興奮。她無法不愛著莊之蝶，或許牛月清愈是待她好，她在愛著莊之蝶的時候愈會感到一種內疚和不安，她竭力避免見到牛月清，也已經不大去那個家裡幽會。她也明白莊之蝶為什麼數次問她他自己是不是壞人，雖然她對莊之蝶說過：「你覺得太難了，咱們就只做朋友，不再幹那事了吧。」雖然她這樣說是一種試探，雖然莊之蝶並沒有直接回答她，而兩人每次見面，自然而然甚至是不知不覺裡又幹了那種事。但是，牛月清卻狠心地把鴿子殺了，殺了又燉成肉湯讓她和莊之蝶來吃，她對於那個家庭主婦的內疚之情一下子割斷了。如果我傷害過你，那麼你也傷害了我，一對一，我們誰也不欠著誰的了，我們如從未見面的陌路人了。唐宛兒這麼一路想著，到家的時候，她便是一身輕鬆，甚至突然間變得勤快，打掃房子，洗滌衣物，在這個晚上她對著周敏說：「你不快些來睡嗎？」周敏是在吹壎回來寫那一本不署名的書。周敏說：「來的，來的。」就收拾稿紙，然後去溫了水洗了下身，高高興興上到床來，她卻呼兒呼兒已經瞌睡過去了。這一睡，她就連睡了三天沒能起來。她是做了一個極其恐怖的夢，醒過來睡衣全然濕透，但她記不清夢裡的情節，她就深深地感到自己的孤單和寂寞，痛苦得像一條在熱爐上烤著的魚。三天後，她搖搖晃晃起來，一個人從床邊坐著又去沙發上坐，沙發上坐久了又去床上坐，她好像是聽到了鴿子的咕咕嚕嚕的叫聲，踮著腳跑出來，倚在院中的梨樹上望天。天很高，天上有很白很白的雲，那是雲不是鴿子，淚水就潸然而下。在這麼個同住著她和莊之蝶的城裡，地上沒有了相通的路，空中的路也斷了?!滿院是些落葉，枝頭上的還一片一片往下落。秋意襲來，蟬聲漸軟，昨日夜裡的一場風，使豐豐盈盈的梨樹就這般消瘦了！唐宛兒於是感覺自己的臀在減肥，腮在陷塌，這歲月這時光也一盡兒消瘦得只剩下這風的一聲嘆息，在拍打著那門上的竹簾兒了。當周敏下班回來，再要去城牆頭上吹壎，她不讓他去，她讓他就在梨樹下吹。她說她不反對吹壎了，她也喜歡了這壎的聲音。周敏奇怪地看著她，說：「我說過的，這壎聲好聽的，你總說難聽，現在品出味兒來了？」就幽幽地吹，一邊吹著一邊擠眉弄眼討她的好。她歪在門檻上聽，卻突然有一個感覺來到心上，這感覺引她到城南門外的橋頭，到橋頭不遠處的那一棵倒立著的人字形的樹下去。她相信她的感覺，孟雲房也曾經在以前看了她的手紋說她是預感型的手。她現在心裡只有一個念頭：沒有去他那裡的路了，如果想去，就在那棵樹下期待。於是她站起來去化妝，去換衣服，去穿那一雙高跟皮鞋。周敏問：「你要出門，到哪兒去？」唐宛兒說：「我出去買衛生巾去，我來那個了。」她說來那個了，她真的來那個了，她找了紙墊在褲衩裡，就匆匆走出門。周敏說：「這麼晚了，我陪你去。」唐宛兒說：「城裡有狼有豹子嗎，我要你陪？你好生寫那本書吧！」唐宛兒穿過了馬路，穿過了馬路上依然熙熙攘攘的人群和車輛，來到了城南門外的石橋頭上。但莊之蝶沒有在那裡。她等到夜裡十二點了，莊之蝶也沒有在那裡出現。直到夜已深沉，橋頭上再沒有行人，她等來的只是下身流著月經的紅水，而且在換紙的時候，弄得一手的血。她突發了奇想，竟把那血塗得滿掌，就按在了橋頭欄杆上，按在了那棵樹身上，按在了樹椏中的石頭上。石頭上的那個手印非常完整，能看出其中的紋路。孟雲房說過，每個人的手印就是每個人的生命圖的，莊之蝶，你如果來這裡了，你就能認得這是我的生命圖，我已經在這裡期待過你了！

唐宛兒一連幾天去那棵樹下，但莊之蝶依舊沒有在那裡出現。唐宛兒就猜想莊之蝶一定是處境艱難，身不由己，走不出來了！當莊之蝶終於在藥盒裡捎來了消息，這婦人痛痛快快哭了一大場後，就鐵了心發誓：我一定要見到他，即便是今生的最後一次，我也要見他最後一面！

柳月的婚禮定在了九月十二。前一天，牛月清和柳月準備著接待迎親人來時的水酒飯菜，大正娘提說這太破費了牛月清，要送了酒菜過來；牛月清堅決不依，雖然柳月不是自己的女兒或妹妹，但既然市長家也承認她是親家，親家出嫁妝已送了過來，外人不知細底的，還真的以為莊之蝶和牛月清給陪的，這已經是給了多大的體面了！酒當然是最好的茅台酒，菜也是雞鴨魚肉之類。準備好了，牛月清讓柳月好好在家洗個澡，她又拖著酸疼的腿去了市長家。她是放心不下明日具體的細枝末節，唯恐有個差錯，要和大正娘再一宗一宗復查一遍的。牛月清一走，柳月就在浴室放水洗澡，莊之蝶先是在廳室裡聽著浴室中的嘩嘩水響，想了很多事情，後來就默然回坐到書房，在那裡拚命地吸菸。

突然，門被推開，柳月披著一件大紅的睡袍進來了。柳月的頭髮還未乾，用一塊白色的小手帕在腦後攏著。洗過澡的面部光潔紅潤，眉毛卻已畫了，還有眼影，艷紅的唇膏抹得嘴唇很厚，很圓，如一顆杏子。柳月是格外的漂亮了，莊之蝶在心裡說，尤其在熱水澡後，在明日將要做新娘的這最後一個晚上。莊之蝶看著她笑了一下，垂了頭卻去吸菸，他是憋了一口長氣，紙菸上的紅點迅速往下移動，長長的灰燼卻平端著，沒有掉下去。柳月說：「莊老師，你又在發悶了？」莊之蝶沒有吭聲，苦悶使他覺得說出來毫無價值和意義了。柳月說：「我明日兒就要走了，你不向我表示最後一次祝福嗎？」莊之蝶說：「祝你幸福。」柳月說：「你真的認為我就幸福了！」莊之蝶點點頭，說：「我認為是幸福的，你會得到幸福的。」柳月卻冷笑了：「謝謝你，老師，這幸福也是你給我的。」莊之蝶抬起頭來吃驚地看著柳月；柳月也看著他。莊之蝶一聲嘆息，頭又垂下去了。柳月說：「我到你這兒時間不長，但也不短。我認識了你這位老師，讀了許多書，經見了許多事，也聞夠了這書房濃濃的菸味。我要走了，我真捨不得，你讓我再在這兒坐坐，看看這個你說極像我的唐侍女塑像，行嗎？」莊之蝶說：「明天你才走的，今晚這裡還是你的家，你坐吧，這個唐侍女我明日就可以送給你的。」柳月說：「這麼說，你是要永遠不讓我陪你在書房了？」莊之蝶聽了這話，倒發愣了，說：「柳月，我不是這個意思，其實我沒有想要送你這侍女塑像，我要送你一件別的東西的。」柳月說：「別的什麼東西，現在能看看嗎？」莊之蝶便從抽頭裡拿出一個精美的匣子給了柳月。柳月打開，卻是一面團花銘帶紋古銅鏡，鑲有凸起的窄棱，棱外有銘帶紋一周，其銘為三十二字：「煉形神冶，瑩質良工，如珠出晝，似月停空，當眉寫翠，對臉傳紅，倚窗繡幌，俱含影中。」當下叫道：「這麼好的一面古銅鏡，你能捨得？」莊之蝶說：「是我捨不得的東西我才送你哩。」柳月說：「唐宛兒家牆上懸掛了一面古銅鏡，大小花紋同這面相近，只是銘不同。我問過她：你怎麼有這麼個鏡？她說，是呀，我就有了！沒想現在我也就有了！」莊之蝶說：「唐宛兒的那個鏡也是我送的。」柳月征住了，說：「也是你送的？你既然送過了她，這該是一對鏡的，你卻送了我了？」莊之蝶說：「我不能再見到唐宛兒了，看到這鏡不免就想到那鏡……不說她了，柳月。」柳月卻一撩睡袍坐在沙發前的皮椅上，說：「莊老師，我知道你在恨我，為唐宛兒的事恨我。我承認是我把一切都告訴了大姊，一是因為大姊在打我，她下死勁地打我，二是她首先發現了鴿子帶來的信。但是，她看到了信只是懷疑，她就是把我打死我不說，事情也不會弄成現在的樣子，而我就說了，說了很多。我給你說，我之所以能這樣，我也是嫉妒唐宛兒，嫉妒她同我一樣的人，同樣在這個城裡沒有戶口，甚至她是和周敏私奔出來，還不如我，可她卻贏得你那麼愛她，我就在你身邊，卻……」

莊之蝶說：「柳月，不要說這些了，不是她贏得了我愛她，而是我太不好了，你不覺得我在毀了她嗎？現在不就毀了嗎?!」柳月說：「如果你那樣說，你又怎麼不是毀了我？你把我嫁給市長的兒子，你以為我真的喜歡那大正嗎？你說心裡話，你明明白白也知道我不會愛著大正的，但你把我就嫁給他，我也就閉著眼睛要嫁給他！是你把我、把唐宛兒都創造成了一個新人，使我們產生了新生活的勇氣和自信，但你最後卻又把我們毀滅了！而你在毀滅我們的過程中，你也毀滅了你，毀滅了你的形象和聲譽，毀滅了大姊和這個家！」莊之蝶聽了，猛地醒悟了自己長久以來苦悶的根蒂。這是一個太聰明太厲害的女子，他卻沒有在這麼長的日子裡發現她的見地，而今她要走了，就再不是他家的保母和一個自己所喜愛的女人了，她說出這麼樣的話來，給他留下作念。難道這柳月就像一支燭，一盞燈，在即將要滅的時候偏放更亮的光芒，而放了更亮的光芒後就熄滅了嗎？莊之蝶再一次抬起頭來，看著說過了那番話後還在激動的柳月，他輕聲喚道：「柳月！」柳月就撲過來，摟抱了他，他也摟抱她，然後各自都流了淚。莊之蝶說：「柳月，你說得對，是我創造了一切也毀滅了一切。但是，一切都不能挽救了，我可能也難以自拔了。你還年輕，你嫁過去，好好重新活你的人吧，啊?!」柳月一股淚水流下來，嗒嗒地滴在莊之蝶的手臂上，說：「莊老師，我害怕和大正在一處了我也會難以自拔的，那麼往後會怎樣呢！我害怕，我真的害怕哩。那我求你，明日我就是他的人了，你在最後的一個晚上能讓我像唐宛兒一樣嗎？」她說著，眼睛就閉上了，一隻手把睡袍的帶子拉脫，睡袍分開了，像一顆大的活的荔枝剝開了紅的殼皮，裡邊是一堆玉一般的白嫩果肉。莊之蝶默默地看著，把桌上的台燈移過來拿在手裡照著看著……（此處作者有刪節）柳月叫了一聲，那沙發就一下一下往門口擁動，最後頂住了房門，咚地一聲，把兩人都閃了一下，柳月的頭窩在那裡。莊之蝶要停下來扶正她，她說：「我不要停的，我不要停的！」雙腿竟蹬了房門，房門就發出哐哐的響動，身子撞落了掛在牆上的一張條幅，嘩嘩啦啦掉下來蓋住他們。柳月說：「字畫爛了。」但他們並沒有了手去取字畫……（此處作者有刪節）柳月離開了煙霧騰騰的書房時，說：「我真高興，老師，明日這個時候，我的身子在那個殘疾人的床上，我的心卻要在這個書房了！」莊之蝶說：「不要這樣，柳月，你應該恨我的。」柳月說：「這你不要管我，我不要你管的！」把門拉閉出去了。莊之蝶一直聽她走過的腳步聲，一直聽她開門的吱呀聲，然後一頭栽倒在沙發上。

翌日清早，牛月清老早起來打掃了屋裡屋外，又去廚房燒好了粥，才去喊柳月起床。柳月起來，就不好意思了，忙去把莊之蝶也喊醒，三人一桌吃了飯。飯後柳月坐在客廳裡梳頭，畫眉，插花，戴項鍊和耳環，一定要讓了牛月清和莊之蝶就坐在旁邊當顧問，從頭上到腳下直收拾了兩個小時，鋪天蓋地的鞭炮就響起來了。牛月清就立即要柳月脫了鞋，坐在臥床上去，而自個把房門大敞。這是一支幾十人的迎親隊伍，開來的小車是二十二輛，文聯大院裡放不下，一字兒又擺在大門口外的馬路上。得了紅包的韋老婆子跑前顛後，給每一個接親的人笑著，又嚴厲地防範著街上閒人進入大院。胸佩了紅花的大正，被人攙扶著恭恭敬敬地要向莊之蝶和牛月清行磕頭禮，他的麻痺的右腿已經往後撇去要趴下去，莊之蝶把他擋了，只要求鞠個躬就是。大正便深深一躬，又去臥室為柳月穿鞋，再將其抱下來，把一朵與他胸前同樣艷紅的花朵別在她的胸前。柳月靜靜地看著他，當大正別好了花，捏了她的手向唇邊去吻的時候，她撇撇嘴，對門口觀看的莊之蝶和牛月清說道：「他還在學西方那一套呢！」羞得大正耳脖赤紅。然後來人坐下吃菸吃葷吃酒，欣賞牆上的字畫，去書房門口瞧裡邊塞滿的書。擺鐘敲過十下，說一聲「上路！」趴在樓門洞上的窗台上的人就將三萬頭的鞭炮吊下來點燃，聲音巨大，震耳欲聾。大正牽了柳月雙雙往下走，三個照相機和一台攝影機就鎂光閃動，大正一笑，禁不住發出一個嘎兒之聲，柳月就拿白眼窩他。大正一臉莊重了，又竭力要保持著身子的平衡，但不免開步之後左右搖晃，不停地便撞著了柳月，後來就不是他在牽著柳月，而是柳月在死死抓著他的手，那手臂就硬如槓桿，把整個身子穩定著。樓門洞上的鞭炮還在轟響，紅色的屑皮如蝴蝶一樣翻飛。柳月害怕有一個斷線的炮仗掉下來落在自己頭上，一個趔子就跑過門洞口。因為猛地丟了手，險些使大正跌倒，一直跟在旁邊的牛月清就喊：「柳月！柳月！」柳月只好回過頭來等著。樓下的院子裡站滿了人，柳月這回是挽了大正的胳膊，盡量地靠近，不使大正搖晃。牛月清說：「好！好！」指揮了四個人把剪好的五彩紙兒往他們頭上灑，一對新人立時滿頭滿身金閃銀耀。接親而來的幾十人依次往車上搬嫁妝，長長的隊列從大院順序走出，馬路上圍觀的人就潮水般地湧過來。人們在對著新郎新娘評頭論足，說新娘比新郎高出了一頭，說新娘必定是一個新的家庭的掌權人，說新郎不久將來就得戴上一頂綠帽子了。有人就說新郎是市長的兒子，市長的兒子脾氣一定是暴躁的，他是能在氣勢上和威嚴上絕對征服了新娘的。於是又有人說，要撬這美人兒？那他必須要等美人抱他到床上了才能撬她的。這些議論柳月自然聽在耳朵裡，急急就鑽了那輛車裡去。

婚禮是在西京飯店的大餐廳中舉行的。莊之蝶和牛月清所乘坐的車剛在飯店門口停下，就看見偌大一群人已擁了大正和柳月進了餐廳大門。鞭炮不絕，鼓樂大作，正疑惑人這麼多的，有人就過來說：「你二位今日可得坐上席的，市長他們已經在那裡了。」兩人入得廳去，但見一片彩燈，光怪陸離，人皆鮮艷，喜笑顏開。穿著旗袍的服務員穿梭往來，正往每一張桌上放了花籃，擺了水果、糕點、瓜子、香菸、茶水、飲料。人亂哄哄地，也不知是哪路賓客。大正和柳月已經在進門時接受了兩個兒童獻上的花束，被人安排著從鋪著一條約兩米寬二十米長的紅綢上緩緩向廳的那一頭走。那一頭搭就了一個稍高的平台，紅毯鋪就，盆花擁簇，前有麥克風設備，後有四張上席主桌。司儀黃德復，讓新人轉過身來，招呼所有帶相機的來賓拍照新人倩影了。人們大呼小叫，要他們靠近些，再靠近些，要笑，要舉了花束，或者一個手搭了另一個的肩，一個摟了另一個的腰。大正和柳月不做。不做不行，有人上去為他們擺姿勢了，又是哄然大笑，滿堂喝彩。莊之蝶停在那紅綢邊，看清了紅綢上卻有金粉書寫了鄭燮的一副聯語：「春風放膽去梳柳，夜雨瞞人在潤花。」旁邊寫有「恭賀大正柳月婚喜」字樣，然後是麻麻密密的數百位恭賀人的簽名。莊之蝶想，一般會議典禮留念都是參加者在宣紙上簽名，這不知是誰的主意，倒把恭賀人名寫在綢上，又以綢代替紅地毯，也覺別出心裁，有趣有味。便有人拿了筆過來說：「請簽個名吧。」莊之蝶在上邊簽了，那人叫道：「你就是莊先生？」莊之蝶笑笑點頭，那人又說：「我也愛好文學的，今日見到你十分高興！」莊之蝶說：「謝謝。」要往前走。那人卻還要和他說話：「莊先生，那新娘是你的保母，是你熏陶出來的？」莊之蝶說：「哪裡！」那人說：「我真羨慕她！我有個請求不知先生肯不肯答應？我也想去你家當保母，一邊為你服務，一邊向你學習寫作。」莊之蝶說：「我不請保母了，感謝你的好意。」那人說：「你是嫌我不是女的嗎？我是能做飯，能洗衣服的。」莊之蝶幾乎是擺脫不了他的糾纏，牛月清便前去給黃德復講了。黃德復正在介紹著各位嘉賓，立即大聲說：「今天參加婚禮的還有著名的作家莊之蝶先生，我們熱烈鼓掌，請莊先生到主桌上來！」大廳裡一片歡叫，掌聲如雷，那人只好放了莊之蝶。莊之蝶上了主桌，與已坐了的各界領導和城中的名流顯赫一一握手寒暄。剛在一個位上落身，卻跑上來兩個姑娘，要請他簽名留念。莊之蝶以為是在筆記本上簽的，姑娘卻把身子一挺，說：「這心口專是為莊先生留的！」看時，那穿著的白棉毛衫上已經橫的豎的簽滿了人名，莊之蝶說：「啊，這麼好的衫子怪可惜了！」姑娘說：「名人簽字才有價值的！平日哪兒尋得著你們，聽說市長兒子結婚，尋思你們肯定是來的。你們簽了，我們招搖過市，這才是真正的文化衫！」莊之蝶說：「讓我先看看誰都來了？」便見上面有汪希眠、阮知非、孟雲房、孫武、周敏、李洪文、苟大海的名字，就把筆拿起來，在姑娘的胸前寫了。另一個姑娘看了，卻得寸進尺，說先生文思敏捷，能不能寫一首詩，四句也行的。莊之蝶為難了，說：「這兒哪是寫詩的環境，寫什麼內容呢？」姑娘說：「今日是婚禮，寫點愛情的吧！」莊之蝶在姑娘背上寫開了。那姑娘讓另一姑娘給她念念，就念道：

把桿杖插在土裡，希望長出紅花。把石子丟在水裡，希望長出尾巴。把紙壓在枕下，希望夢印成圖畫。把郵票貼在心上，希望寄給遠方的她。

姑娘就笑了，說：「莊先生你是在懷念誰呀？」莊之蝶說：「這是叫單相思。」姑娘說：「對，我就喜歡單相思。我找了那麼多男朋友，但我很快就拜拜了，這世上沒有我相信的人，也沒我可愛的人了。但我需要愛情，又不知道我要愛誰？單相思最好，我就放誕地去愛我想像中的一個人，就像是我有一把鑰匙，可以去開每一個單元房！」莊之蝶就笑了，說：「姑娘你有這般體會一定是愛著具體的人的，怎麼會不知道要愛誰？」姑娘就說：「那沒有成功麼。我發誓再不去愛他的，我天天都在這裡警告我的。」莊之蝶說：「可你天天都擺脫不了對他的愛。這就是不會相思，學會相思，就害相思；不去想他，怎不想他，能不想他？」姑娘叫道：「哎呀莊先生你這麼個年齡的人也和我們一個樣的?!」姑娘就在他面前的椅子上坐下來，似乎很激動，有作長談的架勢。莊之蝶忙提醒婚禮開始了，咱在這兒說話，影響不好的，就把姑娘打發了下去。這時候，又一人彎了腰上來，悄聲地對莊之蝶說：「莊先生，大門外馬路左邊有個人叫你去說句話的。」莊之蝶疑惑了，是誰在這個時候叫他？如果是熟人，那也必是要來參加婚禮的呀?!就走出來，飯店的大門外，人們都進餐廳去看熱鬧了，只停著一排一排的小車，莊之蝶左右看了看，並沒有人的。正欲轉身返回，馬路邊的一輛出租車搖下了窗玻璃，一個人叫了一下：「哎！」莊之蝶看時，那人戴了一副特大的墨鏡。莊之蝶立即知道是誰了，急跑過去，說：「你是要參加婚禮？」

唐宛兒說：「我要看看你！」莊之蝶仰天嘆了聲。唐宛兒說：「參加完婚禮，你能去『求缺屋』那兒見我嗎？」莊之蝶看看身後的飯店大門，一拉車門卻坐了進去，對司機說：「往清虛庵那條街上開吧！」唐宛兒一下子把他抱住，瘋狂地在他的額上、臉上、鼻子上、嘴上急吻，她像是在啃一個煮熟的羊頭，那口紅就一個圈兒一個圈兒印滿了莊之蝶整個面部。司機把面前的鏡扳了下來。

車到了清虛庵的街上，婦人說：「她們都去了？」莊之蝶說：「都去了。」婦人說：「那我們到文聯大院樓去！」不等莊之蝶同意，已給司機又掏了十元錢，車掉頭再往北駛來。

兩人一到住屋，婦人就要莊之蝶把她抱在懷裡，她說她太想他了，她簡直受不了了，她一直在尋找機會，她相信上帝會賜給她的，今天果然就有了，她要把這一個中午當作這分隔的全部日子的總和來過。她要讓莊之蝶把她抱緊，再緊些，還要緊，突然就哭起來了，說：「莊哥，莊哥，你說我怎麼辦啊，你給我說怎麼辦呢！」莊之蝶不知道給她怎麼說，他只是勸她，安慰她，後來他也覺得自己說的盡是空話，假話，毫無意義的話，連自己都不相信了，唯有喃喃地呼喚著：「宛兒，宛兒。」就頭痛欲裂，感覺腦殼裡裝了水，一搖動就水潑閃著疼。

他們就一直抱著，抱著如一尊默寂的石頭，後來鬼知道怎麼回事，手就相互在脫對方的衣服，直到兩人的衣服全脫光了，才自問這裡又要製造一場愛嗎？兩人對視了一下，就那麼一個輕笑，皆明白了只有完成肉體的交融，才能把一切苦楚在一時裡忘卻，而這種忘卻苦楚的交融，以後是機會愈來愈少了，沒有機會了！莊之蝶把婦人放到沙發上的時候，唐宛兒卻說：「不，我要到床上去！我要你抱我到你們臥室的床上！」他們在床上鋪了最新的單子，取了最好的被子，而且換了新的枕巾。唐宛兒就手腳分開地仰躺在那裡，靜靜地看著莊之蝶把房間所有的燈打開，把音響打開，噴了香水，燃了印度梵香。她說：「我要尿呀！」莊之蝶從床下取出了印有牡丹花紋的便盆。婦人卻說：「我要你端了我的！」眼裡萬般嬌情，莊之蝶上得床去，果然將她端了如小孩，聽幾點玉珠落盆……（此處作者有刪節）但是，怎麼也沒有成功。莊之蝶垂頭喪氣地坐起來，聽客廳的擺鐘嗒嗒嗒地是那麼響，他說：「不行的，宛兒，是我的老毛病又犯了嗎？」婦人說：「這怎麼會呢？你要吸一枝菸嗎？」莊之蝶搖著頭，說：「不行的，宛兒，我對不起你……時間不早了，咱們能出去靜靜嗎？我會行的，我能讓你滿足，等出去靜靜了，咱們到『求缺屋』去，只要你願意，在那兒一下午一夜都行的！」婦人靜靜地又躺在那裡了，說：「你不要這麼說，莊哥，你是太緊張也太苦悶了，雖然沒有成功，但我已經滿足了，我太滿足了，我現在是在你們臥室的床上和你在一起，我感覺我是主婦，我很幸福！」她說著，眼盯著牆上的牛月清的掛像，說：「她在恨我，或許在罵我淫蕩無恥吧，她是這個城裡幸福的女人，她不理解我，她不會理解另一個環境中的女人的痛苦！」便站起來把掛像翻了個過兒。

他們出了文聯大院，隨著一條馬路無目的地走。然後在飯館裡吃飯。吃完飯，路過一家影院，就買了票去看電影。他們商定看完電影就去「求缺屋」的，要買好多食品和飲料，去真正生活一日，體會那日夜廝守的滋味和感覺。莊之蝶說：「一天一夜。」婦人說：「兩天兩夜！」莊之蝶說：「不，三天三夜！」婦人說：「那就睡死去！」莊之蝶說：「死了也是美死的！」婦人說：「如果真的那麼死了，以後被人發現，那『求缺屋』不知會被人當作殉情之地歌頌呢，還是被罵作罪惡之穴？」兩人就嘿嘿地笑。他們這麼說著笑著在影院裡看銀幕上的故事，婦人就把頭倚在莊之蝶的肩上，莊之蝶剎那間卻記起了以前照過的那張照片，但他不願意再想這些，覺得他們現在的這個樣子，實在是一個有意思的字，悄悄說給婦人。婦人問：「什麼字？」莊之蝶在她的手心裡寫了下個「總」字。婦人卻在莊之蝶手心裡寫了一個「兌」字。莊之蝶就把婦人的兩條腿提了放在自已懷裡，脫鞋來捏。突然附在她耳邊說：「我真沒出息，該用它的時候不行，不用了倒英武！」婦人於黑暗中去探，果然如棍豎起，就解了他的前邊鈕釦，彎下頭來……（此處作者有刪節）莊之蝶恐後邊的人看出，用手努力支開了。婦人說：「我已經濕了。」莊之蝶伸手去試，果然也濕漉漉一片，就擰了婦人鼻子羞她，說：「我去買點瓜子來嗑吧。」站起來從過道往出走。他瞧見了在那邊的牆根有兩個人靠牆蹲了下去，他以為是遲到的人在那裡尋查座位，還指了一下手，意思是前邊有空位子，但同時為自己的舉動感到好笑：那麼黑暗的，人家哪裡懂得你指一下手的意思，也何必為他人操這份心?!於是在休息室的服務台前買瓜子兒，瓜子兒卻是葵花子兒，他說：「我要南瓜子兒！」南瓜子兒不上火。但南瓜子兒沒有了。莊之蝶記得剛才進來時離影院左邊三百米左右有家食品店的，就給門口收票的人說了，匆匆往街上跑。五分鐘後，莊之蝶來到影院座位上，卻沒見了婦人，而婦人的小手提包還放在那裡。莊之蝶想：去廁所了。他甚至想到她從廁所回來後，他一定要問是不是受不了了，到廁所又去用手滿足了嗎？但是，十分鐘過去，婦人還沒有回來。心裡就疑惑了，站起來去廁所外喚她，婦人沒有回應。讓一個進去的女人看看裡邊有沒有人，那女人出來說：「沒有。」莊之蝶就急了，想她能到哪兒去呢！是在休息廳裡？休息廳沒有。他知道婦人愛逗樂子，一定是在影院的什麼地方故意藏了，等看他經過時突然跳出來嚇他的，就開始在劇場一排一排查看，在前院後院尋找，沒有。這時候，電影結束了，觀眾散場，莊之蝶站在出口一眼一眼看，直等到劇場裡沒有一個人了，仍是沒有婦人的面。莊之蝶慌了，給孟雲房撥電話。孟雲房問他怎麼在婚禮中出去了再沒見人，是幹什麼去了？莊之蝶只好告訴了他一切，讓他去周敏家看看是不是唐宛兒提前回去了？孟雲房說他和周敏參加完婚禮，一塊去的周敏家，並未見到唐宛兒，他也是才從周敏家回來的。莊之蝶放下電話，現在唯一的希望是她先去了「求缺屋」，便搭出租車趕到「求缺屋」，那裡還是沒有。莊之蝶最後趕到孟雲房家，一進門就哭起來了。

牛月清眼看了莊之蝶在婚禮開始時出了餐廳，一直沒有返回，心裡就起了疑惑，因為他的所有朋友都在參加婚禮，會不會是去幽會了唐宛兒呢？但牛月清無法離開，當市長和夫人向她打問莊之蝶哪兒去了，她推託說有人叫了出去，一定是有什麼緊事吧，市長夫人就要她一定在吃罷飯後去新房看看，要等著新郎新娘鬧過洞房了再回去。牛月清於夜裡十一點回到家，她一眼就看見了有人來過了臥室，心賊起來，仔細檢查了床鋪，於是發現了一根長長的頭髮，又發現了三根短而捲的陰毛，而且牆上她的掛像被翻掛著。她怒不可遏了，抓起了那枕頭扔出去，把床單揭起來扔出去，把褥子也揭了扔出去。她大聲叫喊著，踹了書房門，把那裡的一切都弄翻了，書籍、稿紙、石雕、陶罐，攪在一起踩著，摔著，後來就坐在那裡等待著莊之蝶的回來！

牛月清等了一夜，莊之蝶沒有回來。第二天又是一天，莊之蝶還是沒有回來。牛月清沒脾氣了，牛月清懶得去摔東西砸家具了，她在一隻大皮箱裡收拾起自己的換洗衣服。這時候，門在敲響著，她去拉開了門閂，卻並不拉開門扇，轉身又去了浴室，在那裡用洗面奶擦臉。她在鏡子裡發現了一條新的皺紋，大聲唏噓，開始做英國王妃戴安娜的那一套面部按摩。她說：「你回來了，冰箱裡有桂圓精，你去沖一杯補補元氣吧。以後幹完那事，你得把毛掃淨才是。」但是，回答她的卻是哇的一聲哭。

哭聲異樣，牛月清回過頭來，當廳裡跪倒的不是莊之蝶，是那個黃廠長。牛月清走出來並沒有扶他，冷冷地問：「你這是怎麼啦，生意倒閉了嗎？」黃廠長說：「我找莊先生呀！」牛月清說：「你找他就找他，哭哭啼啼跪在這裡幹啥的？」黃廠長說：「我老婆又喝了農藥。」牛月清坐下來，卻拿了鏡子照著描眉，說：「又喝了農藥！那她是肚子飢了渴了吧？」黃廠長說：「我說的是喝的農藥！」牛月清說：「你那農藥她又不是沒有喝過?!」黃廠長從地上站起來說：「她這次真的是喝死了！」牛月清身子抖動了一下，鏡子從手裡掉下來裂了縫兒，問道：「死了?!」黃廠長說：「我只說這『一〇二』是喝不死人的，她要喝就喝吧，拉了門出來。晌午回去，一掀鍋蓋，鍋是什麼飯也沒有，我就火了，罵道你愈來勢愈大了，連飯也不做了?!去炕上看時，她一條腿蹺得老高，把腿一扳，整個身子卻翻過來，她是死得硬梆梆的了。」牛月清聽了，好久沒有言語，待聽到黃廠長還在那裡嘮嘮叨叨，說這是一場什麼事呀，農藥要它有毒的時候它沒個毒勁，不讓它有毒時它卻真把人毒死了！牛月清就笑了，說：「黃廠長，死了好的，你那麼有錢，什麼都心想事成，就是缺一個洋婆娘嘛！她死是她命裡不配你，這不給你騰了路，你還愁找不到個十八的，二十的？」黃廠長說：「她喝藥前也是這般說的，可離婚就離婚麼，我已答應給她十萬元的，她偏要去死！我知道她是不想死的，是要嚇唬我的，可誰知道這藥竟又有了毒性！她這一死，她的那些娘家兄弟就託人寫了狀子給法院寄，給區政府寄，聽說給市長也寄了，全是告我的『一〇一』是假農藥，『一〇二』也是假藥。」牛月清說：「噢噢，你來找莊之蝶是讓他再給你作一篇文章宣傳產品，或者去市上領導那兒為你開脫罪責？」黃廠長說：「是這樣，我現在只有尋莊先生這一條路了，他不會不救我的。」牛月清說：「那你就在大院門口那兒等你的莊先生吧，我要出門的，這門我還得鎖了的。」黃廠長一臉尷尬說：「這，這……」牛月清叭地把那鏡子在地上摔得粉碎，罵道：「你給我滾出去！你們這些臭男人還有什麼，就是有幾個錢嘛！你老婆讓你逼死了，你不忙著去料理她的後事，哭喪著來讓別人找門子，你有臉給我說？你還領了誰來，是不是把那個不要臉的野婆娘也領來了？是不是她還在樓下等著你？你把她領來我瞧瞧，害女人的又都是些什麼女人？想沒想過你今日害了這一個，趕明日又有她一個來害了你一個?!你滾出去，滾出去！」黃廠長被她一把推出去，門就哐地關了。

門關了，牛月清瞧著地板上一泥鞋蹭下的污垢，只覺得噁心，就拿了拖把來拖，拖了一遍又一遍，回坐到床沿上呼哧呼哧喘氣。

這個下午，莊之蝶依舊沒有回來，牛月清寫下了長長的一封信，歷數了她與莊之蝶結婚十數年的和睦生活。追敘著當初他是怎樣的一副村相，怎樣的窮光蛋；是她嫁了他，她完全把自己犧牲在了他的身上，鼓勵他、體貼他、照料他，使他一步一步奮鬥到今日。今日他是成功的了，名有了，利也有了，當然她是不配作他的夫人了，因為她原本就不漂亮，何況現在老了，更是因為十數年裡全為他在犧牲，已經活得沒有了自己。很長很長的時間了，他們的婚姻已經死亡，兩人同床異夢。與其這樣，我痛苦，你也痛苦，不如結束為好。牛月清寫到這裡，就寫了另一段話，說她到底不明白事情發展到這一步是她哪兒做得不對？對於他，對於這個家庭，她嘔心瀝血，而你莊之蝶一次一次傷她的心，難道一切都是假的嗎？人活得就這麼樣的假?!但是，牛月清寫下了這一段，她又用筆抹去了，她覺得沒必要再寫這些。於是又寫道，為了保全他的聲譽，為了他今後的幸福，她不願同一般人一樣在最後分手時打打鬧鬧成了仇人，只希望和平解決，不通過法院，而到街道辦事處辦理離婚手續就行。她說，她現在是要住到雙仁府那邊去，請不要找她，要找就是寫好了協議書一塊去街道辦事處吧。牛月清寫完了信，提了裝滿她的換洗衣物的大皮箱，從文聯大院走出去，她感到了一種少有的解脫。

一到雙仁府，老娘在院門口的墩子上坐著，臉上木木呆呆，牛月清叫了一聲：「娘！」老太太沒有理會，還向牛月清看了看，又一動不動地坐著。牛月清就蹲在她跟前，說：「娘，你怎地不理我，你怎麼啦？」老太太突然間驚醒過來，茫然的目光在眼眶裡轉悠，說：「誰？」牛月清說：「我是月清，你認不得我了嗎？」老太太就大張了嘴，抽搐著，哭起來了。牛月清見娘怎麼一下子成了這個樣子，也就哭了。母女倆先是一個心思地哭，而後各有各的悽惶，哭得就更厲害了。好容易把娘攙扶到屋裡，問娘怎麼連人也認不得了。老太太說三個晚上她沒有瞌睡了，腦子裡總是嗡嗡地響，可女兒不過來，女婿也不過來，是她把牛月清穿過的衣服紮了個綑兒吊在院中那口枯井裡，牛月清才回來了。她說：「你沒魂了，月清，我把你魂叫回來了！」牛月清知道老太太的老毛病又犯了，但從來沒有這麼個呆相的。心想母女離得最近，女兒的事老娘一定有了什麼感應才這樣的。便忍不住又落了淚，說：「娘，都怪我不好，好多天沒有來照顧你了，使你病成這樣！我再也不離開你了，我就住在雙仁府這邊，一日三頓給你做飯，晚上陪你睡覺，陪你說話啊！娘，你這會想吃些什麼嗎？」老太太說她想吃拌湯。牛月清趕忙去做，揭了鍋蓋，鍋是洗了，但鍋沿沒有洗淨，牛月清就又要傷心。十多年來，她的心十分之九都給了莊之蝶，然後一分才在娘身上，她覺得太對不起老娘，而在世界上最親近的卻只有老娘啊！

老太太有了牛月清在身邊，臉上慢慢生動起來，但她總是說這房子該刷刷牆了，牆上爬滿蛐蜒、臭蟲，甚至有蠍子。牛月清給她倒了開水，她說碗裡有一團蟲子；給她端了洗腳水，她又說盆底有更大的一團蟲子。夜裡牛月清不讓娘獨個去睡那棺材床，和她打通鋪兒，老太太又說是睡不著，總是說牛月清三四歲時的樣子多胖的，多乖的，然後就用手不停地搧著牛月清伸過來的腳，說腳上落滿了蒼蠅，叮嚀明日一定要洗洗腳的。牛月清聽了，就和娘睡在了一頭，讓娘摟著，給娘嗚嗚咽咽地哭。

莊之蝶和孟雲房、周敏滿城裡尋找唐宛兒，幾乎轉遍了所有的大街小巷，毫無結果，三人就來找趙京五。趙京五在家裡喝了幾天悶酒，見了他們，精神提不起來。莊之蝶就說：「柳月是一個心眼兒要嫁給大正的，我是勸說了多次，可有什麼作用？我說柳月呀，甭論京五一表的人才，單那一身的本事，說不定將來成龍變鳳，不愁你享不了福的！可她眼窩淺，反問了我：莊老師你這是給我畫餅吧！你瞧瞧，她就是這般見識，我也沒辦法了，我不是她的父母，也不是她的親戚，就是箍了她的身，能箍了她的心?!既然這樣，那就全隨她去吧。」孟雲房說：「我看是好事不是壞事。當初聽說趙京五和柳月要訂婚，我心裡就老大的不高興，但話就說不出口。現在她嫁給跛子，你們瞧著吧，跛子有難還在後頭哩！」周敏說：「孟老師這話怎講？」孟雲房說：「我聽我老婆說了，那一次她和柳月去洗澡，發現柳月是個白虎星，白虎星剋男人可是殺人不用刀的，這是書上寫著的。」趙京五說：「你們都不用說了，我也不是為一個女人就要毀了自己的人。人各有志，她不願嫁我，強扭的瓜總是不甜。我只是恨我自己沒能耐，又是可惜她太看重眼前實利了。今日你們都來了，好心我也全領了，都不要走的，我提幾瓶酒來喝喝。」莊之蝶說：「京五有這個度量，我們也就放心了。要喝酒，改日到我那裡去，咱們放開喝醉一場，只是今日還有要緊的事，你也得跟我們跑跑。你知道吧？唐宛兒丟了。」就根根梢梢說了一遍，只是沒有說是他和唐宛兒去看電影時丟的。周敏禁不住哭腔下來，說：「趙哥，咱這辦的是什麼事嗎？你的一個走了，我的一個丟了！這麼個城市，我們差不多篦梳一般兒篦過一遍，只是沒個蹤影，我倒害怕她遇著了壞人，要麼被害了，要麼讓拐賣了。」莊之蝶說：「你胡說什麼！唐宛兒在城裡無怨無仇，誰能害她？她那麼精明的人就又能吃人拐賣了?!京五你的門子多，三教九流都認識，咱要想法兒找著她才是。」趙京五說：「這怎麼不早早來給我說？現在黑道兒愛惹這些事的。我認識一個人，若是犯在他們手裡，倒十有八九能尋得出來。」四人當下就走到街上，乘了一輛出租車直往北新街而來。到了北新街，穿過一個小巷，到一家掛著一個精緻小花圈的店鋪門口，趙京五讓他們在門口等著，就進去和店裡一個正製作紙花的老太太說話。過一會兒出來，說：「牧子不在。」眾人說：「牧子是誰？」趙京五說：「他是紅道黑道兩頭掛的人物，早年學過拳腳，了不得的本事！咱先去街上吃飯吧，吃完飯再來。」四人就又到街上一家飯館，才到的門口，就碰上了阮知非和一個女的坐了一輛車駛過，車停下來對莊之蝶說：「哎呀，才要去找你的，沒想就碰著了，你瞧我這運氣！」孟雲房瞥了一眼那車中的女子，低聲說：「又換了班子了？」阮知非說：「哪裡，這是我的祕書。換什麼班子，現在是懶得離婚！今日你們倒有空逛街？跟我上車吧，我們要去招收三個時裝女模特，現在歌舞廳吃香的是時裝表演，已收了四個，去幫我看看！」莊之蝶說：「我們還有重要的事，你走吧。」孟雲房想託阮知非尋找唐宛兒，莊之蝶使了眼色，孟雲房就不言語了。阮知非說：「你們鬼鬼祟祟的不知又要幹什麼去，那我就不打擾了，改日要看這些模特，就給我打電話吧！」說完鑽進車去，對那女子說了些什麼，一陣浪笑，車開走了。四人就進了飯館。

　　飯館裡人很多，趙京五自動去排隊買票，莊之蝶、孟雲房、周敏就揀一張桌子坐下說話。旁邊的那張桌上，有兩個年輕人低了頭嘰嘰咕咕說什麼，便見一粗壯漢子先在窗外的玻璃前朝裡看了一會。莊之蝶先是抬頭一看，玻璃上一個壓扁的肉臉，便覺得不舒服，低了頭對孟雲房說：「閒人！」把身子背了玻璃，故意擋了窗外的人。過一會兒，那漢子卻進來，個頭並不高，卻四四方方的敦實，逕直在油餅鍋邊買了四個油餅，也不包紙，一手兩個捏著，就在那兩個年輕的桌前坐了。兩個年輕人沒有言語，卻要起身欲走，漢子伸過雙臂，隻手仍各捏著油餅，說：「哥們，幫個忙，綰綰袖子！」兩個年輕人看了看他，就無聲地一人一個地幫他綰了袖兒，袖子綰上來，兩個袖子裡卻都縫著紅袖章，黃字寫著「治安」二字。兩個年輕人噢地一叫，轉身便走，不想四個油餅眨眼間啪啪各打在他們的左右腮上，漢子低垂吼道：「敢給我走?!」兩個年輕人真的立在那裡不敢走了。漢子說：「老實給我說，十二路公共車上的錢包是不是你們偷的？」年輕人說：「你怎麼知道？不，不是偷的，是撿的。」漢子說：「好，撿的就好！把錢包裝到我右邊的口袋，丟錢人趕在派出所哭著哩。」年輕人把錢包裝在漢子的右口袋裡了，還在說：「大哥，我們真是撿的，是在車門口撿的。」漢子說：「還乖，那你們走吧，若要以後再撿，遇著我就不會是今天了，滾吧！把釦子扣端，滾！」兩個年輕人兀自把衣釦扣好了，一拱手，撒腿就跑。漢子笑了笑，從桌上捏了油餅卻吃起來。這一幕直看得莊之蝶、孟雲房、周敏目瞪口呆，孟雲房低聲說：「他會不會把錢包送給丟錢的人？」周敏說：「這種人我知道，惹不起的，別讓他聽到了。」莊之蝶說：「你知道他是幹什麼的？」周敏說：「這類閒人，派出所卻常用的，我當年在潼關城裡就充過這角色。」說話間，趙京五買了飯牌子過來，卻叫道：「牧子?!尋了你半天，你怎麼就在這兒！」漢子腮幫子上鼓著一個大包，舌頭調不過來，只把手裡的油餅讓趙京五吃。趙京五沒有吃，喜得扭頭對莊之蝶說：「咱尋牧子，牧子就坐在你們身邊！牧子，我介紹一下，這位是作家莊之蝶，這位是研究員孟雲房，這位是編輯周敏。」牧子終於嚥下一口油餅，問：「是誰？你說誰?!」趙京五說：「是莊之蝶，你知道嗎？」牧子說：「你說咱省長的名字我或許不知道，你說莊之蝶，我說我不知道，旁人就笑話我沒文化了！」油手在桌上蹭蹭，伸過來一一和莊之蝶等握，說：「聽說你寫的書好看，我買了幾本，但我沒讀過，我老婆讀的，她是你的崇拜者！有什麼事尋我？真的是尋我？」趙京五說：「可不是在尋你！你不信，回家問問嬸子！」牧子就油手在懷裡掏了一把錢給了趙京五，說：「就衝莊先生能尋我，也是我活得榮幸，去買一瓶白酒，咱們喝一喝！」莊之蝶忙說：「不必了，這麼豪爽的人，真叫人痛快，改日到我家去喝吧！」趙京五就按了他坐好，把求他幫忙的事敘說了一遍，牧子說：「那好吧，我去打個電話問問。」就出了飯館往電話亭去。一會回來說：「東片的南片的都問了，他們沒有收留這女人，也沒見過。北一片的回話說此人居住的不在他們的範圍。我不認識西片的那黑老三。我對北片的王煒說了，不屬於他管的範圍也要查，讓他馬上去找黑老三。過會兒就會回給我電話的。」莊之蝶聽了如聽神話，說：「這還有勢力範圍啊？」牧子說：「國有國界，省有省界麼，要是丟了什麼東西沒有查不出來的；可人是活人，查起來就難了。」孟雲房就來興趣，問：「你剛才抓那兩個小偷，怎麼就能看出是小偷？」牧子說：「我在十二路車站那兒，正好碰著車上下人，最後下來的一個老頭叫嚷錢包丟了，我一留神，就看出那兩個是賊的。職業有職業的味兒，什麼味兒，我知道但我說不出來。」孟雲房說：「對了，這就像咱們寫作人講的感覺。」正說話，牧子身上的BP機叫起來，他一看號碼，說：「來電話了！」就又走出去。四個人心都提起，全都沒話，一等牧子出現在飯館門口，站起來就問：「找著了？」牧子說：「那小子也說沒有。」大家臉色就難看了，坐下胡亂吃了飯，向牧子告辭，搭車回到孟雲房家來。

莊之蝶說：「雲房，現在怎麼辦？」孟雲房說：「是不是向公安局報個案？」趙京五說：「沒必要的，牧子都尋不到，公安局還有什麼辦法？」莊之蝶說：「到這一步，雲房你查查卦吧。」孟雲房說：「平日開玩笑的事我可以算的，但現在這麼大的事，我倒不敢了。讓我試試，一般尋人是用《諸葛神數》的，周敏，你說三個字來。」周敏想不出來。孟雲房說：「要突然想到什麼說什麼。」周敏說：「門石頭。我是突然看見你家門口的這塊石頭。」孟雲房就開始數各字的筆劃，門字要繁體門字，是九劃，石字是五劃，頭是繁體字十六劃，去十剩六，組成九百五十六，然後減三八四，查出第一個字，後又反覆加三八四，終於將查出來的字，聯成一首詞：「東臨水際，生有桃林。鳥聲向晚，雲掩月昏。」大家就納悶了。莊之蝶說：「在東方，東方屬哪兒？若在城裡就是東城區，若在城外就是東邊，東邊郊區是什麼地方？」周敏突然叫道：「會不會回了潼關？潼關就在東邊。」趙京五說：「極有可能，周敏你在潼關還有哥兒們沒有？」周敏說：「那哥兒們多了。」趙京五說：「那你就從這兒直撥電話問問呀！」周敏說：「她是毫無跡象要回潼關呀，就是回，也得給我說一聲的呀！」開始撥電話，撥了好一會兒，撥通了，果然唐宛兒是回到了潼關。那邊的哥兒們說，唐宛兒回到潼關，消息傳得滿縣城都知道了，說是周敏拐了良家婦女私奔到西京，唐宛兒的丈夫雇人雇車去西京查訪了七天七夜，沒想在一家電影院發現了。她丈夫就和一個人叫了一輛出租車停在影院門口，派另一個人去影院見她，唐宛兒是認識那人的，問起那人孩子的事，那人就讓她出來說說話兒，引她出來，她丈夫和前一個人就把她搶了塞進車裡，口裡塞了毛巾，手腳用繩子綑了，一氣兒開回潼關來的。周敏這麼複述給了大家，莊之蝶第一個先哭了，說：「這是對待犯人嘛，怎麼敢這樣待她？這是對待犯人了嘛！那她回去，不知要受什麼罪了！周敏，你立即去車站買票往潼關去，你要救她出來，你一定要救了她出來！」周敏卻霜打了一樣蹲在那裡不言語。莊之蝶說：「你怎麼啦？不想去啦？」周敏說：「我日夜擔心的就怕會這樣，他們能在西京大海撈針一樣把她尋回去，我怕回去了連見都見不到她了。」莊之蝶罵道：「你說的屁話！那你何必當初要把她帶來？你一個男子漢連一個女人都保護不了？唐宛兒真是瞎了眼，枉對你一場愛了！」罵完，周敏用拳頭打自己頭，莊之蝶也用拳頭打自己的頭。

牛月清住到雙仁府這邊。雙仁府地區的低窪改造開始實施，北頭的幾條巷子人已經搬遷，老太太就恐慌：下一個月，或者是冬季，就該輪到她搬遷了，那這條昔日的水局巷，那有著古井台的亭子就要再沒有了，她把那些骨片水牌就一日數次地拿出來看，嘮嘮叨叨給女兒說前朝，講後代，一會兒人話，一會兒鬼話，人話鬼話混在一起了吱哇。牛月清照料著老娘，心卻無時無刻不在莊之蝶身上。離開了文聯大院的住屋，沒有了更多的打擾，她原本是可清靜地思考他們的事情了，但是門前清涼，熱鬧慣了的人畢竟又生出了幾許寂寞。她是一怒之下離開了那個家，發誓再也不想見他的。而現在離開了他，也才知道自己那樣地愛著他。她猜想莊之蝶回到家去，看到了那封長信要作出怎樣地反應，是暴跳如雷，痛不欲生？如果是那樣，他就會很快到這邊來的，痛哭流涕地向她訴說事情的原委，懺悔自己的過失，發誓與唐宛兒分手。她想，到那時，她就要把他堵在屋外，用笤帚掃土去羞辱他，潑一盆髒水出去作踐他。她這麼幹著，娘偏拉她，她要與娘吵，然後當著娘的面罵他，用手揪他的頭髮，直到把肚子裡怨憤洩了，就可以接納他了。但是，莊之蝶沒有來，連個電話也沒打過來。難道，莊之蝶盼望的正是這樣嗎？他一直在尋找離婚的藉口，又想自己不說，只折磨得她這麼說了，幹起來了，正中了他的下懷？牛月清又想，或許是莊之蝶真的生了氣了，他雖平日隨和，但脾性兒執拗，要以硬頂硬，只等著她再回那邊去了，才肯低頭？他是名人，平日在外人都敬著，在家裡她也慣著，他傷害了她，還得她再去順毛撲索了才肯回頭嗎？牛月清幾次想去文聯大院那邊看看，但走到半路上又折頭回來，她擔怕這樣做了，莊之蝶會不會更反感，她以為是她牛月清離不得他的。而自己這麼個樣兒回去那又何必當時要寫下長信出走呢！牛月清給孟雲房撥電話，孟雲房知道了這事，在電話裡訓斥她處理問題太不明智了，怎麼能離開家再不回去？怎麼就提出要離婚？她的氣上來了，在電話上說：「你怎麼盡說我的不是，即便是我處理問題不好，他幹那種醜惡的事就對了？男人在外邊嫖野，老婆還要把他當爺敬著？他是名人麼，你們當然只得維護他麼，他身上的瘡也是艷若桃花麼！」發完了火，就把電話摔下了。她只說這下連孟雲房也惡了，沒想孟雲房在這個晚上竟登了門來，一進來就給她笑，就說是來聽她訓斥的。於是，她就和他談，說她怎麼也想不通莊之蝶怎麼能墮落成這樣？孟雲房說：「是的，令我也想不通！別人都幹了什麼樣的事了卻安然無恙，而莊之蝶可憐地只碰著個唐宛兒，就惹得人雖未亡家卻要破？」牛月清說：「你還嫌他墮落得不夠？」孟雲房說：「但我可以說，在這個城裡的文化圈裡，莊之蝶算是最好的！」牛月清悶了悶，說：「可他畢竟和別人不一樣，他若是阮知非那樣，出這事誰也不覺得是什麼事，而他在大家心目中形象是什麼呢？是一個正正經經的高高大大的人，出這事誰能接受了？這不只他毀了他自己，也毀了多少人呢？他雖然沒有離家出走，但他夜夜是睡在書房的；雖然沒有提出離婚，但那也只是時間問題。與其那樣，我為什麼還要賴著他？」孟雲房說：「這一點你說得很對。別人在外玩女人都是逢場作戲罷了，莊之蝶倒真的投入了感情！他實在是個老實的人。他同唐宛兒那麼來往，我就不大願意的，調劑調劑生活是可以的，但若弄到那個份兒上，那和自己老婆又有什麼兩樣？」牛月清聽了，心裡不悅了，說：「你這意思是讓他在外胡來，見一個愛一個，愛一個扔一個，回來又把我哄得住住的？」孟雲房說：「婚姻是婚姻，愛情是愛情，這不是一回事，但又是統一的。別看莊之蝶在這個城市幾十年了，但他並沒有城市現代思維，還整個價的鄉下人意識！」牛月清說：「我需要的是婚姻就是愛情，愛情就是婚姻！」孟雲房說：「在這一點上，你和莊之蝶總是反對我，但現實情況如何呢？這不，你們現在就陷入多大的痛苦呢！」牛月清說：「雲房，咱不要說了，咱也說不到一搭去。你要喝水我給你倒去；你要不喝，你有別的事就幹你的事去吧！」孟雲房落下大紅臉，卻嘿嘿笑了：「哎呀，這不是在趕我嗎？可我偏不走的，我是吃慣了你的飯，我今日還要吃了才走的！」牛月清就哽哽咽咽哭自己的悽惶。孟雲房見她愈哭愈傷心，就說：「月清，我是個臭嘴人，說些話你或許不愛聽的，但我從心裡講，我是同情你的。之蝶也給我說了你不回家去住的話，我就批評了他，我說之蝶，說良心話月清是個好老婆，她跟你了十多年，又沒個什麼大過錯，你心就安嗎？」牛月清說：「我用不著同情。我也能看出莊之蝶之所以不主動提出離婚，是在同情我，是在為我的後路著想。從這一點講，他還是個有良心的。可我需要同情嗎？我要的是感情！我不是不愛他，正是我還愛著他，我才成全他，讓他和唐宛兒成親結婚去吧！」孟雲房說：「他和唐宛兒結婚？你不知道的，唐宛兒被他原來的丈夫尋著押回潼關了！」牛月清愣了一下，便說：「這騷精狐子，她還有今天；她把人害夠了，她回去了?!」孟雲房說：「別罵唐宛兒了，她也怪可憐的。」牛月清說：「她還可憐，水性楊花的淫婦兒！」孟雲房說：「唐宛兒既然已經走了，你們還是好好地過日子吧！雖然這場事相互傷了感情，需要一段時間恢復，可我覺得只有你們兩個和好是對誰都好的，那樣，我孟雲房以後來也有個吃飯喝茶的地方！」牛月清說：「你孟雲房來，我還給你吃的喝的，只恐怕你以後不會再到我這兒來了哩！」孟雲房說：「我吃不吃喝不喝是小事，要是你們離了婚，你是擺脫了這一時的痛苦，那以後就會幸福了？」牛月清說：「他離了婚，就是和唐宛兒不行，憑他的地位名聲，十八歲的能找，二十歲的也能找，他不會不幸福。我是找不下個名人男人了，可我想，找一個工人，一個小職員總還可以吧？或許，我什麼也不會找了，我就跟我娘過！」孟雲房說：「你怎麼這樣固執？在舊社會，一夫多妻，那做老婆的都不活了？只要你肯放他一馬，他那裡由我去勸說！我以前就說了，無論如何，根據地不能失的。別像了我現在，原先是恨死了那一個，重新結婚了，反倒覺得還不如先前的，我現在夜裡做夢還總是孟燼的娘，夏捷倒是一次夢裡也沒見過。」牛月清說：「你這仍是要他搞雙軌制嗎？虧你給他出這餿主意！」嗆得孟雲房當下無語。牛月清就說她要睡覺了，攆著孟雲房出了臥室。孟雲房尷尬地只是笑笑，出來，老太太卻坐在客廳裡說：「你們說什麼來著，鬼念經似的。我這耳朵笨了，只聽著說是誰丟了？」孟雲房說：「大娘，人耳朵笨些好，糊塗些就更好的！是唐宛兒丟了，你還記得嗎？就是周敏的那個女人，她走失好些日子沒見回來了！」老太太說：「我說讓睡覺了把鞋抱在懷裡，你們誰聽的？現在唐宛兒就丟了！女人家重要的是鞋！她丟的時候穿的什麼鞋？」孟雲房說：「聽說就是那高跟黑皮鞋吧。」牛月清說：「娘，娘，你話這麼多呀！」孟雲房就又笑了一下，說：「那我走啦。」出門也就走了。

孟雲房一走，牛月清倒想：我該不該就放莊之蝶一馬，何況唐宛兒人已經走了。但是，她又想，莊之蝶明顯地從心裡反感了自己，如今寫了那信，又衝著孟雲房說了那些話，他一定會更疏遠起自己。即使唐宛兒走了，莊之蝶保不準將來還有個張宛兒、李宛兒的，與其這樣，長痛不如短痛，罷罷罷了。這麼咬著牙鐵了心，卻想不來莊之蝶為什麼就反感了自己，自己背叛過他嗎？自己服伺他還不周到嗎？這只能說莊之蝶不是以前的莊之蝶了，她牛月清就是這麼個悲慘的命了！

連著幾日，孟雲房又來了，而且趙京五也來，汪希眠夫婦也來，他們都來勸說。如果是莊之蝶親自來向她認錯賠情，這還罷了；如果是所有的朋友、熟人對此事皆不聞不問，這也還罷了，而莊之蝶無蹤無影卻是這些朋友、熟人輪番前來，施加壓力，牛月清吃得硬不吃軟，心愈來愈煩，話愈說愈硬，後來乾脆誰來勸說連見也不見了。幾天裡少飯少菜，夜夜失眠，人明顯地消瘦下一圈，頭髮也一把一把往下落。每日清晨對著鏡子，瞧見自己的模樣，想真要脫髮不止，成個禿頂，這後半生就活得更慘了，一時萬念俱滅，遂想起了清虛庵的慧明來。一天黃昏，紅雲燃燒，鳥亂城頭，牛月清終於進了清虛庵。山門口貼著一張紅紙，上寫著，「初一施放焰口法令。焰口內容：生者消災免難延年增福吉祥如意……亡者脫地獄之苦轉生極樂世界……」牛月清不曉得焰口是什麼，獨步進去，聽得觀音殿裡一片法器聲響，也不過去瞧看熱鬧，逕直到右邊小園裡，推那小獨院裡的一扇門戶，慧明正坐在那裡把什麼藥水往頭上揉搓。慧明的頭很圓，頭髮很稀。見是牛月清進來，忙招呼坐了，隻手還在頭上塗抹藥水。牛月清就問：「你這是在做什麼功法？」慧明說：「生髮功。」牛月清說：「生髮功？出家人都是要削髮的，還做什麼生髮不生髮的功。」慧明說：「都是熟人了，不怕說了你聽的，出家人都是削髮為僧，可我是當年無髮可削才出了家的。我十八歲時一頭濃髮，不想那個夏天髮就全脫了，一個女人沒有頭髮算什麼女人？我半年不敢出門見人，後來才索性去了終南山做了尼姑的，再後來又上了佛學院。可我現在要頭髮，我是要頭上生出頭髮了再削掉頭髮的。這是北京產的生髮靈，它還真管用的！」牛月清說：「我倒恨不得這一頭長髮一夜之間全脫個精光了，也來跟你做尼姑！」慧明笑道：「你就是頭髮全脫光了，充其量和我當時出家一樣。在俗世也罷，出家也罷，女人畢竟還是女人，女人能少得了男人？女人又怎能擺脫掉男人？農民收穫麥子就得收穫麥草，龍衣蟒袍就能保裡邊不生虱子？」牛月清說：「是這麼個實情兒。」慧明說：「你瞧著我一個尼姑還用生髮靈，覺得奇怪吧？可我奇怪的是你怎麼也想到要來清虛庵！莊老師是何等人物，別人有煩惱，莫非你也煩惱？」牛月清突然兩顆清淚掉下，卻一句話也不肯說。慧明見她如此，也不追問，沏了茶兩人喝了，直送到山門外，分手告別了。

過了三天，牛月清又來到清虛庵，慧明卻坐在被窩裡，說：「我知道你是還要來的。你的事我給孟雲房打電話時詢問了，他嚇得在電話裡直驚叫，要我多勸你。我不用勸的，你是來要出家也好，不為出家散散心也好，人各有志，勸也沒有用的，但我可以告訴你，解脫自己的只有你自己。我當初出家，以為做了尼姑就萬事清心，可進了佛門，才知道尼姑也不是隨便就可以當的，若是那樣，寺院倒成了避難所了，佛也顯不出其聖潔來了！男人的心我倒理解，喜新厭舊、朝三暮四是他們的秉性。這個世界還是男人的世界。婦人如同是大人的孩子，大人高興了就來逗孩子，是要孩子把他的高興一分為二地享受；大人苦悶了，也來逗孩子，或者罵孩子，是把孩子當作出氣筒，或當作消氣機，要把苦悶合二而一或一概兒推去。說女人是半邊天，女人可以上天，可以入地，可上天入地的女人到底有多少？滿城的商店裡出售著女人的服裝、女人的化妝品，好像社會一切都是為女人而服務的。可這一切又都是為了什麼？還不是讓女人打扮得漂漂亮亮了，供男人欣賞消用？在男人主宰的這個世界上，女人要明白這是男人的世界，又要活得好，沒結婚的讓別人喜歡，結了婚的讓丈夫寵愛，女人就得不住地調整自己，豐富自己，創造自己，才能取得主動，才能立於不會消失的位置。若以美貌取悅，美貌總是隨著時光要流逝的，且世上的美貌各式各樣，你一人怎去滿足男人吃了五穀還想六味的胃口呢？若一切圍著男人打轉兒，男人的一切就是自己的一切，到頭來你只能活得窩囊，遭人遺棄。孔子說唯女子和小人難養，其實男人最難養。你離他遠了他不行，離他近了他又煩。女人對於男人要若即若離，如一條泥鰍，讓他抓在手裡了，你又滑掉；如一顆瓜子兒，吃進嘴了，逗起了口液出來又填不飽肚子。男人就對你有了種好的感覺，追求起來就像蒼蠅一樣勇敢。所以，女人要為自己而活，要活得熱情，要活得有味，這才是在這個男人的世界裡，真正會活的女人！」慧明講經一樣滔滔不絕地說了一大堆，牛月清心裡騰騰在跳，一會兒覺得她在說那個唐宛兒，唐宛兒為什麼活得人都寵愛，難道就是唐宛兒知道這些？一會兒又覺得她是在說自己，自己的失寵就是沒曉得這麼個理兒嗎？但牛月清想不到的是慧明年紀輕輕，又是尼姑，卻懂得這麼多關於男人和女人的事，就說：「慧明師父，你能說這些，真讓我吃驚哩！」慧明說：「是嗎？我要再說出來，還要嚇死你的呢！」牛月清說：「什麼事就把我嚇死了？」慧明說：「那好吧，既然你看得起我，到我這裡來，我也就全對你說了。你不覺得我今日坐在床上和你說話是沒禮貌嗎？我是打胎了兩天了。」牛月清叫道：「打胎?!」慧明說：「你把門掩上，別讓別的尼姑聽著了。是打了胎，你該用怎樣的眼光看我了，你怕永遠不會再來見我了吧？可這是真的，我一發覺身子有異樣，就自配了中藥打下來的。好了，你現在可以走了。」牛月清真不知道還要和慧明說些什麼，她緊張地不敢看慧明，她不是怕慧明難堪，而是自己不好意思。她喃喃著，果真起身從那裡走出來回家了。

足足過了七天，牛月清給單位告了病假，在家四門不出。莊之蝶與唐宛兒的事發生後，她感到痛苦的是自己最愛的丈夫竟會這樣；而現在，出了家的慧明也打胎，這世上還有什麼是真的？還有什麼讓人可相信、可崇拜、可信仰呢？這般思索沒個究竟，果然自己就發病躺倒了。她的身上開始脫落皮屑，先是並不注意，後來穿襪子的時候，襪筒裡有許多麥麩一樣的東西，早晨起來掃床，床上也是，就覺得渾身非常癢。脫了衣服，才看清身上皮膚發糙，像蛇皮紋，像樹皮紋，她就在晚上脫光了衣服，拿一把刷子刷著身子，又一遍一遍地洗。第八天裡，她重新上班去了，很晚很晚才回來，老太太把女兒擋在門口瞧了半天。牛月清說：「娘，你這是幹什麼，認不得我了？」老太太說：「我真的認不得你了，你這是怎麼啦?!」牛月清就笑道：「娘，那你再瞧瞧，是漂亮了，還是難看了？」老太太說：「眉毛黑了，臉上的蝴蝶斑怎麼沒有了？」牛月清說：「這就好！」告訴老娘她是去美容了，眉毛黑是紋了眉，蝴蝶斑是用一種藥劑弄去了，她往後每天得去一次，一連去七天就會全去掉的。她還要去墊鼻梁，還要打平額上皺紋，還要去掉下腹裡的多餘脂肪，還要把腳也變瘦的。說得老太太驚道：「這不整個兒不是我女兒了?!」從此就整日嘮嘮叨叨，說女兒不是她的女兒了，是假的。夜裡睡下了，還要用手來摸摸牛月清的眉毛、鼻子和下巴，如此就懷疑了一切。今日說家裡的電視不是原來的電視，是被人換了假的；明日又說鍋不是以前的鍋，誰也換了假的；凡是來家的親戚鄰居又總不相信是真正的親戚鄰居。後來就說她是不是她，逼著問牛月清。

莊之蝶罵得周敏回潼關去搭救唐宛兒，回到家來，牛月清卻走了。陡然之間，雞飛蛋打，落得一個淒淒慘慘的孤家寡人。對於牛月清提出的離婚，在牛月清沒有提出前，莊之蝶是恨不得一離了之；而當要離婚的信擺在了面前，莊之蝶卻分明感到了一種震驚。他是看了那信後，大笑了一聲，去沖泡了一杯濃濃的咖啡來喝，竟覺得一時身心輕鬆。但一個人在房子裡待過了一天，便空蕩難忍，把哀樂的聲放到最大的音量，他方能在床上靜靜地躺下來思想。在以前的那些日子裡，每當他與唐宛兒、柳月，甚至那個阿燦有了那種事，回家來就希望牛月清能罵他恨他。但牛月清不理了他，他又覺得難受；若牛月清對他百般照料，他心裡又覺得對不住人。這種折磨他不止一次地盼望著能結束，現在是結束了，但湧上心頭的是牛月清以往的好處。想到了牛月清諸多好處的莊之蝶，卻並沒有去雙仁府那邊登門求饒，他明白事情到了這一步，如果兩人重歸於好是太難了。首先是牛月清能消除心中的他和唐宛兒相好的陰影嗎？再是他往後又如何能清理掉對唐宛兒的戀情呢？是唐宛兒給了他新的感覺新的衝動，而今唐宛兒墜入了另一個苦海深淵，他能心安理得地如沒事一般地過好他的日子嗎？不要說自己往後如何忍受痛苦，這豈不終生要揹著雙重負罪的枷鎖嗎！但是……但是，莊之蝶又想，正是認識了唐宛兒，和唐宛兒有了這些靈與肉的糾葛，使得他一步步越發陷入了泥淖之中啊！莊之蝶為了擺脫困境，他開始用關於女人的種種道德規範來看唐宛兒，希望自己恨起她，忘卻她，忘卻她！可莊之蝶想不出唐宛兒錯在哪裡，哪裡又能使自己反感生厭？他在心裡一次次企圖忘卻她，一次次卻在懷念。明明認定了面前的是一杯毒酒，但那美艷的色澤，濃烈的香味，又誘他不得不去渴飲了。孟雲房曾來和他談過，斥責他從事文學創作時間太久了，太投入了，已經不懂得了社會，一切以藝術來處理，才一步步弄成了這樣。事情出來了，難道還要這麼繼續下去嗎？你揪心不下這個，揪心不下那個，那你把你自己呢？你是名人，名人活得應該更瀟灑更自由，你卻把你弄得這麼累，這麼苦?!莊之蝶是無聲地笑了，他說他不會聽你孟雲房的，你孟雲房的觀點他過去不同意，現在也不會同意，他只請求朋友們不要來提說這事。他說唐宛兒丟了，牛月清走了，這無疑是上帝對自己的一種懲罰。既然是懲罰，那自己就來自作自受吧。於是，莊之蝶買來了一箱子方便麵，自己洗自己的衣服。這麼在家待過了幾日，百無聊賴，就去孟雲房那兒約了趙京五和洪江喝酒。見酒就貪，凡貪便醉。自己也覺得討厭了自己，便每日騎了「木蘭」，頭髮弄得紛亂，將小錄放機裝上音樂磁帶，戴上耳機，一邊在城中閒轉一圈，一邊聽音樂。有時想，或許今日有個女人攔了他讓捎她一程路吧，或許在某個空曠的路上攔住一個漂亮的女人吧。但常常那麼瘋開了一圈就轉回來，弄得一身汗一身土，面目全非。

這一日在閒轉的時候，突然一個念頭閃過，就去了南郊看那奶牛了。雖是秋後，太陽依然很旺，苞穀已經收割了，乾旱的田裡還未耕耘，到處都是一色褐黃，塵土飛揚。「木蘭」到了劉嫂家門前的土場上，土場上集中了數十頭耕牛，這些牛全沒有主人牽著，也沒有繮繩拴在木樁上或碌碡上，但牠們並不走動，全圍在已坍倒的劉家院牆外往裡瞅著。莊之蝶往院中看去，那頭奶牛在躺臥著，差不多是一張牛皮蒙蓋了一堆骨頭。劉嫂就蹴在牛頭邊攪和木盆裡的吃食。莊之蝶停了「木蘭」走進去，劉嫂默默地看著他，沒有說話，淚水卻已縱橫滿面。莊之蝶知道奶牛是不行了，慶幸自己偏巧趕來，還能最後看看牠。就從坍倒的土牆根拔了一些腥味很重的白蒿放在了奶牛嘴邊。奶牛只是艱難地動了一下耳朵，算是和莊之蝶打招呼了，牠的眼沒有大睜，眼圈周圍有很黏的東西。腥味的草已經是聞到了，那舌頭偶爾伸出來，只那麼一寸，捲了一下垂流的濃涎。屋子裡，男人很重的聲音在喊叫了劉嫂：「讓你去打酒，你磨磨蹭蹭，這會兒還讓牠吃什麼呀?!」就和一個漢子走出來站在台階上。莊之蝶先是覺得一道白光閃了一下，才看清那漢子提了一把柳葉長刀。劉嫂的男人滿臉鬍茬，寡白無血，看見了莊之蝶，說：「你來了?進屋喝茶吧。」莊之蝶說：「是要殺牛嗎?」男人說：「實在沒辦法，拖得時間太長了，與其讓牠這麼受罪，真不如讓牠解脫了。牛若有靈，牠也是願意這麼做的。你這麼大個人物，牠病了你來看過，今日倒頭，你又來了！」莊之蝶說：「我與這牛有緣分。」那漢子就在太陽下荷地笑了一下：「老齊，你死了怕也沒人來看的哩！」劉嫂的男人說：「這應該，牛偏偏就死在我手裡，我也是有罪的。」漢子就走到奶牛身邊，把刀子叼在了嘴裡，雙手在繫緊著腰帶，說：「老齊，你兩口來按住牛角吧。」劉嫂的男人上去按了，劉嫂卻捂了臉向屋裡跑去。男人罵道：「這婆娘家的！」只好自己一手抓了一隻牛角。劉嫂跑到屋門口站住了，她是不忍心去看，又不忍心在奶牛死時她不在場，就臉對了門扇，雙手死死抓著門環。漢子的嘴裡還是叼著那口刀，刀的白光在閃著，手就在奶牛的喉管處摸位置，然後從嘴中取下刀，說：「這位客人，你來抓住牛尾巴！」莊之蝶沒有動。漢子不屑地哼了一聲，一條腿則跪下來，說：「今日你受苦是到了頭了，下回不要轉生牛了！」哧啦一聲，刀便從牛脖下捅進去，連刀把也送進去了一部分。莊之蝶看見，牛眼翻成了雞蛋一般的白色，刀口咕咚咚冒出一股熱腥氣，血就泛著粉紅色的氣泡汩汩地流在熱土上了。莊之蝶一時無力，慢慢蹲下去，同時看見劉嫂雙手從門環上滑下去，最後癱臥在門檻上。這時候，院外土場上是一片牛的吼叫，所有的牛瘋狂地轉圈奔跑，塵土飛揚，遮天蓋地。漢子立即叫喊著過去關住了院門，而又拿一條皮鞭守在坍倒的院牆豁口，皮鞭甩得叭叭響。牛群終於沒有衝進來，後來就有一頭極悲哀地哭嚎著從土場邊的一個胡基壕裡衝奔過去，隨後是十幾條牛都這麼吼叫著衝奔去了。莊之蝶回頭來，地上已攤開了一張牛皮，漢子從亂七八糟的一堆肉裡拿出了一小塊金黃的東西，說：「這麼大的一塊牛黃！」他興奮得用血手把牛黃拿在陽光下看，牛黃上還浮著一層熱氣。

當莊之蝶被男人拉著進屋去坐在了酒桌上，莊之蝶從恍惚裡清醒，在他的身邊是一個大草籠，裡邊裝了大塊大塊的牛肉，而那張血淋淋的牛皮晾在倒坍的院牆豁口。莊之蝶沒有喝酒，他說：「我想買了這張牛皮！」漢子在口裡倒了一杯酒，說：「噢，你是皮貨店的老闆？這皮子可是張好皮子，你掏什麼價？」莊之蝶說：「要多少價我出多少價。」劉嫂立即說：「什麼價不價的?!莊先生，你要肯收留，你拿走吧。」

柳月到了大正家，大正家和莊家一樣，都是客人多。但莊家的客人都是清客；大正家的客人差不多都是各部局領導，工廠廠長和商場、公司的經理，這些客人從沒有空手過。大到冰箱彩電，小到菸酒瓜果，拿禮的人幾乎都是一個規律，進門換拖鞋的時候，禮品就勢放在了鞋架邊的一個沒有窗口的小雜物間裡，然後坐在客廳裡與主人說話，送禮人再不言說有禮品放在那兒，收禮人也不寒暄致謝。他們在說話的時候，柳月是不出面打招呼的，只有婆婆或丈夫喊一聲：「柳月，你也來！」柳月方花枝招展地從臥室過來，過來了她會好看地對著來客笑笑，間或插一句兩句的閒話。但她能準確地知道客人們茶杯裡的茶是不是喝完了，她不去續水，喊：「小菊，添水呀！」

小菊是大正家的保母。過門的第二天早上，柳月認識了小菊的。那時小菊在廚房裡擇韭菜，柳月下意識地也蹴過去，抓起一把韭菜來擇，還未擇完，立即就不擇了，站起來在水池裡用香皂洗手。小菊「哼」了一聲。柳月就一邊洗，一邊問：「你叫什麼名字？」她說：「小菊」。柳月說：「小菊，今日咱吃餃子吧，多放些蝦皮，放的時候你說一聲，我來下料。」小菊沒有言語，依舊在擇韭菜，突然說：「市長家的餃子從來不放蝦皮的！」柳月愣了一下，變了臉說：「我就要吃蝦皮餃子！」甩了甩手上的水，並不去擰水龍頭，水嘩嘩地響，她就到新房去了，說：「把水籠頭擰上！」

第十天裡，柳月在家裡待煩了，她對大正說她要工作，大正說已經派人去辦理她的城市戶口了，一時還沒有辦好，到哪兒去上班呢？柳月說這她不管，她要工作。大正就把柳月的要求告訴了母親，夫人想來想去，便給阮知非打了電話，要求把柳月安排在他們的歌舞廳。柳月第二天就去上班了。

柳月不會歌舞，柳月卻有好臉好身材，柳月就跟著時裝模特隊學走台步。模特隊都是些長腿細腰的女子，漂亮很漂亮，但一臉的文化。柳月讀的書多，氣質好，知道怎樣展示自己的風采，竟在很短的時間裡成為模特隊最出色的一個。這個城市的人欣賞時裝模特表演，並不是來欣賞時裝，而要看的是模特。或者說，不管你設計師設計了什麼樣的服裝，在他們看來，台上的模特都是赤身裸體的。說這個臉好，臀部卻大；說那個太瘦，胸部未隆。末了，覺得最迷人的最有性感的還是那個叫柳月的。柳月每一次出場，下邊都是噢噢噢的叫喊和口哨聲。一時間，阮知非那兒有個好模特的話就傳開來，歌舞廳的生意倒十分地紅盛。

這一日中午，孟雲房牽扯了北郊有《邵子神數》孤本的老頭和新疆來的那位大師相見，長虹飯店的經理免費提供了食宿，兩位奇人為了感謝經理，也是為了各顯了本事讓對方瞧瞧，就為經理發功治病，又為飯店預測生意，直折騰了一天。這經理當然也念孟雲房的好處，贈了他一副老式蓮花銅火鍋，又給了五斤切好的羊肉片和三色調料。孟雲房高高興興接受了，在家來做，就把莊之蝶和趙京五召來享用。莊之蝶情緒不佳，吃得並不多，隨手打開電視機，電視裡正在播映一部五十集的外國槍戰片連續劇。劇前是阮知非歌舞廳的廣告。孟雲房就說：「之蝶，你知道不，柳月現在就在歌舞廳裡上班，她當了時裝模特，好紅火的！」莊之蝶說：「這就好，柳月適宜於那份工作。這你怎麼知道的？你常去跳舞嗎？」孟雲房說：「我哪裡去過！」夏捷說：「他沒去，他兒子倒常去！」莊之蝶說：「孟燼那麼小的去什麼，他有錢買門票？」夏捷說：「問題就在這裡！大前日阮知非見了我，說你那兒子真聰明，隔三岔五領了同學去舞場玩，檢票人要票，他說阮知非是我叔叔，柳月是我姐姐，就進去了。檢票人後來問我有沒有個侄兒的？我出來看了，見是孟燼，這小子行的，將來和老孟一樣，是個人物！我回來給老孟說了，讓他好好教育教育，他卻一臉地不高興！你瞧瞧，臉又黑封起來了！」孟雲房黑起來的臉就又尷尷尬尬地笑，說：「我哪裡黑封了臉？之蝶，幾時咱們去那裡看看柳月去，別讓柳月覺得嫁出的女潑出去的水。」莊之蝶說：「行的嘛，你給咱聯繫聯繫。」孟雲房說：「那有什麼聯繫的？吃過飯，我去宣傳部一趟，部長昨兒來電話讓我今日下午去一趟的。那有什麼事！還不是讓孟燼的師父給她老婆發氣功排膀胱結石？我今日去不治的，只約個時間。」夏捷說：「瞧你多積極，一會兒要去看望市長的兒媳，一會兒要去給部長老婆看病，把作家就擱在這裡不理不睬了?!」孟雲房說：「你這一說，我成什麼勢利小人了？我去部長那兒要不了半個小時的，你們在這兒坐著聊吧，四點鐘，咱們都準時在歌舞廳會面。」趙京五說：「要去你們去，我是不去的。」孟雲房說：「京五你就小家子氣了，柳月沒做你的老婆你就不敢見她了？不敢見的倒是她柳月！你要不想見，你可以不見，你就在舞廳裡跳舞吧，說不定在舞廳碰上一個中意的！」夏捷說：「你要走你就快走，囉囉嗦嗦地煩人！雲房，我可告訴你，今日要去那裡散心就好好散散心，別又帶了孟燼讓舞廳檢票人說閒話，我可再丟不起人哩！」孟雲房發了一聲恨就走了。夏捷趕忙收拾了碗筷，也不洗的，叫了隔壁一人，圈桌搓起麻將來。

孟雲房去宣傳部，並不是部長讓給他老婆排結石，卻說出了一件關係到全城人的大事。原來市長為了進一步以文化搭台讓經濟唱戲，當得知北京動物園贈送了西京動物園三隻大熊貓的消息後，忽然靈機一動，設想能否舉辦一個古城文化節，而且也想好了這個節的節徽就是大熊貓。市長召集了宣傳部、文化局有關人開了個會，大家一致叫好，說這是一個好主意，一是向外擴大本市的宣傳，二是以此搞活經濟，這在全國也是一個創舉。於是，一個龐大的籌備委員會就成立了。部長把孟雲房叫去，就是徵求孟雲房對文化節內容的意見的。孟雲房聽了，首先就提出這事得莊之蝶參加吧，部長說那是當然，但莊之蝶是作家，一般事不必麻煩他，只等將來的許多文稿由他起草就是了。孟雲房看了足足三頁的文化節的設想項目，一時覺得若這麼談下去，談到天黑也談不完的，就說這是大事，讓他帶了這些項目表回去好好思謀，明日下午來具體談自己的想法好了。忙脫開身子，急急就去了歌舞廳。

歌舞廳裡的營業演出剛剛結束，舞會卻才開始。跳舞的人非常多，都是一對一對貼得緊緊地在那裡晃，旋轉的播撒著碎點的燈光，使所有人如同幻影和魔鬼，無法辨清那是誰和誰。孟雲房聽孟燼說過，柳月總是陪人跳舞的，就坐在旁邊的一張桌前，極力於人窩裡尋找柳月。但他的右眼已經壞了，左眼的視力也開始不好，他看每一個女的都奇裝異服，美貌非常，似乎就是柳月，可一支樂曲終止，從舞池下來的女的卻沒一個是柳月。沒見柳月，尋阮知非的身影吧，樂曲又起，男男女女又都湧進舞池跳起來了，一切又都分辨不清。孟雲房這時倒叫苦沒事先聯繫好，若莊之蝶他們來了，見不到柳月和阮知非，又該笑罵他了。正發急著，突然有人在說：「你是孟先生嗎？」孟雲房扭頭看時，聲音就在旁邊，同桌對面坐的一個俏麗的女子正雙手支了下巴在端詳他。孟雲房說：「是你在問我嗎？我姓孟，你是誰？」女子手伸過來，孟雲房當然接受了去握，又說了一句：「面怪熟的，我這腦子不好，一時記不起了，實在抱歉。」女子說：「不用的，咱們其實從未見過面，我只是看你的形象問的，果然就是孟先生了！」孟雲房說：「你是瞧著我一隻眼的?!」女子就笑了，說：「聽說孟先生有趣，果真有趣。可我是個沒趣的人，我在檢察院工作，你一定會知道是誰了？還想不出嗎？景雪蔭是我的二嫂。」孟雲房簡直是吃了一驚，他幾乎要起身而去，但他立即就笑了，說：「知道了，知道了，你哪是沒趣的人，在這兒碰著你實在讓我榮幸的。我是認識你二嫂的，真是不是一家人不到一家去，你和她長得有些像哩！你二嫂好嗎？」女子說：「她能好嗎？你的朋友一場官司幾乎要讓她上吊了！」孟雲房說：「話可不能這樣說，這場官司我大約知道一些，依我之見，何必鬧到這一步呢？先前都是多好的朋友！莊之蝶現在家裡害愁苦，怨恨周敏惹禍，把好端端一個朋友就變成了仇人！」女子說：「他要真顧惜往日的友情，那為什麼要提供他和我二嫂的隱私呢？他為了自己的名聲而損害一個過去的朋友，這也就太不道德了！」孟雲房說：「事情絕不是你說的這樣！好了，咱倆不要說這些了，好賴這場官司也算結束了。」女子說：「孟先生不懂法律，中院判決了並不是案子的終了，還要允許向高院申訴的哩。」孟雲房說：「還要申訴？這何必嘛？」女子說：「無論怎麼說，我二嫂是嚥不了這口氣的，她既然打這場官司，投入了全部身心，她就得把官司打到底呀。你明白我的話嗎？」孟雲房說：「當然明白，甭說你二嫂身後有人，單是身前有你這麼一個小姑子，也會心想事成的。」女子笑了一下，說：「那我也就不說了，先生能賞臉，讓我陪你跳一場嗎？」孟雲房說：「實在對不起，我一點也不會跳舞，我這是第一次到這地方來，要找一個人的。」女子說：「這就遺憾了，那我只好邀請別人了。」就招手叫來服務員，付過了錢，說：「給這位先生來一杯可樂。」自個卻揚頭走了。孟雲房兀自覺得受辱，就問服務員柳月是在哪兒的？服務員說：「今日她沒來舞池，恐怕在她的房間吧。你從這裡過去，出那個門，靠右手是樓梯，第三層十八號是她的辦公室。」孟雲房謝了，卻從口袋掏了錢給服務員說：「等會你把可樂錢還了那位女的，就說我說了，約情人出來玩玩，怎麼能讓情人付錢?!」

孟雲房在三樓十八號按了門鈴，房間裡並沒有動靜，又按了幾下，聽見是柳月在問：「誰呀？」孟雲房說：「是我。」柳月說：「有事到營業廳吧，我現在有重要客人。」孟雲房趕忙說：「柳月，我是你孟老師！」門開了，柳月濃妝艷抹，幾乎讓他都不敢認了，叫道：「柳月，現在這麼難見的！你身上灑的什麼香水，就像洋人身上的味兒一樣，怪難聞喲！」柳月趕忙使眼色，悄聲說：「我這裡就有個老外的。」然後拿嘴努努那套間，套間門掩著，讓孟雲房進去了，大聲地說：「孟老師，把我出嫁了，你們就誰也不來看我了！今日是陪誰來跳舞嗎？」孟雲房說：「我瞎眼笨耳的，能陪了誰來？你莊老師近來心緒糟糕，我們就一塊出來看看柳月嘛！」柳月說：「來散心就散心，卻偏要說看我？莊老師他有什麼事心緒糟糕，柳月一走倒省他多少心呢！」孟雲房說：「你這沒良心的小猴精！」就把唐宛兒怎麼丟了，牛月清又如何走了，莊之蝶孤伶伶的一個人怪可憐的說了一遍。柳月聽了，眼圈倒紅起來，問：「莊老師人呢？」孟雲房說：「我們約好四點來這裡的，我在下邊舞廳裡怎麼也找不著你，等會兒他來了，你好好安慰安慰他，也勸他去你大姐那兒低個頭認個錯，重歸於好。」柳月說：「過了門我只忙著到這裡上班，總說去看看他們卻是沒空，好賴在這裡不被人下眼看了，還思謀著請了他們和你一塊來看看我的表演，沒想阮知非卻遭了人打，將這一攤子臨時交了我來張羅，才沒個空兒去文聯大院，他那裡竟出了這等事來！」孟雲房說：「你說什麼，阮知非遭人打了？」柳月說：「這事你不知道呀？阮知非是每天晚上營業完了來收款的。前日晚上突然一個人把他堵在樓梯口，問，你是阮先生吧？阮知非不認識這人，來人說他是太平洋公司的祕書，公司要慶典，希望時裝模特隊前去助興演出。阮知非說這裡是正常營業，不外出演出的。來人就說他們經理在樓下的車裡，能見見嗎？阮知非便走下去，那小車裡果然坐有三個人，其中胖子伸出手來和阮知非握手，手剛一觸到，阮知非就被拉得身子站不穩，那稱作祕書的就勢在後邊一掀，阮知非就進了車去，車嘟地駛走了。阮知非知道不好，抱了錢箱問人家這是幹什麼，那胖子一拳就打在他的眼睛上，墨鏡破碎了，鏡碴兒扎在他的眼裡，血當下流出來。那胖子說就是幹這個的，姓阮的，知道你是發了財了，可總不能讓我們餓肚子吧？向你借，你是不肯的，實在抱歉啊，只好這麼辦了！阮知非還在說，你們大白日搶劫，柳月可是我們歌舞廳的，你們知道柳月嗎？胖子說知道她是市長的兒媳怎麼樣？你錢已經掙夠了，留著這左眼再認我們嗎？一拳就又打在阮知非的左眼上。車開到南環路，他們把阮知非放在路上，逃得沒蹤沒影，虧得一個菜客發現了送到醫院，那兩隻眼睛就全放了水了！這事搖了鈴似的，你竟還不知道？大正爹也是發火了，要求公安局緝拿罪犯，公安局自然在城的四個門洞加派哨位檢查過往車輛，但沒有可疑的人。問阮知非，他也說不清那三個人的模樣，只提供到有一個胖子，小車是紅色的車。」孟雲房聽得毛骨悚然，柳月還在說公安局現在四處緝拿罪犯，但哪兒就能很快破案？他不關心這些，忙問阮知非是住在哪個醫院，傷勢治療如何？柳月說是西醫學院的附屬醫院，具體怎麼治療，她走不開，沒有去的。孟雲房說：「這阮知非讓你臨時經營這裡倒是明智的，可你也得小心，這裡不比得當保母。」柳月說：「流氓地痞要連市長都不怕了，就讓來吧，來了要多少我給多少，我才不像阮知非要錢不要命的。」孟雲房就笑了一下，拿眼示意套間屋，低聲問：「這老外是哪國人？你們歌舞廳還和老外做生意？」柳月說：「他是外語學院聘任的教師，能說幾句中國話，常來跳舞，我們就認識了。這美國小伙，你是不是見見？」孟雲房說：「我聞不得老外身上的香水味。他坐了多久了，怎麼還不走？」柳月說：「他沒事來聊聊的，美國人隨便哩。你是不是有什麼懷疑了？」孟雲房說：「你現在不比是小姑娘，是市長的兒媳了，多少人眼睛在看著你的。」柳月說：「我這麼大了，我是不會受騙的。」孟雲房看了一下錶，已經四點了，就說他到樓下門口去等莊之蝶他們，等會兒一塊上來再說話吧。柳月就說她就不去接他們了，她很快打發老外走了，就騰出空來好好陪莊之蝶跳跳舞呀。孟雲房就從樓上直去了樓下門口。

但是，孟雲房在大門口等了半天，沒有莊之蝶他們的影兒，柳月送走那個老外也下來等，還是沒有見來。孟雲房心裡就操心了阮知非，提出他到醫院看看去，但叮嚀柳月，一旦莊之蝶他們來了，不要告訴阮知非挨打的事，免得大家又都玩不好，等他過會兒從醫院回來，打探個病情究竟了，再商量個日子，一塊去探視好了。柳月倒感動孟雲房的好心，也不敢到別處去，一直在歌舞廳等到天黑，莊之蝶沒有來，也沒有見孟雲房從醫院再回來，心裡就惶惶不安了一夜。

孟雲房去了醫院並沒有見到阮知非，醫生告訴說做過了換眼手術，不允許任何人探視的。孟雲房得知已經手術過了，手術又特別成功，心下寬展，卻不明白阮知非雙眼裡放了水的，怎麼做換眼手術，眼睛是能換嗎？醫生說：「當然能換，你這隻眼什麼時候壞的？當時你怎麼不來做個手術呢？」孟雲房說：「我一個眼睛也就夠用了，現在大天白日地都有人敢搶劫，世事這麼瞎的，多一隻眼看著只會多生氣！」醫生卻生氣了，說：「你這同志怎麼這樣說話?!」孟雲房心裡說：這人不懂幽默。就忙陪了笑臉，問給阮知非換的什麼眼？醫生說：「狗眼。」孟雲房吃了一驚，叫道：「狗眼？那以後不是要狗眼看人低了?!」醫生哼了一聲再不理他走了。孟雲房落了個沒趣出了醫院，看著天色已晚，也沒再去歌舞廳就回了家。回到家裡，莊之蝶、夏捷、趙京五都在，而且還有個周敏，大家霜打了一般誰也不說話。孟雲房說：「嚇，我在歌舞廳等得腳都生出根了，你們竟紋絲不動還在這裡！我這麼大個人，說句話是放了屁了，是耍弄猴子嗎?!」夏捷一指頭戳在他的額上，說：「嘿，我把你能恨死！」拉他到廚房裡去說話。

夏捷告訴孟雲房，他們搓牌到三點四十分，才起來要走呀，周敏一腳踏門進來。周敏是從潼關回來的，他並沒有救得唐宛兒出來，而自己額頭上卻貼了塊大紗布。大家見他狼狽，就知道在潼關打了架了，問幾時到的西京，為何不來個電話讓去車站接的？周敏卻說他已經回西京兩天了。莊之蝶說：「回來兩天了？兩天了怎麼不聲不吭的？」周敏說：「我覺得沒有必要再給大家說。」倒嚷叫著打牌呀，讓他也打一圈的。莊之蝶當下氣得烏青了臉，說：「周敏，你就是這個樣子回來啦？大家日夜眼裡盼你回來盼得要出血，你回來了兩天不閃面，見了面就是這副嬉皮笑臉樣？你告訴我，唐宛兒呢？」周敏倒被唬住了，說：「我沒有救了她。」莊之蝶說：「我知道你救不回她，那她的情況你也不知道嗎?!」周敏才說他回到潼關，潼關縣城幾乎一片對他的唾罵聲、嘲笑聲，他白天就不敢出現在街頭。委派了幾個哥兒們在唐宛兒家周圍打探消息，知道唐宛兒被抓回後，丈夫就剝了她的衣服打，打得體無完膚，要她說句從此安心過日子的話來，但唐宛兒總是一聲不吭，不說過也不說不過，那丈夫就又繩索綑了她的手腳去強姦她，一天強姦幾次，每次又都性虐待，用菸頭燒她的下身，把手電筒往裡邊塞……這麼才說著，莊之蝶眼淚就嘩嘩下來。周敏卻笑道：「罷了，甭為她流眼淚了，咱今輩子可能再也見不上她了，也得學會慢慢忘掉她。」於是繼續往下講，說他曾經派一個他認識、那個丈夫也認識的人去見唐宛兒，因為他已經在法院找人說妥，只要唐宛兒寄來離婚申請，管她丈夫同意不同意，都可以幫忙解除婚約的。但派去的人見不上唐宛兒，她是被反鎖在後院的一間小房子裡。周敏說他實在忍受不了，終於在一個黃昏戴了一頂草帽闖進了那家。那丈夫早防了他去，在家養了四個打手的。他一進門，他們就緊張了，雙拳提起，怒目而視。他說：「我不是來打架的。」先在桌前坐了，從懷裡掏出一瓶酒來，吆喝拿了杯子來喝吧。那丈夫瞧他這樣，也就開了幾瓶罐頭當下酒的菜，六個人喝了起來。周敏先說：「兄弟，事情鬧到這一步，咱們談談心吧。宛兒跟我去了西京城，我知道她是和你沒有解除婚約的，但我愛她，她也愛我，這是沒辦法的事。你既然從西京偏要尋她回來，尋她回來也便罷了，可你也該留一句話的，害得我為宛兒操心。」那丈夫說：「話這麼說了，我是粗人，咱也就月亮地裡耍鋤刀，明砍！你是潼關城裡的有名人物，可我也是牆高的一個男人，你讓我戴了這麼久的綠帽子，我全忍了，現在能坐在一起，我不罵你，也不打你，我只求你不要再來找她了。你不看在我的份上，也該看在孩子的份上。」周敏說：「你在求我？」那丈夫說：「我在求你。」周敏說：「可我怎麼能饒過你呢！你把她用繩索綁回來，打得她死去活來，又那麼著去性虐待，她是做你的老婆還是你的一頭牛一匹馬，愛情是這麼強打出來的嗎？」那丈夫說：「這你不用管，她是我的老婆，我怎麼教訓她旁人管不著的。」周敏說：「我就不許你這麼對待她！你要過，你好好待她；你要折磨她，你就去離婚。」那丈夫說：「我死也不離婚！」周敏說：「那好吧，你求我，我也求你，你讓我見她一面。」周敏是代寫了一封離婚申請的，他只要見到唐宛兒，讓她在上邊簽個字按個手印，他就可以把離婚申請送到法院的。但那丈夫不允許見，雙方就爭執起來。周敏強行要往後院去找，旁邊的打手一棒便把周敏打倒了，叫道：「打！打這個流氓無賴，他是到這裡鬧事的，打死了咱也不犯法！」四個人撲上來就拳腳交加。周敏一下子跳上桌子，左右兩腳踢倒了兩個，那丈夫又抱住了他，他抓了那丈夫的手就咬，當下咬得骨頭白花花露出來，但他的額上也同時被另一個用酒瓶砸出個血窟窿。打鬧聲驚動了四鄰八舍，周敏見狀，將草帽戴在頭上，滿面流血回家去了。回到家他就睡了，羞愧得三天三夜不出門。第四天得知娘在街頭開的小雜貨店也被那丈夫一夥砸了玻璃櫃子，他從床上撲起，又要去拚命。是爹和娘抱住了他，求他讓他們安生，說為一個女人，滿城風雨了，誰個不說是你拐人家老婆，父母出門在外也被人指了脊梁，就是他們砸雜貨店，圍看的人那麼多，也是沒人幫咱說話嘛。如果再去鬧事，那你就等於把你爹你娘活活殺了呀！天下的女人那麼多，你什麼人戀不得，偏偏稀罕人家的老婆？你這麼大的人了，一般人都是開始供養爹娘了，我們不指望花你一分錢，不掛你一條線，可你也就不要讓我們再為你操心啊，孩子！周敏聽了爹娘的話，火氣漸漸消了，又睡了七八天，就回西京來了。

孟雲房聽夏捷說過了事情的原委，心情也很是沉重，從臥屋出來，只是到冰箱裡往外拿酒，說：「唐宛兒沒回來，沒回來也好；周敏回來了，回來了就好。今日我也想喝喝酒吃吃肉的。夏捷，你去街上野味店裡買四斤狗肉來。」夏捷說：「吃狗肉喝燒酒，你讓大家都上火呀？」孟雲房說：「讓你去你就去嘛，話咋這麼多的?!」夏捷就去了，大家還是沒有說話。周敏說：「你們怎麼不說話了？唐宛兒是我的女人，我都不悲傷了，你們還傷什麼心？世事如夢，咱就讓一場夢過去罷了，咱還是活咱們的人。」莊之蝶伸手就把酒瓶拿過去用勁啟瓶蓋，啟不開，周敏說讓他來，莊之蝶卻拿牙咬起來，咬得咯吧吧響，咬開了，自己先給自己倒了一杯喝起來。這麼一瓶酒你一杯我一杯咕咕嘟嘟都往口裡倒，夏捷買了熟狗肉回來，瓶子裡只剩有一指深的酒了。孟雲房就又取了第二瓶來，夏捷卻說：「雲房，你知道不，野味店裡人都在說阮知非被人綁了票，兩隻眼都放了水?!」孟雲房就給夏捷使眼色，但孟雲房擠的是那隻瞎眼，夏捷沒在意，還在說：「他們還在說醫院給他換了狗眼。狗眼能給人換嗎？」趙京五、周敏都驚得停了酒杯。孟雲房卻一直看莊之蝶，莊之蝶一連打了幾個嗝兒，卻一言不發，端起酒杯喝得更猛了。他說：「之蝶，你還能行吧？」莊之蝶沒有言語，還在添他的酒。夏捷說：「讓人喝酒又捨不得酒啦？喝醉了咱這兒有的是床哩！」孟雲房說：「那就喝吧，喝！阮知非遭人搶劫倒是真的，我也去醫院了一趟。他也是活該要遭事的，發了財，又愛顯誇，今日贊助這個，明日贊助那個，自然有人要算計了他。來，之蝶，我今日也豁出去醉的，乾了這杯！」莊之蝶眼睛紅紅的，站起來卻說：「我要回去了。」說完竟起身就走。大家都愣起來，也沒有敢說留他的話，直看著他趔趔趄趄從門裡走出去了。孟雲房兀自把那杯酒喝下去，一隻好眼和一隻瞎眼同時流下了兩顆眼淚。

莊之蝶那晚回來，一進門就倒在地板上醉了。翌日早晨醒過來，只害著半個頭痛。幾天裡就吃止痛片，吃方便麵，不出門戶。這期間，孟雲房不再見他過來喝酒閒聊，就請了孟燼的師父來給他發氣功調理，明明看見防盜鐵門開著，再敲木板門就是不開。走到大院門房讓韋老婆子用擴大器喊：「莊之蝶，下來接客！莊之蝶，下來接客！」仍是不聲不吭。孟雲房就到街上公用電話亭裡給他撥電話，莊之蝶接了，訓道：「你盡喊我幹啥，你是催命鬼嗎？」孟雲房說：「你不能老是待在家裡四門不出！我知道你情緒不好，我才請了孟燼的師父來給你發功調理調理。」莊之蝶說：「我要氣功治療？我沒病，我什麼病也沒有！」孟雲房在電話亭裡沉默看，又說：「那好吧，你不讓調理，你好自為之吧。阮知非那邊的事你不必操心，我已經和京五他們去看過了，我們是以你的名義去的，你也就用不著再去了。他情況還好，換了眼一切恢復很快的。可我要提醒你一件事，你這一年是事情纏身，我在家琢磨了，又翻了《奇門遁甲》，才醒悟你那房間裡的家具擺設不當，事情全壞在了住家的風水上。西北角那間房，你作臥室是犯了大忌的，人應該睡在東北角那間房子。客廳的沙發不要端對了大門，往東邊牆根放，你聽清楚了嗎？」莊之蝶氣得把電話就放下了。孟雲房聽見聽筒裡咯噔一聲後出現了忙音，苦笑了笑，但還是請孟燼的師父在小吃街上吃了粉蒸牛肉，放人家回賓館後，就一人往歌舞廳來找柳月，希望柳月能把這一切告訴牛月清。如果她們兩個一起去看看莊之蝶，莊之蝶的情緒或許會好些，否則莊之蝶真會病倒，真要毀了他自己的。

柳月去了雙仁府，雙仁府卻人去屋空，推土機正在推倒著隔壁順子家的土房子，知道牛月清和老太太已經搬遷到別的地方了。她獨自站在院中的那棵桃樹下發了半日的呆，才快快去了文聯大院的樓上。莊之蝶是接納了她，但莊之蝶嘮叨不休地給她說唐宛兒被抓回潼關後如何受到性虐待。柳月就不敢與他多說，只去要給他做飯，看著他吃了便匆匆離開。自後十多天裡，柳月見天來一趟，後來歌舞廳的事情多，她就在文聯大院門前左邊巷口的一家山西削麵館裡委託老闆娘，讓一日兩次去送飯。老闆娘先是不願意，柳月就掏了一把美元，說：「我給你用美元付勞務費還不行嗎？」

一日，柳月和那個美國小伙去了鼓樓街新開設的一家西餐館吃完飯，有心領了老外去莊之蝶那兒，兩人已走到文聯大院的那條街上，她卻讓老外搭車回學校去，獨個來見莊之蝶。才上樓到了門口，門口的牆根蹲著一個人，已經睡熟了，看時卻是周敏，搖醒了問：「周敏，你夜裡偷牛了？怎麼在這兒瞌睡？」周敏見是柳月，忙擦了口邊流出的涎水，說：「我到處尋莊老師，到處尋不著，估計他就在家裡，一敲門卻是不開。我就蹲在這兒等著他，總要開門出來吧，沒想太乏了，就睡著了。現在幾點了？」柳月說：「四點。」周敏說：「那我這一覺睡過了兩個小時?!」柳月就開始敲門，敲得咚咚地響，並且大聲喊：「莊老師，開門，我聽見你在輕輕咳嗽了；我是柳月，柳月你也不見了嗎？」屋裡就有了腳步聲，門開了。莊之蝶臉色蠟黃地出現在門口，說：「周敏你也來了？」周敏說：「我在你門口睡了兩個小時了。」莊之蝶說：「有什麼事，你肯下這麼大功夫？」周敏說：「要是沒緊事，我絕不干擾老師的。昨日我去司馬恭那兒，他告訴我，高院已通知他們要最後定案了，是全部推翻中院的結果，要改判為侵犯了景雪蔭的名譽權。據說這是景的一個什麼小姑在其中拖了美人計，和具體複查的人做的鬼……咱們沒立即行動去尋高院院長。我早讓你去找院長，後來才知道你沒有去，現在再不抓緊，黃花菜就全涼了！」莊之蝶說：「是嗎？」就去沏茶水，說：「改判吧，怎麼判都行，判輸是輸，判贏其實也是輸了。你喝水。」周敏不喝，發急地說：「那咱們就這麼讓人宰了？改判的第三條是寫著要把結果在報紙上公開報導的呀！」莊之蝶回坐在沙發上，沙發後的牆上已經沒有了字畫，掛著一張巨大的牛皮，說：「那有啥，讓他去報導嘛。你要找院長，你去，我是不願再去求任何人了。」周敏眼淚就流下來，說：「莊老師我去能頂什麼用呢？我求求你還是去一趟吧，咱苦苦巴巴爭鬥了這麼長時間，最後就噁心地落到這步田地?!」莊之蝶說：「周敏呀，讓我怎麼說你呢？你也饒饒我，不要再說這事啦行不行？我要寫書呀，我是作家，我得靜下心寫我的書呀！」周敏說：「那好吧，我就再不求莊老師了。你寫你的書吧，出你的名吧，我也是活該讓你這名兒毀了！」周敏走出去，把門重重地關上了。

省高級人民法院果真在七天後批發了最後的審判結果，而城內的各家報紙又幾乎在同一天刊登了消息。周敏幾個晚上尾隨著下班回家的景雪蔭，窺探好了她家的地址，終於在一個下雨的夜晚，藏在一個拐角處，發現了景的丈夫從家裡出來，騎車匆匆往東行走，他狼一樣地撲過去，一腳把那男人連同自行車蹬倒在馬路邊，惡狠狠叫道：「劉三拐，你欠我朋友的錢為什麼不還?!」景的丈夫倒在地上，而雨披正好覆蓋了頭，聽到了罵聲，說道：「哥兒們，你認錯人了，我不是劉三拐，我從不欠什麼人的錢！」周敏心中暗喜，又罵道：「你好漢做事倒不敢認好漢，你不是劉三拐是龜孫子?!你別怪我下手狠，我得了人家的錢就提替人家辦事，你欠款不還就拿那些錢去看病吧！」抬起腳來，照著那瘦瘦的一條小腿脖兒踩去，聽得咯吧一聲，知道起碼是骨折了，騎車飛一般駛去。第二天一早，周敏喝得醉醺醺出現在雜誌社辦公室，雜誌社的人都在議論景雪蔭的丈夫被人打傷了，現在住進了骨科醫院，說是惡有惡報，恐怕官司新贏的六百元的名譽損失賠償費絕對付不了這筆藥費的。周敏說：「這是誰幹的？咱們應該把這人尋出來，要好好謝謝他的。那男人怎麼就遭人打了？」李洪文說：「說是有人錯認了人誤打的，嗨，哪有認不得人就動手的，必是幹什麼壞事去了，遭人家打的吧？周敏呀，你要是有能耐，雜誌社掏錢，你代表雜誌社買了禮品去醫院看看他怎麼樣？」周敏說：「如果我還在雜誌社幹，我肯定是要去的，可我現在不是雜誌社的人了。」李洪文說：「廳裡要辭了你？」周敏說：「辭是遲早要辭的，今日我卻是先來自辭的。」說罷，從挎包裡取出一條香菸，一人一包散了，說：「蒙各位關照，在這裡待了一段時間，遺憾地是沒有給雜誌社出什麼力，倒添了許多麻煩。現在我走了，請各位菸抽完就忘了我，我就是燃過的菸灰，吹一口氣就什麼都沒有了！」大家面面相覷。李洪文說：「可是，周敏，這每一枝菸都是抽不完的，總得有個菸把兒。這麼說，我們還是忘不了你。」周敏說：「菸把兒那就從嘴角唾棄在牆角垃圾筐裡吧！」笑著，走出辨公室門，又揚了揚手，很瀟灑地去了。

各家報紙刊載了莊之蝶官司打輸的消息，西京城裡立即便是一片風聲。那些以前還並未知道這場官司的人到處又在尋找刊登周敏文章的那期《西京雜誌》，李洪文就暗中將雜誌社封存的那期雜誌高價賣給了一家個體書商，書商又提價批發給街頭的書攤小販，更有那些小報小刊就採訪雜誌社和景雪蔭，撰寫了許多談這場官司的文章，以增加其發行量。一時間街談巷議，說什麼話的都有。莊之蝶的家門每日被人敲響十數次，他仍是不開，而電話一個接一個打來，有問情況到底怎麼樣的，有安慰的，有憤憤不平的，也有責罵的。莊之蝶就把電話線掐斷去。在家裡無法待下去，一個人戴了墨鏡來到了街上，原本想到一個地方去，譬如孟雲房家打牌，譬如去找了趙京五或洪江，取些錢來花銷，譬如精神病院裡探望阿蘭，但是，莊之蝶一來到街上的十字路口，他卻拿不定了主意該往哪裡？迎面的一輛自行車駛過來，他趕忙往左邊讓，自行車也往左邊讓；他又往右追讓，自行車也又往右邊讓。那人「啊，啊」叫著，人與車子就讓在了一起摔倒了。莊之蝶爬起來，看街上人都瞅著他笑，慌慌順了街就走，那騎自行車的人把車子騎過來，駛過他的身邊了，扭頭還罵一句：「眼窩叫雞啄了?!」莊之蝶一時噎住，倒傻呆呆立在那裡不動。那人騎車前去了，卻又騎著折過來再次經過莊之蝶身邊，一邊慢蹬，一邊說：「莊之蝶？」莊之蝶認不得他，他一臉粉刺疙瘩。那人說：「有些像。不是，不是莊之蝶。」車子騎過去了。莊之蝶心想：多虧他沒認出我來，要麼多難堪的！就往前無目的地走，卻想：他就是認出來，我也不承認是莊之蝶，於是無聲地笑笑。瞥見旁邊的小巷裡有一面小黃旗兒在一棵柳樹下飄晃，小黃旗兒上寫看一個「酒」字，走過去果然見是一家小小酒館，就踅進去要了酒坐喝。莊之蝶喝下了一杯燒酒後，才驀然認得這個小酒館曾是自己來過的，那一日喝酒的時候看到過出殯的孝子賢孫，聽到過那沉緩優美的哀樂的，一時便覺得這小酒館十分親近，就不再去孟雲房家打牌，也不想去找趙京五和洪江，於鞋殼裡又摸出一張錢來買下了第二杯酒。這麼默默地喝過了一個小時，桌子上的陽光滑落了桌沿下去。莊之蝶偶爾向窗外一望，卻見一個人匆匆走過，似乎是柳月，叫了一聲，但沒有答應，走出來倚在門口往遠處張望，前邊行走的正是柳月。就又喊了一聲：「柳月！」一股風灌在口裡，人往前跑出十米，噗地竟醉倒在地上，哇哇地吐了一堆。

柳月往前走著的時候，好像聽到有人在叫她，腳步慢下來，卻沒有聽到第二聲，以為是聽錯了，加快了步子又往前走。已經走出很遠了，總感覺不對，就回頭一看，正看到一個人倒下去了，心裡有些疑惑，返身過來，啊地就叫道：「莊老師！莊老師你醉了?!」忙扶他，扶不起，就跳到路邊攔出租車，出租車卻過來一輛拉著人，又過來一輛還是拉著人，好容易攔住一輛，又給司機說好話，讓司機和她一塊過去抬了醉人上車，卻見一隻狗已在莊之蝶身邊舔食著穢物，而且狗已伸了長長的舌頭舔到了莊之蝶的臉上，莊之蝶無力趕走惡狗，手一揚一揚，嘴裡說：「打狗。打狗。」柳月一腳把狗踢遠了，和司機抬了莊之蝶到車上，急急駛向文聯大院，攙他回家洗臉漱口。

柳月一直伺候著莊之蝶慢慢清醒過來，恢復了神志，就怨他不該這樣喝酒傷著自己身子，說罷了就從小皮包裡掏出一沓錢來。莊之蝶說：「你這是幹什麼？」柳月說：「我知道你現在缺錢，可你缺錢就給我言傳呀，柳月現在雖不是腰纏萬貫，但也不是當年做保母的時候，你對我說一聲即便是低賤了你的身分，可你總不該拿自己名聲去糟踏自己換錢喝酒吧?!」莊之蝶聽得糊塗。柳月就說：「這你還要瞞我？洪江把什麼都給我說了！」莊之蝶更是莫名其妙，說：「洪江說什麼了？」柳月就從口袋拿出一個小簿冊子來，說：「你瞧瞧！」莊之蝶拿過小冊子看了，封面幾乎沒什麼設計，白紙上只印有《莊之蝶風流官司始末記》，下邊是幾行主要章節的目錄，分別為：「舊情難卻景雪蔭，周敏文章寫紅艷」；「麗人羞怒尋領導，一封密信乞笑臉」；「法庭內外生烽煙，活該周敏遭背叛」……莊之蝶一把把小冊子扔了，問道：「這是怎麼回事？」柳月說：「我在歌舞廳裡瞧見有人拿了這小冊子，我嚇了一跳，問哪兒來的，說是從『大眾書屋』買來的，我去『大眾書屋』查問時，洪江卻在那裡正幫了人家綑紮了這書往郊縣郵發。我就問洪江這文章是誰寫的，這不是拿糟踏莊老師來賺錢嗎？你怎麼也參與這個？洪江說他也不知道這是誰寫的，既然這類東西能賺錢，為什麼讓別人賺而自己不賺呢？牛大姐和莊老師分居了，莊老師不好意思去大姐那兒取錢，他只是來我這兒要錢，咱的書店總得有錢呀！他說你也默許了這件事，讓我少管少說，事情真是這樣嗎？」莊之蝶勃然大怒，罵道：「×他娘的洪江，他也敢這麼糟踐我了?!」罵過了卻輕輕地笑，說：「嘿嘿，柳月，我不罵他了，他真是個會做生意的人，我罵他幹什麼呢？我也不追究這是誰寫的，是周敏也好，是洪江也好，是趙京五或者是李洪文他們寫的也好，讓他們去寫吧，現在已經是滿城風雨，你能堵一張口兩張口，哪裡又能堵了全城人的口？你孟老師曾說我周圍有一批人寫文章在吃我哩，沒想到咱開的書店也偷印這小冊子賺錢，這就輪到我吃起我來了！」柳月聽他這麼說，也心裡酸楚，就安慰道：「老師能這麼想也好。你頭還暈嗎？我扶你去床上睡一會兒。」莊之蝶搖搖頭，說他睡不著了，他不睡，又可憐巴巴地看著柳月，說：「我怎麼能活成這樣？柳月，你說官司結束了該事情就完了嘛，怎麼又鬧成這樣?!」柳月說：「你是名人麼。」莊之蝶說：「是名人，我是名人。現在我更成名人了，是一個笑名和罵名了！」柳月說：「莊老師，這些你都不要去多理，你是作家，作家到底還是以作品說話的，你不是有一部長篇小說要寫嗎，你應該靜下心來好好把作品寫出來，你就可以為你正名，你還可以產生更大更好的名聲的！」莊之蝶說：「是嗎？是嗎？」柳月說：「是的。」莊之蝶卻大聲說道：「我不寫了，我不要這名聲了！」

莊之蝶送走了柳月，就堅定了自己不再寫作的念頭。不再寫作，才能擺脫了自己的名聲啊！他終於以最後的一篇文章來結束自己的寫作生涯了，即寫了一千零二十八個字的消息，說莊之蝶因嚴重失眠導致了寫作能力的喪失，目前已正式宣布退出文壇。文章寫成，便化名投往北京《文壇導報》。不過一個星期，《文壇導報》登載，西京一些小報小刊又以新鮮事兒轉載開來。當日的晚上，孟雲房就跑來看莊之蝶了，說：「之蝶，你知道外邊又在給你造謠了嗎？他們說你喪失了寫作能力，已退出文壇，這不是笑話嗎？市長今日中午還把我叫去問是怎麼回事，我說不可能的！市長也生了氣，說如果是謠言，就要查一查這消息是哪兒來的，西京的報刊怎麼能這樣扼殺自己的名人?!之蝶，你知道這是誰寫的稿件嗎？」莊之蝶已經剃了個光頭，青光光腦門上放著亮，說：「我寫的。」孟雲房說：「你寫的？你怎麼和自己開這麼個玩笑?!你心情再不好也不能這樣幹呀？你想你除了會寫作，你還能幹了什麼，去街上釘皮鞋？賣油條？」莊之蝶說：「我總不會混得餬不住口吧？就是餬不了口，去你家門上討要，也不能不給吧？」孟雲房說：「那好，你從來不會聽我的，可我告訴你，你現在不是你莊之蝶的莊之蝶，你是西京市的莊之蝶，你有道理你去給市長說！我今日來還有一個任務，這也是市長的指示，就是古都文化節要你撰寫幾篇重要文章，其中一篇是關於節徽的敘寫。我給市長說你近期身體不好，市長讓我先寫個初稿，初稿他看了，覺得不理想，一定要你這大手筆修改潤色的。」就掏出一卷稿件來。莊之蝶看也不看，丟在一邊，說：「我喪失寫作能力了，寫不了也改不了的。」孟雲房說：「你哄了別人能哄了我孟雲房？你就是安心不出名了，這文章便算署我的名，你也得修改修改！」莊之蝶說：「我可以幫你，也只能幫你這一次，但你不許給市長透一個字真情！」

孟雲房走了，莊之蝶就改動起那篇文章來，他就好笑一個古都文化節什麼東西不能拿來做節徽，偏偏要選中個大熊貓！莊之蝶最反感的就是大熊貓，牠雖然在世上稀有，但那蠢笨、懶惰、幼稚，尤其那甜膩膩可笑的模樣，怎麼能象徵了這個城市和這個城市的文化？莊之蝶擲筆不改了。不改了，卻又想，或許大熊貓作節徽是合適的吧，這個廢都是活該這麼個大熊貓來象徵了！他不想寫出了個更換象徵物的建議，比如鷹呀，馬呀，牛呀，甚至狼來，但他更不想把這一篇歌頌大熊貓的文章修改得多麼優美，於是，故意劃掉了幾段文字，增加了許許多多的話，這些話偏顛三倒四，語法混亂。寫好了，第二天並未讓孟雲房來取，而直接去郵局寄給了市長。

剛出了郵局，不想就遇著了阮知非，莊之蝶簡直吃了一驚，阮知非沒有戴墨鏡，兩隻眼滴溜溜地閃著黑光。他說：「你眼睛治好了？」阮知非說：「治好了。一出院就說要去看看你的，可市長卻委派我去上海購買一套樂器，我是被抽到文化節籌委會的呀！這不，才回來三天的，忙得鬼吹火似的，還沒顧得上去你那兒哩！」阮知非就看著莊之蝶，突然一臉狐疑，說：「你怎麼啦，患了什麼病了？你可別再有什麼事，像希眠那樣讓我操心。」莊之蝶說：「希眠怎麼啦？」阮知非說：「你還不知道吧？這事先不要讓任何人知道，希眠又弄了些假畫，有關部門正追查哩。」莊之蝶說：「要緊不要緊？」阮知非說：「現在說不來，估計不會出大事吧。之蝶，你得去醫院作作檢查，你一定是有了病的。」莊之蝶說：「沒什麼病的。」阮知非說：「那怎麼一下子這麼矮了！」莊之蝶並沒有縮小，在自己身上看看，笑著說：「你從上海回來，別就張狂得看什麼都不順眼了！」阮知非說：「這也是的，人家上海……」莊之蝶說：「得了得了，說你腳小，別扶了牆走。我每一次去上海，一回到西京，也覺得西京街道窄了，髒了，人都是土里土氣的；過三五天，這感覺就沒有了。沒事吧，到我那兒喝口酒去。」兩人到了莊之蝶家喝起酒，莊之蝶問治療的情況，阮知非說給他換的是狗的眼珠兒，說：「你看不出來吧？」莊之蝶看不出來，卻噗哧笑了。阮知非說：「你笑什麼？我原以為換了眼珠要難看了，後來才知道眼珠都是一樣的，那些漂亮的女人眼睛好看吧，可你把她的眼珠取下來，放在桌上，你說是人眼也行，說是豬眼也行，好看與不好看，憑配著一張什麼臉的。」莊之蝶說：「你那臉是一張好臉，配上也好看的，只是你總看我個頭矮了，狗眼怕就是這樣吧?!」氣得阮知非揮拳就打，說：「真的是看你低了，說不定這眼珠倒使我有了常人看不到的功能了！」就突然驚叫起來，說牆上怎麼有這麼一張大的牛皮！哪兒弄來的，是準備要做一件皮大衣嗎？他說：「能不能賣給我們？這次文化節，我有個想法，除了組織所有民間藝術的演出和展覽外，準備好好裝飾鐘樓和鼓樓，文化節期間每日清晨七點鐘樓上要撞鐘，每日晚上七點鼓樓上要擊鼓，這就是古書上講的天音和地聲。並且，東西南北四個城門樓上，也要架設十八面鼓十八口鐘。到時鐘鼓樓上一敲響，四個城門樓上應聲轟鳴，這是一種什麼氣氛?!你這張牛皮這麼好的，賣給我們去做一面大鼓，就放在最雄偉的北城門樓上，怎麼樣？」莊之蝶沉吟了半會兒，說：「賣是不賣的，但可以讓你們拿去蒙鼓，只要能保證這面鼓除了文化節，也要在以後還能懸掛在北城門樓上，讓它永遠把聲音留在這個城市，也就行了。」阮知非喜出望外，當下就從牆上要揭了牛皮，莊之蝶去幫忙，牛皮嘩啦掉下來，竟把莊之蝶裹在了牛皮裡，半天不能爬出來。阮知非把牛皮捲了，要走，莊之蝶卻有些不忍了，說：「你真的就要拿走了？」阮知非說：「可不是真的?!又捨不得了？」莊之蝶說：「那就給我留一條尾巴吧。」阮知非從廚房取了刀，在木墩上剁下了長長的牛尾，把牛皮扛下去，擋了一輛出租車運走了。

莊之蝶沒想到竟讓阮知非拿走了牛皮，心裡總有些不美。幾天裡山西削麵館的老闆娘再送來削麵，吃起來覺得沒滋味，說：「這削麵怎地沒以前有味了？先前等不及你送來，我就饞出口水來的。」老闆娘只是笑。莊之蝶說：「是不是我吃五穀想六味了？」老闆娘說：「我實話給你說了，你千萬可不能對外人講，講了就得把飯館封了；封了飯館我受罪你也得餓肚子。你覺得先前削麵好吃，你哪裡知道調麵的湯裡放著大菸殼子！」莊之蝶叫起來：「有大菸殼子！怪不提那麼香的，你們為了賺錢怎麼敢這樣？」老闆娘說：「我真後悔就對你說了！放大菸殼子是不應該，但那還不是叫人吸大菸兒，它只是讓人上那麼一點癮，多來飯館吃幾次飯罷了，傷不了多少身子的。你現在還吃不吃？我就害怕你知道了，這幾天沒給你澆那湯料的。」莊之蝶說：「那就吃吧。」下午，老闆娘真的端來了味道鮮美的削麵來。

如果老闆娘不說削麵湯裡有大菸殼子，莊之蝶吃了覺得可口也就罷了，知道了裡邊是大菸殼子熬的湯，吃了削麵便覺得自己有了吸大菸的功效，便躺在床上，腦子裡恍恍惚惚起來。這種感覺愈來愈厲害，以致弄得他常常陷入現實和幻覺無法分清。這一個晚上，他還坐在沙發上看電視，看著看著便覺得他往電視裡走，電視裡的人竟也走出來牽他進去，他於是沿著那隧道一樣的四方形裡深入，就看見隧道的兩邊有無數的小洞，有一個小洞門上，寫著「扶乩」二字，便推門進去，果然裡邊有四個人在沙盤上扶乩。他就譏笑著扶乩有什麼可信的，開始咒罵西京城裡興起的保健品，說人都入了迷津了，只想著法兒要保健自己，當然就有那麼多的神功呀魔力呀的頭罩、兜肚、鞋墊。現在蘿蔔也不是蘿蔔了，是暖胃壯陽的營養保健蘿蔔了；白菜也不是白菜了，是滋陰補氣的營養保健白菜了；菜場的營業員也穿了白大褂，戴上了有紅十字的衛生帽！那四個人見他口出狂言，就訓斥他不要胡說，說扶乩可是靈驗得很的事。他就說我寫一個字，讓神在沙盤上寫出意思來看看！當下寫一個「屄」字。不想沙盤上果真出現了一首詩來，直驚得他啊地叫了一聲。這一聲驚叫，莊之蝶猛地睜開了眼，又分明看見電視裡還在播映著一部槍戰片，知道自己剛才是在做夢的。但莊之蝶以前做夢醒來從記不清夢境的事，現在竟清清楚楚記得那沙盤上的詩句是：「站是沙彌合掌，坐是蓮花瓣開，小子別再作乖，是你出身所在。」於是疑惑不定，這一個夜裡被這詩句所困，倒思想起往昔與唐宛兒的來往，便又恍恍惚惚是自己去了雙仁府的家裡要見牛月清，牛月清不在，老太太卻在院門口拉住了他說：「你怎麼這麼長日子不來看我？你大伯都生氣了！我替你說了謊，騙他說你是去寫東西了。可你到底忙什麼呢？連過來轉一次的時間都沒有嗎？周敏的女人回來了嗎？我讓把她的衣服和鞋用繩子繫了吊在井裡，她就會回來的，你是不是這樣做了？」他說：「周敏的女人，周敏的女人是誰？」老太太說：「你把她忘了?!我昨天見到她了，她在一個房子裡哭哭啼啼的，走也走不動，兩條腿這麼彎著的。我說你這是怎麼啦？她讓我看，天神，她下身血糊糊的，下面鎖了一把大鐵鎖子。我說鎖子怎麼鎖在這兒？你不尿嗎？她說尿不影響，只是尿水鏽了鎖子，她打不開的。我說鑰匙呢，讓我給你開。她說鑰匙莊之蝶拿著。你為什麼有鑰匙不給她開?!」他說：「娘，你說什麼瘋話呀！」老太太說：「我說什麼瘋話了？我真的看見唐宛兒了。你問問你大伯，你大伯也在跟前，還是我把他推到一邊去，說：你看什麼，這是你能看的嗎？」莊之蝶就這麼又驚醒，出得一身冷汗，就不敢再睡去，沖了咖啡喝了，直瞪著眼坐到天明。

天明後莊之蝶去找孟雲房，他要把這些現象告訴孟雲房，孟雲房或許能解釋清的。但孟雲房沒在家，夏捷在家裡哭得淚人兒一般。問了，才知是孟雲房陪了兒子孟燼一塊和孟燼的那個師父去新疆了。夏捷一把鼻涕一把淚地告訴他說，孟燼的師父先是說孟燼悟性高，將來要成為一個了不起的人物的。孟雲房是不大相信，但後來見兒子雖小，他半年裡讓念《金剛經》，那小子竟能背誦得滾瓜爛熟，就也覺得孟燼或許要成大氣候，一門心思也讓其參禪誦經，練氣功呀，修法眼呀，倒哀嘆自己為什麼大半生來一事無成，一定要上天讓他來服伺開導孟燼的，遂滅滅了做學問的念頭。孟燼的師父要領了孟燼去新疆雲遊，原本他是不去的，但市長叫了他去，說修改後的文章看了，修改後的怎麼還不如修改前的，真的是莊之蝶喪失了寫作的功能？孟雲房才知莊之蝶把修改後的文章直接寄了市長的用意，也就附和說莊之蝶真的不行了，市長便指令他單獨完成文章好了。孟雲房回家來叫苦不迭，只草草又抄寫了這份原稿寄給了市長，索性也同孟燼一塊去新疆。為此，夏捷不同意，兩人一頓吵鬧，孟雲房還是走了。夏捷說過了，就給莊之蝶再訴她在家裡的委屈，叫嚷她和孟雲房過不成了，孟雲房是一輩子的任何時候都要有個崇拜對象的，現在崇拜來崇拜去崇拜到他的兒子了，和這樣的人怎麼能生活到一起呢？莊之蝶聽了，默不做聲，順門就走，夏捷就又哭，見得莊之蝶已走出門外了，卻拿了一個字條兒給莊之蝶，說是孟雲房讓她轉給他的。字條兒上什麼也沒有，是一個六位數的阿拉伯數字。莊之蝶說這是留給我的什麼真言，要我念著消災免難嗎？夏捷說是電話號碼，孟雲房只告訴她是一個人向他打問莊之蝶的近況的，是什麼人沒有說；孟雲房只說交給之蝶了，莊之蝶就會明白。莊之蝶拿了字條，卻猜想不出是誰的電話，如果是熟人，那根本用不著從孟雲房那兒打聽他的近況？莊之蝶猛地激靈了一下，把字條揣在口袋裡，勾頭悶悶地走了。

莊之蝶沒有見著孟雲房，心中疑惑不解，路過鐘樓下的肉食店，便作想去買些豬苦膽，若在家一闔眼還要再出現那些異樣現象，就舔舔苦膽使自己清醒著不要睡去。這麼想著，身子已經站在了肉鋪前的買肉隊列裡。這時候，市長正坐了車去檢查古都文化節開幕典禮大會場的改造施工進展情況，車在鐘樓下駛過的時候，看見了買肉隊列中的莊之蝶，他頭頂青光，鬍子卻長上來，就讓司機把車停下來，隔了車窗玻璃去看。莊之蝶站在肉鋪前了，賣肉的問：「割多少？」莊之蝶說：「我買苦膽！」賣肉的說：「苦膽？你是瘋子？這裡賣肉哪有賣苦膽的?!」莊之蝶說：「我就要苦膽，你才是瘋子！」賣肉的就把刀在肉案上拍著說：「不買肉的往一邊去！下一個！」後邊的人就擠上來，把莊之蝶推出隊列，卻在那裡站著，臉上是硬硬的笑。市長在車裡看著，司機說：「下去看看他嗎？」市長揮了一下手，車啟動開走了，市長說：「可惜這個莊之蝶了！」

沒有苦膽，這一夜裡，莊之蝶吃過了削麵，一覺睡下又是恍恍惚惚起來了。他覺得他在寫信，信是寫給景雪蔭的，而且似乎這是第四次或者第五次寫信了。他的信的內容大約是說不管這場官司如何打了一場，而他卻愈來愈愛著她，她既然和丈夫一直不和睦，丈夫現在又斷腿殘廢了，他希望他們各自離開家庭而走在一起，圓滿當年的夙願。他覺得他把信發走了，就在家裡等她的回音。突然門敲響了，他以為是送飯的老闆娘，門開了，進來的卻是景雪蔭。他們就站在那裡互相看著，誰也沒有說話，似乎還有些陌生，有些害羞，但很快他們用眼睛在說著話，他們彼此都明白來見面的原因，又讀懂了各自眼睛裡的內容，不約而同地，兩人就撲在一起了！於是，他們開始了婚禮的準備，就在這個房間裡，他看見了她的盤著髻的、梳著獨辮的、散披在肩的各式各樣的髮型，看見了在門簾下露出的一雙白色鞋尖的腳，看見了沙發下蜷著纏搭在一起的腳，看見了從桌子下側面望去的一雙高跟鞋的腳。他催促著她去採買高級家具，置辦床上用品，他就在所有的報刊上刊登他們要結婚的啟事，然後他們又在豪華的賓館裡舉行了結婚典禮，等晚上熱烈地鬧過了洞房，他卻不讓所有的來客走散，先自把洞房的門關了，他學著中國古人的樣子，也學著西方現代人的樣子，邀請著她上床，他給她念《金瓶梅》裡的片斷，給她看錄製的西方色情錄像，他把她性慾調動起來，脫光了衣服躺在床上，他開始撫摩她的全身，用手，用羽毛，用口舌，她激動得無法遏制，他卻還在揉搓她、撩亂她，一邊笑著，一邊拈那一點最敏感的東西，他終於在她的淫聲顫語裡看見了有一股泛著泡沫的汁水湧出了那一叢錦繡的毛，他便把指頭在那小肚皮上蹭蹭，蹭乾淨了，撿起了早準備好放在床下的一片破瓦，輕輕蓋了，穿衣走去。他在客廳裡大聲地向尚未走散的客人莊嚴宣告：我與景雪蔭從此時起，正式解除婚約！而且電視上也立即播放了這一聲明。客人們都驚呆了，都在說：你不是剛才才和景雪蔭結婚嗎？怎麼又要離婚？他終於大笑：我完成了我的任務了！

這一個整夜的折騰，莊之蝶仍是分不清與景雪蔭的結婚和離婚是一種美夢幻覺還是真實的經歷，但他的情緒非常地好。早晨裡喝下了半瓶燒酒，心裡在說：在這個城裡，我該辦的都辦了，是的，該辦的都辦了！

夜幕降臨，莊之蝶提著一個大大的皮箱，獨自一個來到了火車站。在排隊買下了票後，突然覺得他將要離開這個城市了，這個城市裡還有他的一個女人，那女人的身上還有一個小小的他自己，他要離開了，應該向那個自己告別吧。就提了皮箱又折回頭往一個公用電話亭走去。火車站就在北城門外，電話亭正好在城門洞左邊的一棵古槐樹下。天很黑，遠處燈光燦爛，風卻嗚兒嗚兒地吹起來，莊之蝶走進去，卻發現亭子裡已遭人破壞了，電話機的號碼盤中滿是沙子，轉也轉不動，聽筒吊在那裡，像吊著的一隻碩大的黑蜘蛛，或者像吊著的一隻破鞋子。在市政府今年宣布的為群眾所辦的幾大好事中，這馬路上的公共電話亭是列入第一項的，但莊之蝶所見到的電話亭卻在短短的時期裡十有三四遭人這麼破壞了。莊之蝶想罵一聲，嘴張開了卻沒有罵出來，自己也就把聽筒狠勁地踢了一腳，聽了一聲很刺激的音響。走出來，於昏殘的燈光下，看那古槐樹上一大片張貼的小廣告，廣告裡有關於防身功法的傳授，有專治舉而不堅的家傳祕方，有××代×派大師的帶功報告，竟也有了一張小報，上面刊登了兩則「西京奇聞」。莊之蝶那麼溜了一眼，不覺竟又湊近看了一遍，那奇聞的一則是：本城×街×巷×婦女，鄰居見其家門數日未開，以為出了什麼事故，破門而入，果然人在床上，已死成僵。察看全身，無任何傷痕，非他殺，但下身的×穴卻插有一個玉米芯棒兒，而床角仍有一堆芯棒兒，上皆沾血跡，方知×婦女死於手淫。奇聞的另一則是本城×醫院本月×日，為一婦人接生，所生胎兒有首無肢，肚皮透明，五臟六腑清晰可辨。醫生恐怖，棄怪胎於垃圾箱，產婦卻脫衣包裹而去。莊之蝶不知怎麼就一把將小報撕了下來，一邊走開，一邊心裡慌慌地跳。在口袋裡摸菸來吸，風地裡連劃了三根火柴卻滅了。風愈來愈大，就聽到了一種很古怪的聲音，如鬼叫，如狼嗥。抬起頭來，那北門洞上掛著「熱烈祝賀古都文化節的到來」的橫幅標語，標語上方是一面懸著的牛皮大鼓。莊之蝶立即認出這是那老牛的皮蒙做的鼓。鼓在風裡嗚嗚自鳴。

他轉過來就走，在候車室裡，卻迎面撞著了周敏。兩個人就站住。莊之蝶叫了一聲：「周敏！你好嗎？」周敏只叫出個「莊……」字，並沒有叫他老師，說：「你好！」莊之蝶說：「你也來坐火車嗎？你要往哪裡去？」周敏說：「我要離開這個城了，去南方。你往哪裡去？」莊之蝶說：「咱們又可以一路了嘛！」兩個人突然都大笑起來。周敏就幫著扛了皮箱，讓莊之蝶在一條長椅上坐了，說是買飲料去，就擠進了大廳的貨場去了。等周敏過來，莊之蝶卻臉上遮著半張小報睡在長椅上。周敏說：「你喝一瓶吧。」莊之蝶沒有動。把那半張報紙揭開，莊之蝶雙手抱著周敏裝有壎罐的小背包，卻雙目翻白，嘴歪在一邊了。

候車室門外，垃圾鐵軲轆架子車的老頭正站在那以千百盆花草組裝的一個大熊貓下，在喊：「破爛嘍——破爛嘍——承包破爛——嘍！」

周敏就使勁地拍打候車室的窗玻璃，玻璃就拍破了，他的手扎出了血，血順著已有了裂紋的玻璃紅蚯蚓一般地往下流，他從血裡看見收破爛的老頭並沒有聽見他的吶喊和召喚，而一個瘦瘦的女人臉貼在了血的那面，單薄的嘴唇在翕動著。周敏認清她是汪希眠的老婆。

一九九二年十月十二日上午草完
一九九三年一月二十日晚改抄完
一九九三年二月二十一日下午再改完

後記

賈平凹

一晃蕩，我在城裡已經住罷了二十年，但還未寫出過一部關於城的小說。城是有一種內疚，愈是不敢貿然下筆，甚至連商州的小說也懶得作了。依我在四十歲的覺悟，如果文章是千古的事——文章並不是誰要怎麼寫就可以怎麼寫的——它是一段故事，屬天地早有了的，只是有沒有夙命可得到。姑且不以國外的事作例子，中國的《西廂記》、《紅樓夢》，讀它的時候，哪裡會覺它是作家的杜撰呢？恍惚如所經歷，如在夢境。好的文章，囫圇圇是一脈山，山不需要雕琢，也不需要機巧地在這兒讓長一株白樺，那兒又該栽一棵蘭草的。這種覺悟使我陷於了尷尬，我看不起了我以前的作品，也失卻了對世上很多作品的敬畏，雖然清清楚楚這樣的文章究竟還是人用筆寫出來的，但為什麼天下有了這樣的文章而我卻不能呢！檢討起來，往日企羨的什麼詞章燦爛，情趣盎然，風格獨特，其實正是阻礙著天才的發展。鬼魅猙獰，上帝無言。奇才是冬雪夏雷，大才是四季轉換。我已是四十歲的人，到了一日不刮臉就面目全非的年紀，不能說頭腦不成熟，筆下不流暢，即使一塊石頭，石頭也要生出一層苔衣的，而捨去了一般人能享受的升官發財、吃喝嫖賭，那麼搔禿了頭髮，淘虛了身子，仍沒美文出來，是我真個沒有夙命嗎？

我為我深感悲哀。這悲哀又無人與我論說。所以，出門在外，總有人知道了我是某某後要說許多恭維話，我臉燒如炭。當去書店，一發現那兒有我的書，就趕忙走開。我愈是這樣，別人還以為我在謙遜。我謙遜什麼呢？我實實在在地覺得我是浪了個虛名，而這虛名又使我苦楚難言。

有這種思想，作為現實生活中的一個人來說，我知道是不祥的兆頭。事實也真如此。這些年裡，災難接踵而來，先是我患乙肝不癒，渡過了變相牢獄的一年多醫院生活，注射的針眼集中起來，又可以說經受了萬箭身；吃過大包小包的中藥草，這些草足能餵大一頭牛的。再是母親染病動手術；再是父親得癌症又亡故；再是妹夫死去，可憐的妹妹拖著幼兒又回住在娘家；再是一場官司沒完沒了地糾纏我；再是為了他人而捲入單位的是是非非中受盡屈辱，直至又陷入到另一種更可怕的困境裡，流言蜚語鋪天蓋地而來……。我沒有兒子，父親死後，我曾說過我前無古人後無來者了。現在，該走的未走，不該走的都走了，幾十年奮鬥的營造的一切稀哩嘩啦都打碎了，只剩下了肉體上精神上都有著毒病的我和我的三個字的姓名，而名字又常常被別人叫著寫著用著罵著。

這個時候開始寫這本書了。

要在這本書裡寫這個城了，這個城裡卻已沒有了供我寫這本書的一張桌子。

在九二年最熱的天氣裡，託朋友安黎的關係，我逃離到了耀縣。耀縣是藥工孫思邈的故鄉，我興奮的是在藥王山上的藥王洞裡看到一個「坐虎針龍」的彩塑，彩塑的原意是講藥王當年曾經騎著虎為一條病龍治好了病的。我便認為我的病要好了，因為我是屬龍相。後來我同另一位搞戲劇的老景被安排到一座水庫管理站住，這是很吉祥的一個地方。不要說我是水命，水又歷來與文學有關，且那條溝叫錦陽川就很燦爛輝煌；水庫地名又是叫桃曲坡，曲有文的含義，我寫的又多是女人之事，這桃便更好了。在那裡遠離村莊，少雞沒狗，綠樹成蔭，繁花遍地，十數名管理人員待我們又敬而遠之，實在是難得的清靜處。整整一個月裡，沒有廣播可聽，沒有報紙可看，沒有麻將，沒有撲克。每日早晨起來去樹林裡掏一股黃亮亮的小便了，透著樹幹看遠處的庫面上晨霧蒸騰，直到波光粼粼了一片銀的銅的，然後回來洗漱，去伙房裡提開水，敲著碗筷去吃飯。夏天的蒼蠅極多，飯一盛在碗裡，蒼蠅也站在了碗沿上，後來聽說這是一種飯蒼蠅，從此也不在乎了。吃過第一頓飯，我們就各在各的房間裡寫作，規定了誰也不能打擾誰的，於是一直到下午四點，除了大小便，再不出門。我寫起來喜歡關門關窗，窗帘也要拉得嚴嚴實實，如果是一個地下的洞穴那就更好。菸是一根接一根地抽，每當老景在外邊喊吃飯了，推開門直叫煙霧罩了你了！再吃過了第二頓飯，這一天裡是該輕鬆輕鬆了，就趿個拖鞋去庫區裡游泳。六點鍾的太陽還毒著，遠近並沒有人，雖然勇敢著脫光了衣服，卻只會狗刨式，只能在淺水裡手腳亂打，打得腥臭的淤泥上來。岸上的高草叢裡嘎嘎地有嘲笑聲，原來早有人在那裡窺視。他們說，水庫十多年來，每年要淹死三個人的，今年只死過一個，還有兩個指標的。我們就毛骨悚然，忙爬出水來穿了褲頭就走。再不敢去耍水，飯後的時光就拿了長長的竹竿去打崖畔兒上的酸棗。當第一顆酸棗紅起來，我們就把它打下來了，紅紅的酸棗是我們唯一能吃到的水果。後來很奢侈，竟能貯存很多，專等待山梁背後的一個女孩子來了吃。這女孩子是安黎的同學，人漂亮，性格也開朗，她受安黎之託常來看望我們，送筆呀紙呀藥片呀，有時會帶來幾片烙餅。夜裡，這裡的夜特別黑，真正的伸手不見五指，我們就互相念著寫過的章節，念著念著，我們常害肚子餓，但並沒有甚麼可吃的。我們曾經設計過去偷附近村莊農民的南瓜和土豆，終是害怕了那裡的狗，未能實施。管理站前的丁字路口邊是有一棵核桃樹的，樹之頂尖上有一顆青皮核桃，我去告訴了老景，老景說他早已發現。黃昏的時候我們去那裡拋著石頭擲打，但總是目標不中，歇歇氣，搜集了好大一堆石塊瓦片，擲完了還是擲不下來，倒累得脖子疼胳膊疼，只好一邊回頭看著一邊走開。這個晚上，已經是十一點了，老景饞得不行，說知了的幼蟲是可以油炸了吃的，並厚了臉借來了電爐子、小鍋、油、鹽，似乎手到擒來，一頓美味就要到口了。他領著我去樹林子，打著手電在這棵樹上照照，又到那棵樹上照照，樹幹上是有著蟬的殼，卻沒有發現一隻幼蟲。這樣為著覓食而去，覓食的過程卻獲得了另一番快感。往後的每個晚上這成了我們的一項工作。不知為什麼，幼蟲還是一隻未能捉到，捉到的倒是許多螢火蟲，這裡的螢火蟲到處在飛，星星點點又非常的亮，我們從林子中的小路上走過，常恍惚是身在了銀河的。

老景長得白淨，我戲謔他是唐僧，果然有一夜一隻蠍子就鑽進他的被窩咬了他，這使我們都提心吊膽起來，睡覺前翻來覆去地檢查屋之四壁，抖動被褥。蠍子是再也沒有出現的，而草蚊飛蛾每晚在我們的窗外聚匯，黑乎乎地一疙瘩一疙瘩的，用滅害靈去噴，屍體一掃一簸箕的。我們便認為這是不吉利的事。我開始打磨我在香山撿到的一塊石頭，這石頭極奇特，上邊天然形成一個「大」字，間架結構又頗有柳公權體。我把「大」字石頭雕刻了一個人頭模樣繫在脖子上，當作我的護身符。這護身符一直繫著，直到我寫完了這部書。老景卻在樹林子裡撿到了一條七寸蛇的乾屍，那乾屍彎曲得特別好，他掛在白牆上，樣子極像一個凝視的美麗的少女。我每天去他房間看一次蛇美人，想入非非。但他要送我，我不敢要。

在耀縣錦陽川桃曲坡水庫——我永遠不會忘記這個地名的——待過了整整一個月，人明顯是瘦多了，卻完成了三十萬字的草稿。那間房子的門口，初來時是開綻了一朵灼灼的大理花的，現在它已經枯萎。我摘下一片花瓣夾在書稿裡下山。一到耀縣，我坐在一家鹹湯麵館門口，長出了一口氣，說：「讓我好好吃頓麵條吧！」吃了兩海碗，口裡還想要，肚子已經不行了，坐在那裡立不起來。

回到西安，我是奉命參加這個城市的古文化藝術節書市活動的。書市上設有我的專門書櫃，瘋狂的讀者抱著一摞一摞的書讓我簽名，秩序大亂，人潮翻湧，我被困在那裡幾乎要被擠得粉碎。幾個小時後幸得十名警察用警棒組成一個圓圈，還送了我鑽進大門外的一輛車中急速遁去。那樣子回想起來極其可笑。事後我的一個朋友告訴說，他騎車從書市大門口經過時，正瞧著我被警察擁著下來，嚇了一跳，還以為我犯了什麼罪。我那時確實有犯罪的心理，雖然我不能對著讀者說我太對不起你們了，但我的臉上沒有一絲笑容。離開了被人擁簇的熱鬧之地，一個人回來，卻寡寡地窩在沙發上哽咽落淚。人人都有一本難念的經，我的經比別人更難念。對誰去說？誰又能理解？這本書並沒有寫完，但我再沒有了耀縣的清靜，我便第一次出去約人打麻將，第一次夜不歸宿，那一夜我輸了個精光。但寫起這本書來我可以忘記打麻將，而打起麻將了又可以忘記這本書的寫作。我這麼神不守舍地捱著日子，白天害怕天黑，天黑了又害怕天亮。我感覺有鬼在暗中逼我，我要徹底毀掉我自己了，但我不知道我該怎麼辦。這時候，我收到一位朋友的信，他在信中罵我迷醉於聲名之中，為什麼不加緊把這本書寫完?!我並沒有迷醉於聲名之中，正是我知道成名不等於成功，我才痛苦得不被人理解，不理解又要以自己的想法去做，才一步步陷入了眾要叛親要離的境地！但我是多麼感激這位朋友的責罵，他的罵使我下狠心擺脫一切干擾，再一次逃離這個城市去完成和改抄這本書的全稿了。我雖然還不敢保險這本書到底會寫成什麼模樣，但我起碼得完成它！

於是我帶著未完稿又開始了時間更長更久的流亡寫作。

我先是投奔了戶縣李連成的家。李氏夫婦是我的鄉黨，待人熱情，又能做一手我喜愛吃的家鄉飯菜。一九八六年我改抄長篇小說《浮躁》就在他家。去後，我被安排在計生委樓上的一間空屋裡。計生委的領導極其關照，拿出了他們嶄新的被褥，又買了電爐子專供我取暖，我對他們的接納十分感激，說我實在沒法回報他們，如果我是一個婦女，我寧願讓他們在我肚子上開一刀，完成一個計畫生育的指標。一天兩頓飯，除了按時去連成家吃飯，我就待在房子裡改寫這本書，整層樓上再沒有住人，老鼠在過道裡爬過，我也能聽得牠的聲音。窗外臨著街道，因不是繁華地段，又是寒冷的冬天，並沒有喧囂。只是太陽出來的中午，有一個黑臉的老頭總在窗外樓下的固定的樹下賣鼠藥，老頭從不吆喝，卻有節奏地一直敲一種竹板。那梆梆的聲音先是心煩，由心煩而去欣賞，倒覺得這竹板響如寺院禪房的木魚聲，竟使我越發心神安靜了。先頭的日子裡，電爐子常要燒斷，一天要修理六至八次；我不會修，就得喊連成來。那一日連成去鄉下出了公差，電爐子又壞了，外邊又刮風下雪，窗子的一塊玻璃又撞碎在樓下，我凍得捏不住筆，起身拿報紙去夾在窗紗扇裡擋風；剛夾好，風又把它張開；再去夾，再張開，只好拉閉了門往連成家去。袖手縮脖下得樓來，回頭看三樓那個還飄動著破報紙的窗戶，心裡突然體會到了杜甫的〈茅屋為秋風所破歌〉的境界。

住過了二十餘天，大荔縣的一位朋友來看我，硬要我到他家去住，說他新置了一院新宅，有好幾間空餘的房子。於是連成親自開車送我去了渭北的一個叫鄧莊的村莊，我又在那裡住過了二十天。這位朋友姓馬，也是一位作家，我所住的是他家二樓上的一間小房。白日裡，他在樓下看書寫文章，或者逗弄他一歲的孩子；我在樓上關門寫作，我們誰也不理誰。只有到了晚上，兩人在一處走六盤象棋。我們的棋藝都很臭，但我們下得認真，從來沒有悔過子兒。渭北的天氣比戶縣還要冷，他家的樓房又在村頭，後牆之外就是一眼望不到邊的大平原，房子裡雖然有煤火爐，我依然得借穿了他的一件羊皮背心，又買了一條棉褲，穿得臃臃腫腫。我個子原本不高，幾乎成了一個圓球，每次下那陡陡的樓梯就想到如果一腳不慎滾下去，一定會骨碌碌直滾到院門口去的。鄧莊距縣城五里多路，老馬每日騎車進城去採買肉呀菜呀粉條呀什麼的。他不在，他的媳婦抱了孩子也在村中串門去了。我的小房裡煙氣太大，打開門讓敞著，我就站出在樓欄杆處看看這個村子。正是天近黃昏，田野裡濃霧又開始瀰漫，村巷裡有許多狗咬，鄰家的雞就撲撲楞楞往樹上爬，這些雞夜裡要棲在樹上，但竟要棲在四五丈高的楊樹梢上，使我感到十分驚奇。

二十天裡，我燒掉了他家好大一堆煤塊，每頓的飯裡都有豆腐，以致賣豆腐的小販每日數次在大門外吆喝。他家的孩子剛剛走步，正是一刻也不安靜地動手動腳，這孩子就與我熟了，常常偷偷從水泥樓梯台爬上來，衝著我不會說話地微笑。老馬的媳婦笑著說：「這孩子喜歡你，怕將來也要學文學的。」我說，孩子長大幹什麼都可以，千萬別讓弄文學。這話或許不應該對老馬的媳婦說，因為老馬就是弄文學的，但我那時說這樣的話是一片真誠。渭北農村的供電並不正常，動不動就停電了，沒有電的晚上是可怕的，我靜靜地長坐在藤椅上不起，大睜著夜一樣黑的眼睛。這個夜晚自然是失眠了，天亮時方睡著。已經是十一點了，迷迷糊糊睜開眼，第一個感覺裡竟不知自己是在哪兒。聽得樓下的老馬媳婦對老馬說：「怎不聽見他叔的咳嗽聲，你去敲敲門，不敢中了煤氣了！」我趕忙穿衣起來，走下樓去，說我是不會死的，上帝也不會讓我無知無覺地自在死去的，卻問：「我咳嗽得厲害嗎？」老馬的媳婦說：「是厲害，難道你不覺得?!」我對我的咳嗽確實沒有經意，也是從那次以後才留心起來，才知道我不停咳嗽著。這恐怕是我抽菸太多的緣故。我曾經想，如果把這本書從構思到最後完稿的多半年時間裡所抽的菸支接連起來，絕對地有一條長長的鐵路那麼長。

當我所帶的稿紙用完了最後的一張，我又返回到了戶縣，住在了先前住過的房間裡。這時已經月滿，年也將盡，「五豆」、「臘八」、二十三，縣城裡的人多起來，忙忙碌碌籌辦年貨。我也抓緊著我的工作，每日無論如何不能少於七千字的速度。李氏夫婦瞧我臉面發脹，食慾不振，想方設法地變換飯菜的花樣，但我還是病了，而且嚴重的失眠。我知道一走近書桌，書裡的莊之蝶、唐宛兒、柳月在糾纏我；一離開書桌躺在床上，又是現實生活中紛亂的人事在困擾我。為了擺脫現實生活中人事的困擾，我只有面對了莊之蝶和莊之蝶的女人，我也就常常處於一種現實與幻想混在一起無法分清的境界裡。這本書的寫作，實在是上帝給我太大的安慰和太大的懲罰，明明是一朵光亮美艷的火焰，給了我這隻黑暗中的飛蛾興奮和追求，但誘我近去了卻把我燒毀。

臘月二十九的晚上，我終於寫完了全書的最後一個字。

對我來說，多事的一九九二年終於讓我寫完了，我不知道新的一年我將會如何地生活，我也不知道這部苦難之作命運又是怎樣。從大年的三十到正月的十五，我每日回坐在書桌前目注著那四十萬字的書稿，我不願動手翻開一頁。這一部比我以前的作品能優秀呢，還是情況更糟？是完成了一樁夙命呢，還是上蒼的一場戲弄？一切都是茫然，茫然如我不知我生前為何物所變、死後又變何物。我便在未作全書最後的一次潤色工作前寫下這篇短文，目的是讓我記住這本書帶給我的無法向人說清的苦難，記住在生命的苦難中又唯一能安妥我破碎了的靈魂的這本書。

一九九三年正月下旬

國家圖書館出版品預行編目資料

廢都／賈平凹著. -- 二版. -- 臺北市：麥田出版：英屬蓋曼群島商家庭傳媒股份有限公司城邦分公司發行, 2022.09
面； 公分. -- (麥田文學；235)

ISBN 978-626-310-278-1 (平裝)

857.7　　111010103

麥田文學 235

廢都（新版）

作　　者　賈平凹
責任編輯　林秀梅

版　　權　吳玲緯　楊　靜
行　　銷　何維民　闕志勳　吳宇軒　余一霞
業　　務　李再星　李振東　陳美燕
副總編輯　林秀梅
編輯總監　劉麗真
發 行 人　凃玉雲
出　　版　麥田出版
城邦文化事業股份有限公司
104台北市民生東路二段141號5樓
電話：(886)2-2500-7696　傳真：(886)2-2500-1967
發　　行　英屬蓋曼群島商家庭傳媒股份有限公司城邦分公司
104台北市民生東路二段141號11樓
書虫客服服務專線：(886)2-2500-7718、2500-7719
24小時傳真服務：(886)2-2500-1990、2500-1991
服務時間：週一至週五09:30-12:00・13:30-17:00
郵撥帳號：19863813　戶名：書虫股份有限公司
讀者服務信箱E-mail：service@readingclub.com.tw
麥田部落格：http://ryefield.pixnet.net/blog
麥田出版Facebook：https://www.facebook.com/RyeField.Cite/
香港發行所　城邦(香港)出版集團有限公司
香港灣仔駱克道193號東超商業中心1/F
電話：852-2508 6231　傳真：852-2578 9337
馬新發行所　城邦(馬新)出版集團〔Cite (M) Sdn Bhd.〕
41-3, Jalan Radin Anum, Bandar Baru Sri Petaling,
57000 Kuala Lumpur, Malaysia.
電話: (603) 9056 3833　傳真: (603) 9057 6622
E-mail：services@cite.my

設　　計　Jupee
印　　刷　前進彩藝有限公司

初版一刷　2010年3月9日
二版一刷　2022年9月1日
二版二刷　2024年1月11日
售價／530元
ISBN 9786263102781
9786263102798（EPUB）